黒の静寂《しじま》

主要登場人物

モーガン・ウィンター……………結婚紹介所〈ウィンショア〉の共同経営者
レーン・モンゴメリー……………カメラマン。モンティの息子
ピート（モンティ）・モンゴメリー……私立探偵
チャーリー・デントン……………地方検事補
ジル・ショア……………モーガンの幼なじみ。〈ウィンショア〉の共同経営者
アーサー・ショア……………モーガンの育ての親。ニューヨーク州選出の下院議員
エリーゼ・ショア……………アーサーの妻。フィットネスクラブの経営者
レニー・ショア……………アーサーの父。デリカテッセン〈レニーズ〉の経営者
ジョナ・ヴォーン……………レーンの助手。〈レニーズ〉の配達係
レイチェル・オグデン……………経営コンサルタント
カーリー・フォンティーン……………〈レアマン・モデルエージェンシー〉のニューヨーク支社長
バーバラ・スティーヴンス……………心理カウンセラー

Dark Room
by Andrea Kane

黒の静寂《しじま》

アンドレア・ケイン
数佐尚美［訳］

ライムブックス

DARK ROOM
by Andrea Kane

1

じわじわと忍びよる悪夢。それは遅効性の毒のようにゆっくりと、彼女の記憶の一番奥にひそむ暗い場所に入りこみ、感覚を麻痺させる。どうあがいても、破滅の終局から逃れられない。恐怖から目をそらすこともできない。

彼らの姿は見るに堪えなかった。無残に打ち捨てられた体。うつろな目。倒れた体からにじみ出た血が、真紅の血だまりとなって床に広がるにつれ、生命の光が失われていく。

モーガンは低いうめき声をあげ、力をふりしぼって起きあがった。無理やり目覚めさせようとした筋肉はこわばったままだ。ナラ無垢材《ソリッド・オーク》のベッドのヘッドボードに背中を押しつけ、汗まみれの肌を冷やす。心臓は胸から飛びだしそうなほど激しく脈打っている。呼吸は浅く、せわしない。

今度のはひどいわ。こんなことじゃいけない。

目を固くつぶり、夜明け前のマンハッタンの街から聞こえてくるくぐもった音に意識を集中させようとつとめた。断続的に耳に入ってくるのは、穴だらけの道路をガタガタいいながら走る車のタイヤの音だ。遠くでサイレンが鳴っている。外壁に褐色砂岩を使ったこの建物の外の世界は、一日二四時間、週七日、休みなしに動いている。慣れ親しんだ日常生活の音。それがモーガンを現実に引きもどしてくれた。悪夢の残像に圧倒されてしまう前にそのイメージをかき消そうと、必死で闘う。

その努力もむなしかった。しょっちゅうというわけではないが、ここ一七年間、悩まされ続けてきた同じ悪夢。生々しい記憶は頭に焼きついて離れない。

上掛けを押しやり、ベッドの側面から脚を投げだすようにして床に下ろした。汗でじっとり湿ったナイトシャツが体にまとわりつく。うなじのあたりに髪の毛が何本も貼りついている。肩にかかる髪を束ねて軽くねじると、ナイトテーブルの上にいつも置いているクリップを取り、髪を上げて頭のてっぺんでとめた。すきま風が冬の寒さを運んで吹きぬけ、モーガンは身震いした。

悪夢の訪れは半ば予期していた。いつもこの季節、クリスマスのころになると、怒濤のごとく押しよせる。だが、以前よりひどくなったのは自分自身のせいなのだ。

ナイトテーブルの上の時計を見る。午前五時一〇分。もうこのまま起きていようか。努力しても眠れそうにない。目覚まし時計が鳴りだすまでにあと五〇分しかないのだ。

バスローブをはおって部屋を出ると、薄暗い廊下をそろそろと歩いて書斎へ向かった。例の箱の中身は、足置き台《オットマン》の上に広げられたままになっている——ひとつの山には思い出の品をまとめ、もうひとつには写真の束。最近発見したばかりの書きかけの日記はわきによけてある。

夢の残滓をまだ振り切れないまま明かりをつけ、すぐに写真のほうへ向かう。オットマンのそばにひざまずき、積み重ねられた歴史のページをめくりはじめた。

一番上に載ったスナップ写真はもっとも大切で、見ていてとてもつらい。三人で撮った最後の写真だ。モーガンはせつない思いで眺めた。優しく、気品があった母。気性が激しく、活力にみちていた父。片方の腕は妻を守るように肩に回され、もう片方の手は、自分の前にいるやせっぽちの女の子の肩をしっかりとつかんでいる――母親似のきれいな顔立ちと緑の大きな目。あくなき探究心をうかがわせる、鋭さのある表情は父親ゆずりだ。

写真の裏を見た。下の端に書かれた文字は母親の筆跡だ。「ジャック、ララ、モーガン。一九八九年一一月一六日」

母親がこれを書き入れたのは殺されるひと月前だった。

ごくりとつばを飲みこむと、モーガンはスナップ写真を置き、他の写真を一枚ずつ見ていった。大学時代の母親と、親友でルームメイトのエリーゼ・ショア（当時はまだエリーゼ・ケラーマンだった）とのツーショット。若き日の父、ジャック・ウィンターがコロンビア大学のロースクールを卒業した日の写真には、モーガンの母ララが一緒に写っている。二人は大学の建物の前でジャックの卒業証書を振りかざしている。

ジャックとララの結婚式。モーガンが生まれた日。幸せそうな家族の笑顔。一歳の誕生日を迎えたモーガンの姿に始まり、ショア家の人たち――エリーゼ、夫のアーサー、娘のジル――とともに海辺で過ごした夏の思い出を語る写真まで。

最後は、告別式のあと何カ月もたってから、モーガンのためにエリーゼが焼き増ししてくれた写真だった。エリーゼの両親、ダニエルとリタ・ケラーマン夫妻所有の、パークアヴェニュー沿いの豪奢なペントハウスで、クリスマスイブに撮ったものだ。この日、ケラーマン夫妻は娘婿であるアーサー・ショアの当選祝いのパーティを開いていて、モーガンの両親も顔を出していた。

そのときのスナップが、ララ・ウィンターとジャック・ウィンター夫妻の生前の姿を撮った最後の写真になった。

モーガンは体を震わせ、写真の束を置いて立ちあがり、バスローブのベルトを締め直した。もうやめよう。また、あの渦巻く感情の波に飲みこまれそうになっている。このままではまともな精神状態が保てない。どうかなってしまいそうだ。そう、かかりつけのブルーム医師に注意されたのはまさに「心の健康」の問題だった。

今こそ、ブルーム先生の助言に耳を傾けなくちゃ。前向きに行動して、現在に意識を集中させることだ。

自分に活を入れて、今日一日を始めよう。コーヒーを淹れてシャワーを浴び、服を着る。それから階下のオフィスに下りていく。朝早いうちに電話を何本かかけておこう。顧客が仕事に出かける前につかまえて話をするためだ。それに、書類の山と格闘しなくてはならない。

八時半には心理セラピーの予約を入れてある。時間的には問題なさそうだ。一一時に新しい顧客とウォルドーフ・アストリアホテルで会う予定だが、このホテルはブルーム医師のクリニックから一ブロックしか離れていないので、移動に時間がかからなくて都合がいい。

そのあとオフィスに戻って、一時にチャーリー・デントンと面会。これは活動の進捗を話し合うためだ。デントンは四四歳。魅力的な男性だが、「仕事と結婚している」という噂の検事補で、マンハッタン地区検察局に勤めている。職務が多忙をきわめているのと、女性に対する理想が高いために、この年になるまで生涯の伴侶にうってつけの相手を探しつづけている。その相手を見つけるのがモーガンの仕事だった。

モーガンは明かりを消して部屋を出た。オットマンの上に広げられた自分の過去と決別するかのように。

2

ピート・モンゴメリーは事務所として使っているメゾネットタイプの家を、敵を見るような目でにらみつけると、ハンドルをきって車を私道に乗り入れた。すこぶる不機嫌だった。ラッシュアワーを避けようと八時四五分にダッチェス郡の自宅を出たのに、クイーンズのリトル・ネックに着いたのはなんと三時間後だ。いつもならその半分しかかからない。

渋滞がひどくなったのは途中で雪が降りだしたからだ――せいぜい四、五センチ積もる程度だが、それでもドライバーたちを怖気づかせるには十分だった。積もったが最後、ドライバーは、フロントガラスに鼻を押しつけるようにしてノロノロ運転を続けるしかない。

モンゴメリーはすばやく車から降りた。愛車はくすんだえび茶色の九六年型トヨタ・カローラで、走行距離は一六万キロ。『マザー・グース』に登場するハンプティ・ダンプティと同じぐらい何度も分解修理に出している。

それでもモンティ（モンゴメリーの通称で、みんなにそう呼ばれていた）はこの車について、まだあと一〇年はもつさ、とうそぶいていた。それに、私立探偵という職業にはうってつけの車だ――ごく平凡で目立たず、どこへ行ってもまわりの環境に溶けこめる。

事務所のドアの鍵を開けたとたん、机の上の電話が鳴りだした。大またで歩みよって受話器を取りあげる。「モンゴメリーです」

「よう、モンティ」リッチ・ガベッリだった。モンティがニューヨーク市警察七五分署に勤めていたころの同僚だ。モンティが五〇歳で刑事を辞めるまで、ブルックリンで十数年間コンビを組んでいた。ガベッリのほうが若く、寛容なたちだから、まだまだ現職でやっていけるだろう。

「おう、リッチか。なんだい？」そう答えながらモンティは、すでに机の上のファイルを案件の優先順位にしたがって並べかえていた。

「おい、最近はもう半日しか働いてないのか？　さっきから三回も携帯にかけてるのにつながらなかったぜ。まあ、新婚さんも大変だよな、精根使いはたして、ご苦労さまなこった」

モンティはうなった。六カ月前、元の妻とよりを戻して再婚して以来、仲間からはこの調子でやられっぱなしだ。「家でサリーといちゃついてたわけじゃない。クロス・アイランドで、まわりのドライバーに向かって悪態をついてたんだ。おまえがかけてきてたのはわかってたよ、携帯の画面に番号が表示されたから。知ってて出なかっただけさ。しかし、おまえもそろそろ、自分とこのセックスライフを充実させることを考えろよ。おれの夫婦生活なんかに首を突っこんで喜んでる場合じゃないだろ」

「あんたがそう言うのは簡単さ」ガベッリがやり返す。「サリーはまだ可愛いからな。見たか、最近のローズのあの太りよう？　一〇キロ近くも増えたんだぜ」

「だけどおまえだって、一二、三キロは軽く太ったじゃないか。ローズに捨てられないだけありがたく思えよ。で、用件はなんだい？　こっちだって忙しいんだ」

「ちょっと、前もって耳に入れとこうと思ってさ」ガベッリの口調に重苦しいものが混じるのをモンティは聞きのがさなかった。

「なんの話だ？」

ガベッリは息をふうっと吐きだした。「ブルックリン地区検察局がカーク・ランドと司法取引をすることになった。やつめ、ゴドフリー巡査部長を殺ったホシの名を吐いたんだ」

「そりゃよかった。ランドの野郎にもむかつくが、ゴドフリーを殺ったやつの身元が割れたのか。いい気味だ」

「まったくだ。けど、話はそれだけじゃないんだよ」

「何なんだ？」

「ゴドフリーを撃ったホシは——ネイト・シラーだったんだ」

「ネイト・シラー……まさか」モンティは歯ぎしりして言った。「確かなのか？」

「ああ。シラーはシンシン刑務所で、マッポをぶっ殺してやったって吹いてたらしい。アホなやつだよ、相手はゴドフリーだって、名前まで口走りやがって。つまりやつは、ゴドフリーがちょうど逮捕しようとしてたパブロ・エルナンデスも殺ったってことになる。あれほどの大物とは知らずにな。で、殺しの証拠も上がった。事件当時の目撃者が個別に面通しを行った結果、全員がシラーを確認したんだ。だけどシラーは昔、ジャック・ウィンターとララ・ウィンター夫妻の殺害を自白してるだろ。地方検事補を殺したかどでシンシン刑務所に入れば、それなりにひどい扱いを受けるだろうが、犯罪組織のボスを殺ったとなると、鶏肉みたいに切り刻まれるにきまってる。あのクリスマスイブ、ゴドフリーがハーレムで射殺されたのとほぼ同時刻に、ブルックリンでウィンター夫妻が殺されてるんだぜ。だからウィンター夫妻殺しは、シラーのしわざじゃないってことになる」

「なんてこった。ちくしょう」モンティは手にしたファイルを机に叩きつけた。

「あんたがずっと主張してたとおりだよ。あの推理が正しかったんだ」

「正しくありませんようにと願ってたよ。今でもそう願ってる。だけど、正直言って驚きだ。確かに、ウィンター夫妻殺害はシラーの手口とは違ってた。動機は怨恨のように思えたしな。それに、ワルサーPPKを使うなんて、シラーらしくなかった」

「シラーのやつ、人を惑わせるのが好きだったからな。とにかく、マンハッタン検察局はウィンター夫妻殺人事件の捜査再開に向けて圧力をかけてる」

「当然だな。ジャック・ウィンターは局内でも将来を嘱望されてた。検察の連中はなんとしても真犯人をつきとめたいはずだよ。ただ問題は、当時シラーが自白したとたん、それに飛びつくっていうへまをしでかしちまったことだ。事件が起きたのは一七年も前だぜ。マンハッタンのお偉方が騒いだところで、どうなるっていうんだ？　手がかりも、目撃者もなし。容疑者のリストだってお粗末だ。リストに載ってる人間のほとんどが死んでるか、どっかへ消えちまってる。手品でケツの穴からウサギを出そうとしてるみたいなもんじゃないか」

「そのとおり。おれたちも関係書類を引っぱりだして調べ直してみたが、やっぱり何も出てこなかった。ただ警部が、形だけでもやっとけって言うもんだから」

「そりゃそう言うさ」モンティはそっけない調子で同意した。「尻拭いはしとかんとな。警部も、おれがいなくてよかったって、今ごろほっとしてるだろうよ。もしおれがまだ辞めずに署にいたら、この件でおれにうるさくつつかれて、たまったもんじゃなかっただろうからな」モンティは急に言葉を切った。次に口を開いたときには、声に険しさがこもっていた。「一人だけ遺されたウィンターの娘――モーガンは？　あの子にはもう知らせたのか？」

「だから、あんたに先に教えとこうと思って電話したんだよ。今回の司法取引は決まったばかりで、検察局じゃ対応に大わらわだ。うかつに関係者に知らせて情報が漏れたら元も子もないしね。モーガンには今日連絡する予定だそうだ」ガベッリはひと呼吸おいた。「ただし、うちの署で書類を事実関係と照らしあわせて確かめてから、検察局にオーケーを出すことになってる。おれが担当で、ちょうどその手続きに取りかかってるところだ」

ガベッリが言わんとしていることはすぐにわかった。「つまり、おれがモーガンに先に話をしておく時間の余裕はあるってことだな」

「ああ。あんたがそうしたいならの話だが」

「そうするつもりだ」モンティは押し黙った。うつろな目をした女の子。その姿を今でもありありと思いえがくことができる。あれから一七年が経った。モーガンも成長して大人になっただろうが、あの日がまるで昨日のことのように思い出される。今でも、現場に足を踏みいれた瞬間の光景が記憶をよぎるたび、胸をえぐられるような思いを味わうのだ。

「むごい話だ。痛々しくて見ていられなかったよ、事件直後は」ガベッリはつぶやいた。

「あの子とまともに話せたのはあんただけだった」

「まあ、そうだな。おれだって当時は、そうとう精神的にまいってた。だからあの子と心を通わせられたんだ」

「ああ、そうだったな」ガベッリは咳払いした。相棒だろうが誰だろうが、触れたくない話はあるものだ。モンティが私生活で問題を抱えて、荒れていたあの時期がそうだった。

「動くなら早く動いたほうがいい。こっちで手続きを遅らせるったって限度があるからな。それから、言うまでもないと思うけど、この話、おれから聞いたなんて誰にも言わないでくれよ。もしばれたら、警部に大目玉をくらうだけじゃすまない」

「了解だ。おれたちは何も話さなかったし、聞かなかった」モンティはうなるように言った。

「ただし、ここだけの話だが、あの人には前もって伝えてやろうと思うんだ。おれから伝えれば、少しはショックを抑えられるかもしれん」

「あの人って、ショア下院議員か？」

「ああ、もちろん。今の話を聞いたらひどく動揺するだろう。事件当時、訴えてやると議員に脅されなかったのはおれだけだったから」

「殺人がなぜ起きたのか、答が欲しかったんだろう。議員も、奥さんも、最愛の親友を失って、遺された子どもを引きとることになったんだ。ああいう態度に出たって責められない」

「責めるだって？　とんでもない。あの状況で、議員はよく冷静に行動できたと思うよ。おれだったらああはいかなかった。咎をつきとめようと、脅しよりもっと強硬な手段に出ていたと思うね」モンティは書類をわきへよけると、メモとペンを取った。「モーガン・ウィンターの住所は？　誰よりも先におれが行って話しておきたい。検察やマスコミよりもね。記者たちの待ち伏せをくらうようなめにはあわせたくない」

書類をぱらぱらとめくる音。「アッパー・イーストサイドの、両親が遺してくれた家に住んでる。外壁に褐色砂岩を張った建物だ。そこを事務所にして事業をやってる――高級な結婚相談所みたいなものらしい」ガベッリは住所を読みあげた。

「恩に着るよ、リッチ。一時間だけ待っててくれ。一時間過ぎたら検察にゴーサインを出していいから」モンティはふっと息をついた。「モーガン・ウィンターがこれをうまく乗りこえてくれるといいが」

「もう子どもじゃないんだぜ、立派な大人の女性だ。大丈夫だよ」

「そうかな？　心配なんだよ。モーガンはあの夜、両親を亡くしたというだけじゃない。二人が殺されているのを発見したんだ。当然、心に深い傷を負った。頭がおかしくならなかったのは、犯人が逮捕されて、仮釈放なしの終身刑に処せられたからにすぎないんだ。なのにおれは今になって、シラーが犯人じゃなかったとあの子に言わなくちゃならん」

午後一時になっていた。モーガンはぐうぐう鳴るお腹を抱えながら、事務所への帰り道を急いだ。朝起きてから何も口に入れていない。何しろ五時間前に会社のドアを開けて以来、息つくひまもないほど忙しかったのだ。富裕層向けの結婚相談・仲介業を手がける〈ウィンショア有限責任会社〉は急速に伸びており、相談者が引きもきらない。

最近雇ったばかりのベス・ヘインズにあとをまかせて、モーガンが八時半に予約しておいた心理セラピーのためにあわてて会社を出たころにはもう、電話が鳴りっぱなしだった。ついさっきベスに連絡を入れたときにも、ほかの電話が鳴る音が聞こえていた。

ありがたいことにチャーリー・デントンから、予約に遅れるとの電話が入り、面会が三時に変更になった。となると、何か詰めこむぐらいの時間の余裕はありそうだ——注文しておいたサンドウィッチが一時間以内に配達されればの話だが。

モーガンはコートにかかった雪を払いおとしてコート掛けにかけると、両腕を抱えこむようにしてさすりながら室内を見まわした。質のいい木材を贅沢に使い、東洋風の絨毯を敷いた一階部分はウィンショアのオフィスで、ビジネスの窓口だ。二階にもオフィスの一部が設けられていて、ここもまた洗練された内装だが、一階よりずっと居心地がよく、ゆったりとした雰囲気が漂っている。面談のためのしゃれた応接室に加えて、広々として風通しのよいリビングルームがあり、ここで写真撮影やファッション相談を行っている。

オフィスは実務的でそっけないというのではなく、人間らしい温かみも感じられる。棚には会社の紹介で最近結婚した顧客の写真。机の上には流行のアート作品。モーガンの事業パートナーで親友のジル・ショアが旅先で手に入れた品を飾ったコーナーもあり、さまざまな民族や文化を代表する年末年始の行事用の品が置かれている。二メートル半近い高さで天井につきそうなクリスマスツリー。イスラエルで買ったという、ユダヤ教の祝祭日ハヌカー用の手作りの燭台。アフリカ系アメリカ人が祝うクワンザという祭で使われる飾り。

　クリスマスツリーのわきを身を縮めるようにしてすり抜けたモーガンは、ほほえみながらベスの机に近づいた。「お祝いですもの、いろいろな文化のものをごっちゃに飾ったからって、誰かに叱られるいわれはないわよね」

「ええ、もちろん」ベスはピンクのカシミアのセーターについたツリーの松葉を吹きとばした。「飾りつけにはまだ手を加えるつもりだって、ジルさんが言ってました。冬至に鳴らすベルを置いて、古くから伝わる冬至のお祭りのルーツを説明した本をそえるとか」

　楽しげに室内を見まわすモーガンの視線が暖炉のそばで止まった。「あの隅が空いてるわ。冬至のテーマの飾りをあそこに置いたらいいんじゃない」お腹がぐうと鳴る音に顔をしかめると、希望をこめて訊く。「ジョナはもう店を出たかしら?」

　ジョナ・ヴォーンは〈レニーズ〉の配達を担当している。レニーズはデランシー通りにあるコーシャー（ユダヤ教の戒律にのっとって作られた食品）専門の惣菜《デリ》の店で、味も繁盛ぶりもニューヨーク一だ。具がたっぷり入ったサンドウィッチを、ロウアー・イーストサイドとブルックリン全域に配達している。アッパー・イーストサイドにあるウィンショアは配達区域外だが、モーガンとジルは店の経営者レニーのはからいで、特別に届けてもらっていた。レニーはジルの祖父だ。ショア家の一員として育ったモーガンも、レニーにとっては孫同然の存在だった。

ベスは両方の親指を立てるしぐさをした。「ラッキーでしたね。戻ってこられる直前に、ジョナの配達トラックから電話がありましたよ。一〇分もすれば着くそうです」

「ああ、よかった。お腹が空きすぎて倒れそうなのよ」

「あと少しだけ我慢してくださいね。お待ちかねの元気の素が、もうすぐ来ますから」ベスは椅子を回転させてコンピュータに背を向け、体を伸ばした。清潔感漂う顔立ちの二二歳の女性で、頭が切れ、人あしらいもうまい。シカゴのノースウェスタン大学で心理学の学位を取っていた。モーガンがあるセミナーで出会って、その場でスカウトしたのだ。入社後六カ月の研修を経たベスは、顧客との面談における優秀なインタビュアーとして実力をつけつつあった。

「わたしのほうで対応が必要な緊急の用件はある？」モーガンは電話の伝言メモの束を手にとり、一枚一枚見ていった。

「新規の問い合わせがたくさん来てます」ベスは追加で数枚のメモを差しだした。「そういえば、ウォルドーフ・アストリアホテルでの面談はどうでした？　レイチェル・オグデンさん。電話ではすごくエネルギッシュな方っていう印象を受けましたけど」

「実際、そういう人だったわ」モーガンはレイチェル・オグデンが記入した相談申込書と、モーガンが面談中に書きとめたメモを渡した。これらは新規顧客のファイルにおさめられる。

「二五歳の若さでもう、やり手の経営コンサルタントですものね。お相手として、うちのデータベースに登録されている男性から数人、候補を考えてあるの。まずチャーリー・デントンさんから始めましょう。四〇代だけど、レイチェルさんは年上の男性が好みだから、組み合わせとしてはいいはずよ」

また電話が鳴り、ベスはため息をついた。「やれやれ、きっとまた新しい顧客ですよ」

「問い合わせが殺到してるのは、エリーゼおばのおかげでもあるのよ」モーガンはにこにこ笑いながら説明した。「おばったら、エアロビクスのクラスでも宣伝、エアロバイクやランニングマシンに乗ってる人のそばに行っては宣伝。ウィンショアの話ばかりするんだから」

エリーゼについて話すモーガンの口調に愛情がこもる。

ジルの母親エリーゼ・ショアは快活そのもので、やることにそつがない。三番街と八七丁目の角にある高級フィットネスクラブを経営している。彼女の影響力の大きさには、「口コミ」という言葉の意味への認識を新たにせざるを得ないほどの効果があった。

建物の正面玄関が開き、ジルがコートにかかった雪を払いながらあわただしく入ってきた。「かなり激しく降ってきたわよ。悪いニュースはそれだけ。さて、いいニュースだけど、ジョナのトラックをすぐそこで見かけたの。もうすぐ、ランチのご到着よ。もう、お腹がぐうぐう鳴っちゃって、まるでホラー映画の効果音みたい」

ジルはコートを脱ぐと、髪の毛を手ぐしですいて乾かしながら話しつづけた。赤みのかった金髪、対照的に黒々とした瞳、大きめの官能的な唇。単に美しいというより、はっとするような魅力がある。ほほえむと――しょっちゅうほほえんでいたが――顔全体が明るく輝く。

「午後は午前中よりもっと忙しくなりそうよ」ジルはモーガンに教えた。「まず会計士、次は新しく仕事を頼む予定のソフトウェア開発業者との打ち合わせ。会計士からは経費節減をせっつかれる一方で、業者からは経費を使うようすすめられるってわけ。六時になるまでにはきっとわたし、頭がショートしてるわね」顔を曇らせるモーガンに、手を振って応える。「ご心配なく。冬至のお祭りの飾りなら、帰りがけに買ってくるから。オフィスの飾りつけの残りの部分は、明日の午前中に終わらせられるし。あ、それから今晩、ママと夕食を一緒にとるの。パーティに向けて、最終的に細かいところを詰めておかないとね」

ジルは両手をすり合わせて暖をとった。ウィンショアでは年末の祝祭行事として顧客を招待してパーティを開く予定だが、その準備について考えをめぐらせているのだろう、目がきらきらと輝いている。

「ママのフィットネスクラブも、準備ができたら見違えるように変わるわよ。照明や音楽や、飾りつけ。食べ物もどっさり用意する予定。すてきな会場になるわ。あ、忘れないうちに言っておかなきゃ。パパがわたしの携帯に伝言を残してたの。今晩、ワシントンから飛行機でこっちに着くそうだから、時間を空けておいてね」

ここまで話してジルはようやく息をついた。その元気いっぱいの話しぶりに、モーガンはあらためて目を見張る思いだった。疲れることを知らない、生き生きとした女性。いつものびのびと人生を謳歌し、ときには予想もつかないほど大胆なところも見せる。出会うものすべてを楽しみ、受け入れるおおらかさがある。

ジルを嫌いだという人がいるかしら。そんな人、会ったことない、とモーガンは思う。ジルが通りすぎると、さわやかな風が吹きわたる気がする。血のつながりこそないものの、一緒に育てられた妹も同然の存在。そんなジルが、モーガンはいとおしかった。

「モーグ？」ようすをうかがうような目。眉根を寄せた表情が心配そうだ。「大丈夫？」

「大丈夫よ。お腹が空いただけ」

ジルはすばやく横に目を走らせて、ベスが顧客からの電話に出ているのを確認すると、さっと近づいてモーガンをわきに連れだし、声を低くして話しかけた。

「違うわね。お腹が空いてるだけじゃないでしょ。疲れきってるもの。道理でパパが心配してたわけだわ。知らなかったかもしれないけど、パパが空港からここへ直行するって言ってたのもあなたのことがあるからよ。ゆうべ、また悪い夢を見たの？」

モーガンは肩をすくめた。「最悪の夢っていうわけじゃないわ。もっとひどかったこともあるし、ましだったこともある。最近、よく見るのよ」

ジルは眉をひそめた。「お祝いの飾りつけは控えたほうがいいかしら、今年は」

「控えるなんて、とんでもない。年末を祝うあなたの気持ちと、わたしの悪夢とはなんの関係もないのに。ああいう飾りを見てると気晴らしになるから、いいのよ」

「嘘よ。あなた、神経がまいってるじゃないの」

「ええ、わかってるわ」モーガンは否定しようとはしなかった。「今年はどうしてこんなにひどく悩まされるのか、わからないのよ。ブルーム先生は、潜在意識下の悪循環だって言うの。母の日記を読んだせいで、両親に対する思いが強くなって、母の日記にますますのめりこむ。それが引き金となってますます悪夢を見るようになるんですって」

「だけど、ひどい悪夢に悩まされるようになったのは、遺品の箱の中からお母さまの日記を見つける前からでしょう。あなたがそんな状態になってから何週間も経つのよ」

モーガンはこめかみをもみながら、ため息をついた。「妙にぞくぞくするような、いやな感じがして。振り払おうとしても振り払えないの」

ジルが答えようとする前に、正面玄関のチャイムが鳴り、続いてリズミカルなノックの音がした。「ランチをお届けにあがりました！」知らせは一度で十分だった。ジルは急いで玄関に向かい、ドアを勢いよく開けて言葉をかけた。「いらっしゃい、ジョナ」

「こんちは」ドタドタと入ってきたのは背が高くひょろっとした一〇代の少年だった。ダウンパーカとブーツに全身おおわれて、見えるのはフードからこぼれ出たひとふさの砂色の髪と、冷たい空気の中で吐く息の白さだけだ。だが、腕に抱えた茶色の袋から漂ってくるおいしそうな肉の匂いは隠しようがない。それだけでジョナであることは明らかだ。

「あなたのおかげで飢え死にせずにすんだわ」ジルは袋をひったくるとすぐに開けて、幸せそうに匂いを確かめた。「ライ麦パンにコーンビーフとマスタード。ドクター・ブラウンのチェリーソーダ。これらがあるかぎり、『すべて世はこともなし』だわね」

ダウンパーカのフードを後ろに押しやったジョナは、うなずきながら同意した。「それと同じ言葉、この一時間で一〇回は聞きましたよ」

「でしょうね」ジルは財布の中をさぐって一枚の紙幣を取りだし、手袋をはめたジョナの手に握らせた。「これでピザでも買いなさい」

「ありがとうございます」ジョナは嬉しそうにチップをポケットに入れた。「でもぼく、お昼はもう食べたんですよ。ジルさんのおばあさん手作りのヌードル入りプディングをね――あ、〝クーゲル〟って言うんだった」店主のレニーに教えられたイディッシュ語の単語に言いかえる。「とにかく、これは貯金しときます」

ジョナはウェールズ系だが、ジルの祖母ローダの作るユダヤ料理のクーゲルとのつきあいは長い。一人で地下鉄に乗ってレニーズの店まで行けるようになったころからのお気に入りだ。クーゲル好きについてはみんなにからかわれるのだが、それがレニーズの配達係としてアルバイトできるきっかけになった。レニーは迷うことなくジョナの採用を決め、まずまずの給料とクーゲル食べ放題を申し出た。そして、少年への愛情をこめて〝コーシャー・キッド〟というあだ名を進呈したのだった。

だが、ジョナがこのアルバイトで得た一番の役得は、レニーから写真家のレーン・モンゴメリーを紹介してもらったことだ。レーンほどすぐれた技術を持ち、知名度が高い写真家の見習いとして働くことは、一生に一度あるかないかの大きなチャンスだった。

「ほら、わたしも」モーガンが申し出た。「あなたのカメラ購入資金に寄付するわ」

「ありがたいです」ジョナの目が期待で輝き、いつもの抑揚のない口調が生き生きとしてきた。物静かな子で、少々変わり者のところがある。だが、コンピュータについてはきわだった才能を見せた。写真に熱中していて、レーンのもとで始めた見習いの仕事にも真剣に取り組んでいるようだ。その話題になると顔が明るく輝いて、ジルご自慢の巨大クリスマスツリーの飾りにも劣らないほどだった。

「〝イーベイ〟のオークションサイトに、すごいカメラが出品されてるのを見つけたんです。キヤノンのデジタル一眼レフ、レベル・XTi。超音波式のセルフクリーニング・センサーまでついてて――とにかく、金曜にレニーじいさんから給料をもらうから、そのときまで売れずに残ってたら、入札してみるつもりなんです」

ジルは事務所に置いてある三台のコンピュータを手ぶりで示した。「今月、いつもより多く稼ぎたいのなら、うちのコンピュータもそろそろソフトウェアのアップデートと保守点検が必要なんだけど。どう、引き受けてくれる？」

「もちろんですよ」ジョナは頭をかいた。「来週から二週間、学校が休みだから、何日かはここで働けます」

「よかったわ、じゃあお願い」

ジルとジョナがコンピュータの専門用語をふんだんに使って話しだしたので、モーガンはそのすきに茶色の袋からサンドウィッチを取りだし、キッチンに向かった。

途中でまた玄関のチャイムが鳴った。モーガンが肩越しに振り返ると、ジョナがちょうどドアを開けたところだった。ウールのコートを着た長身の男性が入ってくるのが見える。立てた襟に隠れて顔は見えなかったが、黒っぽい髪で、立ち姿に真剣味が感じられた。

コートの襟をもとに戻し、ボタンをはずしている。どこかで見たことのある男性だ。顧客かもしれない。だとするとモーガンのパストラミサンドウィッチはお預けだ。

「よう、ジョナ」男性は少年に挨拶した。「ランチの配達かい？」

「ええ」男性をここで見かけたことにジョナは驚いているようすだ。「余っているサンドウィッチが少しあるけど、いかがですか？」

「ありがとう。でも、もう食べたから」男性の視線はジョナからジルに移った。「モーガン・ウィンターさんにお会いしたいんですが。いらっしゃいますか？」

「お約束でいらっしゃいますか？」ジルは親しみやすい口調ながら、どういう客か判断しかねているといった態度で訊いた。ウィンショアでは飛びこみの顧客は取りつがないのだということをほのめかしていた。

「いいえ、約束はしていません。だが重要な用事なので、どうしてもお会いしなくてはならないのです。いらっしゃいますか？」

ああ、あの人の声だ――モーガンは思い出した。顧客でも、飛びこみの客でもなかった。胸が痛む過去の記憶の中に住む人物だった。

「確かめてきますわ」ジルは慎重に言った。男性の声にただならぬものを感じているのは明らかだった。「お名前をうかがえますか？」

男性が答えたとき、モーガンはすでに後ずさりしはじめていた。

「ええ。ピート・モンゴメリーという者だと、モーガンさんにお伝えください」

3

　ジルはまごついていた。ピート・モンゴメリーという名前にまったく心当たりがなかったからだ。だが、モーガンにとっては、自分の人生を変えた瞬間を思いおこさせる名前だった。子ども時代の終わりと、悪夢の始まりを告げた人物だ。

「モンゴメリー刑事」モーガンは何かにあやつられるように近づいた。

「あのやせっぽちの女の子がすっかり大人になって」刑事は手を差しだした。「道理でこっちが年とるわけだ」

「そんな。昔と全然変わってらっしゃらないじゃありませんか」モーガンの頭の中をさまざまな思いが駆けめぐっていた。結論を急いではいけないわ。過去のこととはまったく関係のない用件で来た可能性もある。もしかすると顧客として、自分にぴったりの結婚相手を探したいと思って訪れただけなのかもしれない。

　違う。彼はそういうタイプではない。それに、名乗ったときの口調や態度に、警察の仕事であると感じさせるものがあった。視線を落とし、左手を見てみる。結婚指輪をしていた。ということは、パートナー探しでここに来た可能性は消えたわけだ。

モンゴメリーの目に宿った光は、モーガンの疑問に気づいていることを示していた。

「二人だけでお話しできますか？」

「ええ、もちろん」モーガンはうなずくと、先に立って一階の会議室へ刑事を案内した。好奇心でいっぱいのベスの視線と、ジルの心配そうな視線を感じる。二人に事情を説明したほうがよかったかもしれない。少なくとも刑事を紹介するぐらいはすべきだった。だがモーガンは、平静を保とうとするだけでせいいっぱいだった。

会議室に入ってドアを閉めると、モーガンは振り返ってモンゴメリーと向きあった。「刑事さん、お元気でした？　お久しぶりです」

「まったくだ。あなたが大人になって、自分の事業を始めるまでご無沙汰していたんですからね」一瞬、モーガンを見つめると、洗練された内装の会議室を見まわす。「しゃれた会議室ですね。おたくの会社のウェブサイトを見ましたよ。ウィンショアは〝顧客の特別なニーズにお応えする社交機関〟とうたっているようだが、つまりは、ハイグレードな交際相手紹介所ってことかな？」

冗談めいた口調でわたしを安心させようとしているのね。モーガンは無理やりほほえみを作った。「ジルとわたしとで設立した会社です。人生をともに歩むパートナーを探したいけれど、仕事が忙しくてふさわしい相手を見つけるのにつぎこめるだけの時間の余裕がない人たちのためのサービスを提供しているんです。一対一の対面形式による選考で、性格分析と相性診断には最先端の手法を使っています。結婚して幸せを手に入れた人たち、生涯のよき伴侶を得た人たち。たくさんの成功例があるんですよ」

「なるほど。あらかじめ雑魚《ざこ》を取りのぞく作業を人に頼もうっていう魂胆の、金持ちの最高経営責任者《CEO》向け結婚紹介サービスってわけか」モンゴメリーは皮肉な笑みを浮かべた。

「失礼。意地悪な言い方をしてしまいましたね。そんなつもりはなかったんだが」

「いいえ、意地悪だなんて。大丈夫ですよ、今までありとあらゆる批評をされてきましたから——単なる好奇心から出た発言だの、今みたいに悪気のないからかいや、あからさまな侮辱の言葉だの。ですからわたし、どんなコメントでもうまく対処できるんです」

「この仕事が好きでたまらないようですね」

「ええ。ニューヨークには、仕事や収入の面では不自由ない暮らしをしていながら、孤独な人たちがたくさんいますからね。そういう人たちのためにと思ってやっています」そこでモーガンは間をおいたが、すぐに事業のほかの側面についても話しはじめた。自分の人生でモンゴメリー刑事の果たした役割は小さくなかったから、知っておいてもらう必要があると、心のどこかで感じていたのだ。「それが我が社の主なビジネスですけど、最近わたし、母の志を継ぐつもりで別の部門を立ちあげたんです。虐待を受ける境遇から立ち直って、今後はよりよい人間関係を築きたいという女性向けのサービスで、無料で相談を受けています」

モンゴメリーの表情に理解の色が見えた。「それはお母さんへのすばらしい贈り物ですね。きっと天国で、あなたのことを誇りに思ってらっしゃいますよ」

「そうだといいんですけれど」

「事業パートナーはジルさんとおっしゃいましたよね。ショア下院議員の娘さんのジル・ショアさんかな？　だとすると〝ウィンショア〟という社名の由来も説明がつきますね」

「そうです」モーガンはうなずいた。「エリーゼとアーサー、つまりショア夫妻がわたしの保護者になったのはご存知ですよね。ジルとはそれ以来一緒に育ったので、姉妹同然の存在なんです」セーターのラグラン袖の部分をいじりながら言う。「モンゴメリー刑事、ぶしつけな言い方で恐縮なんですけれど、今はちょっと間が悪いというか、わたしはクリスマスになると、いまだにつらいんです。特に今年は今までよりきつく感じられて。こういう時期にわざわざいらしたのは……」ごくりとつばを飲む。「どういうご用件でしょうか」

「今年は今までよりきつく感じられるって、どうしてです？」

いきなり切り返してきたその質問に、モーガンは不意をつかれた。なんなの。わたしの知らないことを知っているみたいな話しぶりじゃない。

「両親の遺品を整理したのが原因じゃないかと」モーガンは注意深く答えた。

「原因はそれだけですか？」

この刑事の直観力がいかに鋭いか、モーガンは忘れかけていた。一部だけ本当のことを話してしても始まらないだろう。正直に打ちあけるしかない。

「いえ、実はほかにもありそうなんです。でも、納得できる原因といえば、遺品を整理して悲しくなったことぐらいしか思いつかなくて。あとは――感覚的なものかしら。なんとなく胸騒ぎがするというか、落ちつかない感じが何週間も続いています。根拠があるわけじゃありません。ただ、そのいやな感じが頭から離れないんです」

「いや、根拠はありますよ。精神的な感応というか、第六感というか、理屈では説明しきれない予感がすることはあるものです」モンゴメリー刑事は手のひらをあごにあてた。

話がどこに向かおうとしているか、モーガンは察していた。間違いないわ。みぞおちのあたりに冷たいものがつかえているような、いやな感覚。

「今日ここへいらした理由——わたしの両親が殺されたことと関係があるんでしょうか？」

「ええ、お気の毒ですが」モンゴメリーはポケットに両手を突っこんだ。唇を固く引きむすび、眉根を寄せた表情が険しい。「ご両親を殺したのはネイト・シラーではなかったんです」

モーガンは啞然として刑事を見つめた。言葉そのものは聞こえたが、なんのことやらさっぱりわからない。

「嘘でしょう」やっとのことで声をしぼり出す。「ありえないわ。シラーは有罪判決を受けたのに。犯行を自供したし、検察がちゃんと立証して、有罪が確定したじゃありませんか」

「捜査関係者はそう考えていたんですがね。それが間違っていた。ご両親の遺体がブルックリンで発見された夜、ある警察官と犯罪組織の大物が、ハーレムで射殺されました。この事件とご両親の殺害は同時に起きているので、犯人は同一ではないと断定できる。ところがシラーの行動に関して、検察局が新たな証拠をつかんだんです。シラーはあの夜、ハーレムにいた事実が確認されている。つまり、ご両親を殺した犯人は別にいるということです」

「なんてこと」モーガンはよろめき、壁に背を押しつけてもたれかかった。「でも、犯人じゃないなら、シラーはなぜ自供なんか……」

「おそらく、どう転んでも懲役は免れないが、組織のボスを殺したとあっては、シンシン刑務所じゃ生きのびられないと踏んだんでしょう」緊張感漂う沈黙。「大丈夫ですか？」

「信じられない……」

モンゴメリーは顔をゆがめ、苦しげな表情を浮かべた。「こんなふうにいきなりお伝えするのはしのびなかったんです。ただ正直なところ、遠まわしな言い方をしたからといって、あなたの気持ちが楽になることはないだろうと思って」

「ええ、おっしゃるとおりだわ」次の質問を口に出すのはつらかった。「それで、警察のほうでは真犯人はわかっているんですか？」

「まだです。つきとめようと努力しているそうです」

「しているそうです、って？」モーガンは頭を上げた。「刑事さんは捜査に加わってらっしゃらないの？」

「もう警察の人間じゃないんです。五年前に退官して、今は私立探偵をやっています」

「それなのに、今回のことをわざわざ知らせに？」

「自分の判断でそうしたんです。検察局からは今日の夕方ごろに正式な通知が来るはずです。今回の情報は昔の仲間がこっそり教えてくれました。ご両親の殺害事件の担当はわたしでしたからね。今回のことについては責任を感じてます」

「あのころだって、ご自分を責めてらしたじゃありませんか」モーガンは思い出させるように言った。忘れようがない。脳裏に焼きついて離れない恐怖におののく少女にとって、モンゴメリー刑事は突然現れた真の英雄、輝くよろいを身にまとった騎士だった。

刑事が殺人現場に到着したとき、モーガンはショック状態にあった。連絡を受けたショア夫妻が駆けつけてきた。だが、誰が来ようと関係なかった。エリーゼにもアーサーにも、なんの反応も示すことができなかった。

アーサーは、精神的な支えになればとカウンセラーを呼んでいた。だが、実際に主導権を握ったのはモンゴメリー刑事で、きわめて的確に対応した。モーガンの震える体を毛布で包んで落ちつかせ、優しいがしっかりとした調子で話しかけた。自宅に連れ帰るというショア夫妻にモーガンがついていこうとしなかったため、刑事は、一人になれる空間を作ってやってくださいと夫妻に頼んだ。それでもモーガンは、刑事のそばにぴったりついて離れなかった。そこで刑事は警察署に連れていくことにし、ショア夫妻には車で後ろからついてくるようすすめた。刑事は少女を車に乗せ、自ら運転してサッター街の警察署へ向かった。

ニューヨーク市警察七五分署。モーガンは今でもあの看板の太い文字を憶えている。職務の重さを示す、威圧的な文字。

刑事は先に立って怪しげな感じの人々のいるそばを通り、階段を上がって、小さなキッチンへと案内した。学校のカフェテリアに似ていたが、もっと小さく、散らかっていた。刑事はココアを持ってくると、モーガンの横に腰を下ろした。

そして話しはじめた——自分の子どものこと。今は別居しているが、それが自分にとってどんなにつらいか。どんなに離れていても、親子の絆は切れたりしないということを。いいかい、お父さんとお母さんはいつだってきみを愛している。これからもずっと、一緒にいてくれるんだ。天国がここからどんなに遠くても、いつも見守ってくれているよ。

そのときモーガンの目から、こらえていた涙がせきを切ったように流れだした。身をふりしぼるようにしてしゃくりあげながら、泣きつづけた。胸が張りさけそうに痛んでいた。いったんあふれ出した涙はとめどがなかった。もうこれ以上は続かないと思えるまで泣きじゃくったあと、ずるずると座りこみ、最後には使い古した二脚の椅子を並べた上に丸くなって寝入ってしまった。モンゴメリー刑事に体を抱えられて別の部屋に連れていかれたのを、おぼろげながら憶えている。ファイルの山や保存用の箱が積みあげられた、かび臭くちっぽけな部屋。刑事はモーガンの体を簡易ベッドに横たえると、上から毛布をかけ、その場を離れた。部屋のドアを少しだけ開けておいて外の話し声——刑事の声も含めて——が耳に入るようにし、明かりはつけたままにして彼女を怖がらせないようにした。

数カ月が経ち、十回を超える心理セラピーの治療を受けたモーガンは、ようやくあの夜の衝撃から立ちなおりはじめた。少しずつではあるが感情表現を取りもどし、エリーゼの問いかけに答えてぽつぽつと語るようになった。

モンゴメリー刑事は、ショア夫妻やカウンセラーと協力して陰ながら支援を続けた。何度か電話を入れて、心理セラピーの進みぐあいはどうか、モーガンの精神状態はどうなったかを確かめており、そのことは本人にも知らされていた。のちにモーガンは刑事にあてて手紙を出し、子どもなりの感謝の気持ちを伝えた。

両親が殺されているのを発見した晩、モーガンはあまりのショックに感覚が麻痺し、何も感じなくなっていた。ショア家に身を寄せて一緒に暮らすようになったのは、ショア家の人々こそが自分に残された「家族」に一番近い存在だったからであり、それが両親の望みだったに違いないと思ったからだ。かといってショア家の人々に愛情を抱けるようになるなど、当時は考えられなかった。時間を戻してほしい。それだけがモーガンの望みだった。魔法の杖のひと振りで両親が生きかえり、ふたたび一緒に暮らせることを夢みていた。

エリーゼもアーサーも、何くれとなく面倒をみてくれた。時間をかけ、心をこめてモーガンに接し、最高の治療が受けられるように取りはからい、心のケアは一流の心理カウンセラーや児童専門のセラピストにまかせるなど、あらゆる手を尽くした。

そんなショア夫妻の心づかいが、モーガンはありがたかった。感謝の気持ちは簡単に表現できたが、それ以外の感情については多少時間がかかった。

「あのころのことを思い出しているんですね？」

モンゴメリー刑事の質問で、物思いにふけっていたモーガンは我に返った。

「ええ」顔を上げ、刑事と目を合わせる。「刑事さんの洞察力がいかに鋭かったかを思い出していたんです。押しつけがましくされたおぼえがないんですもの。こんなときにはこういう感情を抱くべきだなんてお説教したりせずに、ただ悲しみの中に浸らせてくれたわ。わたしの心に土足で踏みこんでくることも、見捨てて立ちさることもしませんでした。刑事さんがいらっしゃらなかったら、わたし、あのつらい夜を耐えぬくことができたかどうか」

「それは褒めすぎだな。ほかにも助けてくださる人がまわりにたくさんいたし。それにあなたは、どんな困難にも負けない強い心を持っていましたからね」

「強い心だなんて。あのときはもう、人生が終わったみたいな気分だったのに」

「終わったかもしれませんね、最初の人生は。でも、自分でまた立て直したでしょう」

「ええ、そうですね」モーガンは胸の前で腕を交差させてセーターの袖のあたりをさすった。急に寒気がしたのだ。「でも、わたしが負ったような心の傷は、いつまでたっても癒えないものなんです、完全にはね。だから、刑事さんが持ってきた話はまるで爆弾——傷口がまた開いてしまったみたい」

「そうでしょうね」モンゴメリーは苦々しそうに現実を認めた。「まったく、いまいましい。事実を消せるものなら消してやりたいですよ。あなたの心の安らぎを奪うことだけはさせたくない。長い時間をかけてようやく立ち直ったというのに」

真摯なその言葉にモーガンは心を打たれた。「昔と変わらず、優しいんですね」

「いや、腹を立てた一人の男にすぎませんよ。冗談じゃない。この事件、なんとしても解決してやります。わたしは真犯人が見つかるまで、関係者の動きに目を光らせるつもりです」

「解決するとおっしゃるけど、見込みはあるんですか？　事件の捜査は最初の時点から間違っていたんですよね。もう遠い昔のことですし。それに、あなたはすでに捜査の一線から身を引かれたんでしょ。わたしから見れば、解決の可能性はなきに等しいように思えるんですが。両親を撃ち殺した真犯人はきっと、これからも大手を振って町を歩きつづけるに違いないわ——今までの一七年間と同じように」自分が発した言葉の意味をあらためて理解した衝撃で、モーガンの声は震えていた。「ひどいわ」とつぶやく。目に涙を浮かべ、顔に両手を押しつけた。「どうして、こんなことになったの？」

「どう答えていいか、わたしにもわからない。だけど、くやしい。許せないよ」モンゴメリーはなだめるような言葉でかえって侮辱するようなことはしなかった。壁ぎわまで歩いていき、サイドボードの上にあった氷水入りのピッチャーを取りあげた。「ほら、飲んで」グラスに一杯ついで、モーガンの手に渡す。

「ありがとう」モーガンは大きくひと口飲んだ。「すみません、つっかかったりするつもりはなかったんです」

「いや、大丈夫。ショックな知らせでしたからね、憤然とするのも当たり前です。あなたの言うとおりですよ。事件は一件落着とされていたし、あれからずいぶんになる。だが、ショア議員の人脈を甘く見てはいけませんよ。下院の重鎮で、金融サービス委員会の有力なメンバーです。ニューヨークでは大人気だし、全国的にも知名度が高い。そのうえ、今話題の法案を推し進めている主唱者だ。ショア議員が強力に主張すれば警察も動きだすだろうし、真相を究明するまで徹底的に捜査するいい動機づけになるでしょうね」

刑事の口調にこめられた非難は明らかだった——その言葉にこめられた意味も。

「刑事さんは、最初の捜査で出た結論に納得していなかったんですね」モーガンは気づいたことを思わず声に出した。

「自分なりの疑いは持っていました」モンゴメリーはぶっきらぼうに答えた。「だが、あくまで疑いというだけで、証拠は何ひとつなかった。そうこうするうちにシラーが自供したので、やっぱり自分の直感は頼りにならなかった、と思いこんだんです」

「でもその思いこみは間違っていたのね」

「ええ。まあ、後の祭りですよ」

モーガンはモンゴメリーの表情をじっと眺めた。冗談めかした物言いや、平然としているかに見える態度にはだまされなかった。「今でも自分を責めてらっしゃるのね。あらゆる可能性を探ってみなかったことに対して」

「あのときは流れに従うよりほかなかったんです。自分を責めてるって？　そりゃ、人間、生きているかぎり、後悔はつきものですからね」

「そうとはかぎらないわ。今度は違う」モーガンはグラスを置いた。「お願い。再捜査に加わって、両親を殺した真犯人を見つけてください」

モンゴメリーは眉をわずかに上げた。「もう警察は辞めたと言ったじゃありませんか」

「でも、私立探偵なんでしょう。わたし、依頼人としてお願いしているんです。調査料金はいくらでも、なんとしてでもお支払いしますから。警察の人たちや、検察局は信頼できないんです。信頼できるのは刑事さんだけ」

「過分なお褒めの言葉、ありがたいですね。でも検察局にしてみれば、わたしは目の上のたんこぶみたいなやっかいな存在ですよ。以前の上司にとってもそうです。わたしがこの仕事を引きうけたところで、お役に立てそうにない」

「いいえ、そんなことありません。刑事さんは人の圧力に脅えて言いなりになったり、慣行に屈したりする人じゃありませんもの。そんな障害をうまくかわせる人だわ」

「そうかな?」面白がっているような表情。「まあ、かわせるときもあるでしょうね。だが、この件はちょっと性質が違う。わたしがいくら低空飛行で目立たないようふるまっても、警察のレーダーの画面には映ってしまうんです。火花の散る闘いになりますよ」

「刑事さんは心のどこかで、その闘いを楽しんでいる」モーガンは鋭く言いあてた。「体制に挑戦して――そして、勝つことができる人よ」

モンゴメリーはくっくっと笑った。「人の性格診断がお上手だな、ミス・交際相手紹介所は。でも、買いかぶりすぎですよ」

「そうは思わないわ」モーガンは息を吸いこんだ。記憶がよみがえったことで目が輝いている。「だって、憶えていますもの。子どもながらに、あの夜の記憶は脳裏に焼きついて離れないんです。主導権を握っていたのは刑事さんで、ほかの人たちの一〇歩先を進んでいたでしょう。中途半端にお茶を濁したりせず、まっすぐにめざすものに向かっていった。たぶん、一匹狼なんでしょうけど」

「それについては、〝たぶん〟じゃありませんね。確かにわたしは一匹狼のカウボーイですよ。だから警察を辞めて、独立したんです。組織のルールに従うのは得意じゃない」

「そう、自分が決めたルールに従って行動する。既存のルールを曲げたり、破ったり。それでかまわないわ。憎い犯人をつかまえてくれさえすれば」モーガンは熱を帯びた口調で言い、足を一歩前に踏みだした。両手のひらを力をこめて合わせ、モンゴメリーをまっすぐに見つめる。「刑事さん、引きうけてください。どうか、お願いします。ご自身の心の安らぎを取りもどすために。一七年前、捜査に対する並々ならぬ意欲をかきたてたもののために」唇が震えていた。ごくりとつばを飲みこんで、モーガンは続けた。「そして、あのときあなたが助けた女の子と、今でも悪夢につきまとわれている女性のために。お願いです」

ピート・モンゴメリーの顔をさまざまな感情がよぎった。大丈夫、気持ちは伝わったわ。モーガンは確信した。刑事さんの頭の中で、過去の体験がよみがえっている。思い出して、わたしと同じ苦しみをふたたび味わっているんだわ。

「かならず真犯人をつきとめられると、信じているんでしょう」モンゴメリーの表情を読みながら、モーガンは断言した。「わたしもそう信じています。というより、絶対につきとめてくれると確信しています。だからこうやって頼んでいるんです。お願いします」

モンゴメリーは歯をくいしばってうなずいた。「わかりました」ぶっきらぼうな口調。「私立探偵として、あなたに雇われましょう」

4

モンゴメリーが立ちさったあと、モーガンは長いあいだ、会議室に一人で座っていた。天地がひっくり返るほどの衝撃だった。動揺と、苦痛と、怒りがないまぜになって襲ってきた。だが心のどこかでは、ああやっぱり、と納得できるものがあった——このごろ自分が感じていたなんともいえない不安、心細さにはちゃんと根拠があったのだ。

両親を殺した犯人が野放しになっていた——この一七年間、ずっと。

そのとき会議室のドアが軽くノックされ、ジルが入ってきた。「モーグ？」

「どうぞ」言葉に表さぬ親友の問いかけに答えながらも、モーガンの目は空《くう》を見つめている。ジルは会議用のテーブルの端に半分腰かけた。「どうしたの？　モンゴメリーさんって刑事なんでしょう。ジョナが言ってたけど」

「そうよ」モーガンは頭を後ろに傾けてジルの心配そうな目を見た。「ニューヨーク市警の元刑事で、今は私立探偵をしているの」

「そうらしいわね。おじいさんのデリの常連客で、ずいぶん前から同じ分署の仲間や家族と通っているって。息子さんは報道カメラマン。ジョナが助手をつとめてる先生なんですって。

で、モンゴメリーさん、なんの用事でいらしたの？」

「わたしに前もって警告しておくためよ」

「何を？」

「警察がしでかした失敗について。そのせいで、わたしたち皆に影響が及ぶだけじゃないわ。わたし、追いつめられてどうかなってしまうかもしれない。それほどの大失態よ」

「モーガン、おどかさないでよ」ジルは椅子に腰を下ろし、身を乗りだした。「あの人と知り合いなのはすぐにわかったわ。聞くとはなしに聞いていたら、あなたが子どものころ以来の再会みたいね。もしかして、ご両親の事件の捜査班のメンバーだったとか？」

「捜査班の主任だったの。現場に到着した最初の警察官で、わたしの心のケアをして助けてくれた人。事件当日からネイト・シラーの逮捕、公判、有罪判決が下った日まで、アーサーおじさまに状況を報告してくれていたのに。その努力はすべて無駄になったってことね」

ジルは目を丸くした。「まさか、あのけだものが仮釈放になったんじゃないでしょうね？」

「いいえ。終身刑ですもの、死ぬまで刑務所を出られないわ」

「じゃあ、いったいどうしたの？」

吐く息が震えた。「父と母を殺したのはシラーじゃなかったの。ほかにも何人か殺害しているし、実はさらに二人――警官と犯罪組織のボスを――殺していたんだけれど、犠牲者の中にわたしの両親はいなかったことがはっきりしたのよ」

「なんですって？　今ごろになって、新事実が出てきたってこと？」

「話せば長くなるけれど、ひと言で言えばそうなの」モーガンはまったく感情のこもらない声で言った。「つまり振り出しに戻ったってこと。いいえ、それより悪いわ。わたしは、両親を殺した真犯人が大きな顔をして歩いているのを知りつつ生きていかなくちゃならないんだもの。犯人はこの一七年、ずっと自由の身だったのよ。そいつの毒牙にかかった人たちがほかにいるかもしれないし、これから犠牲者が増えるかもしれない。そんな思いにかられながら暮らさなくちゃならないなんて――」モーガンは絶句した。

「もうやめて」ジルは手を伸ばしてモーガンの肩を優しく包んだ。「そんなふうに考えちゃだめ。当局が捜査を仕切り直して、事件を解決してくれるわよ。それだけに目を向けて」

「もちろん解決するわ。なぜって、わたしが手を尽くすつもりだからよ。もう、一〇歳の子どもじゃないもの。真相を解明するために自ら行動するし、できないことは専門家を雇ってやってもらうわ」

ジルはその言葉を噛みしめている。「専門家って、モンゴメリー探偵も含めて?」

「まずは彼から始めてもらうわ。事件解決の鍵を握る人だから。探偵として雇いたいとさっそく申し入れて承諾してもらったの」話を続けるうちに、揺れていた心はたちまち前向きになり、固い決意へと変わっていく。「チャーリー・デントンさんはもうお見えになった?」

「今さっき、いらしたところ。わたしが代理で会ったほうがいい?」

「いいえ、大丈夫。わたしからも話があるの。彼、マンハッタン地区検察局に勤めているでしょう。うちの父が殺される数年前に入局したから、本人を知っているし、尊敬していたらしいの。局内の人は皆、今回の件を知らされているはずだから、事件の再捜査についての最新情報を持っているかもしれない。検察局の動揺がどの程度のものか、真相をつきとめるまでにどれほどの圧力をかけるつもりか、探ってみたいの」モーガンは立ちあがった。

「何か、わたしにできることある？」ジルは両手を広げて尋ねた。途方にくれたようすだ。

「おばさまに電話して、今日の夕食、遅めの時間にできないか訊いてみて。この問題は、おじさまの飛行機が着くのを待って、全員で腰を落ちつけて話し合いたいの。いい？」

「もちろんよ」とりあえずしておくべき仕事が与えられて、ジルは安心したようだ。「まずパパに電話するわ。一便早い飛行機に乗れるかもしれないし、早く知らせておいたほうがいいから。しかるべきところに手を回して圧力をかける必要があるなら、パパが適任だものね。だけどモーガン、あまり熱くなりすぎないように、じっくり構えて、ね」

「無理よ」モーガンは片手で反対側の腕をぎゅっと握ると、ドアに向かって歩きだした。「気づかってくれてありがとう。でもわたし、何かしていないと、頭がおかしくなってしまいそうなの」

ジルは弱々しくうなずき、あわただしく部屋を出ていく親友を見送った。怒らせた肩に決意のほどが表れている。だがそんな態度や強がりにもジルはだまされなかった。モーガンが今回の知らせで受けた打撃ははかり知れない。

思えば、ピート・モンゴメリーが来る前から、モーガンの精神状態はもろかった。そして今はどうだろう？　両親殺しの犯人が獄中で一生を終えることがたったひとつの心の慰めだったのに、それがあとかたもなく消えてしまった。

ジルはテーブルから受話器を取りあげ、父親の電話番号を押した。


ウィンショアの居心地のよい待合室で、チャーリー・デントンは椅子に腰かけたままましきりに体を動かしていた。ベスが持ってきたエスプレッソには食指が動かなかった。今から始まる話し合いには、ウイスキーを二、三杯飲んでも足りそうにない。

デントンは検事として二〇年近くやってきた。情に流されず、神経が太く、相手の急所を突くのにいささかのためらいもない男だ。平静を失うことがあるとしたらそれはよっぽどの事態であり、人と対決する場合でもめったに動揺などしない。

だが、今回は違った。

カップを置くと、デントンは首の後ろに手を回してもみほぐした。早く終えてしまいたい。廊下の向こうから、ベスの机の上のインターコムが鳴るのが聞こえた。

「はい」ベスが受話器を取って答える。「わかりました。すぐにお呼びします」

一分後、ベスが戸口に現れた。「デントンさま、ご案内しますので、どうぞ」

「ありがとう、でも一人で大丈夫ですよ。二階のリビングルームですよね?」ベスがうなずくのを待つ。「あそこで最初の面談をしたので、場所はわかってます」それだけ言うとデントンは急いで階段を上っていき、右側から二番目のドアの前で立ちどまった。

ドアはわずかに開いていた。モーガンは、茶色がかったグレーのマイクロスエード素材でできたコーナーソファに座っていた。開いたファイルを膝にのせ、額にしわを寄せて考えこんでいる。

きれいな女性だった。骨組みがきゃしゃで優美で、優しさと激しさを兼ねそなえたたぐいまれなその姿は、見る人を安心させ、またセクシーでもあった。皮肉なことに、モーガンは自分の美しさや、その他もろもろの美点に気づいていない――知性にあふれ、人の心を読むことにかけては鋭い直観力をそなえているが、それも意識したことがないのだろう。

デントンは部屋に入り、後ろ手にドアを閉めた。「こんにちは」

「ようこそいらっしゃいました、デントンさん」疲れているようだ。顔色が青い。両親の命日が近づいている。胸が痛んでいるに違いない。なのにデントンは、また新たな心の痛みを呼びおこす事実をモーガンの目の前に叩きつけようとしていた。

「今日は時間を変更していただいて、すみませんでした。何しろ大変な一日だったもので」

「そうでしょうね」モーガンはデントンに、自分の斜め向かいに置かれた張りぐるみの安楽椅子に座るよう手でうながした。「どうぞ、おかけください」

デントンはクッションの端に軽く腰を下ろし、両膝をつかんでぐっと身を乗りだした。引き延ばしても得るものはない。ひと思いに言ってしまえ。

「約束の時間を遅らせてもらいましたが、今回の目的は結婚相談ではないんです。ブルックリン地区検察局が今朝決定した司法取引についてお伝えするために来ました。あなたに直接関係のある話です。ご両親の殺害事件と、その犯人――犯人でなかった男についてです」

モーガンの動きが止まった。「聞かせてください」

「ネイト・シラーの自白は嘘っぱちでした。やつはご両親を殺してなどいません。犯行時刻には、警官と犯罪組織のボスの殺害現場にいたことがわかっています」デントンはモーガンの反応を確かめ、沈黙は初めて聞く事実にショックを受けたせいだろうと解釈した。

「こんなことをいきなりお聞かせして、さぞかし驚かれたでしょう。ひどい話だと思われるのも当然で、心苦しく思っています。なぜわたしがこの知らせを持ってきたかというと、うちの検察局とブルックリン検察局のあいだで何時間も政治的な駆け引きがありまして。我々は職業上の礼儀を重んじるべきだと主張し、ブルックリンのほうでは職業上の管轄権を主張していたんです。論争のすえ我々が勝って、こうしてわたしが来たわけです」

驚いたことに、モーガンは乾いた笑い声をあげた。「おたくの検察局は勝ったけれど、あなたは負けてここにいらしたのね。どうなさったの——貧乏くじを引いたんですか？」

「えっ？」まったく予想だにしなかった反応だった。

「検察局の指示でしょう。そう考えれば納得がいくわ。わたしたち、もともと知り合いですもの。それに、あなたは生前の父をご存知だし、父のもとで事件を担当されたでしょう。だからこそ選ばれて、この知らせをわたしに伝える役目を引きうけさせられた。マンハッタン検察局もブルックリン検察局も、礼儀をわきまえているというか、見方によってはご都合主義というか。あの人たち、わたしの反応を心配しているのかしら？　それともアーサーおじがどう出るかを気にしているのかしら？　確かにわたしは、愕然《がくぜん》として、うろたえています。

二、三時間前に知らせを受けてからずっと。おじにはまだ知らせていないけれど、きっと激怒するでしょうね、わたしの両親の殺害事件の捜査に大きなミスがあって、真犯人がのうのうと暮らしていることがわかれば」

デントンは目を丸くした。「シラーの件、もうご存知だったんですか?」

「ある友人が教えてくれました。見ず知らずの人から、あるいは下手すればマスコミから事実を知らされる、というショックを味わわないですむよう、気づかってくれたんです」

「なるほど」長い沈黙。そのあいだにデントンは落ちつきを取りもどした。「あなたがコネに恵まれた友人をお持ちか、でなければ検察局で深刻な情報漏れが起こっているか、どちらかでしょうね。この件は、あなたにお知らせするまでは機密扱いだったはずですから」

「もちろん、そうでしょうね。でも今となってはもう、どうでもいいことじゃありませんか」モーガンはこわばった笑みを浮かべた。「知るべきことは伝えられ、最初の衝撃は去り、わたしはまだ生きていますしね」

デントンは意味ありげにモーガンを見つめた。「わたしたちのあいだではご両親について通りいっぺんの話しかしたことがありませんでしたね。わたしがロースクールを出てマンハッタン地区検察局に入局した当時、あなたのお父さんは皆のあこがれの存在だった。新入りは誰もが英雄視していましたよ。検事としてきわめて優秀で、深い洞察力をお持ちだった。お母さんにはお会いできませんでしたが、思いやりのある方だったそうですね」

「ええ、そうでした」

デントンは息をついた。「ご両親の殺害は、我々関係者にとって大変な衝撃でした。でも、わずか一〇歳の女の子だったあなたは、どんなにつらかったか。想像もできませんよ。あの夜、両親を失っただけでなく、現場を目撃したんですから」

「ええ、両親の遺体を見つけたのはわたしです」モーガンは感情のこもらない声で言った。「人生を根本から変えてしまうほどの経験でした」

「そして今、シラーをめぐる新事実という、新たな精神的打撃と闘わなくてはならない」

「そのとおり。でもわたし、対処能力もかなりついてきたし、意志も強くなりましたから。真犯人をつきとめる努力を、他人の予定みたいに受け身にとらえたり、手をこまぬいて見ていたりはしません。自らことを運ぶつもりです」

その言葉にデントンは反応し、動きが止まった。「どういう意味でしょう?」

「つまり、この件があちこちの法執行機関でどう扱われているか、現状を見きわめるところから始めるってことです」今度はモーガンが身を乗りだす番だった。「デントンさん、教えてください。実際、マンハッタン検察局の怒りはどの程度のものなんですか? ブルックリン検察局に圧力をかけて捜査を再開させようとするぐらい? それともこれは、犠牲者が伝説の地方検事補であろうとなかろうと、後まわし扱いの事件なのかしら?」

きわどい質問であり、きわどい答になることはデントンも意識していた。「わたしにもよくわからないんです。古株は皆、怒り心頭に発していますよ。特にお父さんと親しかった人たちは、事件の解決を強く望んでいます。でも若手の連中は違う。ジャック・ウィンター検事補といっても名前ぐらいしか知らない。捜査再開にはかなりの人員と費用がかかります。一七年前の事件ですから、手がかりも少ない。局としても意欲が冷えこんでいる」

「わたしたち、いえ、あなたたなら、関係者の意欲を再燃させることができるわ」デントンの警戒した表情に反応してモーガンは言った。「何も、内部告発をしてくれとか、人の感情を害するようなことをしてくれというわけじゃないの。ただ情報が欲しいだけ。父が殺された当時、どんな事件を担当していたかを調べていただきたいんです」

「つまり、恨みを持っていたと思われる人物を洗いだす、ってことですね」

「おっしゃるとおり。それが出発点になると思います」

「そういう捜査は、ブルックリンの〝未解決事件担当班〟の連中がやるでしょう」

「ええ、最終的には。縄張り争いが決着して、関係書類が引っぱりだされたあとでね。でもわたし、それまで待てないんです。煩雑な手続きは省いてことを進めたいの。まずは、今おっしゃった〝古株〟の人たちの話を聞いて、情報を収集していただけたら」

「その作戦にはふたつ問題があります。まず、お父さんが担当していた事案の情報はあちこちに散在しているはずです――解決ずみの事件ファイルにおさめられたものもあれば、迷宮入りになって埃をかぶっているものや、閲覧制限はないが担当者が変わったものもある。もうひとつの問題は、あなたがこの事件を、個人的な恨みを抱いた者による復讐殺人と想定していることですよ。居直り強盗から殺人に至った可能性もあるんです」

「調べてみなければわからないわ。でも、そうなると第三の――というより、根本的な問題が浮かび上がってきますね。あなたが積極的に動きたがらないのは、政治的な理由がからんでいるんじゃないかしら。どちらの検察局が主導権を握るかという、事件の管轄権をめぐる闘いがあって、決着するまでは下手に動くと誰かの神経を逆撫でする恐れがあるってことね。それなら心配いらないわ。わたしが対処します。アーサーおじに事情を話して、あなたにしかるべき権限が与えられるよう、当局に働きかけてもらいますから」

うつろな笑いがもれる。「聞いていると、まるで自分がご都合主義のろくでなしみたいな気にさせられるな」

「将来のキャリアを考えて行動しようとしているだけで、責められるいわれはないわ。協力していただけます？」

チャーリー・デントンは顔の前で両手を合わせると目を伏せて、指を眺めた。モーガンの目を見ることができない。見たら最後、動揺せずにはいられないからだ。それでなくても心は揺れ動いていた。個人的な感情が――複雑な感情が渦巻いていたからだ。公平な見方を保つことなど不可能だった。事件当時もそうだったし、今となってはなおさらだ。

デントンは顔を上げ、モーガンと目を合わせた。「できるかぎり、調べてみましょう」

ロンドンのヒースロー空港はごったがえしていた。旅行者がそれぞれの目的地をめざしてひっきりなしに行き来している。レーン・モンゴメリーは、とにかく家に帰りたかった。

席に座ったまま体の位置を変え、腕時計を見て、搭乗時刻まであと何分か確かめた。早ければ早いほどありがたい。ひどい時差ぼけに悩まされていた。たった一〇日間でベイルート、イスタンブール、アテネ、マドリッドを回り、ロンドンへやってきたのだ。むしゃくしゃしていた。疲れきっていて、何もかもがいやだった。家のジャグジーに一時間たっぷりつかってから、ベッドにもぐりこんで八時間眠ること。求めているのはまさにそれだった。

レーンは席にもたれかかって目を閉じた。この仕事は大好きだ。だが最近、ある部分だけはやりきれない、と思うようになっていた。フリーのカメラマンとしての生活は、二〇歳のころは最高にわくわくする経験の連続だった。しかし三三歳になった今は、タブロイド紙の仕事で生計を立てていたころとは違う。内密の撮影は――たとえCIAの依頼を受け、崇高な目的を持った任務であっても――うんざりすることがある。強行軍のスケジュール、機密保持の必要性、孤立状態。それらがスリルと興奮をそぎ、不安感を生みだすのだ。綱渡りの生活は嫌いじゃない。ただ、もう少し普通の部分があれば息抜きできて大歓迎なのだが。

携帯電話が鳴った。ちょうど頭上のスピーカーから搭乗開始のアナウンスが流れはじめた。一時間以上の遅れで、ようやく乗れることになる。

レーンは立ちあがった。カメラバッグを肩にかけ、革のボンバージャケットのポケットから携帯電話を取りだす。画面に表示された発信者番号に目をやったときにはもう、搭乗を待つ乗客の列に向かって歩きだしていた。

かけてきたのは『タイム』誌の編集者、ハンク・レイノルズだった。

通話ボタンを押す。「はい、レーンです」

「やあ。今どこにいる？」

「ヒースロー空港。今から飛行機に乗るところですよ」

「これからどこかへ行くの、それとも家に帰るのかい？」

「家です。出発が遅れて搭乗時間が二度も変更になって、早く帰りたくてうずうずしてますよ。この一週間半、毎日二〇時間労働で、もう過労死寸前です。ケネディ空港に着くまでひたすら眠るつもりですよ。家に帰ってひと風呂浴びて、ベッドに直行だな」

ハンクはくすりと笑った。「了解。じゃあ明日、電話くれるかな。仕事があるんだ」

レーンはうなった。「いつから、どこでやる仕事です？」

「来週からだから、それまでゆっくり休めるさ。場所はここニューヨーク、きみの縄張りだ。出張の必要もないし、時差に苦しまなくていい。食事も睡眠もろくにとれずに拘束されることもない」

それに、スパイもどきの危険な任務でもないしね。レーンは心の中でつぶやいた。ごく普通の、報道カメラマンっぽい仕事というわけか。「乗りますよ。テーマはなんです？」

「アーサー・ショア下院議員だ。以前、撮影したことがあったんだよな？」

「ええ。再選に向けた選挙運動のとき、『スポーツ・イラストレイテッド』誌の依頼で。ロッククライミングとかバンジージャンプとか、本人が趣味でやっているスポーツに関するフォトエッセイでした。で、『タイム』が議員に興味を示すような話題があるんですか？」

「きみは今週の新聞を読んでないだろうが、ショア議員は今、抜本的な改革を盛りこんだ重要法案を議会通過させようと奔走中なんだ。その一方で、いまだにインディ・ジョーンズばりの向こう見ずな人生を送っているだろ。スカイダイビングをやったり、ロッキー山脈のスキー場でも一番危険な斜面を滑降したり」ハンクは間をおいた。「それに今回、私生活の面で、世間の注目を集めるできごとが明るみに出たんだ。詳しくは明日、説明するよ。要は、議員としてだけでなく、個人としての一面を扱ったフォトエッセイが欲しいんだ。自らの限界に挑戦しつづける冒険心豊かな議員の日々の生活、という切り口でね。それできみが適任と判断したわけだよ」

「わかりました。お引きうけしますよ」レーンはハンクの言葉の意味を深く考えもせずに承知した。「じゃ、これで失礼します。もう搭乗が始まってるし、頭がぼうっとしてるんで」

「声でわかるよ。ま、家でせいぜい休むんだな。燃えつき症候群にでもなったら困る」

「偶然だなあ。ぼくも同じことを考えてたんですよ」

5

アッパー・イーストサイドにあるショア家での夕食は、出前の中華料理になった。並べるだけでいいので支度が楽だし、キッチンで手早く食事をすませられる。深刻な話の邪魔にならないというのも好都合だった。

モーガンはリビングルームのソファに座り、今日のできごとをアーサーに説明していた。話を聞くうちに怒りがつのってきたアーサーは、室内を行ったり来たりしはじめた。眉根を寄せ、頭の中で情報を整理しようとしているらしい。いつものことだった。じっと座っていられないたちで、考えるときには歩きまわる癖がある。

ジルは、床から天井までの大きな窓のそばを離れようとしなかった。ときおり、建物の外に陣取っている記者の一団をにらみつけている。記者たちは、あわよくばショア下院議員のコメントを取ろうともくろんでいるのだろう。

料理が届くと、ジルと父のアーサーは、母エリーゼのいるキッチンへ移動した。テーブルはすでにセッティングされ、ポットには緑茶が用意してある。エリーゼは片耳をリビングルームのほうに向け、夫の反応を気にしていた。自分たちの生活が二度とこんな悪夢に脅かされないようにするために、夫は影響力を発揮できるだろうか。

皆、食欲がなかった。それでも体のために食べておこう、普段どおりにふるまって気をまぎらわせようと、四人はキッチンのテーブルのまわりに座り、食事を始めた。いつのまにか会話はやんで、聞こえるのは、紙の容器のかさかさいう音と、スプーンやフォークが皿に当たるかすかな音だけだ。皆、黙々と手を動かして食べ、お茶を飲んだ。

「いまだに信じられない。こんな大失態が刑事司法の世界で起きてしまうとは」ついにアーサーが沈黙を破ってつぶやき、椅子を引いて立ちあがった。もうひと口も入らないのだろう。背が高くハンサムで、なすことすべてに活力と情熱がにじみ出る彼は、人を惹きつけずにはおかない強烈な個性をそなえている。「なんてふがいない連中だ。許せん」

エリーゼは唇をきっと結んでモーガンを見やり、ようすをうかがった。エリーゼ自身も料理にほとんど手をつけていない——健康的な食事を心がけるためとか、若々しい体型を保つためといったいつもの理由からではない。

一七年間母親代わりをつとめてきたエリーゼは、両親の命を奪われてモーガンがどれほど苦しんできたかを知っていた。今になって新たな事実を知らされ、いまわしい過去を思い出させられている。このままモーガンが重圧に耐えていけるかどうか不安でならないのだ。

「本当に、恐ろしいこと」エリーゼは同意した。「一刻も早く真相をはっきりさせないと」

「言うは易《やす》し、行うは難《かた》し、よ」ジルは額にしわを寄せている。「有罪判決が間違っていたといっても、二〇年近くも前の事件よ。真相を解明するなんて至難の業だわ」

「かならず解明させる」アーサーは断言した。「当局の当然の義務であって、もし解明できたら、という仮定の話じゃない。とにかく、これだけのへまをしでかしたんだ。弁解の余地はない。許せないのは、事件の被害者がジャックとララだからというだけじゃないし、ジャックがよく知られた地方検事補だったからでもない」あごの筋肉がぴくぴく震えている。「わたしは当時の捜査の進捗について、つねに最新状況の報告を受けていた。警察の動きや捜査方針まで逐一把握していたんだ」

「ええ、憶えてるわ」エリーゼがつぶやいた。「あなた、モンゴメリー刑事に毎日、電話で連絡をとってましたものね。一週間に一度は、お義父さまのデリで刑事さんと待ち合わせて、捜査の状況を確認していたし」

「そうなんだ。あのころモンゴメリー刑事が話していたことが思い出されて、どうにもやりきれないんだよ。刑事は、シラー犯人説に完全には納得できなかったそうだ。どこかおかしい、つじつまが合わない気がしてならない、と何度ももらしていた。そうこうするうちにシラーが自供したものだから、刑事の推理は葬り去られてしまった。捜査は大詰めを迎え、公判が行われてシラーの有罪が確定した。一件落着、というわけさ」

「刑事司法の手続きってそういうやり方でしょ。しかたがないわよ、パパ」ジルは指摘した。

「だが、わたしのやり方とは違う。わたしともあろうものが、言われたことを全部鵜呑みにすべきじゃなかった。自供のあとで、証拠をひとつひとつ見直させるべきだったんだ」

「おじさま、やめて」食事が始まって以来初めて口を開いたモーガンがさえぎった。「モンゴメリー刑事も今日、わたしのオフィスで、おじさまとまったく同じように考えて、同じように自分を責めていたけれど、ばかげてるわ。二人とも、当時できうるかぎりの努力をしてくれたのに。容疑者が殺人を認める供述をしたのよ。自白の内容を疑う理由がなければ、解決ということになるのは当然でしょう」

アーサーはズボンの両ポケットに手を突っこみ、陰鬱な表情でモーガンを見た。

「モンゴメリーを雇ったそうだが、賢明だったな。私立探偵なら、刑事として行動するより冒険できるかもしれないからね。明日の朝一番に彼に電話して、費用でも人手でも、必要なものはなんでも言ってくれと伝えておこう。チャーリー・デントンについては、当時ジャックが担当していた事件を調べるのに邪魔が入らないよう、手を回して徹底させるよ」

「ありがとう」モーガンは感謝をこめて言った。

緊張していたアーサーの表情がやわらいだ。「礼なんかいらない。それより、お願いだから、もっと肩の力を抜いてリラックスしてくれ。今にも倒れそうじゃないか。こうしてわたしも帰ってきたんだし、この件はわたしと、モンゴメリーのような専門家にまかせなさい。おまえはもう、自分の力で大きく前進しているんだ。順調なスタートじゃないか。だから、ここは一歩引いて静観することだ。ただでさえお父さんとお母さんの命日が近づいて、つらい思いをしているんだから。がんばりすぎちゃいけない」

「わたしも、同じことを言ったのよ」ジルが口をはさんだ。「でも、パパが言ったほうがモーガンも素直に話を聞いてくれるかな」

モーガンはこわばった笑みを浮かべた。「あなたたちの話なら、素直に聞いてるつもりよ。心配してくれてるのはわかってる。これからもう少し客観的に全体を見て、どこまでが自分でできる限界か見きわめようとは思ってるの。でも今夜はそんな余裕がない。というより、今夜はほとんど何もできそうにないわ。もうくたくただから。とにかく、一刻も早くみんなに情報を伝えておきたかったの。それはすんだし、家に帰って少し寝るわ」モーガンは立ちあがったが、足もとが少しふらついている。

「裏に運転手を待たせてあるから、家まで送ってもらえばいい」アーサーがすすめた。

「いいえ、大丈夫よ。歩いて帰れるから」

「途中で倒れるぞ。だめだめ、車で帰りなさい。マスコミに取り巻かれなくてすむから」アーサーはジルをちらりと見た。「おまえもだよ。記者連中のあいだを歩いているうちに、プライバシーの侵害だのなんだのと、自分の意見を言わずにはいられないだろうからな」

ジルは鼻にしわを寄せた。「さすがパパ、わたしのことよくわかってるわね」

「二人のことは、わたしたち、よーくわかってるのよ」エリーゼが訂正した。「弱点や能力の限界も、ね」二人をそれぞれ抱きしめる。「さ、お帰りなさい。ゆっくり休むのよ」

「言われなくても休むから、心配しないで」モーガンはそう言ってエリーゼを安心させると、今度はアーサーに問いかけるような視線を投げた。「おじさま、明日、二人で話せるかしら？　朝、電話をかける用事が終わったあとでいいんだけれど、時間ある？」

「空けておくようにするよ」

「でも、予定の打ち合わせがたくさんあるんじゃない？」下院議員であるアーサーが連日、超多忙なのは誰でも知っていた。

「うまくやりくりするさ。会うべき人たちに会う時間ぐらい作れるよ。それに、議会はクリスマスが終わるまで休会だから、ワシントンでの急務は特にない。つまり、地元での活動に集中していいということになる。今、とりかかっている仕事が一〇以上はあるんだがね。全国的な知名度を上げる意味で、『タイム』誌からの記事向けインタビューの依頼を承諾した。『冒険に挑みつづける議員の生活』とかなんとか、そんなタイトルだったな。なかなかいい切り口じゃないか。まあ、スケジュールについては心配はいらないよ」

アーサーはモーガンのようすを観察した。青ざめた頰、焦点の定まらない目。そんな中、固い決意の色が顔をよぎる。

「どれもこれも、どうせたいした案件じゃない。おまえの問題が最優先だ。例の電話は明日朝一番にかけるとして、そのあとウィンショアの事務所へ行くよ。ご自慢のコーヒーメーカーがあったろう、あれでエスプレッソを淹れておくれ」

その言葉でモーガンの唇から自然な笑みがこぼれた。「いいわよ。それで手を打ちましょ」それまで重くのしかかっていた肩の荷がほんの少し下りたような気がしていた。「ありがとう、おじさま。そんなふうに考えてくれて、嬉しいわ」モーガンはエリーゼのほうを向いた。「後片づけもしないで二人とも失礼するけど、ごめんなさいね、おばさま」

「後片づけですって？」エリーゼは心配するなというように手を振った。「皿洗い機にお皿を並べて、残った料理を冷蔵庫に入れるだけでしょ。一〇分もかからないわ」視界の隅に、夫が携帯電話を取りだしている姿が見えた。三人に背を向けてメッセージを確認している。エリーゼの顔に不安そうな表情がよぎった。「わたしも早めに寝ることにするわ。どうやらみんな、明日からにそなえてエネルギーを蓄えておく必要がありそうね。いずれにせよ、厳しい道のりになるのは確かですからね」

午前二時だったが、モンティは眠れずにいた。

まあいい。今夜はこのまま起きているか。眠ろうとする努力をあきらめ、寝返りをうってあおむけになった。横に寝ているサリーに目をやり、安堵と満足の気持ちに満たされる。

一度離婚したあとにふたたびこの人と結婚してから六カ月になる。おれはこの世で一番の幸せ者だ、とモンティは思っていた。三〇年にわたり警察という法執行の現場で働くあいだに、あらゆる悲劇や醜いものを――いちいち悩んでいられないほど多くを――見てきた。だからこそサリーが、よいことや美しいもののすべてを体現した存在だと感じられる。以前結婚していたときと違い、今はそれを大切に守ろうとするだけの成熟度と知恵をそなえていた。

サリーは深く規則正しい寝息をたてている。ぐっすり眠っているらしい。起こさないよう気をつけながら、モンティはベッドからそろそろと下りて、スウェットパンツをはき、一階のキッチンへ下りていった。こんなふうに眠れない不安な夜を過ごすときにはいつもきまって行う、非生産的ではあるが楽しい儀式を始めようとしていた――非生産的というのは、その儀式のすべての要素が不眠を長びかせること間違いなしだからだ。

モンティは濃いブラックコーヒーをポット一杯淹れてから、そこそこ新鮮なドーナツを見つけ、それを電子レンジできっかり九秒温めると、テーブルのそばに座って食べながら考えはじめた。

今夜、モンティの頭を占めているのは、よみがえった悪夢――ウィンター事件だった。ガベッリには感謝しなくてはなるまい。仕事のあいまに、事件発生当時に作成された事件簿をまるまるコピーしてくれた。取調べの記録から報告書、犯罪現場写真まであるという。それらを一式のファイルにまとめて夜、七五分署を退出したあと、リトル・ネックにあるモンティの事務所に寄ってくれたのだ。ガベッリが残した留守番電話のメッセージによると、ファイルは事務所のドアの下から差しいれておいてくれたらしい。明朝モンティが出勤したら、最初につまずくのが事件簿のファイルになるという寸法だ。

早くファイルを手にしたい。モンティははやる気持ちを抑えきれなかった。犯罪現場の詳細を思い出すために必要なわけではない。あの光景は脳裏に焼きついて、一生忘れることはない。だが事件簿のコピーは、捜査活動の過程をひとつひとつ振り返りながら、新鮮な目で見直し、より高度に発達した犯罪科学捜査の手法を使って再評価するために必要なのだ。

遺留品などからＤＮＡ照合を行うのは簡単だろう。といっても、犯人の情報が犯罪者データベースにすでに登録されていればの話だ。もし登録がなければ、つまりモンティの推理どおり個人的な恨みを持った前科のない人物のしわざであれば、物的な手がかりはなくなる。

ただし、殺害現場の写真は別だ。八〇年代後半の撮影とはいえ、画質はかなり鮮明で、範囲と角度の点でも、状況をあますところなくとらえていた。再捜査の出発点としては悪くない。というのも、モンティは運よく、画像強調処理と写真修正の世界では一流の専門家を知っているからだ。資料写真の画像を分析する技術の確かさでは、法執行当局はもちろんのこと、それ以外の世界でも一目置かれている人物だ。

モンティはまたひと口、コーヒーを飲んだ。もう真夜中を過ぎている。息子の予定についての記憶が正しければ、やつは二、三時間前にヨーロッパ出張から帰ってきたばかりで、今ごろはベッドに大の字になってぐっすり眠りこんでいるだろう。

かわいそうだから、起こすのはやめておくか。モンティは父性本能をくすぐられるにまかせた――今夜だけは。

だが明日には、レーンに電話を入れるつもりだった。

モーガンはびくりとして目を開けた。みぞおちのあたりに不快なものが感じられた――何かがおかしいのに、それがつかめない、もどかしい感覚。

突然、それが何であるかに思いあたって、体じゅうが冷たくなった。

モーガンはベッドの上で起きあがり、両膝を胸に引きよせて腕で抱えこんだ。アーサーおじはさっそく行動を開始するだろう。モンゴメリーさんも猟犬のごとく事件の手がかりを追うに違いない。だが、それだけでは不十分だった。射殺されたのはわたしの両親なのだ。銃の引き金を引いた人物が本当は誰だったのか。それをつきとめるのに、残されたただ一人の娘であるわたしが受け身であってはならない。もっと、ほかにできることがあるはずだ。

モーガンは大急ぎでベッドから下りると、両親の遺品を置いてある書斎へ行った。この中に、捜査に役立つものがあるかもしれない。

ただ問題は、どの写真も形見の品も個人的な思い出を語るものでしかなく、手がかりにはなりそうもないことだった。最近発見した母親の日記も、虐待された女性を支援するためのカウンセリングや医療サービスに関する記述が中心だった。

そういった事業こそ生前の母親が熱心に取り組んでいた夢であり、だからこそモーガンはウィンショアの慈善事業部門を立ちあげたのだ。虐待に苦しめられていた女性の新たな関係構築と自立に向けた支援ができれば、母親の夢の実現にひと役かうことになる。

父親の遺品はというと、手紙も手帳もない。額入りの家族写真や、机の上にいつも置いていた立派なペンのセットをのぞいて、私生活を感じさせるものはなかった。

しかし、写真のほかに、母親は新聞記事の切り抜きを集めていた。父親が担当して起訴した主な事件で、検察が有罪判決を勝ちとったことに対する賛辞が載った記事だった。

モーガンはそれらの切り抜きを注意深く広げて並べた。記事中の一語一句をたんねんに読んでいく。だが、そこに記された容疑者の名前にも、有罪が確定した事件の情報にも、何ひとつぴんとくるものがない。考えてみれば、モーガンが子どものころに起きた事件ばかりなのだからそれも当たり前だった。つまり、記事中に登場したどの犯罪者も、刑務所の外に仲間がいたり、判決に憤りを感じた家族がいた可能性はある。そのうちの誰かが地方検事補を〝始末した〟のかもしれないのだ。

要するに、切り抜き記事のどれかに、動機に結びつく重要な情報が隠されていてもおかしくないということだ。モーガンの中途半端な知識ではとうてい見つけだせない手がかりが。いったいどうすればいいの。自分の無力さを思い知らされ、モーガンは敗北感に打ちのめされていた。わらにもすがる思いだ。でも、少なくとも何かにすがろうとはしている。

アーサーおじとエリーゼおばがどれほど心配しようと、自らが傷つくとわかりきっていることに手を出すなといいましめようと、言うとおりにするなんて無理。わたしはこの捜査に積極的にかかわっていかなければならない。

決意を固めたモーガンは背筋をぴんと伸ばすと、記事をもとどおりに折りたたんで封筒に入れた。これをモンゴメリーさんに渡そう。あの人ならもしかしたら、記事に出てくる名前に心あたりがあるかもしれない。ない場合でも、チャーリー・デントンか、当時マンハッタン検察局に勤めていた検事の誰かに訊けば、手がかりにつながることも考えられる。

真相究明の可能性が開けるかもしれない道筋。

その道筋を選ぶしかなかった。

6

『タイム』誌のハンク・レイノルズは運よく、モンティより先にレーンをつかまえた。

　レーンが自宅でのトレーニングを終えてミネラルウォーターを飲んでいると、電話が鳴った。タオルを肩にかけ、部屋の隅に向かう。アッパー・イーストサイドにあるメゾネットタイプのこのコンドミニアムは、義理の弟のブレイク・ピアソンから買ったもので、広々として気持ちのいい家だ。トレーニング器具を入れて家庭内ジム《ホームジム》にしたこの部屋を含めて、購入時に大幅な改装をし、写真用の暗室、コンピュータルームを作った。

　レーンは表示された発信者番号を見てハンクであることを確認してから、電話をとった。

「度胸ありますねえ。ぼくが編集者だったら、一〇日間のきつい出張帰りで睡眠不足の男の家に、こんな朝っぱらから電話しようなんて大それたこと、思いつきもしませんけどね」

「いや、おれは思いつくんだよ」ハンクは答えた。「きみのことならお見通しさ。疲れた、一週間は働きたくない、とか言いながらいつも、八時間経ったらもう退屈してるんだから。ところで、息切れしてるみたいな声だな。スポーツクラブから帰ってきたところか」

「いえ、家でトレーニングしてました」レーンはミネラルウォーターを飲みほしてにっこりと笑った。「でも、おっしゃるとおり、ぼくは回復が早いですから。それに、ベッドで休むといったって、一人寝はつまらないしね」

「そんなときは携帯情報端末《PDA》にご相談だよ。登録してある女の子の名前を選んでクリックして、連絡するんだな。寂しい一人寝の問題は、明日までに解決するさ」

レーンはくすりと笑うと、タオルをわきへ投げ、座部にクッションのついた壁際のベンチに腰を下ろした。「そりゃちょっと大げさだなあ。ま、そういう男のイメージ、嫌いじゃないから、あえて反論はしませんがね。さて、例のショア下院議員の記事の話、聞かせてくださいよ。そうとう気合入ってましたよね。でも、政界の最新情報はとばして結構です。こうしてめちゃくちゃな過密スケジュールで世界じゅうを飛びまわってますが、いちおうインターネットで日々のできごとは追ってますから」

「わかった。ただ、議員の生活にかかわる新たなスキャンダルが発生してね——政治とは無関係なニュースだが」

レーンはうなった。「まさか暴露記事じゃないでしょうね？　議員がつきあってるっていう女の子の噂は聞いたことがあるし、〝アーサーの天使たち《アーサーズ・エンジェルス》〟についてのブログも読んだことがありますけど。議員事務所じゃ、ワシントンで一番美人の実習生をそろえてて、ショア先生、大いに楽しんでるみたいですね。ま、ぼくにはどうでもいいことだけど」

「うちは『タイム』だよ。『エンクワイアラー』みたいなゴシップ雑誌とは違うんだ。今回の記事は議員のセックスライフとは関係ない。実は、一七年前に殺された親友にかかわる話でね。容疑者が犯行を自供したが、今になってそれが虚偽の供述だったことがわかった」

「なんだって？」レーンは頭を上げた。「それ、ジャック・ウィンターとララ・ウィンターの――あの夫妻の殺害事件のことですか？」

「まさにそれだよ。警察がどじを踏んだことが今になって明るみに出たんだ。泣きを見るやつが何人出るか、わかったもんじゃない」

「うちの父が担当の刑事だったんです。捜査班の主任をつとめてました」

「ああ、知ってる。ショア議員もご存知さ。だからなおさら、今回のフォトエッセイの執筆はきみにまかせたいと、ご執心なんだ」

「なぜです？」たちまち警戒心が頭をもたげてきた。「当時、ぼくは一六歳ですよ。事件の詳細を知らされるはずがない。それに、知っていたとしても人に教えたりしませんよ」

「まあ、そうむきになるな。議員は何も、スパイみたいなまねをしろと言ってるわけじゃない。わざわざきみに頼んでお父さんから情報を聞きだしてもらう必要もないんだ。議員はきみのお父さんを探偵として雇ったんだから。というより、ウィンター家の娘が雇ったといったほうが正しいか。まあ、けっきょく同じことだ。両親を亡くして以来、ショア夫妻が後見人として、彼女の面倒をみてきたんだからな。要は、ショア議員のスケジュールの都合もあるんだ。何しろ超多忙だから、記事の件できみと打ち合わせしながら、事件に関してはきみのお父さんと連絡をとるようにすれば、時間も節約できるし、安心なんだよ」

「どういうことです？」

「信用されているということさ。ただし、この切り口で記事を書くにあたっては、写真と本文は本人の承諾を得てから発表してくれというのが議員側の要望だ」

「〝この切り口〟とは、振り出しに戻ったウィンター事件の捜査、という視点ですか？」

「そうだ。ショア議員としては、取材範囲を限定してくれると安心していられるんだろうよ。つまり、きみがピート・モンゴメリー元刑事の息子だから、議員のほうでは記事の中でこの件に対する議員の懸念と思い入れの強さについて触れることになるだろうが、それ以上は差しひかえる、と」

「議員としては、司法制度に対する批判があるにしても——少なくとも今はまだ、公にしたくないわけですね」

「ご明察。議員は今、マスコミへの露出をひかえて、自ら旗振り役をつとめている法案の議論だけに限って取材を受けている。ウィンター夫妻の殺害についてはコメントを出さないし、インタビューも拒否。公式記者会見もなしだ。個人的でデリケートな問題についての質問には一切答えない。しつこくせがまれると、そのたぐいの質問はすべて当局にお願いします、とくる。だから、このテーマの記事を頼めるのは、きみしかいないんだよ」

レーンは考えこむようにして首の後ろをもんでいる。

「わかりました。つまり当面、独占的に取材させてもらえるってことですね。まずは事件の捜査に関する内部情報をもらって、議員とうちの父の姿を隠し撮りするってところかな」一瞬の沈黙。「撮影はレニーズの店でしたほうがよさそうですね。家庭的な雰囲気が出せる。

あかぬけた感じはないが、自然で飾らないショットが撮れますよ。あそこならうまいものを食べられますしね。レニーズには、子どものころから父と一緒に通ってるんです」

「きみらだけじゃない、ブルックリンやクイーンズから通ってる客もいるんだろ。しかし、いいアイデアだな。今でこそカリスマ性のあるやり手の政治家として出世したショア議員だが、実家は庶民的な店だってことをさりげなく伝えられるからね」

「あの店でインタビューしながら、ショア議員が推進している法案の情報も仕入れられますしね。そのあと、地元の有権者と交流する議員の写真を撮って。そうだ、スリルを追い求める議員っていう切り口はどうします？　どんな感じで取り入れればいいですかね？」

「いつになったらそれを言いだすかと思ってたんだ」ハンクは皮肉っぽい口調で答えた。「心配には及ばないよ。議員が強力なプランを立ててお待ちかねだ。ヘリスキーや、スカイダイビング――きみが何度も経験してる普通のバンジージャンプとかじゃなくて、ずーんと腹にこたえる急降下だよ。議員が今夜、詳しく説明してくれるだろう」

「今夜？」レーンが訊きかえした。「今夜って、なんの話です？」

「ああ……それがね」ハンクは咳払いした。「実は、もう議員に約束しちゃったんだよ、今夜、食前のカクテルの時間にレーンをお宅にうかがわせますからって。議員は、フォトエッセイの重要なポイントと来週の日程について、打ち合わせしておきたいんだそうだ」

「となると、自宅で家族とくつろいでいるところを撮ってくれっていう意味ですね。ショア家の人々が青天の霹靂《へきれき》みたいな衝撃を受けても、気丈に暮らしているようすが読者に伝わりますから。それに、一家の結束の固さも示せるし、家族思いのお父さんとしての議員の一面も出せる。これは議員にとっては使える材料になりますよ。二五歳の女性と不倫してるだのなんだのと、三流誌が垂れ流しているあの手の記事が及ぼした悪影響は、このフォトエッセイでうまく中和されるかもしれません」

「そのとおりだ。行ってくれるね」

レーンは肩をすくめた。「かまいませんよ。もう少し早く教えてくだされればありがたかったけど、まあ、どうってことないです。議員のお宅には何時ごろうかがえばいいですか？」

「六時だ」

「了解です」

ガベッリがドアの下に押しこんでおいてくれたファイルを、モンティは午前中いっぱいかけてたんねんに読んだ。情報を補足、修正してメモの内容を更新し、ニューヨーク市警がどの段階で間違いを犯した可能性があるか分析して、考えられるすべてのケースをまとめた。

作業は二度にわたって中断された。まず予想どおり、アーサー・ショア議員からの電話。次に、予想もしていなかったモーガン・ウィンターの訪問。

電話に出たモンティに、ショア議員はいかなる支援も惜しまないと言い、必要な人員や資金は提供すると約束した。政治力を駆使してマンハッタンとブルックリンの両検察局に話を通し、協力をとりつけるつもりらしい。また週に一度、モンティと打ち合わせをしたいという。議員は、当局による公式の捜査とモンティによる非公式の捜査の橋渡し役となるとともに、今回の衝撃的な事実の発覚でモーガンが傷つかないよう守ることを考えていた。

会話の途中で、ショア議員に別の電話が入った――マンハッタン検察局からの折り返しの電話で、これは出ないわけにはいかなかった――が、議員はその前に、レニーズでの第一回の打ち合わせを、月曜の昼一二時にしようとモンティに提案した。

モンティが承諾し、受話器を置くか置かないかのうちに、玄関のベルが鳴った。出てみると戸口の前に、ウールのコートの両ポケットに手を入れたモーガンが立っていた。中に入るやいなや彼女は封筒を取りだし、父親が地方検事補として有罪判決を勝ちとった事件に関する新聞記事の切り抜きが入っているので参考にしてほしい、自分にできる範囲で調査のお手伝いをしたい、と申し出た。

モンティは咳払いをした。「いいですか。このさい、正直に言いましょう。わたしは今、事件簿のコピーをあらためて調べています。詳細な記録だけに生々しい内容で、正視に堪えないほどむごたらしい写真もある。あんなものをあなたにお見せするわけには――」

「見たいんです」モーガンは、わきに垂らした両手のこぶしを握ったり開いたりしながら言う。「見る必要があるんです」

大した勇気だ。モンティは感服した。この決意の背後にある動機も理解できた。だがモンティは、調査活動への協力が実際にはどういうことを意味するか、そのためにはどんな心がまえが必要かを、モーガン以上によくわかっていた。

「じゃあ、こうしましょう。わたしはこれから、かなりの時間をかけて報告書、事情聴取の内容、手がかりになる情報など、すべてを注意深く、綿密に調べていかなくてはならない。あなたも協力するとなれば、見たくもない恐ろしいものを見なくてはならないのだから、覚悟を決めるのに時間がかかるでしょう。だから、お互いに必要な準備期間として、二、三日、待ってみませんか。我々二人とも準備ができたと感じた時点で、未知の世界への扉を一緒にくぐればいい。痛ましい記憶の底をほじくり返すだけでなく、悪夢をふたたび味わうことになりますが、それでいいんですね。気の毒だが――ほかに方法がないので」

「大丈夫です」抑揚のない声でモーガンは言った。「あなたに調査をお願いすると決めたとき、自分が何に向かおうとしているかはわかっていました」

「どうだろう。わかっていたかもしれないし、そうでなかったかもしれない。ショア議員とお話ししましたよ。心配そうでした。あなたが重圧に耐えていけるかどうか気がかりだと」

「ええ、心配をかけているのは知ってますし、気づかってくれて、感謝してます。でもわたし、どうしても真犯人をつきとめなければ気がおさまらないんです。そのせいで以前より恐ろしい悪夢を、もっと頻繁に見るようになったとしても、かまいません」

モンティは短くうなずいた。「わかりました。じゃあ、一日か二日、時間をください」

「そのあと、二人で話し合うんですか？」

「話し合うというような単純なものじゃない。事件を振り返って、おさらいをします。あなたは事件当夜、現場を目撃している。だから、自分が足を踏み入れた場所の光景が脳裏に焼きついて、ご両親の遺体を発見したときの記憶と、それにともなう恐怖感しか頭に残っていないはずだ。今度はその記憶を超えたところに目を向けてください。あの夜、手がかりにつながりそうなものを見たり、聞いたりしている可能性があるからです。そこから始めて、次は、事件当日からさかのぼって数週間のうちに起きたできごとを、思い出せるかぎり思い出してもらいます。ご両親にかかってきた電話。会話や、口論の内容など、なんでも」

モーガンは目を丸くした。「当時わたしは一〇歳だったんですよ——そんな子どもに、両親の日々の生活や、結婚の内情がわかるわけがないでしょう」

「いや。意外でしょうが、子どもというのは、本人が意識している以上に多くのことに気づいているものです」

「そうして得た情報は、どこにつながるんです？」

「方向性としては、あなたが新聞記事の切り抜きから出発してめざそうとしたのと同じですよ。通り魔的な殺人だったのか、それとも個人的な動機があっての犯行か？　あなたのお父さんは検事という職業柄、多くの犯罪者を起訴して有罪にした。つまり、それなりに敵を作ったと見ていい。そのうちの誰かが、復讐のためにご両親をねらったのか？　そうだとすれば、事前の危険信号があったかもしれない。ご両親が話し合っていたことの中に、兆候として現れていた何かを、あなたが漏れ聞いた可能性もあるでしょう」

「ということは、出発点に戻ってしまう」モーガンは手で髪をかきあげた。「徹底的に掘り下げて調べても、窃盗が殺人に発展しただけ、という結論もありえるんですよね」
「ええ。個人的な恨みによる復讐という線が消えて、行き止まりになる可能性もあれば、麻薬中毒の男が現金と宝石目当てに殺人を犯した可能性も捨てきれない。でも、真犯人が誰にせよ、わたしはそいつを見つけだすつもりでいます」
「真犯人がまだ生きていればね」
「死んでいたとしても、そいつが何者かを――何者だったかを、どうしてもつきとめたい。我々は皆、この件に終止符を打って気持ちの整理をつける必要があるんです」

モーガンが帰ったあと、モンティは自分の言葉の意味をあらためて考えてみた。とんでもないたわごとだ、と認めざるを得なかった。本当の意味で気持ちの整理をつける方法はひとつしかない。真犯人を生きたまま捕らえて、罪を償わせることだ。それができなければ、大きく開いた心の傷はふさがらない――おれもそうだが、それ以上に、モーガンの心の傷は。

モンティはふたたびファイルを開き、殺害現場の写真を眺めた。一九八九年のクリスマスイブ。ララ・ウィンターとジャック・ウィンターは、ウィリアムズ街にある建物の地下室で、射殺死体で発見された。ララはここで、虐待された女性の支援センターを運営していた。

犯行時刻は推定で午後七時三〇分から八時のあいだ。そのとき建物内にいたのはララとジャックの夫婦と、娘のモーガンだけだったと思われる。モーガンは、センター開設一周年を祝うクリスマスパーティの飾りつけを手伝いたいとせがんで連れてきてもらっていた。

ブルックリンにあるこの支援センターに寄る直前、三人はアーサー・ショア議員の支持者を集めた盛大なパーティに出席していた。会場はマンハッタンのパークアヴェニュー沿いの豪華なペントハウスで、議員の妻エリーゼの両親が主催者だった。

まるでディケンズの小説『二都物語』の現代版だ——マンハッタンの中でももっとも富裕層の多い地域から、ブルックリンの中でももっとも貧困層の多い地域へ。モンティがあとで知ったところでは、ウィンター夫妻は私心のない、心の広い人たちだった。

なのに、その善行に対する報いは？ 夫妻は銃で撃ち殺されていた。うす汚れてひび割れたコンクリートの床に広がる血だまりの中で、体を丸めて倒れていた。第一発見者は一〇歳の娘のモーガンだった。地下室へ紙皿や紙コップなどを取りにいったきり、なかなか戻ってこない両親を探しに下りていって死体を見つけたのだ。

一枚一枚の写真に目を走らせながら、モンティは手を伸ばして受話器を取りあげ、短縮ダイヤルに登録してある番号を押した。

「父さんか。きっと朝からくしゃみしてるだろうと思ってたんだ」レーンは出るなり言った。

「なんだって？」

「今朝、『タイム』誌の担当編集者のハンクと父さんの話をしてたところだよ。ショア議員から請け負った仕事をしてるんだってね。となると、月曜のランチはぼくと一緒ってことだな。ぼくらのお気に入りのデリで、パストラミをのせたライ麦パンのサンドウィッチ。昔とまったく同じようにね」レーンは言葉を切り、大きく咳払いをした。「実は、父さんがウィンター夫妻殺害事件を調べ直すって話をハンクから聞いたもんだから、電話しようと思ってたんだ、どんなようすか気になってさ。あの事件の捜査につらい思い出があるのは知ってるし。犯人が別にいたなんて、さぞかしショックだったろう」

「おれなら、大丈夫だよ」モンティは眉をしかめた。三人いる子どものうち、長男のレーンだけが当時、自分の家族の分裂とウィンター家の崩壊が同時に起こったことを理解できる年ごろであり、それだけの成熟度に達していた。モンティは、夫婦の心が離れて家族がばらばらの状態を息子に感づかれまい、父親のいたらなさを悟られまいとしながらも、そんな自分に嫌気がさしていた。実際、あのころのモンティは何に対しても嫌気がさしていた――六缶入りのビールをあっという間に飲めることと、警察官でいることをのぞいては。

「父さん、聞いてる?」

「聞いてるよ。ちょっと混乱してるだけだ。おれがショア議員と話したのが一時間前。でも議員は、月曜の打ち合わせにおまえも来るなんてひと言も言わなかったぞ。もっとも、言うひまもなかったか。検察局からの電話に出なくちゃならないからって、打ち合わせの日時と場所を急いで伝えて、切っちまった」

「場所はぼくの提案なんだ。レニーズは待ち合わせにはいいところだからさ。議員の実家だし、ぼくらにとってはうまい飯が食える店でもある。あれ、なんか気にさわった? ぼくが一緒にいるとまずいわけ?」

「そりゃ、おまえがどんな理由でレニーズに来るかによるよ。まあ絶対に、ウィンター夫妻殺害事件における当局の大失敗を糾弾する見開き記事、なんて話であるはずはない。この件に関してはショア議員自身が報道をひかえさせようと必死だからな。じゃあ、なんでわざわざ報道カメラマンを呼ぶ必要があるんだ？」

「ショア議員が推進中の法案の取材も目的のひとつさ。ふたたび崖っぷちで闘う立志伝中の人物って感じかな。仕事では、法案で影響を受ける特別利益団体の関係者とのあいだで物議をかもしながら、私生活では、スリルに満ちた新たな冒険に挑戦する議員。ウィンター事件で有罪になった容疑者が実はシロだったという衝撃的な事実に関しては、出すべき情報と伏せておくべき情報の取捨選択をする役割をぼくにまかせてもらえそうだよ」

「ショア議員もうまいことを考えたものだ」モンティはつぶやいた。「業界でも屈指の報道カメラマンで、偶然にも議員の雇った探偵の息子でもある人物。仕事に必要な技能も、分別も、すべてそなえたオールインワン型を選んだわけだ。それにおまえなら、おれの調査活動の邪魔をしないよう配慮しながら、議員のために倒れるまで働くだろうからな」

父親のいらだたしげな口調に気づいて、レーンは単刀直入に訊いた。

「父さん、正直に言えよ。何が気になるのさ？」

「時間だよ。そのフォトエッセイ、どのぐらいで仕上げる予定なんだ？」

「一週間から一〇日ぐらいかな」

「じゃあ無理か。犯罪現場の写真のことでおまえの力を借りたいんだが」

「無理じゃないよ。手助けが必要なら言ってくれれば、なんでもやるよ」

「いつやるんだよ？　飛行機からパラシュートで飛びおりる最中にか？」

「いや。空中を急降下してるあいだは最高の仕事は無理だよ」レーンはふっと息を吐きだした。「ねえ、父さん。少しは褒めてくれてもいいだろう。ウィンター事件の有罪判決にミスがあったということで、父さんが議員の依頼で再調査を始めたってハンクから聞いたとき、ぴんときたんだぜ。たぶん父さん、現場写真の分析と画像強調処理をぼくにやらせたいんじゃないかって。『タイム』誌の取材はニューヨーク中心なんだ。出張で何日も家を空けなきゃならないとしたら、父さんの仕事を手伝うのはしんどいだろうけど、今回はほぼ毎晩、家に帰れるからね。最先端の機器をそろえたこの場所で、いくらでもできるさ」

「最先端の機器があるったって、ほかに二五も仕事を抱えてるんじゃ――」

「ご心配なく。父さんのが最優先だよ。それに、今じゃジョナがカメラマン助手として働いてくれてるんだよ、知ってるだろ？　機密性の高くないプロジェクトの通常業務なら、もうかなりの部分をあいつにまかせられるんだ。それでぼくは今回のような、より重要度の高い仕事に取り組む時間の余裕ができるってわけ。だから、週末にでもうちに寄って、必要な情報を教えてくれよ。そうすればこっちも、画像を処理するときに特に何に注目すればいいか、だいたいつかめるからね。現場写真に写ったものの中に、父さんが真犯人をつきとめる手がかりになる何かがあれば、きっと見つけてやるよ」

「わかった」モンティの気持ちはいくぶんやわらいだが、まだ心に引っかかるものがあった――このいらだちはしばらくは消えてくれそうにない。「で、これからの予定は？」

「今晩、ショア家でカクテルをいただくことになってる。議員は来週の日程と冒険の内容について説明しておきたいんだそうだ。それ以外なら、融通はきくよ。時差ぼけはしてるけど、時間の都合はつけられる」

「ヨーロッパ出張はどうだった？」

「上出来だったよ。かなり強行軍で、長かった」

モンティはそれ以上訊かなかった。レーンの請け負う仕事の一部が政府機関からの依頼であり、内容について口外するのを禁じられていることはよく知っていた。それでも今回のレーンの口調には、いつもと違う、どことなく疲れたものがあった。モンティが自らの経験で知っている何か――最終的に警察を辞めるきっかけになった何かのようなものが。

「少し時間を見つけてどこかへ行ったらどうだ」モンティはさりげなく言った。「といっても、つまらない出張で飛びまわるとか、落下のスリルを味わうために飛行機から飛びおりるとかじゃないぞ。ゆっくり休んでくつろいで、頭を冷やす時間のことだ。そうだ――クリスマスは、うちの牧場で過ごさないか？　今つきあってる相手がいるんなら連れておいで。家族はみんな、集まるから。お母さんとおれ、デヴォンとブレイク、メレディス……ああ、それからメレディスのつきあってる、ロースクールの学生もだ」

レーンはくっくっと笑った。「名前はキースだろ。いいやつだよ。頭はいいし、父さんの尋問にも耐えられるだけの度胸もあるし、メレディスに夢中だし」

「夢中ったって、度がすぎる。あの子は気が優しくて、まだ若くて、人を信じやすいたちで

――何しろ世間知らずだから、キースが何を考えてるかもわからんのさ。だが、おれにはわかる。キースが体のどの部分で考えてるかぐらい、見当がつくよ」

「わかるよ。ぼくだって父さんと同じように、苦々しくは思っているけどね。だけど、メレディスは父さんが言うほど世間知らずじゃないよ。もう二二歳で、自分の意見を持った立派な大人だぜ。それに五月には大学を卒業する。そのあとどうするんだ？　部屋に鍵をかけて閉じこめておくっていうのかい？」

「いい考えだと思うがね」

「ああ、確かに。ぼくもそう思う」レーンもいつのまにか同意していた。

「というわけで、あのなんとかいう名前の、弁護士になりかけてる男な、あいつメレディスの部屋から一番離れた、つきあたりの客用寝室に泊まることになりそうだ」

「やっぱりね。そうじゃないかと思った」

「で、おまえも来るかい？」

レーンはためらった。が、それも一瞬のことだった。「もちろん行くさ。楽しそうじゃないか。家庭の雰囲気ってのがぼくには必要なんだよ」

「すぐに退屈しちまうんじゃないのか」モンティは皮肉っぽく訊いた。「農場で過ごす長い週末なんて、ショア家でカクテルを楽しむひとときとは比べものにならんだろう」

「なんとかやれるさ」

「ところで、今夜はほかに誰が招待されてる？」

「議員とその家族だけだと思うけど」

「もしモーガン・ウィンターが来たら、おまえが犯罪現場の写真の分析をすることになったって教えていいよ。でもモーガンが現れなかったら、その件については伏せておいてくれ。彼女がショア議員以外の誰に事件のことを詳しく話しているか、わからんからな。ショア夫人や娘とも親密な関係にあることは確かだが、だからといって何から何まで打ちあけているとは限らん。それにモーガンは、事実上おれの依頼人だから、おれが彼女に頼まれてする仕事については守秘義務がある。状況に応じて判断してくれ」

「ああ、そうする。ただショア議員は、ぼくが写真分析を引き受けたと知らされてもさほど驚かないんじゃないかな。ぼくの専門分野は知ってるわけだし、月曜の昼の父さんとの打ち合わせにぼくも出るようすすめたのは議員だから、当然、親子のあいだで話し合いがあったものと思ってるだろうね。月曜は父さん、捜査の進捗状況を伝えるつもりなんだろ。ぼくは現場写真の分析結果を議員に説明する。利益相反《りえきそうはん》の問題があるかどうか心配してるなら、それはないはずだよ。『タイム』誌のフォトエッセイの仕事はもともと、ショア議員のほうからアプローチがあったんだ。議員がぼくを指名して書かせろと言ってきたんだから」

「別に心配はしてないさ。ショア議員は今回の件について、大々的に書きたてられるのはいやかもしれないが、事件の解決を強く望んでいるのは確かだからね。議員としては、おまえをうまく誘導して——自分で直接おまえに頼むか、おれがおまえに頼むようしむけるかして——捜査に協力させることができたら、さぞかし喜ぶだろうな」

目をまだ手元の写真に注ぎながら、モンティは会話を締めくくった。

「とにかくおれはお母さんに電話して、おまえが無事帰国したことと、クリスマスは一緒に過ごせるってことを知らせるよ。きっと喜ぶぞ。来週、おまえがショア議員と組んで挑戦するっていう大冒険の計画については黙っておくか――少なくとも今のところはな。月曜日以降になれば、いくらでも心配する時間があるさ」

「そのほうがいいよ。そもそもおふくろを安心させるってこと自体、ぼくにはなかなかできない芸当だからね」

「そりゃおれも同じだなあ。何ひとつ危険のない人生を歩むのはあまり得意じゃないんでね」モンティは一瞬黙りこむと、そっけない口調で続けた。「なあ、レーン。おまえがこの事件の捜査に手を貸してくれることになって、おれは嬉しいよ。今度こそ、本物の犯人を捕まえてやる。捕まえるまで絶対にあきらめないからな。なぜここまでこだわるのか、わかってくれとは言わんが、ただ――」

「いや、わかるよ」レーンはさえぎった。その声の調子には、息子が当時、年齢以上に分別をそなえた若者であったことを思い出させるものがあった。

「父さん。期待にそむかないよう、がんばるよ」

7

ショア家でのカクテルの時間は意外にも堅苦しくなく、くつろいだ雰囲気で始まった。玄関でレーンを温かく迎えてくれたのはアーサー・ショアの妻エリーゼで、小柄だが優雅な物腰の女性だ。

ショア議員が自分の娘より若い女性としょっちゅう浮気しているという噂が本当なら、なぜそんなことを、と誰でも首をかしげたくなるだろう。エリーゼは魅力的で、生き生きとしていて、二五歳の女性と比べても見劣りしないほど引き締まった体つきをしている。もって生まれた上品さと洗練がにじみ出て、もし、かりに美容整形を受けていたとしても、外見の美しさをしのぐ内面の美しさがうかがえた。

そうはいってもエリーゼは、もともと裕福な家の出だった。父親のダニエル・ケラーマンは、不動産開発大手の〈ケラーマン・デベロップメント〉のCEOで、娘婿アーサーが政治家として頭角を現すきっかけを作ったのが彼だという事実は、誰もが知っていた。

ケラーマンはその昔、娘と結婚したばかりのアーサーを、ケラーマン・デベロップメントの顧問弁護士として、ロースクール卒業後すぐに採用した――収入も注目度も高い職だ。これによりアーサーは、仕事の面でも社交の面でもしかるべき人脈づくりが容易になった。明晰な頭脳とカリスマ性に富んだ人柄に恵まれ、義父のコネと資産に助けられて、まずニューヨーク市会議員に、次に州議会議員に当選し、ついに下院議員の地位を得た。

家庭的なくつろぎが感じられるこの家でも、ショア議員にとって、妻のエリーゼが貴重な財産であることは疑いようのない事実だった。

エリーゼの装いは、エメラルドグリーンのベロア素材を使ったラコステのジョギングスーツ。わずかに白髪の交じったブロンドの髪をおしゃれなショートカットにしている。レーンを中に招き入れてコートを預かり、何をお飲みになりますかと訊いた。手にしたハイボールグラスには、トマトのような色のカクテルらしきものが入っている。色と質感からして、ブラディ・マリーだろう、とレーンは見当をつけた。

だが、その予想はすぐに裏切られた。

レーンが着いて以来、何やらウィーンという騒がしい音がしていたキッチンのほうから、若い女性の声が響いてきた。

「トマトとニンジンとセロリのジュース、第二ラウンドのできあがりぃ」

二〇代後半と思われる赤みがかったブロンドのきれいな女性が、できたての生ジュースのピッチャーを手に、アニメの『ロードランナー』顔負けの勢いでキッチンから飛びだしてきた。レーンは目をしばたたいた。

「あら、こんばんは」彼女は、母親のそばに立っているレーンを見のがさなかった。「レーン・モンゴメリーさんでしょう。ベータカロチンとリコピンたっぷりのこのジュース、お気に召すといいけど」グラスを見せびらかす。「少しさしあげましょうか？」

「じゃあ、いただきます」レーンの唇がぴくりと動いた。「あなたが、ジルさんですね」

「ご明察。まったくもって、そのとおりであります」

「娘にすすめられても、かまわないでいいよ」ショア議員が廊下に姿を現した。淡褐色と黒の模様の入ったクルーネックのセーターと黒いスラックスというでたちだ。手を差しだし、レーンと握手した。「うちには普通の飲み物もあるから。酒は各種とりそろえているし、ビールも、ダイエットコークも。そんなジュース、健康オタクじゃないかぎり、ちょっとびびるだろう。遠慮しないで、なんでも好きなものを言っていいんだよ」

「ええ。でもこれ、うまそうです」レーンは答え、カメラバッグを置くと会釈して礼を述べ、ジルからグラスを受けとった。「新しいものを試してみたいほうなので」

ショア議員はレーンをリビンググルームに案内した。L字型のコーナーソファと、そろいの肘掛け椅子の張地《はりじ》は毛羽立ち加工をほどこした砂色の綾織《ツイル》で、分厚いダウンのクッションと、セージグリーンの小さな装飾用クッションが置かれている。部屋全体がさりげなく落ちついたトーンでまとめられている。エリーゼの趣味だな、とレーンは思った。

「ま、おかけなさい」ショア議員がソファを手ぶりで示してうながした。レーンは言われたとおりに座り、野菜ジュースをひと口飲んでみた。「すごくおいしいですよ」ジルに向かって言い、グラスを持ちあげてみせる。実際、すっきりとさわやかな中にパンチがきいていて、いい味だった。

「よかったわ。違いのわかる男、ってことね」ジルは勢いよく親指を立てて、大満足のようすだ。「モーガンが来たらもっと作ることにするわ」そう言いながら腕時計を見る。「ところで彼女、今どこにいるの？」

「電話があったわよ」とエリーゼ。「すませておかなきゃならない用事があるから、少し遅れるって。もうそろそろ来るころでしょ」心配そうな表情になった。「昼ご飯、ちゃんと食べたかしら。この二日間、まともに食べてないんだもの」

「今朝、なだめすかしてやっとマフィンを半分食べさせたけど」ジルがつぶやく。

「で、残りの半分はわたしがオフィスに寄ったとき、無理やり飲みこませた」ショア議員がつけ加えた。「でも、おまえの言うとおりだよ。あの子はろくに食べてない」

「寝てもいないわよ」ジルが言った。

「わたし、フルーツとチーズの盛り合わせを持ってくるわ」耐えきれなくなったのか、エリーゼはさっと立ちあがってキッチンへ向かった。「おつまみでもいただきながらモーガンが来るのを待ちましょう」

しばらくして戻ってきたエリーゼは、盛り合わせの皿をコーヒーテーブルの上に置くと、悲しみときまり悪さの入りまじった表情でレーンを見た。「申し訳ありません、うちの悩みごとをお聞かせしてしまって。今、いろいろと大変なものですから」

「そんな、謝っていただかなくても」レーンは言葉を選びながら言った。「今回のことで、皆さんどれだけつらい思いをしていらっしゃるか、ぼくなどには想像もできませんよ。悲しい過去をもう一度、掘りかえさなくてはならないなんて……ひどい話です」

「確かに」ショア議員は遠まわしな言い方をせずに率直に語った。「我々みんなにとってショックな知らせだった。だが、一番打撃を受けているのはなんといってもモーガンなんだ。わたしは、できるかぎりあの子を守ってやりたい——会話の話題から何から、気を配ってね。今夜は、軽い話題に絞ろうじゃないか。たとえば来週の日程とか。捜査の現状などの突っこんだ話は、別の機会にいくらでもできるから」

「わかりました」レーンはうなずいた。議員の言いたいことははっきり伝わっていた。父親代わりにモーガンを守ろうとする気持ちは尊重しなければならない。「来週の日程といえば、どんなメニューを用意してくださっているか、早く知りたくてうずうずしてるんですが」

その言葉でリラックスしたのか、ショア議員の目が楽しそうに輝いた。「期待していていいよ。以前『スポーツ・イラストレイテッド』の見開き記事の取材のときも、きみはかなりの腕前を発揮してたものな。ロッククライミングも、バンジージャンプも。どうだ、体はみっちり鍛えてるか？」

「みっちりなんてもんじゃありませんよ」レーンは唇の片端をつり上げた。「先生に遅れをとらないように、あれ以来、ジムでやるトレーニング量を二倍に増やしたんですから」

「せいぜいがんばるんだな」満面の笑みをたたえる。「スキーはどのぐらいやってる？」

「初めて正式に習ったのは六歳のときです。アメリカ国内のスキー場の上級者コースなら、ほとんど制覇しましたね。あとはフランス、スイス、アルプスのオーストリア側のスキー場をいくつか。今年は、カナディアンロッキー旅行を計画してます。そのままブリティッシュ・コロンビアへ行って、ウィスラー・ブラックコムの伝説の斜面に挑戦しようかなと」

「いいね。なかなか充実したリストだが、来週はそれに新しい項目が加わることになるぞ。今までとはまったく違ったスキー体験だから」

「ハンク・レイノルズの話では、ヘリスキーだそうですね」レーンは興味しんしんで身を乗りだした。「一度やってみたかったんですよ。よろしくお願いします」

ショア議員が答える前に、玄関先で鍵を回す音がし、ドアが開けられた。

「こんばんは、わたしよ」玄関ホールから聞こえてきたのは女性の声だ。きっとモーガン・ウィンターだろう。コートを脱いでかけているらしい、くぐもった音がする。「お待たせしちゃったかしら」

「大丈夫」ジルが声をかけた。「わたしがジュースの追加を作って、ママがオードブルを出したばかりだから。今ちょうど、来週パパが挑戦する大冒険の話が始まるところ。早くいらっしゃいよ」

「今行くわ」タイル張りの床にコツコツというヒールの音が響く。リビングルームの前でその音は止まった。「こんばんは」

どんな人か、特に想像していたわけではなかった。しかしレーンは、部屋に入ってきたほっそりしたブルネットの女性を見て、ある驚きに打たれた。

肩までの長さの髪。淡い緑の瞳。きれいな顔立ちときゃしゃな体つきは、かよわさを感じさせる。しかしそんな中に凛とした強さと自信が感じられて、外見の繊細なイメージを裏切って――いや、かえって強調している。神経の細やかさと精神力の強さ、冷静と情熱の共存。その瞳は深い表現力で、思いやりをたたえ、痛みを訴えていた。

「いつまでも心に残る美しさ」という言葉が、頭に浮かんだ。

レーンは立ちあがって、モーガンが近づいてくるのを見守った。

「はじめまして。モーガン・ウィンターです」自己紹介しながら手を差しだしたモーガンは、レーンの手を握った。しっかりとした、ビジネスライクな握手だ。

「お会いできて嬉しいです。レーン・モンゴメリーです」

「お父さまに似てらっしゃいますね」

「本当ですか？」レーンは片方の眉を上げた。「背が高くて、ハンサムなところかな、それとも怖そうで、横柄で、ファッションの感覚がゼロなところかな？」

「うーん」モーガンは唇をゆがめた。「難しい選択ね。背が高くて、日焼けしていて、力強い感じっていうのはどうかしら？」

「セーフ。ほかの形容詞はどうなんです？」

モーガンは、ダークブルーのセーターとカーキ色のスラックス姿のレーンの全身にくまなく視線を走らせた。「怖そう――ではないわ。横柄――もしかしたらそうかもしれない。ハンサム――見る人によっては、そうでしょうね。ファッションの感覚がゼロ？――絶対に違うわね」あごを上げて、レーンと目を合わせる。「これでどうかしら？」

「実に正直だ。単刀直入だが、気のきいた答ですね」レーンはモーガンとジルを交互に見比べた。「お二人ともきれいで、知性派ですよね。一人は不思議な魅力があって、直観力が鋭そうで、もう一人は明るくはつらつとしていて、情熱的で。無敵のコンビですね。道理でおたくの結婚紹介所には顧客が群がり集まるわけだ」

「あなたも登録なさったらいいわ」ジルが提案した。「だって、独身でしょう。この機会にカウンセリングの予約をとって、ウィンショアの実力を確かめてみません？」

レーンが思わず示した反応のおかしさに、モーガンは笑いをかみ殺した。「登録してみないかと言われてそういう表情をした人、今までに何人も見てきました。でもどの人の予想もはずれましたよ」

「そういう表情って、どんな表情です？」

「〝紹介依頼？　まさか、モテモテ男のこのぼくが？〟って感じ。〝結婚紹介所なんて必要ないよ。相手は自分でいくらでも見つけられるから〟って」

「まあ、そう言われてみると……」

「つきあう女性に不自由しているわけじゃないし、自分に自信がないわけでもない、とおっしゃりたいんでしょ」モーガンの唇に笑みが浮かぶ。「それは見ればわかります。確かにそのとおりで、あなたが考えているような関係なら、自分で相手を探したほうがいいでしょうね。でもいつか、真のパートナーとの有意義な出会いを求めるようになったら、ウィンショアにお電話くださいね」

レーンはこの五分間で、ふたつの挑戦状をつきつけられたような気がしていた。ひとつはショア議員から、もうひとつはモーガン・ウィンターからだ。どちらの挑戦がよりスリリングで、アドレナリンの放出をうながすものになるかはわからなかったが。

今夜は、思っていたよりずっと刺激的な夜になりそうだった。

「わかりました」彼は野菜ジュースのグラスをモーガンとジルに向かって持ちあげた。「今の申し出は心にとめておきますよ。御社の名刺、ぼくが帰る前に一枚ください」

「ええ、あとでお渡しします」

モーガンは、今度はエリーゼのほうに目を向けた。小皿に取りわけたフルーツとチーズを差しだされて、「ありがとう」と言う。食べたくなさそうだったが、エリーゼの心配そうな表情に気づいたのだろう、小皿を受けとった。「おいしそうね」

「おいしいはずだよ」ショア議員がそっけなく言った。「昼ごろマフィンを食べたあと、何も口に入れてなかっただろう」

モーガンは後ろめたそうに肩をすくめた。「だって、いつものことだもの。めちゃくちゃ忙しかったから」

「だったら、どんな用事か知らないけれど、ここへ来る前にわざわざすませておかなくてもよかったんじゃないの」エリーゼがお説教を始めた。「そんなに疲れてるんだから、明日に延ばしてもよかったでしょうに」

「でも、明日まで待てなかったの」モーガンはソファに腰を下ろし、スライスしたパイナップルをひと口かじった。「マンハッタン検察局に行ってきたのよ。新聞記事の切り抜きをコピーしたものをお見せしようと思って。原本はモンゴメリーさんに渡してあるの」

モーガンはレーンのほうを見た。何かを知りたがっている表情だ。「おじから聞いてますか、わたしがあなたのお父さまに仕事をお願いしたこと？」

レーンはショア議員の探るような視線を感じていた。そうだ、話題があまり重たくなりすぎないようにしないといけない。

「ええ、お聞きしました」答はできるだけ短く、面白く、だ。「そういう必要が出てきたのはお気の毒でしたが」レーンはソファの上で体勢を変え、エリーゼが差しだしたフルーツの小皿を、口の中で礼を言って受けとった。「いずれにせよ、大船に乗った気分でまかせていいと思いますよ。どんなやつでも父の目をごまかして逃げることなんかできませんから。本当ですよ、自分の経験から言ってるんです。小さいころからずっと、一〇代になっても、悪いことをすれば何もかもお見通しで、父はいつもぼくの一歩先を行ってましたね」

「じゃあ、今はもう追いついたってことかしら」モーガンは皮肉っぽく言った。

「まあ、そうかもしれません。でもいまだに、それなりに角突《つの》きあわせてはいますがね」

「だって、父親ですもの」ジルがひと言でまとめる。「息子の行動に口出ししたくなるのは当然よ」

「お互いよく似た親子だと、なおさらその傾向が強いわね」モーガンは注意深くレーンを観察した。「おたくの場合も、そうじゃないかしら」

「確かに、そうですね」レーンはおどけて片方の眉をつり上げ、モーガンを見た。「父に似てるって、ぼくのイメージアップにつながるのかな？　それともイメージダウン？」

モーガンは軽い冗談を返しはしなかった。ほほえみさえ見せずに、自分の前の皿にじっと目を落としている。張りつめた表情だ。「あなたのお父さまに対する思いは、言葉では言いつくせないわ。あの当時、モンゴメリーさんはわたしにとって命綱のような存在だったんです。今度もまた、そういう存在であってほしいと祈っています」

しまった。まずい方向に誘導して、昔のことを思い出させてしまった。レーンは自分を蹴ってやりたい気分だった。「かならずそうなります」断固として言う。「父は、あなたが心から安心できるようになるまで徹底的にやりますよ。頼りにして大丈夫です」

「ええ、頼りにしてます」モーガンはあごを上げた。張りつめた表情はかろうじて消えてなくなっていた。「どんなに信頼しているか……誰にも想像がつかないほどよ」

「あの、ちょっと提案があるんだけれど」エリーゼが割って入った。「ジルとモーガンとわたしは、ウィンショアの年末パーティの準備で、詳細を詰めなければならないんですよ。だから書斎で話し合うことにして、あなたたち男性はここで、来週のぞっとするような大冒険の打ち合わせをなさったらいかが」言いながら身震いする。「日程の内容を聞いただけで胃がキリキリ痛むわ。わたし、ここらへんで姿を消したほうがいいみたい」

「そりゃいい考えだ」ショア議員はすぐに賛成した。「きみたちは女どうし、わたしたちは男どうしで話し合うことにするか。一段落したら、レーンに家族の写真を撮ってもらって、お開きにしよう。わたしは何本か電話をかけなきゃならんし、遅めの夕食会に出ることにもなってるから」

「夕食会ですって？」エリーゼが驚いた顔をした。「それ、いつ決まったの？　わたしたちと一緒に夕食を食べるんだとばかり思っていたのに」

「最初はそのつもりだったんだよ。だけど、お義父さんが二、三時間前に電話してきてね。やっとのことで夕食会の手はずがととのったと言っていた。経営トップ四人の都合を聞いて日程を調整しなきゃならなかったんだが、超多忙な人たちだから、四人全員が空けられる日が今日しかなくて、それで急遽、今夜に決まったのさ」

「経営トップですか」レーンは考えこむようなようすでくり返した。「銀行の？」

慎重な表情。「銀行と一般企業と、両方だよ。それが何か？」

「いや、ご苦労お察ししますよ」記者としてのレーンは単刀直入だった。「金融といえば、ショア先生の政界での活躍を後押ししてきた業界でしょう。ところが今回の法案が成立すれば、金融各社は巨額の支出を強いられることになる。経営トップを説得しなければいけないわけで、大変な会合になることは目に見えてますからね」

「たぶんね」ショア議員は気分を害するどころか、そのとおりだと認めるように肩をすくめた。「だがわたしは、自分が発議したこの法案には強い思い入れがあるんだ。長期的には、皆がメリットを受けられると信じている。その点を主張して相手に伝えるのが、自分のつとめだと思っているよ」

「ご成功をお祈りします」

「まあ、こっちはバックに義父のダニエル・ケラーマンがついているからね。強力な味方であることは認めざるを得ない」

「要するに、根回しはケラーマン氏のほうでやってくださっている、と」

「そのとおり。というわけで、夕食会はうまくいくものと期待しているんだ」

「パパ、おじいさまによろしく伝えておいてね」ジルは母親をちらっと見た。エリーゼはまだ、夫が急に予定を変更したことに対して腹を立てているらしい。「じゃあ、ママとモーガンとわたし、三人で、新しくできたあのタイ料理のレストランを試すいい機会じゃない。今夜はお持ち帰りで料理を注文して、食べながらパーティの最終プランを練りましょうよ」

「そのパーティ、かなり大がかりなイベントみたいですね」レーンが口をはさんだ。

「ええ、かなりのものよ」ジルは満面の笑みを見せた。「もしよかったら、いらっしゃる？一九日の午後七時から、ママが経営するフィットネスクラブでやるの。そうだ、バッグの中に招待状が余分に入ってるわ」コーチのハンドバッグの中を引っかきまわして、趣味のよい飾り文字で印刷された招待状を取りだした。「はい、どうぞ」言ってレーンに手渡す。「いい経験になるかもね。ウィンショアに登録していないと、どれだけのチャンスを逃すか、痛感するでしょうから」

レーンは美しい金色の文字を見おろした。普段は、この手のパーティは嫌いで避けている。

浮ついていて、浅薄な人たちであふれ、くだらない会話で満ち満ちているからだ。

どうしようか。レーンは決めかねていたが、ふと顔を上げると、ソファの反対側の端からこちらをじっと見ているモーガンの姿が目に入った。数分前に発散していたもろくかよわい雰囲気はどこかへ消え、今や、胸の前で腕を組み、目には意味ありげな光をたたえている。

「断ろうと思ってたんでしょう？」モーガンは助け舟を出した。

「もしかして、ぼくを説得して出席させようとしてる？」

モーガンは唇をぴくりと動かした。「もちろんよ。参加してみたらいかが？　パーティの料理は最高、飲み物も、エッグノッグなんか手づくりよ。もし出席者がみんな、あなたの想像どおり退屈な人ばかりだったら、おつきあいはやめて、そのぶんトレーニングに精を出してくださっても結構よ。何しろ、会場はフィットネスクラブですからね。最先端のトレーニング器具をそろえた、マンハッタンの中でも有数の施設よ」

レーンは笑いを抑えきれなかった。「自分に有利に交渉を進めるのがうまいんだな」

「交渉じゃないわ。勝つにしても負けるにしても、当事者はあなただけよ」

これはやられた。今度は、今までとは違う種類のアドレナリンが体の中で渦巻きはじめていた――この挑戦から逃げるなんてもったいない、これは受けて立たなくては。

「おっしゃるとおり」レーンは折れて、招待状をスラックスのポケットの中に突っこんだ。モーガンはぼくのコートにボールを打ってきた。ならば、プレーを続けようじゃないか。

「面白そうだ。ご招待、ありがとう。かならず行きますよ」

8

カーリー・フォンティーンは心から楽しんでいた。〈ラ・グルヌイユ〉の料理は最高だった。テーブルの向かいにいる男性はルックス抜群の有能な地方検事補。知的な刺激に富んだ会話が弾む。

今回もまた、見事な選択だった。モーガンのセンスは確かで、つぼを心得ている。出会いを演出する並はずれた能力は、生まれつきのものに違いない。

「ワインをもっといかがです？」チャーリー・デントンが訊いた。

「そうね、いただこうかしら」カーリーはカベルネ・ソーヴィニヨンをグラスに注いでもらいながらチャーリーにほほえみかけた。気配りが行きとどいていて、すてきだわ。チャーリーは今夜ずっと、話に熱心に耳を傾ける一方、話し上手なところを見せた。疲れぎみで、ストレスを抱えているようではあったが、そのことで彼を責める気にはなれなかった。疲れているのは自分も同じだからだ。

ただ、モデル相手の管理業務は大変とはいえ、犯罪者を訴追する検事の苦労とは比べものにならない。この人が抱えている事案の中には、身の毛もよだつような陰惨な事件もあるだろう。想像するのさえいやだ、とカーリーは思った。

デートの最初から、チャーリーが仕事の話をしたくないと思っているのは明らかだった。カーリーは彼の意図を察知して、検察の話題を出すのをやめた。それより自分の仕事のほうが、肩のこらないおしゃべりに向いている。だから、チャーリーが会話をその方向にもっていったときも特に驚きはしなかった。

カーリーは、〈レアマン・モデルエージェンシー〉での仕事について語った。ロサンゼルス本社で自分が一介のモデルからマネージャーに転進したいきさつや、三カ月前にニューヨークへ転勤になり、新たに拡張したマンハッタンの支社をまかされていることなど。

チャーリーは興味をかきたてられているようだ。指を組み合わせ、身を乗りだして聞いている。だが、会話の途中で視線が泳ぎはじめた。カーリーの左肩の向こうに一瞬目がそれるが、またすぐに戻って顔を見つめてくる。最初、ウエイターを探して食後のデザートとコーヒーを頼もうとしているのかと思った。ところがウエイターはいっこうに現れず、チャーリーの気は散るばかりだ。どうしたのかしら。カーリーは不思議になり、そして不安になった。昔のガールフレンドや知人をたまたま見かけたというなら、それはそれでいい。だが自分より若くてきれいな女性に注意を引かれたのだとしたら、不愉快だった。

美しさはカーリーの真骨頂だ。美に人生を捧げてきて、顔とスタイルはもちろんのこと、洗練されたファッションのセンスにも誇りを持っている。チャーリー・デントンを自分のものにしたいかどうかはこのさい問題ではない。デート中にほかの女性に色目を使っているなど、自尊心が許さなかった。

「チャーリー？」カーリーは輝くばかりの笑みを投げかけながら、椅子を軽く後ろにずらした。「ちょっと失礼して化粧室に行ってきますから、そのあいだにコーヒーを注文しておいてくださる？」

「もちろんですよ」チャーリーはすばやく立ちあがって、椅子を引くためにカーリーの後ろへ回った。

「ありがとう」笑みを絶やさずに、ハンドバッグを取りあげる。すらりと伸びた脚と赤みがかった輝くブロンドの髪を見せつけながら立ちあがったカーリーは、チャーリーの視線が何度も向けられていた先をちらりと見た。

そこで目にしたのは、予想とはまったく違う光景だった。

もう夜遅いせいか、レストランの中はかなり静かになっていた。問題の方向にあるテーブルで埋まっているのはただひとつ、隅にしつらえられた大きな円卓だけで、六人の客が席についている。だが、女性は一人もいなかった。顔はよくわからないが、中高年の男性ばかりで、おそらく五〇代後半か六〇代前半といったところだろう。給仕長がテーブルのあたりを行ったり来たりしているのを見ても、彼らが身につけた控えめで高価そうなスーツを見ても、VIPであることは一目瞭然だった。つまりこれは、夕食をとりながらの会議なのだろう。

珍しくもなんともない光景だった。

カーリーは眉を上げ、そのまま化粧室へ向かったが、途中で肩ごしに振り返ってみた。

チャーリー・デントンの視線は、明らかに男性客たちのほうに向けられていた。

一方、ショア議員はデントンに見られていることに気づきもせず、鴨のオレンジ煮を薄く切りながら、義父の話に耳を傾けていた。義父は、夕食会の客として招かれた半信半疑のビジネスマン四人に語りかけるようにして、ショア議員の主導で議会に上程された法案のメリットを強調していた。

「皆さん、このさい語義にこだわるのはやめようじゃありませんか」ダニエル・ケラーマンはワイングラスを置き、話を続けた。「わたしの見立てでは、皆さんがたはきっと議員に感謝なさることになりますぞ。今回の法案は、業界への影響をちゃんと考慮に入れた内容になっとるはずです。どうぞご協力のほど、よろしくお願いいたします」

四人のCEOは目配せをした。「わかりました。協力しましょう」

「ご理解いただけるものと思っていましたよ」

エリーゼは天井を見つめながらベッドに横になっていた。

玄関のドアが開き、静かに閉まる音が聞こえる。暗闇の中で光る目覚まし時計の数字に目をやると、一時一五分だった。ラ・グルヌイユが平日の夜、こんなに遅くまで営業しているはずはない。

玄関ホールのほうからかすかに聞こえてくるのは、夜にはおなじみの音だ――アーサーがコートを掛け、クローゼットの扉を閉め、一日の終わりだからと鍵をかける音。そして、足音。ベッドルームにまっすぐやってくるのではなく、書斎でいったん止まる。きっといつものように電話をかけているのだろう。

エリーゼは横向きになった。以前はよく心が痛みでうずいたものだが、今はもう、むなしさとあきらめしか感じない。いったいいつから、こんな気持ちになってしまったのか？ 夫への思いやりがいつのまにか疲れに変わり、そしてうつろな気持ちに転じていったのはいつからだろう？

過去と現在のあいだの、どこかの時点には違いない。その間《かん》、あまりに多くのことがありすぎた。それで何もかもが複雑になり、エリーゼの感情の蓄えを枯渇させてしまったのだ。問題が浮上しはじめた最初のころから、つらくてたまらなかった。だが、つらさを抑えてうわべをとりつくろおうとしたことがあだになった。嘘をついて生きる毎日が、生気を奪いとっていったのだ。

エリーゼはぼんやりと、大学時代を思いおこしていた。ララがまだ生きていたころ、二人が青春の見果てぬ夢を抱いていたころのことだ。

二人とも、人の人間性を回復させ、人生に活力を与える道をめざした――ララは感情的・心理的な面から、エリーゼは運動と栄養学の面から目標に取り組んだ。その過程で、ジャック・ウィンターとアーサー・ショアとのかかわりが始まった。この二人の男性の登場により、ララとエリーゼの夢はしぼむどころか大きく育ち、充実した将来の構想となっていった。

それももう、はるか昔のことになってしまった。

二組の男女の絆が深まり、結婚の誓いがなされた。仕事が軌道に乗ってきた。そしてわずか三カ月違いで、ジルとモーガンが生まれた。喜びあふれる人生の一時期だった。ウィンター家とショア家の人々の夢は、そのまま育ちつづけるはずだった。

だが、そうはならなかった。

何が重要か、何を優先させるべきか。夫婦の価値観が変わっていき、何もかもが崩れだした。エリーゼはそれをがんとして認めなかった。だが、ついに否定しきれなくなるときが来た。そこでエリーゼは、世間体をつくろうようになった。

そして悲劇が訪れ、すべてが崩壊した。

唇をきっと結び、エリーゼは寝返りをうった。そのとき、ベッドルームのドアがわずかに開き、アーサーがそっと入ってきた。音を立てないよう静かに動いて、パジャマ代わりのトレーニング用のショーツに着替え、浴室に消えた。

一〇分後、シャワーを浴びたアーサーはベッドのところへやってきた。できるだけ体を動かさないようにしながらシーツのあいだにもぐりこむ。

いつもと同じように、エリーゼを起こさないようにとの気づかいだった。

ほとんどの場合、エリーゼは目がさめていないふりをしていた。

だが、今夜は違った。

「起きてるわよ、わたし」エリーゼは抑揚のない低い声で言い、夫の横顔を見た。あごがびくりと緊張するのが、暗がりでもわかった。

「起こすつもりはなかったんだが」アーサーが言った。

「もちろん、そうでしょうよ。今回の彼女は、誰?」

アーサーはうんざりしたようなため息をついた。「エリーゼ、わたしがどこへ行っていたかぐらい知ってるだろう。きみのお父さんと一緒だったんだぞ」

「一時まで夕食会? じゃあ、ラ・グルヌイユは営業時間を延長したのね」

「いや、夕食会は一一時で終わった。そのあと、お義父さんと飲みながら会合の要点をまとめていたんだ」

「お父さまなら、あなたのアリバイは証明してくれるわよね、絶対」苦笑い。「けっきょく、お父さまにとってはどちらが大切なんでしょうね、娘のわたしか、それとも社会的地位の高い婿に政治的便宜をはかってもらえることか?」

いらだたしげなうなり声とともにアーサーは体をずり下げ、あおむけになると、腕を曲げて頭の下で組んだ。「これ以上、この話はなしだよ、エリーゼ。今さら蒸し返したところで始まらない。それに疲れた。もう遅いしね」

「ええ、もう遅いわ」エリーゼは同意した。時間が遅いという以上の意味をこめて。

「じゃあ、寝るよ。何時間も、気を抜けなかったからね」

「それで、疲れはててるってわけね。それを言うなら、わたしもよ」エリーゼは間をおき、感情を抑えようとつとめた。「あなたが想像できないぐらい、疲れきってるの」意思とはうらはらに喉が震え、涙声になる。

さすがにアーサーも平静ではいられなかった。体の向きを変えると、肘をついて横になり、妻を見守った。

「エリーゼ、泣かないでくれ」つぶやきながら指の節で妻の頬を撫でる。「うちは今、対処しなければならん問題がたくさんあるんだ。つまらないことで言い争って、ますます神経を高ぶらせるようなことはやめよう」上体をかがめて、妻の肩に唇を押しつけた。「モーガンのために、支えになってやらなくちゃいけない。あの子は胸が張りさけるような苦しみを味わっているんだ。それは我々も同じだ。家族の危機なんだ。だから、お互いそっぽを向くのでなく、ちゃんと向きあって、手を差しのべあおうじゃないか」

エリーゼの頬を涙がつたって流れおちた。すすり泣きをこらえながら言う。「わたしだってちゃんと向きあいたいわ。それはあなたもわかってるでしょ」

「わたしも向きあいたいと思ってるよ」アーサーはエリーゼを腕の中に抱きかかえ、あごを上げさせると、じっと見つめた。熱のこもったそのまなざしには、いまだにエリーゼをとろけさせ、二人の関係がかつてどんなだったかを思いおこさせるものがあった。

そして、今でもときには昔のような関係に戻れることを。

「こっちへおいで」アーサーは妻の心を読んだかのようにささやいた。その手は彼女のナイトガウンの下にすべりこみ、体の曲線をなぞった。「気持ちよくしてあげよう」

エリーゼはもうその愛撫に反応して、ナイトガウンをはだけていた。アーサーはショーツを脱ぐとエリーゼを引きよせ、自分が上になった。エリーゼは目を閉じ、全身に広がる喜びに身をゆだねた。これで心の痛みが消える。過去の痛みも、これからの痛みも。

自分にだけは嘘はついていないつもりだった。セックスだけで結ばれているのではない。少なくとも自分にとっては。いつのまにか冷めた感情でものを見ることをおぼえた彼女だったが、それでも夫を深く愛していることは確かだった。夫のためなら、なんでもできる――今までもそうしてきたように。

アーサーは、彼にしかできない愛し方でエリーゼを愛した。巧みなテクニックと、情熱と、激しさをもって。まるでエリーゼが、この世でただ一人の女であるかのように。

確かに、今夜のこの瞬間は、そうだった。

モンティはもうひとつ枕をとってぽんぽんと叩き、自分の好みにふくらませると、頭の後ろに押しこんだ。自分の体とベッドのヘッドボードとのあいだにうまくおさまるよう位置をととのえてから、不満のうなり声をあげつつ、人の名前を走り書きし、メモをとった。

モーガンがその日届けてくれた新聞記事の切り抜きから選びだした名前がヒントになっていた。彼女が帰ってからモンティは電話をかけまくり、頼みごとをし、多くの情報を得た。

今は、カール・アンジェロという人物とその後ろ暗い交友関係について、過去と現在の状況を調べていた、アンジェロは大物の麻薬・武器取引業者。数えきれないほど多くの人々の死に間接的にかかわってきた極悪人で、ジャック・ウィンターが妻のララとともに殺される二カ月前に、裁判で有罪判決を勝ちとった被疑者だ。

調査の結果、ある興味深い関連性が浮かびあがり、モンティを驚かせた。この件に関しては明日の朝、さらに詳しく調べることにしよう。表層を一枚一枚はがしていって、中心に具体的なものがあるかどうか、徹底的に探ってやる。もしそれが本物の手がかりとなるようなら、月曜にショア議員と会ったときに最新情報として提供するつもりだった。

「ねえ」サリーがベッドの上で起きあがり、まばたきをしながら手を伸ばしてモンティの腕をさすった。「あなた、そろそろ明かりを消して休んだら?」

モンティは振り向いた。ダウンのふとんにくるまり、裸の肩だけをのぞかせた妻の姿を見て、表情が穏やかになる。モンティは妻の乱れた髪にそっと手を入れてさらにくしゃくしゃにし、首すじのあたりへとかしつけた。眠っていたせいで肌が温かい。さっき愛し合ったことで満ちたりて、眠そうだ。

「きみが眠ってるあいだに、ちょっとばかり仕事をしておこうと思ってね。もう終わりにするよ」モンティはメモをファイルに押しこみ、ナイトテーブルの上に置いた。明かりを消し、ベッドに横たわると、サリーの体を引きよせ、その頭を胸にのせた。

「ウィンター事件でしょう。自分でも予想できなかったぐらいにまいってるのね」

「ああ」モンティは眉根を寄せて天井を見あげた。「この件がこたえてるのは、モーガン・ウィンターに対するおれの同情心や、自分が捜査段階でミスを犯して真犯人が野放しになってることに対する良心の呵責のせいだけじゃない。それよりもっと自己中心的で、個人的な感情なのさ。この事件の捜査にあたっていたころは、おれの人生で最低の時期と重なるんだ――なんとかして忘れたいと思いながら、なかなか忘れられない時期とね」

「そうだったわね」サリーは優しい声で認めた。「人生って、そうはうまくいかないものよ。ときには、望んでもいないのに過去に引き戻されることもあるわ」

「それはわかってるんだよ。わからないのは、自分があのときなぜ、家族がばらばらになるままにまかせてしまったかなんだ」

「家族がばらばらになったわけじゃないわよ、ピート。わたしたち二人がそうなっただけ。それに、二人のどちらかが引きおこしたことでもない。二人で話し合って、別れると決めたんですもの。あのころのわたしたちはそれぞれ、求めているものが違ってたでしょ。優先したいと思うことが正反対で、二人のあいだには完全にひびが入っていた。離婚するよりほかに道がなかったのよ、あのときは。でも、みんな、なんとか乗り切ったわよね。また二人で一緒にやっていけるようになったし」

「それについては、本当に感謝してるよ」モンティは息をふうっと吐いた。「残りの部分については、簡単におれを責任逃れさせないでくれよ。そんなに単純なものじゃないんだから。二人の優先したいことがずれてたのは、おれがばかだったからさ。警察の仕事にすべてを捧げながら、同時にきみと子どもたちが求めるものも与えられると思いこんでいたんだ。別れたあとも、自分の人生を家族から切り離せれば、それですべてがうまくいくと自分に言いきかせていた。でも実はそうじゃなかった。子どもたちにはつらい思いをさせてしまった」

「離婚で一番傷つくのは子どもなのよね」サリーは同意した。「かといって、両親がいがみあっていてストレスだらけの環境で暮らしていても、子どもって傷つくものよ」

「まあ、子育ての教科書にはそう書いてあるな」辛口の返答だった。「専門家の書いてることが正しいかどうかなんて、わかったもんじゃない。といっても、おれは信じてたんだよ、自分が離婚して、ときどき子どもに面会に来る父親になっても、子どもとのあいだに築いた絆を保てるという教科書どおりの説をね。お笑いぐさだよ。レーンは、大学へ行くまで待てずに家を出ていっちまった。それから西海岸へ移って、いつも綱渡りのような、人と人のつながりなんか関係ない世界に飛びこんで、その道をまっしぐらだ。あいつはいやになるぐらいおれに似てるんだよ。なのにおれは、どうすることもできなかった」

「ピート……」

「デヴォンだってそうだ。あの子はきみとおれのあいだをピンポンみたいに行き来させられた結果、父親と母親のどっちを愛してるか、どっちに忠実であるべきかで板ばさみになって、罪の意識を抱いた。メレディスはどうだ？　あのころ、幼稚園にも行ってなかったから、おれがどうして出ていったのかなんて、理解できるわけがない。パパに捨てられたとしか思えなかっただろうな。だからおれに対する拒否反応を起こしたのさ。このごろになってようやく、心を開いてくれるようになってきたがね。とにかく、悲惨な状況だった」

「そう、確かに悲惨だったわね」サリーの言葉にモンティは驚いた。「でも、子どもだけじゃない。あなたにとっても悲惨な日々だったわ。面会が終わって子どもたちを家に送ってきたときのあなたの顔を、わたし、毎回見てたからわかるの。子どもたちと離れて暮らしているのがどんなに苦しかっただろうって」

　モンティはつばを飲みこんだ。「そう、あんなに寂しくつらいものとは知らなかった。まるで自分の体の一部が引きさかれたようだった。おれは人間というより、機械みたいになってた。働いて、酒を飲んで、感情を麻痺させようとしたんだ」

「いいえ、そんなことない」サリーは体の向きを変え、モンティを見あげた。「まず、自分が子どもたちを捨てたみたいな言い方はやめて。あなたの心の扉はいつでも開いていた。自分で気づいていたかどうかはともかくとしてね。それから、感情を麻痺させようとしていたですって？　そんなのばかげてる。だったら、どうしてモーガン・ウィンターにあんなに尽くしてあげられたんだと思う？　感情がないと言ったけど、あなたはありったけの気持ちを注ぎこんでモーガンに感情移入していたでしょう。そこから得られたプラスの要素に目を向けてみて。モーガンの孤独感と喪失感をあなたが自分のことのように受けとめて、思いやりを示したからこそ、彼女はなんとかあの悲劇を乗り切ることができたんじゃないの」

　モンティは信じがたいというように頭を振って、妻を見つめた。「どうしてそんなふうに考えられるんだろう？　あんなにつらい日々を過ごして、あれだけいろいろなことがあったあとなのに、きみっていうやつは、どんな状況でも希望の光を見出せるんだな。きみの人生に対する考え方、つねに理想を追い求める態度――いつも感服させられるよ」

　サリーの目がきらきら輝いている。「だから、わたしのこと好きになったんじゃないの、憶えてるでしょ？　いつも言ってたわよね、きみは皮肉屋の刑事とは好対照の、おれにぴったりの相手だって」

「本当だ。おれの思ったとおりだった。それに、今みたいに大変なときには、理想を追求する考え方はいくらあってもいいものな」

「事件を解決してちょうだい、ピート」妻の言葉にはもう、からかうような調子はなかった。「あなたならきっと解決できる、とわたしは信じてる。とにかく、全力を尽くして真犯人を追って。そうすれば、そのうち自然に、過去との折り合いをつけられるようになるはずよ」

「要するに、おれの力で解決できることはして、無理なことは放っておけってことか」

「放っておいちゃいけないわ。そこから学ぶの。自分の持っているもの、再発見したものを存分に楽しむのよ」サリーは上体をかがめ、唇をモンティの唇にそっと重ねた。「まず、わたしを愛してるって言うことから始めてちょうだい。それから、なんでも大げさに考えがちなあなたの心を休ませてあげて。朝になったら世界に立ち向かっていけるように。どう、できるかしら？」

　モンティはサリーを固く抱きしめ、その体をわきに抱きよせた。

「ああ、できるさ」サリーの髪に唇を埋めてつぶやく。「お安いご用だ」

9

週末は考える時間がありすぎた。モーガンにとっては、そこが問題だった。

土曜の朝はいちおう予定が入っていて、午前九時からブルーム医師の心理セラピーがあった。そのあと自宅へ戻り、友人たちからの留守番電話のメッセージを聞いた。どれも一緒に出かけようという誘いだ。だが、とてもそんな気になれない。ジルでさえ、モーガンを誘いだすことができなかった。

けっきょくモーガンは、土曜のほとんどを両親の遺品を調べ直すことに費やした。わらにもすがろうとしている自分に気づいてはいた。それでも、なんらかの手がかり、正しい方向へと導いてくれる何かに行きあたるかもしれないという希望を捨てきれなかった。

しかし、昔の写真をまた見たために、懐かしさと悲しさが怒濤のように押しよせてきて、胸がかきむしられるような思いをしただけに終わった。

そんな中、ようやく心をなごませてくれるものを見つけた——母ララの日記だ。読んでいると、どこかでつながりを感じられた。また、母親の思い出に捧げるために始めたウィンショアのボランティア事業部門の運営に役立つ知識も得られた。

日記には、〈ヘルシー・ヒーリング〉という女性向けカウンセリングセンターに関する書きこみが多くあった。母親が主宰していたブルックリンの支援センターからそう遠くないところにある施設だ。

バーバラ・スティーヴンスという名前も幾度となく出てきた。ヘルシー・ヒーリングで中心となって活動していた精神分析医で、同業者として母親とも親しかったらしいから、当然だろう。二人はたびたび協力して仕事にあたっていたようだ。

母親の手書きの文字を追っていると、モーガンの胸はせつなさでいっぱいになる。流れるような筆跡。Ｉの小文字の点を打つときに丸を使う特徴的な書き方。それらすべてがなつかしかった。多くのことを憶えていた。だがその一方で、二度と知るチャンスのないことも多かった。自分が成長して大人になった今、母親がもしまだ生きていたとしたら、二人のあいだに友情が芽生えそうな気がした。他人の人生を豊かにする包容力をそなえていた女性、ララ・ウィンターについて、もっともっと知りたくてたまらなかった。

モーガンの視線はしばらく、バーバラ・スティーヴンスの名前のところにとどまっていた。突然、衝動にかられて電話を取りあげ、ヘルシー・ヒーリングの番号を押す。土曜日だから、テープ録音のメッセージが応答するかもしれない。その場合は平日の面会予約をとりたいという伝言を残しておくつもりだった。

意外なことに受付係が電話に出た。バーバラはオフィスにいるという。名前を訊かれたあと、おつなぎしましょうかと言われた。

その申し出にモーガンは飛びついた。自分の名前をくり返し、できれば今日お会いしたいので、少しお時間をとっていただけないでしょうか、と頼む。

バーバラに会ったからといって殺人事件が解決できるわけではない。だが、両親の存在をより近く感じるために何かしてみたかった。その過程で、捜査に役立つ情報をわずかでも手に入れられるかもしれない。母親が死ぬ直前に、バーバラに何か話していた可能性もある。さりげなくもらしたひと言の中に、父親が当時担当していた事件や、過去に扱った事件の話が出てきたかもしれない。たとえば有罪判決を受けた被告がふたたび目の前に現れて、嫌がらせをされたとか。

探ってみる価値はありそうだった。たとえ成果がなくとも、母親にとって特別な存在だった女性に会って、母親にまつわる個人的な思い出を聞けるチャンスなのだ。

バーバラが会ってくれることになった。三〇分後、モーガンはコートのボタンをとめ、地下鉄のプリペイドカードを手に家を出た。

七ブロック離れたレーンのコンドミニアムでは、モンティがリビングルームのソファに腰かけ、ウィンター事件のファイルをわきに広げていた。昨夜レーンがアーサー・ショア議員の自宅へ行ったときの話を詳しく聞きたい、とモンティは思っていた。だが、まずは最初にしておくべきことを片づけてからだ。

息子が淹れてくれたコーヒーをがぶりと飲むと、モンティは桜材を使った長方形のコーヒーテーブルの上に身をかがめ、二〇枚の犯罪現場写真を息子の前にきっちり並べた。

「〝パズルの宮殿〟に電話してネガを貸してくれと頼んでおいた。今、捜してもらってる」モンティはレーンに説明した。〝パズルの宮殿〟というのはロウアー・マンハッタンのワン・ポリス・プラザにあるニューヨーク市警察本部の愛称で、事情通なら、知らない者はまずいない。

「ネガはいつごろ手に入る?」レーンが訊いた。

「圧力をかければ、月曜にもらって、おまえのところに届けられると思う。それまでのあいだは、こっちの写真を参考にしてくれ」

レーンはソファの端に腰かけて身を乗りだし、写真を眺めて「悪くない」とつぶやいた。

「銃創の写真のうち何枚かは露出オーバーだな。フラッシュの光量が強すぎたんだろう。かといって画像を補正できないわけじゃない」そう言いながら一枚一枚じっくり調べていく。

「まず、父さんが現場に足を踏みいれたときの状況が知りたい。写真に写っているものを全部説明してくれ。その中で何を探せばいいかは、あとで教えてくれればいいから」

モンティは話しはじめた。「遺体が発見されたのはブルックリンのウィリアムズ街にある薄汚い建物の地下室だ。写真にあるとおり、コンクリートの床はひび割れて、壁にはところどころ穴があいているといったぐあいで、ごみごみして汚い部屋だった。時間的に言うと、おまえに近いほうの列が最初で、発見時の現場をそのまま撮ったものだ。何にも手を触れていないし、遺体も動かしていない」モンティは一〇枚の写真を指さした。「ワルサーPPK

から排出されたとみられる薬莢《やっきょう》三個が見つかっている。これはジャック・ウィンターの体内から摘出された弾頭二個と、妻ララの体内から摘出された弾頭一個を発射したあとの薬莢と断定された。ジャックはいわゆる〝処刑〟のような形で殺されていた——うつぶせの状態で、後頭部に二発の銃弾を撃ちこまれている。被害者が犯人と争った形跡がある。椅子がひっくり返され、積んであったと思われる建築用の木材が散らばっていて、工事用のバケツが倒されていた。ララ・ウィンターはわき腹に銃弾を一発受けていた」

「それで臓器が損傷して、出血が多かったんだな」レーンはララの遺体を接写した写真と、銃創の拡大写真をたんねんに観察している。

「ああ、内蔵がひどくやられてた。上体を右にひねった姿勢で倒れていて、そばに木材が落ちている。この状況から、自分の身を守ろうとして動いたところを撃たれたと思われる」モンティは、体を丸めて横たわったララの遺体から一メートルほど離れた場所にある木材を指さした。「木材からララの指紋が検出された。おそらくこの木材をつかんで、夫に襲いかかる犯人を止めようとしたか、銃口を向けられて防御しようとしたか、どっちかだとおれは思う。ララの体に命中した銃弾は三メートルあまりの距離から発射された。ジャックの場合は至近距離からの発射だ」

レーンは唇をきっと結び、発見時と遺体の搬出後の現場の写真、そのあと別の角度から撮った写真を見比べた。「争った形跡だって？　単なる抵抗じゃなくて、そうとう激しい殴り合いだったんだろう。ジャックのほうは顔がめちゃくちゃにやられてるじゃないか」

「ああ、それは見間違えやすいかもしれない。犯人との格闘はあったろうが、顔の深い切り傷やくり抜かれたように見える傷のほとんどは、床に倒れたときの衝撃によるものなんだ。それこそ、ごみ置き場も同然の地下室だったからね。コンクリートの塊とか、石や木材など、あらゆるものが転がっていた。検視官の所見では、ジャックの左側頭部に打撲による脳挫傷が認められ、傷口からワルサーPPKによる殴打でできたものと断定された。たぶん、犯人のすきをついて殴りかかったんだろう。犯人は本能的に、手に持った銃をふるって最初の一撃を加えたが、銃はジャックの頭をかすめてはじき飛ばされた。もみ合いになったが、ある時点でジャックが転んだか、倒されるかして顔を床に打ちつけた。犯人はジャックを押さえこみ、落とした銃を拾って撃ち殺した、ということだろう」

「処刑を思わせる殺し方だから、個人的な恨みによる犯行と踏んだわけだね」

「今言ったような筋書きだと、普通はそうだな。しかしその一方で考えなくてはならないのは、偶発的に起こった殺人という見方はできるか？　窃盗が失敗して殺しに発展した可能性はあるか？　ということだ。もちろん、可能性はある」モンティは低いうなり声で嫌悪感をあらわにした。「それ以外にどんな情報が必要かな――ジャックが殴られたときの角度と傷口の形状、そして左側頭部に傷を受けている事実からすると、犯人は右ききであると推定される。といっても、世の中の人間の九〇パーセントが右ききだがね」

「男二人が争っている最中に、ララは夫を助けるか、自分を守るか、あるいはその両方をしようとして、犯人に向かって木材を振り回した」

「で、撃ち殺されてしまったわけだ」

「凶器の銃はどうしたんだい？　発見されたのか？」

「いいや。当然ながらネイト・シラーは、銃は川に捨てた、と供述したよ。だが、殺しの自供そのものが嘘なわけだから、凶器の話もでたらめさ。銃の所在は不明のままだ」

レーンはうなずいた。「さて、次だ。現場には血が飛びちっていて、被害者の着衣にも血液が付着していた。宝石類と財布がなくなっている、と。それから、指紋は？　はっきりした指紋は採れたんだっけ？」

「照合が難しくてね。木材についていたのだけははっきりしていて、これはララの指紋だった。足跡はたくさん残っていたが、ほとんどが不鮮明だった。事件が起きた年の一二月は寒さが厳しくて、雪が多かった。現場の支援センターには暖房が入っていたから、雪が解けてできた水たまりがたくさんあった。ネズミもうじゃうじゃいた。物的証拠を採取するには最高の条件とは言いがたい。被害者以外の足跡で鮮明に残っていたものがわずかながらあって、その特徴から、男性用サイズ二八センチのダナム社製ワッフルストンパーの靴跡だということがわかった。一般的なサイズで、市場に多く出回っているハイキングシューズだ。そのうえ、犯人のものとはかぎらない」モンティは顔をしかめた。「しかも皮肉なことに、ネイト・シラーはこの型のハイキングシューズを一足持ってたのさ」

「当局はものの見事にひっかかった、と」レーンはつぶやいた。「それで父さんはまた、暗礁に乗りあげたってわけか」

「何が？」モンティはいぶかしそうに眉を上げた。

レーンは首をかしげて、なんでも探りだしてしまいそうな目で父親を見つめた。「あのころの父さんは気の休まるひまもなかったんだなあ。道理で荒れてたわけだ」

「おい、なんの話だ」

「ぼくだって一六だったんだ、ちゃんと憶えてるって。父さん、シラー犯人説には与《くみ》してなかったものな。納得してなかったっていうか。電話で話してるのを聞いたことがある――分署や検察局の人や、事件関係者との会話の中で、〝つじつまが合わない、どこかおかしい〟って父さんがくり返してたのを。当時のぼくには全体像は見えなかったけど、今こうして、物的証拠がほとんどないってことを聞かされると、父さんにとってどんなにいらだたしかっただろうと思うよ。検察のほうじゃシラーの自白以外に決め手となる証拠がなく、事件の早期解決への圧力もかかってただろう。だけど父さんは、自白の内容にも納得できず、圧力にも屈したくなかった。それだけの直感があったんだな。捜査本部の人たちが父さんの言うことに耳を傾けなかったのが間違いだった」

息子の意外な言葉に、腕を組んでソファのクッションにもたれかかっていたモンティは、額にしわを寄せた。「おれの仕事にそんなに興味を持ってたなんて、知らなかったな」

今度はレーンが驚く番だった。「まさか。ぼくが父さんをどんなに尊敬してたか、知ってただろう」

「ああ。だけど、おまえが一六歳のときのことだろう。あのころはほとんど顔を会わせなかったじゃないか。面会日と決められてた週末にだって、ろくろく会えなかった。おまえはスキー旅行か、女の子とデートか、どっちかだった。おれがかけていた電話の内容を聞いていたとか、扱っていた事件に注意を払ってたなんて、考えもしなかったよ」

「注意を払ってただって？」レーンは口の片端を上げた。「ひと言、ひと言に集中して聞いていたよ。ぼくにとって父さんがお手本だったからね」

「いや、おれは間抜けだった」とモンティ。「半生かけて、ようやく大切なものが何かわかったぐらいだものな。あのころのおれを見習ったりしないでくれよ」

「もう遅いって、父さん」レーンはそっけなく肩をすくめた。「ぼくはぼくで、それはずっと変わらない。それにしても、あまり自分を責めないでくれよ。父さんはすごくいい父親だったんだから。今だってそうだけどね。強情っぱりだけど、父親としては最高だ。そろそろ、大人になった息子の助言を受け入れてみたらどうだい。物事をいい悪いのどっちかに決めつけるのはやめろよ。ぼくが自分のキャリアから学んだものがあるとすれば、この世に白と黒みたいにはっきりした区別のあるものはほとんどなくて、濃淡さまざまな灰色が普通だってことさ。人生は芸術にたとえられるって言うじゃないか……だからほら、わかるだろ」

「ああ」モンティは誇らしい気持ちがわきあがってくるのを感じていた。息子も立派になったものだ。「わかるよ。その助言、心にとめておくよ」咳払いをすると、もとの話題に戻った。「さて、犯罪現場の写真について知りたいことはもうないかな？」

「今のところはね。やらなくちゃならないことがたくさんある。遺体、血液の飛沫、地下室、建物の外観。ネガが手に入ったら、スキャンした画像を全部コンピュータに取りこむ。そのあとは懸命にやるだけさ。父さんが真犯人を挙げるのに役立つような何かを見つけるまで、必死で取り組むよ」

「よし、そうこなくちゃ。がんばってくれ、おれのためじゃなく」

「ああ、そうだな」レーンは視線を落とした。「ゆうべ、モーガン・ウィンターに会ったよ。なんで父さんが彼女のことを気にかけているか、納得がいったよ。ひどい苦しみを味わっているのははたから見てもすぐわかった」

「おれの調査に協力することになったって、本人に言ったのか？」

「いや。本人が現れる前に、事件の話題だけは避けてほしいとショア議員に釘を刺された。ところが実際は、モーガンは再捜査のことで頭がいっぱいなんだ。昨日、予定より遅れて着いた理由が、マンハッタン検察局に寄って、新聞記事の切り抜きのコピーを置いてきたからだそうだ。あ、知ってるよね。原本は父さんに渡したって言ってたから」

モンティはうなずいた。「ジャック・ウィンター地方検事補がかかわった有名事件についての記事なんだ。あれを参考にして調べたら、ちょっとばかり興味深い事実がいくつか浮かんできた。一部は月曜の打ち合わせのときに、ショア議員に直接確かめる必要がある」

「へえ、それは好奇心をかきたてられるな。今ぼくに話せるネタはある？」

モンティは殺人課刑事の経験者特有の鋭い目つきになっていた。「ジャック・ウィンターは殺される二、三カ月前、カール・アンジェロという大物の麻薬・武器取引業者を有罪にした。アンジェロは長い年月のあいだに、合計するとかなりの人数になる手下を飼っていた。過去にさかのぼって調べてみると、三〇年前、やばい銃器の運び屋として二六歳のチンピラを雇っていたことがわかった。このチンピラはブツの輸送中に逮捕された。が、なぜか不起訴処分となって記録は開示されなかった」

「誰かが取引したということか」

「その可能性が高いな。おそらくジャック・ウィンターはそのチンピラと長年の知り合いで、裁判でアンジェロに不利な証言をさせたんじゃないだろうか」

「なるほど。つまり父さんは、そいつが秘密情報提供者になったとにらんでいるんだな」

「そうでなきゃおかしい。それ以外、検察が不起訴にして記録を非開示にする理由がないじゃないか？　やつはなぜ不起訴処分から一三年経って、裁判でアンジェロに不利な証言をしたんだ？　その疑問を解くために、アンジェロの罪状認否のさいの起訴書類の写しを手に入れることにした。それに、もしそのチンピラが本当に秘密情報提供者で、ジャック・ウィンターがアンジェロ逮捕のためにやつの協力を必要としていたとすれば、やつの調書と登録番号が載ったファイルがどこかにあるはずで、それも入手するつもりだ」

「個人名と秘密情報提供者の登録番号の照合か。難しい注文だな、とりわけ検察局では」

「いや、心配ないよ。取扱責任者は情報提供者を保護しようとやっきになるだろうが、おれにはそれなりのコネがあるからな。それにショア議員の影響力も利用できる。その間、まずやりやすいところから始めようと思う。中央書記官事務所に連絡してアンジェロの事件関係書類を捜しだしてもらう。

裁判記録を徹底的に調べて、お目当ての証人の証言を見つけた時点で、検察局の助けを借りる。秘密情報提供者の書類一式か、それが無理なら最低でも登録番号が記載された文書と基本情報、関連の日付を入手する。その情報を、裁判での証言の内容とつきあわせる。そうすれば、同じ人物かどうか判断がつくはずだ」

「その線で手がかりを追うのはかなり骨が折れそうだな。問題の秘密情報提供者って、どういうやつなんだ？　目星はついてるのかい？」

「名前はジョージ・ヘイエック。国際的に活躍する武器商人だ」モンティは息子の顔色をうかがったが、名前に心当たりがないらしく、表情にはなんの変化も見られない。「海外での仕事では、おまえはやつとの接点はなかったんだな。ヘイエックはヨーロッパを拠点としていて、確かベルギーに住んでいる。諸外国の政府に武器を売ってひと財産築いた。その取引が合法的なものかどうかは、定かではない」

「わからないな。なぜウィンター事件に関してヘイエックに注目してるんだ？　どこに接点がある？」

「ヘイエックには前科がある。非開示じゃないほうの記録だ。銃の密輸入で逮捕される前に、有罪判決を受けているんだ。大した罪じゃない、たかだか車一台の窃盗未遂だからな。二、三カ月の懲役と、社会奉仕活動を科されただけですんだ。おれはヘイエックの逮捕手続きの記録のコピーを手に入れたんだが、それによるとやつは電話を一本かけている。相手はレニー・ショアだ」

レーンは驚いて父親を見た。「レニーじいさん？　ヘイエックがレニーといったいどんな関係があるんだい？」

「それがあるんだよ。レニーはヘイエックの保釈金を支払ったんだ。すると面白いつながりが浮かび上がってくる。レニーはアーサー・ショアの父親だ。一七年前、アーサーは州議会議員で、ジャック・ウィンターの親友でもあった。ジャック・ウィンターはカール・アンジェロを起訴しようとしていた。ヘイエックは何年にもわたり、アンジェロについての情報を検察に流し、裁判でアンジェロに不利な証言をしたのではないかとおれはにらんでいる」

「つまり、ウィンター事件は復讐殺人だったというんだな」

「その可能性は高い。もしかするとヘイエックは、銃の違法取引の世界でのし上がるためにアンジェロを裏切ったのかもしれない。すべて推測にすぎないがね。検察局が保有する関連の記録と、裁判記録を手に入れる必要があるな。何よりも、ヘイエックの一連の行動の動機が知りたい。それについてはレニー・ショアからなんらかの情報が引きだせるんじゃないかと期待してるんだ。だから、月曜にレニーの店で昼飯っていうのは好都合だ」

「そうだね。ぼくは来週ショア議員とヘリスキーに行く予定だけど、それよりこっちのほうがワクワクさせてくれそうだ」

「そういえばおまえ、このあいだショア議員の自宅へ行っただろう。どうだった？」

「短時間で、無事に終わったよ。野菜ジュースを飲んで、家族の写真を撮って、来週の日程について打ち合わせしただけだ。あ、それからウィンショアの年末のパーティへのお誘いを受けた。ジル・ショアはどうやら、ぼくには生涯の伴侶が必要だと考えているらしい。

モンティの唇がぴくりと動いた。「悪くない考えだな。どうせ招待は断ったんだろうが」

「実は、ご招待に応じることにしたんだ。生涯の伴侶を見つけるためじゃなく、楽しむためにね。というより、正直に言うと、挑発されて出席するはめになったんだけどさ」

「挑発されたって、誰に？　ジル・ショアか？」

「いや。モーガンだよ」レーンは思い出してくすりと笑った。「確かに心の傷を抱えている印象はあるが、男の自信を失わせる女性でもあるな」

「そんな一面があるとは、おれは知らなかったぞ」モンティはコーヒーをぐいっとひと口飲んだ。「自信を失わせる相手におまえが選ばれたいきさつは？」

「顔の表情か、しぐさか、あるいはその両方を読まれたらしい。ぼくは、優雅な金持ち連中がくだらない話ばかりしてるパーティを想像してたから、いかにも気乗りしない感じに見えたんだろうね」

「で、モーガンにすすめられて気が変わったのか？」

「すすめられたというより、挑戦されて気が変わったというべきかな。ええと、なんて言ってたっけ」レーンは膝頭を指でとんとんと叩いた。「そう、確かこうだった。〝参加してみたらいかが？　もし出席者がみんな、あなたの想像どおり退屈な人ばかりだったら、おつきあいはやめて、そのぶんトレーニングに精を出してくださっても結構よ〟だとさ」

モンティは胸の奥で響くような声で笑った。「おまえ、すっかり見すかされてるな」

「ああ。それでもって彼女は、〝わたしが間違ってると思うなら証明してごらんなさい〟って感じの挑戦をしてきたんだ。言葉ではそう言わなかったけど、明らかにあれは挑戦だったね。だから受けて立った。パーティに出席することにしたのさ」

「面白い」モンティは息子を観察しながら言った。「モーガンはきれいな娘《こ》だろ。美人、という人もいるかもしれないな」

「それについては議論の余地なしだね」レーンは間をおき、眉根を寄せて考えこんだ。「でも、〝美人〟っていうのは一般的すぎる言い方だよな。〝記憶に残る〟とか、〝心惹かれる〟とか、〝複雑で興味をそそられる〟女性、といった表現のほうが当たってると思うよ。どこか、人を引きつけるものがある人だからね」

「で、おまえも引きつけられたというわけか」

「まあ、そうかな。きれいなだけでなく、観察力が鋭くて、率直だ。父さんが言うようなもろさやかよわさも感じさせるし、心配する理由もわかるよ。でもぼくには、まったく別の面も見える――自信にあふれていて、物怖じしない積極的な女性だ。モーガン・ウィンターを甘く見ちゃいけない。内に秘めた強さを持っている。だからこの危機も、人生で遭遇するどんな状況も、乗り切ることができると思う」レーンは口の片端だけを上げた。「それと、頭の回転が速い。丁々発止の論争ができる相手だよ」

「かなり印象が強かったようだな」

「ウィンショア主催のパーティに行く気にさせられたぐらいだからね」レーンは父親をちら

りと見た。「さて、モーガンが聡明で、積極的で、セクシーだということで意見が一致したから、この話はもういいよな」

「セクシーだって？　そんな形容が出てきたおぼえはないが」

「父さん」警告するようなレーンの声。「この話はもう終わりだよ。これ以上訊かれるようなことは何もないし、ぼくだって言うべきことは何もない」

「いいや。おれのほうには言うべきことがある」モンティはコーヒーを飲みおえ、カップをテーブルに置いた。「普段なら、おまえの私生活に立ち入るようなことはしないよ。だが今回は例外だ。モーガンは大変な思いをしてきた。おれは直接この目で見て知ってる。そのつらい体験を、あの娘《こ》は今になってまた味わわされているんだぞ。そんな状態の彼女の心を、これ以上かき乱すようなまねはやめておけ」

「父さん……」

「本気で言ってるんだぞ、レーン。だめだ」

10

モーガンは地下鉄のCラインに乗り、ブルックリンのイーストニューヨーク地区に位置するユークリッド街駅へ向かった。そこから〈サイプレス・ヒルズ〉という公営住宅団地まで歩いていく。その一角に目的地のヘルシー・ヒーリングがあるのだ。

今日は昨日より冷えこみが厳しい。建設現場や荒れ放題の古い建物の横を急ぎ足で通りすぎるモーガンの、キャメルコートの生地を風が通りぬけていく。周辺のアパートはクリスマスの飾りつけに彩られている。ファウンテン街のほうから、救世軍のサンタクロースが鳴らすベルの音が聞こえてくる。年末の休暇シーズンも、貧困と犯罪のはびこるこの地区ではほろ苦さをともなって、祝祭的な気分にどこか似つかわしくない雰囲気が漂っていた。

モーガンは一瞬立ちどまり、肩ごしにウィリアムズ街のほうを見やった。母親が運営する支援センターがあった通りだ。建物は残っていて、今はリサイクルショップになっているという。なつかしさのあまり、誘惑にかられてもう少しで振り返りそうになった……。

だが、どうしても振り返れない。あの建物の中へ入って悪夢の光景とふたたび向き合うことなど、できそうにない。そんなことをしたら心が壊れてしまう。もしかしたらいつの日かちゃんと向き合えるかもしれない。でも今は無理だ。一人きりでは、なおさら。

モーガンは自分にむち打って前進し、サイプレス・ヒルズの団地をめざして、立ちどまらずに歩きつづけた。ヘルシー・ヒーリングは、団地に隣接する低層のレンガ造りの建物だった。凍《い》てつく空気を吸いこみ、中へ入っていく。

ちょうど電話の応対を終えたところだった受付係は、モーガンの姿を見て立ちあがり、温かいほほえみを投げかけた。「ウィンターーさんですね？　ジェニーンと申します。先ほど、お電話でお話ししましたよね。バーバラ・スティーヴンスがお待ちしております」

ほどなくモーガンは事務所の中へ案内された。幅三メートル、奥行き四メートル足らずの羽目板張りの部屋で、受付部分と同じ色合い、同じように控えめな調度だ。ただ、出窓の棚にところ狭しと並べられた観葉植物が居心地のよさそうな雰囲気をかもし出していた。

事務所の真ん中に鎮座ましましているのはクルミ材の大きな古びた机で、その上には書類やファイルフォルダーがうずたかく積みあげられ、〝カウンセラー、バーバラ・スティーヴンス〟と彫られたスチールのネームプレートが置かれている。

机の向こうに座っているのはアフリカ系アメリカ人の中年の女性で、レモンイエローのタートルネックのセーターと明るめの茶色のスラックスという姿だ。その物腰全体が温かみと安らぎを感じさせる、魅力的な人だった。

彼女が立ちあがって手を差しだしたとき、モーガンは思い出した。ああ、この人だわ。当時はもっと若く、流行を取り入れたヘアスタイルだったが、今と同じように癒しの雰囲気を持っていた。教会のチャペルの前で、深い心の傷を負ったわたしの腕をぎゅっと握ってくれた。あれは、両親の告別式に参列したバーバラ・スティーヴンスだったのだ。

癒えることのない悲しみがモーガンの全身を貫いた。

「モーガン……」バーバラのまなざしは温かく、心がこもっていた。「前触れなしにいらしたとしても、すぐにあなただとわかったと思うわ。お母さまに生き写しですもの」

「よく言われます」モーガンは握手を返した。「でも、そのたびに褒め言葉のように感じてしまって照れくさいんです」

「当然よ。ララは外面と内面の美しさの両方をそなえた、たぐいまれな人でしたからね。あれほど直観力にすぐれた女性はいませんでした」言いづらそうに言葉を切る。「検察が起訴して有罪にした容疑者が、実は無罪だったことが判明したんですってね。新聞で読みましたよ。おつらいでしょう。お気の毒で、なんとお慰めしていいか」

生前の母親への賛辞を聞かされて、モーガンの胸の痛みはなんともいえない誇らしい気持ちに変わった。社会サービスや慈善目的の資金集めを通じて、母親は多くの人々の人生とかかわりを持っていた。特に、虐待された女性のための支援センターでの活動を通じて、何十人もの女性の心の支えとなっていた。子どものころのモーガンは、その一端しかかいま見ることができなかったが、大人になった今、母親の偉大さがよくわかる。

虐待からの保護を求めてやってきた女性にとってララ・ウィンターは、安心と安全だけでなく、自分の価値を再発見するきっかけを与えてくれる存在だった。そしてバーバラ・ステイーヴンスは、母親の活動にもっとも深くかかわった一人だったはずだ。

「大丈夫？」バーバラは優しい声で訊いた。

「ええ。そういえば母もバーバラさんを心から尊敬していたんです。最近、そのことがますますよくわかってきました。実はわたし、母が書いていた仕事日誌のような日記を見つけて、読んでいるんですが、その中にお名前がしょっちゅう出てくるんです」

穏やかな笑みを浮かべて聞いていたバーバラは、自分の机の向かいにある肘掛け椅子を手ぶりで示して言った。「どうぞ、おかけください。コーヒーはいかが？　今ちょうど淹れたばかりなんですよ」その言葉どおり、エンドテーブルの上のドリップ式コーヒーメーカーが、抽出が終わったことを知らせるプシューという音を立てた。

「ありがとうございます。自分でやります」モーガンは手を伸ばして自分でコーヒーを注ぐと、椅子に座って脚を組んだ。「お時間をとっていただいて、感謝しています」

「連絡してくださって嬉しいわ。お話しになりたいことがいろいろあるんでしょうね」

「はい」モーガンはほっとした。母を近しく感じたいと思っているわたしの気持ちを、この人はわかってくれている。でも、どこから始めればいいのだろう？

「クリスマスイブだったわね、ご両親が亡くなったのは」バーバラは静かに話しだした。

「この季節が来ると毎年、思い出してつらくなるのね。今年はなおさらでしょう」

「ええ。でも不思議なことに、事件の真犯人が別にいたことを知る前から、わたし、ずっと落ちつかなくて、胸騒ぎというか、悪い予感がしていました。今は――両親とのつながりを感じたいと強く願っています。遺品を毎晩のように見て、手がかりを探して。そうすることで事件の謎を解明したい、それが無理なら解決に貢献したいという気持ちです」

「わかりますよ。お母さまの日記を読むのは慰めにもなるし、苦痛でもあるでしょう」

「ええ。隅から隅まで、何度も読んでいます。母の心のうちを知ると、胸が張りさけそうになることもあります。でも、やめられないんです」

「そうこうするうちに、疑問が出てきたんでしょう」

モーガンは身を乗りだした。「殺される直前の母とは、よくお会いになっていましたか？個人的な用事や、仕事上の用事で？」

バーバラは質問の意図をすぐに察知した。「つまりお母さまが、真犯人を導きだすヒントになるようなことをしたり、言ったりしたかを知りたいんでしょう。それはわたしも自問自答したんですよ、今週に入って何度も。お互いの施設を訪問しあったときのことや、交わした会話の内容を何度も振り返ってみたし、手がかりになるものはないかと頭を絞ってみました。でも正直な話、何も見つからなかったの。話題といえば、自分たちがカウンセリングをしたり、逃げ場を提供したりした女性のことがほとんどでしたから。個人的な話で憶えているのは、あの週、あなたが学校のスペリング・コンテストで優勝した話をお母さまがしていたこと。お母さまはもちろん、お父さまもすごく誇りに思ってらしたって」

バーバラの口から優しげな笑い声がこぼれた。「ララは言ってたわ。娘が校長先生からコンテスト優勝の賞状をもらうところをジャックが見たがって、裁判が休廷に入ったとたん、最高裁判所から全速力でダッシュして学校へ駆けつけたのよ、って。ジャックがそんなに早く仕事を終えたのは、ララの陣痛が始まった日以来だったんですって」

モーガンはつばを飲みこんだ。「母は、父の仕事について何か言ってませんでしたか？　一般的な話でも、具体的な話でも」

「ララはご主人の身の安全を心配していたわ。でも、それ自体特におかしなことでも、意外なことでもないでしょう。検事という職業柄、危険な犯罪者を起訴していたんですもの」

「それはそうですけど」モーガンはくいさがった。「殺される前の最後の数カ月のあいだに、母は容疑者とか仲間の名前を口にしたことはありますか？　父が誰かに脅されているなどという話は？　電話がかかってきたとか、激しい言い争いがあったとか？」

バーバラは悲しそうな表情で首を振った。「具体的な情報を差しあげられなくて申し訳ないわ。でも実際、ララとわたしは、自分たちのもとにやってくる女性をどうやって助けようかと、その問題に没頭していたものだから、雑談するひまもほとんどなかったんですよ」

「ええ、わかります」モーガンは肩を落とした。収穫が得られる見込みが薄いことぐらいは想像していた。それでも、落胆した心が軽くなるわけではなかった。

「本当にごめんなさいね、モーガン。もし何か思いついたら、どんな小さなことでもご連絡するわ」

「ええ、お願いします」モーガンはうなずき、自分の中のもやもやした不安がおさまってくれればと願った。しかし、おさまりそうにない。

そこで、気持ちを静めるために、仕事から私生活の話へ水を向けた。「バーバラさん。わたし、母の思い出はたくさんあるんです。でも、どれも子ども時代の記憶で、女性としての母がどういう人だったのか想像しながらも知る機会がありませんでした。エリーゼおばもたまに思い出話をしてくれますけれど、話すのがつらそうで。姉妹のように愛していた人を失った心の痛みが強すぎて、故人をしのんで語り合う喜びに浸れないんでしょう。ですから、お願いです。母にまつわるエピソードを教えてください。感動的なできごとでなくてもいいんです。生きていたころの母が想像できるような話。記憶の穴を埋めてくれる話。わたしの知らない、母のさまざまな面を教えてください」

「喜んで」バーバラはふたたびなつかしそうな笑みを浮かべた。「ララは、〝ミルキーウェイ〟のチョコレートバーが大好きでした。それはわたしも同じで、二人して〝我々の大いなる弱み〟と呼んでいたものよ。ある晩、ララがここへ寄ったの。その一週間、特に緊張続きで疲れていたんでしょうけれど、ミルキーウェイの特大パックを四袋持ってきて、食べ比べをしようって言うのよ。で、二人とも気分が悪くなるまで食べまくったわ。残った包み紙の数を数えてみたらけっきょくわたしの勝ちになったの、二本の差でね。ララはその二本のミルキーウェイの包み紙を額に入れて、わたしの誕生日にプレゼントしてくれたのよ」バーバラは机の上に手を伸ばして縦一八センチ、横一二センチほどの額を取りあげ、モーガンに渡した。「ほら、これよ。いまだにわたしの大切な宝物なの」

それは、まわりに金線をほどこした繊細な金色の飾り額だった。羊皮紙ふうの高級紙をマットとして中に敷いた上に、包み紙のまわりをきれいに切って平らにしたものが二枚重ねられておさめられている。左上の隅には金色の冠が描かれ、そのわきに〝ミルキーウェイの女王〟と書かれている。モーガンもよく知っている、母親の筆跡だ。

モーガンはあふれそうになる涙をこらえた。「父とわたしは、同じチョコレートバーでも〝スニッカーズ〟の大ファンでした。でもわたし、母がミルキーウェイが好きだったのはちゃんと憶えています。うちでは冷蔵庫の冷凍室がどんなに満杯になっても、中にはちゃんと、ミルキーウェイが詰めこんでありました」

「そう、冷凍したのを食べるのが最高においしいのよね。ララの一番の好物だったわ。でも、凍ったのを何本も平らげるのはだめ。わたしたち、痛いめにあって、ようやくそれを悟ったの。三本立てつづけに食べたら、ララはあごが疲れて動かなくなったし、わたしは歯が欠けてしまった。それでガチガチに凍ったのは潔くあきらめて、柔らかいままで食べやすいミルキーウェイに落ちついたというわけ。いい教訓になったわ」

二人は顔を見合わせて笑いだした。心の底からの笑いだった。思いきり笑うって、こんなに気持ちいいものだったんだ——モーガンはあらためて感じていた。

「二人は一緒にいると、食べることも忘れてしまうぐらい仕事に没頭していたわ。レニーの店のサンドウィッチがなかったら、飢え死にしていたところよ」

「それ、すごくよくわかります」モーガンは同感してうなずいた。「ブルックリンとマンハッタンで働く人の半数は、レニーおじいさんがいなかったら飢え死にするんじゃないかって思うときがありますもの。あの人はお客さんの好みも食事の時間も、けっして忘れないんです。うちの事務所は遠いのに、ジルとわたしは特別待遇。ジョナっていう配達係に回り道をさせてサンドウィッチを届けてくれてます」

バーバラはモーガンの顔をじっと見つめて言った。「ジルやレニーを本当の家族のように思っているのね、そうでしょう？」

「もちろん」モーガンは躊躇なく答えた。「ショア家の人たちはみんな、最高です。おじもおばも、わたしを引きとったその日から、我が子同様に接してくれました。立派で、信頼できる家族です」

「でも、ご両親とは違うでしょう」バーバラはあっさり言うと、身を乗りだしてモーガンの手をとった。「どんな人だって本当の親とは違うわ。あなたの親であるという特権は、ララとジャックにしかないのだから」

「ええ、そうですよね」モーガンは弱々しげにうなずき、バーバラに飾り額を返した。「母のこと、もっと話してください」

「みんな、ララのことを穏やかな話し方をする、心の優しい人だと思っていたわね。確かに、普段はそうだった。でも、誰かがひとたび逆鱗に触れるようなことをすると、激しい感情を爆発させたものよ」

「逆鱗に触れるって、たとえばどんな？」

「ララは、あなたや、ご主人、友人たち——自分にとって大切な人たちを守るためなら、雌ライオンのように立ち向かっていった。自分のポリシーや、支援していた女性たちについても同じだったわ。弱い者の味方だった。自分を守ることにかけて無力な人、能力やお金、人脈に恵まれない人がかかわっていると、体当たりで取り組んでいたっけ。たとえば、母親とともに虐待を受けている子どもたち。年端もいかないのに家族に捨てられたあげく、横暴な男性のえじきになって、自尊心を奪われた少女たち。そういうケースには義憤にかられていた。犠牲者を本能的にかばって、守ってあげていたわ」

「母の日記を読んでいると、虐待された人たちのことが出てくるんです」モーガンはつぶやいた。「胸の痛む話ばかり。特に、ヘイリーという四歳の子どもと、お母さんのオリヴィアの話がかわいそうで」

「そういう名前はみな、書類上の仮名なの。最初の登録書類以外では、本当の名前は使わないことにしていたから」

「個人情報の保護のためですね」

バーバラはうなずいた。「日記でもその方式をとっていたのね。でも意外ではないわ。ララは、自分が助けていた人たちのことをなんとしても守ろうという気持ちが強かったから」

「オリヴィアと一緒に住んでいた、アルコール依存症のボーイフレンドのすさまじい暴力についても書かれてありました。思い出すだけでも恐ろしいわ。真っ暗なクローゼットにヘイリーを何時間も閉じこめて、そのあいだに母親にひどい暴行を加えて、そのようすをヘイリーに聞かせたんですよ。ヘイリーがどんなに傷ついたかと思うと、かわいそうで」

「心の傷はそうとう深かったらしいわ。でもララは、親子が危険な環境から脱して、永久に安全が確保できるまであきらめなかった。そしてついに二人を助けだしたの」

「その後、うまくいったんですか?」

「ええ。長くつらい道のりだったけれどね。ララは死ぬ前に、オリヴィアとヘイリーが再出発できるよう、割安な家賃のアパートを見つけて、政府の生活保護受給の手続きをとってあげたの。でも実のところ、うまくいくようになったのはオリヴィアががんばったからよ。やり直す勇気と意欲があったのね」

「すばらしいわ」

「日記をもっとお読みなさい。それが一番、お母さまを身近に感じられる方法よ」

「ええ、そうですよね。今、ジャニスという一〇代の女の子に関する書きこみを読み直しているところです。義理の父親から性的暴行を受けて家出した子で」

「ああ」バーバラはため息をついた。「あれも痛ましいケースだったわ。残念なことに、オリヴィアたちの場合ほど幸せな結末にはならなかったけれど」

「そんな印象を受けましたね。母の憤りが伝わってくるような書き方でしたから」

「そうでしょうね。ジャニスの場合は、性的暴行で受けた心の傷跡が癒えないままで、どうしても乗りこえられなかったの。その後、男性との恋愛関係で何度も失敗をくり返して、自滅的な方向へ向かっていった。そのあげくに——」バーバラは絶句した。「とにかく、お母さまはジャニスのことを親身になって考えていた。それで激しい怒りにかられたのね。ジャニスの義父のような異常な人間を容認するわけにはいかない、と感じたんでしょう」

「だって、そんなひどいこと、弁解の余地がありませんもの。許せないわ」

バーバラはふたたび優しい笑みを浮かべた。「あなたの中には、お母さまから受けついだものがたくさん息づいているのね」言葉を切ると、笑みがしだいに消え、表情が険しくなっていく。「ただ、誤解してほしくないんだけれど、ララは、個人の日記の中でどんなに怒りをあらわにしていても、公の場ではつねに激励を怠らなかった。前向きな思考と行動を自ら実践していて、怒りよりも、笑いと友情のほうがずっといい癒しになると確信していたわ」

モーガンはバーバラの言葉を噛みしめていたが、急に顔を上げた。「あ、それで思い出したんですけれど――日記の中で母が楽しい経験について書いている部分に、〝カードソン〟っていう言葉が何度も出てきたんです。これ、笑える内輪ネタか何かですか？」

「カードソンね」バーバラは笑いだした。「それはジョークでもなんでもなくて、ララのお気に入りのプログラムの名前なのよ。ララはカードの達人でね、特にジン・ラミー（二人で行うカードゲーム）の勝負になると、無敵といってもいいぐらいだった。保護施設に身を寄せている女性たちに遊び方を教えて、ときどきジン・ラミーの徹夜マラソンゲームを開催していて、これを冗談めかしてカードソンって呼んでいたわけ。賞品も用意したのよ。エリザベス・アーデンのスパ・サロンで過ごす一日とか、ブルーミングデール百貨店でのお買い物ツアーとか、ヘアスタイリストとメークアップ・アーチストによる大変身とか――ああいう境遇の女性にとっては夢のような体験。カードソンは驚くべき効果があったわ。女性たちのやる気を起こさせて、就職やキャリア育成につながった場合もあった。何よりも、みんなが楽しみ、笑いながら仲間意識を深められたことがすばらしかったわね」

そのとき、バーバラの机の上のインターコムが鳴った。「ああ、ジェニーン？ あらいやだ、もう三時になるのね。すぐにまいりますからって、彼女に伝えてちょうだい」電話を切った。「モーガン、ごめんなさいね。カウンセリングの予約が入っているの」

「わたしのほうこそ、申し訳ありませんでした」モーガンはすでに立ちあがっていた。「ほんの数分だけお話しするつもりだったのに、一時間半もお邪魔してしまって」

「いいのよ。楽しいひとときだったわ。十何年ぶりにようやくお会いできたんですものね。あなたがお母さまについてもっと知りたいという気持ちになったら、きっと連絡してくれるだろうと思っていたのよ」バーバラはモーガンの手を握った。「お母さまと同じように、心を強く持って生きてね。警察がきっと、真犯人を見つけてくれるわ。わたしも、何か手がかりになりそうなことを思い出したら電話します。約束するわ。あなたも何か話したいと思うことがあったら、遠慮なく電話してちょうだい。本気で言ってるのよ」

「ええ、わかってます」モーガンは半ば衝動的に身を乗りだし、バーバラを抱きしめた。「いろいろとありがとうございます。本当に、ありがとう」

11

レーンはいつになく、落ちつきがなかった。

父親から渡された写真を数時間かけて念入りに見て、ネガなしではこれ以上はできないところまで詳細に検討した。そのあと、来週始まるショア議員の冒険の同行取材の下調べにとりかかった。八時近くなると体じゅうが凝って不快感をおぼえはじめ、長いあいだ室内に閉じこめられていたためにいらいらがつのってきた。

黒のケーブルニットのセーターとカーキ色のパンツに着替えると、ムートン裏地の革ジャケットを手にして、八時少し過ぎにコンドミニアムを出た。

特にどことといってあてがあるわけではないが、まずセントラルパークへ向かい、五番街を下っていく。クリスマスの飾りつけがとりわけ幻想的で美しい。自宅からセントラルパークまで行くあいだに、雪がちらつきはじめた。冷えこんできたが、不快というほどではない。どこか爽快な気分にさせてくれるものがあって、これもまた、年末の祝祭が近づいているひとつのあかしだった。歩道は買い物客であふれ、道路はタクシーで渋滞している。ポケットに両手を突っこみ、白い息を吐きながら、レーンは街の雰囲気を楽しんでいた。

何の気なしにマディソン街へ足を向け、気がつくとカーライル・ホテルの前に立っていた。ここには〈ベメルマンズ・バー〉がある。久しく訪れていないが、かといって行きつけの店というわけでもない。生まれながらの富裕層が行くようなイメージが強いからだ。

だが、インテリアは印象的で、黒御影石《くろみかげいし》のバーカウンターや見事な壁画がある。ピアノの生演奏も本格的だし、ブラックアンガス種の肉を使ったハンバーガーは、注文を受けてから肉を挽くという贅沢さで、格別の味だった。

アンガスビーフバーガーを思いうかべたとたんに食欲をそそられた。朝食を食べてから今まで、何も口に入れていないのだからなおさらだ。豊かな味わいのカクテルを一、二杯、そのあとコニャックでも飲みながら、一時間ばかり質のいい音楽を聴くのも悪くない。気がつくと、ベメルマンズ・バーへ足を踏みいれていた。

ピアノからそう遠くないテーブル。周辺はぽっかりと空いたように客の姿がない。そこに腰を下ろそうとしたとき、レーンは少し離れた席に見知った顔を見つけた。

彼女は一人で座っていた。誰かと待ち合わせているのか、一人で過ごすつもりで来たのかはわからないが、目の前のグラスをじっと見つめ、マドラーで飲み物をかき混ぜている。

レーンは注文をとろうとするウエイターを引きさがらせ、彼女のテーブルに歩みよった。

「モーガンさん?」

モーガンは顔を上げた。美しい目が驚きで見ひらかれた。ライムグリーンのカシミヤセーターを着て、ブルネットの髪を自然に肩に垂らしている。優美な中に重苦しさを感じさせる表情。気がかりなことで神経をすり減らしているようにも見える。「あら、レーンさん。こんばんは。なんでここに？」

「この足で、歩いてきたんですよ」口の片端を上げて答える。「新鮮な空気が吸いたくなって、散歩に出かけたら、いつのまにかカーライル・ホテルの前に立っていた。久しぶりにカクテルを飲みながら静かにジャズピアノでも聴くのもいいなと思って、来たんです」

「妙ね。わたしもなんとなく来てしまったの」

「じゃあ、この足のせいだけじゃなかったんだ。ひょっとして運命のお導きかも」レーンは気づかってあたりを見まわした。「一人？」

「ええ、一人ですけど」

どこかとげのある言い方だった。「つまり本音は、ずっと一人でいたいっていうこと？」

モーガンは髪を耳の後ろにかきあげ、長いため息をついた。「本音？　いいえ。話し相手がいたほうがいいわ。ご一緒にいかが？　ただし、よりどりみどりのデートのお相手の一人が目を光らせて待っているのでなければの話だけど」ユーモアが一瞬、顔をのぞかせた。目が輝いている。

「いや。ぼくもわびしい独り者だからね。喜んでご一緒しますよ」言いながら、レーンはもうウエイターに合図していた。「もう食事はすんだ？」

モーガンは額にしわを寄せた。「考えてみたら、朝ごはんを食べたきりだったわ」

「ちょうどいい。ぼくもそうなんだ。一人で食べるのはいやだしね。ここのアンガスビーフバーガー、すごくうまいんだよ。ラムチョップのマリネ焼もいけてるから、両方頼もうか」

「いいわね」

「何を飲んでるの？」

「ドリーミー・ドリーニ・スモーキング・マティーニ」唇を多少ゆがめながら説明する。「ウオッカをベースにスモーキーなシングルモルト・スコッチウイスキーを合わせたカクテルで、斬新な感じ。新しいものに挑戦するのは好きだったわよね。試してみたらいかが」

「よし、決まった。それと、きみにお代わりを頼んであげよう」レーンはウエイターに注文を告げてから、モーガンのほうを向いた。「ぼくにとっては、この出会いが今日のハイライトかもしれないな」

モーガンは眉をわずかに上げた。「それって褒め言葉なのか、どうなのか。これがハイライトだっていうんじゃ、かなり退屈な一日だったようね」

「退屈どころか、根を詰めて仕事してたんだ。どんな形にせよ、会えて嬉しいよ」

「お上手」モーガンはカクテルをひと口飲んだ。「女性を喜ばせるのがうまいのね。道理で打率が高いわけだわ」

レーンは腹の底から笑った。「打率だって？　ぼくに対するきみの評価って、めちゃくちゃ高いか低いか、どっちかなんだな」

「いえ、正当な評価のつもりよ。批判でもなんでもなく」

「じゃあ、お互い正直に話をしているかぎり、スコアはつけないことにしよう。ちなみに、会えて嬉しいと言ったのは本気だからね」レーンは一瞬黙り、ようすをうかがうようにモーガンを見た。「しかし、きみも大変な一日だったみたいだね」

「ええ」

「仕事で？」

「両親を殺したのがどんな人間か、推理をめぐらせていたの」

レーンは目を伏せ、与えられたきっかけに飛びつくべきか否か迷っていた。率直に言われたのだ。ならこちらも同じ調子で応じよう。

「モーガン、事件にかかわる調査についてだけど、このあいだ機会がなくて言えなかったことがあるんだ。ショア議員からも、これを下手に持ちだしてきみを動揺させないよう釘を刺されていたもんだから」

「何を？　教えて」

「きみはあのとき、ぼくに訊いたよね。うちの父が、きみに探偵としての調査を依頼されたことをぼくに話したかどうか」

「ええ。話は聞いてる、って言ってたわね、あなた」

「うん。でもあのとき黙っていたことがあるんだ。父はついでに話したんじゃなくて、わざわざ電話をかけてきて、時間をとって話し合いたいって言ってきた。それで今日、うちに来てもらって、二時間以上かけて犯罪現場の写真を一緒に見たんだ。まだ何も見つかってないけど、月曜にはネガが手に入るから、それを調べれば手がかりにつながる何かがつかめるんじゃないかと期待してる」

モーガンは目をしばたたいた。「よくわからないわ。あなた、報道カメラマンでしょう。なのになぜ、犯罪捜査にかかわったりするの？」

「なぜって、ぼくが画像強調処理の専門家でもあるからさ」モーガンがまだ腑に落ちない顔をしているのを見て、レーンは説明しはじめた。「画像強調処理というのはね、高度なデジタル技術を駆使して視覚的な手がかりを探す方法なんだ。この分野は、事件の起きた一七年前にはほとんど知られていなくて、軍や航空宇宙局《NASA》、少数の学術機関で利用されていたにすぎなかった。でも今は広く使われるようになってる」

「そうなの」モーガンはナプキンを指でしきりにいじっている。「つまりあなたは、その分野の専門知識と装置を持っていて、事件発生当時には見逃されていた証拠を見つける手助けができるかもしれないというわけね」

「そのとおり。父の考えでは、この事件の調査でぼくがどんな役割を果たすことになるかをきみに知らせておいたほうがいいというんだ。きみは父にとって依頼人だからね」レーンは意識的に明るい調子で言った。「探偵モンティを雇ったら、ついでに息子までついてきた。モンゴメリー家の二人がセットで一人分の料金、というわけで、お得だろう」

「でもわたし、嬉しくないわ」モーガンはぴしゃりと言った。

レーンは驚いた。こんな形で抵抗を示されるとは予想していなかったのだ。「どうして？ぼくは信用できる人間だよ。うぬぼれるわけじゃないが、専門知識はかなりあるつもりだ」

「もちろん、そうでしょう。信用度とか、専門知識を問題にしているわけじゃないの」

「じゃあ、何が問題なんだい？」

「調査に投じてくださる時間や、技術についてはありがたいと思ってるわ。でも、その作業についてはちゃんとお支払いしないと気がすまないの。お父さまは調査料金をとらないつもりなのよ。つまりあなたが受けとる報酬は、お父さまのふところから出ることになるの。だから、あなたが通常もらっている料金を教えてちょうだい。小切手を切るから」

「まあ、あせらないで」レーンは手を伸ばし、ハンドバッグから小切手帳を取りだそうとするモーガンを押しとどめた。「言っておくけど、ぼくは父ときみとのあいだの金銭的な取り決めについてはいっさい知らなかった。それに、父からは一セントも受けとらない。だからおあいこだろう」モーガンの疑わしそうな表情を見ながら、レーンはウエイターが飲み物をテーブルの上に置くまで黙って待った。

「嘘はついてないよ」レーンは身を乗りだして請け合った。「父とぼくは、そういう仕事のしかたはしないんだ。請求書のやりとりはなし。二人で一緒に働くのが好きなんだ。言ってみれば娯楽というか、父親と息子が一緒に取り組むやりがいのあるプロジェクトだと考えてくれればいい。ぼくが一二歳のとき父と一緒に建てた木の上の家《ツリーハウス》、みたいなものかな」

「ツリーハウスですって？」そのイメージに不意をつかれ、緊張がほどけたのか、モーガンの唇に笑みが広がった。「面白いたとえ話ね。あなたとお父さまの性格を考えると、ツリーハウスを二人で一緒に作るのって、共同で調査活動をするのと同じぐらい大変で、競争心をかきたてる作業になったでしょうね。目に見えるようだわ。二人のうちどちらが仕切るか、どちらが早いか、いちいちもめたんでしょ。一本の木の上で男の意地がぶつかりあう――哀れな木は、はたして生きのびることができたのか？　ああ、想像するだに恐ろしい」

聞いているうちにレーンはくっくっと笑いだしていた。「なるほど、言いたいことはよくわかる。確かにそうだ。まさにボスどうしの主導権争いだったよ。結果としては、しっかりした、まともな家ができたけどね。父とぼくが共同でプロジェクトにとりかかるからには、成功することが前提条件。そのぐらいの意気込みでやってるんだ」ピアニストが戻り、情熱的な曲の演奏が始まった。レーンは多少声を高くして言った。「モンゴメリー家の二人が無敵のチームだってこと、納得していただけたかな」

「別に、納得してなかったわけじゃないわ」

「それは結構。じゃ、支払いがどうのこうのなんていう無意味な話は終わりにしていいね？　ぼくが写真の解析をすること、承諾してくれる？」

「ええ、お願いします」モーガンは折れた。プライドにとらわれてもしょうがない。「協力していただいて、感謝するわ」

「感謝なんかしないでくれ、ぼくが手がかりに結びつくものを見つけるまでは。かならず、見つけるけどね」

「お父さまそっくりの言い方ね。二人ともその言葉どおり、内心も自信たっぷりだといいけれど。わたしを安心させようと強気の姿勢を見せてるだけじゃないでしょうね」

「強気も何も、関係ないよ。事件解決の鍵を導きだす。それだけだ」

「わかったわ」モーガンはやや不安定な手つきでカクテルのグラスを持ちあげ、ひと口飲んだ。しばらくのあいだ、じっとグラスを見つめて考えこんでいる。「あなたたちは、殺人現場の写真を見るのは慣れているでしょうね。でもわたしは素人だから。それに両親の写真は……」長く息を吐く。「見たらどんなふうに反応するか、自分でもわからない」

「きみも見る必要があるの？」

「ええ。自分に挑戦するとか、自説を証明するためじゃなくて、真相に迫るために。どんな小さなことも見逃すわけにはいかないの。真犯人をつきとめるには、あらゆる手を尽くさなくては」モーガンは一瞬、目を閉じた。「つまり、あの晩のできごとと、その前の数カ月に見聞きしたことを、もう一度体験するように振り返る必要がある。わたしの頭のどこかに封印された、無意識のうちに抱えこんでいる情報や、重要でないと思っていた情報を掘りおこすためにね。そうなると、現場写真を一枚一枚、細かく見ていって、その中の何かが記憶を呼びさますきっかけになるか、確かめなくてはならない。避けて通れないことはわかってるの。でも怖いのよ。生々しい悪夢を見つづけているこの状態で、写真をつぶさに見るなんて――耐えられるかしら」目を開け、レーンと視線を合わせる。「あなたがお父さまからどのぐらい聞いているか知らないけど、遺体を発見したのはわたしなの」

「言われなくてもわかってたよ」そう、はぐらかすようなことを言ってもしょうがない。

「初めから、気づいてた」

モーガンは眉をひそめた。「どうして？」

「一七年前、うちの家族は、言ってみれば危機的状況にあったんだ。妹たちもぼくも、父となかなか会えなくて、一緒に過ごせる時間もこま切れだった。そのために父は、以前と違って仕事と家庭のあいだの境界線をはっきりさせるのが難しくなった。当時、妹のデヴォンは一一歳、メレディスは五歳。まだ幼かったあの子たちにとって、ピート・モンゴメリーはあくまでお父さんであって、殺人課の刑事じゃなかった。でもぼくは一六歳で、どちらかというと無鉄砲な性格だったからね。父の職業につきものの危険とか刺激が、かっこいいと感じたんだ。それで父につきまとった。本人が気づかないときでも、電話の内容に聞き耳を立てたり、証拠を再確認しているのを観察したり。だからぼくは見て知ってる。きみのご両親の事件への父の打ちこみようは尋常じゃなくて、捜査のことがかたときも頭を離れないといった感じだった。あのころの父のようすは忘れられないよ」

「お父さまも、いまだに忘れていないはずよ」モーガンの言葉はレーンを驚かせた。「事件の結末に納得いかなかったからだけじゃない。あのできごとを自分の人生と結びつけて捜査に没頭していたからよ。お父さまはちょうど、あなたのお母さまと別れて家を出たばかりだったらしいの。そこへあの事件が起きて、わたしは両親をいっぺんに亡くした。デヴォンと同じ年ごろのわたしを見てお父さまは、我が子と離れて暮らす寂しさを痛切に感じたのね」

レーンは驚いて、ぽかんと口を開けた。「父がきみにそう言ったのか？」

「たくさんの言葉を費やして語ってくれたわけじゃないけれどね。何もかもすべて人に打ちあけるタイプの人じゃないから」

「これはまたずいぶん、手加減した表現だな」

「あのときお父さまが教えてくれたのは、親子の絆は、離れていても切れたり、弱まったりするものじゃないってこと。あなたとデヴォンとメレディスの名前を出して、子どもたちとは今、同じ家に住んでいないけれど、一緒にいたころと同じように愛していると言っていた。別居がひどくこたえているみたいだったわ。当時のわたしはまだ幼くて、お父さまがどういう心理状態だったのか、完全には理解できなかった。でも今はわかる。長いあいだに、あの夜言われた言葉を何度も思いかえして、父親のように慰めてくれたときの気持ちを悟ったから。だから、お父さまがあの事件のことで頭がいっぱいだったと聞いても、意外じゃないわ。きっと何がなんでも真相を追求したかったのよ──いろいろな理由でね」

レーンはカクテルをがぶりと飲んだ。「事件の夜の父との会話から、それだけのことをつかんだのか？」

「言葉だけで判断したんじゃないの。苦しんでいるのは目を見ればわかったわ。お父さまは、くっついて離れようとしないわたしを押しのけたりせずに優しく接して、分署へ連れていった。しゃくりあげて泣いていると、すぐ横に座っていてくれた。寝床を見つけて、夜中に起きて怖がらないよう、明かりをつけておいてくれた。そして、両親を大切に思っていた人たちと対面する心の準備がととのうまで、わたしを一人にしてくれたわ」モーガンの唇に悲しそうな笑みが浮かんだ。「お父さまが示してくれた行動はどれも、父親が子どもを守るためにすることよ。わたしにはわかるわ、自分の父がどんなだったか憶えているから」

話を聞くうちにレーンは、なぜ自分の父親をモーガンがこれほど敬愛し、感謝しているかがわかり、認識を新たにせずにはいられなかった。「父が、ご両親を亡くしたきみの力になるためにそんな気配りをしていたとはね。知らなかった」

「最初の晩を乗りこえられたのは、お父さまのおかげよ。わたしはしばらくショックで感覚が麻痺していた。そのあとは、目の前の現実をどうしても認められなかったの」モーガンは遠くを見る目になった。「あの地下室。思い出すだけでぞっとするわ。暗くて、うす気味悪くて、あたりには吐き気がするような臭いが漂っていた――血生臭い、すえた臭い。両親はひびの入った汚らしい床に倒れていた。わたしはそばへ行きたかったんだけど、ほかの人たちが来てからは近づかせてもらえなかった。ただ、見るのは止められなかったから、遺体から目をそらせずに、じっと見つめつづけたの。そこらじゅう、血だらけだった。父の頭の下や、母の体のまわりに血だまりができていて、床には血のしみが飛びちっていた。わたし、もう興奮状態になっていて、制止をふりきって両親のもとへ駆けよろうとしたの。パパ、ママ、起きてちょうだい、お願いだから、と叫びつづけた。もう二度と目覚めることはないと子ども心にわかっていたのにね。誰もわたしをなだめることができなくて、心理カウンセラーが来てもだめだったわ。あの光景全体が現実のものとは思えなかった。まるで、悪夢の断片が次々と出てくるみたいで」

モーガンは唇を湿してから続けた。「そこへあなたのお父さまが、モンゴメリー刑事が、やってきた。彼は悪夢の光景を消そうとはしなかった。無理だとわかっていたのね。ただ、警察と救急車の人がちゃんとやってくれるから大丈夫だよって、言っただけ。わたしの体を毛布でくるんで、現場から連れだした。パパとママはもう生きていないんだって、本当のことを言われたわ。でもパパもママも、もう苦しくないんだよ、とも教えられた。安心させてくれたから、一人ぼっちっていう気がしなかったの。今思えば、お父さまのやることなすことに真実味があって、人間的だった。それに対して、心理カウンセラーは事務的というか、癒しのための教科書をなぞっているみたいな感じがした。エリーゼおばとアーサーおじはまったく反対で――感情的にのめりこみすぎていた。責めているんじゃないのよ、二人は両親の親友だったから、取り乱すのも当然ですもの。でもわたしが必要としていたのは、気持ちを理解しながら、心にずかずかと踏みこんでこない人。それがあなたのお父さまだったの。淡々と、わたしの面倒をみてくれた。あなたと妹さんたち、恵まれてるわ。きっと同じように接してくれただろうし、今もそうなんでしょうね」

レーンはすぐにうなずいた。「そう、父はそういう人だよ。とにかく人の面倒をちゃんとみる人間なんだ。愛する人たちや、自分が責任を持っている人たちをね」

「両親が殺された夜のわたしは、後者の部類に入るわね。今でもそうだわ。お父さまの心の中には、わたしに対する責任をまだ果たしていないという思いがあるはずだから。真犯人が大手を振って歩いているうちは、まだ」

レーンは胸の前で腕を組み、賞賛の気持ちをこめてモーガンを見た。「さすがだな。人間の性質を実によく理解してるよ。道理で仕事ができるわけだ」

「だって、人間行動学の修士号を取っているんだもの。こんなの当たり前よ」

「確かに修士号は役に立ってるかもしれない。でも、ぼくが言ってるのは大学の講義で学べるようなことじゃないんだよ。生まれながらにそなわった資質だ。きみには、人を行動に駆りたてるものを見抜く力がある。今までの経験がその能力をさらに高めているんだろうね」

「できれば過去に追いやってしまいたいような経験だけど。まあ、今さらこんなこと言っても始まらないわね」モーガンはこめかみをもんだ。事件の夜の記憶がよみがえって、神経にこたえたのだろう。

「大変な思いをしたんだろうね」レーンは静かに言った。

「ええ。でも今になってまた、あの現場に引き戻されたみたい」

レーンはモーガンの手を握ってやりたい衝動にかられた。だが、本能がそれを押しとどめた。きっと、体には触れられたくないだろう。

話題を変えよう。レーンが口を開きかけたとき、ちょうどウエイターが料理を持って現れ、問題を解決してくれた。

モーガンの顔に、心からほっとしたような表情が浮かんだ。「まあ、おいしそう」ウエイターに礼を言うと、アンガスビーフバーガーに目を向け、さっそく手にとって、大きくひと口かじった。「うわ、ジューシーでおいしい」

レーンもそれにならって自分の皿のバーガーを取りあげてかぶりつき、黙々と堪能した。

二、三分たってようやく、「ラムチョップも忘れないで」とモーガンに注意をうながした。
「これは二人で分けよう」二枚の皿を指さして言う。

「あら、お気づかいなく。分けたりしないわ、お腹がぺこぺこだもの。あなた、自分の分は今のうちに確保しておかないと、わたしに全部食べられちゃうわよ」

レーンはくすりと笑った。「どうぞご勝手に。なくなったら、追加で注文するさ」

モーガンはまたバーガーをひと口かじると、ゆっくり嚙んでから飲みこみ、レーンをじっと見た。バーガーを皿に置き、髪を耳の後ろにかきあげる。「わたしのことばかり話しちゃったわね。今度は気分を変えて、あなたのことを話しましょうよ」

レーンは両手を広げた。「どうぞ、なんでも訊いてくださって結構ですよ」

「どうして写真に興味を持つようになったの?」

「生きていくうちに自然とそうなった。性格のせいもあるな。それと、一枚でひとつの物語の本質をとらえられるという写真のすばらしさに惹かれたんだ。〝一枚の写真は一〇〇〇の言葉に値する〟という格言があるだろう。あれは言いえて妙、真理を突いてるよ。ただしそれは適切な写真で、適切なストーリーで、適切な写真家によって撮影されたものじゃなくてはいけないけどね」

「あなたの場合は、それにあてはまるというわけね」

「そう願ってるよ。もうひとつ、この道に進むきっかけになったのは、写真技術の魅力にとりつかれたことだ。初めのうちは、適正露出にする方法や暗室での現像処理だって、かっこいいと思った。それから技術革新が進んだ。デジタルカメラが登場し、コンピュータによる画像強調処理の技術が確立された。というわけで、今ぼくは絶頂期ってところかな」

「もちろん、写真家として世界じゅうを旅して、内乱とか自然災害とか、危険をともなう状況のまっただなかに身をおけることや、アーサーおじさまと一緒にやろうとしているようなスリル満点の冒険ができることも気に入ったんでしょ」

レーンはにやりと笑った。「ああ、それもあるな。向こうみずなところがあるからね」

「プロの写真家として活動しはじめたのはいつごろ？」

「大学時代からだ」

モーガンは口笛を吹いた。「すごいわね」

「どうやって金を稼いでたかを聞いたら、すごいとは言わないと思うよ。当時のぼくは思いあがっていた。写真撮影の技能については自信満々だったし、自分は絶対に死なないような気がしていた。手っ取り早く金を稼いで、放埓な生活を送りたかったんだ。それで、最初の職業として選んだのがパパラッチだった」モーガンの反応を見て、レーンは口の片端を上げた。「いやな仕事だと思っただろ？　金持ちや有名人を追いまわして、ゴシップ記事のネタを撮りまくる。芸能人の隠された真実の姿とか、スクープをねらうんだからね」

「わたしだったらなりたいとは思わない職業ね。かといって、あなたがパパラッチになった理由が理解できないわけじゃないけれど」

その言葉でレーンはかちんときた。なぜかはわからない。モーガンの言い方があまりに冷静で客観的で、自分がどういう人間か見きわめられ、しかるべく分類されている気がした。そう、交際相手の紹介を依頼した客の一人として扱われたかのように感じられたのだ。とんでもない。結婚紹介所のお世話だけにはなりたくなかった。

「へえ、面白くなりそうだな」レーンは皮肉っぽく言った。「ぼくを特定の行動に駆りたてる動機の分析か。結果を聞くのが待ち遠しいよ」

モーガンの眉が上がった。「お互い、とげとげしくなってない？」

「懐疑的になってるだけさ」

「言いかえれば、さっきの褒め言葉は、〝きみの人間観察力と分析力は大したものだ。ただし、ぼくだけは対象にしないでくれよ〟っていう意味ね」

また、見事に的を射た観察。「そういう意味で言ったんじゃないんだ」レーンのほうも、闘わずしてあきらめたくはなかった。「お互い、人生に対する取り組み方がまったく異なっていることを考えると、きみがぼくの動機について理解できること自体、想像しがたいというだけの話さ」

「どうして？　わたしが危険に身をさらして自分の限界に挑戦しないから？　人が挑戦したいと思う動機を理解できないから危険を求めないんじゃないわ。人の命がどれだけはかないものか、身をもって知ってるからよ」

いけない。うっかりしていた。なんて心ないことを。「モーガン、どうか……」

「いいのよ。怒ってなんかいないから」謝ろうとするレーンを制してモーガンは言った。指を組んだ手をテーブルの上に置くと、レーンをじっと見つめる。「分析するつもりなんかないわ。あなたという人をよく知らないもの。それに、わたしはセラピストじゃないし。ただ、セラピーはときどき受けているから、人間の行動の裏にある心理の基本はわかるようになったけれどね。あなたがパパラッチになる道を選んだいきさつについて、わたしなりの解釈を述べさせていただくと、こうよ——あなたは一六歳のときにご両親が離婚して、自分の根幹が揺らぐような経験をした。それまで信じていたものを失ったために、綱渡り的な生き方が快く感じられるようになった。何が起こるかわからないという期待が、自己満足に浸るよりはるかに魅力的に思えて、パパラッチの世界に入った。スリルあふれる仕事でアドレナリンが体じゅうを駆けめぐる。その気持ちよさに酔いしれ、やればやるほど興奮度は高まっていった。一回ごとに新たな限界に挑戦して、さらに危険な賭けに出たが、成功をおさめることができた。仕事の方向性が変わった今でも、すべては順調。刺激的で、危険に満ちて、毎日が血沸き肉躍る大冒険っていう感じ。どう、正解に近いかしら？」

「大正解だよ」レーンはテーブルに肘をつき、片手の上にあごをのせた。その手はいつのまにか固く握られている。全身に血液がめぐるのを感じていた。先日の夜、ショア家で感じたのと同じだ。モーガン・ウィンター。この女性の持つ何かが、あらゆる感覚を活気づかせてくれる。レーンの警戒心を解き、彼女を慰めてやりたいという気持ちにさせるのだ。レーンは挑戦をつきつけられて怒り、興奮した。そして今や、彼女の中に入りたくてたまらなかった。息が切れるまで愛し合いたい。その衝動で頭がおかしくなりそうだった。

「スリルを求める行動はセックスのようなものだ」レーンはピアノの音にまぎれてほとんど聞きとれないほどの小声でつぶやいた。「限界に挑戦する。もっと要求したくなる――それがますます興奮を高め、喜びを深めるんだ」

その言葉の意味合いをはっきりと感じとったモーガンの頬に赤みがさした。が、目はそらさない。「興奮。快楽。じゃ、危険はどう？」

「危険を冒すだけの価値はあるさ」

「もしかしたら、ね。もしその体験があなたの主張どおり、すばらしいものならね」目に熱い輝きが宿る。「でも、わたしはかなり引っこみ思案な女ですからね。危険の中に飛びこむ前に、自分にどのぐらいの勝算があるか、明確なイメージをつかんでおく必要があるのよ」

「明確なイメージって、どうやってつかむんだい？」

「あら、写真の名人がそんな質問をするわけ？」

「ああ。写真の名人がこんな質問をしてるんだ」

レーンの言葉には、からかうような調子はみじんも感じられない。真剣そのものだ。

同様の熱心さでモーガンは答えた。「時間をかけてゆっくりとつかんでいくの。感情が高まるままにまかせてね。スリルを求める行動がセックスにたとえられるなら、期待は前戯のようなもので、それなりの恩恵があるし、期待自体がアドレナリンを放出させる刺激でもあるわ。それに、待つことにはほかのメリットもある。たとえば、確実性が得られるとか」

「きみは安定していて確実なものを求めているんだな」

「いいえ、正しいと感じられるものよ。人生ってもともと不安定なもので、何が安定しているかなんて、誰にもわからないでしょ？　精神的な快感は、肉体的な快感と同じぐらい大切よ。精神と肉体の両方で同時に快感を得られるなら、それに越したことはないわ」

「きみの言うことを信じるよ」

「ええ、信じて。というより、試してみてほしいわ。これまでにない新たな喜びが得られて、あなただって驚くはずよ」

　モーガンは言葉の余韻を残してしばらく黙っていた。張りつめた緊張の糸が今にも切れそうになる。かすかな吐息とともに手を伸ばし、給仕用のフォークでラムチョップを二枚の皿に取りわけると、「冷めないうちに食べてしまいましょう」とつぶやいた。

「そうだな」レーンはまだ、熱っぽいまなざしでモーガンを見つめている。自分の欲しいものを隠そうとはしない。それは明らかに、目の前の料理ではなかった。

「ほら、どうぞ」レーンの視線を痛いほど意識して手をわずかに震わせながら、モーガンは取り皿を渡した。「同じ量よ」椅子に深く座り直して顔を上げ、真正面からレーンと目を合わせる。

「どうぞ、召し上がれ」モーガンはうながした。「ひと口ひと口、味わって。わたしが譲らなかったなんてあとで言わせないわよ」

12

モンティがデランシー通りを渡り、半ブロックほど歩いてレニーズのガラス扉を開けたころには、店には早めの昼食をとろうという客がすでに集まりはじめていた。

店に入るなり、熱いパストラミとジャガイモの揚げ団子クニッシュの食欲をそそる匂い、カウンター越しに注文を伝えるおなじみの叫び声が出迎える。切れ味抜群の包丁で肉をスライスするシュッシュッという音も聞こえる。肉は皿に盛られるか、ユダヤ式の薄切りライ麦パンのあいだにはさまれる。

こんな世の中にも、いつも変わらずあてにできるものがまだ残っている。レニーズの惣菜屋《デリ》はそのひとつだった。

モンティはパーカを脱いで店内を見まわした。待ち合わせの時刻を一二時にしておいてよかった、とあらためて思う。一二時半になると店内の混雑ぶりはすさまじい。周囲がうるさくて考えごともままならず、ましてやアーサー・ショア議員に殺人事件の捜査の最新情報を伝えるなどできそうにないからだ。

「おーい、モンティ！」大声で呼んでいるのはレニーだ。手を上げ、ちょっと待ってくれという身ぶり。その間、少しも調子を崩さずレジに金額を打ちこみながら、お持ち帰りの料理がいっぱい詰まった手提げ袋をお客に渡す。同時に、ウエイトレスのアニヤに合図した。体格がよく胸の豊かなアニヤはロシア出身だ。サービスが稲妻のように早いと評判で、ブルックリンのブライトンビーチに腰を落ちつけて以来二〇年、レニーズで働いている。

　レニーはアニヤに指示しはじめた。「奥のほうにテーブルを出して、席を三……いや、四人分用意してくれ。椅子を入れればわしも座れるぐらいのスペースを確保して」

「はいはい、わかりました」アニヤは運んでいたトレイを持ちあげてみせた。そこにはお客に出す料理がはみ出さんばかりにのっている。「これをお出ししてから、すぐにやりますよ」アニヤは三番テーブルに注文の品を並べると、すばやく奥へ行き、店主の言いつけどおりテーブルの用意にとりかかった。

「早かったな。うちの男どもはまだ来てないよ」とレニー。

「二人とももう、いい年だもんな。おれたちのほうが若いから、やることなすこと速いのさ」

　モンティの言葉に、レニーは頭をのけぞらせて大笑いした。

　たいしたおやじさんだ。七八歳ながらいささかも衰えを見せないレニーは、むちのようにすばやい身のこなしとしっかりした手つきで仕事をこなす。疲れ知らずの働きぶりで、ほとんど店に出ずっぱりだ。妻のローダは帳簿をつけ、スタッフに給料を支払うほか、毎日コーヒーを淹れ、マッツォボール・スープ（ユダヤ人が過ぎ越しの祭に食べるマッツァの粉を使った団子を入れたスープ）を作り、チョップレバーまで自ら調理する。

夫婦がこの惣菜屋兼食堂を開業したのは四五年前だ。そのあいだに店は、取るに足りない小さなサンドウィッチ屋から、ニューヨーク名物と言われるまでになった。成功の理由は、ひとつには料理のおいしさであり、店主の人柄の温かさだったが、もうひとつ、この家の息子が政治家として名をなしたことも見逃せない。しかしその理由が何であれ、店にとっては関係なかった。確かに規模と顧客層は利益とともに拡大した。だが、店主のレニー・ショアは昔とまったく変わらない。要するに、この仕事が好きでたまらないのだ。レニーは店に来てくれるお客を何よりも大切にし、お客もレニーを愛していた。

「サリーはどうしてる?」レニーがエプロンで手を拭きながら近づいてきて、モンティと握手した。

「元気だよ。でも、おれがここで昼飯を食べるって教えたもんだから、くやしがってね。パストラミのサンドウィッチとローダお手製のチョップレバーを持って帰らなかったら家に入れてやらないって、宣言されたよ」

「チョップレバーは二ポンド包んであげよう。子どもたちが来たときのために取っておけばいい。さ、座ろうじゃないか。おたくのみんながどうしてるか、聞かせておくれ」

レニーは先に立ってモンティを奥へ案内した。そこは、店の中心部に比べると多少静かだった。「レーンについては知ってるよ。忙しそうだな。世界の半分はもう旅してるんじゃないか、わしなんか名前を聞いたこともないような国まで。だけど仕事は好調で満足してるみたいで、何よりだよ。それより、おたくのきれいな娘さんたちの近況が知りたいね」

「大人になっちまった」モンティは顔をしかめた。「時が経つのは早いもんだなあ。メレディスはもう、ニューヨーク州立大学オールバニー校の四年生だよ。来年の春卒業して、教育学の修士号を取るために大学院に進むんだと」

「お母さんみたいに先生になるつもりなのか」

「ああ、サリーによく似てる——心根が優しくて、子どもと波長が合うんだ。で、ロースクールに通ってるボーイフレンドがいるんだが、うーん、その話はやめておこう。デヴォンのほうは、動物病院がかなりの繁盛ぶりらしい。雑誌なんかでずいぶん取りあげられてるよ。そういえば最近、アーモンクにでかい家を買ったんだ。デヴォンもブレイクもマイホーム主義に徹したいなんて言ってるくせに、実際はたまにしか顔を合わせられない。ブレイクがピアソン&カンパニーの経営で大忙しだからね。あいつら、ゆっくり休む時間が必要だよ」

「一戸建てか？」レニーは注意を引かれたようだ。「ベッドルームがいくつもある、でっかい家だろ？　今のタウンハウスじゃ狭くなってきたんじゃないのかね。ってことは、つまり、あれだよ。そのうち、あんたら夫婦に電話がかかってきて、おめでたい話が——」

「それが、まだなんだよ」モンティはにやにや笑いながら先回りして答えた。「少なくとも今のところはね。まあ、どうせあと二、三年もすれば、おれもおじいちゃんと呼ばれるはめになるだろうけどね」

「そりゃ楽しみだねえ！　レーンの場合は、あの生活ぶりとか、いろんな女の子とつきあってもなかなか結婚しないことを考えたら、孫なんて、夢のまた夢だもんなあ」

「まったく、そのとおりだ」

「孫ほど可愛いものはないよ。生きる喜びを与えてくれる」レニーはつらそうな表情を浮かべた。「モーガンが不憫でならん。あの子がどんな思いをしてるかと考えるだけで、わしは胃がねじれるようだよ。血はつながってなくても、ジルと同じく大切な孫と思ってるんだ」

「おやじさんの気持ちは知ってるさ」モンティは息を吐きだした。「本当にとんでもない大失態だ。腹立たしいかぎりだよ」

「だけどモンティ、アーサーの力になってくれてるんだろう？　なんでも、徹底的な再捜査を開始するそうじゃないか」

「それはちょっと大げさだよ。おれは、モーガンに仕事を依頼された。ショア議員の後方支援を受けて、事件をもう一度調べ直す。それだけの話さ。だがもう刑事じゃなく、私立探偵の立場だからね。再捜査を開始する権限はないよ――少なくとも公式の捜査はね」

「モンティ、わしはあんたという人間を知ってる。仕事にかかわるからには、かならずちゃんと結果を出す人だ。で、もう何かわかったのかい？」

「少しはね」週末もずっと気にかかっていた例の疑問については、ショア議員が来るまで口に出さないつもりだった。しかし、レニーも関心を示しているのだし、この機会に訊いてしまおう。「レニー。ちょっと訊きたいんだがね」

「なんだい」

「ジョージ・ヘイエックについて、何か知ってるかな?」

レニーは白髪の眉毛をつり上げた。「ジョージだって? へえ、こりゃなつかしい名前だな。昔、うちの配達係として働いてた子だよ。母親と一緒にレバノンからアメリカに逃げてきた直後で、確か、三八年か、三九年前だった。まだ、うちが開店して数年しか経ってなかったころのことだからね。あの子が何か?」

「書類に目を通していたら、ジョージが逮捕されたときの記録が出てきたんだ」モンティはあたりさわりのないように答えた。「身元調査書の連絡先の欄に、あんたの名前と、この店の電話番号が記入されていた。ほかには誰の名前も書かれてなかった」

「そりゃ、意外でもなんでもないよ。母親は英語が話せなかったからね。それに、ほかに頼る人もいなかったはずだ」レニーは額にしわを寄せ、記憶を呼びおこしている。「ジョージはあのころ一〇代で、根はいい子だったよ。だけどレバノンで父親を殺されてね。それでアメリカへ移住したんだが、当然、怒りを抱えてただろうよ。お手本になる人もまわりにいなかったこともあって、ちょっとグレて、不良たちとつるんでた。仲間と一緒に車を盗んだとき、あの子はつかまっちまったんだ。ばかなことをしたもんだと反省してたようだし、出直すきっかけと、支えになってくれる人を必要としていた。それでわしがその役割をつとめることにしたのさ。身元引受人として裁判所に出頭して、保釈金を支払った。だけど、どうしてジョージの前科があんたの調査で浮上してきたんだ?」

「いや、おれが自分で調査したんじゃない。マンハッタンの中央書記官事務所に頼んで当時の事件簿を調べてもらったんだ——ジャック・ウィンターが亡くなる前の一年間に起訴した事件の関係書類だけに絞ってね。そのうちのひとつに、カール・アンジェロという、大物の麻薬・武器取引業者がからんだ事件があった。ウィンターがアンジェロの裁判で有罪判決を勝ちとったのは殺害される数カ月前だった。アンジェロは手下としてチンピラをたくさん雇っていてね、そのうち二、三人がジョージ・ヘイエックと同じグループに属していたことがわかった。あんたの言うようにつるんでいたという程度で、きちんとした組織じゃなかったようなんだが」

「それはやつらが一〇代のころの話だよ。大人になって、どんな人間になったかわからないだろ？　人殺しになったかもしれんし、聖職者になったかもしれん」そんなことは誰にも予測がつかない、とでも言いたげに、レニーは手のひらを上に向けた。「ジョージのやつは、麻薬や銃の売買にはかかわってなかった。そりゃ、車は一台、盗んだがね。しかも、アンジェロとかいう男が逮捕される二〇年も前のことだぞ」

「確かに」モンティはうなずいた。「ジョージ・ヘイエックとは今でも連絡を取りあってるのかい？」

「いや」レニーは首を振った。「ジョージにとっちゃ、この店は出発点にしかすぎなかったんだよ。ある程度金を貯めたら、辞めちまった。自分で商売をやりたがってたな。レバノンにいる親族か誰かを助けたいとも言ってた。でも、手紙なんか書くタイプじゃなかったからね。最後に聞いた話では、ロサンゼルスに引っ越して、それからフロリダのどこかへ移ったらしい。けっきょくどこに腰を落ちつけたかは知らないが」

「でも、ここを出ていったときは円満に辞めたんだろう」

「ああ、そうさ。さっきも言ったけど、ジョージはいい子だったからね。ここでは一年近く働いてたが、五セント硬貨ひとつ盗んだことはないよ」

「残業もかなりしてたのか？」

「ああ。がむしゃらに働いてたよ、母親を助けるためだといってね」

「つまり、いつもこの店に長時間いたってことだな。アーサーとは知り合いだったのか？」

「誰が知り合いだったって？」アーサー・ショア議員本人が大またで歩みよってきて、テーブルのそばの壁のフックにコートをかけた。

「ジョージ・ヘイエックについて訊かれてたんだ。モンティは、ジョージがわしらに恨みを抱いてたんじゃないかと思ってるらしい」

「なぜ？」ショア議員は驚いたようだった。

「ジョージのことを訊いてるのはなぜか、ってことですか？　それとも彼がおたくの人たちに恨みを抱いていると疑ったのはなぜか、ってことですか？」

「両方です」ショア議員は椅子を引いて座った。いかにも当惑したようすだ。「ジョージ・ヘイエック――久しぶりに聞く名前だなあ」

「わたしのほうから説明しましょう」モンティは先ほどの話をくり返した。

「なるほど」ショア議員は顔をしかめている。「ジョージがアンジェロに雇われていたという証拠はあるんですか？」

「いいえ。この線を追っていって何かがつかめる可能性は高くないんです。それでも、追わないわけにはいかない。ありとあらゆる手がかりを検討しています。ヘイエックが逮捕されたときの記録を調べていたら、たまたまレニーの名前を目にして、動機の可能性があると見たわけです」

「なんの動機だね？」レニーが強い口調で訊いた。「わしにはまだ、なんのことやらわからないよ」

「わたしにはわかる」モンティの推理について考えながらうなずいていたショア議員は唇を固く結んだ。「ジョージとわたしの関係について訊いたのは、二人の折り合いがよかったかどうか知りたいからでしょう。ええ、仲はよかったですよ。しょっちゅう会っていたというわけではないが。わたしは自宅を離れて大学へ通っていたし、ジョージはここで、父のもとで働いていましたからね。でも、休暇に帰宅したときにはかならず会っていた。父とジョージとわたしの三人で、何回か映画を観にいったりもしましたよ」ショア議員は父親の肩をぎゅっとつかんだ。「父は、故国で多くのものを失ったジョージを哀れに思って、可愛がってましてね。父親と息子が過ごすひとときに、仲間に入れてあげたいと思ったんでしょう。ジョージは感謝してましたよ。口数は少ないほうだったが、うちの家族を、特に父を尊敬していたのは間違いないですよ。父がいろいろと面倒をみてくれたことを忘れなかった。ショア家のために尽くしたいと思う気持ちは強かったと思いますよ」

「そうなると、ジョージ犯人説は消えるな」モンティは椅子に深くもたれかかった。「つまり、ジョージがわたしに恨みを持っていたら、二〇年も経ってからでもわたしの親友を殺す動機がある、と考えてらした？」

「よくある動機ですよ。憎しみ。復讐。あなたは当時、影響力のある州議会の議員で、政治家として出世街道をひた走っておられたから、ねらわれる理由はいくらでもあります。それに、ねらわれるのは議員本人とはかぎらない。もし、ヘイエックがずっとニューヨークに住んで、ワルの仲間とつきあい続けてアンジェロの手下となり、銃の運び屋をやることになったのだとしたら、標的はあなたではなくなったかもしれないんです。アンジェロが逮捕され、有罪判決を受けた。となると、やつの手下や取り巻き連中が刑務所行きになるのも時間の問題でしょう。そういう連中の一人が、ジャック・ウィンター検事補にやられる前に片づけてやろうと思ったとしても不思議はないわけです」

ショア議員はふたたびうなずいた。「いいところを突いているな。それに、客観的な指摘でもある。ジョージが殺人犯でないにしても、そんなことをやりかねない連中はほかに何十人もいるでしょうからね」

「そうです。そのうち、ウィンター事件で容疑者として取調べを受けた者はごくわずかです。シラーが殺しを自供して、それ以上ほかの容疑者を追及する必要もなくなったからですが」

「皆さん、おそろいですね。すみません、遅れてしまって」レーンがテーブルへやってきた。カメラバッグをおき、壁の時計を見あげる。「なんだ、遅れたわけじゃなかったんですね。

まだ一二時二分前だ。この打ち合わせ、いつ始まったんです？」

「まだ始まってないよ」レニーが断言した。「ありえないだろ？　だって、テーブルに食事がのってないんだからね。すぐに用意するよ」老人は立ちあがると、一人一人を指さして言った。「レーンは——パストラミにクニッシュ、コールスロー。モンティは——牛の肩バラ肉とコーンビーフのコンボ、マッツォボール・スープ。アーサーは——熱々のオープン・ターキープラター、サワーピクルス、母さん手作りのヌードル・プディング。おすすめはこれで決まり。文句あるかね」

ショア議員はにっこりと笑った。「大丈夫、わたしもばかじゃないからね。ひと口残らず平らげて、あとで母さんに、うまかったよ、って電話しておくさ」

「よーし、いい子だ」レニーは息子の背中をぽんぽんと叩いた。「じゃ、注文を厨房に通しておくからね。あんたたちは話を始めてくれ」モンティをじっと見つめた。「モーガンの力になってくれてありがとう。あの子は地獄の苦しみを味わって、なんとかそれを乗りこえてきたんだ」

「憶えてるさ」モンティは張りつめたおももちでうなずいた。「心配しないでくれ。あらゆる手がかりを追っていって、かならず正しい道をつきとめるから」

「期待してるよ」レニーは厨房のほうを振り返ると、いつもの陽気なムードに戻った。「あんたが帰るまでにサリーの分の注文は用意しておくよ。ローダのチョップレバーを食べりゃ、一ダースのバラをもらうよりご機嫌になること間違いなしだろ」

消えるのを見守った。

「異議なし、だ」モンティは、レニーが客と客のあいだをすり抜けて、回転ドアの向こうに消えるのを見守った。「おやじさん、大したもんだな」

「まったくだ」レーンが同意した。「レニーじいさんときたら、ぼくよりエネルギッシュで、記憶力がいいんだから。そのうえいつも快活で、ハッピーそのもの。ショア先生、同情しますよ。あんなすごいお父さんじゃ、太刀打ちしようがない」

「まさにそのとおり。息子のわたしが父より老けてるみたいに思えるよ。ところで、こういう場で〝先生〟はやめてくれ。アーサーでいいよ。だってきみ、父のことをレニーってファーストネームで呼んでるんだから、息子もそれでいいだろう」

「確かにそうですね」レーンは含み笑いをした。「じゃ、さしつかえない範囲でアーサーさん、と呼ばせていただきます」

ショア議員は体の正面で手を合わせ、伸ばした指先を軽く打ちあわせながら話しはじめた。

「まず、余計な話は抜きにして本題に入ろう。きみとわたしは明日、コロラドに飛んでヘリスキーをする。二日後、いったんここへ戻ってからペンシルベニアまで車で行って、ポコノ山でスカイダイビングだ。明日からの一週間、『タイム』誌向けの冒険旅行の取材のあいだ、我々はほとんど一緒に過ごすことになるから、話す時間はたっぷりある。法案についても心配しなくていいぞ。いやというほど長々としゃべり続けてやる。コロラド行きとペンシルベニア行きのあいだに写真撮影の機会を作れるだろう。実は、今日こうして集まってもらったのは、ジャックとララを殺した真犯人について話し合いたかったからだ。きみはモンティの捜査に、『タイム』誌のフォトエッセイより深くかかわることになるだろうしね。ということで、聞かせてくれ。犯罪現場の写真について、現状はどうなってる？」

　やはり、そう来たか。レーンの推測どおり、ショア議員が三人での打ち合わせを提案してきた本当の理由はそこにあった。レーンの専門分野を知っていたに違いない。モンティが息子の力を借りると見越して、二人からいっぺんに情報を入手しようとしたのだろう。

「今のところは準備段階の作業だけです」レーンは説明しはじめた。「ただし、あと二時間ほど経てば状況は変わりそうです。ぼくの自宅に写真のネガが届きますから、それをスキャンして、画像をコンピュータに取りこみます。そうすればもう、画像を強調表示して、細部まで確認できます。画像の中に何かめぼしいものがあれば、見つけだせます」

　ショア議員はモンティのほうを向いた。「あなたが写真についてレーンに指示したことと、さっきまで父とわたしに確認していた線で探ろうとしている情報とは、関連性があるのかな？　レーンが探している視覚的な情報によって、ジャックが死ぬ直前に刑務所に送りこんだ犯罪者の誰かを、夫妻を殺した人物を結びつけようとしているんですか？」

「いいえ」モンティはあっさりと否定した。「調査の範囲をせばめるのは得策ではないと思います。物的証拠がないかぎりはね。レーンには、専門家としての鑑識眼で画像を分析してもらいます。まったく先入観を持たずに事実だけを見ますから、細かいことも見過ごさないはずです。その間、わたしは調査活動に全力を傾けます。写真の解析作業に少しでも影響が生じる情報が出てきたら、ただちにレーンに知らせます。できるかぎり柔軟な姿勢で調査にのぞみたいと思っていて、これぞ正しい方向だと強い確信が持てるまでは、あらゆる可能性を追求していきたい。もう失敗は許されません。今回は、絶対に」

「わかりました、それで結構です」ショア議員はつぶやいた。「シラーは当時、でたらめの供述をしたのに、誰も見破れなかった。いまだに信じられませんよ」

「〝誰も〟の中にご自分を含めておっしゃっているんでしたら、そんなにご自分を責めちゃいけません」とモンティ。「シラーは、あの時点ですでに窃盗だけでなく殺人も犯していた凶悪犯です。当局のほうでも、やつの犠牲者のリストにウィンター夫妻が入っていてもおかしくないと思いこんだんですな」

「ええ」ショア議員の声には自責の念がにじみ出ていた。まだ自分が許せないのだろう。

「とにかく、これはこれとして。ほかに何か収穫はありましたか?」

「ジャック・ウィンターが扱っていた事件の関係書類はまだ全部調べおわっていません。彼が死ぬ直前に起訴したり、有罪にした容疑者や、釈放されたり、仮出所になった犯罪者だけでなく、まだ服役中の犯罪者の親族、友人、仲間にまで範囲を広げて洗っていきます。それから、これらにあてはまらない者も」

「これらにあてはまらない者というのは?」

「誰でもかれでも。一九八九年一二月にブルックリンにいたやつで、家宅侵入や窃盗の前科のある者なら、たとえ直接の関係がなさそうでも調査の対象にします。それから、ララ・ウインターが運営していた支援センターによく顔を出していた女性たちの夫。その中で前科を持つ者、暴力で警察沙汰になったことのある者も対象です。そいつらの中に、あの夜、カッとなって、妻を懲らしめてやろうと支援センターに押しかけたやつがいたかもしれない。ララとジャックは、そのときのとばっちりを受けて殺された可能性もある。そういう連中も、〝これらにあてはまらない者〟の氷山の一角でしかありませんがね」

「うーむ、調べなくちゃならんことが山のようにあるな」ショア議員はうんざりしたように額をこすった。

「そうです。だが明るい材料もある。わたしの仕事が速いことです」モンティの顔を沈痛な表情がよぎった。「モーガンはどうしてます？　大丈夫そうですか？」

ショア議員は肩をすくめた。「どちらにもとれる動作だった。「この週末、ほとんど一人で過ごしたようです。なんとかして外に連れだそうと、ジルがしきりに誘っていたが、だめだったそうです。モーガンは一人で悩んでいるんです。まあ、大丈夫と言えば言えなくもないが、エリーゼもわたしも、心配でたまらないんですよ」

「なんとかがんばっていますよ」レーンが静かに口をはさんだ。「確かにつらそうでしたが、強い女《ひと》ですからね」

モンティもショア議員も、驚いてレーンを見た。

「モーガンと話したのかね？」とショア議員。

「偶然、会ったんですよ。土曜の夜に。二人とも別々に、カーライル・ホテルのバーで一杯飲もうと立ち寄ったんですが、けっきょく二人で食事をすることになりました。家まで送っていきましたが、そのころにはずいぶんくつろいでいたようです」

「そりゃよかった」ショア議員は安堵のため息をついた。「外に出たと聞いて安心した。それに少しでも楽しめたんだな。ありがとう、レーン」

「いや、お礼なんて。こちらも楽しかったですから。実のところ、だいぶいらいらしてたもので、あの夜は、ぼくにとってもストレス解消になってよかったんです」

モンティは口を開いて何か言いかけたが、ちょうどそこへ料理が運ばれてきた。

「さあ、どうぞ」アニヤが寄ってきて、すばやい動きでテーブルの上に皿を並べはじめた。「今すぐ、飲み物をお持ちしますから。レニーは今、ジョナの次の配達用の料理をとりまとめてるところで、じきに来るそうです」

「ありがとう、アニヤ。本当にうまそうだな」ショア議員は満面の笑みで答えた。

「褒め言葉はお母さんにとっておいてくださいな。親孝行したいなら、そのクーゲル、全部食べることね」アニヤはいつものひとひねりしたユーモアで忠告し、湯気をたてているヌードル・プディングを指さした。四角く切られたプディングはサイドディッシュながら、端が皿からはみ出すほど大きい。

「はいっ、マダム。承知いたしました」ショア議員は敬礼のまねをした。

アニヤが行ってしまうと、すぐにジョナがテーブルのそばにやってきて、おずおずと切りだした。「あの、レーンさん。お邪魔して申し訳ないんですけど、中央書記官事務所からの小包が届いたら知らせるようにってことでしたよね。小包、自宅に届いてます。ついさっき、ぼくが出ようとしていたときにちょうど配達されて」

驚いたレーンとモンティは目配せをしあった。

「思ったより早かったな」モンティがつぶやく。「こんなこと、初めてだ」

「ああ、そうだな」レーンはジョナのほうを振り向いた。「ありがとう、ジョナ」

「いえ、どういたしまして」ひょろりとした一〇代の助手は、明らかにほっとした表情を見せた。「今日、ここの仕事が終わってから、暗室で二、三時間働いてもいいですか？　ちょっとお金が要るんで。それともレーンさん、あの小包に入ってる写真の作業で、暗室、使われますか？」

「そうだな、あいにくだが、暗室を使わなくちゃできない仕事なんだ。部屋全体に写真を広げて作業するから」そう言ってから、急にある考えがひらめいた。「でも、きみが残業で稼げる方法を考えてあげられそうだ」レーンは何か問いたげにショア議員のほうを見た。「今日の午後、ほかにも会議の予定がおありですよね？」

「ああ、あるよ」

「マンハッタンでですか？」

ショア議員はうなずいた。

「では、その中で都合のいい時間と場所を教えていただけますか。その場所にジョナをやって、有権者の方々と一緒の写真を撮らせますよ。ジョナには、今回のフォトエッセイの撮影を一部まかせようと思っていましたから。必要な技能は身についていますし、人手も足りないですし、この機会を利用しない手はないですよ」

つまり、仕事のもっとも重要な部分、機密性の高い部分はレーンが担当し、その他を助手にやらせるということか。ショア議員はすぐに理解した。

「わかった。じゃ、三時ごろにわたしの事務所の外で待ち合わせということでいいかな？」ショア議員はジョナに訊いた。「どうせそのころ、うちのスタッフに連絡をとることになっていたんだ。それに三時なら、きみもランチの配達をすませて、レーンのところからカメラ機材を持ってくるぐらいの余裕があるだろう」

「よかった。そうしていただけると助かります」ジョナは特別賞をもらったかのように目を大きく見張っている。「事務所はレキシントン街でしたね。三時きっかりにうかがいます」

「よろしく」

「おい、ジョナ。用意できたぞ」レニーがせきたてた。腕に大きな発泡スチロールの箱を二つ抱えている。「これが最初に届ける分。モンティの古巣のイーストニューヨーク行きだ。ほかにもまだあるぞ」顔をゆがめながら重い箱をジョナに渡した。「これと同じサイズのをあと二箱、詰めてるところだ。まずはこの箱をトラックに積んでから、ここへ戻って、待っててくれ」

レニーはジョナが出ていくのを見守っていたが、右手を見おろして顔をしかめ、「くそ」とつぶやいた。近くのテーブルに手を伸ばし、ナプキンを二枚取ると、イニシャル入りのゴールドの指輪のまわりの血を拭いた。指輪は結婚二五周年の記念に妻のローダが買ってくれ巻きつけた。

たものだ。出血しているのは人差し指だった。レニーはさらに数枚、ナプキンを取って指に巻きつけた。

「父さん、どうした？」とショア議員。

「なんでもない。うっかりしててね。サワーピクルスをスライスしてたときに切っちまったんだ」

「包帯でちゃんと手当てしたほうがいい。かなりひどいみたいじゃないか」ナプキンに血がにじんできたのを見てモンティが言った。

「いや、いちどきにたくさんのことをやりすぎただけなんだ。ランチの混雑がおさまってきたらバンドエイドでも貼っておくよ」

「今月は、血液検査はしたのかい？」レニーがもう一枚のナプキンを使ってほかの指のまわりに巻くのを見て、ショア議員は眉をひそめ、強い口調で訊いた。

レニーは息子を見やった。「いいや。そうがみがみ言いなさんな。来週行くよ。ここんところ忙しくてね、なかなか時間が取れん」

「検査に行けないほど忙しいわけないだろう。来週じゃなく、明日行けよ。行かなかったら母さんに言いつけるぞ」

レニーは険しい表情になった。「本気だな。わかった、明日行くよ。さて、ジョナの配達の残りを取りにいくか」

せかせかと厨房へ戻っていく父親を見て、ショア議員はあきれたように目をぐるりと回した。「まったく、牛みたいに頑固なんだからな。父は血液の抗凝固薬を飲んでるんだ。血栓防止のためにね。毎月、血液検査に行くよう医者にきつく言われてるはずなんだが。きみらからも注意してくれよ。自分が不死身だと思ってるんだ、父は」

「だって、実際不死身ですよ」レーンが答えた。

「それと、この店を守りたいって気持ちが強いんですよ」とモンティ。「ここは自分の縄張りで、一生の仕事だと信じてるから、ほかの人間を信頼してまかせるってことができないんでしょう」そこで言葉を切った。「わかるような気がするなあ」

「確かに」ショア議員も同意した。モンティの言葉の意味を嚙みしめるようにうなずいている。「そりゃそうでしょう。あなたがた二人はすごく似てますからね。どちらも、自分の仕事を代わりにやれる人間などどこにもいない、って信じてる。皮肉なのは、それが事実だってことです。誰も、同じようにはできない」

「だから、わたしはこの事件を自ら解決する決意を固めているんです」モンティは唇を引き結んだ。そのまま会話をやめると、スープスプーンを取りあげてマッツォボール・スープをごくりとひと口飲み、コンボサンドウィッチにかぶりついた。いかにもうまそうにもぐもぐと口を動かす。

「もうおしゃべりはやめて、食べましょう。早く調査の続きにとりかかりたい」

13

ウィンショアのビジネスはきわめて順調だった。電話は鳴りっぱなし、顧客からは予約依頼が殺到、紹介で訪れる客もあとを絶たない。

多忙な生活がこれほどありがたいと思ったことはない。

モーガンは今朝、新規の紹介依頼の客とのコンサルティングのために早出をしなければならず、大急ぎでオフィスに駆けこんだ。それから二件、既存の顧客との進捗確認のミーティングがあった。電子レンジで温めたスープを急いで飲んだあと、外に出た。三件続けて人と会う予定が入っている。

最初の約束はチャーリー・デントンとで、これはいくつかの点で嬉しい相手だ。まず職業的な動機がある。デントンのために、よい出会いのチャンスをできるだけ広げてあげたい。だから先週末の二人の女性とのデートについて、こと細かに聞きたかった。カーリー・フォンティーンとレイチェル・オグデン。それぞれ違った意味でデントンとお似合いだ。

そして、個人的な動機もあった。デントンがマンハッタン検察局の関係者からなんらかの情報を探りだせたかどうか、早く知りたくてたまらなかった。

待ち合わせ場所はミッドタウンにあるレストラン〈コシ〉だった。ウィンショアのあるアッパー・イーストサイドと、検察局のあるダウンタウンのちょうど中間に位置するこの店で、二人は軽い昼食とコーヒーをとりながら話をした。

「疲れていませんか」モーガンの顔をじっと見ていたデントンは話の口火を切った。

「そうかもしれません。毎日目が回るほど忙しいのに、睡眠をあまりとっていないから」モーガンは、表紙にチャーリー・デントンの名前が書かれたファイルを取りだした。いつでもメモがとれる態勢だ。「レイチェルさんとカーリーさんとのデートがどうだったか、お話をうかがいたくてうずうずしているんです」重苦しい沈黙。「でも、まず聞かせてください。検察局の方からの情報はどうなってます？　新たな事実は見つかりましたか？」

デントンは目を伏せ、コーヒーをかき混ぜるのに集中している。「お伝えできるようなことは、何も」

モーガンの動きが止まった。「どういう意味ですか？」

デントンはため息をついた。「わたしとしても、せいいっぱい努力はしてるんです。しかし、状況は非常に微妙でして、かなりの駆け引きや交渉が必要です。場合によっては、求める答を出してくれる人物を見つけるために、わたしが組織の命令系統の壁を少しずつ、慎重に動かしていかなくてはならないときもあります」

「つまり、まだ何もつかんでらっしゃらないんですか？　それとも、情報はあるが、開示する権限がないために明かせないということかしら？」

「もう少し時間をいただきたい、ということです。今はとにかく、直感を頼りに嗅ぎまわっていて、その過程で拾った情報の断片にもとづいて動いています。具体的な情報が手に入りしだい、ご連絡します。約束しますよ」

モーガンはデントンの説明と約束をふしょうぶしょう受け入れた。「わかりました。アーサー・ショア議員からも圧力がかかっているから、再捜査をやらないわけにはいかないって感じなんでしょうね」

「そんなことはありません」デントンは即座に否定した。「検察局を動かしている動機と、わたしを動かしている動機は違いますから」身を乗りだし、モーガンをいっしんに見つめた。「確かに、ショア議員の影響力は大きいですし、地方検事も喜んで協力すると言っています。だが、わたしがこの件を調べているのは、ショア議員のためじゃありません。あなたのお父さんと、あなたのために調べているんです」

コーヒーカップを口元に持っていく途中でモーガンの手がぴたりと止まった。激しい口調にはっとさせられたのだ。父に対して、デントンが尊敬の念を抱いていたことは知っている。英雄視していたといっても過言ではないほどの傾倒ぶりだったらしい。だが、今の言葉にはそれ以上のものがこめられていた。個人的な思い入れのようなものが。

モーガンはコーヒーを飲みながら、どう反応しようか迷っていたが、率直に話すのが一番いいと判断した。「デントンさん、何かわたしに隠してらっしゃることがあるんじゃありません？　一七年前に直接体験して知っている何かがあって、それがあるからこそ再捜査に取り組んでいるのでは？」

予期せぬ質問に驚いたのか、デントンは目を細めた。「何をおっしゃりたいんです？」

「どう言ったらいいかしら。父とわたしのために調べているんだとおっしゃったときの口調に……なみなみならぬ真剣さが感じられて」

「もちろん、真剣ですよ」デントンは断固として言った。「わたしはあなたのお父さんを尊敬していました。あなたのことも大切に思っています。過去の失態を取り返すために、できることはなんでもやる覚悟です」

「それはそうでしょう」モーガンはこのまま引きさがるつもりはなかった。デントンの動機の裏に、何かある。その印象がぬぐいきれなかった。自分の直感はよく当たるのだ。「意気込みのあるなしを問題にしているんじゃないんです。あなたがひそかに疑いを抱いていたできごとがあるのではないかと推測しているだけです。父が殺されたとき、検察局に勤務しておられましたよね。何かおかしいと感じたけれども、当時は事件との関連性が低いとみなしていたことはありませんか？」

デントンの目が険しくなった。「モーガンさん、誘導尋問はやめてください。わたしは検事ですよ。人から情報を引きだすのが仕事であって、引きだされるのはごめんです」

「確かに。地方検事のもとで働いてらっしゃるわけだから、父やわたしよりも、組織に忠誠を尽くすのが筋ですよね」

「それが筋でしょうね。ただ、それと現実とは別です」

「いったいどういう――」モーガンは喉まで出かかった質問を抑えた。知りたくてたまらなかった。だが、デントンの表情にある何かに気おされて訊けなかったのだ。機が熟するのを待ったほうがよさそうだ。でなければ、数少ない情報提供者の一人を失うはめになる。

「わかりました」モーガンは注意深く言った。「今はこの話、やめておきましょう。あなたの持っている情報がなんであれ、教えてくれますよね……教えてもいいという判断がついたときに」

皮肉めいた色がデントンの目をよぎった。「期待していてください」と言うと、ふたたびサンドウィッチを食べはじめた。

モーガンは深呼吸をしてから、話題を変えた。「じゃあ、先週末のことを話しましょう。デートはいかがでした？」

「おかげさまで、楽しみましたよ」お世辞にせよなんにせよ、デントンの答え方にはどこか無理している感じがあった。「レイチェルはまだ若いが、なかなかのやり手のようですね。野心家で、意欲十分なのには感心させられました。まあ、わたしもそういうところがありますからね。とにかく夕食を一緒にして、ショウを観たあと、飲みながら死刑について議論を戦わせて、気がついたら午前三時でした。カーリーのほうは、すごい美人で、魅力的だし、直観力が鋭い。デートの夜、わたしは疲れぎみで、今ひとつ元気がなかったんですが、それをすぐ察知して、くつろいだ雰囲気になるよう気づかってくれました。ラ・グルヌイユで食事したんですが、実はあの店でショア議員を見かけたんですよ。ダニエル・ケラーマン氏と、ほかのビジネスマン数人とご一緒で。ご挨拶しようかとも思ったんですが、白熱した議論の真っ最中のようにお見受けしたので、遠慮しておきました」

モーガンは肩をすくめた。「たぶん、おじが推し進めている法案の話でしょう。議会が再開される一月までのあいだに、何十人もの人と会う予定だそうですから」手を振って話を打ち切る。「さて、カーリーとレイチェルの話に戻りましょう。どちらかにビビッとくるものを感じました？　また会いたいという気持ちはおありですか？　お話を聞いていると、すばらしく魅力的な二人の女性とのデートの報告というより、基調講演の演説みたいなので」

デントンはかすかに唇をゆがめた。「そうですか？　そんなつもりはなかったんだが。二人ともすてきな女性ですよ。デートの報告に聞こえなかったとしたら、わたしの心理状態のせいかもしれない。ほかのことに気をとられていたからかも」

「だとすると、わたしの努力が足りないせいです」モーガンは断言した。「あなたが〝ほかのこと〟に気をとられないような相手を探すお手伝いをするのがわたしの役目ですから」料理の皿をわきへどけて、空いたところにファイルを置き、真っ白なページを開いた。「具体的なイメージを話してください。あなたの理想の女性との出会いを、なんとしても実現させたいんです」

デントンは乾杯でもするかのようにコーヒーカップを持ちあげた。「具体的なイメージというなら、わたしが幸せになる鍵を握っている女性、と言っておきましょう」

レイチェル・オグデンとカーリー・フォンティーンは、お互い面識がなかった。

だから、その日の午後一時四〇分、マディソン街で行き会ったとしても、気がつくはずもなかった。

レイチェルはそのとき、モーガン・ウィンターとの面談のためにセント・レジスホテルへ向かう途中だった。企業買収に関して、大手広告代理店との半日に及ぶ会議を終えたばかりで、頭の中は種々雑多なテーマでいっぱいだった。オフィスに戻ったほうがいいかしら。恋愛相談のために一時間も費やすなんて、時間の無駄かもしれない。だがモーガンと会うといい刺激になって、自信がわいてくる。かならず結果が出るという期待を抱かせてくれる。

それに、レイチェルはめざましいペースでキャリアを築いていたし、長時間働くのが当たり前になっていたから、魅力的な男性を自分で探すひまは一分たりともなかった。

だとしたら、ウィンショアにまかせて、何もかもお膳立てしてもらえばいいじゃないの？あの人たちは交際相手紹介のプロですもの。

そのうえレイチェルは、お世辞にも恋愛上手とは言えなかった。これまでの実績を見れば、いかに男を見る目がないかわかる。過去に好きになった男性は、完全な自己陶酔型で妥協も約束もしたがらないタイプか、結婚しているかのどちらかだった。

あんなことのくり返しはもういや。対等な条件でつきあえる相手を探したい。

レイチェルは五三丁目とマディソン街の交差点の角で信号待ちをしていた。そのとき、カーリー・フォンティーンが反対の方向からやってきた。

カーリーの仕事もまた、超多忙だった。モデルエージェンシーは今朝の八時からずっと、できの悪いメロドラマさながらの様相を呈していた。写真撮影がさんざんな結果に終わったため、カーリーは神経が繊細なモデルたちをおだてまくり、激怒した雑誌の編集者をなだめ、今はダウンタウン行きのEラインに乗るため、地下鉄の駅に向かって歩いている。また火消し役をつとめなければならない。

二人の女性は顔も合わせなかった。歩道は信号待ちの歩行者であふれんばかりで、皆、押し合いへし合いしながら有利な位置を確保しようとしている。レイチェルは二人の歩行者のあいだをそろそろと進み、ちょうど信号が青に変わったときに車道に足を踏みだした。すぐあとにカーリーが続いた。

一瞬のできごとだった。白いおんぼろのライトバンが、タイヤをきしらせながら角を曲がってきて、真正面からレイチェルにぶつかった。彼女の体は空中に撥ねとばされ、車道に叩きつけられるように着地して縁石のほうまで転がった。通行人の中から叫び声があがった。後続の車がレイチェルの体を避けようと、次々とハンドルを切った。タクシーも急停車した。

だが、ライトバンは止まらなかった。

ドライバーは後ろを振り向きもせず、車のあいだをすり抜けてマディソン街を猛スピードで走りつづけ、はるか向こうの車の波に飲みこまれて見えなくなった。

14

モーガンは腕時計に目をやった。さっきからこれで五度目だ。今度はホテルのロビーにある壁掛け時計を見て、時刻を確かめた。やっぱり、わたしの腕時計が狂っているわけじゃない。もう二時四五分になろうとしていた。レイチェルさんが四五分も遅れるなんて。

最初は、事故か何かで交通渋滞に巻きこまれているのだろうと思っていた。けたたましい車のサイレンが立て続けに聞こえたからだ。しだいに心配になってきて、ホテルの外に出てみた。通りのずっと向こうに赤色灯が点滅しているのが見える。たぶん救急車だろう。大きな事故でないといいけれど。

モーガンは、セント・レジスホテルの前の道路が部分的に封鎖されているのに気づいた。レイチェルはあのせいで迂回しなければならなかったのかもしれない。だが、電話をかけてこないのはなぜだろう。レイチェルの攻撃型・積極型の性格を考えると妙だった。

折りたたみ式の携帯電話を開くと、発信履歴からレイチェル・オグデンの番号を表示して発信ボタンを押した。もうこれで四度目だ。呼び出し音がしばらく鳴ったあと、留守電になったので、短いメッセージを残して携帯電話を閉じた。

もうこれ以上ここで待つわけにはいかない。仕事が山のようにたまっているうえ、カーリー・フォンティーンとの約束まであと一時間もない。モーガンは顔をしかめながらハンドバッグの中を探り、PDAを取りだし、レイチェルの会社の電話番号を捜した。秘書が遅刻の理由を説明してくれるかもしれないし、約束の日時を変更できるかもしれない。

直通電話の呼び出し音が二度鳴ったあと、若い女性が出た。「レイチェル・オグデンのオフィスです」周囲の雑音や人の話し声で聞きとりにくいが、動揺しているような声だ。

「もしもし、モーガン・ウィンターと申します。オグデンさんと二時にセント・レジスホテルでお会いする約束をしていた者です。先ほどからお待ちしているんですが、まだ――」

「ああ、ウィンターさんですか。申し訳ありません」若い女性はモーガンにみなまで言わせなかった。「ナディーンと申します。オグデンの秘書をつとめております。お電話さしあげようと思っていたのですが、今取りこみ中でして、本当に恐縮です。あまりにショックなできごとで、混乱していて」

「ショックなできごと？　いったい、何が起こったんです？」

「オグデンが、セント・レジスへ向かう途中で車のひき逃げ事故にあって、救急病院に運ばれまして」

「まあ、なんてこと」モーガンは髪を手でかきあげ、ロビーのソファにへたりこんだ。「それで、ご容態は？」

「それが、よくわからないんです。警察によると命はとりとめたらしいんですが、かなりの重傷だとか。幸いにも、交差点でそばにいた女性が救急車をすぐに呼んでくださって、ニューヨーク・プレスビテリアン病院に運ばれたそうです。意識を失って緊急治療室にいるか、あるいは手術中か、どちらかだと思います。今のところわかっているのはそれだけです」

モーガンは言われたことを理解するのにせいいっぱいだった。「ひき逃げだとおっしゃいましたが――車を目撃した人はいるんですよね」

周囲がさらに騒々しくなり、ナディーンは電話に集中していられないようだった。「白いライトバンだったと聞きました。あの、ウィンターさん。申し訳ないんですが、これで失礼させていただきます。警察から連絡がありましたので」

「わかりました」早く話を終わらせなければ。「すぐ切ります。また何かわかったらお知らせください。オグデンさんのためにお祈りしていますから」

「ありがとうございます」ナディーンは涙声になった。「今は、祈るしかありません」

レーンは自宅に帰るとすぐに、中央書記官事務所から届いた小包を抱え、暗室の鍵を開けて照明をつけ、警報システムを解除した。この暗室の中には二五万ドル相当の機器がそなえつけられ、極秘情報が保存されている。侵入者を検知する防犯装置を完備し、レーン以外の人間は原則として立ち入り禁止になっていた。

一見するとパソコンを何台も設置した平凡なオフィスのようでもあるが、機械の寸法もシステムの規模も大きい。最先端の機器ばかりで、これだけそろえるのは普通の個人事業者ではとうてい無理だ。もっとも、設備費の一部はアメリカ合衆国政府の補助金でまかなわれているので、〝普通〟とは言えないだろう。ほとんどのカメラマンはＣＩＡの秘密調査の任務につくことはないため、こんな設備も必要ない。

レーン・モンゴメリーは、普通のカメラマンではなかった。

彼の暗室も、普通の暗室とは違っていた。

液晶モニターだけでも一台一万ドルするが、彼はこれを二台持っている。ほかの業務用液晶モニターの二倍という高解像度を実現したこのモニターは、超高精細なデジタル画像を表示できる。それでさえ、この暗室にある資産のほんの一部でしかないのだ。

レーンは空調ユニットのところまで歩いていってスイッチを入れた。すべての機器が稼働していると、冬場でも室内はすぐに蒸し風呂状態になるからだ。機械の電源を一台ずつ順番に入れていくと、ウィーンというかすかな音がしてシステムが起動した。作業机の下の引き出しを開け、銀塩フィルムをデジタル画像に変換するのに必要な器具や消耗品を取りだす。

手よりも頭脳のほうが目まぐるしく動いていた。レーンは、レニーズの店に着いたときに交わされていた会話を思い出していた。

実は、自分の到着を告げる五分ほど前にはすでに、父親たちのいるテーブルから三メートルも離れていないところにいた。ジョージ・ヘイエックの名前が耳に入ったので、テーブルに背を向けてスタンド式のコート掛けの裏に隠れ、立ち聞きすることにしたのだ。

ジョージ・ヘイエックとレニーとのつながりについては、週末ずっと頭を悩ませていた。

驚きのあまり呆然とし、当惑していた。ＣＩＡ関係者の情報によるかぎり、ヘイエックとウィンター事件のかかわりは見出せない。当然ながら、父親はレーンのつかんでいる情報を知り得る立場にない。だが、捜査にかけてはプロ中のプロであるモンティのことだ。お気に入りの骨を見つけた犬のように、ヘイエックの線に食らいついて離れないだろう。

レーンは手元の作業に意識を戻し、ドラムスキャナーの準備にかかった。小包を開封して、ネガの入ったケースを取りだし、最初のネガ片をケースからそっと抜きだした。静電気除去用のエアガン式イオナイザーを使って、ネガ片の表面にたまった埃を吹きとばす。それが終わると、ネガ片を光にかざして見た。よかった。指紋はほとんどついていない。

「スリックマウント」というドラムの中にネガフィルムを慎重に装着し、フィルムとドラム表面のあいだにピペットを使ってオイルを数滴、ゆっくりと垂らす。それからドラムをスキャナー本体に挿入し、カバーを閉じた。パソコンの前に戻って、「スキャンザクト」のソフトウェアを立ちあげると、スキャナーが動きだした。

レーンは早く作業を始めたくてしかたがなかった。父親のために。正義のために。

そして――そうだ、モーガンのために。

ジョナはショア議員事務所の受付にいた。カメラのフォーカスストップボタンをいじりながら、議員の体が空くのを待つ。ジョナは緊張していた。レーンの助手としてまかせられた、一人でやる最初の仕事なのだ。しかも、今までにない大きい仕事だった。

目的にかなったいい写真を撮る責任があった。カリスマ性豊かで、明確な政治意識を持ったニューヨーク州選出の下院議員、アーサー・ショアの姿を生き生きととらえた写真を。

ショア議員と話しているのは、地元の事務所で働くスタッフらしい若い女性だった。きれいな顔を輝かせ、目を大きく見開いて、まるで議員がスーパーヒーローでもあるかのように賞賛のまなざしで見あげている。議員は熱心に質問に答えていた。その身ぶり手ぶりからも、相手の言葉に強い興味を示しているのがわかる。議員は彼女のほうに身を寄せ、首をかしげぎみにして耳を傾けていた。集中しているしるしに眉間にしわを作り、たびたびうなずきながら話に聞き入っては返事をしている。

ジョナはほとんど本能的にカメラを構え、数枚のショットを撮った。議員が有権者と一緒にいるところだけでなく、スタッフとやりとりをしている場面の写真があれば、フォトエッセイに深みが加わるだろう。

「やめておきなさい」ジョナの背後で女性の声がした。抑揚のほとんどない、沈んだ調子の声だ。「そういうたぐいの写真なら、『エンクワイアラー』誌にいくらでも載ってるから」

ジョナはびくっとして振り向いた。魅力あふれる小柄な中年女性が誰か、すぐにわかった。

「ショア夫人……」夫人の表情と声がこわばっているのを感じたジョナは、どぎまぎしながらやっとのことで言葉をつないだ。「ぼく、別にそんなつもりじゃ……ただ、あの、レーン・モンゴメリーの仕事を手伝って……」

「どうやら、そのようね」ショア夫人のまなざしはうつろだった。何かに打ちのめされたあと、必死に立ち直ろうとしているようにも見えた。

夫人はごくりとつばを飲みこんだ。視線はまっすぐ夫のほうに向けられている。

「あなたはただ、自分が言いつかった仕事をしてるだけですものね。ショア議員が一番得意なことをしている瞬間をカメラにおさめたかったんでしょ。確かにそれはうまくいったわ。でもね、今のは『タイム』誌が求めている写真じゃない。編集者だって避けたがるでしょうよ」夫人はきびすを返した。「わたしも避けたいわ」


モーガンは、グリニッジ・ヴィレッジのとあるカフェでカーリー・フォンティーンを待つあいだに、ニューヨーク・プレスビテリアン病院に電話し、レイチェル・オグデンの容態を確認した。

電話を終えたとき、ちょうどカーリーが入ってきた。電話で聞いた話で多少元気づけられたモーガンは、携帯電話をぱちんと閉じた。レイチェルは手術を受けて、経過は順調だという。とはいうものの、回復するには一定期間の理学療法を受ける必要があるらしい。まだ若く、体力があるのが救いだった。

ただ、身体内部の損傷が心配だった。脾臓《ひぞう》破裂を起こして内出血があるうえ、肋骨が数本折れ、骨盤にも骨折が見られた。そうとう激しい痛みに悩まされることは間違いない。

カーリーは椅子に腰を下ろした。無理やり笑顔を作っているが、ひどく消耗しているようだ。「今日は遠いところをわざわざ来ていただいて、すみませんでした。すぐ前の仕事がダウンタウンの南のほうで、急を要するものだったので。でなければキャンセルして帰っていたでしょうけれど。今日はもう、なんというか……」カーリーは頭を振った。「とにかく、話がすんだらすぐ家に帰らせていただくわ。オフィスに戻る気にはとてもなれないので」

「わかりますよ」モーガンはつぶやいた。「カーリーさん、大変な一日だったようですね。わたしもですけど」

「ええ」カーリーは軽くこめかみをもんだ。「でも、ビジネス上の危機も、どうでもよくなってしまいそうよ——二、三時間前にこの目で見たことに比べれば。わたし、マディソン街と五三丁目の角近くの地下鉄の駅へ向かっていたとき、若い女性がひき逃げされるのを目撃したの。恐ろしかった——あの光景が頭に焼きついて離れない。わたし、彼女のすぐ後ろにいたから、あと五秒遅かったら自分がひかれてたかもしれないと思うと、ぞっとするわ。ライトバンがどこからか急に出てきて、すべてが一瞬のうちに起きたの。だからとっさに反応することも、ましてや事故を防ぐこともできなくて。あの人、前を歩きはじめたと思ったら、次の瞬間には血を流して道路に横たわっていた。わたしはおろおろしながら、やっとのことで九一一番に電話して、救急車を呼んだの」

モーガンは目を丸くした。「事故にあった女性って、レイチェル・オグデンさんですか?」

「ええ、そういう名前だったわ」今度はカーリーが驚く番だった。「彼女をご存知なの?」

「ウィンショアのお客さまなんです。ちょうどわたしと会う約束があったので、セント・レジスホテルに向かう途中だったはずです」

カーリーははっと息を吸いこみ、顔の前で指を組んだ。「なんてことでしょう。偶然にしても、ひどすぎる」一瞬、探るような表情になった。「彼女の容態がどうか、ご存知？　病院に電話してみたんだけれど、何も教えてくれなくて」

「わたしも今、電話していたところです。レイチェルさんの秘書が気をつかって、家族と友人のリストにわたしの名前を入れておいてくださったので、具合を聞くことができました」

モーガンは弱々しげな笑みを浮かべた。「命に別状はないそうです——回復には長くかかるかもしれないけれど」モーガンは病院との電話で得た情報をかいつまんでカーリーに話した。

「かわいそうに」こみあげてくるものをこらえているのか、カーリーは喉を震わせている。

「人生って、予期しないことが起こるものなのね。さっきも言ったけれど、もしあの車が通るのが数秒遅かったら、病院のベッドに寝ていたのはわたしだったかもしれないでしょう。その一方で、運がよかった、あんな目にあわなくて、と安堵している自分がいたの。でも、そんなふうに感じる自分が後ろめたかった。何よりも、責任を感じてしまって。あのとき、自分が彼女の体をつかんでいたら、と悔やまれてならないの」

「そんな、不可抗力ですよ。あなたの責任じゃありません」モーガンはテーブルの上に手を伸ばし、カーリーの腕を軽く握った。「むしろ自分を誇らしく思うべきですよ。レイチェルさんの秘書から聞いたんですが、あなたがすぐに九一一番に電話して救急車を呼んでくれたから、命が助かったとか。あと数分遅れていたら危なかったかもしれないそうです」

「そう、それを聞いてほっとしたわ。正直言って、携帯電話でかけたときのことをよく憶えていないのよね。何もかもが現実じゃないみたいで。救急車のサイレンと、点滅しているランプ。それと、救急救命士が手当てをしていたのは憶えているけれど。あとで警官にいろいろ訊かれて、自分が目撃したことを話したの。でも、役に立つようなことはほとんど言えなかった。ナンバープレートの番号も見なかったし、車の車種もメーカーもわからない。運転していた男もちゃんと見ていないんですもの。ハンドルの上におおいかぶさるようにして運転していたのは確かだけれど。よくもまあ、一度も止まらないで逃げられたものだわ」

「卑怯者ですよ。無謀運転で逮捕されるのが怖かったんじゃないかしら。もしかすると飲酒運転だったかもしれませんね」

　カーリーはうなずいた。「角を曲がってきたときの勢いからすれば、酔っぱらっていたとしても不思議はないわね。レイチェルさんをひいたあとは速度を上げて、車のあいだをジグザグに走り抜けていったわ。それこそ狂ったような猛スピードで」

「警察が車を追跡して、犯人をつきとめてくれますよ。そしたら、刑務所送りになるにきまってます」モーガンはため息をついた。「とにかく、レイチェルさんが一日も早く回復なさるよう祈りましょう」

「ええ」カーリーはモーガンが手に持ったファイルをちらりと見た。「あの、今日の相談の予約、後日に変更させていただいてもかまわないかしら？　今の精神状態だとちょっと、恋愛について話すのは無理そうなので」

「わたしのほうも本調子とはとても言えませんしね」モーガンは同意した。「じゃあ今週中に、電話で今までの報告と今後の相談をしましょうか？　うちのオフィスにいらしていただいてもいいですが。まだご覧になってませんでしたよね。今なら絶好のタイミングですよ。いかにも年末年始の休暇シーズンらしい雰囲気で、サンタのクリスマスハウスより本物っぽいですから。ジルがオフィス内の飾りつけを担当して、クリスマス、ハヌカー、クワンザ、そして冬至のお祭りの要素を入れて、華やかなムードに仕立ててあげたんです。〝祝祭日の機会均等主義者〟のジルですから、お祝いも国際的なわけです」

「ジルって、どなた？」カーリーは戸惑ったように眉を寄せた。

「わたしの経営パートナーです。そうでした、まだご紹介していませんでしたね、失礼しました。次回のご相談でオフィスにいらしたときにご紹介します」

カーリーは静かに息を吐きだした。「せっかくだけど、オフィスにお邪魔するのも、またの機会にしたほうがよさそう。代わりに電話で相談をお願いできるとありがたいんだけれど。これからクリスマスまでのあいだ、めちゃくちゃ忙しくなるから。でも、モーガンさんのパートナーにはお会いしたいわ。その飾りつけ、クリスマスが終わったらすぐに片づける予定なの？」

「まさか。ウィンショアでは、年末年始のシーズンは一月半ばまでですから大丈夫です。それを片づけたらもう、ジルは大張り切りでバレンタインデーの準備にとりかかるんです」

カーリーはくすっと笑った。今日初めてのことだ。「そのパートナー、さぞかしエネルギッシュな方なんでしょうね」

「ええ、本当にそうなんです」モーガンはほほえみ返した。「一度お会いになればわかりますよ。年末のパーティにはおいでいただけますよね？」

「来週の火曜日、午後七時よね。大丈夫、かならず行きますから」

「よかったわ。そのとき、ジルをご紹介しますね。パーティの企画をしたのもジルです。きっと、忘れられないすてきなひとときになると思います」

「わたし、新しく買ったシャネルのドレスを着ていくつもり。あれなら完璧だわ。それに、もしかしたらそこで理想の男性に出会えるかもしれないし」

「男性といえば……」モーガンは身を乗りだした。週末のデートについてのカーリーの感想がデントンのそれと一致しているかどうか、興味しんしんなのだ。「チャーリー・デントンさんのこと、どう思われました？」

カーリーは肩をすくめた。「いい人よ。ちょっと内向的なところはあるけど、とても魅力的ね。聞き上手でもあるし。頭脳明晰で、将来に対する情熱を持っている人ね」鼻にしわを寄せる。「その情熱を、少しでもわたしに向けてくれたらよかったのに。別のテーブルにいるビジネスマンに気をとられるんじゃなくて、ね」

誰を指しているかはすぐにわかった。店にアーサーおじがいたことはデントンから聞いていたからだ。「そういえば、近くのテーブルでビジネスマンの会合があったとデントンさんもおっしゃってました。でも、そのことについては簡単に触れた程度で、ついでに話したという感じでしたけど」

「でも彼、明らかにそっちのほうに注意を奪われていたのよ。とにかく、最初はほかの女性に気をとられてるんだと思っていたの。わたしというデートの相手がありながらなんてことかと、誇りを傷つけられた気がしたわ。でも実は、ビジネスマンの集まりだった。きっと、仕事がらみで関心があったんでしょうね。それでもちょっと興ざめだったわ。せっかくのデートなのに、半分うわの空じゃね」

「そうだったとしても、絶対にカーリーさんのせいじゃありませんよ。検事という職業柄、デントンさんもやるべきことがいろいろあるんでしょう」

「確かにそうね。でも別のテーブルのお客が『やるべきこと』に入ってちゃ困るわ、だってわたしと一緒にいるんだから」カーリーは言葉を切り、寂しげな表情を見せた。「ごめんなさい。今の言い方、高慢ちきでいやな女って感じでしょ。でもわたし、独占欲が強いというか、男の人とデートするなら、一〇〇パーセントこっちを向いてくれなきゃ気がすまないの。自己中心的と言われようが、不安の塊と言われようが、そう感じるんだからしかたがないわ」肩をすくめる。「いずれにせよ、彼を責めるつもりはないわ。食事は楽しかったし、さっきも言ったとおり、いい人だしね。本当に、いい人なのよ」

「ただ、理想の人ではない、と」モーガンは結論づけた。

「違うわね——少なくともわたしにとっては」

「わかりました」なるほど、そういうことね。デントンの感想とカーリーの言葉による裏づけで、二人の気持ちの微妙なニュアンスはつかめていた。「じゃあ、今度こそ、理想の人を見つけられるよう、作戦を練りましょう」

数時間が経った。くたくたに疲れはしたものの、レーンは作業の成果に満足していた。犯罪現場写真のネガをデジタル画像に変換するさい、最大限の解像度を出せたからだ。バックアップコピーとして画像ファイルをＤＶＤに保存している最中に、玄関のチャイムが鳴った。お、まさにぴったりのタイミングじゃないか。

レーンは作業を中断して暗室を出ると、玄関まで父親を迎えにいった。「名探偵のお出ましか。なんだってこんなに時間かかったんだ？」皮肉っぽい出迎えの言葉を投げた。

「余計なおしゃべりはなしだ」モンティは部屋にずかずかと入ってきた。「何か見つけたか？　それと、レニーズで何をこそこそやってた？　秘密諜報員のまねごとだかなんだか知らんが、コート掛けの後ろになんか隠れて、立ち聞きしやがって」

レーンは思わず息をのみ、ふっと吐きだした。しまった、うかつだった。おやじのやつ、どんなことも見逃さないんだから、まいっちまう。「あの場の状況はどうか、イメージをつかんでおこうとしただけだよ。父さんたちが捜査のどこに注目してるかと思ってね」

「つまり、ジョージ・ヘイエックの話だろ。まあいい。話したくなったら話せ。ただし、早くしろよ」モンティはあくまで冷静だ。「さっきの質問に戻ろう——何か見つけたか？」

「おいおい、勘弁してくれよ、正義の男セルピコ」レーンは目をぐるりと回して言いかえした。「貴重なネガを、金塊みたいに高価なデジタルスキャナーで読みこんだばかりだよ。スキャンされた画像が高画質になるよう加工するだけでせいいっぱいで、それ以上のことをするひまはなかったんだ」

モンティの反応はしかめっ面だった。「で、答が出るまでにどのぐらいかかる?」

「父さん。ポラロイドカメラとは違うんだよ。三分で現像ができるわけないだろう」

「なるほど。じゃ、五分だけ待ってやる」

「ひえー。ご愛顧ありがとうございます。ねえ、ぼくをいじめるより、少しは役立つことをしてくれないかなあ? 外に出て、どっかで夕飯を仕入れてきてよ。コーヒーは、ジャンボカップを一人あたり三杯ずつ。長い夜になりそうだからさ」

「そりゃすばらしい」またしかめっ面。今度のはさっきよりさらに気むずかしそうな表情だ。「母さんに電話して、今日は帰れないって言っておかなきゃならん。ご機嫌ななめになること間違いなしだ。おまえのせいだぞ。それもちゃんと母さんに伝えとかなくちゃな」

「おふくろは、ぼくのことなら許してくれるさ」レーンはいっこうに動じない。「何しろ、一番のお気に入りの息子だからね」

「一番のお気に入りったって、息子はおまえ一人じゃないか」

「確かに。だけど父さんは、許してもらえないかもしれないね。おふくろがパストラミサンドウィッチとローダのチョップレバーを逃したら、どうなる? 父さんはまず、一週間はソファで寝ることになるだろうね」

「ふん、余計な心配するな。昼飯のあと、車でいったん家に帰って、レニーズのお土産を届けておいたさ。母さんが帰って冷蔵庫を開ければ、ちゃーんとそこにあるって寸法だ」

「へえ。だったら、父さんにもまだ望みがありそうだな」レーンはそう言うと、玄関に向かって親指を突き出した。「冗談は終わりだ。父さん、夕飯とコーヒーを買ってきてくれ。ぼくは作業に戻る。始めるのが早ければ早いほど、答が早く出るんだからね」


モーガンが低カロリーの冷凍食品〝リーン・クイジーン〟を電子レンジに入れてスイッチを押したとき、携帯電話が鳴った。レンジ内の皿がウィーンという音を立てて回りはじめた。

「はい?」

「モーガンさん?」

「ええ、どちらさまですか?」

「チャーリー・デントンです。あなたが大丈夫かどうか、確かめたくてお電話しました」

鍋つかみに手を伸ばしかけていたモーガンの動きが止まった。「大丈夫って、何がです?」

「マディソン街でのひき逃げ事故です。夜のニュースで見たでしょう、被害者はレイチェル・オグデンさんですよ。わたしのほうで警察の報告書のコピーを要請していて、今ちょうど手に入れたところですが、警察に通報したのがカーリー・フォンティーンさんだったことがわかりました」

「ええ、知ってます。本当にひどい話だわ。レイチェルさん、手術を受けたけれど、回復まで何カ月もかかるらしいんです。カーリーさんのほうは——ひどく取り乱してました。本人と話したんですが、事故のことが頭から離れなくて、トラウマになっているみたいでした」

「それは当然、そうでしょう。でも、あなたはどうなんです？」

「わたし？」

「モーガンさん、今回の事故では、あなたはどちらにも関係している。それが心配なんだ。ウィンショアの顧客が二人、同じ時間に同じ場所に居合わせた。しかも、そのうち一人は、ちょうどその時刻に、頭のおかしいドライバーの運転する車に撥ねられた」

「確かに、恐ろしい偶然ですよね。でも――」

「そんな偶然は、そうそうあるものじゃない」

モーガンは椅子に腰を下ろした。「何を言いたいんです？　あれが単なる事故じゃなく、犯罪だとでも？」

「その可能性はあります。警告だったかもしれない」

「警告ですって？」モーガンはデントトンの言葉の真意を理解しようとした。「うちの顧客を傷つけることが、どうしてわたしへの警告になるの？　何がどうつながるんです？」

「レイチェルさんが会おうとしていた相手は誰です？」

一瞬の張りつめた沈黙。「わたしだわ」

「そうです。だからレイチェルさんの〝事故〟なるものは、すぐにあなたの知るところとなる。さらに、カーリーさんが事故現場に居合わせた。すなわち何者かが、二人の女性のスケジュールを把握しようと大いに骨を折ったということですよ。そいつの目的は、あなたにメッセージを送ることだった。巻きこまれた顧客の数が倍になれば、あなたがこれをやつのメッセージだと悟る確率も倍になるわけです」

「で、そのメッセージというのは？」

「〝要らぬことをするな。デントンに手を引かせろ〟です。今のところ具体的な答は出ていませんが、事故のタイミングといい、巻きこまれた女性がおたくの顧客であったことといい、できすぎている。それから、わたしが二人の女性と別々に連夜のデートをしたこと、検察局の中を嗅ぎまわって、機密にかかわる質問をしていること、誰かの気にさわるような事実に近づきすぎたらしいこと――あまりに偶然が多すぎませんか？　多すぎる、とわたしは思います。我々が向かっている方向性か、あるいは発見しかかっている事実があり、それをくいとめたい誰かがいる。そういうことではないでしょうか」

モーガンは震えだした。「じゃあ、あれは計画的な犯行だと言うのね。誰かが車の中でレイチェルさんが出てくるのを待って撥ねていったと。そうだとしても、どうしてわざわざうちの顧客を選んだんでしょう？　なぜ、本命であるわたしをねらわなかったのかしら？」

「頭がいいやつだからですよ。頭のいい犯罪者は、見えすいたやり方はしないものです。自分の主張を伝える手口は巧妙で、限られた人にだけはわかるが、警察の関心を引くほどには目立たない。今回の場合、ご両親を殺害した人物が別にいることがわかって、事件はふたたび未解決として扱われるようになった。だから、あなたを車で撥ねたりするのは、闘牛の目の前で赤い布を振るようなもので、やつにとってはまずいわけです」

「本当に、そう思って……？」モーガンの背後で電子レンジのピッピッというリズミカルな音がし、冷凍食品の解凍・調理が終わったことを告げたが、彼女にはほとんど聞こえなかった。「デントンさん。そんな話をされると、怖いわ」

「怖がらせようと思って話したわけじゃありません。わたしは検事ですからね。ありえないような偶然があればすぐ気づく。目に飛びこんでくるんです。何者かがあなたをおびえさせて手を引かせようとしているのかもしれない。その可能性があるかぎり、お知らせするしかなかったんです。あなたの無事を確かめて、用心するよう忠告するために」

「ありがとうございます——と言ったほうがいいんでしょうね」

「ドアに鍵をかけて、警報システムがあるならスイッチをつけておいてください。わたしはこの線で調べを進めます。明日またお電話しようと思いますが、いいですか？」

「ええ、お願いします」

モーガンの声に不安が表れている。それを感じとったデントンはすぐに訊いた。「モーガンさん？　しっかりして」

「ええ、なんとかがんばります」

15

レーンとモンティはキッチンにいた。持ち帰りで買ってきたブリトーをほぼ平らげ、ジャンボカップのコーヒーをがぶ飲みしている最中に、モンティの携帯電話が鳴った。時計を見ると一〇時一五分。夜遅いといえば遅いが、重要な用事なら遠慮なくかけてこれる時間帯だ。とはいえ真夜中ではないから、身内の不幸などの悪い知らせではないだろう。

モンティは受信ボタンを押した。「モンゴメリーです」

「あの……こんばんは、モンゴメリーさん、モーガン・ウィンターです」本人がすぐに出たのが意外だったようだ。留守番電話のメッセージを予想していたに違いない。

それと、どこか困惑しているような声だった。

「夜分遅くに、すみません」

「いいえ。完璧なタイミングですよ」モンティはそう言って安心させた。「この三時間、ずうっと座りっぱなしだったもので、ケツが……失礼、お尻がしびれてましたから」

「座りっぱなし。だったら、奥さまとご一緒ですね。せっかくお二人でくつろいでいらっしゃるところ、お邪魔して申し訳ありません。奥さまにもそうお伝えくださいね」

「ご心配なく。今は自宅じゃなくて、レーンのところにいるので。写真をスキャンした画像を調べてる最中です——作業してるのはレーンのほうですがね。わたしは横で見ていて、何かめぼしいものが出てくるのを待ってるだけですから」

「レーンさんのコンドミニアムですか？　確かうちの近くでしたよね？」

「そう遠くないですね」

「あの、こちらへ来ていただくわけにはいきませんか？」

「今からですか？」

「できれば、お願いしたいんです」

モンティは目を細めた。「何か問題でも？」

間があった。張りつめたものが感じられる。「なんと言っていいか。大げさに考えすぎているだけかもしれないんです。でもモンゴメリーさんにお話しして、意見を聞かせてもらえれば安心できそうな気がして。まだマンハッタンにいらっしゃるんでしたら……」また沈黙。「ばかなことを言っちゃったわ。もう遅いですものね。レーンさんと一緒にお仕事なんでしょう。しかも、うちの両親の事件のことで。いいです、忘れてください。明日お会いしたときにでも、お話ししま——」

モンティはさえぎった。「ジャケットを取ってきます。外の空気を吸いたかったんだ。それに、レーンもわたしがしばらくいなくなれば、せいせいするでしょうしね。すぐにうかがいますよ」電話を切り、顔を上げた。レーンは座っていたキッチン用のスツールをくるりと回転させ、戸惑ったように父親を見た——目には単なる心配以上のものが表れていた。

「どうした？」

「見当もつかん。かなりおびえてるみたいだ。今から彼女の自宅へ行って、見てくる」

「ぼくも行く」

「いや、だめだ。暗室に戻ってスキャン画像を調べるんだ。何かおれに知らせる価値のあるものが見つかるまで続けてろ」

抗議しようとレーンが口を開いたとき、ドアのチャイムが鳴った。

「しまった」レーンはつぶやき、立ちあがった。「約束があったんだった。ジョナだ。仕事の帰りに寄るって言ってたのをすっかり忘れていた」

「助手の指導をするには時間が遅すぎないか？」モンティは迷惑そうな声を出した。「ジョナはいい子だが、何もこんなときに。おまえの作業の邪魔になるようじゃ困るぞ」

「邪魔にはならないよ、すぐ終わるから。ジョナは、今日撮ったジョア議員の写真を現像したんで、ぜひ見てほしいっていうんだ」レーンは眉をひそめ、気がかりな表情になった。

「それと、今日何かあったらしくて、相談したがってるみたいだから」

「じゃ、おれは行くよ」モンティはすたすたと大またで廊下を抜け、玄関へ向かった。コート掛けからジャケットを取って着る。ちょうど、レーンがジョナのためにドアを開けてやるところだった。

「おう、来たか。さ、入って」とレーン。

ジョナは戸口に立ったままレーンからモンティに目を移し、「こんばんは」と挨拶したかと思うともじもじしている。「ご都合がよくないようだったら、出直しますけど」

「いや、まったく問題ないよ」モンティは安心させるように言った。「用事で出かけるところだから。一時間ほどで戻ってくる。そのあいだに二人で話し合えばいい。それが終わったらレーンにまた仕事してもらわなくちゃならん」

「ありがとうございます」

モンティはジャケットのジッパーを上げ、意味ありげな目つきでレーンを見た。「おれの用事、そんなに時間はかからないからな。できるだけ早く、例の作業を再開しといてくれ」

「わかった」モンティは出ていき、レーンはドアを閉めた。

「すみません」ジョナはブーツで床を蹴って雪を払いおとした。「お父さんを怒らせたんでないといいけど」

レーンは口の片端を上げた。「ありゃ、怒ってる声じゃない。刑事ディック・トレイシーの声だよ。〝なんとしても事件を解決してやる〟モードになってるだけさ。きみに対する非難じゃない。悪く思うなよ」手を伸ばす。「ほら、コートを貸して。どこでもいいから座ってくれ。ただし暗室はだめだよ。とっ散らかってるからね」

「それに、立ち入り禁止区域ですもんね」ジョナは脱いだばかりのパーカを手渡すと、今度は封筒を取りだしてレーンに差しだした。「これが今日撮ったショア議員の写真です。会議中の姿と、有権者に囲まれているところ、それから事務所内で撮ったショットも入ってます。

使えそうなのもかなりあると思いますけど、やっぱりレーンさんの意見を聞きたくて」

「オッケー、見てみよう」レーンは答え、封筒を受けとった。「ちゃんとやってくれてるのはわかってるけどね。さて、今度はきみの抱えてる問題だ。写真の評価だけじゃなくて、何か気にかかってることがあって、相談したいんじゃないのか」

ジョナはうなずいて、ソファに腰かけた。「今日、ショア議員の事務所で、ちょっとおかしなことがあったんです。それで、アドバイスをもらえたらと思って。客観的な意見でも、元気づけになる言葉でも、なんでも」

「いいよ、聞こう」レーンは壁にもたれ、胸の前で腕を組んだ。

「事務所の中でショア議員のショットを何枚か撮りました。スタッフと雑談してるところとか、くだけた感じの絵です。そのうち一人のスタッフが目にとまりました。ハイディ・ガーバーっていう二二、三歳ぐらいの女性で、すごく写真映えするタイプです。いかにも議員と息が合ってるって感じで、政治課題について話してました。そのようすが、議員の温かい人柄と、スタッフとの連帯感を感じさせて、人間としての一面をよく表してると思ったので、すぐにシャッターを切って、連続して六枚か七枚撮りました。そしたらショア夫人が事務所に入ってきて。いらだった口調で、そんな写真はやめておきなさいって言われました。理由はすぐにぴんときました。ぼくだってそう鈍感じゃないですから。でも、どう対処していいかがわからなくて。今回は初めて一人でまかされた大きな仕事だから、しくじりたくないんです。まずいことをしちゃったかもしれない、と心配で。大丈夫でしょうか?」

レーンの胸に同情心がわいてきた。おどおどした目や、神経質に脚を揺すっているようすを見ると、この助手がまだ精神的に不安定な一〇代の若者であることをあらためて思い出す。ジョナは自分の能力を証明しようと必死なのだ。議員の身辺のごたごたを見せつけられ、当惑している。気の毒だった。

「大丈夫だよ、まずいことをしたわけじゃない」レーンは励ますように言った。「ショア夫人は、ご主人のプライベートな部分で神経を尖らせることもあるだろうが、根は鷹揚な、心の優しい女《ひと》のはずだよ。きみの仕事を妨害したり、きみを攻撃したりはしないさ。ただ、面と向かって夫人を侮辱したんだったら話は別だけど。そんなこと、したか？」

「いいえ」ジョナは首を横に振った。「ぼく、返事もできませんでしたから。びっくりして立ちつくしてました。幸い、ショア夫人はぼくなんか眼中になくて、ご主人がハイディさんと話してるところを見つめていたかと思うと、くるりと向きを変えて外へ出ていってしまったんです」

「だったら、セーフだ」

「だといいんですが」ジョナはソファの上でもじもじしている。「鷹揚なショア夫人なんて、想像もつかないです。そのたぐいの写真はやめておきなさい、と言ったときの夫人は神経がぴりぴりしてるようだったし、事務所から出ていったときのようすは打ちのめされてるみたいでした。精神的に、ひどい打撃を受けたというか――」

「言いたいことはわかる。きみが何も言わずに放っておいてあげたことは正解だったよ。ぼくからのアドバイスは、仕事でも遊びでもそうだが、他人の恋愛関係に深く立ち入らないこと。下手に口出ししたりしたら、今度はきみがさんざんな目にあわされるからね」

「わかりました」ジョナはほっとしたようだった。「いずれにしてもそのことがあってから、アングルを変えて、ショア議員の仕事中の姿を手当たりしだいに撮りました。人目を引くという意味ではちょっと劣るけど、まあ、あれよりは無難だと思ったから」

レーンはくっくっと笑った。「じゃあ、見せてもらおう」封筒を開け、ジョナが撮影したプリントを取りだした。明らかに才能を感じさせるショットだ。「地元有権者の心をつかみ、絶大なる信頼と支援を得ているアーサー・ショア議員」。そのイメージの本質を、二本分のフィルムで如実にとらえている。

「見事なできばえだな」とレーン。「ジョナ、間違いなく、きみには本物の才能があるよ」

「ありがとうございます」ジョナは詰めていた息をようやく吐きだした。誇りと喜びで目が輝いている。「レーンさんからそういう言葉を聞くと、誰に褒められるより嬉しいです」

「このぶんだと、今回のプロジェクトにももっとかかわってもらえそうだな――きみにやる気があればだけど」

「やる気があるかですって？　きまってますよ。なんでも言ってください、やりますから」

「乗り気だね。きみもそろそろ自分の力を試してみたほうがいいと思うんだ。写真っていう分野は幅が広く、奥行きも深いからね。キャリア開発の道だって、驚くほどたくさんある。フォトジャーナリズム、つまり報道カメラマンの道もそのひとつだ。特に、きみにはほかの技能もあるしね。写真撮影の技術だけじゃなく、コンピュータ操作も得意だから。とにかく、あらゆる可能性を探ってみることだよ」

褒め言葉にのぼせあがるどころか、ジョナはしかめっ面になった。「学校でもっとたくさんのコースを取れっていう意味じゃないですよね？」

「いや」レーンは優しく答えた。「受講科目を増やせっていう意味じゃない。でも学校といえば、今週のきみの予定はどうなってる？　ブルックリン工業高校だって、年末年始の休暇に入ってるんだろ？」ジョナがうなずく。「よかった、そうこなくちゃ。じゃあ、ぼくと一緒に出張へ行くっていうのはどうだ？　今回は地上より雲の上を撮る仕事が多そうだ。行き先はコロラドのサンファン山脈と、ペンシルベニアのポコノ山脈だけど？」

ジョナはソファから跳びあがりそうになった。「いつですか？　荷造りしなくちゃ」

「明日からだ。もちろんきみのご家族の許可は必要だけどね。二、三日の仕事だし、つねにぼくの監督つきという条件だから。それから言っておくけど、スカイダイビングやヘリスキーは議員とぼくの役目。きみはそれを撮る。地上と、航空写真の両方だ」

「それでもいいです。ぜひお願いします」ジョナは急に黙った。あることに思いあたって、興奮に水をさされたのだ。「両親が許してくれるといいけどなあ。今、うちでいろいろあって、雰囲気が重苦しいんで」

「そうなのか」レーンは眉をつり上げた。ジョナが家庭の話を持ちだしたのはこれが初めてだ。ヴォーン家がブルックリンのシープスヘッドに住んでいることはレーンも知っていた。

父親は機械工、母親は病院の職員だという。レーンはそのどちらにも会ったことはなく、ジョナに助手として働いてもらうことが決まったとき、電話で挨拶しただけだ。我が子を愛するごく普通の両親で、話しぶりからも、息子を誇りに思っていることがうかがえた。

どんな事情にせよ、家庭内で起こっていることがジョナを悩ませているらしい。あまりせんさくしたくはないが、かといって薄情な印象を与えたくもなかった。

「話してくれるかな？」レーンは注意深く訊いた。

ジョナは心を閉ざしているというよりも、何かの板ばさみになっているように見えた。本当は話したくてたまらないのだが、まだ心の準備ができていないのだろう。「今度、またいつか」その反応で、レーンの想像が当たっていることが確認できた。「今はまだ、状況を見きわめようとしてるところなんです」ジョナは急に顔を上げた。「トラブルに巻きこまれてるわけじゃありませんから、その点は心配しないでください」

「いや、それは心配してない。実を言うと、経済的なことかもしれないと思ってたんだ。そうであれば、力になってあげたいから」

「ありがとうございます。そんなふうに言っていただいて嬉しいです。でも、お金のことじゃないんです。ぼくという人間の存在について、受け入れなくちゃならない問題があって。ぼくだけじゃなく、両親にとっても」ジョナは首の後ろをかいた。「ああ、だけど一緒に行きたいなあ。それで二、三日ぐらいつぶしたって、大勢に影響ないですもんね」

レーンはジョナをじっと観察した。この助手の実存の危機がどんなものであれ、生きていくには何か頼れるもの、しっかりした基盤が必要だ。ジョナの場合はそれが写真だった。

「じゃあ、ぼくがご両親に電話しようか?」レーンは提案した。「これが絶好のチャンスなんだってことや、『タイム』誌の記事のクレジットにきみの名前が載れば、奨学金もとりやすくなることをぼくから説明するんだ。そうすればうまくいくかな?」

「ええ」ジョナはほっとしたのか、長々と息を吐きだした。「そうしてくださるとすごく助かります。いや、きっと父も母も承諾してくれると思います」

「だったらこの仕事、引き受けてもらったということでいいね」レーンは腕時計を見た。

「しまった。もう一一時だ。きみはもう、家に帰りなさい。ぼくも仕事に戻らないと。コロラドに向けて出発する前に、片づけておかなくちゃならない仕事が山ほどあるんだ。ご両親には、明日の朝一番に電話するよ」

「父は工場へ行くのに朝七時に家を出るんです」ジョナは急いでつけ加えた。「母親は八時までに病院に出勤します。家族全員、六時には起きてますから」

「わかった。じゃあ、朝六時半にお宅に電話するよ。そのころにはご両親もすっかり目がさめてるだろうし、きみも荷造りする時間がたっぷりとれるだろう。出発は一〇時だから」

「了解です」ジョナは立ちあがり、パーカを手にした。「じゃ、詳しいことは朝、電話で」

「ああ。暖かい服を用意しておけよ。サンファン山脈は死ぬほど寒いぞ」

ドアをノックする音がした。モーガンは廊下を足早に歩いて玄関へ向かった。ただし、ドアの外にいるのが誰かがわかるまでは、鍵に触れるつもりもない。

訪問者は、どなたですかと問う手間を省いてくれた。「ピート・モンゴメリーです」

モーガンはほっとしてドアの鍵を開け、モンティを迎え入れた。「来てくださってありがとうございます。こんな夜遅くにご迷惑をおかけしている自分が、ばかみたいに思えて」

「迷惑なんかじゃありませんよ、コーヒーさえもらえればね」モンティはすでにジャケットを脱いでいる。

「もう淹れてありますよ」モーガンは小さく笑い、モンティのジャケットをコート掛けにかけ、階段のほうへ案内した。「二階のリビングルームへ行きましょう。あそこのほうが落ちつけるし、キッチンの隣なので、〝インプレッサ〟がすぐそばにひかえてますから」

「イン、なんだって？」

緊張ぎみだった彼女の唇が心からの笑みに変わった。「インプレッサといって、超高性能のコーヒーメーカーです。エスプレッソからカプチーノ、ラテまで、なんでも作れるんですよ」先に立って階段を上りながら振り返り、安心させるような表情でモンティを見おろす。「ご心配なく。ラテがお好きなタイプには見えなかったので、レギュラーコーヒーにしておきました」

「それはよかった」モンティは、すでに神経が高ぶり、エンジンがかかりはじめていた。これから、もっとギアを上げてやる。「刑事や私立探偵にはカフェインがお似合いですよ。これさえあれば、頭も体も長時間労働に耐えられる」

「でも、モンゴメリーさんには必要かしら。そんなものなくたって、いくらでもがんばれるように見えるのに」モンティをリビングルームに案内したモーガンは、キッチンに姿を消すと、湯気の立ったコーヒーのマグカップを持って現れた。「はい、どうぞ」

「ありがとう」モーガンはソファの端に腰かけ、うまそうにひと口飲む。「カフェインたっぷりの濃いコーヒー。わたしの好みにぴったりだ」顔を上げると、探るような目でモーガンを見た。「さて、何が起こったせいでそんなにおびえているのか、教えてください」

「いくつかあります」モーガンはモンティの向かいに座り、脚を組んだ。「今日、マディソン街で起きたひき逃げ事故のこと、ご存知ですか？」

「ええ。ラジオのニュースで聞きました」モンティは顔をしかめた。「ああいう事故がイーストニューヨークで起きても、夜の一一時のニュースでも扱うことはめったにないんです。ところが、上流の人たちが集まるミッドタウンで同様の事故が起きると、どのローカルテレビ局でも五時のニュースで報道される。妙ですよね」目を細めて訊く。「その事故が、何か？　被害者の女性を知っていたとか？」

「レイチェルさんは、ウィンショアでわたしが担当する顧客の一人なんです。事故を通報した女性、カーリーさんも、同じくわたしの顧客です」

「ふむ、面白い」モンティの表情は変わらない。「もっと聞かせてください」

モーガンは詳しく話して聞かせた。「レイチェルさんはそのうち回復するそうです。最初はわたし、彼女の容態だけが気になって、偶然にしてもできすぎているなんて、思いもしませんでした。そして、チャーリー・デントンさんから謎めいた電話をもらったんです」

「デントン検事補ですか?」今度は、モンティは眉をつり上げた。「デントン氏がなぜ出てくるんです?」

「わたしが、レイチェルさんとカーリーさんにデントンさんを紹介しました。デントンさんは先週末、この二人と別々にデートしているんです。二人の女性がひき逃げ事故にかかわっていること、デントンさんがわたしのためにいろいろと調査していることを考えあわせると、この事故はわたしに対するある種のメッセージで、両親の事件から手を引けと警告しているんじゃないか。デントンさんはそう言っていました」

「あるいはデントンに対する、手を引けという警告かもしれない」

「この場合は、どちらでも同じことじゃありません?」

「いや、かならずしも同じじゃありませんよ」モンティは首を横に振った。「デントン氏は検事ですから、当然ながら敵がいる。あなたのお父さんと同じようにね。もしかするとそういった敵の一人がデントン氏をつけていて、デートの相手の女性をねらってやろうと決心したのかもしれない。どうしてデントン氏は、そっちの可能性を考えなかったんだろうな――考えなくてもいい理由があるなら話は別だが」

その言葉に、モーガンはすぐに反応した。「デントンさんは何かを知っているが、それを隠したがっている、と言うんですね?」答を待たずに続ける。「わたしもそう思います。実を言うと彼自身、隠していると認めたも同然なんです。でもわたしがたたみかけて尋ねると、口を閉ざしてしまう。そして、もう少し時間をくれ、自分にまかせてくれって頼むんです」

「頼まれたんだったら、時間と自由を与えてやればいいじゃありませんか。デントン氏とできるだけよい関係を保つことが肝要です。わたしが悪者になりましょう。でなければ、展開によってはショア議員に悪者になってもらう。そうならないよう願ってはいますがね。直接対決は最後の手段です。我々としては、できるだけ控えめに対処したほうが賢明です。圧力をかけすぎると、デントン氏は腹を立てるか、でなければおびえるかして手を引いてしまいます。こっちの味方につけておかなければ困る」

「でも、もし彼が内部情報を隠していたら……」

「だとすれば、それなりの理由があって隠しているんでしょう。いいですか、デントン氏は、形式的で煩雑な手続きをすり抜けて、地雷をよけながら進まなくちゃならないんですよ。そうとうきつい仕事です。我々の知るかぎり、彼はあなたとあなたのお父さんに忠実な味方です――今のところそうでないという証拠はない」一瞬、考えこむ。「だが実際のところはどうなのか。別の情報筋からこの疑問に対する答を引きだせるか、やってみましょう」

「別の情報筋って、たとえば？」

「それはわたしにまかせてください」モンティは顔を上げ、興味ありげにあたりを見まわした。「そういえばジルさんは？　ご在宅ですか？」

モーガンはうなずいた。「ええ。ヨガの時間で、三階で瞑想してます。ジルって、リラックスする方法を見つけるのがすごくうまいんですよ。あんなふうにできたらいいなと思うのに、わたしにはまねできない。心の平安を見出すのが得意じゃないんでしょうね」

「わかるような気がしますよ。女房のサリーなんか、わたしを改造しようとやっきになってます。彼女はヨガよりもアウトドア派ですがね。ハイキングとかキャンプ、乗馬をやってると生き生きしてます。再婚して家に戻ってからサリーに説得されて、一緒に長めの散歩に出るようになりました。ウォーキングは肉体と精神、両方のエネルギー回復にいいとかで」

「それで?」

「それで、歩くのが好きになりましたよ。血のめぐりがよくなるし、サリーと一緒に雪を踏みしめて歩きまわるのを楽しめるし。しかし回復となると、わたしの場合は体のほうにしか効果がないようで。頭は体とは別の、独自のモードで回ってる感じがしますね」

　モーガンはほほえみながら身を乗りだし、あごを片手で支えた。「レーンさんはお父さまにそっくりですよね?」

「あいにく、そうみたいですね」

「レーンさんにはふたつの面がありますね」モーガンは自分に言い聞かせるように話している。「ひとつめは、心温かく、洞察力に富んでいて、人を惹きつけずにはおかない一面」

「そして、ふたつめは、頑固で、我が道を行くタイプで、無謀でどうしようもない一面ってわけですね」

「そうそう、大当たり」失言に気づいたモーガンは、申し訳なさそうにモンティを見た。

「ごめんなさい。失礼なことを言って」

「いえ。本当のことですから」モンティは肩をすくめた。「レーンはいろいろと複雑な男でね。やつはかならず目的を達するでしょう。ただそのためには、疑問の答をつきとめなければなりませんがね」

え？　どういうこと？　謎めいた言葉の意味についてモーガンが質問する前に、モンティの携帯電話が鳴った。

「今夜のわたしは引っぱりだこだな」モンティは発信者番号が表示された画面に目をやった。「ああ、噂をすれば影、だ」受信ボタンを押す。「レーンか？　何か見つかったのか？」モンティは目を細めた。「ふむ。いや、別に驚かんよ。要は、それが我々にとって意味のある何かにつながるのか？　ということだ。よし、強調処理を続けといてくれ。もうすぐ戻るから」少しだけ間をおく。「ああ、彼女なら大丈夫だ。思わぬ偶然が重なって、それにおびえただけだから。いいよ、ちょっと待て」モンティは携帯電話をモーガンに渡した。「レーンが話したいそうです」

モーガンは電話を手にとり、耳にあてた。「こんばんは。まだ作業を続けてるのね」

「まるで仕事の鬼だよ。それより、どうしてるかなと思ってさ。大丈夫？」

「ええ。ちょっとしたできごとよ。あなたのお父さまがうまく対処してくださるわ」

「大したことはなかったのかい？」

「ジグソーパズルのピースがまた見つかっただけ」

「おやじが謎を解き明かしてくれるさ」

「わかってるわ。あなたの協力を得て、でしょ」

「あてにしてていいよ」レーンは息をついた。「ぼくが明日、ショア議員と一緒に、コロラドへ出発するのは知ってるよね」

「ええ、ジルが言ってたわ」

「で、水曜には戻ってくる。夕食を一緒にしたいんだけど、空いてるかな？」

「いや、そんなことはない。きみと一緒にいると最高にインスピレーションがわく」

モーガンの唇に笑みが広がった。「ヘリスキーのあとじゃ、わたしなんか退屈でしょ」

またただ。自然に惹きつけられてしまう。絶好調のときのレーン・モンゴメリーは、どうにも抗いがたい魅力を発散している。「それなら、ええ、空いてますよ」

「よかった。時間の連絡は、あとでもいいかな？　水曜にコロラドを出るまでには、詳しいスケジュールがわかると思うから。そのときに行きたい店を教えてくれ、ぼくが予約する」

「それでいいわ。じゃ、そのときに。楽しんできてね」戸惑ったようにモンティを見て、レーンに訊いた。「お父さまと代わる？」

「ぼくのところに戻る途中で電話してくれって伝えて。歩きながら話せばいいから」

「何かあったの？」

「さあ、どうだろう。おやじに説明してもらってくれ」短い間があった。「おやすみ。ゆっくり休むんだよ」

「ええ、なるべくね」モーガンは電源ボタンを押し、携帯電話をモンティに返した。「帰る途中、歩きながらでいいから電話してくれって言ってました」

「そうしますよ」

「それと、お父さまに電話した理由は、ご本人から説明してもらってくれって」

モンティは片眉をつり上げた。「わたしに電話だって？　おかしいな。今のはあなたにかかってきたんだと思ってましたがね」

誘いには乗ってこなかったモーガンだが、その頬はうっすらと染まっていた。「レーンさん、何を見つけたんですって？」

「ネガを一枚、発見したんだそうです」モンティは厳粛なおももちで答えた。「果たして重要なものかどうかは、まだ不明ですがね」

「わからないわ」モーガンは両手のひらを上に向けて、理解できないというしぐさをした。「ネガを発見って、どういう意味ですか？　どこから出てきたんです？」

モンティは肩をすくめた。「一七年前は画像が鮮明でなかったためにプリントされなかったネガで、今の技術できれいに見えるようになったものか、別のネガと非常によく似ているために同じものと勘違いされて見過ごされたか。あるいは、プリントはされたが、別のファイルに誤って入れられてしまったネガか、警官が自分のコレクションに加えようと抜きとったプリントのネガか。そんなばかな、と思うでしょうが、ありえます。それより重要なのは、レーンがそこから何を見つけだせるかです」

モーガンの視線は揺るがない。「それは、両親の遺体を写したものですか？」

「そうです」

「わたし、写真を全部見なくちゃ」こわばった表情ではあるが、決意をこめてうなずいた。

「明日、一緒に確認させてください。レーンがいないときに、写真を借りて」

「本気ですか？」

「ええ、お願いします。前に提案してくださったように、二人で詳しい話をすべきときだと思います。写真を見て、事件簿のあらましを読んで、子ども時代の記憶を呼びおこすために質問をしてもらって。全部一度にやれるでしょう。わたしの頭の奥に無意識のうちにしまわれた情報があるとしたら、それを探しだすいい機会だと思います」

モンティは口元を引きしめ、硬い表情になった。「かかりつけの精神科医に相談しましたか？　大丈夫だと言われましたか？　もう、心の準備はできていると？」

「ええ、必要なことだと言って賛成してくれました」真摯な笑み。「精神状態が危うくなったときのために、待機していてくださるそうです。でも、そんなことにはなりません」

「ええ、あなたならきっと大丈夫ですよ。わかりました。明日、時間をとりましょう」

「時間はおまかせします。午前と午後、どちらがいいですか？」

「午後にしましょう。午前中に、例のひき逃げ事故について調べておきます」モンティはしばし沈黙した。「そういえば、水曜日にレーンと会うことにしたんですね」

「夕食を一緒にする予定です。でも、ご心配なく。食事を終えたら、すぐに写真の分析作業に戻ってもらいますから」

「それを心配してるわけじゃありません」また沈黙し、モーガンをしげしげと見つめる。

「どうやら、あなたとうちの息子には、お互いに惹かれあうものがあるらしい」

　モーガンはびくりとした。頬にふたたび赤みがさす。「あの……何か、問題でも？」

「いや、わたしとしては特にありません。あなたの言う意味の問題は、ね」きまり悪そうなモーガンの懸念を振り払うように手を振る。「すみません。誤解させるようなことを言って。わたしはレーンがつきあう相手をふるいにかけたりはしませんよ。そんなことはとうの昔にやめました。もう三三歳ですからね。あいつの私生活に口出しすべき時期はとっくに過ぎてます」苦笑する。「どうも妙というか、親としては皮肉な状況だなあ」

「よくわからないわ、どういう意味かしら」

「わたしは、娘たちを守ろうとする意識が強いんですよ。あの子たちには神経質になりすぎだって言われるし、女房も同意見だろうと思いますが。義理の息子のブレイクだって、長女のデヴォンの相手としてお墨付きを与えるまでは、そうとうな目にあわせてやりましたからね。もう一人の娘、メレディスにはボーイフレンドがいるんですが、わたしはどうも気にくわなくてね。まだ二二歳になったばかりで、男と深い仲になるのはまだ早い」

　モーガンは口を曲げぎみにして言った。「もしかすると、息子さんに関しては、娘さんとは違う基準で判断してらっしゃるってことかしら？」

「まあ、それに近いかな。価値観だけは息子にも娘にも同じように教えたつもりだったが。とにかくあまり心配していなかったんです。今までは」

「レーンさんがわたしとつきあうのが心配だと?」

「いや。その反対です。心配しているのはレーンじゃなく、あなたのことです。傷ついてほしくないからです。やつにも、あなたを傷つけるなと忠告しましたよ、はっきりとね」また苦笑を浮かべる。「だから、親として皮肉な状況だって言ったでしょう」

モーガンは心を打たれた。モンティと自分の人生の最初の接点は一七年前。そして今、ふたたびめぐりあった。長い時間を一緒に過ごしたわけではない。なのに出会った瞬間から、モンティの態度は父親のそれを思わせるものがあった。不思議なことに、モーガンはそれを察知して受け入れ、娘のようにふるまった。

モーガンの両親が殺された晩に芽生えた二人の絆、彼女がモンティに対して示した信頼と尊敬、困ったときにモンティの助けを求めた行動――ピート・モンゴメリーは、モーガンにとって父親も同然だった。一〇歳のころから育ててくれたアーサー・ショアとは違った意味で、ひと言では説明しがたい、父親的な存在であり続けたのだ。

「わかりました」モーガンはただそれだけ言うと、モンティの言葉の意味をあらためて考えながら訊いた。「で、レーンを震えあがらせるのに成功しました?」

モンティは片方の眉だけを鋭くつり上げて答えた。「今、本人と話したからわかるでしょう。びびって遠ざかろうとしてるような感じでした?」

「いえ、そんなふうじゃなかったわ」

「あなたはそれが嬉しい、と」答は不要といわんばかりに急いで続ける。「よし、わかりました。二人がお互い、本当に惹かれあっていることが確認できて、ほっとしましたよ。そういうことなら、わたしはもう口出ししません」言葉を切る。「いや、ほとんど口出ししないと言うべきだったな。ちょっとしたアドバイスだけはしておこう——いつも地に足をつけておくこと。あなたは聡明で、冷静だし、機転がきいて、鋭いところをついた意見が言える。そういう部分で補ってもらえば、レーンもふらふらせんで、やっていける」

「はあい、チェックマークを入れました」モーガンはおどけて言った。「ほかに何か？」

「いや、だいたいこれで全部でしょう」

「じゃあ安心してください。わたし、夢中になって理性を失うタイプじゃないですから。たとえ相手が息子さんみたいに魅力的な人でもね」急に真面目な顔になる。「正直言って、水曜の夕食、誘ってくださって正解だったと思ってます。レーンさんって人の気をまぎらわせるこつを心得ていて、過去の暗い経験を忘れさせてくれるから。明日の午後、写真を見て、昔の記憶を掘りおこさなければいけないことを考えると、気晴らしは大歓迎どころか、必要なんです」

モンティは額にしわを寄せた。「現場写真の検証、気が変わったらやめてもいいんですよ」

「いいえ」モーガンは力強く首を振った。「もうとっくに合意ができてるじゃありませんか。過去を掘り下げて調べないかぎり、答は得られないって。真相が解明されないことのほうが、明日向き合わなければならないものよりよっぽど恐ろしいわ」

「それについては反論の余地はないな」モンティはコーヒーを飲み干し、立ちあがった。

ね？」

「そろそろ失礼して、レーンの家に戻らないと。長い夜になりそうですから」

「モンゴメリーさん……」モーガンは押しとどめた。確約を得られないままモンティを帰らせたくはなかった。「手がかりになりそうなことをつかんだら、連絡してくださいますよね？」

「もちろん。だが、一夜にして奇跡が起きるのを期待しちゃいけませんよ。レーンから何度も説教されてるんだが、あいつのやってる作業は、緻密で、詳細をきわめる、長時間に及ぶプロセスなんです。だからあなたもわたしも、辛抱強く待つすべをおぼえなくてはいけない。もし早い段階で何かめぼしい情報が見つかれば、わたしのほうから連絡しますよ。それから明日の朝、ひき逃げ事故について何かわかったら電話します」モンティは振り返り、何か問いたげな目を向けた。「午後の話し合いはここでやりますか？　それとも、もっと気をつかわなくてすむ場所のほうがいいかな？」

「気をつかわなくてすんで、ゆっくりできる場所で」モーガンはつぶやき、腕組みをした。

「じゃあ、わたしがモンゴメリーさんの事務所にうかがいましょうか？」

「仕事を抜けてこられるなら、そのほうがいいかもしれませんね」

「行きます」

モンティはうなずき、階段のほうへ向かった。「少しでも眠っておきなさい」肩越しに言う。「それと、食事はちゃんととること。食べないようだったら、レニーに密告しますよ。そしたらレニーのおやじさん、ローダと協力して、冷製調理肉《コールドカット》とヌードル・プディングを満載した引っ越し用トラックをよこすにきまってる」

「もう先を越されちゃってますよ」あとから階段を下ってきたモーガンは、コート掛けからジャケットを取り、モンティに渡した。「アーサーおじがもう通報したの。うちの冷蔵庫、食べ物で満杯で、ドアを開けるたびに重さでミシミシいうぐらい」

「じゃ、中身を食べて空にしなさい」モンティはしばらくのあいだ、険しい目でモーガンを見つめていた。「こんなときだからこそ、しっかりしなくちゃいかん。気力だけじゃない、体力もですよ」

「ええ、自覚してます。できるだけ食べるようにするって、約束します」

「よろしい。ところでモーガン、提案があるんだがね。おれもきみの私生活に口出しをしたり、健康のことでおせっかいを焼いたりしたんだから、お互い、もう堅苦しい言葉遣いや呼び名はやめないか？　モンティと呼んでいいよ」

モーガンは体をわずかに動かした。「それはちょっと、難しいわ。だって、元刑事さんですもの。子どものとき初めて会って、そのときからずっと自分にとって英雄みたいな存在の人を、モンティだなんて」

「ふむ、面白い。きみは著名な議員に育てられたんだろう。その親代わりの人を、ショア議員なんて呼ぶかい？」

モーガンは「わかりました、負けたわ。ええと――モンティの言うとおりにします」

「ほら、簡単だろ？」モンティはジャケットを着た。「さあ、おれが出ていったら鍵をかけて。本を読むとか、CDを聴くとかしたらどうかな。でなければ上へ行って、ジルと一緒にヨガのカエルのポーズでもなんでもいいから、やるんだね。じゃ、また明日」

建物の外に出て早足で歩きだしたモンティは、少しの時間も無駄にせず、レーンの電話番号を呼びだした。

「父さんか」息子が出た。「帰る途中?」

「ああ。新しく出てきたネガのこと、教えてくれ」

「さっきも言ったとおり、ララとジャックの遺体を写したものだ。画像はかなり鮮明で、二人の体の両方に焦点を当てている。何も触らず動かしていない、発見当時のままの現場だ。つまり、何かが見つかる可能性がありそうだということ。当時見落とされていたネガがあったとしたら、おそらくこれだろう」

「そもそも、初動捜査で見落としがあること自体おかしい」モンティはつぶやいた。「不注意もはなはだしいよ。けしからん。シラーが自供したとたん、資料は一緒くたに箱に入れられて、どっかに押しこまれちまったんだろう。絶対にあってはならないことなのに」

「考えすぎないほうがいいよ。ばかばかしいし、エネルギーの無駄遣いだ。もし当時、徹底的に調べつづけたとしても、成果が上がらなかったかもしれないじゃないか。あのころの技術じゃ、画像をここまで強調処理して細部を見るのは無理だったけど、今はそれが可能になった。事情が違うだろ。捜査再開からまだ一週間も経たないのに、父さんはもうこの事件にかかりきりで、のめりこんでる。もう、過去を振り返ってやたら反省するのはやめろよ。今こうやって、軌道修正しようとしてるじゃないか。一緒に、最後までやりとげられるさ」

「一七年遅かった。一生消えない傷跡を残したあとだぞ」

短い沈黙を破って、レーンは咳払いをした。「モーガンは大丈夫なのか？　電話で言ってた〝ちょっとしたできごと〟っていうのは？」

「偶然と思っていたら、誰かのたくらみだったかもしれないできごとさ」モンティはレーンに詳しく説明した。「ひき逃げ事故の情報は簡単に手に入るから、それによって本当に単なる偶然だったのか見当がつく。デントンは何かを知っているが、手の内を見せようとしない。それも気になるが、なぜ隠そうとするのか、理由のほうがもっと気になる。自分の職を守ろうとしてるのは確かだ。その点については責めるつもりはない。しかし、残りの部分に関しては灰色だな。やつは本当に、我々側の人間なのか？　秘密主義は、単に情報が漏れたときの予期せぬ影響を恐れてのことか？　それとも、もっと個人的な、醜い動機か？」

「というと？」

「ウィンター夫妻が殺害された当時、デントンはマンハッタン地区検察局勤務だった。やつが隠していることは、自分自身に直接関係のあることなのか？　職を守ろうとしてるのか、それとも身を守ろうとしてるのか？」モンティは急に話題を変えた。「モーガンのことだが、おまえ、デートに誘ったようだな。そこで彼女に、おまえに関するちょっとしたアドバイスをしておいた。これで二人に公平に助言したわけだから、気分がすっきりしたよ」

レーンはうめいた。「いったい彼女に何を言ったんだ?」

「つねに、おまえの一歩先を行くようにする。できるだけ自分側のコートにボールを確保する。おまえが悪いことをしたら、絶対に罰を逃れさせない。ま、基本的なことだね」

「二人の関係を壊すつもりか?」

「いいや。自分がどんな状況に巻き込まれようとしているかの自覚がモーガンにあるかどうか、確かめただけさ。明らかにちゃんと自覚していたがね」含み笑い。「一方おまえは、思いがけない目にあって驚くかもしれんな。自分のうぬぼれにさよならをしとけよ」

「アドバイス、実にありがたいね。だけどこれで終わりにしてくれよ。余計なお世話だ」

「わかったよ」モンティは道路の角を曲がった。「もうすぐ着く。おまえ、一人だろうな」

「ああ。ジョナなら、もうとっくに帰った。そうとう落ちこんでてね。あいつ、今日の午後、ショア議員の事務所へ撮影に行っただろ。若くてきれいな女性のスタッフと話をしてる議員の写真を撮ってたところへ、エリーゼ夫人が入ってきて、きついことを言われたらしいんだ。ぼくも聞いてちょっと驚いたよ」

「なぜだい? 自分の夫がいつもほかの女に色目を使ってて、しかもその大部分は娘と同い年ぐらいの若い子だったとしたら、平然としていられるわけがないだろう」

「確かに。でもエリーゼ夫人だって、自分がどんな男と結婚したかは認識してると思うんだよ。それにぼく自身、夫人に会って話をして、どんな人かはだいたいつかめてるつもりだ。娘のジルと同じく、自由でのびのびした鷹揚な性格で、普段は落ちつきを失わない人なんだ。

ジョナにいきなり厳しいことを言うなんて、彼女らしくない気がする」

「ジョナはどんなふうに反応したんだ？」

「何も言えなかったそうだ。そのまま夫人はきびすを返して、事務所を出ていったらしい。ひどく打ちのめされてるみたいに見えた、ってジョナは言ってたな」

「とげとげしい反応を見せたかと思うと、意気消沈か。プロザックみたいな抗うつ剤でも飲んだほうがいいんじゃないのか」話の途中で、モンティの頭にとっぴな考えが浮かんできた。

「ジョナが事務所の写真を撮ったのは何時ごろだ？」

「さあ。三時半か、四時ごろじゃないかな。なぜそんなことを？」

「ただ訊いてみただけさ」

16

ひき逃げ事故の実況見分調書のコピーの入手は、一日の仕事のうちで一番たやすい部分だった。レーンとジョナがアーサー・ショア議員とともにプライベートジェットに乗りこむころには、モンティは必要な事実情報をすべて把握していた。

それらの事実をつきつめていくと、興味深い発見があった。

レイチェル・オグデンを撥ねた白いライトバンは、ユニオン・スクエア近くの花屋所有の配達車だった。配達係の男はうかつにも、エンジンをかけっぱなしで道路に二重駐車し、車を離れていた。配達先のオフィスビルに駆けこみ、クリスマス用のポインセチアの鉢植えを受付に置いて二分半後に出てきたときには、車はなくなっていた。

この事件を扱った警官たちは当初、単純な車の盗難とみなし、現場近くにいた数人を対象に聞き取りを行ったが、盗難の瞬間に気づいた者は一人もいなかった。誰もが、ライトバンに乗って走り去った男が、配達係と同一人物であると思いこんでいた――少なくとも、配達係が歩道の縁石に飛びだしてきて、車が盗まれた、と叫ぶまでは。地元の建設作業員二人が、窃盗容疑者の特徴をおぼろげにではあるが憶えていた。フードつきのパーカを着て、ミリタリーブーツをはいており、きゃしゃな体格で歩くのが速かったという。

モンティは考えた。そこらのチンピラの自動車泥棒か、あるいは——もしこの盗難とひき逃げがウィンター事件と関連があるなら、誰かに雇われた者のしわざか。

ライトバンからは、犯人につながる手がかりは得られていない。ブロンクスのいかがわしい区域に放置してあるのが発見されたが、車内には何も残されておらず、遺留指紋を犯罪者データベースと照合しても該当者は見つからなかった。

すなわち、モンティがたどっていける線はいくつかあることになる。

カーリー・フォンティーンと、担当医が面会を許可してくれればレイチェル・オグデンに会って、話を聞くこと。コネをあたって、チャーリー・デントンが隠している（かもしれない）情報がなんなのかつきとめるためのとっかかりを作ること。エリーゼ・ショアのところに寄って雑談でもしながら、昨日見せた彼女らしくない言動の原因について、自分の推理が当たっているかどうか探ること。

モンティはこの三つを全部やるつもりでいた。問題はどれから手をつけるかだ。事務所にモーガンがやってくるまでに四時間ある。彼女に提供できる情報は多ければ多いほどいい。となると、短時間で多くの成果が得られそうな道を選ぶのが得策だ。

カーリー・フォンティーンとレイチェル・オグデンは後回しでいいだろう。チャーリー・デントンについても同じだ。二人の女性の素性や経歴については、あとでモーガンから詳しい話が聞ける。デントンに関するスキャンダルを掘り起こそうと思うなら、慎重に、内密にことを進めなくてはならない。また、この調査にはかなりの時間を割く必要がある。何層ものベールをはいでいって、その奥にあるものをつきとめるのはひと苦労だろう。

だが、エリーゼ・ショアについていてなら――いける。面白い話が聞けそうだ。

やるべきことが決まると、モンティはデントンに関する調査の準備として電話を数本かけたあと、三番街へ向かった。めざすはエリーゼ・ショアが経営するフィットネスクラブだ。

正面入口から中に入ると、ドアに取りつけられたベルがチリリと鳴った。ジムの騒音にかき消されて、誰も気づきそうにない。エアロバイクやランニングマシンの運転音に加えて、刺激的なアップテンポの音楽。ガラス張りのエクササイズルームで進行中のエアロビクスのクラスから流れてくる音だ。

モンティはあたりを見まわし、目をしばたたいた。まるでリゾート内のスパか何かに足を踏み入れたようだ。奥の壁にそって並べられたマシンはエクササイズに励む人たちでいっぱいで、それぞれ跳んだり、体をひねったり、脚を蹴りあげたりしている。温水渦流プール《ワールプール》、ヨガ専用ルーム、スムージーが飲める本格的なジューススタンドがある。心拍数を上げるトレーニングや、筋力を鍛えるウエイトトレーニング用の器具の数々がそろっている。オリンピック代表チームの練習もすべてまかなえるのではと思うほどだ。

白大理石と水彩絵の具のような色調がクラブの内装を引き立てていた。シーシェルホワイトのエアロビクス向けカーペット、砂色がかったヨガマット、心を落ちつかせてくれる水色の壁。

クラブの会員は、ファッション雑誌から抜け出てきたような人たちばかりだ。スリムでひきしまった体の女性、腹筋の割れ目が見える鍛えた体の男性。インストラクターとトレーナーは、歩くフィットネス広告といった感じだ。

モンティは、毎日運動を続けて体型を保っていてよかった、と思わずにはいられなかった。腹の出た男がここに現れたら、たちまち撃ち殺されそうな雰囲気だ。

室内を見まわし、エリーゼ・ショアを見つけた。曲線状のデザインの受付デスクのそばに立って会員とおしゃべりの真っ最中だった。黒のヨガパンツをはき、ライクラ素材の同色のボディスーツを着て、汗で湿ったタオルを首にかけている。ヨガのクラスを教えた後なのだろう。よし。タイミングとしては完璧だ。

モンティは、自分の存在がまだ気づかれていないのをいいことに、一、二分かけてエリーゼのようすを観察した。

ジョナが言ったとおりだ。彼女は神経をぴりぴりさせている。素肌感覚のメークでうまく隠そうとしてはいるが、睡眠不足によるくまが下から透けて見える。疲れきっているようだ。単なる疲労ではない。表面からはわかりにくい、もっと深いところにある苦悩やあきらめといったものだろう。もしかしたら、ついさっきまで泣いていたのか。瞳が妙にきらきらして見えるのは、涙の名残かもしれない。目のまわりも少し腫れぼったい。

モンティの探るような視線を感じたのか、エリーゼは振り向き、驚きで目をしばたたいた。だがそれも一瞬で、緊張と不安の中、うわべを取りつくろった笑顔に戻った。話し相手に挨拶してその場を離れたエリーゼは、モンティのところへやってきた。

「モンゴメリーさん――どうしてここに？　あの、モーガンに何かあったんでしょうか？」

この最初の問いかけで、エリーゼの悩みの種が何かわかった。

母親のような心配ぶり。今の状況では無理もないだろう。

だが、状況が見かけより深刻だったら？　当然、心配の度合いも増すに違いない。

「彼女なら大丈夫です」と言って元気づける。「今日は、エリーゼさんと少しお話がしたくてまいりました。お時間、とれますでしょうか？」

「もちろんですわ」エリーゼは躊躇せずに答えると、正面入口近くの部屋を指さした。「わたしのオフィスでお話ししましょう」と言い、先に立ってそちらへ歩いていく。大理石とクロームを基調とした印象的な外観だ。

広々としたオフィスの中に入ると、エリーゼはドアを閉めた。「お水はいかが？」小型冷蔵庫を開け、ミネラルウォーターを二本取りだす。

「ありがとうございます」モンティは差しだされたボトルを受けとって、キャップをねじって開け、ごくりとひと口飲んだ。

エリーゼも同様に水を飲むと、机の端に軽く腰かけた。「さて、どんなご用でしょう」

「お訊きしたいことがあります」モンティは切りだした。揺るぎない視線と、単刀直入な物言いで。「ウィンター夫妻殺害事件の再捜査が開始されてから、普段とは違う、おかしなことを経験されませんでしたか？　たとえば不審な手紙や電話、ご家族に対する脅しとか？」

エリーゼの顔から血の気がひいた。やっぱり。モンティの思ったとおりだった。

「なぜ、そんなことを訊かれるんです？」

「昨日の午後、ごようすがおかしかったことを聞きつけたからです。いつものあなたらしくない言動があったようですね。その時刻が、セント・レジスホテル近くで起きたひき逃げの時刻の少しあとでして――事故のことはご存知ですよね。事故の被害者と目撃者を結ぶ共通要素になっている人がいます。それが実はモーガンさんなんです。ですからもし、被害者のレイチェル・オグデンさんが車にひかれたのと同じころに、あなたやご家族の身に何かが、たとえば脅迫のようなことが起きていたとしたら、その〝事故〟は単なる事故ではなく、犯罪の疑いがあります」

「まあ……なんてことなの」エリーゼは机の後ろの椅子にへなへなとくずおれた。それが唯一の頼りであるかのようにミネラルウォーターのボトルをつかみ、ごくごくと水を飲む。「自分に言い聞かせてたんです、きっと神経質になりすぎて、被害妄想になってるだけだって。でも、今おっしゃったことと、昨日起こったことを考えあわせると、やっぱり最初の勘が正しかった。あれはあらかじめ計画された、意図的なものだったんだわ」

「何がです？」

エリーゼは両手で髪をかきあげた。気を静めようと必死なのだろう。「ここのところ、変な電話がよくかかってくるんです。このクラブにも、家にも、携帯電話にも」

「具体的に聞かせてください」モンティはメモ帳を取りだし、今聞いたことを書きつけた。

「電話には一定のパターンがありますか？　相手は、通話を切る前に何か言ったり、音を立てたりしますか？　男か女かわかりますか？　発信者番号は画面に出ますか？　その電話が始まったときから今までの経緯を、詳しく教えてください」

「相手は男性だと思います。なぜわかるかというと、最初に電話に出たこのクラブのスタッフに聞いたからです。エリーゼ・ショアさんをお願いします、と男性の声で言うそうです。なのにわたしが出ると、すぐに切ってしまうんです、ひと言もしゃべらずに。聞こえてくるのは規則的で、深い息づかいだけ。ちょうど、無言の脅しをかけているみたいに。携帯のほうにかかってくるのは、わたしが一人で散歩や運転をしているときです。家でも同じように、一人のときをねらってかけてくる。まるでわたしの予定を知りつくしてるみたい。発信者番号通知は役に立ちません。いつも〝非通知〟としか表示されないので」

「その無言電話、かかってくるようになってからどのぐらい経ちますか？」

エリーゼは一瞬、口をつぐんだ。「確か、モーガンがモンゴメリーさんに調査を依頼した翌日からです」

モンティはメモをとる手を休め、顔を上げた。「なのに、誰にも言わずに黙っておられたんですか？　ご主人にも？」

「だって、なんて言えばいいんです？」エリーゼは椅子のクッションに頭をもたせかけた。「無言電話が深刻なものかどうかさえ、わからなかったんですよ。夫は議員という仕事柄、気味の悪い嫌がらせを受けたことは何度もありますから。電話やEメールや、さまざまな方法でです。それに今、夫が推進している法案と関係があるかもしれませんし」

「ただし今回は、嫌がらせを受けているのはショア議員ではなく、あなたでしょう」

「ええ、確かに」エリーゼは唇をきっと結んだ。「でも我が家は今、大変なプレッシャーにさらされているでしょう。怪しい無言電話がかかってきてるなんて皆に知らせたら、それこそ大騒ぎになるわ。それに、電話の主が単なる変質者でない証拠なんて、どこにもないのに……だから、自分の胸のうちにしまっておくのが一番と思っていました」

「昨日まではそう思っていた。でも昨日、何かが起きたわけですね」

エリーゼはうなずいた。「昨日の昼休み、わたしは五番街を散歩していました。外の冷たい空気を吸って、ウインドウショッピングでもすれば、気が晴れるかと思ったんです。フィットネスクラブを出た直後から、誰かにつけられている気がしてなりませんでした。何度も後ろを振り返ってみましたが、誰もいません。正直な話、ストレスによる妄想に違いないと思ったほどです。で、クラブに戻ることにしました。建物の前に着いたとき、誰かの視線を感じたんです。間違いなく見られている、と思ったので、あたりのようすをうかがいました。すると、通りの斜め向かいに男の人が一人いるのが目に入りました。ライトバンの車体にさりげなく寄りかかって、こちらをじっと見ていたんです。でもわたしに気づかれたとわかったとたん、何気ないふうを装っていたそれまでの態度を急に変えて、顔をそむけました。あわてて車のドアを開けて乗りこみ、あっという間に走り去っていきました」

「ライトバンですか？」モンティはくり返し、目を細めてエリーゼを見つめた。「どんな型式のライトバンでした?」

エリーゼは肩をすくめた。「さあ、なんだったかしら。どことといって特徴のない、目立たない車。マンハッタンのどこでも見かけるような、ありふれたライトバンでした」

「車両の色は白でしたか?」

「ええ、白でした」不安そうな表情。「色が重要なんですか?」

「もしかしたらね。レイチェル・オグデンさんを撥ねた車は白いライトバンでしたから。男の特徴は?」

「顔まではよく見えなかったわ。フードつきのパーカをはおって、ジーンズ姿でした。やせていて、背は高いほうじゃありませんでした」

「何時ごろのことだったか、憶えておられますか?」

エリーゼはしばらく考えていた。「二時一五分ごろじゃなかったかしら。数分の違いはあるかもしれないけれど」

モンティは唇を固く結び、厳しい表情になった。「ひき逃げ事故が起きたのは、一時四〇分でした。場所は五三丁目とマディソン街の角の交差点です」

「きっと同じ車だわ」エリーゼの声はほとんどつぶやきに近かった。「そうなると、わたしに起きたことも、ひき逃げも、計画的だったということね。でも、動機はなんでしょう?」

「あなたをおびえさせるため、この事件から手を引けとモーガンさんを脅すためです」モンティはメモ帳を閉じた。「ずいぶん思いきったやり方をするものだ。とはいえ、犯人は被害者に大けがをさせるつもりはなかったのじゃないかと思います。おそらく雇われた人間で、車をぶつけて転ばせて、切り傷や打ち身程度のけがをさせろと言われていたのかもしれない。ねらった相手は、このレイチェル・オグデンさんか、あるいはモーガンさんのもう一人の顧客、カーリー・フォンティーンさんでしょう」

エリーゼはすっかり混乱したようすで両手のひらを上に向けた。「え、わからないわ。ねらう相手は別にレイチェルさんでなくてもよかったということですか？」

「犯人の目的がモーガンさんへの警告だったとしたら、二人のうちどちらかだけで十分だったのではないかと思います。誰がたくらんだにしても、そいつはきちんと下調べをしてますよ。二人の女性のスケジュールを知りつくしてる。両方の情報をつきあわせて確認したに違いありません。二人ともミッドタウンの真ん中で仕事してますから、問題の交差点を普段からよく渡っていると踏んだに違いない。それで予定を確認して、二人が次の約束に向かうためにあの交差点に近づく可能性の高い時間帯があることに気づいたんでしょう。そこをねらえば、雇われた若造の運転する車が、どちらか一人をひく確率が高くなる。ひとつだけ、確かなことがあります。これでウィンター事件が行きずりの犯行ではない、窃盗犯が居直って夫妻を殺したのではないというわたしの説が裏づけられました。あれは純然たる殺人です。間違いありません。そして、夫妻を殺したやつはいまだに自由の身で、捕まってなるものかと必死に動いているということです」

ニュージャージー州のテターボロ空港からコロラド州のテルライド空港まで、四時間半のフライトはおおむね順調だった。

機内でもアーサー・ショア議員は休む間もなく書類を確認し、推進中の法案への支持をとりつけるべく有力者に電話するなどして働きづめだった。たまに立ちあがると、脚をほぐしたり、ミネラルウォーターを飲んだり、パイロットと話をしに行ったりしている。

モンティを手伝って徹夜で作業したレーンは、最初の二、三時間、ずっと眠っていた。目覚めてみるとタイミングよく食事が用意されていて、絞りたてのオレンジジュース、温めたクロワッサン、カニ肉のソテー、アスパラガスのグリル、プロヴォローネチーズ入りのオムレツにありつけた。

食後、レーンはキヤノンEOS5Dを取りだし、ガルフストリームVのプライベートジェットの窓から、絶景のショットを数枚撮った。それから、ショア議員の写真も二、三枚。集中して額にしわを寄せている姿、電話で熱心に話している姿、贅沢な革張りの座席にもたれてメモを確認している姿が撮れた。

富と権力をそなえた人物と旅する利点はいろいろあった。

レーンとジョナは、空港までリムジンによる送迎サービスを受けることができた。リムジンは途中でマリオット・グレンポイントに寄り、このホテルで前日の夕食会に出席したあと宿泊していたショア議員を乗せ、テターボロ空港に到着した。

そこにはプライベートジェットが待機していた。出発時刻の何時間も前から空港に着いている必要もなく、手荷物を預けるときの面倒な手続きも要らない。うんざりするほど長いチェックインの行列に並んだり、保安検査を受けたりしなくてもすむ。狭い座席に押しこまれ、泣き叫ぶ赤ん坊と、離陸五分後に靴下を脱いで悪臭を漂わせる乗客のあいだにはさまれて苦しまなくてもいい。飛行機の遅延でいつ乗れるやらわからない不安もないし、サンファン山脈のような遠隔地へ行くのに、乗り継ぎ便に遅れないよう必死で走る必要もなかった。最高だ。レーンは上機嫌だった。こんな旅なら、何度経験しても悪くない。

通路をはさんで向かい側の席に座るジョナに目をやったレーンは、にっこり笑わずにはいられなかった。少年はリムジンの車中ずっと、感激のあまり放心状態だった。空港に着くと今度は、ショア議員の義父、ダニエル・ケラーマン氏の仕事仲間が提供したというプライベートジェットだ。ジョナはその機体を見たとたん、あっけにとられてぽかんと口を開けた。離陸後も豪華な内装に目を見張り、スムーズな高速飛行に驚き、贅沢な機内食に仰天するといった具合で、少年の口はほとんど開いたままだった。

今は、窓にしがみつくようにして外の景色を見つめている。

なんという眺望だろう。

眼下に広がる雄大な山々の連なりを最初に目にしたレーンは、なぜ人々がこのサンファン山脈を「神々の国」と呼ぶかが心から理解できた。輝く白雪を頂いた山頂が晴れわたった青空を貫くようにそびえ、息をのむほど美しい。

「わあ」ジョナは大きく息をつき、自分のカメラをつかんだ。「すごい。怖いぐらいだ」

「異議なし」レーンはつぶやいた。「天国に一番近い場所だ」

大自然の起こす奇跡が、まさに目の前で繰り広げられつつあった。一行は運がよかった。コロラドの秋は今年、とりわけ積雪が多く、山岳地帯はパウダースノーにおおわれていた。そのため、ヘリスキー会社は例年より早い営業開始を予定していたが、ショア議員の影響力に加えて、『タイム』誌の特集記事に一行の冒険談が紹介されるということで、当初の計画よりさらに早めのオープンに同意したのだ。いくら大金を積んでも、一流誌に掲載される以上の宣伝効果は期待できないだろうから、同意するのも当然なのだが。

「今日はみんなでヘリスキーをするんですか？」ジョナが訊いた。

「みんなで？」レーンは片眉をつり上げた。

照れたような笑みが返ってきた。「今朝、レーンさんが電話でうちの母と話してたとき、つい会話の最後のほうを聞いちゃったんです。母がぼくのスキーの腕前を自慢してたでしょう、何年経験があるとか言って。八歳のときから、カブスカウト隊でスキーを始めて、上級者向けコースは一二歳のときから滑ってます」

「わかってる、もういいって」レーンは手を振ってジョナを制した。「きみの腕前はお母さんから十分聞いたよ。どうせ、ずっと盗み聞きしてたんだろ。だったら、ヘリスキーにきみを連れていくのにぼくが同意したことも知ってるんだよな。ただし、同行するガイドの指示をよく聞いて、ばかなことをしないって約束するなら、という条件つきだけどね」

「約束します。言うことを聞いて、無茶はしません」ジョナの顔が輝いている。「ヘリコプターで山頂に降りて、スキーヤーに迫って撮るショット。ものすごくクールな絵になりますよ、期待しててください。パウダースノーの新雪の中を縫うように滑っていって、レーンさんとショア先生が滑るのを上からズームダウンして」

そのときショア議員が通話を終え、二人の会話の最後の部分を耳にして話しかけてきた。

「レーン、この子もマニアになりそうだな」くっくっと笑う。「もう一人、パウダースノー熱中派が誕生しつつあるわけか」議員はジョナに目を向けた。「きみが興奮するのも無理ないよ。わたしが一七歳のころ、こんな大冒険を目の前にしたら、きっと誰も引きとめることができなかっただろうな。がんばれよ」

「ありがとうございます、先生」ジョナは二人を交互に見た。「すぐに行けますか?」

「いいや」ショア議員は首を振った。「もうすぐ日が落ちる。明日の朝まで待ったほうがいい。おい、そうしょげるな」ジョナの表情に気づいて言う。「今日だって、わくわくするイベントを用意してあるんだよ。ヘリスキー会社が、明日滑る山を空中から見るツアーに連れていってくれる。つまり、ヘリコプターに乗って明日の予告編を楽しめるってわけだ」

「それに、写真撮影のチャンスもたくさんありますしね」元気を取りもどしたジョナがつけ加えた。窓の外に目を向け、額にしわを寄せてじっと眺めている。「よし。最高のショットを撮って、『タイム』誌の編集部の度肝を抜いてやるぞ」

17

午後二時半、クイーンズにあるモンティの事務所。玄関の前に立ったモーガンは、神経を尖らせていた。午前中は、自分がこれから直面するものに対する準備の時間だった。やるべき仕事を片づけ、病院に電話してレイチェル・オグデンの容態を確認した。幸い、順調に回復しているという。それからオフィスのキッチンで、ジルとベスと一緒に昼食。サンドウィッチをなんとか食べきった。

モンティからの電話はなかった。写真の分析から新たな情報は出てこなかったらしい。となると、午後の話し合いがいっそう重く心にのしかかってくる。わたしが犯罪現場の写真を見て記憶を呼び起こすことが、事件解決の鍵になるんだわ。モーガンは決意を新たにしていた。

ドアが開き、モンティが勇気づけるようなまなざしで出迎えてくれた。でも、これはあくまでも心の支え。甘えちゃいけない。自分がしっかりしなくちゃ。そう思いつつコートを手渡したモーガンは、姿勢を正し、銃殺隊の前に進みでる囚人さながらに行進して事務所の中へ入っていった。

「ほらほら、リラックスして。大丈夫、うまくいくよ」モンティはそう言って、モーガンの手にマグカップを押しつけた。「これを飲むといい。モンティお手製の伝説のココアで、ホイップクリーム入りの豪華版さ。子どもたちがまだ小さかったころに完成させたレシピなんだ。まあ、おれの淹れるコーヒーなんて、とてもおすすめできるしろものじゃないからね。サリーに言わせると、コールタールの味がするってさ。それに、神経が高ぶってるときにはココアがおすすめだよ。気持ちが落ちつくこと請け合いだ」

「ありがとう——モンティ」今度はすんなり愛称で呼べた。「ココアを用意してくれたことだけじゃないの。わたしの気持ちを静めようとしてくれたことにお礼を言ってるんです。といっても、ココアみたいなチョコレート製品にはわたし、弱いんですよ。究極の癒し食品って感じかしら」モーガンはひと口飲んで、親指を立てるしぐさで賞賛を表した。「うん、おいしい。前宣伝どおりの味ね」

「ほら、だから言っただろう」モンティは使い古した事務所用のソファを手ぶりで示した。「さあ、かけて」

モーガンはうなずいて、ツイード生地のソファに腰を下ろした。「今朝までに、新しい情報は出てきてないんですよね」

「実は、少しばかり出てきた」モンティは向かい側の安楽椅子に腰かけた。これから二人で見ることになるファイルは、目の前の長方形のテーブルの上に広げられている。「ただし、きみの期待していた情報じゃないがね」

マグカップを口に運ぶモーガンの手が途中で止まった。「じゃあ、何なんです？」

モンティはエリーゼから得た情報の詳細を話して聞かせた。モーガンは目を大きく見開いて耳を傾けている。「わたし、そんなこと少しも知らなかったわ」

「誰も知らなかったんだよ。エリーゼ夫人が一人で抱えこんでいたわけだからね」

「かわいそうに。おばは本当に心優しくて、何よりも家族を守ることを優先に考える人なんです。でも、無言電話や嫌がらせが単なるいたずらでなく、もっと大きな謀略の一部だと知って、どんなにショックだったでしょう」

「そうだね、かなり動揺しているようだった」

モーガンはごくりとつばを飲んだ。「その謀略の標的は、わたしだった。デントンさんの言ったとおりだわ。レイチェルさんの事故も何もかも、わたしへの警告だったんですね」

「まず、レイチェル・オグデンさんの話をしよう」モンティは提案し、椅子の肘掛に肘をついた。「彼女について知ってることを教えてほしい。経歴や趣味、男性の好みも合わせてね。そのあと、カーリー・フォンティーンさんについても同じように教えてくれ」

「どうして？」

「彼女たち二人がきみの知り合いの中から無作為に選ばれたのか、それとも、初めから片方、または両方をねらった事故だったのかをつきとめる必要があるからね」

「なるほど、わかりました。二人の経歴ね。これはちょっとやっかいだわ。ウィンショアのお客さまから面談などで得た個人情報は、社外秘なんです」

「もちろんそうだろう。だが、ご両親を殺したやつを野放しのままにしておいていいのか」モンティはずばりと切りこんだ。調査の邪魔になるものは、モーガンの倫理観であっても許さない。「いいかい、経歴や趣味を教えてくれと言ってるのは、二人の恋愛生活の秘密を嗅ぎまわりたいからじゃない。彼女たちに会って話を聞く前に、情報を得ておきたいんだ。基本的なことだけでいい、聞かせてくれ」

「わかったわ。では言います。どちらも魅力的な女性よ。レイチェルさんはどちらかというと小柄なほうで、髪はブルネット、二〇代半ば。勤務先の会社では、確か一番若い経営コンサルタントです。そこまでになれたのは、並はずれた知性と積極性のおかげでしょうね。男性の好みはかなり年上の人。若い男性では彼女の強さについていけず、仕事で成功をおさめていることに気後れしてしまう。ところが、彼女のおめがねにかなう年上の男性は、たいてい結婚している。わたしの仕事は、未婚のすてきな男性を紹介することです。カーリーさんは、背が高くほっそりしていて、三四歳。髪は赤みがかったブロンド。ロサンゼルスで、雑誌とファッションショーのモデルとして仕事を始めて、今はレアマン・モデルエージェンシーのニューヨーク支社長をつとめています」

「なるほど」モンティはメモをとりながら言った。「で、二人とも長くつきあえる相手を探しているということだね？」

「長くつきあえるというだけじゃないんです。彼女たちが求めているのは、自分をしっかりと持った高潔な人柄の男性で、趣味が多彩で、向上心が旺盛な人です。だから二人をチャーリー・デントンさんに引きあわせたわけです。二人とも性格の面で似たところがあったし、デントンさんと相性がいいんじゃないかと直感的に思ったので」

「エリーゼ夫人は、レイチェルさんか、カーリーさんを知っている？」

モーガンはこの質問には面食らった。「いえ、知らないと思うわ。でも、なぜ？　知り合いかどうかが重要なんですか？」

「正しい方向に導いてくれる情報なら、の話だけどね。エリーゼ夫人のフィットネスクラブの顧客と、ウィンショアの顧客に重なっている部分はないかと思って訊いてるんだが」

「重なってますよ。おばの宣伝のおかげで、ずいぶんお客さまが増えましたもの。両社にとって口コミは貴重な情報源なんです。ウィンショアでは、お客さま紹介制度が事業を支える重要な柱なので。現在登録中の顧客数は数百名で、誰が誰を紹介したかの履歴については、まとめるのにちょっと時間がかかりますけど」モーガンは申し訳なさそうな笑みを浮かべた。

「ジルもわたしも、担当している顧客の半分ほどは、登録後何カ月もお会いする機会がない方で、接点はかならずしも多くないんです。新規登録のお客さまの場合、最初に面談を担当したスタッフが専任になって、話し合いを通じて信頼関係を深めながら交際相手を紹介していきます。そうすれば、お世話をするスタッフがしょっちゅう入れ替わるのを防げるでしょ。面談は、レストランやホテルのラウンジなど、ウィンショアの社外で行うことがほとんどですね。顧客の自宅兼事務所が郊外にある場合は、わたしたちが出向いて相談を受けることもあります。なるべくお客さまのご都合に合わせるよう心がけてます」

「ふむ、面白い」モンティはまだメモをとりつづけている。「おれがレイチェルさんとカーリーさんに会って、話を聞いてもかまわないかな？」

「ええ。でもレイチェルさんの場合は、担当のお医者さまから許可をもらってくださいね。先生の連絡先とカーリーさんの携帯の番号も、そういう目的であればお教えします」

「ありがとう」モンティはメモ帳を下に置いた。「ココアはどうだった？」

「もう飲んじゃったわ、おいしかった」モーガンは空になったマグカップをコースターの上にていねいにのせた。「じゃあ、今日の主な目的の作業にとりかかりましょうよ。わたしがなんとか勇気を保っていられるうちに」モーガンはソファの端に体をずらし、背中をまっすぐに伸ばして、テーブルの上にある写真入りの封筒を指さした。「これ、写真の現物ですか、それとも強調処理されたもの？」

「現物だ。レーンが強調処理した画像はまだ分析中。あいつ、夜明けまで作業してたよ」

「で、今ごろはヘリスキーの真っ最中？」

モンティは片方の口角を上げてにやりとした。「あいつは、睡眠時間を削って仕事をガンガンやるようなライフスタイルに慣れてるのさ。まあ、カメラマンという職業柄、そうならざるを得なかったんだろうが。でも、心配しなくても大丈夫。回復も早いが、環境に適応するのも早いからね。たぶん機内で眠っただろう」モンティは写真入りの封筒に手を伸ばした。それまでの楽しげな雰囲気は消えている。「この写真は、特定の順番で並べていく必要がある。きみを守るためにそうするんじゃない。きみの記憶を最大限に引きだすためだ」

「はい、わかりました」重い沈黙。「いつでも始められるわ」

モンティはまた少しだけ間をおいて、モーガンのようすを確かめたあと、封筒から写真をそろそろと引きぬき、彼女の前に二枚並べた。人間の姿が見えない写真だった。「この部屋を憶えている？」

「ええ」いつものように胸がざわつき、締めつけられたが、心の中で渦巻きはじめた恐怖を押しとどめて耐えた。「事件の起きた支援センターの地下室です。わたしは一階にいて、クリスマスの飾りつけの仕上げをしていました。パーティ用の食事が配達されるのを待つあいだに、両親は紙皿や紙コップを取りに地下室へ下りていきました。パーティのお客さまがじきに来るはずでした」事件当夜のことが、今目の前で起きつつあるかのようにはっきりと思い出されてきた。「母がかけた音楽が流れてました。『ホリー・ジョリー・クリスマス』の歌。にぎやかな曲だから、わたし、階下の音が聞こえなかったんです……銃声も」

「そう。なぜ、地下室へ下りてみようと思い立ったのかな？」

「両親がいつまでたっても上がってこないから、なんだか怖くなって。あの、こんなこと役に立つかどうかわからないけれど、わたしはこの二枚が撮影された角度からは地下室を見てないんです。下りるときに使ったのはこの階段でした」モーガンは写真の左端の部分を指さした。「階段の一番下まで下りたとき、両親の遺体が目に飛びこんできました。それ以外何も見えず、目をそらすこともできなかった。今度は、遺体の写真を見せてください。そのほうが、閉じこめられた記憶を呼び戻しやすいでしょうから」

「ああ、そうしよう」モンティはさらに数枚の写真を出してちらりと見た。その表情から、遺体の写真だとモーガンは察した。

写真がモーガンの正面に並べられた。「これらの写真は、階段の一番下で撮ったものだ。きみが現場に足を踏み入れたときと同じアングルになる」モンティの口調は先ほどと変わらなかったが、その目はモーガンに注がれていた。

両親の写真だった。命を奪い取られた、血だらけの姿。

モーガンは長いあいだ、画像をじっと見つめていた。釘づけになった視線をそらすことができない。あの悪夢の中にまた引きこまれていた。自分が想像していたような非現実的な形でなく、手を触れたらじかに感じられそうな生々しい記憶。

ふたたび、あの階段の下に立っている自分がいた。目の前の信じがたい光景。恐怖にとりつかれ、現実を否定しようとしていた。地下室内の音――カーンと鳴るパイプと、シューッというボイラーの音で、モーガンの口からもれた最初の叫び声がかき消された。あの悪臭――血と分泌物の生臭い臭いで、喉が詰まった。両親のもとへ駆けよったが、うめき声しか出ない。二、三度つまずいた。一回はバケツに、もう一回は木の塊のようなものに。

ようやく母親のそばまでやってきた。体を丸めて横向きに倒れている。白いドレスが血に染まっている。内臓が体からはみ出て、一部は飛びちっている。広げた腕。横に向けた顔。開けたままの目は、何も見ていない。

モーガンは何度も呼びかけた。**ママ、ママ……**。だが、反応がない。母親の体に触れるのが怖かった。触れたら、取り返しのつかないことになってしまいそうだった。

おびただしい血。体のまわりに血だまりができ、その輪は少しずつ広がっていった。だめ。もとには戻せない。わたしには無理。それができるのは一人だけだ。

パパ。今度は父親のところに這っていった。うつぶせに横たわっている。顔が見えない。血がこびりついた髪は、もつれた固まりになっている。後頭部にあいた二つの穴からは、まだ血がにじみ出している。でも体のほうは大丈夫そうだ。揺すってみた。でも、手触りが変だ。硬いし、動かないし、目を覚ましてくれない。

モーガンにはなぜか、わかっていた。パパはもう二度と、目覚めないんだ。

這いずりながらその場を離れようとしたとき、コンクリートの破片で膝頭を切った。モーガンはやっと立ちあがった。ふらついたひょうしに倒れた椅子にぶつかった。石のようなものを踏んで滑って、もう少しで血だまりの中に倒れこみそうになる。

そこらじゅうに血しぶきが飛びちっていた……それから、母親のハンドバッグ。中身は床にこぼれている。コンパクトにも血がべったりついて、ぬるぬるしている……。

そのとき、ようやくモーガンの喉から叫び声がしぼり出された。両親の名前を大声で呼んだ。助けを求めて、叫びつづけた。

あとは何もかもがぼやけて、意識が遠のいていった……。

「モーガン」

モーガンが我に返ると、そこは事務所だった。モンティが、体にフリース毛布をかけてくれていた。心配そうな表情。慰めてやりたいが、どうしていいかわからないとでも言いたげだ。「大丈夫か？」

モーガンの頬は濡れていた。涙の味がしたが、自分がいつ泣きだしたのか、憶えていない。体が激しく震えていた。毛布は暖かく、柔らかく、体の奥の凍るような寒さを吸いとってくれて、くるまっていると安心できた。

「モーガン？」

震えながらうなずく。「大丈夫。ただ……きっと、ひどい衝撃を受けるだろうって、わかってました。覚悟はしていたんです。何度も何度も、想像体験をくり返していました。でも、実際に経験してみると全然違っていた。写真を見つめていると、あの現場の光景にいきなり引き戻されたみたいになって、まるでたった今、ここで起こっていることのように感じられたの。ごめんなさい。こんなに取り乱すつもりはなかったんです」

「取り乱してなんかいない。また、地獄を経験したんだから。もう、やめようか？」

「いいえ」モーガンはきっぱりと言い切った。「ここまで来たんですもの、続けましょう」

「よし」モンティは息を大きく吸いこんだ。「まだ記憶が新しいうちに、今、思い出したことを詳しく話してくれ」

体じゅうが締めあげられるような感じをおぼえながら、モーガンは話した。

「最初に部屋を横切ろうとしたとき、バケツにつまずいて、次に木の塊のようなものにつまずいたと言っていたね」

「ええ。バケツと椅子は、父と犯人が格闘したとき、ひっくり返されたんだと思います。木の塊のようなものは、建築用の木材か何か。母が父を守ろうとして、それで犯人に殴りかかったんじゃないかしら」

「おれの推測と同じだ。さて、そのバケツ、椅子、木材のうち、きみがつまずいたときに動いたものはあるかどうか、憶えているかい？」

モーガンは考えている。「なかったと思います。どれも重たくてしっかりした物体でしたもの。すねと、足先にぶつかったときの鋭い痛みを憶えてます。当時はちびでやせっぽちだったから、動いたとしたらわたしの体のほうだったはず」急に黙りこむ。しばらくして口を開くと、震え声でささやいた。「あの臭い、忘れないわ。あれが死臭なんでしょう？」

「ああ」モンティはさらに数枚の写真を取りだし、モーガンに渡した。「ご両親を起こそうとしたとき、遺体のまわりを歩いたって言ってたね。この写真の中の何かが記憶を呼びさまさないか、見てみてくれ」モンティは続けた。モーガンの意識を集中させながら、同時に励まそうとする。「血だまりはかなり大きく見えるだろう。当時のきみにはもっと大きく見えたかもしれない。でも実際には直径六〇センチぐらいしかなかった。それから、あたりに飛びちった血、いわゆる飛沫血痕《ひまつけっこん》だが、これは当時の捜査で、射撃距離を推定するのに使われた。どれも至近距離からの発射で、二人はほとんど苦しまずに亡くなったはずだ」

「父はまるで処刑みたいな殺され方。至近距離から発射したのかしら。母が撃たれたのは——二、三メートルぐらい離れたところから？」

「最大、そのぐらいだろう。きみが踏んづけて足を滑らせたと思われるのは薬莢だ。警察が三個全部、回収した」

「二発は父。一発は母ね。父の頭の後ろに穴がふたつあいていたのを憶えてます」モーガンはごくりとつばを飲みこんだ。「凶器は？」

「ワルサーＰＰＫだ。これは見つかっていない」

「これもまた、袋小路ね。それから、現場に指紋は残されていなかったんでしょう」

「ご両親の指紋以外はね。その多くはお母さんのもので、木材の表面に残っていた」

「ＤＮＡ鑑定は？」写真から目を離すことができないまま、モーガンは訊いた。「母のハンドバッグの中が調べられて、中身は床にぶちまけられていたわ。それに、父が犯人と争ったとすれば、服に指紋がついていたはずでしょう」

「不鮮明で使えないものがほとんどで、採取できた指紋も、警察の犯罪者データベースに登録された指紋と一致しなかった。ＤＮＡ鑑定だが、昔勤務していた分署にすでに連絡して、ご両親の所持品をもう一度鑑定にかけるよう要請してある。今ごろ、連中はお役所仕事の煩雑な手続きに追われてるさ」

「お役所仕事ね」モーガンの口調には苦々しいものがあった。「マンハッタンとブルックリンの地区検察局が縄張り争いしているすきに、モンティなら事件を解決してしまうかもね」

「もともと、それがこっちの計画さ。やつらをもめるだけもめさせる。おれの邪魔をするひまも与えないようにね」

「じゃあ、DNA鑑定の結果はあまり期待していないの？」

モンティは肩をすくめた。「どんなものも可能性を否定はしないよ。それにしても、八〇年代のDNA鑑定技術は今ほど高度じゃなかった。もちろん時間も長くかかったし、専門技術を有する施設も少なかったしね。実にいらいらさせられたよ。マサチューセッツ州の研究所に証拠物件を持っていって、鑑定結果が出るまで二週間も待たなけりゃならなかった。今じゃ、すっかり様変わりしたけどな。とはいえ、何を対象にするかによるよ」

モンティの答に曖昧なものがあるのをモーガンは聞き逃さなかった。「言いかえれば、具体的な証拠や手がかりを探すには、遺骸を掘り起こさなくてはならないということね。それでも成果が上がる見込みはあまりない、と。母は犯人と接触しなかったかもしれないし、父が犯人を殴ったとしても、皮膚細胞や毛髪が手などに付着しているとはかぎりませんものね。特に一七年も経ってしまったあとでは、何かが新たに発見される可能性は低い、と」

「テレビの犯罪科学捜査ものの見すぎじゃないか」モンティのさりげないユーモア。

「ただ、自分の人生に欠くべからざるテーマについて研究してるだけですって」

「まあ、確かにそうだな。きみの指摘どおり、DNA鑑定よりも、事件の関係書類と写真のネガのほうが、我々の求めている答が得られる可能性が高いだろう。特に期待できるのはネガと、レーンがやっている専門的な分析作業だね。そして、きみと一緒にこうして記憶を探ることだ」写真を凝視しているモーガンを見ながらモンティは言った。

モーガンは片方の手のひらを上に向けて前に突きだした。「じゃあ、残りの写真を見せてください」

「だめだ」

　ぴしゃりと拒絶されたのに驚いて、モーガンは顔を上げた。

　モンティは「議論の余地なし」という表情で、取りつくしまがない。

「どうして見せてくれないんです？」

「見せる必要がないからだよ。捜査に役立つわけじゃない。きみは鑑識が到着して写真を撮りはじめたころには、現場から連れだされていた。今になってそういう写真を見ても、得るものは何もない」

「残っているのはどんな写真か、教えてください」

「必要ない」

「わたしには必要なんです」

　モンティの射るような視線。断固としていて、何があっても譲歩しそうにない。「残りの写真には、きみがあの地下室に足を踏み入れたときに見た光景ほどむごたらしいものは一枚もないよ。それは保証する。だけど、犯罪現場の写真撮影の手順を知っているということは、きみはいちおう予習をしてきたらしいな。ご存知のように、最初にひととおりの撮影を終えたら、遺体を動かして、さまざまな角度から撮影する」

「それで、わかったことは？　父は犯人との殴り合いでひどい傷を負わされたんですか？　犯人は母に、わたしの知っている以外のことをしたんでしょうか？」

「どちらも、ノーだ」モンティはふうっと息を吐きだし、手で自分の顔を撫でた。「いいか、モーガン。犯罪現場で行われる鑑識作業や証拠収集活動の実際は、きわめて非人間的なものなんだ。特に、きみのように、被害者を愛していた人にとってはね。我々人間なんてしょせん、死ねば風にのって飛んでいってしまう塵にすぎない。だがね、それをわざわざ目の前に広げて見せなくたっていいじゃないか。ご両親の生前の姿を記憶にとどめておけばいい——思いやりあふれる、生き生きとした人間としての姿をね」

「単なる物体や、魂のない遺体としての両親でなく、ということですね」モーガンは目を伏せ、足元のカーペットを見つめた。心と体を貫く、言葉では言いつくせないほどの苦しみと闘っているのだ。「確かにそのとおり。そんな写真を見ても、わたしの観察は役に立ちそうもないわ。もうすでに、あのとき自分が見たままの光景を描写したんだし、ある時点で記憶が途切れているから、その後のことはモンティのほうがよく知っているはずですものね」

「じゃあ、前のことは？」

「前って？」

「パーティの準備をする前、事件が起きる前だよ。何か憶えていることはあるかい？　考えてみてごらん」モンティは立ちあがり、キッチンへ入ると、ミネラルウォーターのボトルを一本持って戻ってきた。「ほら」

「ありがとう」モーガンはこわばった笑みを浮かべてボトルを受けとった。「モンティ、もしかして実はセラピスト？　わたしのかかりつけの先生も同じような質問のしかたをしますもの。静かに考える時間が必要と判断したときは、今みたいにお水をすすめてくれて」

「そう。で、効果があったかな？　その先生じゃなく、おれの水のすすめ方は？」

モーガンは長いあいだ、黙りこくっていた。

「あの夜はちょうど、クリスマスイブだったわ。母があの支援センターのために企画したクリスマスパーティの準備に、わたしたち、おおわらわでした。その日は二人で出かけて、部屋の飾りや、クリスマスツリーの下に置いておくちょっとしたプレゼントを買いました。参加する女性全員の分をね。それから、エッグノッグを作ったり、クリスマス・クッキーを焼いたりしたわ。料理も作ろうと思っていたんだけれど、レニーおじいさんがパーティ用の料理を引き受けてくれたんです」

「お父さんも家にいたのかい？　一緒に買い物に行ったり、クッキーを焼いたりした？」

「いいえ。仕事で出かけました。でもいつもより早めに家に帰ってきたんです。何時ごろだったか、憶えてません。パーティは八時半に始まる予定でした。二時間ぐらい前に着いて、準備をしようねって、両親と話をしていました。三人で家を出たあとは、ケラーマンさんのペントハウスで開かれた、アーサーおじの当選祝賀会に寄っただけでした。そこにはあまり長くはいませんでした。もっといたいのに残念だな、と思ったのを憶えてます。なぜかというと、久しぶりに会ったジルと遊びたかったから。でも、あの日はクリスマスパーティのほうが大事で、母は一刻も早く支援センターに行きたがっていましたし、あきらめました。親子三人でケラーマン家を出て、まっすぐ支援センターに向かいました。もしあのままパーティが始まっていれば、出席した女性たちにとって夢のような夜になったことでしょうね。プレゼントがあったからというだけじゃなく、母がそこにいたから」

モーガンは顔を上げ、モンティと視線を合わせた。目には涙が光っている。「わたし、当時の母をもっとよく知りたかった。人の痛みがわかる人でした。残された日記の書きこみを読んでいると、心に響いてくるんです。助けを求めてやってきた女性たちと母がどんなに深くかかわっていたか、どんなに強い絆で結ばれていたか。まるで、わたしも彼女たちのことを知っているみたいに感じられるんです。日記の最後のほうには、お母さんと娘さんが新たな人生を始める支えになったときのエピソードが書かれています。それから、一〇代の少女もいました。子どものころに性的虐待を受けて人生が狂い、妊娠して相手の男性に捨てられて自暴自棄になっていた彼女を、母は応援しつづけました」

「すばらしい人だったんだな、お母さんは」モンティは言い、椅子に深くもたれかかった。「教えてくれ。そんなお母さんの活動を、お父さんはどう感じていたのかな？　多くの人のために心を捧げる妻を持つ夫は、犠牲を強いられることもあったんじゃないだろうか」

また新たな記憶がよみがえってきた。夕食のテーブルでの会話。夫婦のうち、家庭をかえりみないで仕事と結婚しているのはどちらかといったような、愛情のこもった議論。「父は母を誇りに思っていました」モーガンはつぶやいた。そうだ、思い出したわ。「たまに怒ることもありましたけど。母が他人に利用されているんじゃないかと思って心配していたみたい。今になって思えば、父のほうが人生について皮肉っぽい見方をしていたかな。まあ、検事ですから。母は、理想主義者だったんです」

「事件前の数週間、お父さんが特に心配していたようなできごとはあった？」

モーガンは懸命に思い出そうとした。記憶の断片が、明滅する光のようにちらつく。子どもには聞かせたくない、ドアの向こうで交わされていた会話。白熱した議論というより、興奮して感情的になっていたやりとり。

「母は、何かの問題の対処に悩んでいました。夫婦で怒鳴り合ったり、ののしり合ったりすることはなかったけど、なぜかいらだっていた気がします。よく眠れなかったんじゃないかしら。母はいつも、父が凶悪事件を扱っていることに強い不安を抱いていました。だからわたし、モンティにあの新聞記事の切り抜きを渡したんです。家の中の緊張が高まっていた原因が、父の担当していた事件だったのかどうか、よくわかりません。母の日記には、支援センターに助けを求めてきた一〇代の女の子についての記述がありました。もしかしたらそのせいかもしれないし、それとは関係のない、わたしのまったく知らないできごとのせいかもしれない。この一週間ばかり、わたしは母の日記を何度も読んできました。母の書く内容に、どこか切迫したものがあるのは感じていました。その一方で、父は――」

モーガンは言葉を切り、両手で頭を抱えた。「なんか、同じところをぐるぐる回っているみたい。こんな独り言みたいなおしゃべり、何の役にも立たないかもしれませんね。あのころ、まだ一〇歳だったんですもの。両親の結婚生活がどんな重圧にさらされていたかなんて、わかるわけないわ。子どもだからと、両親のほうでも知らせないようにしたんでしょう。わたしに聞かせたくない話があるときは、両親は夜、ベッドルームで二人きりで話し合っていたんです。今は、断片的なことしか思い出せない。わたしったら、子ども時代の記憶を呼びさまして、それを大人の頭で解釈するつもりだったのに、とてもできそうにないわ」

「そんなことないよ、よくやった。えらいぞ」モンティはモーガンの腕を軽く握った。「今日は、たった一日にしては十分すぎるぐらいやれた。さて、これで終わりにして、今聞かせてもらったことをじっくり考えさせてくれ。それに、レイチェルさんとカーリーさんとのアポも取らなくちゃならないからな。モーガン、今晩は仕事を休みなさい。ジルと一緒にテレビを見るなりなんなりして楽しんで、ぐっすり休むことだな。明日の晩はレーンと一緒に食事する予定なんだろう。言っておくけど、うちの息子はとんでもない宵っ張りだぞ」

18

むきだしの梁で素朴な雰囲気を出した吹き抜けの天井。温かみのある光を放つ低めの照明。コロラド州のホテル、〈イン・アット・ロスト・クリーク〉内のラウンジ〈グレートルーム〉は、スキー三昧の一日の終わりに、くつろいでカクテルを楽しむには最高の場所だった。

午後五時。ショア議員、レーン、ジョナの三人は、石造りの大きな暖炉を囲んで座っていた。薪がパチパチとはぜながら燃えている。ショア議員はこの地方産の極上のシングルモルト・スコッチを満たしたオールドファッショングラスを手に、豪華な茶色のベルベットのソファに腰かけていた。今のところ携帯電話が鳴らずにいるのをいいことに、ソファに深くもたれてスコッチを味わい、あかあかと燃える炎の前でゆったりする自由を楽しんでいた。

暖炉の向こうではジョナが、ソファとそろいの生地を使った大きな安楽椅子に手足をだらんと広げて座っていた。コカコーラをちびちび飲みながら、ラウンジに入ってくるいかにも富裕層らしい優雅な人々をぼんやり眺めている。

ジョナの向かいのソファでは、レーンがグラスを手の上で転がしつつスコッチを飲んでいた。明日のスキーへの期待をふくらませる一方で、ふとニューヨークに思いをはせる。今ごろあっちはどんな状況だろう。そんなことを考えるのは初めてだった。

スリルを求める冒険の旅にいったん出れば、我が家や故郷の存在など忘れてしまう。大自然との闘いは、まさに今のこの瞬間を生きることであり、生活のほかの部分は意識の片隅に押しやられる。どんなことも、そして誰のことも、レーンの頭をかすめることはなかった。

だが、今度は違う。その〝違い〟には名前があった――モーガン・ウィンターだ。

モーガンは間違いなく、レーンの心に入りこんでいた。それは、彼女の両親の殺害事件の再捜査にレーンがひと役かっているせいもある。だが、彼女自身のせいでもあった。

そう、驚いたことにレーンは、モーガンとのかかわりを大切にするようになっていた。さらに驚いたことに、彼女ともっと深くかかわりたいと感じていた。

レーンは腕時計を見た。東部標準時で午後七時だ。携帯電話を取りだし、モーガンの自宅の番号を押す。呼び出し音が二回鳴ったあと、彼女が出た。「はい」

「やあ、レーンです」

「あら、こんばんは」驚いたような声。精神的に疲れた感じでもある。「明日まで電話はないと思ってたのに。予定が変わったの？　夕食は延期？」

「まさか、ありえない」自分でも驚くほど強い口調になったが、そのまま続けた。「息を殺して、固唾を飲んで、そのときを待ってるよ」

くすっと笑う声。「あら、それはどうかしらね。雄大な雪山の征服を目前にしたら、ただの夕食なんか比べものにならないでしょ」

「ヘリスキーはすごく楽しみで、わくわくしてる。それと同じぐらい、明日の夕食も楽しみにしてる。きみに会いたいから」

モーガンはしばらく黙っていた。「そうね。わたしもあなたに会いたいわ」

同じ気持ちでいてくれたのか。レーンの胸に喜びがこみあげてきた。

「明日は四時ごろにはスキーを終えて、あとは帰るだけだ。テターボロ空港に着くのが、そっちの時間で九時半から一〇時のあいだになると思う。ちょっと遅いけど、でも――」

「遅めの夕食は好きよ」

「よかった。離陸したら連絡するよ。実はスケジュールについて話したくて電話したわけじゃないんだ。きみのことが気にかかってさ。今日、おやじと一緒に例の写真を見たんだよね。つらかっただろう。大丈夫だったかどうか気がかりで」レーンはひと呼吸おき、急に口調を変えた。「それと、きみの声も聞きたかった。セクシーだから」

今度は、素直な笑い声だ。「女性が喜ぶ言葉を、全部知ってるのね」

「たぶんね。だけど、全部、本気だよ」

モーガンは軽く咳払いした。「嬉しいわ。それから、気にかけてくれてありがとう。優しいのね。今日は確かにつらかった。写真を見て、過去をもう一度体験して――予想を超える凄惨な光景だったわ。心の奥に無意識のうちにしまいこんでいたことをたくさん思い出したの。あなたのお父さまって、本当にすごい人。ひとつひとつ段階を踏んで、わたしを最後まで導いてくれた。おかげでなんとか耐えられたの」

「それを聞いてほっとしたよ」レーンはソファにもたれかかり、スコッチをひと口飲んだ。「明日、詳しく聞かせてくれ。だけど今夜は、考えるな。どこかに片づけて忘れてしまうんだ——おやじと話し合ったことも、よみがえった記憶のことも、何もかも。とにかくリラックスするんだ。ワインでも飲んで。ベッドで好きな本を読んだり、映画を見たりして。ぼくのことを考えて。もちろん、今言った順番じゃ困るよ」

「もちろん」ほほえんでいるのが声でわかる。「実はね、ジルとわたし、女どうしで楽しい夜のひとときを過ごしてるの。元気の出る食べ物を、数百万カロリー分用意してね。ワインなら、二〇分前にキャンティのボトルを開けたわ。一杯目を半分ぐらい飲んだかな。それと、女性向けの映画のビデオを二本借りてきた。だから映画も手配ずみよ」モーガンはひと息つき、こころもち声を低くした。「実を言うと、もうあなたのことを考えてたの。でも、このまま考えつづけるようにするわ」

レーンの全身が反応した。「かならずだよ。ぼくが飛行機を降りるまで、考えつづけていてくれ。そのあとは、本物のぼくが登場して引きつぐから」

「頼りにしてるわ」

反対側のソファではアーサー・ショアが一人きりの時間を楽しんでいた。しかしその静けさも、わきに置いた携帯電話によって破られた。バイブモードにしてポケットに突っこんだが、鳴りやまない。顔をしかめ、電話をポケットから取りだして発信者の名前を見る。絶対に無視できない相手だ。受信ボタンを押した。「やあ、ハニー」

「こんばんは」エリーゼの冷めた口調。「あなた、相手がどの〝ハニー〟かわかって話してるんでしょうね？」

こういう状況への対処はアーサーの得意とするところだ。「おいエリーゼ、何を言ってるんだ。〝ハニー〟といえば一人だけ、きみしかいないよ」

「幸先がいいわね。じゃあ、次の質問に行きましょうか。ゆうべは誰と一緒だったの？」

「知ってるだろう。例の法案への支持をとりつけるために、ラリー・カレンと食事してた。ニュージャージーで会ったのは、彼の事務所がテターボロ空港の近くにあるからだ。マリオット・グレンポイント・ホテルに泊まって、一〇時にはコロラド行きの飛行機に乗った。何が問題なんだい？」

「問題は、アリバイのない時間帯よ。夕食後から出発まで。今回のお相手は誰だったの、おなじみのガールフレンドのうちの誰か、それとも新しい娘《こ》？」

「一人きりで過ごしたにきまってるだろう。エリーゼ、そういう話はやめにしないか。こんなに愛してるのに。離れていてもきみを想ってる。きみだけだ」

エリーゼはあきらめのため息をついた。アーサーはほっとした。今回はこれでなんとかおさめることができた。だが、ここまで険悪な態度は妻らしくない。何かあったに違いない。

「エリーゼ？」

「つっかかるつもりはなかったの。でも、いろいろあって、落ちつかない一日だったから。

というより、落ちつかない一週間と言うべきかしら」

スコッチのグラスを口に運ぼうとしていた手が止まった。「何があったんだ？」

「今日、ピート・モンゴメリーさんがフィットネスクラブにいらしたの。昨日、セント・レジスホテルの近くで起こったひき逃げ事故が、誰かがモーガンに対して発した警告じゃないかっていうのよ。ウィンター事件の捜査に首を突っこむなと脅してるんじゃないかって。実はその前に、モンゴメリーさんにいろいろ訊かれて、今週わたしのまわりで起きたことを話したの。そうしたら、ひき逃げと関連があるかもしれないって」

アーサーは緊張した表情になった。「詳しく説明してくれ」

エリーゼは、今週自分の身に起きたことと、モンティとの会話の内容を説明した。

アーサーの口元が引き締まった。「冗談じゃない。そんなことはモンゴメリーに話す前に、夫に相談すべきじゃないのか。どうして先に教えてくれなかったんだ？」

「先に？　つまり、先に聞いて、話を自分に都合のいいように作りかえるため？　じゃあ、モンゴメリーさんにどう伝えればよかったっていうの？」

「下手に詳しく話して、これ以上世間の注目を集めたら困るだろう。こっちは情報をコントロールしようとしているんだ。ウィンター事件ではマスコミの質問をかわしているし、モンゴメリーの調査が当局に邪魔されずに順調に進むよう、いろいろな筋に働きかけている。事件関連ではわたしの存在が目立たないようにして、例の法案に目を向けさせなきゃいけない。ただでさえタブロイド紙に汚らわしいでっちあげを書かれてる身だからな。政治家としての仕事が山ほどあるのに、個人にかかわる暴露記事で台無しにされたらたまらない」

「個人にかかわる、ですって？　下世話なスキャンダルじゃないのよ。モーガンに対する脅し、もしかするとうちの家族全員に対する脅しかもしれない。犯罪にかかわる問題でしょ」

「そのとおりだよ。だからこそ、マスコミに漏れる可能性が高いんだ。わたしは、ウィンター事件の再捜査についてはあえて公式発言をひかえてきた。なぜかわかるだろう。我々がジャックとララの親友だったことは知れわたってる。もしわたしがこの件に関して熱弁をふるったりしたら、警察か検察の連中を怒らせるだけだ。そんな危険は冒せない。主にモーガンのためだ。情報が漏れて、あの子がマスコミにつきまとわれたりしたら困る。それに、捜査活動にどんな妨害が入るかわかったものじゃない。わたしは、この事件を一刻も早く解決させたいと思っているんだ。これ以上、個人や政治を巻きこんだ騒動を起こさずにね」

「主にモーガンのため、ですって？」エリーゼの言葉には明らかな皮肉がこめられていた。

「そうさ。あの子を守らなくちゃならない。もうこれ以上、苦しめたくないんだ。きみは、守りたいのは自分もだ、って言いたいんだろう。確かに、わたしのためでもある。今、この時期に、政治生命を脅かすような事態を招きたくない。マスコミにとっては格好のエサだ。ハゲタカみたいに群がってくるぞ。今だって、わたしは素手でダムの水漏れを防ごうとしてるようなものなんだ。もしこの新たな情報が漏れたら――」

「わたしたちだって弱さを持った普通の人間なんだと世間に思われるだけよ。マスコミも好意的な報道をしてくれるかもしれないわ。もしかしてあなた、好意的な報道の内容のほうを心配してるの？　アーサー、教えて。脅しに関する情報が漏れるのを恐れているの、それともひき逃げ事故の被害者の身元がばれるのが怖いの？　彼女、若くて、きれいで、社会的に成功している年上の男性が好みだそうよ。どう、何か言いたいことはある？」

アーサーはスコッチを飲みほした。「ばかばかしい。わたしはその被害者とは会ったこともないし、名前も知らないんだぞ。もちろん、ひき逃げの犯人も見当がつかない」

「被害者の名前はレイチェル・オグデン。目撃者はカーリー・フォンティーンですって。どちらもウィンショアの顧客。レイチェルは絶対、あなたの好みのタイプよ」

「ニュース速報、わざわざご苦労さま。だが、わたしは彼女とは寝てないよ。言っただろう、会ったこともないって。もう一人の、カーリー・フォンティーンって人もだ」

「それはよかったわ。モンゴメリーさんが明日、二人に話を聞きに行くそうだから」

「まったくもう」アーサーは片手を顔にあてた。「モンゴメリーのやつ、どうして、そんなに脱線しなくちゃならないんだ？　その二人に話を聞いたところで、事件の解決に役立つわけじゃないだろうに。たとえモーガンが二人を結ぶ線だったとしてもだ。もしこれが漏れたら、報道をますます過熱させるじゃないか」

「心配ないわ。モンゴメリーさんは口が堅いから。それに、調べるからには徹底的にやる人よ。だから、モーガンが調査をお願いしたんじゃないの」

「わかってる」アーサーの頭はめまぐるしく回転していた。「ただ、慎重に動いてくれるよう願うばかりだ。あたりさわりのないやり方をする人物ではないという評判だからな」

「したたかで抜け目のない人物という評判もあるわね。あなたが公人であることは百も承知でしょうから、それなりに対応してくれるはずよ」エリーゼはしばらく黙っていた。「レイチェルという人についてわたしが知るべきことがあるなら、今すぐ教えてちょうだい。事実をすべて知らされていたほうが心がまえができて、あなたの立場を守れると思うの」

「だから言ったろう、何もないって」アーサーはぴしゃりとはねつけ、声を高くしないよう気をつけながら続けた。「信じられないなら、きみが高い料金を払って雇った探偵たちに訊いてみろ。ほら、この三〇年わたしを尾行して、行き先をつきとめてきた連中のことだよ」

エリーゼは鼻先で笑った。嫌悪が混じった笑いだ。「期待を裏切るようで申し訳ないけれど、ああいう人たちを雇うのはもう何年も前にやめたの。ゴシップ雑誌やタブロイド紙の記者があなたの行く先々に立ち回って、何もかも洗いだしてくれるから、探偵が不要になったというわけ。でも、わたしのほうに続ける元気がなくなったせいもあるのよ。アーサー、愛してるわ。何よりもあなたが大切なの。ただわたし、もうこんなふうに悩まされるのに疲れて、あきらめの境地に達してしまった。だって、粘り強い探偵に尾行されようが、暴露写真を撮られようが、あなたという人間が変わることはないんですものね」

アーサーはしばらく黙っていた。「確かにわたしは完璧な人間じゃない。でも、嘘はついていないよ、今回は。ひき逃げ事故の被害者とはなんの関係もない。そんな人は知らないし、寝てもいない。どんなに否定しようと、どうせ『エンクワイアラー』誌にスキャンダルとして書きたてられるんだがね」痛烈な非難を含んだ口調だった。

「わかった、信じるわ。今さらわたしにそう言われたところで、あなたにとって意味があるかどうかわからないけど」

「いや、大きな意味があるよ」ふたたび沈黙。「モーガンの反応はどうなんだ」

「平気なわけないわ。今夜、ジルと二人でピザを食べて映画のビデオを観るんですって。気晴らしになるといいけど。でもモーガンは、今回のことが脅しであろうとなかろうと、あきらめるつもりはないわね。明日からまた、ララとジャックを殺した真犯人に少しでも迫るために、モンゴメリーさんと協力して手がかりを調べるそうだから」

アーサーは深いため息をついた。「ばかな。最悪じゃないか。過去の記憶にさいなまれて、そのうえ報道陣に追いつめられたら、頭がどうかしてしまうかもしれない。それにもし脅しが本物だったら、あの子の身が危ない。きみだって同じだ。無言電話や、怪しい男にあとをつけられたことや、白いライトバンのことを考えると……これからモンゴメリーに電話して、警備の者を新たに雇うことにしよう。きみとモーガンとジルの身を守らなくては」

「ありがとう」エリーゼの心からほっとした声。同時に、なつかしさがこみあげてきたのだろう。「あなたのその言葉を聞いていると……昔を思い出すの。わたしが恋に落ちたのはこの人なんだと信じられる」

「なら、そのイメージを心にとどめておいてくれ。きみのことも、みんなのことも、すべてわたしが引き受ける。きみはでんと構えていればいい。待っていなさい、明日帰るから」

アーサーは通話を終えたあともしばらく、頭をめぐらせながら携帯電話をじっと見つめていた。ラウンジを見わたし、レーンとジョナのようすを確認する。二人は暖炉のそばに立って、話に熱中している。レーンが腕と体をしきりに動かしているが、どうやらパウダースノーの斜面を滑るコツをジョナに教えているらしい。

人目につかずに行動するなら今しかない。アーサーは、隅のほうの静かな場所を探して歩いた。壁のくぼみに置かれたコーナーチェアを見つけて腰を下ろし、スコッチを飲みながらしばらく待って、誰も近づいてこないのを確かめる。エリーゼとの電話では声を荒らげないよう気をつけていたし、まわりにほとんど客がいなかったにしても、ラウンジの真ん中というのは場所がまずかった。今からかける電話は、絶対に誰にも聞かれてはならない。

最悪の事態が起ころうとしている。アーサーはあせっていた。腹が立ってたまらなかった。家族を守らなくてはならない。そして、政治家としての自分の地位も。

このへんで、ピート・モンゴメリーに圧力をかけておかなくては。

キッチンに座ったモーガンはキャンティワインを飲みながら、気持ちが穏やかになっていく感覚を体じゅうで味わっていた。

「なあに、一人でほくそえんだりして?」ジルがからかう。ピザのお代わりを一切れ取り、「ふーん――ひょっとして、レーン・モンゴメリーからの電話と関係ある?」と訊いた。

「当たってる」モーガンはワイングラスを置き、椅子に深くもたれかかった。「皮肉ね。彼がどういう人か、最初から見抜いていたのに。ほら、絵に描いたような組み合わせよ——自信を漂わせてて、もって生まれたセックスアピールがあって、強烈な魅力を感じさせる人」

「それだけじゃないでしょ」ジルが補足した。「たくましい体、めざましいキャリア、精神的にも自立していて、女性がいくらでも群がってくるオーラの持ち主」

「そのとおり。でもわたしったら恐ろしいことに、自分が担当してるお客さまには、そういうタイプには近づかないほうがいいですよって、忠告してるのよね。これって何？　銃弾飛びかう戦場に、わかっていながら足を踏み入れようとしてるってことじゃない。彼の欠点も全部見えてるし、わたしの心をとらえるのに使う戦術も予想どおり。ところが……」

「ところが、なぜかいちいち、つぼにはまってしまう」

「なぜかしら。わからない。わかっているのは、彼が今まで出会った人とは違うってこと」

「もしかするとレーン・モンゴメリーには、あなたが自分でも認めたくないほどの、特別な何かがあるのかもしれないわね」

「でなければ、わたしがレーンにまいっていて、それでまともに考えられなくなってるのかもしれない」

「二人がお互い、ぴんとくるものがあるのは確かよね」

「ただぴんとくるだけっていうのも考えものよ」モーガンはため息をついた。「同じ惹かれるにしても、ほかに理由があれば嬉しいんだけど」

「モーグ、恋愛もそうだけど、人と人との関係って、科学では説明できないものよ。職業柄、知ってるでしょうに」

「でも、長く続く関係って、外面的な好みとかセックスの相性とかだけじゃなくて、何か共通のものが必要でしょ。なのに、わたしたちは正反対の性格だもの。わたしは臆病で用心深い。レーンは向こうみずで、プレーボーイ。わたし、頭がどうかしちゃったのかしら」

「それを確かめる方法はたったひとつ」ジルは二人のグラスにワインのお代わりをついだ。

「明日の晩は一緒に食事するの?」

「晩、というより真夜中に近いかな。おじさまの飛行機が着くのは一〇時ごろだから」

「そう、遅めの夕食というわけね」ジルはワインをひと口飲み、横目でさりげなくモーガンを見た。「その遅めの夕食が、朝食にまで延びる可能性は?」

モーガンは眉をつり上げた。「あなた、よくもそんなにずばりと訊けるわね?」

「だって、そういう性格だもの。ほら、質問に答えて。可能性は?」

「うん、もしかしたら。いえ、そうはならないかも。どうかしら。状況によるかな」モーガンはワインをごくりと飲んだ。「どうなるか、まったく予測がつかないわ」

「へえ、まさに確信に満ちた〝そのものずばり〟の答ね。気に入ったわ」

モーガンは立ちあがった。「今のところ確信を持って言えるのは、ベン&ジェリー・アイスクリームが食べたいってことだけ。ジルも欲しい?」と言いながら冷凍庫のほうへ向かう。

「手早くね。余分なお皿、出さないでいいから。アイスクリームは一人一パイントずつ、スプーンは一本ずつ。それでいいわ」

五分後、二人はキャンティワインを飲んではアイスクリームを頰張る、をくり返していた。

「今日、犯罪現場の写真を見たの」モーガンが出し抜けに言った。「それでモンアイスクリームを口に運ぼうとしていたジルのスプーンが途中で止まった。ゴメリーさんの事務所に行ったきり、なかなか戻らなかったのね。どうして言ってくれなかったの？　わたしがついていってあげたのに」

「あんなもの、とても見せられないわ」

「でも、もし一緒に行ってたら、少なくとも励ましてあげられたじゃない」

「ありがとう。でも、あれはわたし一人でやる必要があったの」モーガンはアイスクリームのカップの中をじっと見ている。「覚悟はできているつもりだったわ。でも、実際はそうじゃなかったの。まるで、ブラックホールの中に吸いこまれていくみたいだった」

「かわいそうに。きっと、苦しかったでしょうね」ジルはうつむいてスプーンを握りしめ、アイスクリームに突き立てた。

「今は大丈夫。なんとか耐えられたから」モーガンは身を乗りだし、ジルの腕をぎゅっとつかんだ。ジル。なんて優しいの。思いやりにあふれていて、おばさまにそっくりだ。

エリーゼの優しさを思い出したモーガンにとって、自分がジルに話そうとしている内容はいっそう重たく、後ろめたく感じられた。「今日、おばさまに連絡とった？」

ジルは意外そうな顔になった。「うん、ちょっと前にね。でも、一〇秒かそこら話しただけ。おばあさまの家に行く途中で、一泊するって言ってた。なんか変だなって思ったのよね。

またパパの困った癖に腹を立てて、大げさに騒ぎたててるんじゃないといいけど」

「いえ、今回は違うのよ」

モーガンの重苦しい口調に気づき、ジルは顔を上げた。「あなた、何があったか知ってるのね。ママ、なんて言ってた？」

「何も。わたしが知ってるのは、モンゴメリーさんから聞いたことだけ」気が重かったが、モーガンはジルに一部始終を話して聞かせた。

「先週からずっと、そんなことが続いてたの？」ジルの表情がこわばった。「ママ、わたしには何も言ってくれなかったわ」

「誰にも話してなかったのよ、おじさまにも。でも、さすがにもう相談すると思うわ。自分が経験した不気味なできごとが、ひき逃げ事故と関連があるとわかったんだから」

「ママ、絶対パパに大目玉をくらうわね」ジルは自分で自分を元気づけるように言った。「そのライトバン、きっと同じ車よ。つまり犯人はユニオン・スクエア近くからアッパー・イーストサイドへ行ったあと、またわざわざミッドタウンに戻って事故を起こしたってことね、自分の言い分を主張するために」

「主張じゃなく、脅しのメッセージよ。家族経由でわたしに思い知らせようとしたんだわ」

ジルは心配そうにモーガンの顔をじっと見た。「犯人はママに危害を加えようとしたわけじゃないのね？　それは確かなの？」

「ええ、確かよ。脅し作戦であって、それ以上の意図はなかったはず。もし犯人のねらいがおばさまだったりしたら……」モーガンはジルと目を合わせた。目には涙が光っている。「両親をあんな形で亡くしたんですもの。わたし、おばさまを、あなたたちみんなを、危険な目にあわせたくない。そんなこと、絶対にさせないわ」

「あなたの気持ちはわかってる。この件について、モンゴメリーさんの意見はどうなの？」

「犯人はおばさまを怖がらせたあと、交通事故を装った脅しに出た。ひき逃げ犯は誰かの命令で動いていただけらしいの。レイチェルさんに、本来の指示より重傷を負わせてしまったんじゃないかって。せいぜい車で軽く引っかけて転ばせるつもりだったんだろうって。雇われた人間は素人だったらしいの。素人に失敗はつきものでしょ。とにかく、レイチェルさんは運が悪かった。お気の毒だったわ」モーガンは唇を引きむすんだ。「事故の陰で糸を引いている犯人のねらいは、最終的には一人だけ――わたしよ。両親の事件の捜査にかかわるのはやめろ、って脅そうとしているの。でも、思いどおりにはさせない。今だからなおさら。この犯人のおかげで、モンゴメリーさんとわたしが以前からうすうす感づいていたことが事実だと確認できたんですもの。犯人は、行きずりの物盗りなんかじゃない。わたしの両親を計画的に殺した殺人者よ。まだ捕まることなく、どこかに生きているんだわ」

19

待ちかねていた水曜の朝がようやくやってきた。

モンティは夜明けに起き、七時には早くも車に乗りこんでいた。ダッチェス郡の自宅からニューヨーク・プレスビテリアン病院に着くまでの二時間のあいだに、携帯電話であちこちに連絡をとって仕事を進めた。

一五分間という条件つきで、担当医師がふしょうぶしょう許可したレイチェル・オグデンとの面会のために病院に着くころには、ジル、エリーゼ、モーガンの三人の身辺警護をするボディガードたちが確保できていた。

昨夜、アーサー・ショアから電話がかかってきた。明らかに落ちつきを失ったその態度は、一七年前、ウィンター事件の発生直後の彼をモンティに思いおこさせた。そういえば、あのときもこんな感じでやいやい言われたな。議員は、「うちの女性たち」三人の身が危険にさらされていると力説し、警備の者を雇うようモンティに命じた——人選も、報酬の額もまかせる、エリーゼとジルとモーガンを二四時間態勢で警備するチームを手配してくれ、と。

家族を気づかう議員の気持ちが伝わってきた。その点、モンティも共感するところがあったので、さっそく必要な手配をすませ、ボディガードのチームを編成した。

次は二人の女性に会う。まずレイチェル・オグデン、そしてカーリー・フォンティーンだ。話を聞いたところで、あっと驚くような大発見があるとは期待していない。背景を探った結果、二人はあくまで任意に選ばれたコマのような存在にすぎないというのが現段階でのモンティの見方だった。

とはいえ、気になる情報も浮かび上がってきていた。それぞれの女性にひとつずつ。どちらも危険信号とは思えない。だが、興味深い事柄ではあるので、確かめておくべきだろう。

カーリー・フォンティーンについては、本名がキャロル・フェントンであることがわかった。ニューヨークからロサンゼルスへ移り、モデルになったときに芸名としてつけたらしい。業界では当たり前のことで、特に怪しむべきところはない。ただ、そのタイミングがモンティの注意を引いた。ほぼ一七年前。ウィンター事件の数カ月後だ。会話の中で触れてみる価値はありそうだ。

レイチェル・オグデンは、まさにアーサー・ショアが愛人にしたいと思うタイプの女性そのものだった――社会的に成功をおさめた既婚男性に惹かれるという、本人の傾向も含めて。

さらに、秘書が快く見せてくれたスケジュール表の中の、最近レイチェルが出た顧客との打ち合わせ十数件にかかわる事実があった。相手の名前や電話番号の記載がなく、場所がホテルのレストランという点が共通している。皮肉なことにどのホテルも、レキシントン街にあるアーサー・ショア議員の事務所から数ブロック圏内に位置している。しかも打ち合わせの日時は、議員がニューヨークにいた日と一致していた——事務所に確認してみると、議員は一日じゅう、出たり入ったりしていたという。

それだけでは、ショア議員とレイチェルに肉体関係があったという証拠にはならない。かといって、関係がなかったとも決めつけられない。これは当然ながらモンティの興味を引いた。特に、昨日エリーゼ・ショアから聞いた話と考えあわせれば。

モンティの最初の印象では、エリーゼ夫人は経験したことを正直にありのまま話しているようだった。それでも、腑に落ちない点がふたつばかりあった。

第一に、事故の起きたタイミングの問題だ。

ひき逃げ犯は大きなリスクを冒していた。ユニオン・スクエア近くの一〇丁目で盗んだライトバンでアッパー・イーストサイドまで走り、エリーゼ・ショアに嫌がらせをしたあと、ミッドタウンへ戻ってレイチェル・オグデンを撥ね、ブロンクスまで行ってから乗り捨てた。これが事実だとしたら、限られた時間内にかなりの距離を移動したことになる。ライトバンを盗んでから時間が経てば経つほど、盗難車と特定されて警察に捕まる確率が高まる。ひき逃げ犯を雇った人物が誰であれ、その程度の予測はついたはずだ。エリーゼ夫人を脅し、モーガンを震えあがらせるだけの目的で、そんな危険を冒すだろうか。

第二に、ニュース報道の問題だ。

このひき逃げ事故について、地元のテレビ・ラジオ局は、夕方と午後一一時の二回のニュース番組で取りあげていた。レイチェルの名前も報道された。しかし、昨日の朝のエリーゼ夫人の驚きぶりからすると、事故の被害者と目撃者の名前にはまったく心当たりがないようだったし、二人ともウィンショアの顧客であるという事実にも気づいていなかった。有力な政治家を夫に持ち、フィットネスクラブの経営者でもある顔の広い女性にしては、前日のできごとを小耳にはさんでもいないというのはおかしな話だった。

では、エリーゼ夫人が嘘をついているのか？　それもありえる。だとしたら、なぜ？　あれだけ詳細に無言電話や尾行の話をでっちあげたとすれば、その理由は——夫人が被害者でなく犯人だからだ、という推理が成り立つ。

まったくの憶測にすぎない。だが、レイチェル・オグデンについて明らかになった事実を考慮に入れると、この線も検討する必要があった。なぜなら、ことわざにもあるように、〝裏切られた女の怒りほど恐ろしいものはない〟からだ。夫の浮気相手を脅す作戦をたくらんで実行させたものの、計算が狂ってやりすぎてしまったという筋書きもありえるわけだ。

もし、仮にエリーゼ夫人がひき逃げ事故の発生時刻に合わせた作り話をしていたとすれば、二人の女性を知らないと言った理由の説明がつく。また、ライトバンはアッパー・イーストサイドへ行っていないことになり、車のたどったルートと所要時間がより納得できる範囲内におさまる。一方、エリーゼ夫人が本当のことを言っていた場合、ある不穏な事実——モーガンにあえて伝えていない情報——も考慮して調査を行う必要が出てくる。その事実とは、レイチェルの外見の特徴が、説明上はモーガンのそれと完全に一致する、ということだ。ビジネススーツを着た細身の女性。肩までの髪はブルネット。目の色は緑。もうひとつの共通要素は、二人とも午後二時ごろにセント・レジスホテル付近にいたことだ。

その考え方でいくと、雇われてライトバンを盗んだチンピラの誤算は、ねらった女性に重傷を負わせたことではなく、モーガンだと思って撥ねた女性が実はレイチェルであったことだろう。もし人違いが事実だったとすれば、チンピラを雇った人物のねらいはあくまでモーガンであり、命令は〝けがをさせろ〟ではなく、〝ひき殺せ〟であった可能性もある。

ひき逃げをめぐってさまざまな説が考えられる。その説と同じ数だけ、答の見つからない疑問が浮かび上がる。モンティはニューヨーク・プレスビテリアン病院の駐車場に車を乗り入れた。レイチェル・オグデンとの面会を一刻も早く始めたかった。


ジルがデスクの上のファイルを整理していると、携帯電話が鳴った。画面に表示された発信者の名前を見るや、稲妻のような速さで受信ボタンを押す。

「パパ――おはよう。ロッキー山脈地方の夜明けを待ってから電話しようと思ってたんだけど、パパに先を越されたわ。よかった、かけてくれて」

「何か緊急の用件でもあったのか？」と父親。電話の声からも緊張が伝わってくる。

「ううん、みんな元気よ。でもゆうべ、モーガンから聞いたわ、ママが嫌がらせを受けていたこと。それで、おじいさまとおばあさまのところにいたママに電話してみたの。疲れてはいるようだったけど、いらいらは少しおさまったみたい。パパと話したのがよかったのね。気持ちが落ちついてた」

「そうだな。おまえも、これを聞けば少しは気持ちが落ちつくよ。今モンゴメリーさんと電話で話したばかりなんだが、お母さんとモーガンとおまえの身辺警護にあたるボディガードを手配してもらった。二四時間態勢だ。誰もおまえたちには近づかせない——絶対に」

父親ならしかるべき対応をしてくれると予想していたジルだったが、あらためて安堵の気持ちがこみあげてきた。「よかった。ありがとう、パパ。ほかのことはともかく、これでとりあえず、ひと安心したわ」無理したような笑い声。「これで、ママも実家に二晩続けて泊まらなくてもすむしね。おじいさまはパパの強い味方だけど、実の娘のママとは衝突しがちでしょ。なのにおじいさまのところに泊まるなんて、ママ、モンゴメリーさんとの話で、よっぽど怖いことを想像しちゃったのね」

「きっと、お母さんなりの理由があったんだろうよ」

「わたしたちのところに泊まりにこないかって、誘ったのよ」

「それで？」

ジルはため息をついた。「初めはモーガンとわたしと、女どうしでひと晩じゅう盛り上がろうって考えてたの。で、そこにママも加われば楽しいかなと思って。でもわかるでしょ、ママってああいう性格だから。せっかく三人で一緒にって誘ったのに、断られたわ。男性の話とか、いろいろプライベートな話をするんだろうから、あなたたち二人きりのほうがいいでしょって。男性といっても主に、パパが今日一緒にスキーする人のことだけど」

「レーン・モンゴメリーか？」

「そう。今晩帰ったらすぐに、モーガンと出かけるらしいわよ。レーンから聞いてる？　聞いてるわけないわよね」ジルは自分の質問に自分で答えた。「男の人って、コミュニケーションってものを全然しないのよね。だから、わたしが教えてあげる。あの二人、絶対に惹かれあってるわよ。今晩は遅くなるけど、一緒に食事ですって。びっくりした？」

「別に、びっくりして腰を抜かすほどでもないよ」アーサーの口調には若干の皮肉をこめたユーモアが感じられた。「男はこの手のことに鈍いとおまえは言いたいんだろうが、わたしだって二人のあいだには何かあるだろうと、うすうす感づいていたよ。ゆうべホテルのラウンジで、レーンが携帯で話してるのを見かけたんだが、あれは仕事の電話じゃなさそうだった。だから、二人が会う約束をしていても驚かないな」

「モーガンにとってはいいことだと思うの」ジルは唇を噛んだ。「今の彼女、モンゴメリーさんに仕事を依頼するって決めたときより、もっと神経が張りつめてるみたいだから。事件が未解決だったとわかった直後のショックや苦しみだけでも耐えがたかったはずなのに、今度は愛する家族まで脅されたって聞かされて――おびえるどころか怒りに燃えてるの。だから、モーガンが受け身だと思ったら大間違いよ。事件の解決のためならなんでもしかねない勢い。モンゴメリーさんと協力して、積極的な役割を果たすつもりなの」

「そんな、むちゃなことを」アーサーは激しい口調で言った。「今でさえ過度のストレスにさらされてぎりぎりまで追いつめられてるのに、これ以上捜査にのめりこんだら、あの子は病気になってしまう」

「そんなときだからこそ、レーンがいてくれるとありがたいのよ。今夜、二人で楽しいひときを過ごしてくれればいいなって思ってるの。少なくともいい気晴らしになるだろうし。でもわたしの勘では、それ以上のものになりそう。いずれにしても嬉しいわ。モーガンの気分転換になりさえすれば、それでいいんだから」

「まあ、それはそうだな」アーサーはしばらく考えこんでいた。「ジル、今夜はわたしたちのところに泊まりなさい。ボディガードがいようといまいと、お母さんやおまえが一人でいるのはよくない。今日わたしは夜中まで帰れないし、モーガンは遅くなってから出かけるんだろう。だったらおまえはうちに泊まったほうが安心だ。その点、モーガンも同じだよ。あの子が誰もいない家に帰って、一人ぼっちで過ごすなんてとんでもない。よし、わたしからレーンに頼んで、デートのあとにうちのマンションに送ってもらうようにしよう」

「あ、それは――やめといたほうがいいわ」ジルが忠告した。

「どうして？」

「パパったら、ちゃんと説明してあげないとわからない？　二人で過ごす時間が、予想より長くなるかもしれないでしょ。デートのあとにどこへ送っていけだのなんだのレーンに指示したら、せっかくの甘いひとときに水をさすことになるじゃない」

アーサーは軽く咳払いした。「なるほどな。じゃあ、どう対処すればいいと思う？」

「何もしないことよ。わたしがモーガンに伝えとくわ――今日はパパたちのマンションに泊まるけど、夜明け前にデートが終わったらそっちにいらっしゃい、って。そうすれば、どちらに転んでもモーガンが一人きりになることはないから」

モンティが病室に入っていくと、レイチェル・オグデンはベッドの上に起きあがり、枕を支えにして座っていた。顔色は青く、明らかに消耗している。それでもレイチェルは、緑の瞳を大きく見開いて好奇心をあらわにしながらモンティを迎えた。

「お時間をいただいて恐縮です」モンティは始めた。「事故のこと、お気の毒でした」

「けがは、見た目ほどひどくないんです」レイチェルは答え、かすかにほほえんだ。「今ちょうど、朝の理学療法の時間が終わったところです。けがそのものではなく、けがによる痛みのほうに目を向けさせて、機能の回復を図ろうとする治療方針みたいです」水をひと口飲む。「先生のお話では、モンゴメリーさんは私立探偵をなさってるそうですね。探偵さんに面会を求められるなんて、そうしょっちゅうあることじゃないわ」

「もちろん、そうでしょうね」モンティはベッドの向かいの肘掛け椅子に腰を下ろすと、あらためてレイチェルを観察した。重傷を負って手術を受けていても、十分にきれいな顔立ちだった。今はノーメークで若く見えるが、独特の存在感がある。だから実際の年齢より落ちついて世慣れした雰囲気を感じさせるのだろう。体調と精神状態さえよければ、男を惑わす魔性の女になることは間違いない。

「モーガンさんが事故の調査依頼をなさったんですか？」レイチェルは訊いた。「なぜです？　事故のことなら警察から説明を受けましたけど、ほかに何かあるんですか？」

今度はモンティがほほえむ番だった。「警察の説明がすべてじゃないでしょう。いつだって、ほかに何かあるもんなんです。三〇年間、警察に勤めていたわたしが言うんですから間違いありません」メモ帳を開く。「あなたと、事故を通報したカーリー・フォンティーンさん、お二人ともウィンショアに登録している顧客であることはご存知ですか？」

レイチェルはうなずいた。「秘書から聞きました。カーリーさんへのお礼のしるしにお花を送らせたんです。面識はありませんでしたけど、彼女はあの交差点でわたしのすぐ後ろにいたらしいんです」悲しそうな表情。「ニューヨークで働く人って、いつもそうなんですよね。次の予定に遅れないようにせかせかして、頭の中は仕事のことでいっぱいで」

モンティはうなるような声で同意した。「では、基本的なことからお訊きしましょう。あなたに危害を加えたがっていると思われる人に、心当たりはありますか？」

「職場でですか？　わたしが出世の階段から転げ落ちるのを望んでいて、そのためならなんでもやりかねない人なら、何人かいますよ。でも、実際に行動に移すとなるとどうかしら？　そこまではやらないでしょう」

「ずいぶん厳しい環境ですね」

レイチェルは肩をすくめた。「経営コンサルタントの世界は弱肉強食なんです。わたしは最大手の会社で競争を勝ち抜いてきた、一番若いコンサルタントですからね。当然、同僚にはねたまれてます。でも彼らだって、まさかライバルを車で撥ねようとたくらんだりはしないと思います」

「仕事以外の人間関係ではどうですか？　仲たがいをした友人や、前の恋人などは？」

「でなければ、前の恋人の奥さんとか？」レイチェルは鋭い目でモンティを見た。「ちゃんと下調べはされたでしょうから、ご存知ですよね。わたしが真面目一辺倒じゃないことは。そういう経験があるからこそ、交際する男性のパターンを変えようと思ってウィンショアへ相談しに行ったんです。でも、言っておきますけど、わたしが過去につきあった既婚男性は、夫婦仲が冷えきっているか、奥さんがいることをうっかり忘れていた人たちですよ」

「その中に、有力な政治家はいましたか？」

一瞬、なんのことかわからないといった表情を見せたレイチェルだったが、すぐに気づいて眉をつり上げた。「ショア下院議員のことをおっしゃってるんですか？」

「わたしは別に、名前までは言いませんでしたが」

「なるほど、自分のほうから名前を出したら訴えられるか、でなければこてんぱんにやられるってわけね。とにかくわたし、モーガンさんが大好きですし、ご質問にはちゃんと正直にお答えします。アーサー・ショア議員とは肉体関係はありません。パートナー選びはけっして上手とはいえないわたしですけど、愚かなまねはしないわ。でも、なぜそんなことを？議員の愛人の中に容疑者がいるんですか？」

モンティはレイチェルが気に入った。正直でいい娘《こ》だ。自分の欠点を素直に認めながら、卑屈になることなく堂々としている。「容疑者がいるわけじゃありません。現状では、どこかの卑怯なやつが起こした事故とみなしていいかと思います。わたしはただ、基本的な事実情報を集めているだけです」モンティはメモ帳に何か書きとめた。「あなたがこういう目にあわれたタイミングについてはどうでしょう？　一歩間違えば、カーリー・フォンティーンさんがひかれていた可能性もあるのでは？」

「ええ。もしカーリーさんがもう少し早足で、先に道を渡りはじめていたら、彼女がひかれていたでしょうね。だからわたし、これは単純な事故で、仕組まれたものじゃないと思うんです。だって、不確実な要素が多すぎますもの」

「なるほど」モンティはメモ帳にまた単語をいくつか書きとめると、立ちあがった。「あまり長居するとお体にさわりますから、これで失礼します。担当医の先生に面会の許可をいただくだけでも大変だったんです。手術直後でまだ十分に回復していないからと」

「正直言って、そうなんです」レイチェルは顔をしかめた。「ひどく痛むんですよ。でも、こんなことじゃ負けないわ。今ごろ秘書が、わたしのPDAを持ってこちらに向かっているはずですから、お昼までには仕事の遅れを取り戻せるかと思います。ですからモンゴメリーさん、また何かお訊きになりたいことがあって、担当医にうるさく言われるようなら、Eメールをくださいな。すぐにお返事します」

「ありがとうございます。どうぞ、お大事になさってください。仕事に戻られたら、サメみたいな企業戦士がわんさと待ちかまえてるでしょうからね」

20

レアマン・モデルエージェンシーのマンハッタン支社は、ミッドタウンの中心部に位置する高層ビル内に事務所を構えていた。入口を入って最初に目に飛びこんでくるのは、光沢のある白い壁を彩る、雑誌の見開き広告やファッションショーの舞台写真の数々だ。美と洗練の象徴であるモデルたちの姿がコラージュされ、無駄な装飾を排したインテリアによっていっそう引き立って見える。事務所全体が、エージェンシーの成功への賛辞を表していた。

カーリー・フォンティーンは、まさにこんな会社の支社長になるために生まれてきたような女性だった。

三〇代半ば、赤みがかったブロンドで、ほっそりとした体に彫りの深い顔立ちという容姿がいかにも元モデルらしい。社内でもひときわ光る活躍で知られるカーリーは、華々しいサクセスストーリーを地で行く人物だった。モデルからマネージャーに抜擢、度重なる昇進。その理由は専門家の解説がなくても想像がつく。彼女の第一印象でもわかることだが、モンティは経歴の事前調査からだいたいの感触をつかんでいた。

カーリー・フォンティーンはその昔、授業料を稼ぐためにウエイトレスをしながらモデル学校に通っていた、まったく無名の新人だった。大手メーカーが、天然成分にこだわったヘアケア製品シリーズの新発売にともない、イメージモデルを募集していた。何気なく応募したカーリーは難関をくぐり抜けてその座を射止めた。

それがきっかけとなって、レアマン・モデルエージェンシーが専属契約を申し入れてきた。新しいヘアケア製品は大ヒットし、一年も経たないうちにカーリー・フォンティーンは売れっ子モデルとなり、成功への階段を上りはじめた。その後のことは周知のとおりだ。

そのカーリーが、モンティの目の前に現れた。にこやかに手を差しだし、握手する。「モンゴメリーさんですね。カーリー・フォンティーンです」あたりを見まわし、フロントデスクが空席になっているのに目をとめると、モンティに訊いた。「お飲み物をお持ちしましょうか――コーヒーか、紅茶でも？」

「いや、受付の方が今、コーヒーを用意してくださっているところです。わざわざ新しく淹れてくださるとかで。わたしはいわゆる通《つう》ではなく、コーヒー中毒なんです。好みは、まあうるさいほうかな。濃いのが好きで、ポットの底にたまる滓《かす》はだめ、といった具合に」

「なるほどね」今度は練習を積んだというより、ごく自然なほほえみだった。「ではわたしのオフィスでお話ししましょうか？　コーヒーができしだい、シンディが運んできてくれると思いますので」

モンティは、受付の奥の廊下へ向かうカーリーのあとに続いた。支社長室はつきあたりの角部屋だ。クリーム色の革張りのソファに、木製の北欧家具。床にはアールデコ風のエリアラグといった、折衷的なスタイルの調度だった。

モンティはさっそく始めた。「お忙しいところ、お時間をとっていただいてありがとうございます」

「いえ、どういたしまして」手ぶりでモンティに座るよううながしたカーリーは、自分も机の前のクッションつきの椅子に腰を下ろした。そのときドアをノックする音がして、受付係のシンディが香り高いコーヒーを二人分持って入ってきた。カーリーは礼を言うと、出ていくシンディを見送りがてらドアを閉め、モンティの前に戻った。

「カフェイン中毒なんですか、それともただのコーヒーフリークかしら？」

「両方ですね。刑事や私立探偵はたいていそうですよ」モンティはうまそうにひと口飲んだ。

「刑事さんや探偵さんだけじゃないでしょう」カーリーは情けなさそうな表情で訂正した。

「仕事の虫と言われる人はみんなそうですよね。わたしも、今日はもうコーヒーだけで二杯目。カフェインの量で言えば、電話のあいまにダイエット・ペプシを飲んだから、もっと取ってることになりますね。まだお昼前なのに」

「じゃ、わたしの勝ちですね。ペプシなしで、コーヒー四杯目。そのうち一杯はジャンボカップですから」モンティは口の片端だけを上げてにやりとした。「もしわたしがあなたのような仕事をするとなれば、その倍のカフェインが要りますよ。マネージャーとしての愛想のよさや気配り？　得意じゃないなあ。そっち方面はほかの人の助けを借りなきゃならん」

カーリーはくっくっと笑っている。肩の力が抜けて、緊張もほぐれたようだ。打ち解けた雰囲気づくりはこれぐらいでいいだろう。

メモ帳を開いたモンティは、本題に入った。「一〇分か、一五分程度で終わります。それ以上のお時間はとらせません。レイチェル・オグデンさんがあわれた交通事故について、いくつかおうかがいしたいだけです」

カーリーはうなずいた。「モーガンさんの依頼で調査中なんですね。今回の件で訴えられるとか、そんなばかげた心配をなさってるんじゃないといいけれど。ウィンショアの顧客が二人、たまたま同じ交差点で信号待ちをしていたところへ、頭のおかしい人が車で突っこんできただけの話でしょう。モーガンさんの責任じゃありませんよ」

「ええ、モーガンさんは訴訟を恐れているわけではありません。ただ、心配されているのは確かです。お二人を大切に思ってらっしゃいますからね。それから、今回のひき逃げが単なる事故であることを確認するという意味合いもあります」モンティはペンを指先で回しながらカーリーをじっと見た。「あなたはめざましい成功をおさめられていますよね。売れっ子の新進モデルからマネージャーに転身して、今ではニューヨーク支社長として、地域全体の責任者をつとめるという、華々しい活躍ぶりだ。そんなあなたを痛い目にあわせてやろうという人間がどこかにいるんじゃありませんか？」

「わあ、すごい」カーリーは大きく息をついた。「モンゴメリーさんって、いきなり核心をついた質問をなさるんですね」机の上で両手の指を組み合わせた。「確かにこの業界、情け容赦のないビジネスの世界であることは否定しません。わたしを恨んでいるモデルはたくさんいるでしょうし、自分自身、食べていくのがやっとだった下積み時代には、ほかのモデルの成功がねたましかったのも事実です。でももう、昔の話です。モデルとしての活動は、ここ六、七年まったくやっていませんしね。マネージャーとしての仕事のほうは、順風満帆とはいきませんでした。出世の階段を一段一段、苦労してよじ上ったんです。ご質問の答は、ノーです。わたしを車でひき殺そうとたくらむほどの敵を作ったおぼえはないですね」

「では、男性はどうですか？　嫌がらせをするようなタイプの男は？　愛されていると勘違いした偏執狂的な男が、ロサンゼルスからニューヨークまで追ってきたとか？」

カーリーはおびえるというよりは、むしろ面白がり、心なしか喜んでいるようにも見えた。

「わたしがストーカーにつきまとわれるほど若くて魅力があると思っていただけているみたいで、ちょっと、くすぐったい気がするわ。でも、そこまでご執心のファンとなると、二〇歳のとき以来、お目にかかっていませんね。そのころでさえ、映画の『危険な情事』みたいなことはなくて、精神を病んでいるような人はいませんでした」

「恋人はどうです？　今交際中、または過去に交際していた男性は？」

「少ないんですよ。ほとんど仕事漬けですからね。だから、東部に帰ってきてすぐ、ウィンショアに登録したんです。今のところ、デートの相手は全員、ウィンショアからの紹介です。モーガンさんのことですから、候補者はちゃんとふるいにかけて、危ない人は落としてくれていると思いますけれど」

「もちろんそうでしょうね」モンティは心覚えのためのメモをとった。「本名は、キャロル・フェントンさんとおっしゃるんでしたね？」

カーリーはうなずいた。「ロサンゼルスへ移ったときに芸名兼通称として使うことにしたんです。一七歳でしたからね、華のある名前、スターダムを約束してくれるようなすてきな名前が欲しかった。一流モデルをめざすには、キャロル・フェントンじゃ平凡すぎると考えたんです」

「なるほど、わかるような気がします。ご家族の皆さんはどうでしょう。キャロルとカーリー、どちらの名前で呼んでおられますか？」

カーリーの表情を悲しみがよぎった。「家族はいません。一〇代のときに両親を亡くして、一人っ子だったので」

「それで、ニューヨークを離れてロサンゼルスに移られたんですか？」

「ええ、それも理由のひとつでしたね。自分をニューヨークにつなぎとめているものもありませんでしたし、寂しさや喪失感が増すだけだと思いましたから。心機一転、新たに出直したかったんです。それで引っ越しました」

「理由のひとつ、とおっしゃいましたが、そのほかの理由は？」

「モデルとしてのキャリアを積むきっかけづくりのためです」

「ふむ。新たに出直したいという気持ちはわかりますが、モデル業界というのはニューヨーク中心じゃないんですか？」

「ええまあ、そういう部分もありますが」

モンティの質問のしかたがカーリーの神経にさわりはじめたのは明らかだった。悲しい記憶がよみがえってきて、心を乱されたのかもしれない。

「ファッション雑誌の出版社が多く集まっているという意味では、ニューヨークは確かに中心地です。でも、ロサンゼルスは映画産業とテレビ広告産業の本拠地ですし、わたしが行きたいと思っていたモデル学校もありましたから」カーリーはコーヒーに少し口をつけた。カップを持つその手がかすかに震えているのにモンティは気づいた。

「みっともないところをお見せしてすみません。でも当時のわたしはひどく混乱していて、普通の精神状態じゃなかったんです。愛していた人をいっぺんに失って、衝動にかられて行動したんでしょうね。今考えてみれば、ずいぶん大胆な決断を下したものだと思います。それでも、後悔はしていません。けっきょくは、ロサンゼルスへ移ったことがきっかけで、すばらしい人生にめぐり会えたんですから」

「ええ、そのとおりですね」モンティはメモ帳を閉じた。「申し訳ありません。つらいことを思い出させるつもりはなかったんですが」

「わかっています、ご自分の職務を果たしてらっしゃるだけだということは」カーリーはコーヒーをもうひと口飲んだ。もう手の震えは止まっている。「わたしのほうから、ひとつうかがってもよろしいですか？」

「どうぞ」

「今日いらしたのは、交通事故には注意しなさい、という程度のお話のためですか？　それとも、事故が仕組まれたものだと考える根拠があるんでしょうか？　ウィンショアの顧客をねらった犯行だとか？」

「単なる事故でないという証拠はありません。何者かがあなたをねらったのかというご質問であれば、答はノーです。ですから、先ほど申し上げたとおりです。あなたとレイチェルさんがひき逃げ事故の発生と同じ時刻に同じ場所にいたことから、それが偶然であるかどうかひととおり調べてほしいというモーガンさんの依頼があったので、わたしがこうしてお邪魔したわけです。モーガンさんなりの、顧客への心配りだと思いますよ。それと、正直言いますと、わたしが調査を強くすすめたからでもあります。著名人、特に政治家を家族に持つと、なんでもかんでも、誰でもかれでも調べておかなくちゃなりませんからね」

カーリーは戸惑ったように両手を広げた。「なんのことでしょう。モーガンさんのご家族に政治家がいらっしゃるんですか？」

「ご存知なかった？」モンティは驚いて眉をつり上げた。「いや、無理ないかもしれませんね。カーリーさんはニューヨークに戻ってこられて、まだ三カ月でしたっけ。それに、モーガンさんもジルさんも、ご家族に議員がいるのを触れまわるタイプではありませんし。実のところ、お二人ともウィンショアでの仕事と私生活のあいだには、はっきり境界線を引いておられるようです。といってもジルさんの苗字がショアであることは周知の事実なので、顧客の大部分は彼女の家族について承知しているわけですが。お父さんが推進する法案が連日、新聞の一面を飾っている状況では、何事につけ慎重を期してかかる必要があるんです」

カーリーの目は驚きで大きく見開かれた。「ショア？　ジルさんのお父さまって、アーサー・ショア下院議員ですか？」

「そのとおりです。モーガンさんも、ジルさんとともに独立されるまでは、ショア家の人々と一緒に暮らしていました。一七年前にご両親が殺されてから、ずっとです。ショア家とウィンター家は近しい関係にあったので、引き取られたというわけです」

「ちっとも知らなかった」カーリーは黙りこんだ。頭の中を整理しているようだ。「そうなると、モンゴメリーさんがここへいらした理由を、別の角度から見てみたくなるわ。タブロイド紙によると、ショア議員は下院以外でも、なかなか積極的に活動しておられますよね」

モンティは無造作に肩をすくめた。「わたしはタブロイド紙は読まないし、噂話にも興味がありませんから」

「今までの経験から言わせてもらうと、火のないところに煙は立たない、ということわざは正しいと思いますけれどね」カーリーは椅子のクッションに頭をもたせかけ、物思わしげな表情でモンティを見た。「ちょっとお訊きしたいんですが。わたしさっき、モーガンさんが訴訟を防ぐ目的でモンゴメリーさんをよこしたのか、ということをお尋ねしましたよね。そのときのお答は、モーガンさんはそんな人ではない、というニュアンスでした。それについてはわたしも同意見です。でも、ショア議員だったらどうでしょう？　もしかすると、この調査はそこから始まったんですか？　モンゴメリーさんが今日いらした背景には、議員の要望があったのでは？　つまり、ひき逃げ事故についてマスコミに嗅ぎつけられて波紋が広がる前に、抑えておきたいという思惑があるんじゃありませんか?」

鋭い指摘だった。レイチェル・オグデンのような高い教育こそ受けていないが、カーリー・フォンティーンには世渡りの知恵というものがある。

モンティはできるだけ手短に答えた。「今回の訪問はショア議員の要望によるものではありません。わたしを雇ったのはショア議員ではなくモーガンさんです。ここへ来た目的は、事故をめぐるスキャンダルを防ぐためではありません。レイチェルさんが車にひかれたのが、単なる事故であったことを確かめるためです。以上、ご質問の答になってますか?」

「ええ、簡潔なお答、ありがとうございます」カーリーの口調は淡々としていたが、表情には明らかに驚きが表れていた。「モンゴメリーさんって、容赦ないぐらい、率直な方なんですね」

「ええ。持ってまわった言い方は嫌いなたちでね」

「そんな感じですね」

カーリー・フォンティーンはきっと、直截な物言いには慣れていないのだろう。モンティはできるだけ柔らかい口調になるよう意識しながら続けた。

「何も、ブルックリン警察の刑事みたいな態度をとるつもりはなかったんです。だが、身についた癖はなかなか直らないものでね。あなたが疑問を持たれるのも、もっともなことですよ。はっきり言ってショア議員は、政治家としてのキャリアの追求に熱心な人です。だが、家族を大切に思う気持ちはさらに強いものがある。レイチェルさんの事故について議員が関心を寄せるとすれば、それは家族の身を守るためであって、政治がらみではないと考えていいですよ。わかりましたか？」

「ええ、わかりました」カーリーの声からはとげが消えていた。だが、表情は硬いままだ。

「お時間をとらせてしまって、すみませんでした。これで失礼します」モンティは立ちあがった。ジャケットのポケットから名刺を出すと、机の上をすべらせるようにしてカーリーに渡す。「あとで何か思い出したりしたら、ぜひお電話をください」


モンティが帰ったあと、カーリーは急いで精神安定剤のヴァリウムを取り出し、飲み下した。自分にとってあのひき逃げ事故が、にわかに新たな意味を帯びてきているのを感じていた。あの事故のあと、ひそかに行ってきた面会の内容を考えると、なおさらだ。

ニューヨークへ戻ってきたのは、大きな間違いだったのだろうか――胸騒ぎがしていた。


レアマン・モデルエージェンシーを出るとすぐに、モンティはメモ帳に書きとめておいたことを振り返った。ウィンショアの顧客についてはモーガンがちゃんとふるいにかけてくれている、というカーリーの言葉で、チャーリー・デントンのことを思い出したのだ。

当面の課題の三番目にあるのがこの男だった。デントンもまた、ウィンショアに登録している顧客であり、注目に値する存在だ。モンティが今日面会した二人の女性を結ぶ共通要素であるばかりでなく、モーガンとジャック・ウィンターの人生における共通要素も持っている――それがなんなのか、まだつかめていなかったが。

デントンは謎だった。検察局における出世という獲物からつねに目を離さない、やり手の地方検事補だ。昇進の行く手に波風を立てるような行動は避けたいに違いない。だとすると、今回押しつけられた仕事はどうなのか。ウィンター事件の関連で検察局内を嗅ぎまわる非公式の調査は、たとえ上司の命令でも積極的にはやりたくないというのが本音ではないか。

一方、デントンにはもうひとつの側面がある。ウィンター事件に何やら個人的な関心を寄せていることだ。ただしその関心は、モーガンに対する点数稼ぎや、ジャックのために真犯人を裁きにかけることよりも、もっと根本的なところに根ざしているような気がしてならなかった。

いくつもの疑問があった。モンティは一刻も早く答が知りたくてうずうずしていた。昨日の朝、情報提供者に連絡して、探りを入れるよう頼んでおいた。そろそろ、調査の結果が出ていてもいいころだ。

車に向かって歩きながら携帯電話を取りだし、相手の番号を押す。駐車場の係員に料金を支払い、車を出るまでのあいだに、モンティは十分な情報をつかんでいた。

二時半。モンティはクイーンズの事務所にいた。公開請求を出して集めた事件関係書類をめくり、詳細を確認していると、来客を告げるチャイムが鳴った。

よし。時間きっかりだ。

モンティは、それまで見ていたノート――今から使うつもりで用意したメモだ――を置いて立ちあがり、玄関へ向かった。

ドアをさっと開け、無表情で相手を迎えた。「デントンさん。どうぞ、お入りください」

コートのポケットに両手を突っこんで戸口の階段に立っているデントン地方検事補は、見るからに不愉快そうだった。用心深くあたりを見まわしてから、ようやく事務所の中に入ってきた。いらだちをどうにも隠しきれないようすだ。

「お呼びだというので、しかたなくやってきましたよ」チャーリー・デントンは脱いだコートを軽く投げるようにして椅子にかけた。「例の調査にわたしがかかわっていることは秘密ですから、やたらと人目につくのはまずいんです。だが、重要なことなのでどうしても、とモンゴメリーさんがおっしゃるから、こうして来たわけです」

「確かに重要な話です。人目につくのはまずいというなら、この近所じゃ、顔を合わせたところであなたが誰かわかる人はいませんから、大丈夫です。第一、話をするならここのほうが検察局の事務所よりいいでしょうが。〝壁に耳あり〟ですからね、用心するに越したことはない。それにあなたは、重要だと言われたから来たわけではないはずだ。わたしがどの程度知っているか探りを入れるため、といったところでしょう。さあ、おかけください」モンティはごちゃごちゃと物が置かれた応接セットを指さした。

デントンはしばらくその場を動かずに、警戒心をあらわにしながらモンティを見ていたが、やっとソファのほうへ向かい、一番端に腰かけた。「先手をとって衝撃を与え、恐れを抱かせる――お得意の軍事戦略ですね。結構です、お聞きしましょう。さっそく要点に入ってください。そもそも、何がねらいなんです？　モンゴメリーさん。わたしは検事ですよ。しかも、並の検事じゃない。操ろうとしたって無理です。とにかく何を知りたいのか、知りたいのはなぜか、教えてください」

「わかりました、これでおあいこだ」モンティは感じのよい笑みを浮かべて手を広げた。「それではまず、検事としてのジャック・ウィンター氏に対するあなたの気持ちからうかがいましょう。一七年も前に亡くなった地方検事補ですから、強い恩義を感じていなければ、今になってその人のために動くことはできませんよね」

「今さら目新しい話でもないでしょう。わたしが入局当初からジャック・ウィンター氏に心酔し、あこがれていたことは、あなたもご存知のはずだ。自ら模範を示した、偉大な人でしたよ。わたしはロースクールを出たての新人のころから、あの人のもとで仕事の基本やコツを学んだんです。彼はわたしを保護してくれました。自分が率いるチームのメンバー全員に対してそうであったようにね」

「しかしあなたに対しては、仕事上の秘密も打ち明けていたんですね」

デントンの目が光った。「検察局で扱う事件の情報は、すべて機密扱いですよ」

「機密扱いの度合いも、事件によるでしょう」

冷淡な表情。「モンゴメリーさん。じらすのはやめて、訊きたいことがあるなら訊いてください」

モンティは、机の上に広げられた分厚いファイルのほうに向かって親指を突きだした。

「あれはカール・アンジェロの事件簿の写しです。中央書記官事務所が、保管されていた書類の中から捜しだしてくれたものだ。わたしはあの中の文書をすべて――最初の逮捕時から、起訴、判決の記録にいたるまで――ひとつひとつ調べていきました。特に注目したのが公判記録です。一言一句、細かく検討し、分析しました。ジャック・ウィンターとララ・ウィンターが殺される二、三カ月前に結審した、あの公判です。憶えてらっしゃいますよね」

「ええ、憶えています。あの公判で扱ったアンジェロの事件は、ウィンター事件の真犯人探しの参考にとモーガンさんから渡された新聞記事に載っていたもののひとつでした。あなたが注目するからには、それなりの理由があるんでしょうね」

「ええ、あります」モンティは立ちあがって机に歩みより、ファイルの中の書類をぱらぱらとめくった。「アンジェロは、国じゅうで何人もの手下を銃や麻薬の運び屋として雇っていました。組織の幹部からチンピラまでさまざまで、中にはまだ逮捕されずに、獄中のアンジェロからの指示を受けて動いているやつもいる。そういう連中の一人が誰かを雇って、盗んだ車でジャック・ウィンターの娘をひき殺す計画を立ててたとしてもおかしくはないでしょう。特にその娘が、アンジェロが両親の殺害に関与していたかもしれないと疑って、核心に近づいているとしたら、なおさらありえます」

予想と違うことを聞かされたからか、デントンはぎょっとしたように訊いた。「あのひき逃げで、ねらわれていたのはモーガンさんだったというんですか?」

「その可能性はあります。モーガンさんの身体的特徴はレイチェル・オグデンさんとほぼ同じですし、あの日、セント・レジスホテルに向かっていたという点でも共通しています」

「なんてことだ」デントンはあごに手をやった。「あの事故は単なる脅しだとわたしは見ていたが、殺しが目的もありか」モンティをいぶかしげに見る。「その点、あなたの推理が正しいとしても、なぜ、陰で糸を引いているのがアンジェロだと言い切れるんです？　ウィンター検事補が起訴して有罪にした大物犯罪者は山ほどいるのに」

「確かに。しかしこの事件には、ほかの事件にはないつながりがあります。公判でアンジェロ被告に不利な証言をした検察側証人の一人が、検察局が使っていた秘密情報提供者だったことです。長年にわたり検察に情報を提供しつづけていて、ジャック・ウィンター検事補がアンジェロを有罪にするのに重要な役割を果たした人物です」モンティは一枚の紙を振りかざした。「これがその人物の証言の記録です。それによると、彼がアンジェロに雇われたのは二六歳のときで——今から三〇年前、アンジェロの公判の一三年前のことです——銃の違法取引で運び屋をやっていました。彼は銃の運搬中に現行犯で逮捕された。ただおかしなことに、起訴は取り下げられ、関係書類は非公開になった。未成年でもないのにですよ」

「つまり？　検察との司法取引で、起訴取り下げと引き換えに情報提供者になった、と」

「ジャック・ウィンターのために」

「ジャック・ウィンターのために、ですか。なるほど。どこが怪しいんですか？」

「知りたいのはこっちです。その情報提供者の名前が欲しい」

デントンは歯をくいしばり、顔を引きつらせた。「とんでもない。そんな情報が手に入ると思ったら大間違いだ。秘密情報提供者の氏名と登録番号を照合できるファイルを閲覧する権限がわたしにないことぐらい、あなただって知ってるでしょう。監督官が、フォート・ノックスの金塊貯蔵庫並みに必死で情報を守るにきまってる」

「まあ、落ちついて。閲覧制限のある書類を盗みだせとけしかけてるわけじゃないんだから。今言ったとおり、検察側証人、つまり情報提供者の証言記録はここにあって、登録番号も記載されています。だから、この登録番号と個人の名前を結びつけられる記録さえ手に入ればいいんです。ウィンター検事補の扱った事件簿の中にもあるはずだ。調書に書かれた、ウィンター検事補とその男とのあいだのやりとりの内容と、日時の記録が欲しい。証言記録にあるのと同じ登録番号が載った文書を集めてコピーをとってください。それさえあれば、その情報提供者と、わたしが別の線からあたりをつけた男が同一人物かどうか、確認できます」

「その男の名前は？」

「あとで教えますよ——もしわたしの推測が当たっていたら、ね」モンティはデントンをまっすぐに見すえた。「あなたは、ウィンター検事補とともにアンジェロ事件の証人リストの作成をしたわけではないんですね？」

「していません。検事補が使っていた秘密情報提供者については、身元は知りません」デントンはいらだった声をあげた。「どういうつもりかは知らないが、もし圧力をかけてわたしから情報を引きだすのがねらいなら、無駄ですよ。だって、何も知らないんだから。一七年前、新米だったわたしに、局内の機密情報が手に入るわけがないでしょう」

「でも、ウィンター検事補の直属の部下だったでしょう。高く買われていて、弟子のような存在だった」

「だから？」

モンティは身を乗りだした。「だから、あなたは何かを隠している。ジャック・ウィンター個人にかかわる情報か、でなければ組織にかかわる一大事か。どっちなんです？」

デントンはすっくと立ちあがった。「この話はこれで終わりです。もしわたしに怪しいと思うところがあるなら、調べてみてください。何も出てきませんから、絶対に」

「絶対に、ですか。それほど自信があるなら、わたしの作戦に乗ってエサに食いついてきたのはなぜかな？　どうしてここへ来たんです？」

デントンは答えない。

「お座りなさい、デントンさん」モンティは事もなげに言った。冷蔵庫の前まで行くと、ミネラルウォーターのボトルを二本取りだし、一本をデントンにほうり投げた。自分のボトルのキャップをねじって開け、ごくごくと一気に飲んで、デントンをじっと見つめた。

「まず初めに言っておきますが、わたしはあなたを告発しようなんて思っちゃいませんよ。当局のお偉方だかなんだか知らんが、忠誠を示す相手を間違えてるってことは非難に値しますがね」肩をすくめる。「とはいえ誰かを責めて白黒つけて、どうなるっていうんだ？　その昔、わたしは捜査当局のお偉方に楯突いた。ところが、わたしが退官するという日、連中はパーティを開いてくれたよ。そんなもんだ。だから、デントンさん。水でも飲んで、リラックスしなさい」

葛藤があるのは明らかだった。デントンはしばらく迷ったすえ、ふたたび椅子に腰を下ろした。「あなたの言うとおりだ。確かに、わたしは検事として、正しい道を踏みはずさないよう生きてきた。だからといってわたしの忠誠心が、白黒はっきりとした区別がつくような単純なものかというと、そうじゃない」

「わかりますよ」モンティはふたたびごくりと水を飲んだ。「それなら、こう考えてみてください。わたしはもう、警察を辞めた人間です。だから、ニューヨーク市警と検察局の醜い争いにかかわったりはしない。あなたの昇進を妨げるまねはしないし、やってもいないことをやったと騒ぎたてて攻撃するつもりもない。情報提供者によると、あなたは心がまっすぐで、誠実な人だ。わたしも直感的にそう思っています。わたしは、モーガンさんの両親を殺した真犯人を見つけたい。望みはそれだけなんだ。あなたも同じことを望んでいるはずだ――しかし何かを知っていて、迷っている。それはもしかすると検察局の問題ではなく、ジャック・ウィンター個人にかかわる問題ではありませんか。お願いだ。教えてください。教えてくれたら、力を貸してあげられる」

デントンはしばらくのあいだ、未開封のボトルをじっと見つめていた。キャップをゆっくりとねじって開けると口にあて、体をそらして、椅子にもたれかかりながら飲む。ごくごくと喉を鳴らしてから、きっぱりと言った。

「具体的には、何も知りません。だが、わたしは偶然の一致というものを信じない」

「わたしもです」

ふたたび、長い沈黙が訪れた。

「自分の頭の中で、何十回も考えてみました。具体的な証拠があるわけじゃない。いくつかのできごとがあって、それらを推測で結びつけようとしているだけです」

「なるほど」

「あなたの想像どおり、ジャック・ウィンターに関することです。殺される前の二、三週間のウィンター検事補の言動は、普段のあの人らしくなかった。むらっ気というか、ふさぎこんだり、かんしゃくを起こしたりしていました。明らかに、何かに悩まされていたんです」

「担当の事件のせいで？」

「いいえ」デントンは首を横に振った。「検事補は、犯罪の捜査と立証にかけては厳しい人でした。でも、仕事で行きづまったからといって部下に八つ当たりする人ではありませんでした。それに、あれは職務上の問題じゃなかった。なぜわかるかというと、電話の会話を耳にしたからです。しかも、何度も。閉めたドアの向こうなので、はっきり聞こえたわけではありませんが、わたしの机は検事補のオフィスの近くでしたから。声の調子だけでも雰囲気がわかったし、ところどころ単語も聞きとれたんです。検事は声を荒らげて激昂し、むきになっていた。電話を切ったあとも興奮冷めやらぬようすで、室内を歩きまわる音、ファイルを投げつける音が聞こえてきました。出てきたときには、ひどく憔悴していました」

「誰と言い争っていたか、わかりますか？」

「奥さんとです」

モンティの予想を裏切る答だった。「ララ夫人が相手？　確かですか？」

「ええ、確かです。検事補は何度も〝ララ〟と、奥さんの名前を呼んでいましたから。それに、最後にはララ夫人本人が検察局に来て言い争っていたので。夫人は怒りをあらわにしていました。このときの口論もドア越しで、細かい内容までは聞きとれませんでしたが、二人の声の調子から深刻さが伝わってきました。帰るとき、ララ夫人は泣いていました。そのとき検事補が夫人に向かって言ったのは、主義や信条のためには、個人の感情はどんなに強い思いであっても抑えなくてはいけない、という意味のことでした」

「面白い」モンティは唇を引きむすんで考えこんでいる。「結婚生活で、何か問題があったんでしょうか？」

「可能性はあると思います。ただこれも単なる想像で、確信はありません。ひとつ確かなのは、二人のあいだになんらかの問題をめぐる軋轢《あつれき》があって、その対処について根本的な考え方の相違があった、ということです。二人にとってゆるがせにできない大きな問題だったんでしょう。ただそれが夫婦間の問題なのか、それともまったく別のことなのかは、わたしにはまったくわからない」

「いずれにせよ、二人ともその件についてそれぞれ強い思いを抱いていた、と。そうなると、純粋に個人的な悩みというより、仕事の関係で私生活に影響が及ぶ問題も考えられる」

「たとえば？」

「たとえばララ夫人が、夫の身に危険がふりかかるのではと恐れていた、重大な事件とか」

水を飲もうとしていたデントンの、ボトルを持つ手が途中で止まった。「やはり、アンジェロの事件が気になっているんですね」

「直感的にはそうです。となるとやはり、例の秘密情報提供者の関連記録が必要になります。証言記録にある登録番号を書いてあげますから、持っていってください。それと一致する登録番号が載った文書を抜きだして、男とウィンター検事補のあいだで交わされたやりとりの記録をすべてコピーしてください。できるだけ早くお願いします。もしその情報提供者が、わたしが考えている男と同一人物だったら、復讐の動機となりうるものをつかんだ、と言えるかもしれない。それによって多くの謎が解明できる可能性もあります。なぜならその動機は、法廷の外にまで及んで、ジャック・ウィンターとララ・ウィンターが人生において、もっとも親しくしていた人々につながっているからです」

21

午後一時半過ぎ。レーン、ショア議員、ジョナとガイドのロブの四人は、パウダースノーに適したファットスキーをはいて太ももまでの深さの雪斜面に立ち、この日最後の滑走を楽しむために、安全装置《ビンディング》を点検していた。

レーンは体じゅうで興奮を感じていた。あたりを見わたし、白く輝く雪におおわれてそびえ立つ山々の美しさに圧倒されていた。雪山は力強く、大胆で、人間のいかなる干渉も受けない――雪面を滑るスキーヤーの描くシュプールをのぞいて。ただそのわずかな軌跡さえも、一日か二日のうちに降り積もる新雪でおおわれ、あとかたもなく消えてしまう。

おそらくそれが、大自然が侵入者の痕跡を消して自らを浄化する方法なのだろう。

この驚異の景観をレンズでとらえておこう。レーンは静止画像を何枚か撮ったあと、ジョナにスキーのアドバイスをしているショア議員に焦点を合わせた。その光景は実に自然で、魅力的だった。中年男性と高校生の男の子が並んで立って、同じような姿勢をとり、心をひとつのことに集中させながら、一人は教え、もう一人は学んでいる――芸術的な視点からも、人間観察的な視点からも、想像力をかきたてるものがあった。また、雑誌に掲載する写真という意味でも実践に即していた。自らの持つ知識と経験を青年と分かち合うアーサー・ショア議員の、人間味あふれるリーダーとしての一面がよく出たショットになるだろう。『タイム』誌の見開き記事は、読者をあっと言わせ、共感を呼ぶものになりそうだった。

ジョナのスキーの技量は徐々に上達しつつあった。折に触れてフォームを見て教えてくれるショア議員のコーチのおかげで、経験不足が補われ、自信がついていった。もう一日も終わりに近づいている。酷使された筋肉が痛みだし、多少疲れてきてはいたが、残る体力をすべてつぎこみ、楽しむのも悪くないだろう。

最後の滑走ということで、大人たちはジョナが先頭で滑ることに同意してくれた。新たに身につけた華麗な技を披露するいいチャンスだった。ジョナは深い雪の斜面を下りはじめた。スピードが増していくと、アドレナリンが全身の血管を駆けめぐる。ぐいぐいとストックを突いて豪快に滑ってゆく。

最初のうち、体のリズムは斜面の勾配にぴったり合っており、筋肉の疲れや痛みを忘れて滑ることができた。しかし下るにつれ、膝ががくがくして不安定になり、雪面に対する反応がしだいに鈍くなってきた。だが、簡単にはあきらめたくなかった。次のターンにかかる。頭はとるべき動作を指示しているが、体がそれに従って動いてくれない。斜度が急に増し、スピードも一気に上がった。

ついに耐えきれなくなり、雪との闘いに負けた。

ジョナの体はつんのめり、空中に放り出された。深雪の斜面に着地したあとも勢いを得て転がりつづけ、小さな木に激突してぽんと跳ねかえり、ようやく止まった。

一瞬の空白。次の瞬間、肺は空気を求めてあえぎはじめ、痛みが全身に走った。ジョナは雪の中に埋まったままわき腹を押さえ、うめいていた。三人がすぐに追いついてきた。

「ジョナ、大丈夫か？」レーンがそばにひざまずいた。

「だい……大丈夫だと、思います」ジョナはようやく声を出した。

「立てるか？」ショア議員が怒鳴る。

皆が見守る中で必死で立ちあがろうとしたが、無理だった。ジョナは痛みに顔をしかめた。救命士の資格も持つガイドのロブが、すぐに行動を開始した。スキーウエアを一部脱がせ、出血があるかどうか確かめる。左のわき腹を触られたジョナはうめき声をあげた。

「すぐに医師に見せましょう」ロブがきっぱりと言った。

「ぼく、平気です」ジョナは立ちあがろうともがいた。転んで騒ぎを引き起こしたことで動揺し、自分を恥じていた。

「まあ、大丈夫とは思うけど」レーンは同意し、ジョナに手を貸して立たせてやった。「でも、念のため診てもらわないと。ところで、誰だって転ぶことはある。今の斜面はきつかった。きみにとっては今日最高の滑りとはいかなかったが、最後までよく持ちこたえたよ」

ロブは、無線でヘリコプターのパイロットを呼びだし、迎えにくるよう指示を出している。

「なかなか機敏な反応だったね」ジョナのもう片方の側についたショア議員がつけ加えた。

「はっきり言って感心したよ。フォームがいいし、才能があるんだな。初めてのヘリスキーにしては、大した滑りだったぞ」

「ありがとうございます」ジョナの呼吸と顔色は正常に戻りつつあった。

「いい気になるなよ」レーンがいましめた。「無茶をしたのは確かなんだから」

「だけど、我々だってこの子の年だったら同じように挑戦しただろう。違うか、レーン？」

ショア議員は平然と言い返した。

レーンは議員をにらんだ。「余計なことを言わないでくださいよ」

「確かに、余計なひと言だったな」議員はにやりと笑った。「でも、わたしの場合、正直なことを言っても許される。この子のご両親に事情を説明する立場じゃないからね」

そのとき、ヘリコプターの音が聞こえてきた。行きましょう、とロブがうながした。

一行はスキーをはずし、ショア議員がロブと力を合わせてジョナの体を抱えあげ、ゆっくりと斜面を下りはじめた。皆のスキーをかついだレーンがすぐあとに続く。

どこまでも続くかと思えるほど長い距離を歩いたあと、一行はようやくヘリコプターが待機している平地に着いた。レーンが先に機内に入り、地上にいるショア議員とロブが持ちあげたジョナの体を中から支えて、運びこむのを手伝った。入口に一番近い席にジョナを座らせる。そのあとショア議員が乗りこみ、ロブがすばやくスキーを積みこんで、下山の準備ができた。ヘリコプターが離陸し、安定飛行に入ると、パイロットは救急車を呼んだ。

「ぼくもばかだな」ジョナがつぶやいた。「大したことないけがなのに、お騒がせして、皆さんにご迷惑をかけて。それに、早めに切りあげることになっちゃったし」

「どっちにせよ、あれが最後の滑走だったじゃないか」レーンが慰めた。「もうすぐ日が暮れるところだった。第一、お騒がせしてなんかいないよ。通常、こういうふうにやるもんなんだ。病院で診てもらってから、帰ろうや」


テルライド・メディカルセンターの医師はジョナを触診し、けがの状態を確認した。やはり左わき腹に打撲傷を受けていて、触れると痛みがある。だが、激痛はおさまっていたので内臓の損傷のおそれはまずなさそうだ。いい兆候だった。

ショア議員が、テルライド空港に待機させているプライベートジェットでいつでも飛び立てる旨を伝えると、医師はジョナの空路による帰還を許可した。ただし、少しでも症状が悪化した場合にはニューヨークの病院でCTスキャン検査を受けて内臓損傷の有無を確かめる、という条件つきだ。レーンとショア議員は、条件はかならず守ると医師に請け合った。

三人は一時間以内に出発できることになった。ショア議員があらかじめプライベートジェットのパイロットに連絡し、機内のソファをベッドにととのえるよう頼んであった。車から機内に運びこまれたジョナは、あおむけに寝かされてシートベルトで固定された。

医師が処方した鎮痛剤のオキシコドンのおかげで、ジョナは離陸するころにはぐっすり寝入っていた。レーンは機内からジョナの両親に連絡した。今日起きたことを冷静に報告したうえ、ショア議員の手配した車が自宅まで迎えに行くので、それに乗ってテターボロ空港に来てほしい、と伝えた。そうすれば両親はジョナの無事が確認でき、そのまま車で一緒に帰宅できる。両親は、最初は驚き、動揺していたが、しだいに落ちつきを取り戻し、最後にはショア議員の親切に感謝する余裕も見せた。

事態を収拾し、必要な準備がすべて終わったと判断したレーンは、贅沢な革張りのソファに腰を落ちつけた。声を聞きたくてしかたがなかった相手に電話をかけるつもりだった。

モーガンはジルと相談して、レーンとの今夜のデートの計画を立てたところだった。展開によって、対応のしかたも変わる。筋書きに応じた対策を考えたあと、解散となった。ジルは三階の部屋で、実家で一泊するための用意をととのえていた。このあとは、いつものようにヨガでリラックスする時間だ。モーガンはデスクトップ・コンピュータでの作業を終え、電源を切ろうとしていた。

ふと気づくと電話が鳴っている。モーガンはコンピュータの画面を見てシャットダウンモードになっているのを確かめながら、携帯電話に手を伸ばして受信ボタンを押し、首と肩のあいだにはさんでから出た。「はい」

「もしもし」レーンだった。「出かける準備、できてる?」

モーガンの唇に笑みが浮かぶ。机の端に腰かけて話をする体勢になった。「まだよ。七時二〇分だもの。支度する時間は十分あるわ」耳をすますと、うなり音が聞こえる。どうやらジェット機のエンジン音らしい。「そうでもないの?」

「〝十分〟の意味によるな。あと二時間とちょっとだよ。離陸してからだいぶ経ったからね。追い風だし、九時半ごろには空港に着く」

「思っていたより早かったわね」

「ああ、少し早めに切りあげたんだ。最後の滑りで、ジョナが転んでね。医者は大丈夫だと言ってたけど、できるだけ早く家に帰らせて、ゆっくり休ませてやりたかったから」

　モーガンは眉をひそめた。「本当に大丈夫かしら。骨とか、折れてないわよね」

「幸い、骨は折れてなかった。わき腹の打ち身だけだよ。少し休めばよくなるさ」レーンは間をおいた。「ぼくはジョナとは別に、ショア議員と一緒の車で帰ることになった。自宅に寄ってもらうことも、まっすぐそっちに行くこともできるよ。きみが決めてくれ」

「決めるのはわたしじゃなく、アーサーおじなのよね。ジルとわたし、一時間後には実家のマンションへ行くよう言われてるの。新しく雇ったボディガードと一緒に。どことい って特徴のない、目立たない人」

「ボディガードって――どうして？」レーンの表情や態度、すべてが変わり、声に緊張感がみなぎった。「月曜以降に、なんかあったのか？」

　モーガンはため息をついた。「おじったら、やっぱり何も言ってなかったのね。おじがあなたのお父さまにお願いして、手配してもらったのよ、ジルとおばとわたし、三人の身辺警護が必要だからって。実は、レイチェルさんのひき逃げ事故の犯人らしき男が、盗んだ車でミッドタウンに向かう前に、おばをつけてたらしいの。フィットネスクラブの前の通りの向かい側にいたんですって。それだけじゃなく、最近、いたずら電話、というか無言電話がかかってきていて、あとをつけられてるような気もするって」

「そんなこと、ひと言も聞いてない」レーンの頭は回転しはじめていた。「きみがその輪の中心なのは間違いないな。おやじはなんて言ってた？　ひき逃げが計画的な犯行だとか？」

「脅しのつもりだったのが、もくろみどおりにいかなかったんじゃないかって。今、お父さまはこの件を全力をあげて調べてくれてるわ、おじからやいやい言われなくてもね。でもおじは、警護をしっかりしておいたほうが安心だからって、言い張って」

「議員が心配されるのも無理ないよ」ふたたび言葉が途切れる。今度は重い沈黙だ。言いだすのがいやだった。「デートは延期して、別の日にしようか？」

「いいえ」モーガンはきっぱりと答えた。「一日じゅう、楽しみにしてたんですもの。気分転換が必要なのよ。悪いけど、ここでなく、おじとおばのマンションのほうに迎えにきてもらえる？　居心地悪そうで気が進まない？」

「全然、かまわないよ。ただ、それだと着替えるひまがないんだ。ジャケット着用必須のレストランでの食事を想定してる？」

「本音を言いましょうか？　〈グレイシーズ・コーナー〉のギリシャ風サラダとチーズケーキが食べたくてたまらないの。すぐ近くだし、おいしいし、ひと晩じゅうあいてるわ。それに、堅苦しくない店だから、今着てるもので大丈夫。わたしもジーンズとセーターにすればいいし」モーガンはため息をついた。「考えだしたら、ますます食べたくなっちゃった」

「グレイシーズ・コーナーか」レーンは唇を鳴らした。「そんなこと言うから、ぼくもあそこのツイン・チーズバーガー・プラターと、でっかいチョコレート・レイヤーケーキが食べたくなってきた。一日じゅうスキーしてたから、腹ぺこで死にそうなんだ」

モーガンは笑いだした。「わたしのアイデア、気に入ったようね」

「ああ、気に入った。じゃ、議員のマンションに迎えにいくよ。そっちの天気はどう？」

「寒いけど、晴れてる」

「いいね。レストランまで歩いていける。暖かい格好をしておいで」

モーガンは三階へ上がって熱いシャワーを浴び、一日の疲れで緊張した筋肉をほぐした。レーンに言ったことは本当だった――モーガンは今夜を、ここ一週間に起きた、信じられない事件を忘れるための機会にしたいと思っていた。また、ジルに告白したことも本当だった――今夜のデートの展開は予想もつかなかったが、どうなるか待ち遠しくもあった。

シチズンズオブヒューマニティーのジーンズをはき、ラヴェンダー色のカシミアのVネックセーターを着た。襟元のラインは魅惑的に見えるように深めがいいけれど、深すぎると誘惑しているように思われかねない。その兼ね合いがちょうどいいセーターだった。メークは控えめにし、肩までの髪はまとめずに、顔にかからないように垂らした。今のところは暖かいソックスだけはいておこう。アグのシープスキンブーツは薄手のダウンジャケットと一緒に廊下のクローゼットに置いてあるから、出るときにはいていけばいい。

週末の一泊用のトートバッグを取りだし、着替えと洗面道具を入れた。ジルと一緒にマンションに一泊するよう言い張るおじの心配ぶりはちょっと大げさにも思えたが、こんなときにたった一人で、この自宅兼事務所で夜を過ごすのもなんとなく不安だった。

時計を見ると、八時少し過ぎだった。ジルの部屋から流れてきていたパンフルートの曲は、いつのまにか、陽気な口笛の音と、バッグに洋服を詰める音に変わっていた。

一分後、ジルが大声で呼んだ。「モーグ、用意できた？」

「準備オーケー」モーガンも大声で返す。トートバッグとハンドバッグを持ち部屋を出た。

書斎の前を通りかかったとき、反射的に中を見た。ここ数週間、毎晩、両親の遺品の日記を読んだり写真を見たりして過ごしてきたが、今夜はそれをしない初めての夜だ。そう考えると、どこか救われるものがあった。同時に、自分の人生に欠かせない重要なものを置いていくような気もしていた。

その思いについてあれこれ考えるより先に、モーガンは書斎に入り、思い出の品を集めてトートバッグの中に入れた。まるで、大切なぬいぐるみを持ち歩く子どもみたいじゃないの。内心、自分の行為にあきれていた。それでも、安心感を与えてくれるお守りのようなものであることには変わりない。自分のそばに置いておきたかった。

いつかきっと、これらの品を手放さなくてはならないときが来るだろう——手放せるようになるときが。だが、今はまだそのときではなかった。

プライベートジェットがテターボロ空港に着陸したのは九時二七分だった。ジョナの両親、ヴォーン夫妻を乗せてきた高級セダンが待っていた。夫妻はぐったりした息子を抱きしめ、車の後部座席に寝かせて、ショア議員とレーンに礼を述べてから自分たちも乗りこんだ。一行は数分後には、ブルックリンの自宅へ向かって出発した。

セダンのテールライトがカーブの向こうに見えなくなるのを待って、リムジンの運転手は、ショア議員とレーンが座席に座ったのを確認し、車を出した。

レーンはショア議員をちらりと見た。「さっき、モーガンと電話で話したんですが、エリーゼ夫人の身に起きたことについて教えてくれました」

「そうか？」ショア議員の声は驚いているふうでもなかった。「遅くとも今夜の食事のときにはモーガンがきみに話すだろうと思っていたよ。正直言って、わたしから話してもよかったんだが、せっかく雪山で陶酔感に浸りながらスキーをしているのに、その楽しみをそいでしまうのもどうかと思ってね」うんざりしたようにため息をつく。「今回のように世間と隔絶された時間を持つのも、生き抜いていくためには必要なんだよ。戻ったとたん厳しい現実が待っていて、足元をすくわれそうになるからね」

「よくわかりますよ」レーンは険しい表情で同意した。「でも、ボディガードを新たに雇われて、よかったですよ。あのひき逃げ事故はどう見ても、意図的なものでしたから。何者かがモーガンさんにメッセージを送った。はっきりとした警告をね」

「いつも、あの子のそばに誰かいるようにしたいんだ」ショア議員は横目でレーンを見た。

「今夜は、きみがその〝誰か〟になってくれる。もう聞いているかどうか知らないが、今ごろモーガンとジルはうちのマンションへ行っているはずだ。わたしが帰るまで、エリーゼと一緒にいてもらえるようにね」

「聞きました。ぼくがお宅まで、モーガンさんをお迎えにあがることになってます」

「で、あとで送りとどけてくれると。もし……」アーサーは照れくさそうに咳払いをした。

「いいか、レーン。わたしが、娘の生活に要らぬ口出しばかりする、威圧的な父親のような人間だと思ってもらっちゃ困るよ。モーガンの私生活は、彼女自身が考えればいいことだ。ただ、今のこの状況を考えると心配になるんだよ。だから、二人が今夜一緒に過ごすのなら、それでよしとしよう。でも、もし食事が終わって、そのあと……」

「かならず、無事にお宅の玄関までお送りします」レーンは安心させるように言った。「モーガンがちゃんと中に入って、錠が下りるまで見とどけてから、帰ります」

「ありがとう」ショア議員は眉を寄せてもの問いたげな表情になった。「きみが強調処理したという写真を、モンゴメリーさんと一緒に分析するのはいつになる？」

「明日です。今週の残りの時間はほとんど、父に頼まれた仕事に集中する予定です。ただ、フォトエッセイ用に、いくつかのイベントでの撮影が残ってますよね。それと金曜、ポコノ山脈でのスカイダイビング同行もあります」レーンは表情を曇らせた。「ジョナもまた一緒に行けるぐらい回復するといいんですが。あいつ、『タイム』誌の記事に協力できるチャンスを心待ちにしていて、そのために今までがんばってきたようなものなのに」

「そうだな、わかるような気がする」ショア議員はなつかしそうな笑みを浮かべた。「今回、新しい経験や発見に興奮したり、驚いたりするジョナを見ていて本当に楽しかった。感傷的に聞こえるかもしれないが、自分があの年齢だったころが、つい昨日のことのように思えるんだ。あの子の人生の喜びを自分のもののように共有できる。何もかもが新鮮で汚されていなかった若いころを思い出せる。そんな経験ができて、心から嬉しいよ」

レーンはショア議員の口調にこめられた感慨と、思い入れの強さに驚いた。「まだまだ、そんなお年じゃないでしょう。アーサーさんの体力は、ぼくが今まで出会った人たちの中でも最高のレベルですよ」

「スキーの話をしてたわけじゃないんだ。人生の話だよ」ショア議員は急に姿勢を崩し、頭を座席にもたせかけた。「哲学を語るのも、もうこのへんでやめておくか。四五分ほどあるから、ひと眠りしようじゃないか。特にきみは眠っておいたほうがいい。デートでメインディッシュを食べながら居眠りするようじゃ、得点は稼げないからね」

グレイシーズ・コーナー。モーガンとテーブルをはさんで向かい合っているのに居眠りするなど、レーンにとっては考えられないことだった。

モーガンの表情はどこかまだ緊張していた。それは間違いない。少しやつれて、目の下のくまはコンシーラーでも隠しようがなかった。事実は、事実だ。ここ一週間のできごとが重くのしかかっているのだろう。

それでも、モーガンはすばらしく魅力的だった。女らしい細やかな心づかいのできる気立てのよさと、ずばりと本質を突いてくる激しい気性という、なんともそそられる組み合わせは、初めて会ったその日から、レーンを惹きつけてやまない。

通り過ぎる人を振り向かせるようなスタイルのよさ。Vネックのラインから見えそうで見えない胸の谷間。レーンはモーガンの体から目を離すことができなかった。

その一方で、モーガンが普段どおりふるまうだけで、体にばかり目がいくという問題は解決できた。なぜなら、胸から目を離して会話に集中しないかぎり、まともに渡り合うことはできないからだ。彼女と話していると一瞬たりとも気を抜けず、ことあるごとに挑戦状をつきつけられる――レーンは、スキーで難斜面に挑むときと同じぐらいの興奮をおぼえていた。いや、もしかするとそれ以上かもしれない。

モーガンが欲しいという気持ちはつのるばかりだった。女性に対して、これほど強い思いを抱いたことはなかった。

「そうなの」モーガンはギリシャ風サラダを食べるのを中断し、身を乗りだした。両手の指を組み合わせ、好奇心をあらわにした目でレーンを見つめる。「今の説明だけでもなんとなくわかるわ。おじと一緒に、サンファン山脈に新しい軌跡を切り開いた、というわけね」

「ああ、そのとおり」レーンは食べていたチーズバーガーを皿に置き、興奮に目を輝かせながら冒険談を詳しく語った。「あの感覚、どういうふうに表現したらいいかなあ。息をのむような美しい眺めでね。雪にはひと筋の跡さえついていない。何ものにも汚されていない自然の中を滑っていくんだ。急斜面の迫力、スピードの爽快感、テクニックの限界に挑戦する面白さ――最高だったよ」

モーガンはレーンの説明のニュアンスを味わうように言った。「本当に冒険が好きなのね？ アドレナリンの放出、危険に立ち向かう感覚、すべてが」

「ああ、そうだね」

「怖くなったりしないの？ 自分の弱さや、命のはかなさを感じるとか？」

「そういう考えが頭をよぎったら怖くなるかもしれないね。ただ、雑念はないんだ。実のところ、何も考えないでやってるからさ。ただ、その瞬間を刹那《せつな》的に生きてるだけだから」

「そんな力を発揮できるって、すばらしいことよね。わたしにはできないもの」

「ああ。だって、きみにはきみなりの、できない理由があるだろ」

「わたしたち、全然違う生き方をしてきたんですものね」モーガンは同意した。「あなたはご両親が離婚した。きっとつらかったでしょう。でもお二人ともまだ生きていて、あなたの人生の中にいる。それに、一六歳だったあなたは、状況を理解して対応する能力があった。わたしの場合は子どもで、まったくの一人ぼっちになってしまった。その感覚をどうしても乗り越えられないの。だから、そうね。安全は何よりまさる、という考え方になるのよね」

「きみは、自分がどういう人間かを十分にわかってる。人生ではそれがプラスになるよ」

モーガンは顔をしかめた。「一七年も心理セラピーや精神分析を受けてきたんですもの、いやでも自分がわかるようになるわよ」

「そろそろ、自分がどんな人間であるかじゃなくて、どんな人間になれるかを学んでもいいころだね」

モーガンは眉を上げた。「あなた、わたしの心理を分析しようとしてるの？」

レーンはにやりとした。「言っとくけど、人の心を読むのが得意なのはきみだけじゃないよ。ただやり方が違うだけさ。ぼくの場合は、カメラのレンズを通して読みとる」

モーガンはいかにも興味をそそられたように、そのたとえについて思いをめぐらせている。

「カメラのレンズを通して。そんなふうに考えたこと、なかったわ。でもそのとおりよ。写真家は、人の心を読みとれなくてはならないのよね。しかも、あなたのように専門分野で傑出した実績を残している人なら、研ぎすまされた直感を持っているはずだわ」

「つまり、ぼくらはけっきょく、そんなに大きく違っていないってこと」意味ありげな一瞬の沈黙。「ただし、違っていたほうがいい点、つまり男と女であるという点をのぞいてね」

「いいえ、わたしたちはいろいろな面で違っているわ」モーガンは訂正した。だが、ほんのりと赤らんだ頰と目の輝きから、二人が実は同じことを考えているのがわかる。「わたしの頭の中で警鐘が鳴っているというのも、違いのひとつよ。危険だから反対方向に逃げなさい、っていう忠告ね」

「で、きみの頭はその忠告を素直に聞いている？」

「いいえ」また、心惹かれる率直さ。「あなたの言う、〝男と女であるという違い〟が忠告を抑えこむのよ」

「それはよかった」レーンはテーブルの上から腕を伸ばしてモーガンの手をとった。「手持ちのカードは見せた」ゆっくりと言いながら、親指で彼女の手のひらをなぞる。「ぼくのことをプレーボーイだと思ってるだろう。たぶん、きみの定義ではそうなのかもしれない。でも、モーガン……」言葉を切った。彼女の手から伝わってくる震えと、自分の体をかけめぐる熱いものを感じていた。「今回は、遊びじゃない」

「わかってるわ」モーガンの指がレーンの指と指のあいだに入りこみ、二人の手は官能的な形に組み合わされた。「あなたにとっては、遊び《プレー》じゃない。わたしも、いつもの自分みたいに安全にプレーするつもりはない。考えが一致したようね」

レーンの全身がこわばった。二人がどこにいるか、誰であるか、何について話しているかはもう、どうでもよくなっていた。頭の中には今の、このひとときしかなかった。

「料理は包んでもらおう」低く性急な声で言う。「持ち帰りにすればいい」

モーガンはうなずいた。すでに自分のジャケットに手を伸ばしている。「わたしのチーズケーキ、忘れないでね」と、どうにかこうにかつぶやいた。

「忘れないさ。ぼくのチョコレート・レイヤーケーキもね。お互い、エネルギーが要りそうだから」

レーンがウエイターに合図をして立ちあがり、座席のブースから出かけたとき、モーガンが腕をつかんで止めた。「レーン?」

振り返って、問いかけるような視線を投げる。問いかける？　いや、ほとんど懇願するような視線だ。レーンはまるで、デートの相手が怖気づきませんようにと心の中で祈りを捧げている、興奮したティーンエージャーのようだった。

その表情を読んでモーガンはほほえみ、「まさか、大丈夫よ」と優しく請け合った。「わたし、ジャケットを着て、あなたが持ち帰り用の料理を受けとるころにはドアのところで待ってるから。ただ……」舌の先で唇を濡らし、次の言葉をやっとのことで押しだすように言った。「わたしのタウンハウスのほうが近いわ。ここから四ブロックだし。ほかに誰もいないから、そっちへ行くほうが自然なんだけど。でも……」

「でも、今夜はあそこに戻りたくないんだね」

「そう。何もかも忘れて、今夜のことだけ考えたいの。というより、何も考えたくない」

「だったら、考えるな。ぼくの家はそこからさらに七、八ブロックだけど、タクシーで行けばすぐさ」レーンはウエイターをつかまえて話しながら、すでに自分のジャケットを取りあげてはおっていた。

わずか一分で、デザートを持ち帰り用に注文し、お金をすばやく取りだす。ウエイターが食事代金を合計しているあいだに首を傾けてモーガンのほうを見やり、親密さをこめてウィンクした。「あと五分ぐらいだ。ドアの前で」

「ううん」モーガンは言い返した。ジャケットのファスナーを上げ、座席からハンドバッグを取りあげる。「外で大丈夫。タクシーを拾って、待ってるから」

22

一五分後、二人はレーンのコンドミニアムにいた。

モーガンは玄関を入ったところの照明を浴び、一階をざっと見わたしながら立っていた。レーンは錠をかけている。

くつろげる雰囲気で居心地のよさそうな、男っぽい家だった。リビングルームにはキャラメル色の革張りのソファと椅子を配し、暖炉がしつらえられている。その向こうには大画面テレビや最先端のオーディオ機器の置かれたコンピュータルームがある。その奥に見えるのは、セラミックタイル貼りの床にステンレス製の電化製品が並ぶ部屋。あれはどう見てもキッチンだ。反対側には暗室の入口らしき錠のかかったドアがある。ほかの部屋と同じように、きっとすごい設備がそなえてあるのだろう。だがモーガンは、家の中の案内をしてほしいとは頼む気にはなれなかった。今は、いい。

「二階はジムにしてあるんだ」とレーンは低くかすれた声で言い、モーガンのジャケットを脱がせると自分の分と合わせてわきに置いた。「見たい?」

「お家全体を見せてもらうわ——あとで」モーガンは髪についた雪を払いおとした。身も心も興奮状態にあった。「あなたがどうしても今、見せたい、というのなら話は別だけど」

「いや」レーンはモーガンのところへ歩みより、カシミアのセーターの袖を両手のひらで撫でるように上下させた。「今見せたいのは、ベッドルームさ」

モーガンは頭をそらし、レーンを見あげた。きらきらと輝く彼女の瞳に、まぎれもない欲望が浮かぶ。「わたしも同じ考えよ」

「ただ困るのは、ベッドルームが三階にあること。二つ上の階だ」モーガンの髪に差し入れた指で、顔にかかった毛を耳の後ろにかける。「二つあるベッドルームのどちらもそうなんだ」頭を下げ、唇を彼女の首の横にはわせる。

「遠すぎるわ」モーガンはささやいた。声も体も細かく震えている。

「いい解決策を思いついた」レーンの唇が鎖骨のくぼみに移動した。「ぼくはよく、暗室で何時間も作業をする」キスがあごまで上がっていく。「途中で、隣のコンピュータルームで寝ることがある。ふかふかのエアマットレスがある。キングサイズだ。もしよければ——」

「いいわ」

レーンはモーガンの腕を引っぱって自分の首に巻きつけさせ、彼女の唇の片方の端をついばむようにしながら、後ろ向きの体をコンピュータルームのほうへじりじりと押しはじめた。「ぼくときたら、どうしようもない主人役《ホスト》だな」とつぶやく。「何か、飲み物は要る？ ワインでもどう？」

「キスがいいわ」モーガンは答え、頭の向きを変えた。二人の唇がかすかに触れ合う。「今週ずっと、キスすることを考えてたの」

「ぼくも考えてた……それ以上のこともだ」レーンは前に進むのをやめ、手を彼女の髪の中にすべりこませて、次の行動のために頭を支えた。「でも、まずこれから始めよう」

二人の唇が重なった。口を開けたまま、熱く、激しく求め合うキス。重ねられた唇が溶け合い、離れ、ふたたび溶け合う。レーンの舌先はモーガンの口の中に大胆に差しこまれ、舌にこすりつけられて、次に起こることをはっきりと伝えた。

モーガンの喉からすすり泣きのような声がもれはじめた。欲望をかきたてられ、じれているのだ。彼女は体をさらに寄せ、密着させた。服の上からでも全身がしびれるほどの刺激だ。

レーンはモーガンの体を半ば持ちあげながら、コンピュータルームへ運んだ。

二人はもつれ合うようにしてエアマットレスに倒れこんだ。フリース毛布が暖かく、柔らかい。まるで心地よい巣のようだ。お互いのセーターを脱がせあった二人は、ジーンズのボタンをはずし、ジッパーを下げ、ソックスやブーツと格闘した。

モーガンは、ホックをはずされたブラを肩を回して脱ごうとした。だが、なかなか思うようにいかない。レーンの腕で背中を支えられて弓なりにそらされ、乳房を自由にされているからだ。硬くなった乳首は口に含まれて、舌で転がされている。愛撫に耐えきれなくなったモーガンはうめき声をあげてレーンの肩を押し、その勢いで体が離れた。邪魔なブラを自分ではぎとり、床に放り投げる。

レーンは熱く燃えるまなざしをモーガンに注いだ。荒い息づかい。手を下に伸ばしてパンティをすばやく脱がせる。指はしばらく太ももを愛撫していたが、内股をすべりながらしだいに上がっていき、ついに彼女の脚の奥に達した。すてきな感触だ――すごくいい。

もう、二人とも我慢できなくなっていた。

レーンは一瞬だけ体を離してブリーフを脱ぎ、わきに蹴った。上体をかがめると、モーガンの体を抱えて少しだけ持ちあげながら毛布をめくり、フランネルのシーツの上に横たえる。二人の体が重なった。レーンは上からおおいかぶさり、モーガンをマットレスに押しつける。素肌が初めて触れ合う。時が止まった。

くぐもった喜びの声がもれる。モーガンは本能的に体を持ちあげて、乳房を彼の胸にこすりつけた。乳首が胸毛とすれ合うたび、えもいわれぬ感覚が生まれる。

レーンの下半身が硬くなり、快感の波が全身を貫いた。やっとのことで、震えるかすれ声をしぼり出す。「このまま続けたら、早く終わっちゃいそうだ」

ほっそりした指先がレーンの背骨をたどる。「いいの、早くして。もう待てない」

「モーガン」レーンは彼女の頭を両手で抱え、唇を激しくむさぼった。熱いキスを続けながら、手は女らしい体の曲線をたどり、太ももをさぐった。内股の感じやすい肌をなぞると、指先にかすかな震えが伝わってくる。

モーガンはせつなそうに身をよじり、脚を大きく広げた。体を弓なりにそらせて受け入れようとしている。レーンは彼女の膝の裏を腕で支えて脚を持ちあげた。この角度だと奥深くまで入れられる。

重なっていた唇が離れた。熱く求め合う二人の視線がぶつかり合う。

「早く、今すぐよ」モーガンはあえいだ。

「今すぐじゃ、遅すぎる」レーンはすでに中に入りつつあった。壁が少しずつ押し広げられていく刺激に、モーガンはうめき声をあげ、頭をのけぞらせて枕に打ちつけた。

レーンの動きが止まった。前に進みたいのをこらえているために、腕の筋肉がぶるぶると震えている。「痛い?」

「ううん……いいの」モーガンはレーンの腰に回した手に力を入れた。

「すごくきつい」うめくような声。

「お願い」あえぎ声が返ってきた。「レーン……」中の襞が彼のものを締めつける。

「我慢できない」もう限界だった。「全部、入れるよ」容赦なく一気に突き入れて、奥まで貫いた。二人は大きく息を吸いこんだ。そして、レーンは動きだした。体内からの差しせまった要求を無視して、この行為をできるだけ長引かせ、興奮を持続させるつもりだ。自ら決めたペースで深く突き、引いて、ゆっくりと腰を動かした。

モーガンは、彼の意図を察してそのリズムに応えた。早く上りつめたいという切迫感を抑えて、この鮮烈な感覚にいつまでもさらされていたかった。

快感はしだいに高まり、ふくれあがり、もうこれ以上抑制しつづけられなくなった。

レーンは本能に屈した。自分が求めていたもの、二人が求めていたものに向かってしゃにむに突き進む。女体の奥をえぐるように荒々しく腰を打ちつけ、彼女の名前を呼ぶ。最初はくぐもったささやきだったものが、最後には叫び声に変わった。

モーガンの中で何かが弾けて、痙攣とともに悲鳴がもれた——喜びと驚きの混じった鋭い叫び。何度も収縮する襞の中へ、レーンは精を放った。脈打つたびに熱いものがほとばしる。体の中心を揺るがすような快感を味わいながら、一滴残らず注ぎこんだ。

レーンは力尽きたように彼女の上に倒れこんだ。呼吸は浅くせわしなく、肌は汗に濡れ、もう二度と動けないと思うほど消耗していた。モーガンはその下でぐったりと横たわり、力の抜けた手足をマットレスの上に投げだしていた。まだ続いているオーガズムの余韻で、体は細かく痙攣している。肺に空気を送りこもうとすると、心臓の鼓動の速さが際立つ。

レーンは、自分が全体重をモーガンにあずけているのに気づいた。体をずらそうとするが、四肢が言うことを聞いてくれない。

「ごめん、重いだろう」レーンはモーガンの髪の中に唇を埋めながら、かすれ声で言った。

「ううん」消え入るようなささやきではあったが、同時に首をわずかに振ったのがわかった。その動きは、レーンになんともいえない安心感を与えてくれた。

疲れに身をゆだねたレーンは、顔をモーガンの首と肩のあいだに置き、彼女の香りを吸いこみながら目を閉じた。そして、眠りに落ちる前に考えた——興奮のきわみに達したあとの、こんなに心地よい疲労は、今まで経験したことがない。

レーンの規則正しい寝息が聞こえてきた。だがモーガンは寝つかれず、そのまましばらく横たわっていた。くたくたに疲れて、筋肉に力が入らない。全身が休息を欲していた。なのに頭は冴え、胸には感情が渦巻いていた。

モーガンの中の何かが告げていた——あなたは大きな間違いを犯した、と。

レーン・モンゴメリーに深入りするのが危ないことぐらい、承知のうえだった。それでも彼女は、目を見開いたまま突き進んだ。予想していたのは、最悪の場合、一夜かぎりの熱い恋。最高の場合は、混乱のまっただなかにいる自分を救ってくれる、情熱的な関係の始まり。

でも、それは誤算だった。

たった今、二人のあいだに起きたことが、想像もつかない重みを持ちはじめていた。単なるセックスの結びつきではない。確かに、想像をはるかに超える快感をともなうものではあったが、それだけではなかった。もっと深くて、複雑なもの。否定しようのないほど強い思いに突き動かされて、求めずにはいられない。

今のモーガンにとっては一番望ましくない状況だった。ただでさえ人生の一大事を経験して精神が不安定になり、余裕がないときなのに、これ以上の負担は耐えられない。もっと単純で、混乱の少ないかかわり方ならよかったのに。このままだと、怒濤のごとく押しよせる感情の波に飲みこまれてしまう。どうすればいいの。モーガンの心は揺れていた。


東八二丁目をぶらぶら歩いていた細身で筋肉質の男は、めざす建物を見つけた。外壁に褐色砂岩を張ったタウンハウスだ。正面階段を上り、玄関の前で周囲を見まわす。

午前三時。あたりは真っ暗で、人気《ひとけ》がない。闇にまぎれることができるよう、男の服装は黒ずくめで、荷物も少ない。男はピッキングの道具が入った革のケースを開け、まず一番上のボルト錠からとりかかった。テンションレンチを差しこみ、反時計回りの方向に圧力をかけた。経験からこれぞと思うピックを選びだし、ピンをひとつひとつ巧みにはずしていく。レンチが回り、解錠されたボルトはドアの向こう側に引っこんだ。

ひとつめは片づけた。残るはひとつ。男は下のボルト錠についても同じことをくり返した。任務の最初の部分は完了だ。手袋をはめた手で玄関のドアノブを回し、男は中に入った。

温かい唇がモーガンの肩をかすめた。首にかかった髪を指先が優しくかきわけて寄せる。むき出しになった部分に唇があてられた。

モーガンは何度かまばたきをしてから目を開けたが、一瞬、どこにいるのかわからなくなった。室内は暗く、かすかに点滅する明かりがあるだけ。ベッドがやけに低く感じられて、違和感がある。体をひねってキスの主を見ようとしたとたん、記憶が戻ってきた。

片方の肘をついて横たわったレーンが、物憂げな目でこちらを見ていた。すぐそばのエンドテーブルには、火のついたろうそくが二本。これが明滅する柔らかい明かりの正体だった。エアマットレスのそばの床の上には、ワインの注がれたグラス二個、チーズケーキ二切れ、チョコレート・レイヤーケーキの大きい二切れをのせたトレーが置かれていた。

レーンの唇に、親密な笑みがゆっくりと広がった。「お腹すいた?」

「ええ、すごく」モーガンはもがくようにして上体を起こして座り、毛布を体に巻きつけた。

キャンドルの光、デザート、ワイン。月並みの演出だが、それでもロマンチックな気分にしてくれる。「すてき、驚いたわ」彼女はつぶやいた。「こういうのは普通、誘惑するための戦術なのに。これなしでも、もう誘惑の成果はあがっているわけだから……」目が輝いた。

「過分な待遇といってもいいかもね」

「へえ、ぼくなら関係維持に必要な手段と呼ぶけどな」レーンはモーガンを愛おしそうに見つめながら、指の関節でその頬を撫でた。「デザートも、誘惑も、両方ともね」

モーガンはつばを飲みこんだ。レーンのペースに乗せられている。それは否定しようがなかった。怖いのは、これが女性を口説くときの彼のいつもの手だ、と自分を納得させられないことだった。その言葉には真実味があった——職業経験から、モーガンに客観的な評価が下せるとしての話だが。「この準備、いつのまにしたの?」

「今さっきだよ。きみが眠っている姿をとくと眺めてからさ」

「さぞかし、うっとりするような眺めだったでしょうね」モーガンは乱れた髪をかきあげた。

「うん、確かに」

「まさか、いびきなんかかいてなかったでしょうね」

「大丈夫。ときどき、なんかつぶやいてたけど、それ以外は気を失ってたよ」レーンは急に真面目な顔になった。「こんなにぐっすり眠ったのは久しぶりなんじゃないのか」

「そうね」モーガンはレーンの心配そうな表情とその理由に気づき、先回りして言った。

「レーン、お願い。話をそっちに持っていかないで——今夜は。今夜のところは……」

「今夜のところは、気ままに、自由に、楽しみたい、と」

「いいかしら？」

「いい、なんてもんじゃないよ。それが必要なんだ」レーンはモーガンの髪の毛の束を唇に持っていった。

「今夜、と言ったけど……」モーガンは部屋の中を見まわして時計を捜したが、なかった。

「もうすぐ、夜が明けるんじゃない？」

「ああ。でも残ってる時間を楽しめばいい」

「今、何時ごろかわかる？」

「だいたいはね。キッチンを出るときに壁の時計を見たら、三時ちょっと過ぎだったから、今は三時半ごろじゃないかな。次の気ままなお楽しみにはぴったりの時間帯だ」レーンは体の向きを変えて反対側に手を伸ばし、トレーからワインの入ったグラスを取った。ひとつをモーガンに渡し、続いてチーズケーキの皿とフォークも差しだす。「どうぞ」

モーガンは言われるままにチーズケーキを口いっぱいに頬張った。チョコレート・レイヤーケーキにかぶりつくレーンを見てほほえむ。「よっぽどお腹すいてたのね」

「食欲が出るようなことをしたからさ」

「そのケーキ、ふたつ平らげられるぐらい？」

「いや、ひとつだ」レーンは親指を使って、モーガンの下唇についたチーズケーキをぬぐいとった。「でも、あと一回、食欲が出るようなことができればと思ってるんだ——さっきと同じぐらい消耗するけど、もっとクリエイティブなひとときを過ごしたい」

「本当？」モーガンはにっこり笑い、フォークをなめた。「すごいわ。あなた、とんでもないスタミナの持ち主か、でなければどうしようもないうぬぼれ屋か、どっちかね」

「その判断はきみにまかせるよ。でもまず、デザートを食べてしまおう」レーンはワイングラスを持ちあげた。「乾杯しようか？」

「ええ」

レーンはモーガンのほうにグラスを傾けて言った。「お互いの似ている点と、違う点に乾杯。人生におけるあらゆる冒険への挑戦と、我々がなれる自分の可能性に、乾杯」

「乾杯」二人はグラスをかちりと合わせた。モーガンはゆっくりとワインを味わった。ソーヴィニヨン・ブラン――チーズケーキの味をひきたてる、最高の取り合わせだった。

モーガンは食べかけのチーズケーキと、早いピッチでなくなりつつあるワイン、そしてレーンの目の熱を帯びた輝きへと目を走らせた。

デザートの時間は終わりに近づいている。二人のあいだにはすでに目に見えない火花が飛びかっている。モーガンは拒もうと思えば拒めた。抵抗できるチャンスが残されているうちに、思いきって身を引くこともできた。問題は、そうしたいと思えないことだった。

夜明けが近づきつつあった。空気が凍るように冷たい。モーガンは鍵を取りだしてドアへ急いだ。

「早く」あとから階段を上ってきたレーンが、ダウンジャケットを着たモーガンのウエストに手を回しながらせかした。「寒くて凍えそうだよ。ゆうべと比べて五、六度は下がってるんじゃないかな」

「だまそうったって無駄よ」モーガンは言い返し、上のボルト錠に鍵を差しこんだ。「インプレッサのコーヒーメーカーで、エスプレッソを淹れてほしいだけなんでしょ。だめよ。あれはお客さま専用なの」

レーンはくっくっと笑った。モーガンは下のボルト錠を開けている。「ばれたか。ぼくはエスプレッソ命、だからね。だけど、淹れてくれなかったら、きみがどこでひと晩過ごしたか、ショア議員に言いつけなくちゃならないな」

モーガンは肩越しに笑みを投げかけた。「告げ口しなくても、おじは感づいてると思うわ」

「ああ、たぶんね」

「それに、もし、自分の行動をおじに秘密にしておきたかったら、一時間早めに切りあげたもの。あなたにあっちのマンションまで送ってもらって、客用寝室にこっそり入って知らんぷりしておけば、みんな眠ってて気がつかなかったはずよ」

「確かに。だけどもしそうしていたら、どんなチャンスを逃していたか、考えてごらんよ。きみだけじゃない、ぼくら二人がだよ」ハスキーな声。温かい唇がモーガンの耳に触れる。「一時間前、ぼくらが何をしてたか憶えてるかい？　世間体とか体面を取りつくろうことに、あんなひとときを犠牲にするほどの価値があると思う？」

「ないわね」レーンの言った「ひととき」の経験がたちまち鮮やかに思い出されて、モーガンはごくりとつばを飲みこんだ。

軽い冗談を返そうとしたそのとき、急に吹いてきた風で、細かい雪が二人のまわりに舞いあがった。それとともに、ドアマットの下にはさまれていた破れた紙切れも。

本能的に手を出して紙切れをつかんだモーガンは、それが何かわかって眉をしかめた。

「これ、どこから飛んできたのかしら」

「なんだい?」レーンが後ろからのぞいた。

「おじとおばの写真。昔のよ。おばがこんなへアスタイルにしてたの、ずいぶん前だもの」モーガンは写真の中のエリーゼを指さす。「一九九八年一一月一〇日ですって」

「ああ、でも焼き増しされたのは昨日だよ。ほら、ここに日付が」写真は斜めに破られてほぼ半分の大きさになっていたが、右下の隅の日付は読みとれた。「誰が焼き増ししたんだろう? しかも、なんでこんなものが玄関に?」

「なぜかしら、見当もつかないわ」モーガンはノブを回してドアを開け、レーンのために明かりをつけた。「もしかしたら、ジルがスクラップブックを整理してたのかもね。おじが議員に当選したころの写真を集めて……」室内を見まわしたとたん、モーガンは衝撃で言葉を失った。「何、これ?」、目が大きく見開かれた。「なんてこと……」

23

ウィンショアのオフィスはめちゃくちゃに荒らされていた。

書類があちこちに散らばっていた。ファイルキャビネットが倒れ、そこに入っていたフォルダーが全部引きだされ、中の文書が飛びだしている。モーガンの机まわりは特にひどかった。引き出しが開けられ、はずされてひっくり返されたために、中身がカーペットにぶちまけられている。机の上に置いてあったものは残らず床に落とされ、上には何も残っていない。

新聞や雑誌がそこらじゅうに投げ捨てられ、散乱していた。ページは破りとられたり、細かく刻まれたりして、まるで紙吹雪のようにばらまかれている。

「くそ」レーンは被害の状況をひと目見て言った。建物の奥へ入っていこうとするモーガンの腕をつかんで引きとめる。「行くな」

「なんですって?」呆然とした表情に、うつろな声。

「あっちへ行っちゃいけない」

「どうして? 中に誰かいるかもしれないから?」

「いないとは思うけど、きみが確かめに行かなくていい。それに、犯罪現場だから、いじっちゃいけない。さ、出よう」レーンはモーガンを外に連れだした。

モーガンの歯がガチガチ鳴りだした。寒さからか、ショックからかは自分でもわからなかった。「誰がこんなことを……？　いったいどうして……？」

レーンはすでに携帯電話を取りだし、短縮ダイヤルで発信した。相手が出ると、前置きもなくしゃべりだす。「父さん、モーガンのところに誰かが侵入した。少なくとも、一階のオフィスはめちゃくちゃにやられてる。ほかの部屋はまだ見てない。モーガンには上まで行かせてない。いや、彼女はいなかった。ぼくと一緒だったから。ああ、ひと晩じゅうだ。たった今、二人でここに着いたばかりなんだ。いや、誰もいなかった。ジルさんは実家でご両親と一緒だ。ああ、今もあっちにいる」しばらく間があいた。「いや、まだだ。電話したのは父さんが最初だよ。ああ、わかった」

レーンは電話を切った。「また、おやじの第六感が当たったたな。昨日はダッチェス郡の家じゃなく、クイーンズの事務所に泊まったそうだ。だから一五分で来られるって。おやじに一〇分ぐらい先行させてやって、それから警察を呼ぼう」

活動を停止していたモーガンの頭がやっと働きだした。「警察が来て現場を最初に調べるときにモンティが立ち会えるように、ということね」

「そうだ」レーンはモーガンの目がうつろで、歯の根が合わないほど震えているのに気づいた。「こっちへおいで」腕を回して引きよせ、顔を押しつけ、手袋をはめたままの手で背中をさする。体を温めるだけでなく、安心させるためでもあった。

「近ごろのダウンジャケットの性能って、昔とは違うのね」モーガンはレーンのコートに顔を埋め、くぐもった声で言った。せいいっぱいのユーモアのつもりなのだろう。

「ダウンは寒さをしのぐためで、家に侵入されて荒らされたショックをやわらげるのには役立たないよ」

「わたしの家」モーガンは顔を上げ、レーンを見た。「三階の自宅のほうはどうなってるかしら。オフィスの一部しか見てないから」唇を噛みしめる。「ここにただ突っ立って、何もしないでいるなんて、耐えられない。一〇分でもいや」

レーンはモーガンの表情を見た。中に入って確かめてやるという決意に満ちている。しかし、レーンも譲る気はなかった。「だめだよ、今は入っちゃ。何か少しでも生産的なことをしていたいっていうなら、頭の中で貴重品のリストを整理しておくんだ。宝石やアンティーク、電子機器のたぐいだ。そうすれば、警察が来たときに紛失した品の確認がしやすい」

「なだめようとしてるんでしょ」モーガンは言い返した。「気をつかわないで。これがただの泥棒じゃないことぐらい、あなただってわかってるはずよ。ウィンショアの経営は順調だったけど、ジルもわたしも、利益は全部事業につぎこんできたから。資産としては、コンピュータやサーバーを除けば、一番高価なのはインプレッサなの。個人の財産といっても、わたしが自己啓発の本、ジルがヨガのCDを集めているぐらいで、売りさばいても価値はあまりない。やっぱり今回の侵入は、殺人事件の捜査と関係があるのよ。だからあの写真がドアマットの下にはさんであったんだわ。犯人がわざわざ置いていったに違いないわ」

「確かに」レーンは建物を落ちつかなげに見わたした。モーガンは気づいた。疑問の答が知りたくてじれているのはレーンも同じなのだ。

「認めるよ、窃盗じゃないのは明らかだ。じゃ、次の疑問に進もう。今回もまた、脅し戦術なのか？　それとも、侵入したやつは何かを捜していたのか？　もしそうだとすれば、捜していたものは何か？　やつはそれを手に入れたのか？」

この質問を聞いて、モーガンは無意識のうちにトートバッグに手をやった。「たぶん、手に入れてないと思う。両親の遺品がほかにないかぎりね。だって、犯人が一番ねらいそうなものは、これだから」写真や新聞の切り抜きを入れた封筒を取りだす。「それと、日記など、両親の思い出の品。ここ二、三カ月のあいだ、わたしが毎日眺めて過ごしていたものよ」

レーンは眉をつり上げた。「一泊の予定なのに、全部持ってきたのかい？」

モーガンはうなずいた。「自分でも変なことをしたとわかってるんだけど。ゆうべ、家を出るときに、これを置いていくのが妙に心残りで。全部かき集めてトートバッグに入れてきたの」

「すごい。虫の知らせかな」

「そうかもしれない」モーガンの息は白かった。「この遺品の中に、犯人の捜しているものがあったとしたら」張りつめた沈黙。「何かを、または誰かをねらっているとしたらね」

レーンは腕時計に目をやった。「そろそろ、警察を呼ぼう」

一九分署のパトカーが二台、モーガンのタウンハウスの前に到着した。その三分後、モンティのカローラが現れ、大きな音を立てて停まった。車から飛びだしたモンティは、アル・オハラ――モーガンのボディガードとして彼が雇った私立探偵だ――に向かってうなずいた。オハラも、警察が動きだしたと聞いて駆けつけてきたのだ。

「落ちつけ」建物に近づこうとするオハラをモンティは制し、ある程度距離をおくよう身ぶりで示した。「ミス・ウィンターは無事だ。けが人はなし。留守のあいだに起こったことだからな。呼ぶまで、待機していてくれ」

「わかりました」オハラは道路の縁石近くに立ち、タバコに火をつけた。

モンティは大またで正面の階段を上がっていった。モーガンとレーンが、警察に事情の説明を始めようとしているところだ。警官は全部で四人。二人は銃を手に建物の中へ入っていき、残る二人がモーガンに話を聞いていた。

「大したものだな」モンティは近づきながら声をかけた。「ただの家宅侵入に警官四人ですか。議員の人脈のおかげでしょうね、モーガンさん」モンティはウィンクしてみせた。

モーガンは弱々しい笑みを返した。くだけた雰囲気と皮肉なユーモアを含んだ言葉ではあったが、自分のことを心配してくれているモンティの気持ちが伝わってきた。

「よう、モンゴメリー」髪が薄めでがっしりした体格の中年の刑事が言った。その口調と態度にはやや居丈高なものが感じられた。「やっぱり出張《でば》ってきたか。事件の捜査のために雇われたと聞いてたが、それにしても早く着いたもんだな」

「捜査の支援をするためだ」モンティは訂正した。「つまり、捜査を進めるためにできるかぎり協力するってことだ。心配するなって、ストックトン。あんたの領分を侵すつもりはないよ。我々のめざすところは同じだからな」

ストックトンは、白いものが交じった眉をつり上げた。「ああ、前回一緒に仕事をしたときも同じたわごとを聞いたよ。大げさなことを言ったもんだ」

「あのときは状況が違ったろう。おれもまだ現役だったし、あんたと同じプレッシャーを受けてた。三地区で婦女暴行をくり返していたあの男の逮捕は、おたくの分署もうちの分署も、自分のところの手柄にしたがってたからな。だが今回は全部あんたの手柄になる。おれとしては犯人が逮捕されれば、それでいい」

「で、我々が実況見分するときに立ち会いたい、と」

「そのとおりだ。それと、おれの依頼人であるモーガンさんに事情聴取するときもだ。そうすれば、彼女が同じ話をくり返さなくてもすむから」

「わかった」ストックトンは相棒の警官に向かってうなずいてから、モーガンのほうに向き直った。「さっきおっしゃったところによると、あなたとここにいるボーイフレンドが――」

メモを取りながら、不審そうな目をレーンに向ける。「お名前は？」

「レーン・モンゴメリーです」

ストックトンはペンを持つ手を止め、顔を上げた。「まさか、このモンティの親戚ではないでしょうね」

「息子です」

苦虫を噛みつぶしたような顔。「そういうことでしたか。だからおたくの父上はこんなに早く着いたわけだ」レーンが説明しようとするのをストックトンは手を振って止めた。「結構です。続けましょう」ふたたびモーガンに顔を向け、いつでもメモを取れる体勢になった。「で、あなたが帰宅したとき、玄関のドアは二重に錠がかかっていたと」

「はい」モーガンは答えた。また震えが戻ってきた。「二本の鍵を使って開けました」

ストックトンは建物の外側を見わたした。「建物の裏側にもドアがありますか？」

「テラスにつながるドアがあります。でも、そこは内側から錠がかかっていて、通りの側からは入れないようになっています」

「ということは、犯人が裏から入ったとは考えにくいわけですか。一階の窓も同じですね、鉄格子がはまっていますから。つまり犯人は、二階より上の窓から侵入したか、玄関のドアの錠をピッキングで開けて入ったか、どちらかということになる。防犯システムは設置してありますか？」

モーガンは首を振った。「正直言って、この地区は安全なので、差し迫って必要とは思わなかったんです。ジルもわたしも、しばらく高額の出費は控えようという考えでした」

「ジルというのは――ジル・ショアさんですか？」

「そうです」

「玄関ドアの錠はピッキングで開けられてる」しゃがみこんで鍵穴を調べていたモンティが

断言し、指さした。「ほら、引っかき傷がある。ここと、ここに。プロのしわざだな。よっぽど自信があるやつらしく、開けたボルト錠を元の状態に戻してからゆうゆうと現場を離れている。犯行のあと必死で逃げたと思うのが普通だろうが、こいつはそうじゃなかった」

「ああ」ストックトンが同意した。「必死で逃げたのなら、写真の断片はあわてて落としたと考えるところだが、余裕があったとすれば、わざと置いていったことになる」

「写真の断片だって？」モンティが訊く。

モーガンは無言で写真を取りだしてみせた。レーザープリンターで出力されたと思われる、エリーゼとアーサーの写真の断片だった。

「玄関のドアマットの下にはさまれていたのが、風で舞いあがったんだ」レーンが説明した。そのとき、二人の警官が建物から出てきた。「危険なしです」一人が報告した。「中はひどく荒らされており、何かのメッセージらしきものが残されてはいますが、犯人はすでに逃げたあとで、誰もいません」

モーガンはうめき声をあげた。

「そういうことでしたら、この続きは……」レーンはストックトンの制服にすばやく目を走らせ、階級章を確かめた。「中でできないでしょうか、ストックトン巡査部長？　外は凍えそうに寒いですし、ミス・ウィンターが今にも倒れそうなので、よろしいですか？」

「もちろん、結構です」無愛想にうなずく。「ただし、中にあるものにはいっさい手を触れないでくださいよ」

「はい、証拠保全のためですね。わかっています」レーンはモーガンの肩に手を回し、建物の中に入った。モンティと四人の警官がすぐあとに続く。

「そうだわ、ジルに電話しなくちゃ」はたと気づいたモーガンの足が止まった。「彼女、実家のマンションにいるんです。このこと、早く知らせておかなきゃ」

ストックトンの顔が青ざめた。連絡が行った結果どうなるか、想像力を働かせたのは明白だ。ジルの父親、ショア下院議員が乗りだしてくる。それは止めようがなかった。

「どうぞ、連絡してください」ストックトンは緊張を押しかくそうとしているらしい声で言った。「我々は、これから現場を徹底的に調べます」咳払い。「ミス・ショアのお部屋への立ち入りについてはご本人が到着するまで待ちますからと、お伝えください」

「すみません。本人もそのほうがありがたいんじゃないかと思います」喉に苦いものがこみあげてくるのを感じながら、モーガンは電話をかけた。

電話に出たエリーゼおばは、状況を聞かされてショックのあまり息をのんだ。一度ならず三度も「大丈夫なの？」と尋ねるほどうろたえていたが、モーガンが無事であること、レーンとモンティ、四人の警察官が一緒にいることが確認できると落ちつきを取りもどし、夫と娘とともにすぐにそちらへ行く、と告げた。

電話を切ろうとするモーガンの耳に、受話器の向こうで矢継ぎ早に質問するアーサーおじとジルの声が聞こえた。

侵入事件についてショア家の人々に伝えるのも不快でたまらなかったが、タウンハウスの内部の状況を実際に見せつけられると、モーガンの胸は痛んだ。

室内は、時間と労力を費やせば修復できるだろう。予想どおり何も盗まれていなかったから、実質的な被害額はさほどでもない。

だが、オフィスと住居に押し入られて、荒らされたというくやしさ、悲しさは別だった。何者かに自分の生活の場を侵された。下着にまで手を触れられたと思うとぞっとした。

しかし、最初に室内に足を踏み入れた警官の報告にあったように、犯人が残した「メッセージ」を見たときの衝撃と恐怖には比べるべくもなかった。ベッドルームで遭遇したのは、身の毛がよだつような恐ろしい光景だった。

それらはモーガンのベッドの上に、明らかな意図をもって、ていねいに並べられていた。ショア家の人々の報道写真。新聞記事からの切り抜きもあれば、インターネットのサイトに掲載されたのをプリントアウトしたと思われる画像もあった。アーサーとエリーゼ夫妻。その多くにはジルも含まれていたし、モーガンが一緒に写っているものもあった。すべての写真が無残に切り裂かれ、破られ、一人一人の顔や体に赤いペンキが垂らされていた。おぞましいことに、皆の額の中央に穴があけられていた――明らかに銃創を模したメッセージだ。

陰惨きわまりない陳列品の中央に置かれていたのはモーガンの枕だった。一枚の紙の真ん中に包丁がざくりと突き立てられ、切っ先は枕を貫いてベッドのマットレスにまで達していた。包丁はウィンショアのキッチンから盗みだしたものだ。紙にはレーザープリンターで印刷された、太字で大きなフォントの文字。

過去をほじくり返すのはやめろ。さもなければ、未来はこうなる。一家は片づけた。残るはあと一家族だ。

その言葉を読んだモーガンは、両手で顔をおおった。喉からは押し殺した叫び声がもれる。

「オフィスに散乱していた新聞の一部には、ていねいに切り抜いたあとがあった。それを使ったんだな」モンティがつぶやいた。「ドアマットの下にはさまれていた写真の断片は、インターネットから集めた写真のプリントアウトだったわけだ。どうやらこのコラージュ作品、かなりの時間をかけて作ったらしい」

「自分の感情をたっぷりこめたデザインにしてな」ストックトンが同意した。

「犯人が用意周到なやつであることは間違いない」モンティは額にしわを寄せて観察している。「何もかもちゃんと用意してきてやがる。芸術的なタッチを加えるための道具までね」ストックトンをちらりと見た。「指紋を採取して何かわかったら、知らせてくれないか。ゴッホ気取りの芸術家先生、どうせ手袋をはめてただろうが、何が出るかわからない。もしかすると、指紋を拭きとるときにも美的センスを発揮してるかもしれないからな」

「いったいどうなってるんだ？　何かわかったのか？」アーサー・ショア議員が妻と娘を押しのけて部屋に入ってきた。その後ろで、戸口から中をのぞきこんだジルの顔から血の気が引いた。茫然自失といったおももちだ。動揺しているのはエリーゼ夫人も同じだったが、娘を励ますように肩をしっかりとつかんでから、モーガンのところへ駆けよった。「モーガン？」エリーゼはモーガンの両手を包んだ。「本当に、どこにもけがはないの？」モーガンは機械的にうなずいた。「侵入されたときは家にいなかったから。さっき帰ってきたばかりなの」

「で、こんなものを見るはめに……」エリーゼの声には嫌悪感がこもっていた。室内を見まわすにつれ、憤りがあらわになる。

「おい、何かわかったのか、と訊いてるんだ」アーサーはくり返した。険しい目つきでストックトンを一瞥する。その視線はけっきょくモンティに落ちついた。

どちらに向かって発せられた質問かは明らかだった。ストックトンは気分を害するどころか、むしろ矛先が自分に向かなくて助かった、とでも言いたげだ。

「現時点でわかっているのは、今ご覧になっているとおりのことぐらいですね」モンティはショア議員の高圧的な態度を柳に風と受け流して言った。「玄関のドアの錠がピッキングで開けられていました。オフィスも居宅部分も、全体が荒らされていました。しかし、特に被害がはなはだしいのがモーガンさん所有のものです。机もファイルも、ご覧のようにベッドルームもです」ちらりとジルを見やる。「ジルさんの部屋はさほどひどい状態ではなかったですね。散らかされはしたが、破壊されたというほどでもない。警察が鑑識作業を終えたら、すぐに元に戻せるでしょう」

「気づかってくださってありがとうございます」ジルは涙をこらえている。

そのようすに気づいたモンティは、口調をやわらげて言った。「ジルさんの机と作業スペースは、実際にはほとんどいじられていませんでした。あれは、物をそこらじゅうに散らかして大げさに見せようとしただけです。後片づけで一番大変なのは、年末の休暇シーズンの飾りつけをやり直すことでしょうね。といっても、大丈夫、元どおりになりますよ」

ジルはつばを飲みこんだ。「わたし、自分のことを心配してるんじゃないんです」

「いや、心配なさったほうがいいでしょう」ストックトンが口をはさんだ。「この脅しのメッセージは、ミス・ウィンターだけに向けられたものじゃありません。ショア家の方々全員に対する警告と取れますからね」

「大騒ぎするのはやめよう」巡査部長を絞め殺したがっているような声でモンティは言った。

「被害にあったのは建物であって、人じゃないんだから」

「三〇分前には熱くなってたくせに、態度が変わったな」ストックトンは言い返した。

「今だって熱くなってるさ。でも、おれは誰かさんのご機嫌をそこねて困る立場じゃないからね。その点あんたは違う。ウィンター事件では、マンハッタン検察局もブルックリン検察局も七五分署も、それぞれ必死だからね。検察局は何がなんでも解決にもっていきたがってる。七五分署の連中は、事件が消えうせてくれればと願ってる。おたくの一九分署としては混乱に巻きこまれたくないんじゃないのか、事件と関係のない不法侵入ごときのために」

「もし、〝事件と関係のない不法侵入〟だったらな」

「だから、証拠をしっかり調べて、それをつきとめろと言ってるんだ。もしウィンター事件と今回の侵入とのあいだのつながりがあるとわかったら、それこそ全力で取り組めばいい。その一方で、不用意に騒ぎ立てないほうがいいぞ。家が荒らされて、独創的な芸術作品が残されていただけの話だ。何も盗られていないし、負傷者もいない。留守をねらっての犯行だ。人に危害を加えようという意図はなかったんだ」

「今回はなかった。だが――」

「なかった、ということだよ」モンティはそう言って、ストックトンの推論をみなまで言わせなかった。一家の不安と緊張をあおるだけだからだ。「変人が自己満足のためにやったか、モーガンさんを怖がらせようという意図でやったか、どっちかだ」

「それをつきとめるのは我々の仕事だ」ストックトンは、ショア議員の前でモンティに指図されている印象を与えたくないらしい。「じゃあ、捜査を続けよう。まだもうひとつ、寝室が残ってるだろう」

「もうひとつの寝室」がどの部屋を指すのか、モンティにはわかっていた。書斎としても使われていて、モーガンが両親の遺品を置いているあの部屋だ。遺品を証拠として押収されたらたまらない。

「あの部屋はあとでいいだろう」モンティは主張した。「主なねらいはこのベッドルームだったんだし、全体をざっと調べる作業はもう終わってるんだから。それに――」

「巡査部長、始めてください」レーンが割って入ったために、モンティのもくろみはつぶされた。「父とぼくはそのあいだにショア家の人たちのお話をうかがったりして、皆さんのお邪魔にならないようにしますから」レーンはストックトンに向かって苦笑いを見せた。「父を責めないでやってくださいね。探偵としての能力は抜群なんですが、わき役に回るのがあまり得意じゃなくて。でも、ご心配なく。ぼくが押さえておきますから、巡査部長は思う存分腕をふるってください」

「そうか、すまんね」モンティの息子からの信任を得てすっかりいい気分になったストックトンは、やる気と自信を取りもどした。

モンティはレーンに視線を走らせた。二人のあいだで無言のやりとりが交わされる。

「ま、いいだろう」モンティが折れた。「おれは引き続き、この部屋を見せてもらう」

「どこにも手を触れるなよ」ストックトンが注意した。

「ああ、これでも警察学校を出てるんだぜ」

ストックトンはいまいましそうにモンティをにらみつけると、相棒の警官についてくるよう合図し、その場を離れた。

二人の警官が廊下へ出ていったのを見とどけるやいなや、モンティは腕組みをして息子の前に立ちはだかった。

「例のものはモーガンがちゃんと持ってるよ」レーンは父親の無言の問いかけに手短に答えた。「全部、あの中にある」トートバッグの置かれた方向にあごをしゃくった。「現場から証拠をかすめとってくる必要はないよ」

「間違いないか？」

「ああ、ぼくが父さんの身を守ってあげたのと同じぐらい、間違いない事実だよ」

モンティは口の片端を上げて言った。「恩に着るよ」

少し離れたところでモーガンが一人、この会話を聞いていた。

「大騒ぎするだのなんだのと言ってたようだが、なんの話です？」いらいらしながら窓のあたりを行ったり来たりしていたショア議員が足を止め、モンティに訊いた。「この場を仕切って我々に指図するための試みかな？」

「いいえ」モンティは反論した。「今回のことが新聞の一面に出たりしたら議員も大変でしょう。そんな事態に発展しないよう抑えるための試みです。それに、この程度であわてる必要もないでしょう。皆さん一人一人にボディガードをつけてあるわけですから」

「もう、それぐらいじゃ安心できなくなってきた」ショア議員はぴしゃりと言った。「脅しの戦術がエスカレートしてきてる。犯人がさらに大胆になって、何かしでかしたらどうする？　もし本気でうちの誰かを――」

「パパったら……やめて」ジルが手で制してその先をさえぎり、身を乗りだして、モーガンに抱きついた。「ごめんなさい」

「なぜあなたが謝らなきゃならないの」モーガンは体を震わせながらジルを抱きしめた。まつ毛が涙で濡れている。「わたしさえいなければ、こんなこと起こらなかったのに。おじさまの言うとおりよ。これが軽い脅しか、本気で危害を加えるつもりか、わからないもの。あなたたちの命を危険にさらすようなまねは絶対にできないわ」

「モーガン」レーンは静かな声で話しかけ、目が合うまで待った。「自分を責めるのはやめろ。もっと大事なのは、あきらめちゃいけないってことだ。最後までがんばるんだ。でなければ、この人でなしに負けることになる」

「そうかもしれない」モーガンも静かな口調で言った。「でも、もうどうでもよくなった。負けてもかまわない」懸命に涙をこらえている。「前にも言ったでしょ。わたしにとっては、身の安全が何にもまして大切なんだって」

モーガンはベッドの上の惨状をふたたび目にして確かめたいという思いにかられて、顔をそむけた。「自分の身が危ないというだけならいいの。でも、愛する人たちを危険な目にあわせてるのよ。そんなの、耐えられない。受け入れられないわ」

「受け入れられないはずだ」モンティの厳しい声が割って入った。「受け入れなければいい」

モンティは自分の言葉の意味を詳しく説明しようとしたが、戻ってきた警官たちの足音でさえぎられた。

「あっちの寝室のクローゼットが引っかきまわされていましたよ」ストックトンが大声で言いながらふたたび部屋に入ってきた。「それ以外は特に被害はなかったようだ」不審そうな表情でモーガンとジルに訊く。「あのクローゼットに、貴重品は入っていましたか?」

「客用のシーツ類と、収納箱ぐらいです」モーガンが答えた。「わたしがご一緒して、何か盗られたものがないか確かめましょう」

モーガンはストックトンたちとともに廊下の向こうに消え、五分後には戻ってきた。

「何も盗られていないそうだ」ストックトンが宣言した。

「たぶん、そうじゃないかと思ってたがね」モンティは淡々と言った。

「これでジルの部屋をのぞいて、全部調べていただいたわけですね。そして――」急に黙りこんだモーガンは、ふらふらとよろめいた。

「おっと、危ない」モンティは手を伸ばし、今にも倒れそうな彼女の腕をつかんだ。「レーン、モーガンさんを連れていってくれ。朝飯を食べさせて、休ませてあげるんだ。今日はもうこれでいいだろう」

「わかった」レーンの反応は早かった。モーガンのウエストに手を回して、部屋から連れだそうとする。

「ミス・ウィンターに、もう少し訊きたいことがあるんだが」ストックトンが抗議した。

「あとでいいだろう」モンティがストックトンの行く手をさえぎった。「ミス・ウィンターの携帯電話の番号を渡しておくから、連絡すればいい」

ストックトンは苦い顔をしたがあきらめて、今度はジルのほうを自信なさそうに見やった。

「ミス・ショア、我々と一緒にお部屋の被害状況を確認していただけますか?」

ジルは不安げにうなずいた。「ええ」

「巡査部長、一〇分だけだぞ」ショア議員が指示した。「被害の確認が終わったら、我々を解放してほしい。家族全員、精神的にまいってるんだ。モンゴメリーさんの言うとおり、あとは警察にまかせる。好きなだけここにいてくれてかまわない。証拠品を押収したり、指紋を採取したり、調書を書いたり、捜査活動に励んで、早く犯人を逮捕してくれ。我々は失礼させていただく」議員はメモ帳を取りだすと何か書きつけ、その一枚を破って差しだした。「わたしの自宅と、携帯の番号だ。いつでもかまわないから連絡してくれ」

「かしこまりました」ストックトンはうなずき、メモ紙を受けとった。「当面はこれでやれると思います。ただ、先生。大変恐縮ですが、後ほど娘さんとミス・ウィンターにお話をうかがわせていただく必要がありますので、ご了承ください。ここはお二人の自宅であり、オフィスでもあるので」

「わかった。二人はわたしのマンションに泊まらせるから」ショア議員はうむをいわさぬ口調で言った。「いろいろと気配りしてもらって、ご苦労だったね」

24

「わたし、平気よ」建物の外に出るとすぐ、モーガンはレーンに言った。

「そりゃそうだろう」ウエストに回した手はゆるめない。「何しろ、今にも気を失って倒れそうだったんだからな」

「倒れそうだなんて。わたし、気絶なんかしないもの。でも、説得力あったみたいで、嬉しいわ。あなたがだまされたぐらいだから、ストックトン巡査部長もだまされたわよね」

「なんだって？」レーンは面食らっている。

「これを持って、一刻も早くあの場を離れたかったから」モーガンはトートバッグを掲げてみせた。「そうすれば、あの部屋から何か持ちだしてないかとか、巡査部長に余計なことを訊かれなくてすむでしょ。質問のチャンスを与えちゃいけないと思って、さっさと退散したの」にっこりほほえむ。「あなたはお父さまが捜査妨害の罪に問われるところを救ったかもしれないけど、わたしなんか、司法妨害罪に問われてもおかしくないわよね」

レーンはモーガンの顔をまじまじと見つめていたが、急に笑いだした。「抜け目がないなあ。確かにぼくは、完全にだまされた。きみを助けだしたつもりでいたのにね」

「助けだしてくれたわ」モーガンはダウンジャケットのファスナーをあごのところまで上げた。まだ震えている。さっきの衝撃が消えないらしい。そのうえ、この凍えるような寒さだ。

「もうあれ以上一分でもあそこにいたら、心が壊れてしまいそうだったから。侵入されて家の中を荒らされたことももちろんだけど、ベッドの上のあの不気味な警告……あのイメージが頭に焼きついて、忘れられそうにないの」

「ああ。ぞっとするな」レーンはモーガンの体を引きよせながら歩く速度を速めた。「でも、今は考えないようにするんだ。気絶はしなかったかもしれないが、精神にこたえることが続いたからね。ぼくの家に戻ろう。すごくうまいベーコンエッグを作ってあげるよ」

「お腹すいてないわ」

「だろうね。だけど、食べて力をつけなきゃだめだ。おやじの命令、憶えてるだろ？　まずは食べて、休むことだ。それに、現場での仕事が一段落したら、おやじはたぶんぼくのところに来ると思う。今の時点での情報や意見を、三人で共有しておくためにね」

「そうね」モーガンは少し考えてからうなずいた。「モンティが、わたしの意見に賛成してくれるかどうか、わからないけど」

モーガンの予想どおり、モンティは彼女の意見に賛成してくれなかった。かといって、驚いてもいなかった。

モンティがレーンの家に現れたのは、二人が着いて四〇分ほど経ってからだった。ドアを入るなり大またでキッチンへ向かう。二人はちょうど、朝食を食べ終えるところだった。

「合鍵を使わせてもらったよ、かまわないよな」到着を告げる声。

「もちろん。入られて困るんだったら、チェーンを下ろしておいたさ。父さんが来るんじゃないかと思って待ってたんだ」レーンは立ちあがって冷蔵庫の前へ行った。「ベーコンがまだ残ってる。卵は二個にしてやるよ。腹が減ってるんだろ」

「ああ、ぺこぺこだ」モンティは椅子を引きよせ、背もたれを前にしてまたがった。ほぼ空になったモーガンの皿を見やって、よし、と軽くうなずく。「食べたんだな。よかった」

「いくらなんでも、モンティの命令にそむく勇気はないわ」

「さすが、よくわかってる」モンティはレーンが注いでくれたコーヒーをがぶりと飲んだ。

「そういえば、さっきの演技は見事だったね。もうだめ、気が遠くなる……ってやつだ。だけど今度やるときは、こっちに合図を送ってからにしてくれよ。おれの反射神経だからとっさに手が出たが、でなければあのまま床にばったり倒れてたところだぞ」

モーガンは噛むのをやめ、頭を上げた。不安そうに眉をひそめている。「ストックトン巡査部長、気づいたかしら？」

「きみがあの場から逃げようとたくらんでたことか？　いや。ショア議員をなだめるのにおおわらわだったから、ほかのことには頭が回らなかったろう。それにあいつは、おれみたいに鋭くないからね」

「それか、父さんほど〝謙虚〟じゃないからだろ」レーンがスクランブルエッグをかきまぜながら皮肉たっぷりに言った。

「モーガンの演技を見抜けなかったのがくやしいんだろう」モンティは満足そうだ。「まあ、無理もないさ。白馬の騎士と刑事コロンボの両方を演じろったって、おまえにそんな器用なまねができるとは思えんしな」

「ふん、偉そうに」レーンはフライ返しを使ってフライパンの中の卵を皿に移し、ベーコンを四切れそえた。「ほら。いやみはもういいから、食べて」と差しだす。

「しかし、ご両親の遺品を持ち歩いてたのは正解だったね」モンティはモーガンに言った。

「ああしなければ警察に押収されて、証拠品の中に埋もれてしまったかもしれないでしょう。あれが手がかりになりうると警察が意識しているにせよ、していないにせよ」

「間違いないね。七五分署としては、一九分署は、ウィンター事件はさっさと手放したいし、検察局の介入は避けたいところだろう。一九分署は、今日の事件を単純な不法侵入として片づけたがっている。分署どうしが協力するはずはないし、下手すれば政治的な事態に発展しかねないやっかいな事件だから、どっちの分署も時間と労力をつぎこみたがらない。だから、遺品はこっちが握っておいて警察の手に渡さないようにするのが一番だよ。どっちの分署もキノコみたいに、暗くじめじめしたところに置いておけば、おれの邪魔をしないからね」

「ジルとおばは大丈夫だった？」モーガンが出し抜けに訊いた。

「ああ、大丈夫だ」冗談めかした調子は消え、モンティは両手の指を組んでテーブルの上にのせ、モーガンを見つめた。「ジルさんの部屋からは何も盗られてない。ダイヤをちりばめたイヤリングがドレッサーの上の目につくところに置いてあったのに、それも無事だった。ジルさんとエリーゼ夫人は、きみたち二人の二、三日分の着替えを入れた荷物をまとめていたよ。ショア議員は午前中の打ち合わせをキャンセルしたそうで、夫人とジルさんをショア家のマンションに連れて帰った。向こうで待っているから、二、三時間後にきみを送りとどけてくれと頼まれた。もちろん、十分休んで疲れがとれたらの話だが」

「別に疲れてないわ」モーガンは両手で髪をかきあげた。「ねえモンティ、聞いてちょうだい。わたし、両親を殺した犯人がいまだに自由の身でのうのうと暮らしていることが許せない。その気持ち、モンティは誰よりもよく知っているでしょ。そいつを捕まえて刑務所に送りこむためなら、どんなものでも、自分の命さえも危険にさらしてかまわないという思いを抱いていたわ。でも今、わたしだけじゃなく、ショア家のみんなの命まで脅かされているのよ。犯人はひき逃げ事故の日、おばをつけまわしていた。そして今度はわたしたちの家に忍びこんだ。そのためには、ジルとわたしの予定を事細かに調べて、いつ外出しているかを知る必要があった。つまりそいつはジルのあともつけているってことよ。おじの場合は議員という立場上、スケジュールは公開されているから、歩く標的みたいなものだわ。それに、わたしのベッドの上に、あのおぞましい警告を残して――」

　モーガンの言葉が途切れた。落ちつきを取りもどそうとつとめている。「脅しのメッセージは明らかだわ。事件の捜査にかかわるのをやめろ、さもなければショア家の人々の命をねらう、と。そんなこと、絶対にさせちゃいけない。ねらわれているのがわたしだけだったら話は別だけれど……みんなの命が危ないんですもの」懸命に涙をこらえている。「お願い、わかって。わたしに残された家族といえば、ショア家のみんなだけなの。あの人たちを失うわけにはいかない。わたし、モンティにお願いした調査依頼を取り下げたいの」

モンティは静かに座り、顔色ひとつ変えず話に耳を傾けていた。今度は彼の番だ。身を乗りだし、モーガンの目とまっすぐに向き合った。

「それで、どうなるというんだね？　調査をやめ、追及をやめたからといって、あの人でなしがいなくなるとでも思うのか？　そうだとしたら、思い違いもはなはだしい。やつはまた、かならず現れる――きみの人生に、ほかの人の人生に。やつはガン細胞のようなものだ。見つけ出して取りのぞき、やっつけなければならない。きみやショア家の人たちが安心して暮らせるようになるには、それしか方法がないんだ」

「でも――」

「おれを信じてほしい」モンティの口調は変わらない。目をそらしもしない。「やつはおびえている。我々が核心に迫っているのを知っている。だからこそ危険を冒して家に侵入し、きみのベッドの上にあんなメッセージを残したんだ。やつにとって大きなリスクだ。再捜査が始まって以来、警察と検察の見解は、どこかのチンピラが強盗に入ってご両親を殺したという説に傾きかけていた。犯人はとっくに死んでいるかもしれない、ともささやかれていた。だが、ゆうべの侵入事件でその説はすべてひっくり返された。犯人は手の内をさらした。やつはまだ生きていて、犯行はプロの手口だということがわかった。やつが不安をおぼえているのは明らかだ。あれだけのリスクを冒したのは、きみが犯人探しをやめるのを期待しているということなんだ。だから、やつの手に乗るのはやめろ。目をそむけるな」

モーガンの目に涙があふれた。震え声でつぶやく。「わたし、怖くて。どうすればいいの。もし犯人がジルに危害を加えたりしたら、そして——」

「そんなことはしない。おれがさせない」モンティがさえぎった。「約束するよ。モーガン、おれはあの現場に、警察官として最初に入った人間だ。やつがきみから何を奪ったか、誰よりもよくわかっている。きみを二度とそんな目にあわせたりはしない。おれがやつを見つけてやる。約束する。おれを信じてくれ」

「ええ、信じてるわ。でも……」モーガンの表情が揺れている。葛藤が彼女を苦しめていた。それでも、ついにうなずいた。「わかった。最後まで一緒にやるわ。犯人を見つけるまで」

「ああ。一緒にがんばろう」モンティは何ごともなかったかのように、ふたたびスクランブルエッグを食べはじめた。「レーンはちゃんと食べさせてくれたかい？」

モーガンは涙の乾ききらない顔でほほえんだ。「ちゃんとどころか、十分すぎるぐらいよ」

「だったら、少し横になって休んで、元気を取りもどしなさい」

「ええ、そうするわ」今度はモーガンもさからわずに立ちあがり、気恥ずかしそうな表情でレーンに訊いた。「ソファを使っていい？　それとも、客用寝室？」

モンティが鼻先で笑った。「今さら、格好つけなくてもいいだろ。おれに遠慮して言ってるんだったら、やめとけ。もう枯れかけてるように見えるおれだが、そういうことに気づかんほど野暮じゃない。レーンの部屋を使えばいい。ご存知のように、寝心地のいいキングサイズのベッドがあるからな」

「あの、わたし――」レーンと目を合わせたモーガンは頬を赤らめ、黙りこんだ。

「ぼくが一緒に上へ行ってベッドの用意をしてやろう」またレーンが助け舟を出してくれた――今度はまったく違う形で。「父さんは食べててくれ。戻ってきたら、また一緒にスキャンした写真の確認作業をしよう」

モンティはベーコンを食べるのをやめた。「写真といえば、モーガン。きみが休んでるあいだに、ご両親の思い出の品を見せてもらってもかまわないかな？　写真も含めて」

「もちろん」モーガンはトートバッグのところへ行き、遺品を取りだした。「はい、どうぞ。ちょうどよかったわ。これを四六時中持ち歩いてるのが不安になってきたの。警察か、犯人のどっちかにかすめ取られてしまうような気がして」

「だったら、ぼくがここに保管しておいてあげようか？」レーンが提案した。「写真のネガを保管する場所に入れておけばいい。最新の警報装置がついた耐火金庫だから、防犯は万全だ。ぼくら以外の誰も開けられないように設定できる」

「そうしてもらえるとすごく安心だわ」

「だったら、それで決まりだ」モンティが宣言した。「さあ、ゆっくり休みなさい」

数分後、レーンがキッチンへ戻ってきた。モンティは、モーガンの両親の遺品をいくつかの山に分け、写真を調べていた。

「モーガンは横になったとたん、頭が枕につく前にもう眠りこんでた」レーンが報告した。

「別に驚かんよ」モンティは顔を上げた。「無理もない。早朝からあんな目にあったんだ。しかも、ひと晩じゅう起きていたあとにだよ――」意味ありげな鋭い視線。「どうやら二人は、けっきょく三階までたどりつかなかったらしいな」

「もう、余計なことばかり言うなよ」

「道理で彼女、疲れはててるわけだ」

「父さん……」

「行動をせんさくしてるわけじゃない。ただ、モーガンが今、精神的にもろくなってるってことをおまえに思い出させようとしてるだけだ」

「わかってる」父親が何を言おうとしているのか、レーンにはわかっていた。モーガンとのかかわりがどんな影響を及ぼすか、彼もすでに自分に問いかけてみたのだ。出てきた答は、腹にずしりとこたえるものだった。もっと深く考えてみなくてはならない。突っこんだ話し合いが必要になるかもしれないし、新たな認識に慣れることも求められるだろう。

「何を考えてる？」モンティは訊いた。

「まだ、今の段階じゃ話せない」レーンはぶっきらぼうに答えた。「ただ、モーガンとぼくの関係はいい加減なものじゃないってことぐらいしか言えない。今のところこれで勘弁してくれよ。ぼくの恋愛なんかより、仕事に集中しよう」

「よし、わかった」モンティはスナップ写真に目を戻した。「いずれにせよ、クリスマスにみんなが牧場に集まるときには、おまえもガールフレンドを連れてくることになりそうだな。お母さんが喜ぶだろう」

「間違いないな」レーンはモンティの肩ごしにのぞきこみ、写真にじっと見入った。「これ、誰が撮ったんだい？」

「だいたいはウィンター家か、ショア家の人だな。全員で写っているのは誰かが代わりに撮ってやったんだろう。家族旅行とかパーティとか、記念行事の写真だ」モンティはそのうちの一枚を取りだしてにっこり笑った。ハロウィーンの衣装を着て晴れやかな顔をした二人の少女が写っている。一人は眠れる森の美女、もう一人はシンデレラだ。「ジルとモーガン。一九八七年のハロウィーン」という表題がつけられている。「見ろよ、この笑顔。親たちがこれを撮りたくなったのもわかるな。モーガンのシンデレラの可愛らしさはどうだい。おまえがチャーミング王子の役をちゃんと果たせることを願うよ」

レーンは唇の片端を上げて笑った。「こんな小さなころから、シンデレラみたいに繊細な美しさを持ってたんだな、モーガンは」真面目な表情になり、写真を次々にめくっていく。

「これ全部、日付順になってる？」

「いや。だが、あの年のクリスマスイブにケラーマン邸で行われたパーティの写真だけを抜きだしておいた。ララとジャック・ウィンターの生前最後の姿をおさめたスナップだ」

レーンはうなずくと、一枚一枚、じっくりと見ていった。パーティの写真としては典型的なもので、ウィンター夫妻はさまざまな人と一緒に写っている。パーティのホストであるケラーマン夫妻。主賓であるアーサー・ショア。家族や友人たち。モーガンとジルの姿をとらえたスナップも数枚あった。とはいえ二人の少女は明らかに、カメラの前でポーズをとるより、客たちのあいだを走りまわるほうが楽しかったようだ。

アーサーとエリーゼが、ジャックとララと並んで写っている写真に行きあたったところで、レーンの手が止まった。その中の何かが注意を引いたのだ。目をこらし、画像をじっと見つめる。そうか。四人の姿勢やしぐさに、どことなく緊張が感じられるからだ。表情も張りつめて、こわばっている。

レーンはパーティの写真をもう一度最初から調べることにした。今度はさっきよりゆっくりと、さらに注意深く観察する。そうこうするうちに頭の中で、パーティの夜の時間帯がふたつに区分されてきた。招待客の多くがしらふに近い時間帯と、アルコールがかなり入ったあとの時間帯だ。それをもとに、写真をだいたい時系列的に整理することができた。ある程度のお酒が入ったあとに撮られた写真では、皆リラックスして、自由奔放にふるまっている。赤らんだ頬やとろんとした目つきが、ほろ酔い気分であることを物語っていた。

アーサー・ショアが、義父のダニエル・ケラーマンと一緒にいるところを撮った写真があった。パーティが佳境に入っていることをうかがわせる一枚だ。二人はシャンパングラスを手にし、姿勢はわずかに崩れているものの、カメラを十分意識したポーズでお互いに乾杯している。レーンは二人の姿に注目し、画像を細部まで詳しく調べた。そのあと、早い時間帯に撮られたアーサーの写真と交互に見比べた。レーンは目を細めた。

「なんだ？」息子の表情にただならぬものを感じたモンティが訊く。

「見間違いかもしれない。でも、ひょっとするとすごい発見かもしれない。確かめてみるからちょっと時間をくれ」レーンは二枚の写真を取りあげ、暗室に向かった。

「どのぐらいかかる？」モンティが背後から呼びかけた。

「二〇分。長くても三〇分ぐらいだ」

「ふむ。で、何を探そうとしているのか、ヒントもくれないのか？」

「ちょっとだけ我慢してくれ。もしぼくの考えが正しければ、待ったかいがあった、ということになるだろうよ」


いつものモンティであれば、これほど重大な情報に三〇分もおあずけを食わされたら、むかっ腹を立てるところだ。だが今回は、その三〇分間にやるべきことが山ほどあった。

モンティは今朝方の事件について、どこか腑に落ちないものを感じていた。まず、侵入のタイミングがよすぎる。あんなに都合よくいくものだろうか。そして、プロのしわざとしか思えない完璧な手口。雇い主は頭の切れるやつに違いない。だが、実行犯をモーガンとジルの家に向かわせる前に、新聞記事の切り抜きやインターネットのサイトからプリントアウトした写真など、必要なものを用意しておくのはかなり大変な作業だったはずだ。中には何カ月も前の記事も含まれており、集めるだけでもそれなりの調査が必要になる。

この事件全体が、十分に稽古を積んだ芝居のように思われてならなかった。舞台を演出した者は、筋書きと登場人物をあらかじめ熟知していて、どういう展開になるか承知のうえでお膳立てしたのではないだろうか。

これは、単なるプロのしわざではない。内部のプロによる犯行だ。

モンティは推理をめぐらせながらマグカップにコーヒーを注ぎ足した。本能が、まだ解けていない謎をあらためて振り返るべきときだと告げていた。

モンティがファックスで受信した文書を読んでいると、レーンが暗室から出てきた。

「思ったとおりだった」レターサイズに拡大したカラープリントを掲げている。「事実はわかった。今度はこれがどういう意味かつきとめればいい」

モンティはファックスをわきへどけた。「見せてみろ」

レーンは元のスナップ写真二枚を机に置き、その下に加工処理したそれぞれのカラープリントを並べた。アーサー・ショアのあごから胸にかけての画像を拡大したもので、首、シャツ、ネクタイがプリントの中心にきている。

「どこを見ればいい？」モンティは訊いた。

「シャツだ」

「白いドレスシャツか――よくあるタイプだな」

「そう、ドレスシャツはどれもほとんど同じに見える。だからショア議員はミスを犯したんだろう」レーンは夜の早い時間帯に撮られたほうの写真の拡大プリントを指さした。「シャツの襟型を見てくれ。こっちは開きが標準的なレギュラーカラーだ」その指はもう一枚のプリントへと移った。「この襟型、よく見てくれ」

「こっちの襟のほうが、開きの角度が狭い」モンティは二枚のプリントを取りあげ、食い入るように見つめた。「この二枚は違うシャツだ」

「そうだ。つまりショア議員は、パーティの最中にシャツを着替えたわけだ」レーンは疑わしそうな口調になった。「飲み物をこぼしたってことも考えられるけどね」

「飲み物だなんて、ありえんよ。もし本当に何かこぼしたのなら、事件後、おれが議員に何度も会って事情聴取をしてるんだから、そのときに話していたはずだ。まあ、〝アーサーズ・エンジェルス〟の誰かとどこかにしけこんでた可能性のほうが高い」モンティは顔に手をあてた。「またひとつ、アーサー・ショアの名前のついた注意信号が出たか」

「また、というのは？」

「今回、身元調査をやってもらっている情報提供者から、さっきファックスが入ったんだ。一件はチャーリー・デントンに関する調査。やつはロースクール時代、当時は州議会議員だったショア議員の選挙運動を手伝っていたが、のちに袂《たもと》を分かっている。突如として関係が途絶えたようで、友好的な別れ方ではなかったらしい。具体的な理由については、収穫なしだ。だがデントンは、この話にはひと言も触れなかった」

モンティはファックス文書のページをめくった。「それに加えて、ショア家につながりのある人物として、ジョージ・ヘイエックがいる。おれは、ヘイエックがウィンター夫妻殺しにかかわっているんじゃないかという疑いを捨てきれないんだ。ショア家の人々と古くから縁があったし、おれの推測が正しければ、ジャック・ウィンター検事補の使っていた秘密情報提供者でもあった。ただ、ヘイエックの関係書類が不起訴で非開示扱いになっているから、やつがベルギーへ移った時点でのジャック・ウィンター、あるいはアーサー・ショアとの関係については知りようがない。だが、信頼できる情報筋によると、やつは最近大忙しで、いろいろと荒稼ぎしてるらしい。合法的な武器取引かもしれんし、違法取引の可能性もある。それに加えてヘイエックは、外交特権を有するアメリカ在住の〝友人たち〟に大きな貸しがあるというんだ。その〝友人たち〟なら、有力なコネがおありだから、モーガンの家に侵入させる実行犯を雇うのはお手のものだろうよ。外交特権を持ったああいう連中の一部は、国連だの領事館だのにいつもたむろしてる。ニューヨークじゅうで駐車違反をしておいて、一度も罰金を払ったことなんかないのさ、そうだろう」

レーンは答えない。

「電話をかけて確認するんだ、レーン」モンティはきっぱりと言い、頭を上げて息子とまともに目を合わせた。「機密情報だってことは知ってる。詳細を探れと頼んでるわけじゃない。ヘイエックの扱いが変わったか、つまりＣＩＡが、今までにない面白いやり方でやつを操っているかどうかを、調べてほしいだけだ」重たい沈黙。「おれのためじゃなく、モーガンのためにやってくれ」

「今からちょっと暗室に行ってくる」レーンは表情を変えずに言った。
「ああ、待ってるよ」

レーンは暗室に入り、後ろ手にドアを閉めた。盗聴防止機能付き回線を使って電話をかけると、二度目の呼び出し音で相手が出た。こちらの問いかけに対し、断固として否定したうえ、余計なせんさくはするなと、友好的とは言えない口調で警告された。

キッチンへ戻って、簡潔に報告した。「やつの地位には変化はないらしい。情報の入手先としてはこれが行き止まりで、ぼくにはもう無理だ」

「言いかえれば連中は、おまえには何も教えてくれないってことだな」モンティはつぶやいた。「ま、おれがいつも言うように、何かをちゃんとやりたければ、自分で物事を進めなきゃいかんということだな」

「気をつけてやってくれよ、父さん」

「おれのことは心配するな。おまえは、あのスキャン画像から手がかりになるものを見つけだしてくれればいい。懸命にやれよ。明日はおまえ、ショア議員とまた楽しい冒険に出かけるんだろうから、それで一日つぶれちまうだろう。あ、このカラープリントはもう一部ずつコピーして、金庫に入れておけよ。モーガンが眠ってるあいだにしまっておくんだ。あの娘に知らせる必要はない、今のところはな。おれのほうは、じっくり考える時間が必要だ。これから数人に話を聞かなきゃならんし、残ってるパズルのピースをつなぎ合わせて、筋が通るようにしなくちゃならん。具体的な情報が出てきてから、モーガンに教えよう」

「了解」レーンは階段に目をやった。「だけど、教えるのは早いほうがいい気がする」

モンティは額にしわを寄せて考えこんでいる。「ああ、そんなに待たせはしないさ」

バージニア州ラングレーのＣＩＡ本部では、レーンがいつも連絡をとっている諜報員が、盗聴防止機能付き回線を使ってベルギーのある番号を呼び出していた。

男の声が答えた。フランス語だ。「もしもし《ヴァジ・パール》」

「ヘイエックか？」今度は発音明瞭な英語で答が返ってきた。

「いったいおまえ、何をやったんだ？」

25

モンティに送られてショア家のマンションに着くころには、モーガンは元気を取りもどし、決意を新たにしていた。

途中、モンティは質問攻めにされた。モーガンの関心は第一に、自分が眠っているあいだに父子が交わした会話の内容にあった。何か重要なことを話し合ったのに、二人がそれを隠しているに違いないと感じていたからだ。第二にモーガンは、どんなに疲れていようと、午後から通常の業務を再開したいと考えていた。第三に、仕事はウィンショアのオフィス内でやりたいと主張していた。

最後の主張をめぐる議論に勝つのは、モンティにとっては簡単なことだった。

「きみのタウンハウスは犯罪現場だから」モンティは、ショア家のマンションのドアマンに会釈しながらモーガンに説明した。二人の来訪はさっそくブザーで階上に知らされた。「あいう現場は、関係者以外の立ち入りを禁止するために警察が周囲にテープを張って、一日じゅう検証作業をするんだ。どうしても仕事をしたいというなら、このマンションですればいい。それなら問題ないだろう。ジルさんもここにいるんだし」

「問題は、お客さまとの面談の予定があること。相談を受けるときは社外で会うほうが多いの。でも、今日は無理ね。おじが、ジルとわたしを外に出してくれないにきまってるもの。身の安全を心配してくれてるんだからしかたないけど。それに外に出たとたん、待ちかまえていたレポーターや記者たちに取り巻かれるっていうのも、ちょっとね」

「マスコミを抑えるのはおれの力では難しいな。ただしショア議員に、記者連中につけ入られる材料をこれ以上与えないようにとお願いしておいた。きみが寝ているあいだに話し合ったんだが、議員は明日、当初の予定どおり、ポコノ山脈へ出発することに同意したよ。きみたち家族の身辺警護については安心だというのでね。議員は今ごろ、一九分署へ行って警察の調書作成に協力しているはずだ」

「おじが、おばとジルを二人きりにして出かけるなんて驚きだわ」

「二人きりじゃない。おれが手配したボディガードが二人、つきっきりだ。おれはこのあと、ショア議員の事務所へ寄る。議員の心配をやわらげる意味もあって、警備を強化することになってるから、そのための打ち合わせだ」

「そうなの。じゃこのマンションにはジルとおば、わたしの三人に加えて、〝シークレットサービス〟の人たちも詰めてるってこと。だとしたらお客さまに、ここでお会いしたいのでいらしてくださいなんて、お願いできないわね」

「それなら、気楽にかまえて、一日ゆっくり休めばいいだろう」

モーガンは横目でにらんだ。「モンティだったらゆっくり休んだりする？　まさか」

くっくっという笑い。「おっしゃるとおり」モンティはエレベーターのボタンを押した。

「本当のことを言うと、忙しくしていないと頭がおかしくなりそうなの」

「わかるよ。じゃあ、電話とEメールで仕事するんだな。オフィスが使えないのも、せいぜい二、三日のことだから。お客さんも我慢してくれるだろうし、きみも乗り切れるさ」

「なぜか、なだめすかされてるような気がするのよね」とモーガン。エレベーターが二五階で止まり、二人は降りた。「もしモンティとレーンが何かに気づいたり、見つけたりしたのなら、わたしにも知る権利があると思うんだけど」

「もちろん、知る権利はあるさ。だが、おれたちは具体的に何かを見つけたわけじゃなくて、いくつかの仮説を話し合っただけだ。どの仮説もまだ、立証できるまでにはいたっていない。事実がわかれば隠したりしないよ。でも、確信が持てないうちはむやみに知らせたくない。時間の無駄だし、動揺させるだけだ。とにかく、これからもおれを信じてほしいんだ」

「ええ、信じるわ」

このことでモーガンがどんなにつらく苦しい思いをしているか、モンティはよくわかっていた。また、この苦しみを癒す方法はひとつしかないことも知っていた。

二人はショア家の住居に向かう廊下を歩いていた。

「ショア議員の事務所へ行く前に、エリーゼ夫人にお話をうかがいたいんだ。先日聞かせてもらった件の詳細について、確認しておきたいことがあるんでね。夫人が落ちついて、集中して話ができるように、申し訳ないが、ジルときみは席をはずしてくれるか？」

「もちろんよ」モーガンはうなずいた。「ただ、おばには優しくしてあげてね。今回の件については精神的にだいぶこたえているの」

「今回の件というのは、家族が脅しを受けて、脅かされていること?」

モーガンの表情が硬くなった。「つまり、家族が脅しを受けていることのほうが、自分のプライバシーと結婚生活が脅かされているよりもこたえている? ええ、そういう意味で言ったのよ。実際、『エンクワイアラー』誌の表紙にでかでかと載っている、おじと〝アーサーズ・エンジェルス〟の誰かとの不倫疑惑のゴシップ記事には、おばは慣れっこになっているわ。長年、そういうことを経験してきているから、もう免疫ができているのね」

「記事に対して、それとも夫の浮気に対して?」

「記事よ。夫が浮気しても平気でいろと言われても、それは無理なんじゃないかしら」モーガンはいぶかしそうに眉根を寄せた。「なぜそんなこと訊くの? 人の弱点、特に私生活の面での泣き所をつくなんて、モンティらしくない気がするけど?」

「ご両親を殺害した犯人をつきとめるためなら、なんだって追及するさ。まあ、きみの言うとおりで、人の私生活に首を突っこむのはおれの趣味じゃないし、誰が誰と寝ようとどうでもいいんだよ。ただ、エリーゼ夫人の心理状態をだいたい把握しておこうと思ってね。家族が脅しを受けたことが心配で、思い悩んでいるとしても、夫人なら意外じゃないがね。母性本能が強い人のようだから」

二人はショア家のマンションの前で足を止めた。

モーガンは鍵を取りだしてドアを開け、中に向かって「わたしよ」と呼びかけた。

「いらっしゃい」ジルが玄関の広間で待っていた。着心地のよさそうなスウェットスーツ姿で、髪はアップにしてヘアアクセサリーでまとめている。顔色は青ざめて、やつれて見える。モーガンを抱きしめながら、「来てくれて嬉しいわ。少しは眠れた？」と訊いた。

「ちょっとね。あなたは？」

「似たようなものよ」ジルはモンティのほうを向いた。「何かお持ちしましょうか？」

「いや、結構。すぐに失礼しますから」

「おばさまはどこ？」モーガンはあたりを見まわしながら訊いた。

二人のボディガードが会釈した。それぞれリビングルームの別の隅に陣取っている。二人のいる位置からは居室につながる内廊下が見わたせるから、油断なく、それでいて邪魔にならないように、目を配ることができる。二人はコーヒーを飲みながら、ジル手作りの、オーガニック食材を使ったバナナブレッドを食べている。

「ママなら着替え中。ひと眠りしてシャワーを浴びるように言ったから。すぐ来るわよ」

そのとき、主寝室のドアが開いてエリーゼが出てきた。ひと目見て、モンティは同情せずにはいられなかった。まるで世界じゅうの重荷をすべて背負ったような表情だ。顔には血の気がなく、心身ともに疲れはてているのがわかる。暗いまなざしは絶望感に満ちている。

「モンゴメリーさん、わざわざすみませんでした。モーガンを送ってきてくださって、ありがとうございます」モンティに挨拶したあと、エリーゼはモーガンに歩みより、短いが固い抱擁を交わした。「あなたのためにチキンスープを作ったの。キッチンのレンジの上に置いてあるから、飲みたくなったら飲んでね。それから、スニッカーズもひと袋買ってあるわよ。こういうときには、元気の出るチョコレートバーがいいかなと思って」

モーガンはほほえんだ。「ありがとう。夜までにひと袋分、食べきっちゃうかも」

「ところで、何か大きな進展はありました？」エリーゼはふたたびモンティに目を向けた。

「まだです。でも、そのうちかならず」モンティは腕時計にちらりと目をやった。「あと少ししたら、ご主人の事務所へ出向いて、警備体制についての打ち合わせをすることになっています。行く前に、少しだけお時間をいただけますか？　先日おうかがいしたお話に関して、細かい点を再度確認させていただきたいんですが」

「もうお話しできることはないように思いますけど、もしお役に立つのでしたら」

「キッチンを使えばいいわ」モーガンがすばやく口をはさんですすめた。ママと一緒にいてあげる、とジルが言いださないうちに先手を打ったのだ。「ジルと二人で、昔わたしが使っていた部屋へ退散するわ。シャワーを浴びたいの。でも、今は一人ぼっちになりたくない気分だから、ジルにいてもらえれば、浴室のドアを通しておしゃべりできるわね」

「そうね」エリーゼはうなずき、ついてくるようモンティに身ぶりでうながした。「警備の皆さんのためにコーヒーを淹れたところなんです。お飲みになって、温まってください」

「わたしが作ったバナナブレッドもありますから、どうぞ」ジルがつけ加えた。「今朝、家に帰ってきてからもう、三本も焼いたんですよ。何かせずにはいられなくて」

「ありがとう、いただきます」モンティはジルとモーガンが出ていくまで待ち、エリーゼのあとについてキッチンに入っていった。

コーヒーとバナナブレッドを前にして、モンティはもう一度、エリーゼに質問をくり返して確認した。何度もかかってきた無言電話、あとをつけられているという感覚、フィットネスクラブの前で目撃した白いライトバンを運転する男について。

エリーゼの答は前と変わらなかった。だが、神経をすり減らしているのは間違いない。

「お話をうかがった火曜日以降、不審な電話はかかってきましたか？」モンティは訊いた。

「いいえ」エリーゼは自分でコーヒーを注ぎ、震える手でマグカップを包んだ。「電話をかけてきた人物は、もっといい標的に関心を移したんでしょう。女性を車で撥ねたり、人の家を荒らしたりするほうに」

「ひき逃げ事故の件ですが、カーリー・フォンティーンさんとレイチェル・オグデンさんの両方にお会いして事情をうかがってきました」

エリーゼの体に緊張が走った。「彼女たちは、ライトバンを運転していた人物を憶えていましたか？」

「いいえ。あっという間のできごとで、何も憶えていないそうです。ただ、お二人とも協力的で、なんでもできることはします、とおっしゃってました。レイチェルさんも、手術を終えたばかりなのにですよ。若いが、しっかりした女性です。それを言えばお二人ともそうですが」モンティはもの問いたげに眉を寄せた。「お二人のどちらかをご存知ですか？」

「いいえ。なぜそんなことを？」

モンティは肩をすくめた。「おたくのフィットネスクラブとウィンショアのあいだで、お互いに顧客を紹介することがあるとモーガンさんがおっしゃってたからです。それで、もしかしたら彼女たちもそうだったのではないかと」

「いいえ、違うと思います」エリーゼはコーヒーをひと口飲んだ。

「でしたら、お二人に一度お会いするといいですよ。まさにおたくの会員にうってつけの女性ですから。それだけで、エクササイズに時間を費やしてプロポーションを保っているのが想像できるでしょう。カーリーさんは元モデルで、今はモデルエージェンシーの幹部に昇進しておられます。レイチェルさんも魅惑的な方です。カーリーさんよりだいぶ若くて、元気はつらつといった感じですね。経営コンサルタントをされているそうですが、二〇代半ばの若さであれだけの成功をおさめるとは、本当に驚きですよ」

「そうですね」エリーゼはマグカップを見つめながら言った。「若さって、うわべだけのこの社会では大きな武器になりますからね」

モンティはバナナブレッドをちぎって口に入れ、嚙みながらエリーゼを観察した。「おっしゃるとおりです。世間では若さを重んじますからね。特に女性の容姿に関してはそうだ。男性も情けないですよ、うわべにとらわれて、ちゃんと見通すことができないなんて……つまりその、内面というか、わかりますよね」

「ええ、わかります」エリーゼは顔を上げた。「でも、なぜこんな話になったのかしら。レイチェル・オグデンさんに関してわたしが知っておくべきことがあるんでしょうか？」

「たとえば？」

「ご自分でおわかりでしょ。彼女について詳しく話してらしたのはモンゴメリーさん、あなたのほうじゃありませんか」

モンティは口を固く結び、さらに押してみた。「ひょっとすると、そこになんらかのつながりがあるかもしれない。だからわたしも気になるんでしょう」

ある感情――心の痛みと屈辱感がないまぜになった不安が、エリーゼの顔をよぎった。「つながり」から彼女が何を想像したかは、心理学の専門家でなくてもわかった。

「アーサーについてのゴシップに関する話なら……」

「ショア議員ですか？」モンティは眉をつり上げた。「いや、違います。つながりというのは、レイチェルさんの外見的特徴が、書類上はモーガンさんと同じになるという事実です。ひき逃げと昨夜の侵入を考え合わせると、ウィンショアのオフィスと家を荒らしてベッドの上に警告のメッセージを残した犯人は、最初こちらが考えていたよりも強硬な手段に出て、モーガンさんを襲う可能性もあるのではないかと、わたしは疑っているんです」

「そんな……」エリーゼは目をしばたたいた。愕然としている。すぐに気を取り直したが、驚きは恐れに変わった。「強硬な手段に出るって……犯人が、モーガンを殺すつもりだっておっしゃるんですか？」

「そいつが彼女の両親を手にかけた殺人犯なら、やりかねないでしょうね」

「ああ、なんてこと」エリーゼは椅子にもたれかかって体を支えた。マグカップが大きな音を立ててテーブルの上に置かれた。「どうすればいいんでしょう?」

「まずは、モーガンさん本人には言わないでおくことです。ただでさえ、ぎりぎりのところで耐えているんですから。しかし、ご主人が警備を強化するとおっしゃったのはいい考えでしたね。今日のところは無事にしのげるでしょう」

「事件の捜査を打ち切ってもらうという考えはどうなんでしょうか? それが賢明なんじゃありません?」エリーゼは口走った。モンティの顔をよぎった驚愕の表情に気づいて、あわててつけ加える。「なんて無神経な、とおっしゃるでしょうね。身勝手な言い方かもしれませんが、わたしは家族を愛しているんです。みんなの身の安全が何よりも大切なんです。ララとジャックのことも、大切に思っていました。最愛の友人でした。ですから、あの二人を殺した犯人が罰を受けずにのうのうと暮らすのを許すなんて、考えただけで吐き気がします。でも、二人はもうこの世にいないんですよ。モーガンは生きている。生きているあの子を守ることが、わたしたちの責任じゃありませんか? あの子の命を危険にさらしたからといって、ララとジャックが帰ってくるわけじゃない。それどころか、わたしたち全員の身が危うくなるかもしれないでしょう」

「殺人犯を野放しにして、モーガンさんやそのほかの人たちを殺そうとするままにまかせるほうが、よっぽど危険です」モンティは首を左右に振った。「調査をやめるわけにはいきません。わたしがなんとしても犯人をつきとめます」エリーゼをじっと見すえる。「そのためには、やつの動機がなんだったのかをつきとめなくてはならない。だからわたしは、嫌われ、いやがられながらもあちこちに探りを入れているんです」

モンティがジャケットのポケットに手を入れ、レーンが拡大して印刷したカラープリントを引きだしたときには、エリーゼは身動きもせず座っていた。

「この二枚を見てください。一七年前のクリスマスイブにあなたのご両親が主催された、ご主人の当選祝いを兼ねたパーティのときに撮ったものです」

エリーゼは写真を見下ろした。最初、表情に表れていた不安が、しだいに戸惑いに変わる。

「どういうことかしら。これはアーサーの、というよりアーサーの体の一部を写した写真ですよね」

「襟元の部分です。教えてください。ご主人はなぜ、パーティの最中にシャツを着替えられたんですか？」

エリーゼのあごがぎゅっと引き締まったが、表情はそれ以上変わらない。「なんのことをおっしゃっているのか、わかりませんわ」

「もう一度見てください。標準的なレギュラーカラー。襟の開きが狭いカラー。同じパーティの最中に、二枚の違うシャツ。なぜです？」

「なぜかしら。見当もつかないわ。もしかしたら、飲み物か何かをシャツにこぼしてしまったのかも」

「なるほど。となると、ご主人はシャツの替えを持ち歩く習慣なんですね？」

「まさか、そんなことありません」エリーゼの声が高くなった。動悸も激しくなっているに違いない。喉に手をやっているしぐさでそれがわかる。

「わたしのこれまでの経験では、これは浮気をしている男性によく見られる、典型的な兆候です」モンティはにべもなく言った。「そう思われませんか？」

沈黙。

「もう一度考えてみましょう。あの夜、ご主人がパーティの途中で席をはずして、会場を抜けだしたかどうか、憶えていらっしゃいますか？　もし抜けだしていたとすれば、何時ごろから何時ごろまででしたか？」

エリーゼの目にみるみる涙があふれた。「なぜこんなしうちをなさるんです？」ようやく声を出す。「ひねくれた喜びを感じられるからですか？　マスコミの人たちみたいに？」

「いいえ、違います。わたしが知りたいのは、ウィンター事件のあと、ショア議員に幾度となくお会いして事情をうかがったのに、パーティを一時的に抜けだしたなどとはひと言もおっしゃらなかった――その理由なんです。なぜ触れられなかったんでしょう？」

「きっと、事件の捜査に関係ないと思ったからじゃないでしょうか」

「あるいは、忘れていたか。だとすると空振りですがね。それでも、浮気相手に会っていたとすれば、わたしとしてはその人の名前を知りたい。事件のあった夜、ウィンター夫妻の友人、同僚、愛する人たちと、たとえわずかでもやりとりがあった人物については、一人残らず会って事情を聞きたいんです」

「友人？　愛する人たち？」心が揺れているのか、エリーゼの表情がこわばりはじめた。

「ウィンター夫妻の敵を中心に調べるんじゃないんですか？」

「確かに殺人犯は、敵とみなすべきでしょうがね」探るような目つき。「彼女の名前――憶えておられますか？」

エリーゼは急に立ちあがった。「そんなばかげた質問にはお答えできませんわ。わたし、電話をかけなければいけませんので、これで失礼します。モンゴメリーさんも、ボディガードを増やすお話で主人と打ち合わせがあるんでしたよね。どうぞ、お引き取りください」


カーリー・フォンティーンは腕時計を見て顔をしかめた。

そろそろ、モーガン・ウィンターとの約束の時刻だった。電話相談の予約をしたのだから、守らなくてはいけない。ただ問題は、それに割く時間も気力もなく、この二、三日のできごとをまったく意に介していないかのようにふるまう能力もないことだった。

それでもカーリーは気持ちを奮い立たせて、ウィンショアのオフィスにかけた。

「はい」見知らぬ男性の声だ。

カーリーは一瞬、息をのんだ。「失礼しました、間違えちゃったかしら。ウィンショアにかけたつもりなんですが」

「番号は合っています。お名前は？」

男性のそっけない口調はカーリーを不安にさせた。それに、どこの誰かわからない相手に名前を告げる習慣はない。「失礼ですが、どちらさまでしょう?」

「パルティーノと申します。ニューヨーク市警一九分署所属の警察官です」

「警察官……」カーリーの全身が緊張した。「どうして、ウィンショアに警察の方がいらっしゃるんです? 何かあったんですか?」

「あいにく、そういったことにはお答えできません。ミス……?」

「フォンティーンです。カーリー・フォンティーンと申します。モーガン・ウィンターさんと、一二時半に電話でご相談するお約束をしているんですが」

「では、ウィンターさんの携帯電話にご連絡ください。番号はご存知ですか?」

「はい。すぐに電話してみます」

通話が切れるのがもどかしかった。携帯の番号を押すカーリーの手が震えた。

呼び出し音が鳴るか鳴らないうちに、モーガン本人が出た。元気がないが、落ちついた声だ。発信者番号の表示を見たのだろう。「カーリーさん、お電話ありがとうございます」

カーリーは矢も盾もたまらず訊いた。「モーガンさん、大丈夫? ウィンショアのオフィスのほうに電話したら、警察の人が出たの。でも何も教えてくれなくて、モーガンさんの携帯に電話するようにって言われて」

「ああ。実は昨夜、オフィスでちょっと不穏なできごとがあったんですよ」モーガンは侵入事件とその被害について簡単に話して聞かせた。モンティと警察当局の両方から指示されているとおり、新聞記事の切り抜きや脅しのメッセージのことは意識的に省いて説明した。

「まあ、なんてひどい」カーリーは心から憤慨しているようすだ。「まさかあなたがた、侵入されたとき、お宅にいたの？」

「幸い、ジルもわたしも留守にしていましたから。運がよかったんですよ」

「本当に、運がよかったわね。何を盗られたの？」

一瞬、ためらいがあった。「実は、何も盗まれていなかったんです」

「どういうこと。わからないわ」

モーガンはふうっと息を吐きだした。「カーリーさんはまだ、ニューヨークに戻ってこられて日が浅いから、地元のできごとについてはご存知ないことも多いでしょうね。実はわたしの両親は、一七年前に市内で殺されました。ところが最近になって、逮捕されて有罪判決を受けた容疑者が無実であることがわかったんです。うちの両親を殺したのは別の人間だったことが判明したわけです。わたしの仕事のパートナーのジルについてはこのあいだお話ししましたよね。彼女の父親はアーサー・ショア議員、母親はエリーゼ・ショアといって、両親の親友で、孤児になったわたしを引き取って育ててくれました。そんなわけでわたしたちは皆、公人の家族と見られています。それで今回の侵入事件も悪質ないたずらや嫌がらせ、あるいは新聞をにぎわしたいという愉快犯の可能性があるらしくて。今は警察がその線で調べています」

「まあ、なんと申し上げればいいか」カーリーは、しゃべりながらコンピュータの画面を見つめた。三日続けて眠れない夜を過ごしたあと、今朝インターネットで検索して見つけた新聞記事をふたたび読んでいた。「本当にお気の毒でした。もし、わたしでお力になれることがあったら……」

「それはお気づかいなく。ジルとわたしは当面、ショア家のマンションに泊まることになるので大丈夫です。ただ、ウィンショアのほうの業務は円滑というわけにはいかなくて。ただ、この混乱も一両日中にはなんとかおさまると思うので、月曜には通常の営業を再開する予定です。そのときまで、面談のお約束を延期させていただいてもかまわないでしょうか？」

「もちろん。来週明けにはご連絡して、予約を取らせていただきますから。とにかく、モーガンさんも、ジルさんも、ご無事でよかったわ」

「ありがとうございます」

カーリーは、電話を切ったあとも長いあいだ机の前に座っていた。胃がじわじわと締めつけられ、吐き気をもよおしそうだった。ハンドバッグに手を伸ばし、一枚の封筒を取りだす。ロサンゼルスから引っ越してきたときに、いろいろな種類の私物を一緒くたに入れた箱から捜しだしたものだ。封筒の中をのぞくと、例のメモと名刺はちゃんと入っていた。

何をすべきかはわかっていた。

付箋に簡単に走り書きをすると、封筒の外側に貼りつけた。頑丈な不織布《ふしょくふ》のタイベックでできた小包用包装袋を用意し、封筒を中に入れて密封した。職業別電話帳をめくって適切な業者を探す。すぐに見つかった。辺鄙《へんぴ》な場所にある宅配サービスの会社だ。黒いウールのコートをはおり、フードをかぶった。これで頭と顔が隠れる。次にサングラスをかけた。

クレジットカードを使ってはいけないんだったわ、と自分に言い聞かせる。

財布の中をひっくり返すようにして一〇〇ドル札を一枚見つけ、コートのポケットに入れた。ハンドバッグの中に戻した財布を、机の一番下の引き出しにしまって鍵をかけた。身分証明書を提示するわけにはいかない。ハンドバッグを家に忘れてきてしまったと言えばいいことだ。現金を握らせれば、たいがいの言い訳は通ってしまう。

五分後、カーリーはオフィスを出て、建物の外を歩きだしていた。

大きなリスクを冒そうとしていた。

だが彼女には、返さなければいけない大きな借りがあった。

26

金曜日。空は高く晴れあがっていた。ポコノ山脈の雄々しい姿を背景に、青い空はどこまでも広い。飛行機からジャンプしたレーン。きっと爽快に違いない。

しかし地上で待機するジョナは、せっかくの大仕事だというのに、ひどく気分が悪かった。一行が現地へ到着してから体が重くなり、立ちくらみがしはじめた。撮影機材の設置をしたり、あちこち動きまわったりしているうちに、めまいと疲労がますます激しくなった。やっとの思いでマフィンを一個食べ、スポーツドリンクを飲んだが、少しもよくならない。

体じゅうに広がる不快感と闘うジョナは、不安定なカメラの扱いに手こずっていた。望遠レンズと、高速撮影用のモータードライブを取りつけたおかげで機材が重くなっているのだ。スカイダイビングを楽しむショア議員の姿をカメラでとらえるチャンスはたった一回しかない。プレッシャーがかかっていた。

編集者をはじめとする関係者は、今回のペンシルベニア取材旅行を実現させるために議員の説得につとめ、ようやく同意を得た——家族を残して家を離れるのも心配だろうが、記事を通じて議員の姿勢を読者に伝えることも重要だと。というわけで撮影時間は短縮され、必要なショットを撮ったらすぐに帰途につくことになった。

レーンの担当は飛行機からの航空写真。地上からの撮影はジョナの責任だった。いつものジョナなら、シャッターチャンスが待ちきれず、わくわくしながらカメラマンとしての本領を発揮していただろう。だが今はだめだった。手は汗ばんで、体がだるく、力が入らない。ひどく熱っぽいのは、もしかしたらインフルエンザにでも感染したか。なんてついてないんだ。数日前にはスキーで無茶をして大転倒をやらかし、大恥をかいた。なのに今また、やっかいな病気にかかってしまうなんて。

負けるもんか。熱を出して寝こむのは今夜、ニューヨークへ帰ってからでいい。

ジョナは目の前の作業にふたたび集中した。カメラを空に向け、順調に落下してくるショア議員の姿を追う。モータードライブを使って、高速で連写した。

すごい絵が撮れた。それについては自信があった。

だが、気分の悪さはいっこうにおさまらなかった。


モンティは約束どおり、一二時一五分にチャーリー・デントンのオフィスに着いた。時間きっかりだ。これもまた約束してあった、レニーズのパストラミサンドウィッチとマッツォボール・スープ、ドクター・ブラウンのチェリーソーダをたずさえている。昼食を食べながら情報を引きだそうという試みだった。

今日、どうしても答を聞かねばならない、ふたつの疑問があった。カール・アンジェロの関係書類に記載された秘密情報提供者が、自分が考えていた人物と一致するか？　デントンがショア議員と決別するきっかけとなった不満の種とは、いったいなんだったのか？

モンティの切り札は、デントンが知りたがっているジョージ・ヘイエックの名前だった。これは教えてやってもいい――もし、こちらが求めている情報が得られれば。

今のところ、デントンは強力な味方になってくれそうだ。モンティの直感がそう告げていた。水曜の夜にウィンショアの事務所兼自宅に侵入があってからは、特に。モーガンに対する脅しがエスカレートした今、デントンも行動に駆りたてられるだろう。ジャックとモーガンに対する彼の傾倒ぶりを思えばなおさらだ。

「局じゅうがざわめいてますよ。ウィンター夫妻殺害事件の捜査主任がわたしを訪問したってね」デントンはいきなり文句を言いながらモンティを執務室に迎え入れ、ドアをきっちり閉めた。「午後はずっと、皆から質問攻めにあいそうだから、うまく答えないと」

「心配いりませんよ。〝モンゴメリーは、ジャック・ウィンターが死ぬ直前に起訴した事件の詳細を確認に来た〟とかなんとか言えばいい。同僚の検事は皆さん、満足するでしょうよ。ウィンター地方検事補の英雄的なイメージがますます強くなりますからね」

「実際、英雄でしたよ、ウィンター検事補は」デントンは訂正した。散らかった机の前の椅子に座ると、分厚いマニラ紙のフォルダーを取りだし、モンティの前に置いた。「英雄的でありすぎたんです。そのために殺されてしまったのかもしれない」

「まだ、何が動機で殺されたかはわかりませんよ、それをこれから探っていくわけですから」菓子屋の店先の子どもさながらに物欲しげな目でフォルダーを見ながら、モンティは、我慢、我慢、と自分に言い聞かせた。ここでデントンをやりこめても意味がない。秘密を打ち明けてもかまわないという気分にさせたほうがいい。そしてどの手もうまくいかず、万策尽きたら――そんなときこそ、ローダ手作りのスープの出番だ。

モンティは静かに、サンドウィッチと、スープ入りの背の高い容器、缶入りソーダを机の上に並べ、真向かいの椅子に腰を下ろした。「レニーズの料理は最高ですよ」

「賄賂ですか？」デントンはにやりとした。

「仲間どうしの潤滑油ですよ」デントンをだまそうとしても無駄だ。経験豊富な検事のことだ、でっちあげやでたらめはすぐに見破られてしまう。「我々は今のところ、同じチームに属しているとわたしは思ってます。特に今は、モーガンの人生がかかっていますからね」

デントンの笑みが消えた。「彼女のようすはどうです？」

「なんとかがんばってますよ。おびえて、どうしたらいいのか迷っている。木曜の朝、自宅の荒らされた部屋を見たあとは、もう調査は打ち切りにしてほしいと訴えてました」

「そんなこと、地方検事が許しませんよ」

モンティは肩をすくめた。「地方検事の立場なら、誰にでも圧力をかけられるでしょうが、適切な人間に適切な方向性で捜査させないかぎり、検察局も成果なく終わるでしょうね」

デントンはサンドウィッチの包みを開け、信じられないというかのように頭を振った。

「そしてモンゴメリーさん、もちろんあなたが〝適切な人間〟なんでしょうね」乾いた笑い。

「あなたの傲慢さにもあきれますよ。ニューヨーク市警は、あなたが採用される前から機能していたし、退官したあともなぜか機能しているようですがね」

「この件に対するわたしのこだわりと確信は、警察を辞めたこととはなんの関係もないんです。率直に言って、わたしなんかいないほうが警察はうまくいくはずですよ。規則を守るのは苦手だし、煩雑な事務手続きや書類仕事のせいで血圧が上がりはじめてましたからね。なぜここまで確信が持てるのか。それは、わたしが事件を熟知しているからでもあります。あと少しで解決にたどりつきそうだという直感のせいもあります。そして、解決にいたるまで自分で見とどけてやるという強い思いがある——規則があろうと、なかろうと」モンティはサンドウィッチにかぶりつき、スープをたっぷりすくって飲んだ。

「ううむ、ローダのマッツォボール・スープは、絶品だな。二人分のスープのサイズ、小でなくて大にしてくれたのは、わたしがローダに好かれてるからですよ。あなたは運がいいですよ」デントンはスープを飲むと、手を机の上で組んで身を前に乗りだした。「モーガンさんの身が危ないという点では、わたしも同じ意見です。脅しは強烈になってきている。しかも矢継ぎ早に起こっている。犯人は恐れ、あせっているに違いない」

「ええ、ありがたいですね。外は凍えそうに寒い。こんな日にはこういうスープがぴったりですよ」

「問題は、それが誰か、ってことです」

デントンは片方の眉を上げた。「そろそろ〝発表会〟といきますか」

モンティはサンドウィッチを置いた。「何を用意してくれたんです?」

「お尋ねの秘密情報提供者の件ですが、ご想像どおり、ウィンター検事補と彼は長いつきあいでした」デントンはファイルを開き、コピーした文書のページをぱらぱらとめくった。「ウィンター検事補が扱っていた古い事件簿から、登録番号が同じ秘密情報提供者が記載された記録や報告書を抜きだしてみました。それらを見ると、この人物が登録していた時期は少なくとも一〇年に及んでいます」

「アンジェロの公判で検察側証人として証言した人物の登録番号と同じ番号ですか？」

「そうです」

「この人物に関する個人情報は見つかりましたか？」

「いいえ。ウィンター検事補との面談の情報をまとめた文書だけです。これには、あなたの求めている面談の日時に加えて、話し合われた内容の詳細が載っています。だが個人情報はありません。氏名や生年月日、写真、登録申請書など、その人物を特定できる情報は全部、機密扱いのファイルに記載されています」

「ファイルの内容を見せてくれるよう、担当の監督官を説得してみましたか？」

デントンの唇がゆがんだ。「モンゴメリーさん、これ以上は無理です。わたしはすでに、あなたのためにかなりの危険を冒してるんだ。監督官を説得しろだなんて、ほとんど恐喝に等しい行為だし、キャリア上の自滅すれすれの特攻ですよ。で、この報告書のコピー、欲しいのか、欲しくないのか、どっちです？」

「はっきり言って、欲しいですね」

「よろしい」デントンはマニラ紙のフォルダーを開き、分厚い文書を机の上にすべらせた。「ここで読まないで、レニーズの袋に入れて持って帰ってください。あなたがこの執務室を出ていって、検察局のレターヘッドが丸見えの書類を持ち歩いてる姿を誰かに見られたら、おしまいですから」

「了解」モンティは文書を受けとった。早く内容を読みたくてうずうずしていた。その一方で、この文書がフォルダーの中のごく一部にしかすぎないことにも気づいていた。どうやらデントンは、残りの情報を共有するつもりはないらしい。

「例の秘密情報提供者の名前は？」デントンがせかした。

「まずは、この文書を読ませてください。わたしが目星をつけている人物の身元調査で上がってきた情報とここに書かれてある内容が一致したら、お教えしましょう」

「その約束、かならず守ってもらいますよ」

「もちろんです。わたしの思ったとおりの人物だったら、関連の手がかりは全部お教えします。その線をたどって調べて、ご自分の評価を高めて、一気に昇進すればいいでしょう」

デントンはしかめっ面でスープを飲みつづけた。「そのどちらも期待してませんよ。ウィンター事件を解決すれば、正義を貫くことができる。だからといってそれが、すべての人を満足させるとはかぎらない」

モンティは肩をすくめ、サンドウィッチをかじった。「誰かの領分を侵して、機嫌をそこねるぐらいのもんでしょう。そのうち、忘れてくれますよ」

「あなたの世界ではそうでしょうね。だがわたしの世界では違う。検察局は政治的なしがらみや駆け引きがついて回るところですからね。気づいておられるかどうかわからないが」

「気づいてますよ」モンティはデントンの表情を観察した。サンドウィッチを食べるのに集中しているように見える。だが、頭は明らかに回っている。何かと闘っているようだ。

「何か、わたしに言いたいことがあるんですか？」モンティは訊いた。

デントンは顔を上げた。「質問がひとつ。オフレコの質問です」

「どうぞ」

「わたしの捜査活動については、誰が陰で糸を引いているかはわかってます。だが、あなたの場合、その人物は誰です？　モーガンさん、それともアーサー・ショア議員ですか？」

「まず言っておきますが、わたしは誰に操られて動いているわけではありません。操られるのは嫌いだ。だから警察の組織を離れたんです。でも、誰のために動いているか、と問われれば、それはモーガンのためです。ショア議員は、調査を進めるために政治力を使って後押ししてくれるだけです。なぜそんなことを？」

「議員には、あなたとわたしが話し合ったことをすべて報告していますか？」

「いや、知られたくない情報は報告していません。少なくとも、わたしのほうからは。ただ、おたくの上司からショア議員にどの程度の情報がいっているかまでは知りませんよ」

「確かに、議員と地方検事の関係は親密です。だから、わたしも細心の注意を払って行動しなきゃならないわけですが」

これだ。モンティが気になっていた、もうひとつの注意信号。「ショア議員を信用していないんですか？」

デントンは額を指でこすった。「政治力の面でですか？　いや、下院議員としては立派だと思いますよ。ニューヨークのために尽力して、大変な功績を残している」

「あなたはショア議員の政界入りを支援していましたね。わたしが調べたところによると、選挙運動にもかかわったとか」

「ええ、州議会選挙でね」デントンはスープを平らげた。「ただ、関係がまずくなって、ある時点で支援はやめました。その情報はあなたの調査でも上がってきていると思いますが」

「ええ」モンティはひたすら待った。

「関係がまずくなったのは、職業上の見解の相違ではなくて、個人的な理由です。わたしには妹が一人います。わたしがショア候補の選挙運動のアルバイトをしていたのは、ロースクールの最終学年に入る前の夏休みのことで、妹のトリッシュは大学に入学する直前でした。選挙事務所で手伝いをしてみたらと、妹を誘ったのはわたしです。トリッシュはたちまち、ショア候補を崇拝するようになりました。運動員のバイトをしていたほかの女の子同様にね。妹は候補者の資料を郵送用封筒に入れる仕事をしていましたが、帰りがだんだん遅くなっていきました。ある日の晩、わたしがいつもより早めの時刻に迎えにいくと、トリッシュはショア候補と二人きりで事務所にいて、半裸の姿にされていました」

デントンは怒りをこめて息を吐きだした。「当時、ショア候補は三〇代で、結婚して子どももいた。トリッシュは一八歳。高校を出たばかりで、影響を受けやすい年ごろでした」

モンティは嫌悪感をおぼえていた。だが、少しも驚かなかった。アーサー・ショアならやりそうなことだ。「さぞかしくやしかったでしょう。それで、どうしました？」

「ショア候補に対してですか？　何もしませんでした。〝性的嫌がらせ〟だのなんだのと言って非難していたら、今ごろは検事じゃなく、ガソリンスタンドの給油係か何かをしてるでしょうね。わたしは一介のロースクールの学生。相手は州議会議員候補。それに、大手の不動産開発会社で、義父のケラーマン氏経営のケラーマン・デベロップメントの顧問弁護士もつとめていた人だ。そんな有力なコネに恵まれた人物に闘いを挑んでも、勝てるわけがありません。ですからわたしは、その場で自分ができるせいいっぱいのことをしました。トリッシュの体をコートでくるんで、事務所から引きずりだしました。二人とも、選挙運動には二度とかかわりませんでした」

「そして、今は？」

「今は、恨みも何も、関係ありませんね。あの人は下院議員、わたしは地方検事補。仕事上のかかわりはないですし。ウィンター事件の再捜査が決まったときには、ショア議員のほうから連絡がありました。あなたが必要な情報を入手するのにわたしの力を借りたいという依頼でしたので、引き受けましたよ。もちろん、トリッシュの件は持ちだしませんでしたし、ショア議員のほうも、妹はどうしてるなどとは訊いてきませんでした」

「妹さんの身に起きたことについて、ウィンター検事補に話したことがありますか？　検察局で働きはじめたころのあなたにとって、まだ記憶に新しく、忘れられないできごとだったはずです。ウィンター検事補はショア議員の親友でしたしね」

「ララ夫人とエリーゼ夫人が、大学時代から親友どうしだったんです」デントンは訂正した。「それがきっかけで自然と、それぞれのボーイフレンドも交えたつきあいになったんです。ウィンター検事補がショア議員の能力に敬服していなかったとは言いません。実際、認めていたでしょう。だが二人の道徳観には天と地ほどの違いがあった。トリッシュの件については、わたしが検事補に報告するまでもなかったんです。似たような話はほかにもいくらでもありましたからね」長い沈黙。「ウィンター夫妻の口論の原因は、そのたぐいの話だったかもしれない、という考えが頭をかすめたこともあります。わたしの勘違いかもしれませんが、ウィンター検事補は、ショア議員の素行についてエリーゼ夫人に教えてやるべきだと思っていた気がするんです。一方、ララ夫人は教えるのに反対だった」

「ララ夫人がそう言うのを耳にしたんですか？」

「わたしが聞いたのは、〝エリーゼは知るべきことはすべて知っている〟という言葉でした。夫の不倫を指していたか、でなければまったく無関係の何かを指していたか。どちらとも言えませんがね」

「先日、話をしたときにはこの件についてひと言も触れなかったじゃないですか」

「あえて話さなかったんです。当て推量にすぎませんし、下手に話すと、あとで泣きを見ることにもなりかねないと思ったので」

「もし、わたしが口をすべらせたら、でしょう」モンティは補った。「大丈夫、口外したりしません。打ち明けてくださって嬉しいです。おかげでいくつかのことに説明がつきました」しばらく考えこむ。「デントンさん。失敬なやつだと思ったら殴ってもかまいませんが、ひとつ訊かせてください。もしや、あとで妹さんの気が変わって、ショア議員とよりを戻したなんてことはあったでしょうか？　当時ではなく、数年後に？」

「いいえ」ひと言だけの、そっけない返事。

「どうしてそう言い切れるんです？」

「あれ以降の数週間、わたしが妹から目を離さなかったからです。そのあと妹はミシガンへ向かいました。そこでウエイトレスのアルバイトを見つけて働いていたんですが、八月からはミシガン大学に通いはじめました。休暇にはニューヨークへ戻ってきましたが、一一月の感謝祭のころにはもうボーイフレンドがいました――普通のボーイフレンドです、同い年の。その後、月日が経つうちに、何人もの男性とつきあったようですが、ショア議員について口にしたことは一度もありませんでしたね。なぜそんなことを訊くんです？」

「これも、あなたに殴られそうな質問なんですが、トリッシュさんは一九八九年のクリスマスイブ、どこにおられましたか？」

沈黙。部屋のどこかで針の落ちる音さえ聞こえそうなほどの静けさだ。

ついにデントンは口を開いた。「ウィンター夫妻が殺害された夜ですか？　冗談でしょう」

「いや、本気です。トリッシュさんがどこにいたか、ご存知ですか？」

「スペインにいました。三年生のときに留学したんです。モンゴメリーさん、わたしは今、あなたを殴ってやりたくてたまらない。だがその気持ちを必死で抑えているんだ。職務上、必要な質問をしただけだとわかっているからです。そして、いったいどこからそんな推理が出てくるのか、知りたくてしかたがないからです。あの夜、ショア議員が実習生の女の子を口説いたりしていたはずはない。夫人と一緒に、義父母が主催するクリスマスイブのパーティに出席していたことが確認されているじゃないですか」

「確かに。だがわたしには、ショア議員がパーティ中につかのまのお楽しみにふける時間を見つけた、と信じる根拠があるんです。それが何時ごろで、誰と会っていたのかを知りたいだけです」

「そのとき議員が会っていた相手が、殺人事件と関係があるというんですか？」

「相手の女性はおそらく、一七年前の我々の捜査では浮かび上がってこなかった人物でしょう。ショア議員にアリバイを確認する必要が出てくるかもしれません――まあ、訊けば教えてくれるでしょう、もし議員がパーティの最中、七時半から八時のあいだに会場を抜けだして、どこかで女性と会っていたとすればね」

デントンは低く口笛を吹いた。「モンゴメリーさん。スズメバチの巣をつつこうとしてますね。大変な騒ぎになりますよ」

モンティは軽く肩をすくめた。「最悪の場合、議員の実家、レニーズでのＶＩＰ待遇を失うぐらいのもんです」

「いや、最悪の場合、私立探偵のライセンスを失う可能性もあるでしょう。あなたが議員に、事件の夜のアリバイを訊いたという話がどこかから漏れたら、議員はしかるべきところに働きかけて、しかるべき措置をとらせることができるんですから。アリバイだなんて、議員本人が殺人犯でないことを証明してくださいと言ってるようなものでしょう」

「アリバイがあるかどうかは、生前のウィンター夫妻を知っていた人全員に訊いていますからね。同じ質問に答えていただくよう、ショア議員にお願いするにすぎませんよ。それ以上でも、それ以下でもない。殺人事件について調べているんですよ。議員が無実であれば、訊かれて激怒するだろうが、協力はしてくれるでしょう。第一、ウィンター事件が起きたとき、なんとしても犯人を探しだせとわたしをせっついたのは議員自身ですから。再捜査が始まってからも同じように、真犯人をつきとめろとせっついてきてます。アリバイについて尋ねるときには、ほかの人のいないところで内密に、感情的にならずに冷静に話すつもりでいます。議員がどんな反応を示そうと、わたしとしては欲しい情報が手に入る」

「加えて、欲しくない情報も山ほど手に入るでしょうね」デントンはつぶやいた。

「それはわたしが対処すればいい問題だ。それから、デントンさん」モンティはすごみをきかせて地方検事補を見つめた。「この件、ショア議員には報告しないように。わたしが話を聞きたい理由を言ってもらっては困る。あなたの妹さんの件と同じです。あくまでここだけの話で、記録にもとどめないでください」

「心配には及びません」デントンは手を振ってモンティの言葉を受け流した。「この件については、いっさい触れるつもりはありませんから。かかわったりしたら、わたしのキャリアも終わりだ。しかしモンゴメリーさん、あなたも大した度胸ですね。腹がすわってる」

「腹ですか。いちおう誇りに思ってますよ」モンティはそっけなく答えた。

「腹といえば……」デントンは椅子の上で居心地悪そうに体をずらした。「ラージサイズのスープとソーダを飲んだせいで、トイレに行きたくなった。ちょっと失礼します、すぐに戻ってきますから」

「どうぞ、どうぞ」

デントンがあわてて机を離れ、執務室を出てトイレに向かうのを、モンティはにやにやしながら見守った。ローダのスープに幸いあれ。おかげさまで、期待どおりの効果があった。

モンティは一〇秒間だけ待つと、身を乗りだし、デントンの机の上からマニラ紙のフォルダーを取りあげ、中の書類にすばやく目を走らせた。

無関係のくだらない文書。事務手続きの書類。検察局内の連絡書。ウィンター検事補がカール・アンジェロを起訴したときの法律文書。検事補が問題の秘密情報提供者と会ったという記述がそこここに見られる。明らかにコピーとわかる紙の束が、クリップで留めてある。

モンティは急いで確認した。秘密情報提供者の逮捕時の調書などの原本からコピーされた記述があるが、氏名や身元を特定できる情報はすべて黒く塗りつぶされ、その代わりに登録番号のみが記されている。

紙の束の最後の数ページには、ニューヨーク市警のロゴが見える。

もしかすると、これかもしれない。

モンティは稲妻のような速さで内容に目を通した。警察で扱うこの種の書類なら、知りつくしている。最後のページは、容疑者逮捕手続きの書類の、画質の悪いコピー。原本は逮捕した警察官が記入したものだ。

モンティはコピーを照明の光にかざしてみた。マーカーで黒く塗りつぶしてある箇所に、何か判読できる情報がないだろうか。くそ。見えない。

もう時間がなかった。デントンがいつ戻ってきてもおかしくない。なんとしても手がかりを見つけなくては。

これだ。

コピーの紙の一番下に、容疑者の連絡先が記載された欄があり、これも個人情報にかかわるほかの欄と同じように黒く塗りつぶされている。ただ、マーカーで引いた線の端の部分がかすれたように薄くなっていた。電話番号の最後の四桁だけが読みとれた――〇四〇〇。

ようし。やっと見つけた。ここから、たどっていける。

モンティは文書をすべて元の位置に戻し、デントンの机の上にファイルをきちんと置いた。

クイーンズの事務所へ戻っていると時間が無駄になる。モンティは、そのままレーンのコンドミニアムへ向かった。コンピュータを立ちあげて、インターネットの検索を始めた。まず二一二という市外局番を入力する。今でこそ市外局番が増えたニューヨークだが、三〇年前にはこの二一二しか存在しなかった。ありとあらゆる組み合わせを試した。もしこの電話番号が、何年も前にすでに使われなくなっているか、あるいは別の契約者に割りあてられていると、当時の契約者が誰かをつきとめる作業は行きづまる。

しかし、運が味方してくれたらしい。三〇分後、モンティは価値ある情報を見つけだした。二一二—五五五—〇四〇〇は、今も使われている番号だった。業界最大手の不動産開発会社で、長年にわたって繁栄を続けてきたケラーマン・デベロップメント。先ほどデントンの話に出てきた企業名と同じだ。

ケラーマン・デベロップメントこそ、三〇年前、経営者のダニエル・ケラーマンが新しく一族に迎え入れたばかりの娘婿アーサー・ショアが、顧問弁護士をつとめていた会社だった。問題の秘密情報提供者がジョージ・ヘイエックであることを示す、もうひとつの確かな材料だった。

時期的にもモンティの説と一致していた。ヘイエックは、銃の運搬中に逮捕されたあと、ケラーマン・デベロップメントに電話をかけていた。それがきっかけで、検察局の秘密情報提供者になったに違いない。電話を受けたアーサー・ショアがジャック・ウィンターに連絡し、二人のあいだで取引が成立した。ジャックは犯罪組織の内部情報を漏らしてくれる人材を手中にし、アーサーはヘイエックを窮地から救った——おそらく、父親のレニーのために。

面白い。ヘイエックがレニーズの店を辞めて以来、まったく連絡をとっていないと言ったアーサー・ショアは、おれに嘘をついていたというわけか。

そうなると、ショア議員は、三つの事実を隠していたことになる。まず、ケラーマン夫妻主催のクリスマスイブのパーティ中にシャツを着替えたこと。そして、ヘイエックからの電話と、それに続いて、ウィンター検事補とのあいだに取引が成立したという事実。

そのほかにどんな嘘をついているのだろう？

モンティの手元には、デントンから渡された書類がある。事実を照合する作業が待っている。そのあとショア議員と一対一で、実のある、長い話をすることになるだろう。

数時間が過ぎた。

モンティが書類を読みながらメモをとる作業に没頭していたとき、携帯電話が鳴った。うるさいな。不愉快そうに電話を手にとる。出ないつもりだったが、発信者番号の表示に目を落とすと、モーガンからであることがわかった。

モンティは受信ボタンを押した。「どうだい、調子は？」

「どうかしら」おびえているというより、不安そうな声だ。「たった今、気味の悪い小包が届いたの」

「小包？」モンティの中で警戒信号が鳴った。「どんなたぐいの小包だい？　〝気味の悪い〟というのはどういう意味？」

「丈夫そうな包装袋に入れてあるの。〝気味の悪い〟と言ったけど、危険な、という意味じゃないから、心配しないで。別に不気味な警告文が書いてあるわけでもなんでもないの。名刺が一枚と、メモが一枚、それと付箋だけ。ただ、なんていったらいいか――」

　声が一瞬途切れたが、モーガンは続けた。「電話ではちょっと話しにくくて。話そうとすると泣いてしまうから、時間の無駄になりそう。小包のこと、おじのマンションのドアマンに訊いてみたの。宅配サービスの業者が配達してきたんですって。金曜の午後の配達指定だけど、どうしてその日時を指定したのかはわからない。おじが留守で、おばもフィットネスクラブに出かけていることを送り主が知っていたとすれば、別だけど。わたし、気持ちが動転してしまって。誰よりも先にモンティに知らせなければと思ったの。ジルは今、お客さまとの電話に出てる。モンティ、どこかで会えないかしら？」

「おれは今、レーンのコンドミニアムにいる。やつがポコノ山脈に出かけてるうちに、コンピュータを使って調べものをしてるところだ。じゃあ、こうしてくれ。まず小包をファスナーつきの透明な袋に入れる。万が一、指紋が検出できるかもしれないからね。そして、マンション内のドアマンに言うんだ。ちょっと用事があるので、ボディガードと一緒に出かける、と。そうすれば、ジルが電話を切ったあときみがいなくなっていても、余計な心配をかけずにすむから。小包を持って、こっちへ来るんだ」

「すぐ行くわ」

「モーガン」モンティは断固とした口調でつけ加えた。「かならず、ボディガードと一緒に来るんだぞ、いいね。どこへ行くにも一人で出歩いちゃいかん」

「心配しないで、そんなことしないから」

27

モンティは付箋と、手書きのメモ、名刺に記された文字を、一度ならず二度読んだ。そして、タイベック製の封筒に目を向けた。差出人の住所氏名は書かれていない。

顔を上げ、モーガンを見た。「これは、きみのお母さんの筆跡なんだね？」名刺とメモを指さして訊く。

「ええ」こみあげてくる涙をこらえようとして、喉が詰まった。

モンティはうなずき、モーガンの腕を軽く叩くと、頭を垂れて三つの品をもう一度調べた。

名刺にはララ・ウィンターの名前と、ブルックリンで運営していた女性のための支援センターの住所と電話番号が印刷されている。住所のすぐ下に、自宅の電話番号が走り書きしてあった。名刺を包んでいるメモは折り曲げられていて、そこに書かれた言葉は時間の経過のために少し薄れている。だが、十分に判読できる。

J——いつでも電話してください——L。

「Jって、誰のことかしら」モーガンはつぶやいた。

モンティは付箋に目を移した。インクのにじみから、最近ペンで書き入れられたことは明らかだった。名刺とメモの筆跡とは違うが、これもまた女性らしい手書きの文字だ。

なんの挨拶文も、署名もない。〝あなたのお母さまは昔、わたしを助けてくださいました。そのとき受けた恩を、あなたを助けることでお返ししたいと思います。まわりに目を向けなさい。誰も信用してはいけません〟

「これを配達した宅配サービスの会社に電話してみたの。ダウンタウンのほうで、西二二丁目沿いにある会社。従業員が言うには、小包を持ちこんだのは女性で、今日の正午から午後五時のあいだに、ショア家のマンション気付でわたし宛に届けてほしいという具体的な指示があったんですって。フードつきの黒いコートを着て、サングラスをかけていたというから、人相などの特徴はないも同じね。支払いは現金だったそうよ」

「そりゃすごい」モンティは皮肉っぽく言った。「警備の強化も何もあったものじゃないな。この女性が炭疽菌入りの封筒を送りつけようと思えばできたってことだからね。宅配サービス会社の記録に残された女性の名前は？」

「〝ジルズ〟ですって。店の名前かしら。これも、情報としては役に立たないわね」

「何者かが、きみにこの小包を届けるにあたって、差出人の身元を特定できないようにするために、そうとうな手間をかけたということだ」

モーガンは髪を手でかきあげた。「理由として考えられるのはただひとつ。その女性がわたしの両親を殺害した犯人について何か知っているけど、怖くて名乗り出ることができないからじゃないかしら」

「あるいは、捜査をかく乱するために、誰かに雇われた女性かもしれん」

「えっ？」混乱したモーガンの眉が上がった。

「タイミングが非常に興味深いんだ。でも、おれの推理の根拠を説明する前に、きみの推理についてちょっと考えてみようじゃないか。この小包を送った女性は、きみの家に何者かが侵入したことを耳にした。この女性には、侵入事件がきみのご両親の殺害に関係していると信ずるに足る理由があった。いろいろな情報とつなぎ合わせてみると、きみのことが心配になり、怖くなった――警告しようと考えるほどに。だが、身元がばれれば自分の身も危うい。それで匿名で警告を発することにした。なるほど、つじつまは合うな」

モンティはふたたび、付箋に目をやった。

「じゃあ、この付箋に書かれた〝まわりに目を向けなさい〟という表現に注目してみよう。もしきみの説が正しければ、これはやっかいな事態に発展しかねない。もし間違っていたら、追いつめられた犯人による、明らかな陽動作戦ということになる」

「無駄な情報をばらまいて捜査をかく乱する、ということね。でも、じゃあ誰が小包にメッセージを入れて届けた操り人形で、誰が操り人形師なのかしら？」

「操り人形はわからない。だが、人形師は、もしかしたらわかったかもしれない」

モーガンはいらだたしそうに口の中でつぶやき、モンティにお説教を始めた。

「あのね、わたしはずっと辛抱強く待ってたのよ。そろそろちゃんと納得のいく説明が欲しいわ。モンティ、何か知ってて隠してるでしょう。昨日もうすうす感づいていたけど、今はもう確信できるわ。いったいなんなの？　教えてちょうだい、中途半端な情報じゃなくね」

「はい、かしこまりました」モンティはこれからモーガンが受ける打撃を少しでもやわらげようと、にやりと片頬で笑い、おどけた口調で答えた。

モーガンはおれの依頼人だ。依頼人には、知る権利がある。

「ショア議員は、殺人のあった夜、奥さん以外の女性とひとときを過ごしたのではないかと思われるんだ。だとすると、その女性が新たな手がかりになる。容疑者、目撃者、捨てられた愛人――どんな可能性もありうる。この小包はその女性、あるいは、彼女を知っている人間が出したものかもしれない」

モーガンは唖然として空《くう》を見つめている。「いったいどういうこと？　殺人のあった夜、おじはケラーマン夫妻が開いたパーティに出席していたのよ。おばと一緒に。なのに、どうやってほかの女性と会ったりできるわけ？　それに、かりに会っていたとしても、なぜ相手の女性がわたしの両親を殺そうなんて思うの？」

「その質問には答えられない。問題の女性が誰で、何をしようとしていたかをつきとめるまでは。今のところ、おれが持っているのは直感と、一見バラバラに見えるパズルのピースだけだから」

「わたし、全部聞きたいわ。まず、おじがあの夜、女性と会っていたのではないかと疑った根拠を教えてちょうだい」

モンティは、レーンの発見についてモーガンに説明した。ショア議員の襟元を拡大したカラープリントを見せ、ある時点でドレスシャツが別のものに変わっていた証拠を示した。

「だけど、納得いかないわ」カラープリントを三度も見てシャツの違いを確認したモーガンは言った。「おじは聖人君子にはほど遠い人だけど、愛人とセックスするためだけに義父が主催するパーティを抜けだすとはとても思えないの。わざわざそんなときを選ばなくても、ほかにいくらでもチャンスがあるでしょうに」

「確かに。しかし男という生き物は、セックスのこととなると、頭でなく体のほかの部分で考えてしまうことが多いものなんだ。いずれにせよ、シャツを着替えたことについてはショア議員に説明してもらわなくちゃならん。そしてもし、あの晩誰かと会っていたなら、それは誰だったのか、いつ会っていたのかを知る必要がある」

〝いつ〟という言葉が、にわかに重大な意味を帯びてきた。

モーガンは目を大きく見開いた。「誰が操り人形師か、わかったかもしれない、と言ったけど――まさか、アーサーおじが容疑者だとほのめかしているんじゃないでしょうね？」

「何もほのめかしたりはしてないさ。きみのご両親と知り合いだった人は皆、殺人の起きた夜の午後七時半から八時までのあいだにどこにいたかを証明してもらう必要がある、と言っているだけだ。もしその時間帯にショア議員がパーティ会場から姿を消していたとすれば、そうだな、議員にもアリバイを証明してもらわなくちゃならん」

「このことについてもう、おじと話したの？」モーガンは無表情で訊いた。

「まだだ。でも、エリーゼ夫人には話を聞いたよ。この写真を見せたとき、夫人はひどく動揺していた」

「どんなだったか、想像がつくわ。だから昨日、おばと二人だけで話をしたいと言ったのね？」

「そうだ」

「道理でモンティが帰ったあと、あんなに落ちこんでたわけだわ。お願いだから、おじの浮気癖をあらためて思い知らせたりしないで。そうでなくてもつらい思いをしてるんだから」

「おれは殺人犯を追跡しているんだ。それが何よりも優先する。不実な夫を持つ妻を優しく気づかうことより大切だ。申し訳ないが、それが現実なんだ」

　モーガンは、険しい線にふちどられたモンティの顔をうかがった。「モンティは一七年前もそうやって殺人犯を追跡していた。でも、思いやりの心を示してくれたわ」

「きみは、心に深い傷を負った、無力な子どもだった。自分の住んでいた世界が一瞬にして破壊されるような目にあったんだ。それに対してエリーゼ夫人は、複雑な事情のある結婚生活を続けることを選んだ大人の女性だ。無防備な犠牲者と、犠牲者になることを自らに許した犠牲者。まったく異なる存在だよ」

「言いたいことはわかるわ」モーガンは受け入れざるを得なかった。

「おれは明日、ショア議員と会う約束をとりつけるつもりだ。疑問の答が欲しい。議員がその答をくれさえすれば、我々の調査がどこまで進展しているか、少しはめどがつく」モンティはふたたびララ・ウィンターの名刺とメモ、それにそえられた付箋の三つに目を向け、顔をしかめた。「どう見ても、このメモと、メモの中に包まれた名刺の手書きの部分は、きみのお母さんがある特定の人のために書いたものだな。受付のデスクに置いてあった名刺をただ取ってきたのとは違う。多くの人に配る名刺に、わざわざ自宅の電話番号を書いて渡す人はいないからね」

「その特定の人は、母が支援センターでお世話をしていた女性の一人なんじゃないかという推測が成り立つわね」モーガンは唇を嚙んだ。「ひょっとすると、バーバラさんが知っているかもしれない」

「バーバラさん。ヘルシー・ヒーリングとかいうカウンセリングセンターの女性だね」

「ええ。母と、母がお世話していた人たちのことをよく知っていたわ」

「そのバーバラさんに会って話を聞きたいんだが」

「もう五時過ぎね。でも、まだオフィスにいるかどうか確認してみましょう」モーガンは折りたたみ式の携帯電話を開くと、ヘルシー・ヒーリングの番号にかけた。秘書のジェニーンに事情を説明して、返答を待つ。送話口を手で押さえて、小声でモンティに言った。「バーバラさんは明日の夜までいないんですって。秘書のジェニーンさんと話をして、母に関する重要な用事なのでぜひ面会をお願いしたいと頼んだの。今、バーバラさんの携帯にかけて、都合がつけられる日を訊いてもらってる」モーガンは送話口を押さえていた手を離した。

「はい、もしもし？　日曜ですね。大丈夫です、ありがとうございます。バーバラさんによろしくお伝えください。じゃあ明日の晩、どんなに遅い時間でもかまいませんので、ご連絡をいただいて、場所と時間についてはそのとき決めるということで」電話を切った。

「日曜だって？」モンティは少し驚いた表情をした。「ずいぶん熱心な人だな」

「そういう人なのよ、バーバラさんって」

「よし、週末は忙しくなるぞ。明日はショア議員、あさってはバーバラさんか」

「モンティがおじと話をするときに、わたし、同席しなくていいのよね」

「同席してもらったら困る。ほかに誰もいないところで、内密にしなければいけない。それにふさわしい場所で会うつもりだよ」

「帰宅したときのおじにも、会いたくない気分だわ」

二人の会話は、玄関のドアの鍵を開ける音で中断された。

「きみにとっての解決策となる人物が、そこのドアから入ってくるよ」モンティは言った。

ほどなく、レーンが入ってきた。二人を見て一瞬立ちすくみ、驚きのあまり目をしばたたいた。無造作に体をそらして戸口の外をのぞき、住居の番号を確認すると、間違いない、とでも言うように大きくうなずいてから中に入ってきた。カメラバッグを下に置き、パーカを脱ぐ。「ここ、ぼくの家だろ。いちおう確認したけど」

「ごめんなさいね」モーガンはすまなそうに笑いながら言った。「あなたのプライベートな空間に侵入するつもりはなかったのよ。ちょっとしたことが起きて、できるだけ早くお父さまに会って話をしたいと思って連絡したら、ここで仕事をしてるって言われて。それでパニック状態で駆けつけてきたの」

「謝らなくてもいいよ」レーンはウィンクした。「きみみたいな侵入者なら、家に帰ってきて遭遇するのも悪くない。で、パニック状態っていうのは？」

モーガンはため息をついた。「話せば長くなるわ」

「おれが帰ってからレーンに話してやるといい」モンティは立ちあがり、体の筋を伸ばした。

「もう必要な情報は手に入ったから、帰るよ。コンピュータを使わせてもらって助かった」

「そりゃよかった。でも、クイーンズの事務所に行くまで待てないほど、至急、コンピュータが必要だったなんて、どうして？」

「電話番号を急いで調べる必要があってね」モンティはモーガンの背後で、レーンに〝あとで説明する〟という顔つきをしてみせた。「スカイダイビングはどうだった？」

レーンは無言のメッセージを理解し、振られた話題にのって「すごかったぜ」と話しはじめた。「体調抜群、天候抜群、映像もばっちりさ」モーガンに目を向ける。「でも、そのうち帰りたくなった。ショア議員もそうだったし、ジョナは体の具合がよくなくてね。で、早めに切りあげることにしたんだ。でもこっちじゃ、ぼくの留守中に、何か重大なことがあったみたいだね」

「いや、まだ殺人犯をつきとめてない。そこまでいかなきゃ〝重大〟とは言えんよ」モンティはしかめっ面になった。「ただ今回のできごとは、謎めいている。不可解といえば、まさにそうだ。物語の筋がこみ入ってきたというところかな。いずれにしても、おれはこれで帰るよ。読まなきゃならん書類が山ほどあるんでね、家でやることにするよ。今週はほとんど、母さんに会ってないしな。ショア議員には帰る途中で車の中から連絡を入れるよ」

モンティは荷物をまとめた。「これまでの事情はモーガンから聞いてくれ。今夜は自由にしてていい。だが明日はおまえの助けが要る。終日、空けといてくれ」

「オーケー、空けとくよ」

「明日の朝、マンハッタンに来る途中で電話する」モンティはジャケットをつかみ、玄関に向かって歩きながら二人のほうを振り返った。「オハラは外にいるのか?」

「通りの向かい側に停めた車の中。わたし、どこへ出かけるにもボディガードについてきてもらってるの。約束はちゃんと守ってるわ」

「よし、いい子だ。じゃ、おれは帰る前にオハラの車んとこに寄って、今日の勤務は終わりにしていいと言っておこう。どうせ明日の朝まで警護は要らないだろうからね」モンティは手を振って外に出た。

ドアが閉まった。

モーガンはレーンのほうに視線を走らせた。頬が赤らんでいる。「今夜ここに泊まるなんて、ひと言も言ってないのに」

「だよね」レーンが近づいてきてモーガンのあごを指先で上げた。「だけど、いい考えじゃないか」キスしてから、彼女の顔をまっすぐに見て表情を確かめる。「きみがそうしたくないというんなら話は別だけど」

モーガンはほほえんだ。ほんのいっときではあるが幸福感に浸ることができた。この一日、重苦しいできごとが続いたが、心がすっと軽くなったような気がしたのだ。

「そうしたくない、だなんて。今のわたしたちの関係を考えれば、おかしくないかしら」

「言われてみればそうだな」今度はモーガンをさらに引きよせ、髪の中に指を差し入れてキスした。「今日、きみのことばかり考えてた」ようやく唇を離して言う。

「まるで自分でも驚いてるみたいな言い方ね」

「驚いてるさ。今まで、こんな気持ちになったことなかったから」

「わかるわ」モーガンは、レーンのセーターに額をつけてもたれかかった。「わたし、それが怖いの」

「うん、わかる」レーンはしばらく黙っていた。「ぼくら、話し合わなきゃいけないことがたくさんあるよね。それに、今日起きたことも知りたい。そんなにあわてててここへ来て、おやじに相談しなくちゃならなかった理由は、なんだったの？」

「わたしのほうは、あなたが拡大したカラープリントについて話し合いたいの。おじのシャツの問題が、どんな意味合いを持ってくるか。さっき、大まかには聞かせてもらったんだけど、モンティは明日、おじに直接、疑問をぶつけるつもりらしいの。それでアポをとろうとしてるんだけど、わたしはそのあとの大爆発にそなえようとしてるところ」

「おっと」レーンは、モーガンのウエストに回していた手をゆるめた。「本当に、大変な一日だったんだな。よし、こうしよう。ぼくがワインを一本開けて、暖炉に火をおこすよ。きみは玄関ホールの戸棚から毛布を出しておいで。リビングルームで一緒にゆっくりと話し合おうじゃないか」

三〇分後、二人は暖炉の前に敷いた毛布に手足を伸ばして座り、レーンが昨日レニーズで買っておいたチキンスープとサンドウィッチ、ワインの夕食をとりながら話し合っていた。

モーガンがその日の午後受けとった謎の小包の話に、レーンは熱心に聞き入っていた。

「お母さんの書いたメモと名刺を見て、さぞかし驚いただろうね」

「ええ。でもモンティが謎を解いてくれるだろうと期待してるの。二、三の仮説が成り立つから、それぞれの線をたどって、最終的にはつきとめてくれるでしょう」モーガンはスプーンでスープをかきまぜた。「明日、モンティはおじに会って、シャツについての説明を求めて、事件当夜のアリバイを訊く。結果がどうなるか、知りたくないような気持ち。おじが爆発するのは目に見えてるし」

「大変な話し合いになりそうだね。だが、それで多くの疑問が解明されるはずだよ。もしショア議員が浮気相手と密会していたと認めたら、おやじはいつもと同じように裏を取るだろうね。そして問題の女性の、殺人が起こった時間帯のアリバイを確認する。必要なことを確認したら終わりで、おやじがこの件について口外することはいっさいない。事情を知る者はぼくらとショア家の人たちだけだ。エリーゼ夫人なら、心配しなくても大丈夫。今さらショックを受けたりはしないさ。結婚した相手がどんな人間か、よくわかってるはずだから」

「確かにそう」モーガンは顔を上げ、暖炉にくべた薪が燃えてはぜるようすを眺めた。「わたしだったら受け入れられないわ。おばみたいな生き方、絶対にできない。わたしにとって結婚は、一途で情熱的な愛だけでは成り立たないものなの。二人の男女の神聖なる結びつきであって、それには相手に対する貞節も含まれる。貞節を尽くすのはそうする義務があるからじゃなく、自分の意思でそうしたいからよ」

「そのとおりだ。でも、結婚で難しいのはかならずしもそこじゃない」レーンは静かに言った。「揺るぎない忠誠や貞節があったとしても、それだけじゃすまない。結婚というのは大きな、複雑な約束なんだ。きみの言うとおり、愛情があったからといって結婚生活がうまくいくとはかぎらない。うちの両親を見ているとわかるよ。あの二人は深く愛し合ってる。だけど、まったく違うタイプの人間なんだ。人生に求めるものも、必要とするものも、大きく違っていた。それで結婚生活にほころびが生じて、ついに別れてしまった」レーンは一瞬、黙りこんだ。「その一方で、二人の愛が消えることはなかった。あるとき、二人は気づいたんだ。性格の相違より、愛があることのほうが大切だって。だから再婚したわけで、夫婦っていうのは、どうなるかわからないもんなんだよ」

「たぶん、誰にもわからないでしょうね。結婚って、いちかばちかの賭けなのかもしれない。あなたの言うように、大きな、複雑な約束に、危険を冒して挑むことなのかも」モーガンはごくりとつばを飲みこみ、毛布に目を落とした。「わたしなんか、そんな大きくて重たいものに耐えていけるかどうかわからない。それに、あなたが今言ったご両親の性格の違いって、わたしたち二人のケースと恐ろしいほど似てるわ。つまり傷つかないうちに、別れたほうがいいのかもしれない。これ以上深入りしたら、引き返せなくなるから」

「時すでに遅し、だ。別れるなんてありえない。少なくともぼくはそう思ってる。深入りも何も、もう抜けだせないぐらいはまってるよ」

その言葉はモーガンの体じゅうを甘い媚薬のように駆けめぐった。「わたしも。抜けだすなんて絶対に無理。わたしたち、どうすればいいの？」

「最後まで成り行きを見とどけるのさ。お互いの直感を信じる。食事を早く片づけて、上のベッドルームへ行く」その言葉どおり、レーンは皿やボウルを押しやり、立ちあがった。

「これからのぼくらがどうなっていくかはわからない。でも今夜はそれを忘れて、お互いに夢中になって過ごそう。そして、行く手に何かあるごとにひとつひとつ対処していけばいい。この企画、どうかな？」レーンは手を差しのべ、答を待った。

差しだされた手の指に自分の指をからめ、モーガンは立ちあがった。「いい企画ね。承認させていただくわ」


モンティの運転するカローラがタコニック・ステート・パークウェイに乗り、自宅へ向かうころには、雪がちらつきはじめた。

反射的にワイパーのスイッチを入れる。頭の中は事件のことでいっぱいだった。調査に進展があって、いくつかの空白が埋まった。残る空白部分は、バーバラ・スティーヴンスとアーサー・ショアにある程度埋めてもらうことを期待しよう。

ショア議員にはさっき電話をかけて、土曜の朝に会って話を聞きたいと頼んだ。議員の声には緊張が感じられ、不愉快そうだった。個人的な話です、とモンティに告げられたときには、ことさらにむっとしたようだ。そんな反応になったのも、疲労とストレスからかもしれない。あるいは、やましさからか。

モンティは考えつづけた。あまりに没頭していて、後方から近づいてきたBMW325iを気にもとめなかった。高速道路に入ったばかりのBMWは、ギアをいったんシフトダウンしてから加速し、モンティのおんぼろのカローラを抜いて、あっという間にカーブを曲がって見えなくなった。

ショア議員は、この事件にどこまでかかわっているのだろう？　モンティは思いをめぐらせた。議員の人生では、妻に対する誠実さと道徳観がさして重要でないのは明らかだった。また、正直さも重んじていないらしい。それは、ジョージ・ヘイエックがレニーズでの仕事を辞めてからは一度も話していない、と嘘をついたことでもわかる。ただ、議員が本当のことを言わなかったのは、検察局からの要請があったからかもしれない。秘密情報提供者としてのヘイエックの匿名性を保つ必要があったから。いや、実際どうなのだろう。

モンティは州道一三二号線の出口に近づいていた。ここまで来ると道路の幅が三車線から二車線に狭まる。

突然、点滅するハザードランプが目の前に現れた。急に減速した先行車が発する警告のランプだ。雪で視界が悪く、直前まで見えなかったのだ。車間距離はみるみる縮まっていく。

危ない、ぶつかる。

「くそっ！」モンティはブレーキを踏みこみ、ハンドルを切って左車線によけ、すれすれのところでBMWの後部にぶつからずに通りすぎた。

口の中でののしりながら、モンティはバックミラーを通してBMWをにらみつけた。思わずルームランプをつけて指を立てる軽蔑のしぐさをしてやりたいという誘惑にかられたが、なんとか自制した。傾斜した車線上で加速することに集中し、陸橋の下にさしかかった。

陸橋から何かが落ちてくる。その物体がヘッドライトに照らしだされた。

次の瞬間、フロントガラスのところで破裂音が響いた。

全面にクモの巣のようなひびが入ったかと思うとたちまち割れて、ガラスの破片が飛びちった。腕を上げて破片から顔を守りながら、モンティはコントロールを失った車を立て直そうと急ブレーキをかけた。ハンドルに肘をかけて思いきり右に切り、中央分離帯をよける。

勢いあまったカローラは道路のわきへすっ飛んでいった。潅木の生えたでこぼこの斜面をバウンドしながら進み、木に衝突してようやく止まった。

めまいはするものの意識ははっきりしていたモンティは、首をねじまげるようにして助手席に目を向けた。シートの上には大きなレンガが落ちている。あと三、四〇センチ左にそれていたら、命はなかっただろう。

目的を果たしたことに満足して、BMWを運転する男はスピードをゆるめたまま陸橋の下に近づいた。道路わきに男が一人待っている。その男を乗せるとすぐ、車は走りだした。

あごから血がしたたり落ちているのに気づき、モンティは悪態をついた。ガラスの破片がそこらじゅうに飛びちっていた――ダッシュボードにも、座席にも、床にも、ジャケットにも。手袋のおかげか、手は無事だった。よかった。モンティは手袋をはめたままそろそろと、体じゅうについたガラスの細かい粒をできるだけ払いおとした。

そのとき、轟音を立てて車が近づいてきた。さっきハザードランプをつけて徐行していたBMWだ。

もう、徐行運転ではなかった。

ヘッドライトを消しているため、横を通り過ぎてもほとんど形がわからない。モンティは目をこらしてナンバープレートの番号を読みとろうとしたが、暗すぎて無理だった。この高速道路には街路灯がないのだ。

カローラはとうてい運転できる状態ではなかった。ましてや、高速での追跡劇など考えられない。

モンティは、遠ざかる車の後尾を歯嚙みをして見送った。おれまでねらわれるとは。犯人が脅そうとしているのがモーガンだけでないことは明白だった。

人でなしめが。誰を相手にしてるのか、わかってないようだな。

朝の淡い光がレーンのベッドルームに差しこんできたころ、ナイトテーブルの上の電話が鳴った。

モーガンは軽い抗議のつぶやきをもらすと、毛布を首のところまで引きあげ、枕に頭を埋めた。ひと晩じゅう愛し合ったあとで、起きあがることすらできそうにない。

「留守番電話が応答してくれるさ」レーンはつぶやき、モーガンの体に腕を回した。

「うん」モーガンはもうまどろみはじめていた。

電話はいったん静かになったが、ふたたび鳴りだした。

「くそぉ、おやじのやつ」レーンはうなり、モーガンの体の上から腕を伸ばして電話機を捜した。時計に目をとめる。「ばかやろう、まだ七時半じゃないかよ」

受話器を取りあげ、耳にあてる。「おい、土曜日だぜ」無愛想な声。「寝てたにきまってるだろうが。会うのは一〇時以降にしてくれよ」

「レーンさん?」ためらいがちな女性の声。

レーンはびくりとし、目をしばたたいた。「どなたですか?」

「ニーナ・ヴォーンです、ジョナの母親の。こんな朝早くに申し訳ありません。今、ブルックリンのメイモナイズ医療センターの緊急外来にいます。ジョナが入院したんです」

28

メイモナイズ医療センター。レーンが集中治療室専用の待合室に足を踏み入れた瞬間、ニーナ・ヴォーンが駆けよってきた。

「今、検査室でCTスキャンをしてるところです。火曜日にスキーで転倒したときの状況を、レーンさんからお聞きしたとおりにお医者さまに話したら、今出てる症状がそのときの打撲と関係があるのは間違いないって、おっしゃってました」ヴォーン夫人の声が震えた。「夫婦しておろおろするばかりで、どうしていいかわからないんです。わたしが、もっとしっかりすべきなんでしょうが。普段、看護助手として患者さんに接していますから。でも小児科勤務なので、スポーツによるけがのことは何も知らなくて。ジョナの痛がりようがあまりにひどいので、救急車を呼んだんです」

「痛みがあっても、重傷とはかぎらないでしょう」レーンは慰めようと試みた。「ぼくも靭帯裂傷をやって、目に星がチカチカするぐらい痛かったですが、治りましたよ」

ジョナの母親はうなずいた。だがレーンの言葉が聞こえているかどうか怪しいものだった。

「お医者さんが鎮痛剤を打ってくださったから」とつぶやく。「ひところよりだいぶ落ちつきました。採血もしてたわ。内出血があるかどうかを血液検査で確かめるとかで」

レーンはうなずき、夫のエド・ヴォーンと初対面の握手をした。「大丈夫ですか?」

ジョナの父親は心配でやつれた顔で肩をすくめた。「大丈夫です。ただ、先生が早く診断を聞かせてくださると安心できるんですが」

「すぐに検査の結果が出ますよ」レーンは無理やり笑顔を作った。「ぼくなんか、昔はしょっちゅうけがしてて、一〇代の時期の半分は緊急治療室で過ごしてましたから。母がよく言ってましたっけ、これだけ頻繁に利用してるんだから、病院がマイレージプログラムのポイントをくれればいいのにねって」

そのとき、廊下に面した検査室のドアが開き、病棟勤務員がジョナをのせた車輪つき担架を押して出てきた。ジョナの顔には血の気がなく、頼りなげだ。涙をこらえているようにも見える。両親が急いで駆けより、それぞれ担架の片側に付き添って廊下を歩いていく。

ジョナはレーンの姿を認め、驚いた表情になった。

「レーンさん。母さんに引きずられてここまで来たんですか?」

「いや、きみがいつごろ仕事に復帰できるか確かめに来たのさ。ぼくらでショア議員のフォトエッセイを仕上げなくちゃならないだろ?」

「できるだけ早く戻れるよう、がんばります」ジョナは必死で笑みを見せた。「でも、今はちょっと、最悪の気分だけど」

「わかるよ、ぼくにも経験がある。でもかならずよくなるから」

「それを聞いて安心しました」ジョナは体を動かし、痛みに顔をしかめた。「悪いんだけど、レニーじいさんに電話してくれます？　ぼくの代わりに配達をする子が必要になるはずなんです。店に迷惑をかけて、ほんとに悪いと思ってます」

「迷惑なんかかけていないよ。もうすぐ、よくなるんだし」レーンは歩きながら言った。車輪つき担架は集中治療室に近づいた。「連絡は引き受けた。ほかにしてほしいことは？」

ジョナは気が気でなさそうな父親と母親の表情を見た。「両親を安心させてやってください、ぼくは死んだりしないって」

「もうそれはわかってらっしゃるよ」レーンはヴォーン夫妻を元気づけようと、振り向いてウィンクしてみせた。「だけど、親だよ。心配するのは当たり前だ」

「レーンさんの言うとおりだ」父親が励ますように言った。「で、息子であるおまえの仕事は、早く治ることだよ。そうすれば、こっちもひとつ心配ごとが減る」

「わかった」

レーンは集中治療室の外で足をとめた。「ここで待ってるよ。病院の規則で、面会は一度に一人か二人だけだそうだから、ご両親が先だ。ぼくはあとでお見舞いさせてもらうよ」

ジョナがベッドに移され、両親が室内に入ると、レーンは病棟をいったん出た。まずレニーに連絡をとった。そのあとモンティに電話してジョナの状態を説明し、二人の作業予定の仕切り直しをした。次に、今日の仕事を始めてほしいと先ほど頼んでおいたボディガードのオハラに再度電話し、すでにレーンのコンドミニアムの外に着いているか確認した。中にいるモーガンを守るためだ。

　そして最後に、モーガンの携帯に連絡して最新の状況を伝え、彼女のようすを確かめた。寝起きのかすれ声が物憂げで、眠そうだ。ぼくが戻るまでそのままでいろよ、と念を押して電話を切る。レーンの顔にひとりでに笑みが浮かんだ。ベッドで帰りを待つモーガン。官能的であるのはもちろんだがどこか自然で、心の奥に訴えかけるものがあった。

　だが、そんな思いに浸っている時間はなかった。

　上の階に戻ると、集中治療室を出たジョナの両親がホールにいた。担当の医師が検査結果を持ってくるのを、不安にさいなまれながら今や遅しと待ちかまえていた。医師はジョナのカルテを取りだし、ざっと見た。頭の中でデータのおさらいをしているのだろう。

「トルーバー先生、どうなんでしょう？」ヴォーン夫人がもどかしそうに尋ねた。

「ジョナくんは貧血を起こしていますね。また、CTスキャンの結果、脾臓に異常が見つかりました。ただ幸いだったのは、脾臓は損傷だけで、破裂していなかったことです。つまり、手術をしなくても自然に治癒する可能性があります。心拍数、呼吸、血圧、体温といった生命兆候《バイタルサイン》は今のところ正常です。とにかく、このまま少しようすを見てみましょう」

「ほかに何か、わたしたちにできることはありませんか？」

「献血ですね。いざ、手術や輸血が必要になったときのために」トルーバー医師はヴォーン夫妻をかわるがわる見ながら訊いた。「お二人は、ご自分の血液型をご存知ですか？　というのは、ジョナくんの血液型は非常に数の少ない、ＲＨマイナスＡＢ型なんです。この血液型の人は、人口比で一パーセント以下しかいません。ですからお二人に献血が可能かどうか、すぐにでも検査を始めましょう」

「わたしはRHプラスのB型、夫はRHプラスのO型です」トルーバー医師の戸惑った表情に、ヴォーン夫人は言った。「ジョナは養子なんです」

それを聞いて医師は顔を曇らせた。「そうなると、やっかいなことになるかもしれません。ジョナくんの血を分けたごきょうだいや実の親御さんのどなたかをご存知ですか？」

「いいえ」ヴォーン夫人の頰を涙が伝った。「皮肉なものですね。うちではちょうど、養子であることをジョナに打ち明けて、親子で議論していたところだったんです。あの子は実の母親に会いたいと言い張っていました。一八歳未満ですから、実の親に会うにも保護者の許可が必要です。わたしたちは悩みました。あの子の気持ちはわかるけれど、守ってやりたいという思いも強くて。もし実の母親が、かかわりあいになりたくない、とにべもなく拒否したら、あの子は打ちのめされるでしょう。傷つきやすい年ごろですから。今は時期尚早だ、とわたしたちは思っていました」

「その時期が来たんですよ。医学的な見地から、実のお母さんを捜すことをおすすめします。今すぐにです」

アーサー・ショアの事務所は静けさに包まれていた。土曜日で誰も出てきていない。モンティとショア議員は、外の通りで買ったコーヒーをそれぞれたずさえ、議員の執務室に入った。議員は椅子に座るようモンティにすすめたあと、向かい側の席に腰を下ろした。

「個人的な用事で至急会いたいということでしたね。お話を聞きましょう」

モンティはパーカのジッパーを開けた。かぶっていたフードを下ろすと、顔は切り傷や裂傷だらけだ。議員は眉をひそめた。「いったい、どうしたんです？」

「昨夜、運転中にスリップして、道路から飛びだしたあげく、木にぶつかってしまいまして。大丈夫です」モンティはすぐに本題に入った。「いくつか、気になることがありましたので、片づけておく必要があります」

モンティはレーンが拡大したカラープリントを取りだして議員の前に並べた。

「ウィンター夫妻が殺された夜、ケラーマン夫妻が主催されたパーティの途中で、議員はシャツを着替えられましたね。その理由を聞かせてください。これは、着替えの前後の写真です。お訊きしたいのは、議員が着替えるためにパーティ会場を出たか、出ているあいだに誰かと会ったか、それは何時ごろのことか、です。また、もしパーティの途中で抜けだしたのだとしたら、なぜそれを事件直後の事情聴取のさいにも、再捜査が始まってからも、ひと言もおっしゃらなかったのか。教えてください」

ショア議員はコーヒーをひと口飲んだ。姿勢にも口元にも硬さが見られたが、全体としては落ちついている。モンティの尋問口調に衝撃を受けているとしても、表面的にはうまく隠していているといえるだろう。「ずいぶん単刀直入な訊き方もあったものだな」

「手続きの一環としてお訊きしてるだけです」モンティはメモ帳を広げ、ペンを取りだして待った。

「わかりました。それなら、こちらも単刀直入に言いましょう。今まで一度も言わなかった理由は、当時も今回も、捜査には直接関係ないと判断したからですよ。それと、わたしの生活にだって、誰にも知られたくない部分がありますからね」議員は苦笑した。「タブロイド紙の手にかかるとそれも難しいですが」

「女性関係ですか」

「関係のもつれをほどこうとしたと言ったほうがいいかもしれません。パーティの途中で抜けだしたのは確かです。ご指摘のとおり、ある女性と会っていました」

「そうですか。議員のセックスライフの詳細には興味はありませんし、誰かに話そうとも思いません。誰と、いつ、どこで会ったかだけ教えてください。わたしが内密に調べますから。件《くだん》の女性にアリバイがあることを確かめたら、それで一件落着です」

「いいでしょう」ショア議員はコーヒーカップを置き、机の上で両手を組んだ。「女性の名前はマーゴ・アダリー、ワシントンのわたしの事務所で働く実習生でした。ちょっとした浮気のつもりでした。マーゴは関係を続けたがっていたが、わたしはもう終わりにしたいと思っていた。クリスマスの前の週、ニューヨークにやってきたマーゴは、何度も電話してきたり、事務所に立ちよったりしました。わたしはメッセージを無視し、会わないようにしていました。クリスマスイブの夜、マーゴはまた電話してきて、会ってほしいとしつこくせがみました。会ってくれなければ、ケラーマン主催のパーティに押しかけてひと悶着起こす、と脅すのです。そんなことをされたら一巻の終わりだ。わたしは追いつめられました」

「で、会ったんですね」

「ええ、マーゴが泊まっていたホテルの部屋で。できるだけ目立たないようにパーティを抜けだし、会いに行きました。最初は彼女もまともにふるまっていました。わたしとしてはのっけから拒否する態度を見せたつもりでしたが、気づいてくれたかどうか。かなり酔っていましたからね。わたしはきっちりと話をして、二人の関係はもう終わったんだ、と理解してもらいたかった。ところが彼女は楽しい思い出話などして、気持ちを燃えあがらせようとするんです。ついにネクタイをはずされて、これはいけないと思い、もう会うつもりはない、とはっきり宣言しました。それで彼女はようやく、酔いからさめたように、自分がおかれた状況を悟ったんですね。それからは頭がどうかしたみたいになって、叫んだり、ものを投げたり。自分が手にしていた飲み物まで、わたしに投げつけました。もろに体に当たらずにすんだのは幸いでした。ただし、シャツには飲み物がかかってしまいましたがね。わたしは叩きだされるようにしてホテルを出て、自宅へいったん帰り、シャツを着替えてからケラーマン邸に戻りました。この一連のできごとが、四〇分間ぐらいだったかな。それで終わりです。わたしが抜けだしたとき、パーティはまだ、始まったばかりでした」

「何時ごろでしたか?」

ショア議員は額にしわを寄せて考えこんだ。「その少し前に、ジャックとララがブルックリンへ行くといってパーティを退席していた。だから、六時半ごろでしょう。戻ってきてから、妻と一緒にシャンパンを飲みました。七時一五分でした」

「シャンパンを飲んだ時間を、そんなに正確に憶えていらっしゃる？」

「ええ、憶えてます。エリーゼは、パーティに出かける支度をしていたときから、腕時計のベルトの留め具がはまらなくて苦労していました。わたしが留め金を調節してやっていたところへ、ウエイターがシャンパンをつぎに来ました。腕時計を妻の手首にはめてやったときに、時間が確認できた。それで何時だったか、正確に憶えているわけです」

「なるほど」モンティはいちいちメモをとっている。「そのマーゴ・アダリーさんが今どこにいらっしゃるか、ご存知ですか？」

「見当もつきませんね」ショア議員はそっけなく肩をすくめた。「一七年前の、ちょっとしたエピソードですよ」

「議員にとっては小さなエピソードだったかもしれません。だが、マーゴさんにとってはそうではなかったでしょう」

「マーゴは錯乱状態だった。それだけですよ。人を殺すなんてありえない。かりに殺したいと思う相手がいるとすればわたしでしょう。でも、彼女が疑わしいというなら捜してみてください。まずはワシントンDC周辺をあたってみるといい。生まれたのがそこですから」

「あたってみます」モンティはメモを書くのをやめた。

「これで終わりですか？」ショア議員は腰を浮かしかけていた。

「あとひとつだけ。先日ジョージ・ヘイエックについてお訊きしたとき、彼がお父さんの店で働いていたときを最後に、一度も連絡をとっていない、とおっしゃっていましたね。なぜです？」

ショア議員は黙りこんだ。その顔を一瞬、ある表情がよぎった。「あなたの調査対象のリストにまだジョージ・ヘイエックが残っていたとはね。事件に関係あると見て、調べているんですか？」

「質問でなく、答をお聞きしたい」

「ジョージについては、できるかぎり正直に答えたつもりです。これ以上の情報を出す権限はありませんので」

「なるほど」モンティは指にはさんだペンをくるくると回した。「ご友人の地方検事からの要請ですね。ヘイエックが検察局の秘密情報提供者だった、いや、今でもそうであることは機密扱いなわけですね」

はっと息をのんで椅子にもたれかかったショア議員は、半分空になったコーヒーカップをつかんだ。「もっと大きいサイズのカップにすればよかった。午前中ずっとここにいることになろうとはね」コーヒーをまたひと口飲み、モンティと目を合わせた。「どうやって調べたんです？」

「言えません。これ以上の情報を出す権限はありませんので」

「なるほど、そうきましたか。何を知りたいんです？　なぜ？」

「知りたいのは三つです」モンティは指を出して数えながら言った。「ひとつ――一九七六年七月二一日、ヘイエックは、ケラーマン・デベロップメントのあなたのオフィスに電話して、カール・アンジェロの銃を輸送中に逮捕されたことを告白しましたか？　ふたつ――それを受けてあなたは、ジャック・ウィンター検事補に連絡をとり、ヘイエックを秘密情報提供者として登録するのと引き換えに彼を不起訴処分にし、関連の書類を非開示にするという取引をしましたか？　三つ――ウィンター夫妻が殺される数カ月前、ヘイエックは、検察局の秘密情報提供者として、カール・アンジェロの公判でアンジェロに不利な証言をし、ウィンター検事補が有罪判決を勝ちとるのに協力しましたか？」

ショア議員は唇を固く引き結び、険しい表情になった。「三つとも答はイエスだ」

「だったら、なぜまだヘイエックの線を追っているのか、などとわたしに訊く必要はなかったでしょう」

「アンジェロがジャック殺しの首謀者であったという説には納得できます。だが、ジョージ・ヘイエックがどうかかわってくるんです？」

「アンジェロは当時、服役中でしたが、ヘイエックは自由の身でした。ヘイエックはアンジェロに大金を積まれて、ウィンター検事補を殺す仕事を引き受けたかもしれません。あるいは、アンジェロが、当局に密告した人間が誰かつきとめようとしていたのかもしれない。ヘイエックは震えあがり、先手を打って、自分が秘密情報提供者であることを知るジャック・ウィンターを消した、という線も考えられる。今の時点ではどちらとも言えない。答はこれから見つけるつもりです」モンティは一瞬、言葉を切った。「でも、面白いですね。あなたの友人である地方検事は、当時、新進気鋭として知られたウィンター検事補を殺害した犯人を挙げようと必死で、検察局の連中の尻を叩いている。なのにヘイエックの線を追えとは命じていないらしい。なぜでしょう」

「見当もつかないな」ショア議員はコーヒーを飲みほした。これがバーボンであったらよかったのに、とでも言いたげな顔だ。「さて、これでこの件に関してわたしが言えることはすべて言いました。これ以上の情報が欲しければ、地方検事本人にあたってみてください」

「そうですね、必要があればあたってみます」

29

モンティがレーンと落ち合ったのは、ブルックリンのメイモナイズ医療センターからタクシーで数分のところにある〈セカンドストリート・カフェ〉だった。

レーンは父親の顔をひと目見て眉をひそめた。タコニック・ステート・パークウェイで起きた一件についてはすでにあらましを聞いていたが、今本人が現れてみると、この顔だ。

「被害は〝車だけ〟だって言ってたじゃないか。そうは見えないけどな」

「あのカローラを見たら、そうは言わんだろうよ。おれか？　あごの傷はひりひりするし、筋肉を何カ所か痛めちまった。だが、どれもおれのプライドほどには傷ついてない。今日はピックアップトラックに乗ってこようと思ったら、母さんが馬具や乗馬用品を運ぶのに使うんだと。けっきょくロイヤルブルーの超ミニカーをあてがわれたのは誰だと思う？」

「まさか、おふくろのミアータを運転してきたのか？」

「なんだ、そのにやにや笑い。やめろよ」

「ああ。だけど、父さんがあの車に乗ってるとこを想像すると……」モンティの威嚇するような目つきに、レーンは口を閉じた。「わかりましたよ。もういじめたりしませんって」真面目な顔になって訊く。「BMWを運転していたやつについては、手がかりなしか?」

「ああ。だが、運転していたのは雇われたチンピラで、車は雇ったやつのものだろう。我々が追いかけてる首謀者、本物の犯人だ」モンティは心配そうな顔つきになって訊いた。「ところで、ジョナはどうだった?」

「脾臓が損傷してるらしい。それに、非常に珍しい血液型だとかで、いざ輸血が必要になったときにそなえて、献血者を探してる。ジョナは養子で、父親も母親も血液型が合わないんだ。同じ血液型の親族の知り合いもいないそうで、ジョナはおびえてるし、ご両親はおろおろするばかりでね。だからぼくがずっと一緒についていて、それで遅くなったんだ」

「心配するな」モンティは手を振った。「ヴォーン家の人たちの力になってあげたいなら、付き添うなりなんなりすればいい。あと数時間は、おれも手一杯だから」額にしわを寄せる。

「モーガンはどこにいる?」

「ぼくの家で寝てる。ここ数週間でゆっくり休んだのは、たぶん初めてじゃないかな。ここへ来る前にちょっと寄ってきたんだ。半分寝ぼけてはいたけど、ぼくが帰るまでゆっくりしていろと言ったら素直に喜んでいた。建物の外はオハラが監視してるし、中はぼくが出るときに防犯システムのスイッチを入れて、ドアに二重ロックをかけておいたから万全だ。すべて順調だよ」レーンは顔をしかめた。「ただし、午前中をモーガンと一緒に過ごすというもくろみは消えたけど」

「一緒に過ごすなら夜にしておけ。そのうちジョナの容態が安定すれば、ご両親も落ちつくだろう。おまえが午後から夕方にかけて犯罪現場写真の強調処理をやってくれさえすれば、あとはどう時間を使おうとおれはかまわん。それにモーガンは、おまえの家のほうがずっとくつろげるんじゃないか。ショア家じゃしばらく緊張が続くだろうから」

「詳しく聞かせてくれ」ウエイトレスが二人の注文をとって立ち去るとすぐ、レーンは待ちかねたように訊いた。「ショア議員との話し合いで、何か進展があったのか？　昨日、ぼくの家に寄ってコンピュータで至急の調べものをしてたのはなぜだ？　デントン検事補とも会ったんだったな。それと関係があるのか」

「ああ」モンティはデントンから得た情報と、ショア議員との会話のあらましを簡潔に話した。デントンとショア議員の不和の原因となったできごとは省いて、事実情報だけを伝えた。レーンの推理力を信じて、彼なりの結論を導きださせることにしたのだ。

「ということは、ヘイエックがウィンター検事補の秘密情報提供者だったという父さんの推測は正しかったわけだ」レーンは話を聞き終えるとすぐに言った。

「ああ、ヘイエックと検察局との仲介をしたのがショア議員だったこともな」

レーンは今聞いたばかりの話が意味するところを熟慮しながら父親を見た。「それだけじゃ、ヘイエックとウィンター夫妻殺しのつながりの裏づけにはならないだろう」

「ならんさ。おれもそう思っていた。だが、アーサー・ショアとヘイエックのつながりは裏づけられた。ヘイエックは一〇代のころ、アーサーと一緒にレニーに連れられて映画を観に出かけた。二人を父親と兄貴のように感じていただろう。ヘイエックがレニーズの仕事を辞めたずっとあとも、アーサーとの縁は切れていなかった。二人の関係がどれほど長く続いたか、どれほど深い絆があったか、わかったものじゃない」

レーンは眉を寄せ、モンティの推論について考えをめぐらせた。「それがどこにどうつながるのか、ぼくにはよくわからないけど」

「おれにもわからん。だが、ショア議員が何かを隠そうとしているか、検察局が何かを隠そうとしているか、どっちかだ」息子に鋭い視線を投げる。「覚悟しとけよ。ヘイエックの件については、またおまえをこき使うかもしれないからな。だが今のところは様子見だ。むしろ、議員との会話の残りの部分のほうが興味深いネタを掘り起こせた」

「シャツを着替えた理由を説明して、事件当夜のアリバイを主張したんだな」

「非常によくできた説明、できすぎたアリバイだった」

「でっちあげだと？」

「あるいは事前に練習したか、だな。エリーゼ夫人からあらかじめ警告があったのは明らかだ。夫人は夫を心から愛している。それだけは認めないわけにはいかん。夫を守るためなら、自尊心をかなぐり捨てることもいとわない人だからな。マーゴ・アダリーについては、複数の筋から探りを入れさせてある。どうだい、マーゴが行方不明か、あてにならない証言者か、どっちにいくら賭ける？」

「ショア議員が、マーゴにアリバイを証明させるために金をつかませたっていうのか？」

「いや、それよりむしろ、ショア議員が昔なつかしい記憶をたどって、一七年前にものにした女性の中から適当なのを選んだ可能性のほうが高い。もしそうだとしたら、朝食に何を食べたかも忘れてしまう、ましてやあの夜の何時にショア議員の顔めがけて飲み物を投げつけたかなど思い出せるはずもない、麻薬かアルコール中毒の女性だろう。ただ、今わかっているのは、おれが一連の質問をしたとき、ショア議員が実に平静で、堂に入った答え方をしていたということだけだ。議員はおれがジョージ・ヘイエックの名前を出すまで、冷静さを失わなかった。その前はどうだったかって？　一分のすきもない完璧な対応だった。エリーゼ夫人の腕時計で時刻を確かめた、というところまでね」

「父さん、その言い方だと、ショア議員がウィンター夫妻殺しにかかわりがあると思ってるみたいじゃないか」

「議員が何かにかかわってるとは思ってる。ただ、それが何かはわからない。もしデントンの言うことが正しければ、ショア議員がジャック・ウィンターについて触れるときにいつも使う〝わたしの親友〟うんぬんは嘘っぱちということになる。アーサー・ショアとジャック・ウィンターの関係は、結婚によって家族ぐるみのつきあいをするようになったという見方のほうが正しいかもしれない。妻が親友どうしだったから、夫もしかたなくつきあっていた。そして二人は、ヘイエックを秘密情報提供者に仕立て上げるための取引をした。だから、表面上は波風立てずに仲よくやっていたはずだ。ただし、ジャックは高い倫理観を持った男だったようだから、妻の親友であるエリーゼが、夫から不当な扱いを受けていると憤慨したかもしれない。だとすれば、アーサーに対していい感情を持っていなかっただろう」

「しかし、二人が道徳基準の違いをめぐって対立していたとしても、それが殺人にまで発展するとは考えにくいなあ。それに、その説にはもうひとつの穴があるよ。エリーゼ夫人だ。彼女は夫の不倫について十分承知していた。たぶん、結婚当初からずっと。夫のあるがままの姿を受け入れていたんだろうな。さらに、義父のケラーマン氏からの絶大な支援がある。だから、たとえウィンター検事補がエリーゼ夫人に夫の浮気癖について忠告したとしても、ショア議員は何も失うものはなかったはずだよ。妻も、金銭面での後ろ盾も」

「ジャックがエリーゼ夫人に告げたのが夫の浮気の事実だけだったとしたら、そうだろう。もしかすると浮気なんかじゃなく、もっと深刻なことかもしれん。たとえば法に触れる行為とか。だとしたらアーサーは、結婚とキャリアの両方を失いかねない」

「そこでまた、ショア議員とジョージ・ヘイエックのつながりに関する父さんの説が浮上するわけだな」レーンはふうっと息を吐きだした。「この線に関しては、ぼくの調査は壁に突きあたってる。情報源をいくらつついてもだめなんだ。嘘をついているとしても認めないか、状況に応じて話の内容を変えるかだから」

「ヘイエックの線をもっと詳しく洗い出す必要があるとしても、お互い手持ちの情報提供者からはこれ以上何も出ないとみてよさそうだな。事実を明かしたがらないのはデントンも同じだ。やつに会ったあとで約束どおり電話をかけて、ご協力ありがとう、秘密情報提供者の名前はジョージ・ヘイエックですよと教えてやったら、大喜びしていたよ――最初のうちはな。そりゃそうだ。こんなネタを喜ばない地方検事補がいるか？　ウィンター夫妻殺害事件と、いかがわしい武器商人を結びつける手がかりが得られたんだから。もしこれが逮捕につながったら、まず一週間はデントンの名が新聞の一面を飾るだろうよ」

「だけど父さんはそのあとで、残りの大ネタを出したんだろう。検察局がヘイエックを秘密情報提供者として登録するにあたって大きな役割を演じたのが、実はショア議員だったと」

モンティはにやりと笑った。「デントンは仰天して、飲んでたコーヒーにむせそうになってたよ。言うまでもなく、やつがこの線で捜査することはありえない。自分のキャリアのほうが大切だからな。となると、ヘイエックの線はおれたちが追わなきゃならん。これは最後の切り札としてとっておく」

「つまり、大事態を引き起こしそうな危ない線は最後に、というわけか？」

「まさにそうだ」モンティは指先でテーブルを叩いている。「モーガンが昨日受けとった小包の話に移ろう。あれは突破口を開く大きな手がかりかもしれんし、おれの調査を横道にそらすための引っかけ戦術かもしれん。送り主の女性はいったい誰なのか、小包が届いたタイミングが完璧なのはなぜか？」

「送り主がマーゴ・アダリーだとは思ってないんだな？」

「一瞬、そう思ったよ。だがそれじゃ簡単すぎる。ララ・ウィンターに助けられた女性だよ。そんな人の名前を、抜け目のないショア議員がおれに漏らすはずはない」

「もしかしたら、議員は知らないのかも」

「そうかもしれない。だがおれは知ってるとにらんでる。とはいえ、この勘が当たっていなくてもそれはそれで面白い。明日、バーバラ・スティーヴンスに会うのが待ちきれんよ」

「ぼくも、スキャン画像の作業に戻るのが待ちきれないよ」レーンは決意を新たにしていた。「調査の方向性を考えると、ケラーマン邸でのパーティのときに撮られた写真のネガを全部、モーガンから借りる必要がありそうだ。詳しく調べていけば、ショア議員の主張を裏づける、またはくつがえす証拠となるようなものが見つかるかもしれない」

「たとえば、どんな？」

「見てみなければわからない。いつも言ってるように、画像強調処理っていうのは、純粋な科学とは違うんだ」

モンティはしかめっ面になった。「だから安心して気長に待てっていうのか？　そんな悠長なことを言ってる場合じゃないだろう、モーガンに対する脅しがますます本格的になっているというのに」

「モーガンの身には何も起こらない。大丈夫だ」レーンはきっぱりと言った。「ぼくがそうさせない。この分析には、被害者の心理状態や彼らを取りまく人間関係に焦点を当てて、感情移入することが必要だ。そこに深く入りこめば入りこむほど、全体像がとらえやすくなり、矛盾を見つけやすくなる。父さん、あの写真の中にはきっと何かがある。肌で感じるんだ。あとはただ、その何かを探すだけだ。かならず見つけだすよ」

「よし。だけど急がなきゃならんぞ。おれの直感では、残り時間は少なくなってきてるからな」

ジョナが目を覚ました。レーンは読んでいた雑誌を下に置いて話しかけた。「よく眠れたかい？」

まだ顔色は青白く、もうろうとしている。「あ、レーンさん」弱々しい声が返ってきた。少しずつ状況がつかめてきたらしい。「なんでベビーシッターなんかしてるんです？」

「ベビーシッターしてるわけじゃないさ。ご両親がコーヒーを飲んだり、そこらへんを歩いたりできるように交代しただけだよ。それまで何時間も、つきっきりだったんだからね」

「何時間も？　今何時ですか？」

「二時一五分だ」

「朝からずうっと、ここにいてくださったんですか？」

「気にするな。昼は外に出て、父と食事をしてきた。そういえば、父がお大事にと言ってたよ。昼食のあと、家に帰る途中でここに寄ったんだ。きみのようすがどうか確かめたくてね。あ、それからレニーが見舞いに来るから、覚悟しといたほうがいいぞ。電話して事情を説明したら、ローダにもそれが伝わって、すぐさま二人してきみとご両親のために〝回復祈願パック〟をこしらえはじめてさ。きみの場合、まだ担当の先生からフルコースの料理を食べていいというお許しが出るかどうかわからないけど、ぼくもさすがにそれをレニーに言う勇気がなくてね。だから、余った料理は病院のスタッフの人たちにあげればいいよ」

「レニーは本当に心の優しい人だからな」ジョナは小さくつぶやき、ベッドの周囲に置かれたさまざまな医療機器を見まわした。「お医者さんはなんて言ってるんですか？」

「最新の検査結果では、かなり順調だそうだ」

「でも、内出血は止まってないんでしょう」

「脾臓が損傷すると、内出血するのが当たり前なんだって。心配しなくていいよ」

「心配はしてないけど。ただ、輸血が必要なのかなって思って。家族から血をもらうのが一番なんですよね？」

「たいていの場合はそうだね。例外もあるけど」

ジョナはゆっくりとレーンのほうに顔を向けた。「なぜこんな質問をするのかって不思議に思われるかもしれないから、このさい、話しておきますね。以前、レーンさんに相談したとき〝うちでいろいろあって、雰囲気が重苦しい〟っていう話をしたでしょう。その理由の説明になると思うんです」

「きみが養子だってことか」レーンは事もなげに言った。「ご両親が先生に話していたとき、ぼくもその場にいたからね。生みの母親に会いたいって主張していたんだろう。実際、きみの望みどおりになりそうだよ。いささか劇的な道をたどるはめになったけどね」

「ええ、木に激突したおかげで、自分を産んでくれた人に会いたいという願いがかなうなんて、思いがけないことって起こるもんですね。さもなければ、両親も承知してくれなかっただろうし」

レーンは身をかがめて言った。「ご両親を責めちゃいけないよ。きみを守ろうという思いで反対してただけなんだから」

「知ってます。だいたい、こんなわがままを言いだしておいて、後悔するかもしれないんでしょう。でも、もしかすると生みの母親は売春婦で、父親はポン引きなんてこともありえるわけです。でも、ぼくは自分がどんな生まれの人間なのか、事実を知りたい。わかります？」

「もちろん。でもどんな結果になろうと、自分の本当のご両親が誰か、忘れちゃだめだよ。夜明けからこの病院に張りついて、きみの容態がよくなりそうだという知らせを待ちつづけた人たち。きみが大きくなるのをずっと見守ってきた人たち。本当は捜したくもない相手を、きみと同じ血液型かもしれないという望みを抱いて、必死に捜そうとしている人たち。あの二人がきみの本当のご両親なんだ。ぼくは親になったことがないからあれこれ言う立場でもないが、ヴォーン夫妻の献身ぶりを見て、これこそまさに親の仕事だと思ったよ」

「レーンさんの言うとおりだ」ジョナは目を閉じ、ため息をついた。「父さんと母さんを動揺させて、悪かった。あれ以上の親はいないのに」

そのとき、ヴォーン夫人があわただしげに病室に戻ってきたので、レーンは立ちあがった。

「ジョナの目が覚めたんですか？」ヴォーン夫人は訊いた。

「ええ」レーンはベッドを指さした。「ちょうど、ご両親のことを話していたところですよ。お二人とも休まれて、何か召し上がったら」

「ご心配なく、大丈夫ですから」夫人は息子を見ると、その日初めてほほえみに近い表情を浮かべた。「レニー・ショアさんがいらしたわよ。どっさり食べ物を持ってね。あまりたくさんなものだから、袋がはちきれそう。集中治療室担当の看護師さんが、数分間だけ面会を許可してくださったわ。ただし、あなたが会う気になればという条件つきだけど」

「会う気になってるよ」ジョナはにっこりした。

二分後、レニーがせかせかと病室に入ってきた。食べ物でふくらんだ茶色の紙製手提げバッグを二袋持っている。

「患者の具合はどうだね？」老人はジョナに目をやりながら尋ねた。「顔色は真っ青。ぐったりして、つらそうだ。そんな顔、わしは百回ぐらい見てきたぞ。アーサーは高校時代、スポーツ選手だったからな。緊急治療室はわしらの別荘、集中治療室はリゾート地みたいなものだったよ」

「ジョア先生は天性のスポーツマンですから」ジョナが言った。「スキーで転倒だなんて。ぼくみたいなへまな転び方はしなかったでしょう」

「いやいや、したさ。本当だよ。しかも、何度もだ。だがやつは、何度転んでけがしても、めげずに立ち直ったから、〝不屈のヒーロー《シェイクン・ナット・ステアド》〟と呼ばれてたよ。ジェームズ・ボンドの映画に出てくる、ウォッカ・マティーニを注文するときのせりふをもじったあだ名さ。おまえさんだって、きっとそうなる」

「００７のファンなんですか？」ジョナが訊いた。

「アーサーもわしも、親子して大ファンだよ。あいつが子どものころは、一本も見逃さなかった。今でもＤＶＤのコレクションを全部持ってるぐらいだからね」

「ぼくも持ってます。科学者Qが一番好きなんです。まさに天才ですよね、超かっこいい秘密兵器を次々と発明して。どれも、ボンドは見事に使いこなしてました。何をやらせても最高にうまいし、絶対に失敗しない。間抜けなこともしないし」寂しそうに笑う。「ショア先生はまるでボンドみたいだ。ぼくなんか及びもつかない」

「何言ってるんだジョナ、おまえさんみたいな子はほかにいないよ。特別だ」レニーが反論した。「まわりを見てごらん。どれだけの人がそう思ってるかわかるはずだ。そしたら、信じられるようになるさ」

そう言うとレニーは、ジョナのベッドのそばのテーブルに手提げバッグを置いた。「ローダがみんなのお気に入りを詰めてくれた。患者には、パストラミとレバーソーセージのサンドウィッチ、タマネギとマスタード入り。ローダ手作りのマッツォボール・スープももちろん入ってる。お父さんには、ローストビーフのサンドウィッチ、ホースラディッシュ入り。お母さんには、チョップレバーとコーンビーフのサンドウィッチだ」ホイルに包まれたサンドウィッチをひとつずつ取りだしていく。「コールスロー、ポテトサラダ、ローダご自慢のヌードル・プディングとチョップレバーもある。それと、デザートには素朴でうまいスポンジケーキと、こってりしてうまいチョコレートケーキ。最後に、ドクター・ブラウンのソーダ各種――チェリー、クリーム、ルートビア。何か忘れたものがあるかね?」

「ああ」レーンが皮肉をこめて答えた。「それを食べてくれる、バー・ミツバー（ユダヤ人の男子が一三歳になるときに行われる成人式）の招待客五〇人を忘れてるぞ」

その言葉にいささかもくじけることなく、レニーはにっこり笑った。「ちょっと多すぎたかもしれん。だがみんなの体のためだ。特にジョナには、元気をつけてもらわなきゃ。医者の先生にはなんて言われてる？」

「脾臓が損傷してるらしいんです。脾臓が完全に破裂しちゃうよりはましだけど、健康な状態とはいえなくて、手術が必要になるか、それとも自然に治るかはまだわからないそうです。でも、先生方は内出血の量を監視してて、輸血が必要かどうかはそれで決まるらしいです。でも、ぼくと同じ血液型の人はすごく少ないので、それが問題ですけど」

「そんなこと、大した問題じゃない。ご両親がいるだろうが」レニーは残りの食べ物をどんどんテーブルに並べながら一蹴した。「検査をしたら、お父さんかお母さん、どっちかの血液型が合うはずだから、いくらでも献血してくれるさ」

「そんなに簡単にはいかないんです」ヴォーン夫人がつぶやいた。

レニーは眉根を寄せた。「そうなのかい？」

「ぼく、養子なんです。だから父も母も血液型が違うんです。ぼくはRHマイナスAB型で、この血液型の人は世界の人口の〇・五パーセントぐらいしかいないって、先生がおっしゃってました。それで今、実の両親を捜してるところです」

「そうか。だけど養い親がこんな人たちなんだから、おまえさんは運がいいよなあ。ところで医者の先生が言ったたわごとについてだが、RHマイナスAB型なんてそう珍しくないよ。わしもそうだからね」

「本当ですか？」ヴォーン夫人がすがるように言った。「ショアさん。もしさしつかえなければ、ジョナの血液型との適合性を確認する検査を受けていただけないでしょうか？」ジョナのくやしそうな表情を見て、急いでつけ足した。「ジョナ、あなたを生んだお母さんを捜すのをやめるわけじゃないのよ。養子縁組の斡旋業者にもう連絡してあって、どんな選択肢があるか確認してもらってるの。でも万が一、その人が見つかる前に輸血が必要になったときのために、ほかの人から献血していただける可能性を探っておけば、お父さんもわたしも安心できるわ」

「喜んで力になるよ。だけど、まずわしのかかりつけの心臓専門医に訊いてみたほうがよさそうだ。その専門医からジョナの担当の先生に連絡してもらえばいい。わしの血をジョナの輸血に使っても大丈夫かどうか、確認が必要だろうから」レニーは顔をしかめた。「余計な心配かもしれん。でも用心するに越したことはないから言っておくと、わしは心臓にちょっとした問題があってね。心房細動というんだが、不整脈の一種だ。大したことないのに大仰な名前をつけるもんだよ。それでクマディンという薬を飲んでる。血液を薄めて、凝固しないようにする薬だ。だけど、どんなんだろうと、血液は血液だ。しかも、かなり珍しい血液型だっていうんだから、ジョナとわしの血はよっぽど上等なんだろうさ」

レニーはサンドウィッチや飲み物を並べおえると、上体を起こしてヴォーン夫人に励ますような視線を投げかけた。「すぐにでもかかりつけの医者に連絡して、結果をお知らせしますよ。オーケーが出たら、今日じゅうにここへまた駆けつけます。腕まくりをしてね」

「ありがとうございます。よろしくお願いします」ヴォーン夫人は熱をこめて言った。

「わしにお礼かい？　そんなことより、サンドウィッチをお食べなさい。わしが献血のためにここへ戻ってきたときには、きれいに平らげてないといかんよ」

レーンが家まであと一ブロックの地点まで来たとき、携帯電話が鳴った。発信者番号通知の表示を見ると、父親からだ。

「よう。あと少しで家に着くところだ。モーガンのようすを見てから、機械を立ちあげて、すぐにネガの分析作業に入るから」

「いや、そのことで電話したんじゃない」モンティはあっさりと言った。「マーゴ・アダリーの居所がわかった。アリバイを証明できるかどうかも」

「もうわかったのか？」

「ああ、インターネットで検索しただけで見つかった」

「ワシントンDCにいるのか？」

「そうだ。もうこの世にはいないがね」

30

日曜日。バーバラ・スティーヴンスは、モーガン・ウィンターが雇った私立探偵と会うために、人気《ひとけ》のないオフィスにやってきた。バーバラは、探偵を名乗る人たちに会ったことは一度もなかったし、カウンセリングの相談者の個人情報を漏らす危険を冒さなければならない状況におかれたこともなかった。

だが、今回は違う。殺人犯を捕まえるための協力なのだ——しかも、ララを殺した犯人を。その目的を果たすためなら、自分の倫理観の限界まで挑戦してもいい。だが、相談者に不意打ちをくらわせることはしないつもりだった。あらかじめ連絡をとって理解を求め、謎の行動の理由を訊いてみよう。そうして初めて、次の段階に移れる。

昨夜、電話で今日の約束の場所と時間を決めたとき、モーガンはここ一週間に起きたできごとを教えてくれた。それでバーバラは、どの相談者にかかわる件かだいたい見当がついていた。そのため今朝は早めに来て、関連のファイルを今一度見直した。そして、問題の相談者に連絡しようとしたときのことだった。

まさか、相談者本人のほうから電話がかかってこようとは思いもよらなかった。

一時間後、モンティはヘルシー・ヒーリングの玄関前の階段に立っていた。チャイムを鳴らすとバーバラ・スティーヴンスが出迎えてくれた。すぐにモンティを中へ招き入れ、自己紹介をしてコートを預かる。優雅な物腰の中にも温かい人柄が感じられた。

だがバーバラは、モンティが手に持ったタイベック製の包装袋に目を移すと、とまどったような表情を浮かべた。

「日曜日だというのにお時間をいただいて、感謝します」モンティは礼を述べた。「どうしてもお話をうかがわなければならない重要な用件があって、失礼を承知で押しかけました」

「いえ、実は、ちょうどいいときにいらしたんですよ。今、相談者が着いたところです。同席させていただくということで、よろしいですよね」

「はあ?」モンティは面食らった。

「大丈夫ですよ。彼女なら、わたしの代わりに質問にちゃんと答えてくれますから。三人で一緒に話し合えば、時間と手間が省けるでしょう。彼女もぜひあなたにお会いしたいそうで、わたしのオフィスで待っています。さあ、こちらへ」

モンティは戸惑いながらも、バーバラのあとについて受付の前を通り、すぐ隣のオフィスへ向かった。

一歩中に足を踏み入れたモンティは、我が目を疑った。バーバラの机の横に置かれた椅子から立ちあがった、すらりと背の高い女性。赤みがかったブロンドの髪を手ですきながら、目を大きく見開き、おびえた表情でモンティを見ている。

「おはようございます、モンゴメリーさん」カーリー・フォンティーンだった。「お会いできて本当に嬉しいわ。実は、お電話しようと思っていたところだったんです。実はバーバラさんから、お二人が今日、面会の約束をされたとうかがって、駆けつけてきました。モンゴメリーさん、ぜひともお仕事を依頼したいんです。料金はいくらかかってもかまいません」

モンティの目の前にいるカーリー・フォンティーンは、レアマン・モデルエージェンシーで会った洗練された支社長と同じ女性とはとても思えなかった。ノーメークで、髪はまとめずにただ下ろしている。フリースのスウェットスーツに羊皮《シープスキン》のブーツという気どらない格好で、一〇歳は若く見える。道に迷った少女のように頼りなげだ。

「わたしを探偵として雇いたいとおっしゃるんですね」モンティはあえて冷めた態度をとった。まずは状況を見きわめることだ。「それは思いもよりませんでした。でも、ミス・スティーヴンスのお話から判断するに、わたしたちの関心事は共通しているようですね。急にわたしの助けが必要になったのは、月曜日のひき逃げ事件に関係することでしょうか?」

「ひき逃げだけじゃありません。あなたがモーガン・ウィンターさんの依頼で調査していらっしゃる事件全体に関係があるんです」

「それだけではわかりにくいな。仕事をお引き受けするには、もっと詳しく話していただかないと。わたしは、依頼人には必要な情報をすべて開示するようお願いする主義なもので」

「それでかまいません。身の安全と問題の解決のためには、モンゴメリーさんのような有能な方に事情をすべて打ち明けたうえで助けていただくのが一番ですから」カーリーは胸の前で腕を交差させ、暖をとるかのように肩のあたりをさすった。「まず、今お持ちの小包をめぐる疑問についてですが、これはわたしが答えたほうが早いと思います。モーガンさんにそれを送ったのはわたしです。名刺はララ・ウィンターさんのもので、メモは彼女がわたしにあてて書いてくれました。それから付箋の文章は、わたしがモーガンさんあてに書きました。わたしの筆跡と比べていただいても結構ですよ、信じられないとおっしゃるなら」

モンティは片方の眉をつり上げた。予想だにしなかった新事実だった。だが、カーリーの顔を見れば、真実を語っていることは明らかだった。「信じますよ。山ほど質問があるんだが、まず一番簡単なのから片づけていきましょう。ララさんのメモがあなたにあてたものだったとすると、Jというのはいったい誰です？」

「わたしです」

「Jはジャニスの略で、キャロル――失礼、カーリーさんにつけられた仮名です」バーバラが説明した。「彼女がヘルシー・ヒーリングとララの支援センターにいらしたときに、このジャニスという名前を使うことにしました。そうやって相談者の身を守っているんです。個人情報ファイルに本名を使うことは絶対にありません」モンティに座るよう身ぶりでうながす。「長い話し合いになると思ったので、コーヒーを淹れておきました。いかがですか？」

「いいですね。お手持ちの中で一番大きいマグカップをお願いします」モンティは椅子に腰を下ろした。目はまだカーリーのようすを観察している。「ララ・ウィンターさんが助けてくれたんですね。そのいきさつは？　あなたが虐待を受けていたからですか？」

「幼いころからです」カーリーは答えた。抑揚のない声は、地獄を生きのびてきたために感覚が麻痺してしまった人のそれを思わせた。「最初は母の恋人でした。あの人たちはわたしを部屋に閉じこめて、母といちゃついていました。それから、わたしが一一歳のとき母と結婚した、ろくでなしの継父。あの男が母と結婚したその日から、わたしは性的いたずらをされていました。三年後には、縛られて犯されました」

モンティはバーバラに向かってうなずき、差しだされたマグカップを受けとった。カーリーの告白を聞いて何も感じないわけではなかった。確かに下劣で胸の悪くなる話で、許せない。ただ、ひどい衝撃を受けるまでにいたらなかったのは、これと同じようなパターンを幾度となく見聞きしていたからだ。

「お母さんは、そのことをご存知でしたか？」

「どう思われます？」

「見てみぬふりをして何も言わなかったか、そんな嘘をついて愛する夫を中傷するんじゃないとあなたを叱責したか、そのどちらかでしょう」

「叱責したほうです。わたしは家にいられなくなって、一人でニューヨークへ来ました」

「しかし、心の傷までもがついてきた」

「そうです。ニューヨークじゅうの、精神のゆがんだ男の人ばかり選んでつきあいました。気がつくといつも、自ら求めるようにして犠牲者の役割を演じていました。悪循環から抜けだせない感じでした。それを今日にいたるまでひきずっているわけです。わたしの自滅的な行動は一六歳のとき最低のレベルにまで落ちこみました。ある男性に夢中になったんです。人を惹きつけずにはおかない魅力と権力をそなえた既婚男性に。知らぬ間に、深みにはまってしまいました。でも、彼は本当に優しかった。自分が世界で一番の、特別な存在であるかのように扱ってくれました。わたしにとっては本物の愛でした。彼にとっては、都合のいい熱い情事にすぎませんでしたが」

「わたしに言わせれば、それは第三級性的暴行罪ですよ。あなたは未成年だったんだから」

モンティが口をはさんだ。

「ええ、そうですよね。でもわたしは、彼を告発する気にはなれませんでした。それより、愛してほしかったんです。今になってみれば、自分がいかに愚かだったかわかりますが、当時は二人に未来があると思いこんでいました。彼がいつか奥さんと別れて、自分と結婚してくれると。まるでスターにあこがれる子どもでした。唯一のよりどころは、自分が彼を死ぬほど愛していたこと、彼もわたしを求めていたことでした。二人が一緒になれるなら、どんなことでもするつもりでした」

「なのに、彼はあなたを捨てたんですね」

「ただ捨てただけじゃありません。嘘をついて、お金で片をつけて、最後には脅しをかけてきました。当時は自分の未来がかかっているからと、しかたなく彼の言うことに従いました。でも今は違います。我が身よりもっと大事な、息子の未来がかかっているんです。息子の身に何かあったらと思うと、気が気でなくて」カーリーは椅子に深くもたれかかり、震える手を頭にあてた。「自分の愚かさのつけはもうとっくに払ったと思っていました。でも、まだ払い終えていなかった。以前よりさらにひどい状況です。少女だったころに犯した過ちに、いまだにつきまとわれているんです。しかも皮肉なことに、息子を傷つけかねないあの人が、もしかすると息子を救えるたった一人の人間かもしれない」

モンティは手を上げてストップをかけた。「待ってください。もっとゆっくり。つまり、相手の男性とのあいだに息子さんが生まれた、と。でも、妊娠していることを告げられたとき、彼は喜ばなかったわけですね」

「ええ。わたしに一万ドルを渡して、これで中絶しなさい、それから西海岸へ行って、以前からの夢だったモデル学校へ通いなさいと命令しました」

「あなたはお金を受けとり、彼の言うとおりにした――ただし、中絶手術は受けなかった」

「ララ・ウィンターさんがかかわってくるのはここからです。ララさんとはコーヒーショップで出会いました。初対面なのに、いつのまにか自分の思いをぶちまけていました。堕ろす以外の道があるんだと教えられました。赤ちゃんを産んで、必要な援助を受けて、自分で育てるか、あるいは愛情を持って育ててくれる家族に養子に出すか、どちらかを選べると。心を決める前に、わたしは彼にもう一度会って、父親としてお腹の子どもを受け入れてくれないかと、説得を試みました。奥さんと別れて三人で新しい家庭を築くか、それが無理ならせめて、なんらかの形でわたしたち母子の面倒をみるかしてほしい、と頼みこみました。彼は烈火のごとく怒り、わたしの肩をつかむと、ぎらぎらした目でにらみつけて、そんな考えをおまえの頭に吹きこんだのはどこのどいつだと迫りました。わたしは必死で、そんな人はいない、自分で考えたんだと言い張りました。でも彼は信じるどころか、わたしを脅しました――最初に決めたとおり、お腹の子を堕ろして西海岸へ行け。秘密を打ち明けた相手とは二度と会うな。ニューヨークを出たら、今までの知人とはいっさい関係を絶て。この条件を守らなかったら今に後悔することになるぞ、とすごんでみせたんです」

「まったく、優しい恋人らしいしうちだな」

「わたしは震えあがり、彼の言うとおりにすると約束しました。中絶手術を受けようと一時は本気で考えて、病院にも行ったんです。でも、お腹の中で小さな命が育っていると思うと踏みきれませんでした。そこでまたララさんのもとを訪れると、ララさんは親身になって相談にのってくれました。ヘルシー・ヒーリングを紹介されたのはそのときです。バーバラさんが、未婚の妊婦が出産までの時期を過ごすケアセンターに入る手続きをしてくれました。生まれた子どもは、信頼できる養子縁組斡旋団体を通じて、しかるべき家庭に養子に出される仕組みでした。心のどこかでは、息子を自分のもとに置いて育てたいという気持ちがあったんです。でも、子ども時代の悲惨な経験から、それは息子のためにならないと感じました。お金も身寄りもなく、心理状態も不安定で、自分自身まだ子どもでしかない未婚の母に育てられるより、もっといい家庭に恵まれるチャンスを与えてあげようと思いました。わたしは息子を産んだあと、養子縁組の手続きがすむまでニューヨークにいて、ロサンゼルスに向かい、そこで新生活を始めました。我が子も同じように新しい環境で幸せになっていることを願いながら」

「それからもうすぐ一七年というわけですか。でも、今になってふたたび戻ってこられた。なぜです？　キャリア追求のためだけですか？」

「息子の近くにいたいという気持ちがなかったか、というご質問ですか。どうでしょうね。ニューヨーク転勤を打診されたときは、そうは考えていませんでした。キャロル・フェントンという人間はもうこの世にいないという意識でしたからね。カーリー・フォンティーンとして、キャリアを切り開く絶好のチャンスを与えられ、それをつかんだだけです。もしそれ以上の動機があったとすれば、きっと無意識のうちに抱いていた気持ちでしょうね。でも、いざニューヨークに戻ってみると、やはり当時の記憶がいちどきに押しよせてきて、迷い、悩みました。そのあげくに、息子の消息を知りたいという思いがつのりました。家族と一緒にまだこのへんに住んでいるのか、今はどうしているのか。養子縁組団体に電話して、捜す手立てがないかどうか相談しました。バーバラさんにも連絡をとって、会うことにしました。それが、ひき逃げ事件の日でした。例のライトバンがレイチェル・オグデンさんを撥ねたとき、わたしはちょうどバーバラさんとの約束に間に合うよう、急いでいたところでした。でも、息子との対面はそう簡単にはいかないことがわかりました。未成年ですから、わたしとの面会にはご両親の承諾が必要になりますし、会える機会も限られているそうです」

「さっきのお話だと、息子さんは今、なんらかの問題を抱えているわけですね」カーリーの話にはどこか、モンティの頭に引っかかるものがあった。「それでわたしを雇いたいとおっしゃるんでしょうか——息子さんの居所をつきとめるために？」

「いいえ。居所なら、二、三時間前にわかったところです。息子が——いえ、息子の育ての親のほうがわたしを見つけてくれました。本人はメイモナイズ医療センターの集中治療室にいます。脾臓が損傷しているため輸血が必要らしくて、養父母から養子縁組団体に、生みの親を捜したいという要請があったそうです。団体からわたしに連絡がありました。息子と対面したいと強く願っているわたしなら、喜んで献血に応じるだろうと踏んでのことでしょうね。でも、息子の血液型はまれにしかないタイプで、わたしの血液型とは一致しないので、輸血できないんです」

ジョナだ。マグカップを口に運ぼうとしていたモンティの手が途中で止まった。ジョナ・ヴォーンが、カーリー・フォンティーンの息子だったのだ。

「それで、息子の父親に連絡しなければならなくなりました。父親がどこの誰であるかを知っているのはわたしだけです。でも今さら本人に打ち明けるなんて、恐ろしくて。病院の人の説明によると、血液型が合うかどうかの確認検査は匿名でできるそうです。それでも、どこかから秘密が漏れて、彼に隠し子がいることが公になったら——」カーリーは声を詰まらせた。「昔、わたしの心を踏みにじったあの人のことですから、今度はわたしだけでなく、息子の人生までめちゃくちゃにしかねません。つねに世間の注目を集めている人なんです。隠し子の存在が発覚すればマスコミの風当たりは強くなるし、名声にも傷がつく。個人としても、政治家としても失うものが多いんです」

「なんてことだ」モンティはしぼり出すような声で言った。そうか。そうだったのか。力をこめてテーブルの上に置いたマグカップが、耳ざわりな音を立てた。「息子さんの父親はアーサー・ショア議員だったんですか」

「ええ、そのとおりです」

モンティは椅子にもたれかかった。驚くべき事実だった。自分に息子がいることをショア議員が知っているはずはない。もし知っていれば、事実がわかった時点で、なんらかの防御手段、おそらく訴訟などの法的措置をとっていただろう。だが議員は、少女を妊娠させたことは認識していた。そのスキャンダルが発覚すれば、エリーゼ夫人も義父のケラーマン氏も許してはくれないとわかっていたはずだ。

カーリーがニューヨークを去ったのは、ララ・ウィンターとジャック・ウィンターが殺された二、三カ月後のことだ。今までにわかった事実を考え合わせると、そのタイミングが偶然とはとうてい思えなかった。

「ララ・ウィンターさんが殺されたことは、ニューヨークを発つ前からご存知でしたか？」モンティは訊いた。

「いいえ」カーリーは首を横に振った。「妊婦のケアセンターでは、わたしは世間から隔離された環境に置かれていて、センター内でカウンセリングや、出産にそなえた呼吸法の訓練を受けたり、ロサンゼルスのモデル学校に入学してからの漠然とした計画を立てたりして過ごしました。まわりの人が気をつかって、ララさんが亡くなったことをあえて知らせないようにしてくれていたのだと思います。それに、わたしのほうからはララさんに連絡しませんでした——アーサーにあんなに脅されたあとでは、できるものじゃありません」

「ララさんの死を知ったのはいつでした？」

「先週です。ウィンター夫妻殺害事件で有罪判決を受けた男が、実は真犯人ではなかったことが判明したという新聞記事を読んだときです。記事の中にララさんの名前を見つけて、目の前が暗くなりました。それから、ウィンショアでわたしの相談にのってくれているモーガンさんが、実はララさんの娘さんであったこともわかりました。どうしてもっと前に気づかなかったのかしら。モーガンさんはお母さまにそっくりなのに。でも、わたしが二人を結びつけて考えなかった理由は、たぶん、ララさんにお子さんがいたことを知らなかったからだと思います。会えばいつもわたしの話ばかりで、ララさんの私生活について聞く機会がありませんでしたから」

「あなたはまず、ララさんに子どもがいたことを知った。それから、わたしがひき逃げ事故の事情を聞きにオフィスへうかがったとき、ウィンター家の遺児がショア夫妻によって育てられたことをお教えしましたよね。道理であのとき、驚いていらしたわけだ」

「驚きました。アーサーがモーガンさんの人生に大きな役割を果たしていたと知って、胸騒ぎがしました。もしかすると彼は、わたしがニューヨークに戻って、ウィンショアの顧客として登録したことを知っているんじゃないかという疑いが生まれたんです。それで怖くなりました。特に、一歩間違えばわたしが撥ねられていたかもしれないという状況では。もし、ねらわれたのが本当はわたしだったとしたら。アーサーがわたしを怖がらせて、ニューヨークから追いだそうとしているのかもしれない。わけのわからないことを、とおっしゃるでしょうが、とにかく不安で、びくびくしていたんです。実際、支社長の地位を捨てて、ロサンゼルスへ舞い戻ることまで考えました。せっかく新しい名前と容姿を手に入れて、やり直した新しい人生ですもの。台無しにしたくなかった。アーサーにまた会おうなどとは考えもしませんでした。ましてや、こんな形で」

モンティは、額にしわを寄せてカーリーの言葉の意味合いを見きわめようとしていた。何かがしっくりこない。なんだろう。「もし、ご自分の人生を台無しにされることだけが怖かったのなら、なぜこの小包をモーガンさんに送ったんです?」包装袋を掲げてみせる。「どうして、〝まわりに目を向けなさい。誰も信用してはいけません〟などという警告をしたんですか? これは明らかに、アーサー・ショア議員を指していますよね。彼がモーガンさんを傷つけるのではないかと、急に怖くなったからですか? 何か根拠でも?」

「正直言って、根拠があったわけではありませんでした。でもわたし、ウィンショアが荒らされた直後に、モーガンさんに電話したんです。そのとき彼女は、侵入が窃盗目的ではないらしいことを説明するために、ご両親の殺害事件について話してくれました。アーサーが政治家であることで、ショア家の人々は注目を集めがちだから、犯人は嫌がらせで家を荒らしたのかもしれないとも言っていました。どうしてかわからないけれど、違和感がありました。

ひき逃げのあと、今度は侵入事件でしょう。偶然が重なりすぎると感じたんです」

カーリーは手を組んだが、その指はまだ震えていた。「具体的な証拠はないんです。アーサーが暴力を振るったのを見たことはありません。かといって、彼が家族や支持者の信頼を失わないために必要な、大胆な手を打たないとも言いきれない。一七年前、彼がわたしを脅したときのあの恐ろしい目つき。絶対に忘れることはできません。モーガンさんの電話の声は不安そうで、おびえていました。それで、なんらかの形で警告しなければと感じました。あとになって、杞憂だったとわかるかもしれない。でも、ララさんはわたしを守るために全力を尽くしてくれた。だから、お嬢さんを守ることでその恩を返そうと思ったんです」

モンティは身を乗りだした。「カーリーさん、次の質問です。じっくり考えてから答えてください。ララさんと交わした会話の中で、あなたを妊娠させた男性がアーサー・ショアであると、一度でも触れたり、匂わせたりしたことがありますか？　具体的な名前は出さなかったとしても、ララさんが気づくような言い方をしたことは？　たとえば、恋人は州議会議員であるとか、奥さんの名前はエリーゼであるとか？」

「考えるまでもないわ。答はノーです」

「それは確かですか？」

「絶対に、確かです」モンティの疑わしそうな表情を読んで、カーリーは言った。「どんな観点から質問をされているかはわかります。それはわたしも、あなたとお会いして以来、何度も自分に問いかけ、頭を絞って考えてきました。結論は、ララさんがもし、わたしを妊娠させて捨てた人がアーサーだと知っていたら、アーサー本人に面と向かって問いただすか、エリーゼ夫人に話す道を選んでいたと思います。夫人がララさんの親友ですから。アーサーのそんな行為を知ったら、黙っていられるわけがないでしょう。たとえそれがわたしとのあいだの守秘義務に反する結果になったとしても。でも、口外したとしてもララさんを責められないですよ。子どもを守ろうとしたわけですから。でもこれはあくまで仮定の話で、実際にはわたし、アーサーについてはひと言も言っていませんから大丈夫です。当時すでに州議会議員で公人の立場だった人ですから、名前だけでなく、本人と特定できそうな情報を漏らすことなど、空恐ろしくてできませんでした。とにかく、ララさんは知らなかったと思います」

「いいえ、違います。ララは知っていました」

そのとき初めて、バーバラが口をはさんだ。その声はこみあげる感情でかすれている。モンティが振り向くと、バーバラは吐き気を抑えているかのような表情だった。「ララは、カーリーさんの秘密保持の問題には一度も悩まされなくてすんだんです。なぜなら、カーリーさんを妊娠させた男性が誰かは、最初の段階からわかっていたからです」

「ララさんがあなたに話したんですか？」モンティは訊いた。

「ええ。名前までは教えてくれませんでしたが、その男性はわたしの知っている人物だ、と言っていました」バーバラはごくりとつばを飲んだ。「今になってようやく、謎が解けてきたわ。なんて恐ろしい」

「続けてください」モンティはうながした。

「亡くなった年の夏のある日、ララが突然、このオフィスに飛びこんできました。ひどく動揺していて、あんな彼女は初めてでした。見たくないものを見てしまった、と言っていました。何年も前からの知り合いの男性の事務所に立ちよったとき、その男性がどう見ても未成年の少女とセックスをしている現場を目撃してしまった、というのです。ララは二人に見つからずにその場を離れたそうですが、どうしていいやらわからず、途方にくれてしまいました。その男性は結婚していて、もしララが見た事実が公になれば、彼の家庭が崩壊する恐れがありました。少女がもし性的同意年齢未満であれば〝法定強姦〟にあたるのでなおさらです。それから、相手側の問題もありました。少女は、彼が妻子持ちであるという事実を知っていたのか？　利用されているのに気づいていたか？　そういう判断ができる年齢、成熟度に達していたか？」

気持ちを落ちつけるためか、バーバラはいったん言葉を切ってからふたたび話しだした。

「ララはこの問題を放っておけず、事務所から出てきた少女のあとをつけて、コーヒーショップに入りました。そこで少女に話しかけ、身勝手な男の卑しむべき言動を、詳細にいたるまで聞きだしたんです。その内容は、カーリーさんが今、話してくれたとおりです」

「ララさんとわたしが出会ったのは偶然ではないとおっしゃるんですか？」

「ええ、偶然じゃなかったの。ララは二人の関係について、あなた自身がどう感じているかを知りたかったんですって。告白を聞いたララは、激怒しました――あなたに対してではなく、男性に対してです。わたしは、力になりたいからもっと詳しく教えて、とうながしましたが、ララは、この板ばさみの状況を打開する助けになるのは夫のジャックだけだ、と言いました。そこでララは家に帰り、ジャックと話し合いました。その結果、ララはあなたをこのヘルシー・ヒーリングへ連れてきました。カウンセリングが必要だと思ったからでしょうね。わたしは二人きりで話せる場所にララを呼んで、ジャックとの話し合いはどうだったの、と尋ねました。どう対処すれば一番いいか、二人で激しい議論を戦わせた、というのがララの答でした。夫婦の意見はひとつの点で一致していました――この問題に背を向けて逃げてはならないということです。その言葉の意味が、今になってようやくわかったわ」

「ああ、なんてことなの」カーリーはつぶやいた。「もしララさんが、アーサーに事実を突きつけて非難したとしたら……アーサーはララさんに対して……」

「なんらかの行動を起こす動機を持っていたことになる」モンティが補った。

「でも、現実に可能だったのかしら？」バーバラが訊いた。「ララとジャックが殺された日の夜の、ショア議員の居所はわかっていますか？　アリバイはあるんですか？」

「あるとも言えるし、ないとも言えますね。ショア議員の話にはちょっとした矛盾があって、今我々は謎解きをしようとしているところです。しかしこの謎解きは、冷静に、慎重に取り組む必要がありますし、必要な情報をすべて入手しておくことも不可欠です。アーサー・ショアが、自分の秘密を守るために果たして二人の人間を殺すだろうか？　そのうち一人は妻の親友であり、二人を殺せば一〇歳の娘が一人ぼっちになるというのに？」モンティは唇をきっと結んだ。表情がますます険しくなる。「今のところ、この疑問に答えられる人は一人しかいません」

「お願い、やめてください──今は、まだ」カーリーは身を乗りだし、モンティの腕をつかんだ。「もしモンゴメリーさんがアーサーのもとへ行ってこの疑問をそのままぶつけたら、その情報の出どころが誰かを言わざるを得なくなるわ」

「大丈夫、モンゴメリーさんなら、あなたが情報源であることは絶対に明かさないから」バーバラが慰めるように言った。

「わたしのことなんかどうでもいいんです。今大切なのは、アーサーを説得して血液型の適合性確認の検査を受けさせることだけ。彼の血液を息子に輸血することが可能かどうか、それだけが知りたいんです。アーサーに圧力をかけて無理やりにでも検査に同意させるために、モンゴメリーさんの協力が必要です。こんな話、アーサーが聞いたら激怒するのは目に見えてます。約束を破って子どもを産んでおいて、今になって助けを求めにくるなんて、許せないと。だから、殺人事件に関してわたしたちが抱いている疑念を先にぶつけたら、アーサーの態度が硬化して、検査への協力を得られるチャンスは失われてしまうかもしれない」

「わたしもそう思います」モンティの反応はカーリーを驚かせた。「息子さんの健康が何より大事です。それに、わたしも今の時点ではまだ、ショア議員と対決して事件への関与を問いただすだけの用意ができていません。まだ具体的な証拠がそろっていないからです。ですからショア議員にはまず、病院にいる息子さんの父親であるという事実を告げることにして、殺人事件に関する話は後日までとっておきましょう」モンティはカーリーのほうを向いた。「ショア議員に直接会って、話をするんですよ。覚悟はいいですね」

カーリーは硬い表情でうなずいた。「ええ、覚悟はできてます」

「幸いなことに、一人で立ち向かう必要はない。わたしも同席します。というより、わたしがその場に先に行って、話を始めます。あなたはあとから登場してくれればいい。不意打ちをくらわせるのが一番効果的なんです。わたしに二、三時間だけ余裕をください。そのあいだに作戦を練ります。準備ができたら、二人で奇襲をかけましょう」モンティは二人の女性をかわるがわる見て言った。「ご承知とは思いますが、あえて言います。今日ここで話し合ったことは、何があっても、誰にも口外しないように。いいですね？」

「わかりました」バーバラは間髪を入れず答えた。

「もちろん、誰にも話したりするものですか」カーリーも約束した。「でも、わたしたち二人で本当にアーサーを説得できるでしょうか？　病院へ急行させて検査をさせて、献血にまでもっていけるかしら？」

いつものモンティなら、説得のしかたにはさまざまな方法があるのだと説明するところだ。しかしその説明も今は不要だった。

「カーリーさん、息子さんの養父母の名前は教えてもらいましたか？」

「ええ、ヴォーン夫妻です。ニーナさんとエドさんという名前。なぜそんなことを？」

「なぜって、わたしが息子さんを知っているからですよ。ジョナという、とてもいい子です。

さらに皮肉なのは、ショア議員もジョナを知っている、ということです。しかもジョナを大いに気に入っているんです」

カーリーははっと息をのんだ。「本当ですか?」

「本当も何も、こんなことで嘘をついてどうなります」

「息子とどうやって知り合ったんです? 誰の紹介で? いつから?」

「話せば長くなります。しかもこみ入った話です。あとでお会いしたときにちゃんとお教えしますから」モンティの目は満足げに輝いていた。「とにかく、二、三時間ください。そのあいだにこちらで段取りをつけておきます。そうだな、五時ごろにわたしの事務所へいらしてください。住所は名刺に書いてありますから、わかりますね。今夜はショア議員に奇襲をかけるだけじゃない。我々の知りたいことを彼から引きだす、いい機会です」

31

レーンの家に着いたとき、モンティはすでに戦闘態勢に入っていた。体じゅうをアドレナリンが駆けめぐっている。

ドアをノックすると、モーガンの声が中から聞こえた。モンティの返答を確かめてから、念のため小さなのぞき穴で再確認している。大丈夫と確信したのか、ようやくドアが開いた。

「ちゃんと用心してるな。偉いぞ」モンティは褒めた。さっそく中に入り、パーカを脱ぐ。

「ありがとう」そう言いながらモーガンはモンティの顔をまじまじと眺め、眉をひそめた。タコニック・ステート・パークウェイでのレンガ投げこみ事件以来、会うのは初めてだったのだ。「レーンは大したけがじゃないって言ってたけど、その顔の切り傷、かなり深いものもあるみたい。本当に大丈夫なの？」

「ただ、むかついてるだけだ。おかげさまで、やる気満々だよ。見てろ、犯人をとことん追いこんで、吠え面かかせてやるからな」モンティはパーカを椅子に放り投げた。

「モンティ、そうとう興奮してるわね。バーバラさんは疑問の答になる情報をくれた？」

「実りの多い話し合いだったよ」モンティは一瞬黙ってモーガンの表情を見つめ、顔を曇らせた。「顔色がよくないようだが、何かあったのか?」

「ジョナの最新の血液検査の結果がかんばしくなかったの。内出血が続いて、貧血が進んでるみたい。血圧や脈拍、体温なんかはまだ正常範囲内だから、緊急手術の必要はないらしいんだけど、担当の先生方は輸血によって症状が好転するかどうか、やってみたいっておっしゃるの。あいにく、適合する血液型は今のところレニーだけで、しかも最適な献血者とは言えないんですって。心臓疾患のせいで、抗血液凝固剤を飲んでいるから」

「なるほど、レニーはジョナと同じ血液型なわけか。そりゃ面白い。だとすれば、代わりの献血者を見つけてやれるかもしれないな。今夜結果がわかるから、幸運を祈っててくれ」

「どうした、何かあったのか?」レーンが暗室から出てきて訊いた。

「こっちも同じ質問を返したいよ。どうなんだ?」

「モーガンがご両親の遺品の中から探しだしてくれたものがある」レーンはすぐに答えた。

「ケラーマン邸でのパーティのときに撮られた写真のネガだ。事件後の騒ぎが一段落してからエリーゼ夫人が現像して、写真と一緒の袋に入れておいたものらしい。ぼくのほうは、犯罪現場の写真の追加分を強調処理しているうちに、興味深い画像を見つけた。床に円形の跡が残っていて、どうやら置いてあった物体をどけた跡のようなんだ。直径三〇センチ強で、ドアの近くにある。物体はおそらく、補修用の穴埋め剤の容器か、ゴミ入れのような円筒状の容器のたぐいだろう。この地下室はゴミ置き場みたいに汚くて、埃だらけで、石ころだの建設資材だのがそこらじゅうに転がっていた。なのに、この丸く残ったスペースだけが、ちりひとつなくきれいだった」

「誰かが現場にあった容器を持ち去ったということか」モンティはすでに暗室のほうへ歩きはじめていた。強調処理された問題の画像の上にかがみこみ、該当箇所をじっくり観察すると、「うん、なるほど」とうなずく。「殺人犯は何か、自分に不利な証拠になる恐れのあるものを容器の中に入れて、容器ごとどこかへ運んだんじゃないか」

「モンティ」暗室の戸口に現れたモーガンが割って入った。「わたしの質問にちっとも答えてくれてないじゃない。バーバラさんからどんな情報を手に入れたの？」

モンティは咳払いした。「今のところ言えるのは、タイベック製の小包の送り主が誰かわかったってことだけだ。いたずらでも目くらましでもなかったよ。その昔、きみのお母さんに親切にされた恩返しとして、きみを守りたい一心である女性が送ったものだった」

モーガンの顔にいらだちが表れた。「モンティ、わたしは調査の依頼人なのよ。その依頼人に何もかも正直に打ち明けてくれないなんて、どういうことかしら」

「今の状況下で許されるかぎり正直に伝えているつもりだよ。事態は複雑なんだ。あらためて、おれを信じてくれときみにお願いするしかない」

モーガンは懸命に涙をこらえている。「なんでもいいの。何か教えて」

長い沈黙があった。

「以前きみは、お母さんの日記の最後の書きこみについて教えてくれたよな。亡くなる前の数カ月の記録のことだが、憶えてるか？」

「もちろん」

「じゃ、それを読み直しておくんだ」

モーガンは、わかってないんだから、と不平を言うかのように腕を振った。「読み直す必要なんかないわ、そらで言えるぐらい憶えてるもの。母が助けようとしていた人について、いろいろとつづられていた――オリヴィアとジャニスっていう、二人の女性のこと」

「そうだ。一人は幸せを手に入れ、もう一人は不幸なままだった。確か、お母さんは二人目の女性の支援に時間と精力をつぎこんでいたよな。そのときの経験が日記の最後の部分に書かれていた」

「ええ、ジャニスね」モーガンは言い、ふと考えこんだ。「母の書いたメモにあったJはジャニスの頭文字なのね」目を大きく見開く。「ということは、小包を送ってきた女性がジャニス、つまり継父に性的に虐待されていた人だっていうわけ？　のちになって年上の男性と関係を持って、妊娠したあげくに捨てられた人だって、モンティは言いたいのね？」

「言ってるのはきみだよ、おれじゃない」

「その人のことをバーバラさんから聞きだしたのね」モーガンは髪を手でかきあげた。「そうよ、バーバラさんは彼女の本当の名前を知ってるんですもの。相談者の登録申込書が入ったファイルにだけ、本名が書いてあるって言っていた。モンティのことだから、その名前をどうにかして調べたんでしょう。いやだわ、隠さないで教えてちょうだい。わたし、彼女の居所を捜して、話をしたいの。母の日記に記されていた最後の人物なのよ。死ぬ間際に話をした人かもしれないわ。それに彼女には、ああしてわたしに警告しなければならない理由が、ちゃんとあったはず――」

「もう、彼女とは会って話をしたよ」モンティがさえぎった。「警告した理由も聞いている。それについては今、対処中だ。モーガン、我慢して最後までおれにつきあってくれ。今ある手がかりを引き続き追っていかなきゃならない。今夜、進展があるかもしれん。すべて計画どおりにいけば、彼女を説得してきみと話をしてもらうようにしよう。でも、今はおびえているから無理だ。下手に圧力をかけたら、彼女は我々から離れていってしまうだろう。おれにまかせてくれ」

モーガンは視線を落とした。必死で自分を抑えているらしい。しばらくしてからようやくうなずいた。「わかったわ」目を上げた。「ひとつだけ、教えてほしいの。アーサーおじと会って、何か新しいことがわかった？　レーンから聞いたのは、昨日の話し合いが混乱もなく、無事に終わったということだけ。少し安心したけど、それだけじゃ満足できないわ。わたしが知りたいのは、直接的にせよ、間接的にせよ、おじがわたしの両親の殺された理由にかかわっていたかどうか。実際、どうだったの？」

「その質問には答えられない」

モーガンの目に怒りがぱっと燃えあがった。だがすぐにわびしげな、うつろな表情に変わった。「今、答えてくれたわ」彼女はきびすを返し、暗室から出ていった。

モーガンがいなくなり、中の声が聞こえないところまで離れたとみるや、モンティはレーンの腕をぐいとつかんだ。

「そのネガから証拠を見つけるんだ。犯罪現場と、ケラーマン邸でのパーティの写真のネガだ。それから、ウィンター夫妻が殺された時間帯にジョージ・ヘイエックが何をしていたか、つきとめろ。どうやって調べようがかまわん。CIAにいる知り合いに協力を求めるんなら、こう言っとけ。ニューヨーク市警の元刑事で今は私立探偵をやってる悪魔みたいなおやじにせっつかれて、うるさくてたまらないもんだから、調べてるんだと。いいか、CIAの皆さんが、世界の勢力均衡を保つために働いてるのはわかる。だがおれの目的は一人の殺人犯を捕まえることだけだ。ヘイエックが事件について何か知っているか、あるいは何かやっていたら、おれはなんとしてもそれをつきとめる。そのさい、組織の皆さんの協力を得てひそかに調べることもできるし、自分一人で大騒ぎしながら調べることもできる」

レーンは唇を固く引き結んだ。「父さん、勝負するつもりだな。何か重要なヒントをつかんだのか」

「当たり前だ。今度はそれを裏づける証拠が要る。だから現場写真の分析作業を再開してほしいんだ。アーサー・ショアか、ジョージ・ヘイエックになったつもりで、その心の動きを追うようにして考えろ。どちらかを犯罪現場に結びつける何かが、画像の中にきっとあるはずだ。それを見つけだしてくれ。パーティの写真については、アーサー・ショアが会場にいなかった時間帯を絞りこめる画像がないかどうか、そういう視点で探すんだ。あ、それから」モンティは息子の目をまっすぐに見た。「事件の解決に向けて、調査は山場にさしかかりつつある。これからは急展開になりそうだ。モーガンにとっては、つらい結末が待っているかもしれない。そうなったら、おまえが支えてやってくれ」

レーンは一瞬のためらいもなく答えた。「ああ。モーガンには、ぼくがついてる」


午後五時。アーサー・ショア議員を乗せたリムジンが、クイーンズにあるモンティの事務所の前に止まった。運転手は後部座席側のドアへ回ろうとしたが、議員は助けを待たずに自分でドアを開けて車を降り、事務所の玄関前の階段を大またで上っていった。

モンティが議員を出迎えた。応接セットを手ぶりで示して、座るよううながす。

「ビールか何か、飲み物でもいかがです？」モンティは自分用に瓶ビールを開けて訊いた。

「いや、結構。情報が欲しいだけです」ショア議員は明らかに憤慨していた。ソファの端のほうに腰かけ、コートも脱がずにいる。「モンゴメリーさん、人をいじめるのもいい加減にしてくださいよ。昨日はまるで警察の尋問みたいだったし、今日は今日で謎めいた呼び出しですか。事件に関する新事実がわかったとかいう話だったが、さっそく聞かせてください。家族が家で待ってるものでね、手短にお願いします」

モンティは安楽椅子の後ろに立ったまま、ビールをごくりと飲んだ。椅子の背もたれの上部に肘をついて、意識的に座らずにいる。「今日は日曜日ですからね。重要な用件でなければ、わざわざクイーンズまでご足労願ったりはしませんよ。ここにお招きしたのは、二人だけでお話ししたほうがいいと思ったからです。そうすれば議員も、奥さんや娘さんにどうやって事実を伝えるべきか、考える余裕ができるでしょうからね」

その言葉を聞いたショア議員の目に、一瞬、懸念の色がよぎった。

「モーガンのようすはどうなんでしょう？」

モンティは議員の反応を注意深く見守った。「本当に、モーガンさんを大切に思ってらっしゃるんですね？」

「今さら何を訊くんです？　大切にきまってるじゃありませんか。モーガンはわたしにとって、娘も同然なんだ」

「ええ、それは存じてます」実に興味深い。罪の意識からか、純粋な愛情からか、いずれの動機にせよ、モーガンの父親代わりとしてのアーサー・ショアの気持ちが真摯なものであることは間違いなかった。「モーガンさんなら大丈夫です。レーンと一緒にいますから」モンティは安心させるように言った。

ショア議員の体の緊張がわずかながらほぐれた。「ここ一、二週間で親しくなったようで、実は喜んでいるんだ。レーンは頼れる男ですからね」

「わたしもそう思ってます」モンティは間をおいた。「実を言うと、モーガンさんが〝大丈夫〟というのはちょっと単純すぎる言い方だったかもしれません。感情的、心理的には、危ういところでなんとか持ちこたえているといった感じです」

「わたしも最初からそれを心配していたんです。だから、事件に深入りするなとあんなに言ったのに」ショア議員は沈痛なおももちになった。「くってかかるような物言いをしてすみませんでした。新たな事実が出てきたのなら、重要に違いない。まずそれをお聞きしましょう。新事実というのは、モーガンとジルの家の侵入事件に関してですか？」

「はあ？」モンティは眉をしかめた。「ああ、新事実とわたしが言ったのを、ウィンター事件に関する話だと思われたんですか。どうも誤解があったようですね。でも、せっかく話題に出たのだから、ついでにお知らせしておきましょう。マーゴ・アダリーさんの行方を追ってみました。お気の毒に、七年前にガンで亡くなられたそうです。〝死人に口なし〟ですからね、殺人事件当夜のできごとに関する議員の話の裏づけは取れずじまいです」

話を聞くうちに、ショア議員の表情は当惑からいらだちへ、そして怒りへと変わった。

「いったい、なんのゲームのつもりなんだ？」

「ゲームなんかじゃありませんよ。前にも言ったとおり、ある事件の新事実がわかった、ということです。ただし、別の事件ですがね」モンティは後ろを振り返り、収納庫として使っている奥の部屋に向かって呼びかけた。「カーリーさん、こちらは準備オーケーです。入ってきてください」

カーリー・フォンティーンは頭を高く上げ、肩をそびやかして、応接間に入ってきた。モンティが最初に会ったときそのままの、あでやかな女性だ——洗練されたメークに、デザイナーブランドのセーターとスラックスがぴたりときまって、落ちつきと気品が漂っている。

ショア議員は彼女が誰か、まったく気づいていないらしい。「カーリーさん」名前をくり返しながら、反射的に立ちあがって挨拶する。「もしや、ひき逃げ事故を通報した、カーリー・フォンティーンさんですか？」

「そのとおりです」とモンティ。

「そうすると、モーガンに関する件ですね」ショア議員は手を差しだした。「あの事故では、おけががなくて何よりでした。はじめまして」

カーリーはショア議員の手を死んだネズミか何かのように見ているだけで、握手しようともしない。

「いや、お二人は初対面じゃないですよ」モンティは愉快そうに言った。「もっとも、カーリーさんの髪は当時、もっと濃い色で、長かったですし、今着てらっしゃるような服は高くて手が届かなかったでしょうがね。じゃあ、記憶をよみがえらせるお手伝いをしましょうか。こちら、キャロル・フェントンさんです。ショア議員、あなたが一七年前に妊娠させ、手切れ金を与えて、追い払った女性だ。どうです、思い出しましたか？」

ショア議員はポーカーフェースを保とうと必死だった。「なんのことやら、見当もつきませんが」

「いや、よーくご存知のはずです。ただ、キャロルさんが――今はカーリーさんですが――お腹の子を堕ろさずに産む決心をしたことはご存知なかったでしょうね。彼女は男の赤ちゃんを産み、養子に出して、その後の消息については知るよしもありませんでした――今の今までは。あ、そうそう、あらかじめ申し上げておきますが、これは恐喝やゆすりのたぐいではないですよ。カーリーさんは、一セントたりとも要求するつもりはありません。正直言って、あなたにはもう二度と会いたくないと思っていたそうです。転勤でニューヨークへ戻ってきたあともね。しかし事情が変わって、しかたなくこうしてやってきたわけです」

「……どんな事情です？」ショア議員はようやく声を出した。あごががくがく震えている。

「ジョナ・ヴォーンを憶えてらっしゃいますよね――レーンの助手で、先日あなたがヘリスキーを指導してあげた少年ですが？」

「もちろん――それが何か？」

「ジョナが脾臓の損傷で入院したことは、お父さんから聞いておられますよね？　貧血を起こしていて輸血が必要だが、まれな血液型で、適合する献血者を探すのが大変なことも」

「ええ、父から聞きました。ジョナが一日も早くよくなるよう祈るばかりです。でも、なぜそんなことを？」

「なぜって、おわかりになりませんか？　ジョナがあなたの血を分けた息子さんだということがわかったんですよ。まったく、世の中は狭いですねえ。ただ問題は、カーリーさんの血液型はＲＨプラスＡ型なんです。ＲＨマイナスＡＢ型であるジョナには輸血できません。ですから、今のところあなたに頼るしかありません」

「そんな……」ショア議員は口をぱくぱくいわせた。「わたしは脅迫に屈して、ありもしないことを認めたりはしないからな。まして――」

「これは脅迫ではありません。交渉です。あなたのとるべき道を今からご説明しますから、選んでください。選択肢、その一。血液型の適合性確認検査を匿名で受けていただきます。

我々のほうで手配して、検査技師を派遣します。お宅でも事務所でも、都合のいい場所を指定してくだされば、そこで採血を行います。願わくは、あなたがRHマイナスのAB型で、輸血に適合した血液であればいいんですが。ジョナは貧血が進んでいて、すぐにでも輸血しなければならない状態なので、検査の結果、適合性が確認されれば、必要なだけ輸血をしていただきます。これで息子さんの命が救われます。それと引き換えに、カーリーさんは秘密保持契約に署名します。あなたの秘密を誰にも明かさないことを確約するわけです」

モンティは言葉を切り、ビールをもうひと口飲んだ。

「選択肢、その二。あなたはこの交渉を拒絶し、ジョナを見捨てることもできます。その場合カーリーさんは、今までのできごとをすべてマスコミに公表します。まず、未成年者との性行為から始まって、締めくくりは、血を分けた息子の命を救おうともしない冷血な親という、事実にもとづいた話です。ちなみに一七年前、あなたは成人でカーリーさんは一六歳、よってこれは〝法定強姦〟容疑となります。刑法上は第三級性的暴行、つまりクラスEの重罪です。禁固三年から四年の刑に値します。公訴時効は犯行日から五年なので、刑事訴追は免れますがね。とはいえ、議会は強姦罪の元容疑者が議員でいるのを許すほど寛容ではなさそうだ。辞職せざるを得ないでしょうな。そして当然ながらご家族は苦しみ、屈辱を味わうことになる……どうでしょう、ショア議員。選択肢その一、そう悪くないと思うんですがね。もちろん、選ぶのはあなたですが」

「この件について知っているのは？」

「我々と、カーリーさんのカウンセラーだけで、相談者とのあいだの守秘義務によって秘密は守られます。今のところ、弁護士には知らせていません。必要書類はあなたの弁護士に作成してもらってもかまわない、とカーリーさんはおっしゃっています」

ショア議員は乾いた笑い声をあげた。「なんと親切な。だが、どうせこの秘密も漏れるにきまっているんだ。早晩、どこかの生意気な記者が汚い手を使って関係者をだまし、病院のデータベースに入りこんでネタを手に入れるでしょう。そのうち一大スキャンダルとして、新聞の一面にでかでかと載るでしょうよ」

「その可能性もあるでしょうね」モンティはわざわざ反論してショア議員を軽侮するようなことはしなかった。「だが、もしあなたがご自分の意志で採血に協力し、血液型が適合した場合に輸血に応じれば、その生意気な記者が入手できる情報は限られてくる。ショア議員はその昔、浮気をし、子どもをもうけたが、その子がしかるべき家庭に養子としてもらわれるよう手続きをした、という筋書きです。それについてはカーリーさんが口裏を合わせてくれるでしょう。そうすれば、養子縁組が二人の合意にもとづく決断だったということになります。それからカーリーさんは、自分が未成年だったという事実をショア議員はまったく知らなかった、と弁護してくれるはずです。それよりも、あなたが今になって息子さんの命を救うために進んで力を貸したという感動秘話。そっちの効果のほうがよっぽど期待できる。間違いなく、あなたはヒーローですよ」

「それはエリーゼに言ってやってくれ」

「ご家族の問題は別です。すぐにでも皆さんに事情を説明することをおすすめします。そうすれば心構えができますからね。これはあくまでわたしの意見ですが、奥さんは何があってもあなたを許してくださると思いますよ。ただ、奥さん、ジルさん、モーガンさんにどうお話しになるかは、あなたしだいです。いかがです、結論は出ましたか？」

ショア議員は苦悩と敵意が入り混じった表情になった。「きまっているでしょう。明日の朝一番に弁護士に頼んで、必要書類を作成させます」

「アーサー、お願い」カーリーが初めて口を開いた。怒りを抑えているために体はこわばっているが、懇願するようなその口調には、無償の愛に突き動かされた母親の必死の思いがにじみ出ていた。「ジョナの貧血は悪化する一方で、もし損傷が自然に治らなければ、手術するしかないらしいの。今晩のうちに弁護士に連絡するわけにはいかないかしら？」

「それはたぶん無理だ」ショア議員はカーリーに目を向けた。「だが、わたしだって冷血漢じゃないよ。たかが書類一枚ごときのために、ジョナの命を危険にさらすようなまねはしない。法的な手続きの準備は朝になってから始めればいい。今夜、血液検査を受けるよ」

ショア議員はふたたびモンティと向き合った。「これから家族に話をします。一時間ほど余裕が欲しい。そのあと、うちのマンションに検査技師をよこしてください。採血した血液をすぐに病院に運んでもらえばいい。ちなみにわたしの血液型はＲＨマイナスＡＢ型だ。だから、何か異常でも発見されないかぎり、ジョナは輸血を受けられるでしょう」

32

レーンの不安は高まっていた。

一時間前、アーサー・ショア議員がレーンのコンドミニアムに現れた。心なしかげっそりとやつれ、こわばった表情で、モーガンをショア家のマンションに連れて帰りたいという。家族だけでじっくり話し合いたいことがあるらしい。

レーンは、出てゆくモーガンの行く手をふさぎたい衝動にかられた。しかし自分の出番ではないとわかっていたし、ショア議員に疑念を抱いていることを気取られてはならない。それで、議員のリムジンがモーガンを乗せて遠ざかっていくのを道端で見守るしかなかった。いったい、どうなってるんだ。いつ戻ってくるんだろう。

父親の携帯にかけてみた。留守番電話のメッセージが流れてくるばかり。まだ例の手がかりを追っているに違いない。くそ、いらいらする。

レーンは短い伝言を吹きこみ、電話を切って待った——またか。今日は待ってばかりだ。

もう一本、連絡が来る。盗聴防止機能付きの回線にかかってくるはずの電話を、レーンはじりじりしながら待ちつづけた。この調査を始めたのはモンティに頼まれたからだけではない。一日じゅう、頭につきまとって離れなかった疑問を晴らしたかったからでもあった。

　きっかけは、昨日、レニーがジョナの病院に見舞いにきていたあいだに交わされた会話だった。息子アーサーに関する話。それ自体は怪しくもなんともない、ごく普通の言葉。だが、パズルのほかのピースと組み合わせるとうまくつながって、別の意味が生まれることに気づいたのだ。

「……〝不屈のヒーロー《シェイクン・ナット・ステアド》〟と呼ばれてたよ。ジェームズ・ボンドの映画に出てくる、ウォッカ・マティーニを注文するときのせりふをもじったあだ名さ。おまえさんだって、きっとそうなる」

「007のファンなんですか？」

「アーサーもわしも、親子して大ファンだよ。あいつが子どものころは、一本も見逃さなかった……」

　レーンの頭の中で、ぴんとひらめくものがあった。レニーズで立ち聞きした会話の断片がよみがえってきたのだ。モンティはショア議員に、ジョージ・ヘイエックとの関係について訊いていた。議員は、レニーとヘイエックと三人で一緒に何度も映画を観にいったと答えていた。

　レニーは、ヘイエックの父親代わりをつとめてやろうと、ときどき映画に連れていった。その中には、親子のお気に入りである００７シリーズも含まれていたに違いない。ジェームズ・ボンドのファンなら、誰でも知っているエピソード――それは、彼の愛用の拳銃がワルサーPPKだということだ。

一七年前の初動捜査のころから、モンティはウィンター夫妻殺しに使われた凶器がワルサーPPKであったことを不思議がっていた。レーンはいまだに憶えている。父親は、なぜ犯人はわざわざこの旧式の拳銃を選んだのだろう、妙だなあ、と頭をひねっていた。

実は、妙でもなんでもなかったのかもしれない。

アーサーはジョージ・ヘイエックについて、こう語っていた。

「ジョージは……父がいろいろと面倒をみてくれたことを忘れなかった。ショア家のために尽くしたいと思う気持ちは強かったと思いますよ」

ショア家のために尽くしたいと思う気持ちか。問題は、それがどのぐらい強かったかだ。ヘイエックは、アーサーが苦境に陥ったら助けてやろうというほどに恩義を感じていただろうか？　その昔、銃の運搬で捕まったとき、アーサーに助けられた恩返しとしてか？

答がイエスである確率は高そうだった。

レーンは暗室内にある盗聴防止機能付きの電話を使って、いつもの番号を押した。

「はい」これもお決まりの返事だ。

「聞いてくれ。ちょっとした事態が持ち上がった」レーンはあっさりと言った。「ぼくのおやじがどんな人間か、知ってるだろう？　今、ある殺人事件の犯人を挙げることに全力を注いでるんだ。ジョージ・ヘイエックが怪しいと、直感の声が耳に鳴り響いてるらしい」できるだけ簡潔に、感情を交えず、モンティがぶった大演説の内容を説明した。「今の話でわかるように、おやじは絶対にあきらめないだろう。このままだと我々皆にとって困ったことになる。そこで提案なんだが、ヘイエックに連絡して、三つの質問に答えてもらってくれないか。それが確認できれば、おやじも満足するだろうし、この件をぼくのほうから持ちだすことはもう二度とないと約束する」

しばらく沈黙があった。「おまえのおやじさんのおかげで、こっちはやりづらくてしょうがないよ。答が得られるという約束はできないが、とにかく三つの質問を教えてくれ」

「質問その一。一九八九年一二月二四日、午後七時半から八時のあいだ、ヘイエックはどこにいたか？　質問その二。それより以前に、ヘイエックは誰かにワルサーPPKを渡したことがあるか？　質問その三。ヘイエックは誰かを雇って、先週の月曜に盗んだ車でレイチェル・オグデンを撥ね、水曜の夜にはモーガン・ウィンターのタウンハウスに侵入させ、その二日後、うちのおやじの車にレンガを投げこんで事故を起こさせたか？」

「言っておくが、ヘイエックは殺人容疑にかかわることについては何も答えないからな。我々も、その手の質問はしない」

「殺人容疑にかかわることにはならないと思う。ヘイエックにはたぶんアリバイがあるだろうし、当時、どこで何をしていたかはちゃんと思い出せるはずだ。もし憶えていないというなら、その問題はこっちで対処する。それから、この三つの質問に答えさせた結果、ヘイエックが殺人以外の何かの罪に問われる行為をしていたとわかったら、訴追免除を認めてやればいい。やつは協力者として貢献してる。おたくにとっては必要な人間だ。だが、おやじにとってはやつの身柄なんかどうでもいい。おやじが必要としてるのは、ヘイエックの持ってる情報だけだ。請け合うよ。ピート・モンゴメリーは、犯人を捕まえることしか考えてない。それ以外のやつをどうこうしようという気はないんだ。頼む、ぼくらの調査に協力してくれ。恩に着るよ。この埋め合わせはきっとするから」

ふたたび、長い沈黙。「答がわかったら連絡する」

通話が切れた。

その会話があってからもう何時間が経ったことか。どうか、答が得られますように。ただ何もせずにやきもきしていてもしょうがない。レーンはもっと生産的な作業にエネルギーを費やすことにした。

スキャンしてデジタル化したネガを、コンピュータのモニター画面に表示する。さっきまで、犯罪現場の丸く空いたスペースの画像からヒントを探していたのだが、今度はちょっとした気分転換に、ケラーマン邸でのクリスマスパーティの画像にとりかかろう。

この晩、アーサー・ショア議員がシャツを着替えた事実はすでにわかっている。そこでレーンは、二枚の異なるシャツを着た議員が写った写真をそれぞれ詳しく見ていくことにした。スキャンされたデータは時系列的に整理してあるので、着替える前と着替えた後の画像の区別は簡単だった。議員は、写っている画像のほとんどにおいて二枚目のシャツを着ていた。この事実は、シャツを着替えざるを得ない事態が起こったのはパーティが始まって間もないころだという本人の主張を裏づけるものだ。

次に、ショア議員が一枚目のシャツを着ている一連の写真の中から、ウィンター夫妻とショア夫妻が一緒に写っている画像に注目してみる。以前ざっと調べたときにも感じたことだが、四人の身ぶりやしぐさにはやはり、明らかな緊張がうかがえる。きっと何かが起こって、〝かけがえのない友人〟どうしに、わだかまりのような感情が生じていたに違いない。

レーンは次の画像に注意を集中した。シャツを着替えたあとのショア議員が登場する最初の一枚だ。マンハッタンの夜景が見わたせる窓を背にして、議員とエリーゼ夫人が並んで立っている姿を映したもので、二人はシャンパングラスを掲げて乾杯している。グラスの中のシャンパンはまだ手つかずのままで、乾杯の姿勢も熱がこもっているように見える。自宅で着替えて会場に戻ってきてから、午後七時一五分ごろに乾杯をしたというショア議員の主張どおりだ。新しいシャツ。エリーゼ夫人の肩に回された腕。当選祝いを兼ねたパーティの主賓と、魅力的な妻。

ショア議員の手の肌は赤みがかっていて、真冬の寒い戸外から暖かい室内に戻ってきたばかりであることを示している。同じく寒暖差で赤らんだ頰も、木枯らしに吹かれたと思われる髪の乱れも、パーティから抜けだしてどこかへ行ってきたことの証だ。

いかにも幸せそうな夫妻の後ろの画像を見つめていたレーンは、窓ガラスに何か室内の物体らしきものがぼんやりと映っているのに気づいた——背が高く、幅が狭く、木製のように見える。レーンは目をこらしながら、画像の調整を工夫して画質を上げた。

それは、床置きの大きな柱時計だった。

レーンは柱時計の画像をモニター上で徐々に拡大していった。次に画像を左右反転させ、影の部分、明るい部分、中間点の濃淡を調整してコントラストを強調し、時計の長針と短針がどこを指しているかわかるほど鮮明になるまで処理を続けた。

八時四五分。ショア議員がパーティ会場に戻ったのは七時一五分ごろだと言っていたのに、一時間半ものずれがある。

レーンはしばらくのあいだ椅子の背にもたれかかって、たった今発見した情報を頭の中で反芻し、その重要性を見きわめようとした。確固たる証拠というわけではない。だが、あるひとつの方向性への大きな一歩だった。

早く父さんに伝えなければ。レーンはモンティが連絡してくれることを切に願った。それ以上に、モーガンからの電話も待ち遠しかった。無事を確認したかった。たとえジルとエリーゼ夫人が一緒でも、モーガンがアーサー・ショアと一緒にいることを考えただけで、レーンの不安はつのった。

突然、静けさを破るかん高い電話の音に、レーンはびくりとした。携帯にかかってきたのではなかった。盗聴防止機能付きの固定電話のほうだ。

受話器を取って答える。「モンゴメリーです」

「ヘイエックは、一九八九年のクリスマスイブ、ラスベガスにいた。女性の友人と一緒に年末年始の休暇を過ごしたそうだ」窓口となっている男の、おなじみの声だ。「ラスベガスの滞在期間は、一二月二〇日から翌年の一月二日まで。我々の監視記録でもそれは確認できた。

つまり殺人事件については、ヘイエックはシロだ。事件にかかわっていないのはもちろん、なんのことやらさっぱり見当がつかなかったようだぞ」

「了解」

「ワルサーPPKを手に入れたのは後にも先にも一度だけ。しかも四〇年近く前だ。自分の勤務先の経営者のために買ったもので、近隣で強盗が相次いでいたことから護身用に進呈したらしい。それ以降、問題の銃を借りて使ったやつがいたかどうかは、自分にはわかりようがないとさ。そして最後の質問。ヘイエックは確かに最近、続けざまに脅し作戦の手配をしたそうだ。一件めはひき逃げ、あとの二件は例のタウンハウスへの侵入と、タコニック・ステート・パークウェイでの襲撃だ。ただその三件は、ある筋から強要されて、しかたなくやったことだと言っていた。どうやら、CIAの協力者としての資産《アセット》の地位から、組織のお荷物の地位に一夜にして格下げされるかもしれない、という警告を受けたらしい。まあ、コネをうまく使えば簡単に脅しがかけられるってことさ。特に、政府高官を友人にお持ちの下院議員などは、そういう立場にあるんだろうな。CIA長官みたいな大物がお友だちだったりするからね」

「ああ、そうだろうな」レーンは言葉に出されたこと、出されなかったことを含めて、さまざまな情報を手に入れた。「この情報は、証拠として公に使えるのか？」

「だめだ、使えない。目の上のたんこぶそのもののおまえのおやじさんを、正しい方向に導くためだけに教えた情報だからな。疑問の答は出たと伝えてやれ。我々の邪魔をするのはやめて、さっさと殺人犯を捕まえろって言っておけ」
「ああ、言っておくよ」
「この話題はこれで終わりだ。もう二度と持ち出してくれるなよ」

モンティはカーリーをアッパー・イーストサイドにある彼女の家まで送っていきがてら、車中、今後にそなえての心がまえや、マスコミに情報を嗅ぎつけられて取材を受けた場合の対応のしかたなどについて話して聞かせた。

二人は新たな情報が入りしだい、お互い連絡しあうことを約束した。カーリーは目に涙を浮かべてモンティに礼を言うと、ハンドバッグを取りあげ、車を降りて、豪華なマンションのロビーに入っていった。

モンティは車を出し、マンションから少し離れた消火栓の前に停めた。一人きりで考える時間が必要だった。頭の中は、一日のあいだに起きたできごとでいっぱいだった。カーリー・フォンティーンの息子の危機的状況はすぐにも解決するだろうが、今日判明した事実によって、ウィンター事件にかかわる調査は大きな山場を迎えることになりそうだった。

モンティの事務所での対決で、アーサー・ショアは大した役者ぶりを見せた。自分の築いてきた世界がぐらつきはじめたにもかかわらず、なんとか持ちこたえようと闘っていた。九〇パーセントは政治家として、残りの一〇パーセントは人間としてふるまっていた。そのわずか一〇パーセントが、家族に対する愛情であり、モーガンを我が娘として慈しみ育てた優しさであり、今日までその存在を知らなかった息子の命を救おうとする親心であり、アーサー・ショアの人間としての名誉を回復しうる部分だった。彼のとった行為が世間に知れれば、議員としての人気をさらに高める好材料となるのは確実だ。人情味あふれるヒーローとしてもてはやされるだろう。

しかし、一七年前はどうだったか？　当時、アーサー・ショアは崖っぷちに立たされていた。カーリーを妊娠させたことが発覚すれば致命傷になりえたはずだ。若い妻と幼い子どもを抱え、幸せな家庭を築きつつあった。新進気鋭の政治家として上昇機運に乗り、さらなる飛躍が期待されていた。そんな前途洋々たる未来が、もしララ・ウィンターとジャック・ウィンターの糾弾によって阻まれそうになったとしたら。

二人を黙らせる必要が出てくる――殺人の動機になりうる。

モンティは首の後ろを揉みながら、次に何をすべきか頭を悩ませていた。ここからレーンのコンドミニアムまでは二キロもない。今すぐ行って話をし、安心させてやったほうがいいのかもしれない。きっと、いらいらしながら待っているはずだ。それも無理はない。今起こっていることを何も知らされていないのだから。一方モンティは、それを知りながら詳細な情報を勝手に漏らせる立場にない。願わくは、ショア家の話し合いに出たモーガンが早く帰ってきて、その穴を埋めてくれればいいのだが。

そのとき、携帯電話が鳴った。

レーンからだ。もうこれ以上、引き延ばしはきかない。モンティは受信ボタンを押した。

「おう、留守電のメッセージは聞いたよ」

「なんで折り返し電話してくれないんだよ？　そもそも、なんで電話に出なかったんだ？」

「打ち合わせ中だったんで、電源を切ってた」

「まったくもう。今すぐ、話したいんだ」

「わかってる」モンティは咳払いした。「ショア議員がモーガンを自宅に連れて帰ったんだろう。こちら側で起こったことを受けて、家族の話し合いが必要になったわけで、意外でもないし、ビクビクしなきゃならんほどの事態でもない」

「もうちょっと具体的に言ってくれないか？」

「だめだ。でも、モーガンならもっと詳しく教えてくれるだろう。何か連絡はあったか？」

「ああ、やっとね。オハラが同行して、あと一〇分ぐらいでこっちに着くそうだ」

「よし」

「電話した理由はそれだけじゃないんだよ」レーンが父親の謎めいた言い回しにいらついているのは、心理学の専門家でなくてもよくわかった。「父さんから頼まれた例の電話、さっそくしてみたんだ。どうしても調べる必要があるからと、圧力をかけて質問してみた。そしたら、答が返ってきた。しかももうひとつ、おまけつきだ。それから、パーティの写真を分析していて、ショア議員の主張するアリバイと時間的に矛盾するある情報を見つけた」

　モンティの手はすでにシフトギアにかかっていた。「今すぐ、そっちへ行く」

「いや、待ってくれ」レーンの言葉でモンティの動きが止まった。「モーガンが帰ってきたら、二人だけで話し合いたいことがあるんだ。父さんの調査を一時中断することになってしまうけど、ぼくは今、モーガンに話しておきたいんだよ。人生の岐路と言ったらいいのかな。ぼくはもともと、父さんに頼まれてこの事件の調査にかかわるようになった。だけど今じゃ、予想していたよりずっと深入りしてる。で、今回はわがままを言わせてほしいんだ。一時間か二時間、待っててくれないか。話が終わったら連絡する。それからうちへ来てくれ」

モンティは、息子がモーガンに何を言おうとしているかにはたと気づいた。同時に、いらだちも頭をもたげはじめていた。「わかった。だけど、おれは今、おまえの家から二キロと離れてないところにいるんだよ。それに――」

「待っているあいだに、父さんに洗ってもらいたい線があるんだ。レニー・ショアのじいさんに聞きだしてほしいことがあるんだよ。電話して、コーヒーでもおごって一緒に飲みながら、今から言うことを訊いてみてくれ。レニーズの店に保管してあった銃はどこへいったのか？　なくなったのはいつごろか？」

「どんな銃だ？」

「それがさっき言った〝おまけ〟なんだ。父さんが、徹底的に洗いだせとぼくに指示した、例のあの人物のことだけど、わかるよね？」レーンはわざとぼかした言い方をした。

「ああ」モンティにはすぐ通じた。当然、ジョージ・ヘイエックのことだ。

「四〇年近く前、やつは自分の勤務先の経営者にプレゼントをした。００７ファンの身を守ってくれる一丁の拳銃、ワルサーＰＰＫだ」

「あっ」モンティは大きく息を吸いこんだ。「くそ、そういうことだったか」

「詳しい話はあとで、顔を見て話すよ。それはそうと、もしその銃が〝借りた〟ものだとしたら、面白くないか？　だとしたら、なぜレニーはそのワルサーＰＰＫについて警察に何も言わなかったんだろう？」

「誰からもらったかを考えればわかる。レニーはやばい銃かもしれないとうすうす感づいてたんじゃないか。元従業員を困った立場に追いこみたくなかったんだろう」

「確かに、もっともだ」レーンは認めた。「ところで、今回ぼくが入手した情報は、公の証拠としては使えないからね」

「だろうと思ったよ。でもそれを手がかりに調査を進めることはできる。じゃ、レニーに今から電話してみるよ。まだ店で片づけをしてるかもしれないから」

「よろしく。そのあいだに、こっちでできることはやっておくから」レーンは間をおいた。「父さん、まさかぼくが真犯人を見つけたがってないなんて、思わないでくれよ。やつを捕まえてやりたい気持ちは負けないつもりだ。だけど自分のことばかり考えて事件に取り組むわけにはいかない。もう、一人じゃないんだ」

「わかってるさ。たぶん、おまえが想像してるよりもな」モンティはにやりとした。レーンのやつめ、やっぱりどこまでもおれの息子だな。一人のときは一人が最高だったくせに、今はもう、二人じゃなきゃいられないんだからな。「したいようにしろ、冒険野郎め。せいぜいがんばれよ。じゃ、連絡を待ってるからな」モンティはくっくっと笑った。「レニーとの話が終わってもまだおまえから連絡がないようなら、おれはその時間を使って母さんに電話しとくよ。このニュースを聞いたらきっと大喜びする」

「うん、きっとね。じゃ、あとで」

「ああ。それじゃな。それと、レーン。よくやった」

電話を切ると、モンティは車内を引っかき回して、レニーズのテイクアウト用の古いメニューを捜しだした。店の電話番号と営業時間が書いてある。日曜の夜は八時までだ。今、八時少し過ぎだから、レニーはまだ店内にいるに違いない。

メニューを眺めながら、モンティはこの予期せぬ展開について考えた。凶器として使われたのがワルサーPPKだったという事実が、昔はどうしても腑《ふ》に落ちなかった。だが、今は納得できる。そして、アリバイに矛盾があるというレーンの意見がもし正しければ――アーサー・ショアにとっては、ますます分が悪くなりそうだった。

33

レーンのコンドミニアムの玄関に向かう階段を上るモーガンの顔には、まったく血の気がなかった。

部屋の中を行ったり来たりして帰りを待ちわびていたレーンは、モーガンが手を触れる前にドアを開けた。エスコートしてくれたオハラに、ご苦労さま、もう大丈夫と手を振ると、モーガンを迎え入れてドアを閉めた。

モーガンは、レーンの前をすごい勢いで通りすぎた。ショックと憤りで体を震わせながらずんずん進み、リビングルームまで行くと、背中を向けたまま急に立ちどまった。

「モーガン?」レーンは近づき、彼女の肩をつかんでこちらを振り向かせた。

苦痛にみちたまなざしがレーンの表情をうかがう。「あなた、知ってたの?」

「知ってたって、何を?」

「カーリーさんがジャニスで、アーサーおじの愛人だったこと。ジョナが二人のあいだにできた子どもだってこと」

レーンは驚きのあまりモーガンの顔を見直した。「ジョナが……ショア議員の息子?」

「ええ」緊張が少しやわらいだようだ。「本当に、知らなかったの？」

「いや、全然」レーンの頭の中をいろいろな考えが駆けめぐっていた。「でも、今わかったよ。おやじが電話で何も教えてくれなかったわけが。この話はきみから聞いたほうがいいと判断して、知っててあえて黙ってたんだな」

「知ってたわよ、もちろん」モーガンは、モンティが演出したショア議員との対決について話して聞かせた。「おじの言い分によるとカーリーさんは、おじにジョナの存在を知らせて、輸血に協力してほしいと頼むために、モンティに付き添ってもらったんですって」

「ふむ、心打たれる話だな」

「本当ね」モーガンは両わきに垂らした手を握りしめた。「わかる？　おばとジルと一緒に話を聞かされたわたしが、どれだけ自分を抑えなきゃならなかったか？　おじは、自分は何も知らなかった、むしろ被害者なんだと主張してた。でもわたしは母の日記を読んでいるから、おじとジャニス、つまりカーリーさんとのあいだに実際何があったか知ってるのよ。当時カーリーさんが何歳だったか、お腹の赤ちゃんと父親と一緒の暮らしをどんなに夢見ていたか。愛する男性に、子どもを堕ろしてどこかへ消えろと脅されたとき、どれほど打ちのめされたか。わたしは全部知ってる。こんなひどい話ってある？　吐き気がするわ」

レーンはモーガンをソファのところまで連れていき、そっと座らせると、グラスにワインを注いで持っていった。

「ほら。飲んだら落ちつくよ」ワイングラスをモーガンの手に握らせる。「力になってあげたいけど、どうすればいいかな?」

モーガンは頭を後ろにそらし、レーンを見あげた。「もう、なってもらってるわ」まつ毛に涙が光っている。「おばは、あまりのショックにへなへなとくずおれて……痛ましくて、見ていられなかったわ。でもね、おばはカーリーさんのことも、今までのおじの浮気相手についても、全部知っていたと思うの。おじの一大告白の浮気の部分を聞いているときは、ほとんどたじろぎもしなかったのよ。実は自分には息子がいた、息子の名はジョナだ、とおじが告白したとき初めて、おばはひどく取り乱したんですもの」

「ジルはどうだった?」

「ジルって本当にすごい人よ。おじが話しているあいだじゅうずっと、静かに座っていた。気丈に、涙をこらえながらね。でも彼女はそんなときでも、おばとジョナへの気づかいを忘れなかった。話し合いを中断させてまで病院に電話して、ジョナの具合を尋ねたのよ。あの子に対する責任と絆を、もう感じているみたいに。その点、父親に似なかったのは確かね」

モーガンは苦々しげな口調で言うと、その思いを振り切ろうとしてか、しばらく黙っていた。

「とにかく事実が発覚して報道されれば、かえってジルもほっとすると思うわ。そうすれば、気がねせずに腹違いの弟を応援できるし、よりよく知るきっかけにもなるから。ジルって、そういう人なのよ。思いやりにあふれていて、わたしの知っている中で一番心の広い人。今は、おばのことで心を痛めているわ」

「当然、そうだろうな」

「そうなの、おばがあまりにかわいそうだから」モーガンは頼りなげな手つきでグラスを口に運んで少しずつ飲んだ。「どうもありがとう。確かに、こんなときはワインがいいわね」

「この数時間、心休まるひまもなくて大変だったろう」レーンはソファの前に回ってモーガンの隣に腰を下ろした。彼女の肩に手を回して引きよせると、指でそっと髪をすく。

「〝大変〟という言葉では表しきれないかも」モーガンはつぶやいた。「まるで、『トワイライト・ゾーン』の世界に入りこんだみたい。カーリーさんに電話を入れて、落ちついたらでいいから連絡をくれるよう頼んでおいたわ。病院のほうはジルにまかせてあって、血液型の適合性確認検査の結果が出たら、すぐにでもわたしに連絡してくれることになってる」

「きみが着く五分ぐらい前に、ぼくが病院に連絡してみたけど、ジョナは小康状態だそうだ。特によくなっているわけでもないが、悪化もしていないって」

「血液型が合うことを祈りましょう。おじの血液サンプルがそろそろ病院に着くころだから、もうすぐわかるわ」モーガンはワイングラスを置いてブーツを脱ぎ、ソファの上で体を丸めてレーンの胸に頬をもたせかけた。「わたし、終わりのないジェットコースターに乗ってるような感じ。少し上がったかと思うと、すぐにまた急な下りのくり返し」

「いくら上がり下がりがあっても、そのうちちゃんと止まるよ。降りたら、また世界は元どおり平和になるさ」

「たぶん、最終的にはね。でも、今はまだこの状態が続くわ」モーガンは体をひねり、レーンの目をまっすぐに見た。「ね、本当のことだけ言ってちょうだい。あなたはモンティが知っている内々の情報を、ほとんど全部教えてもらってるんでしょ。だから訊きたいの。わたしの両親の殺人とおじを結びつける赤信号は、ほかにもまだある？」

レーンがずっと恐れていた瞬間だった。いつか、訊かれると思っていた。自分の答がモーガンをどんなに傷つけるかを考えただけで、胸が悪くなりそうだった。しかし、嘘はつくまい。彼女は今まで、さんざん嘘をつかれてきたのだから。

「赤信号は、ある」レーンはきっぱりと答えた。「今の時点でもぼくの分析で、おやじにはまだ知らせていない具体的な事実が出てきてる。向こうは向こうで、ぼくに教えてない情報があるはずだ。しばらくしたらここへおやじが来るから説明し合うことになるけど、お互いの持ってる事実をつきあわせてみなくても、これだけ煙があちこちから出ていれば、どこかで火事が起こっていることはほぼ間違いないだろう」

モーガンは歯をくいしばり、次に来る衝撃にそなえた。「全部、教えて」

「きみのご両親が殺された夜、ショア議員はケラーマン邸でのパーティからしばらく抜けだしていた」レーンは静かに言った。「そのあいだ、ある女性と一緒にいたと議員は言ったが、この女性は七年前に亡くなっていて、その話を裏づける証人にはなれない。さらに悪いことに、議員の主張する〝不在の時間帯〟が、強調処理した写真の画像からぼくが見つけたある事実と一致しないんだ」

「どんなもの？」

レーンは窓ガラスに映っていた柱時計の針が指している時刻と、ショア議員が主張した乾杯の時刻の食い違いを説明した。

「つまり、あなたの分析が正しければ、おじには犯行時刻のアリバイがないということね」

モーガンはごくりとつばを飲みこんだ。「ほかに何があるの?」

ここから先は慎重に話さなくてはならない。守秘義務があるからだ。「ぼくはカメラマンとしてのキャリアを積み重ねるうちに、ときおり秘密の写真撮影の任務を引き受けるようになった。今夜、その種の任務に関係のある依頼人の一人に電話をかけて、軽いごり押し戦略で調査を頼んだんだ。その結果、〝オフレコ〟の答をもらった」

「オフレコの答?」モーガンは眉をつり上げた。「どういう意味?」

「ぼくは情報提供者を信じてる。向こうもぼくを信じてる、ということさ」

モーガンは一瞬レーンの顔を見つめ、すぐにうなずいた。「わかった。で、情報提供者の答はどんな内容だったの?」

「きみとジルのタウンハウスへの侵入事件と、モンティの車へのレンガ投げこみ事件の舞台裏で糸を引いてたのはショア議員だったということだ。ある人物に昔の借りを返せと迫って、圧力をかけたらしい。それから、ひき逃げ事件もだ。ただしこれは、車を急接近させて脅すだけのつもりだったのが、誤って撥ねてしまったものとぼくは見てるけどね」

「おじがわたしを怖がらせて、事件の調査依頼を取り下げさせようとしたっていうの?」

「そのとおりだ」

「確かにおじは最初から、事件のことなんか考えるな、深入りするんじゃないって、わたしを戒めてたわ。わたしの精神状態が心配だからって言ってた。でもあなたの推理どおりなら、おじが心配してたのは自分の身を守ることだったのね」モーガンは片手で髪をかきあげた。

「このさい回りくどい表現はやめて、率直に言ってちょうだい。あなたの考えでは、わたしの両親の殺害に、おじが間接的にかかわったどころの話ではない、というのね。つまり、中心的な役割を果たしていたと」

「もうひとつの事実を教えるよ。そのほうがわかりやすい。四〇年近く前、レニーズの従業員の一人が、いざというとき身を守るために店に置いておくようにと、レニーに銃をあげた。型式はワルサーPPKだった」

モーガンの顔から血の気が引いた。「ワルサーPPK？　両親を殺した凶器と同じだわ」

「そうだ」

「どうすればいいの」モーガンは手の甲で目をおおった。「ますます決定的じゃない」

「ただ問題は、すべてが状況証拠でしかないってことなんだ」レーンは間をおいた。「具体的にどんな動機があったのか、それがわかればなあ。パズルのピースがまだいくつか欠けてるんだ。これからの進展は、おやじがその穴をどれぐらい埋められるか、バーバラさんから内密に、どの程度の話を聞きだせたかによるね。実際、どうだったんだろう？」

モーガンが口を開こうとしたとき、携帯電話が鳴った。すぐに出る。「はい」

「モーガンさん？　カーリーです」遠くから響いてくるような声だった。まわりでは人の話し声が聞こえ、ときおりインターコムらしい呼び出しがかぶさる。「今、病院にいるの。ジヨナと父親の血液型の適合確認がすんだところ。ジョナは一時間以内に輸血が受けられるそうよ」感謝と安堵の気持ちがにじみ出た、かぼそい声だった。

「よかった」モーガンも心からほっとしてつぶやいた。「ジョナの具合はどうです？」

「もう大丈夫よ」カーリーは一瞬ためらってから言った。「留守番電話のメッセージ、聞いたわ。何もあなたを避けようと思ってたわけじゃないから、誤解しないでね。ヴォーン夫妻が、輸血のあとでジョナに会ってもいいという許可をくださったの。だから、せっかくの機会を――」

「もちろん、そんな機会を逃しちゃいけません。病院に残っていてください。お気持ち、わかりますから」モーガンは身を乗りだすようにして話しはじめた。「あとでお時間をいただけばいい話ですもの。でもカーリーさん、ひとつだけお尋ねしたいの。母は……あなたの相談を受けていたとき、事実を知っていたんでしょうか？」

「ええ、事実も、そして誰がかかわっていたかも、すべて。わたし自身、今日までそのことを知らなかったのよ。ララさんも、ジャックさんも、わたしを妊娠させた相手が誰か、承知していたわ。その事実をもとにどういう行動に出たかは、わたしにはわからない。モンゴメリーさんに訊いてみて。必要に応じてわたし個人に関する話をあなたに教えてもいいからと、伝えてちょうだい。それであなたの疑問が解けるといいんだけど。ジョナの貧血がおさまって面会できたら、そのあとであなたと二人でじっくり、細かいところまでお話しするわ。たぶん、ララさんと過ごしたときの経験を分かち合うことで、あなたも心安らぐでしょうし、もしかしたら喜びが得られるかもしれないわ」ふたたび間があいた。「あなたのお母さまは立派な方だった。誇りに思うべきよ」

「ええ、誇りに思ってます。ありがとうございます、カーリーさん。いよいよ息子さんと初の対面、楽しみですね」

モーガンは電話を切り、レーンのほうに向き直った。

「真の動機に一歩近づくかもしれない、重要なことがわかったわ。母は、カーリーさんを妊娠させた相手の名前を初めから知っていたそうよ」重苦しいため息をつく。「でも、いい知らせもあったわ。ジョナとおじの血液型が一致していることがわかったので、すぐにも輸血ができるんですって。これでジョナが快方に向かうといいんだけど。それからカーリーさんは、わたしたちの疑問を解くのに必要であれば、彼女個人にかかわる情報をモンティから聞いてかまわないと言ってくれたわ。きっとモンティと二人きりのときに、欠けていたピースを埋める情報を提供したんでしょう。ということは、わたしたち三人で知っている情報を出し合えば、殺人をめぐる謎が解けるかもしれないわね」

モーガンは言葉を切り、うつろな目つきで頭を振った。「自分でも自分の言ってることが信じられないわ。両親を殺したのがおじだなんて……まさか。わたし、否定したい気持ちと、頭を殴られたような衝撃のあいだを行き来しているうちに、感覚が麻痺しちゃったみたい」

「とにかく、今ある証拠をすべて集めておさらいしよう。そうすればきみも、自分の感情との折り合いがつけやすくなる。しかも、そのおさらいは一人でやらなくていいんだよ」レーンは励ますように言った。

モーガンはうなずいた。「そうなるとモンティがいなくちゃね。いつごろ来るって言ってた？」

「まだもう少しかかりそうだな。今、銃の件についてレニーに事情を聞いてるところだから。それに、ぼくからおやじに、少し時間をくれって頼んでおいたんだ。きみとぼくとで話し合う機会が欲しいからって——二人だけで」

モーガンは、意味がわからないふりはしなかった。「ええ、そのとおりね」

「事件のことだけを言ってるんじゃないよ」

「ええ、わかってる」モーガンは少しでも陽気にふるまいたくてか、無理やりほほえもうとした。「あなたに、ウィンショアの顧客登録申込書にプロフィールを記入してもらったほうがいいかもしれない。それを見れば、二人の相性がいいかどうか確かめられるでしょ」

「相性を確かめる目的なら、プロフィールみたいな情報は要らないよ」

「そこが問題なのよ。あなたが今まで経験してきたような一時的な恋愛関係だったら、たぶん要らないかもしれないけど——地に足のついた本物の関係を築くには、単に激しい情熱や、説明しがたいほど惹かれあう力だけではだめで、それをはるかに超える何かが必要だわ」

「確かにそうだ」

モーガンはつばを飲みこんだ。「わたしたち、会ってまだ二週間も経たないのよ」

「物事って、進むときにはすごく早く進むものなんだよ。親しくなるのが早かったからといって、その関係が現実的じゃないとは言いきれないだろう。人間の感情がどんな動きをするかなんて、きみのところみたいな一流の結婚紹介所だって予測できないはずだよ」

「そういうことを言われるとかえって悩んじゃうわ」

「あえて、悩ませてるのさ」

「レーン……」モーガンは自分の中で作りあげた、二人の行く手を阻む障害と闘っていた。

「あなたのこと、ほとんど何も知らないのに」

「それはそのとおりだな。じゃあ教えるよ。ぼくの一番好きな色は、以前は青だった。でも今は緑になった――きみの瞳みたいな美しい緑は見たことがない。好みの食べ物は脂っこくてジューシーなハンバーガー、焼き加減はミディアム・レア。一番好きな街はニューヨークだ――この街を離れるたびに、ますますそう思うようになった。一番好きな休日はクリスマスになった――家族と一緒に過ごせるから。義理の弟が持ってる広大な牧場には馬がいっぱいいて、そこで過ごす休暇は最高だ。弱みといえば妹たちかな。あいつらを守るためだったら、どんな悪事もやってのけるだろうね。それから、一番お気に入りの――」

「もういいわ」モーガンは穏やかにさえぎった。「そういうことじゃないの。わたしが知らないと言ったのは、セクシーな外見の下に隠れた、あなたという人間の秘密よ」

「セクシーって言われるのも悪くないね」レーンは片頬だけでにやりと笑った。だが、その目は真剣そのものだ。「質問があるなら、どうぞ、なんでも訊いてくれ」

「訊くといっても、どこから始めたらいいかしら？　そうね、あなたの自由な精神と、刺激と冒険を求める心、それから放浪癖はどう？」

「それは性格の特徴だろ、秘密じゃない」

「あなたの人生観と生き方に影響を与える性格の特徴よ」

「確かにそうだ。でも、刺激と冒険を求めるなら、いろいろな道があるんじゃないかな」

「じゃあ、自由な精神と放浪癖は？」

「それは、どこかへ行く理由があるときには旺盛になり、ひとつのところにとどまりたいときには失せていくものだね」

レーンの言葉の本質を見きわめようとするモーガンの中で、葛藤が生まれていた。見きわめられるまでは、わたし、自分のこの気持ちに屈服するわけにはいかないのよ。

「わかったわ。じゃあ、刺激と冒険の源について話しましょうよ。何しろ、飛行機から飛びおりてスカイダイビングをしたり、フォトエッセイを書くために戦争中の国や自然災害のまっただなかに飛びこんだりするあなたのことだから、たぶん今度はエベレストに最短日数で登ったかなんかでギネスブックに載るための計画でも立ててるんじゃないかと疑いたくなるわ。さっき言ってた仕事の話だって、わたしちゃんと憶えてるわよ。極秘情報を扱う依頼人とか、詳細は誰にも口外できない写真撮影の任務とか。『タイム』誌以外に、どんな顧客の依頼を受けて動いてるの？　ＦＢＩ？　ＣＩＡ？　国土安全保障省？」

レーンは黙っている。

「すごい。そういうところから依頼を受けて仕事をしてるのね」モーガンは目を見張った。

「以前はね」レーンは訂正した。「きみと出会うかなり前から、ぼくにとってはああいう仕事の魅力が薄れはじめていた。放浪者のような生活、一日二四時間、一週間に七日の野外作業、そして人生は短く、はかないものだという認識。それらすべてに、疲れてしまったのかもしれないな。この種の任務の内容については、機密扱いだと言えばそれで十分だろう。それぐらいしか答えられない。何も隠そうとしているわけじゃない。きみと同じように、依頼人との守秘義務を重んじているからね」

モーガンは息をふうっと吐きだした。「ああ、驚いた。怖いもの知らずの冒険家、レーン・モンゴメリーの人生の新しい側面を、次々と発見してる感じ。今まで冒したことのない危険なんてあるの？」

「実を言うと――あるね。たくさん」レーンは身を乗りだし、モーガンの顔を両手のひらではさんだ。「まだ、愛してるって告白する危険は冒してなかったものな。だから今言うよ。愛してる。きみに夢中だ。こんなの映画でしか起こらないと思うぐらい首ったけで、まいってる。それと、きみのきつい取調べにやられて、落ちこんでる。きみの心の重荷をどうしてあげたらいいかわからなくて、困ってる。それから、きみと一緒に生きていきたいと思えば思うほど、怖くてたまらない。どうだろう。怖いもの知らずどころか、こんな弱くて情けない男で、満足してくれるかな？」

「ええ……あの、わたし……」モーガンのまつ毛が涙できらきら光っていた。「あなたよりわたしのほうがよっぽど怖くてたまらないし、弱くて情けないわ。わたし、ずっと綱渡りを続けてるの――落ちたときにそなえての安全ネットも何もないままで。しかも、そんな自分を止められない。そして最後にはやっぱり、落ちてしまうんだわ」

「ぼくが受けとめてあげるよ」レーンの親指がモーガンの涙をとらえてぬぐった。「愛してるって、言ってくれ」

「愛してるわ。分別を失うほどに。でも間違いなく」モーガンは固く目を閉じた。「わたし、頭がどうかしちゃってるんだわ」

「やった。最高だ」レーンは頭をかがめて彼女に軽くキスした。

「わたしたち、解決しなきゃならないことがたくさんあるわ」モーガンはつぶやいた。

「ジェームズ・ボンドじゃないけど、愛はすべてを超えるさ」レーンはモーガンの反応を待っていた。唇はしだいに柔らかな感触になり、彼の口の動きに合わせて開いていく。

レーンは彼女の体を持ち上げて膝にのせ、さらに激しく唇を合わせた。

「長い目で見れば、そのうち、ね」モーガンは重ねた唇の下でほほえみ、レーンの首に回した手に力をこめた。「でも今は、一時間もないわよ。もうすぐモンティが来るんでしょ？」

「わかってるさ」レーンは体を引き、モーガンのあごを上向かせた。二人の目と目が合った。

「この続きはあとでゆっくり、ベッドルームでしよう。でも今は、お互いの気持ちが本物だってことを確かめられた。しかも、いつまでも続くってこともね。もうきみを離さない」

「その言葉、わたしの求める〝確実なもの〟みたいに聞こえるわ」モーガンはささやいた。

「確か、人生は不安定で、確実なものや安全なものなんて存在しないっていう点で、二人の意見は一致してたんじゃなかったかしら」

「二人とも、心変わりしたのさ」


レニーは店のドアの鍵を開け、モンティを迎え入れた。まだエプロン姿のままで、店内を掃除していたらしい。

さっそく、カウンターの席に座るよう手ぶりで示すと、レニーはほとんど自動的に手を動かしはじめた。ほどなくコーヒーとハニーケーキがモンティの前に置かれた。レニーはカウンターの中に入り、二人は向かい合った。

レニーにうながされて、モンティはハニーケーキを食べ、コーヒーを飲んだ。老人の立ち働くさまをじっと観察する——今夜、おれが会いたいと言った理由を、うすうす感づいているだろうか。自慢の息子アーサーの罪を問うことになるかもしれない質問を用意してここへやってきた、おれの真の意図を。確かに、どう見てもいつものレニーではなかった。心の動揺が体に表れている。表情は険しく、しぐさはぎこちなく、イニシャルの入った指輪を何度も回しているそのようすから、神経がひどく高ぶっているのがわかる。

「モンティ、わしはうちの息子が心配なんだ」レニーは話しだした。「今夜、あいつからいろいろ話を聞いた。たまげたの、なんのって。あんたが会いたいといってきた理由は、その話に関係することなんだろ」

なるほど。それでおどおどしていたのか。アーサー・ショア議員はこの短いあいだに、あの件を父親の耳に入れておいたらしかった。どんなふうに言ったかまではわからないが、もし議員が重大な告白をしていたとすると、下手にここで漏らされても困る。レニーが弁護士の立会いなしに自分の知っていることを洗いざらいしゃべっても、そんな話は伝聞にすぎないから証拠にならないとして、議員お抱えの弁護士にすぐにつぶされてしまうだろう。

「レニー。息子さんから何を聞いたか知らないが、それはおれに言わないほうがいい。代理人立会いのもとでなければね。弁護士を呼んだほうがいいかもしれないよ」

レニーは目をしばたたいた。「弁護士だって？　なんでわしが、弁護士なんか呼ばなきゃならんのかね？　誰も訴えようなんて言ってないのに。それに、弁護士が必要になったら、わしにはアーサーがいる。イェール大を卒業したあと、コロンビア大の大学院まで出てるんだからな、憶えてるだろ？」

「そりゃ憶えてるさ」モンティはちょっと待ってくれとでも言うように手を振った。「おい、おれがここへ来た理由をなんだと思ったんだい？」

「ジョナのことだろう」レニーはうつむき、指輪にはまった紅玉髄《カーネリアン》の石に刻まれた〝L〟のイニシャルの文字をじっと見つめた。「アーサーに聞いたんだ、ジョナがわしの孫だったって。相手の女性からその話を聞いたとき、あんたも一緒にいたんだってな」

「そうだ。だが、そこからの成り行きについては、おれの知ったことじゃない。あんたに会って話したかった理由は、それとは違うんだ」モンティはコーヒーをひと口飲んだ。「それに、ジョナにはもう、立派なご両親がいるからね。回復して元気になれば、以前と同じような生活に戻れるさ」

「いや、そう単純にはいかんよ。どこの誰だか知らない子ならともかく、ジョナは昔からうちで働いてくれて、よく知ってるんだ。さっきも病院へ見舞いに行ってきた。わしは――」

レニーは言葉に詰まり、目に涙をにじませた。「あの子がわしの血を分けた孫だったとは」

「さぞかしショックだったろう」モンティはレニーに同情せずにはいられなかった。「アーサーさんから連絡があったのはいつだい？」

「ほんの数分前だよ。エリーゼとジル、モーガンに話をしたところだと言ってた。病院の人が家に来てて、アーサーの血液のサンプルを採るんだと。ジルはエリーゼを慰めようと一所懸命で、モーガンもひどく打ちのめされてたようだが、またレーンの家へ行ったらしい」

モンティは頭の中で計算した。そうなると、おれが向こうに着くのは、三〇分後ぐらいが妥当かな。レーンとモーガンはきっと、山ほど話し合うことがあるだろうから。

「いや、無神経な言い方をしてすまなかった。今回のことはショア家の人たちにとってそうとうな衝撃だったと思う。だけど、みんな強い女性だからね。きっと、乗り越えられるさ」

「乗り越えるしかないだろう。何しろアーサーは有名人だからな。重要法案の旗振りをしてる、下院でも特に有力な議員だ。下種《げす》なマスコミの連中がしじゅう、目の色変えてあいつを追っかけまわしてやがる。隠し子がいたなんて話は早晩、でかでかと報道されるにきまってる。だからアーサーはすぐにわしに知らせてきたんだよ。新聞や雑誌を読んで仰天するんじゃなく、本人からあらかじめ聞いておいたほうがいいと言ってね」

「わかるよ、その気持ちは」

「あんな話を聞かされて、わしはまだ動悸がおさまらんよ。すぐにでも家に帰って、ローダに知らせてやらなきゃな。だけど、わしらだってどう対処したらいいのかはわからんがね。まあ、それはわしらで考えるしかない。息子を支えるためなら、なんでもするつもりだ。アーサーは大した男だよ。生まれつき人の上に立つようにできてる。すばらしい家族にも恵まれてる。それが今や、息子までいることがわかって……」レニーは言いかけて、咳払いした。

「とにかくそういうことだから、あんたがなんで会いにきたか、わしには見当もつかんよ。だが、来てくれてよかった。ちょうど、こっちも言いたいことがあったんでね。いいかい」

「いいよ、どうぞ」

「モンティ、あんたとわしは長いつきあいだ。お互い、家族の話を楽しんだり、写真を見せあったり、子どもの成功を一緒に喜んだりしてきたよな。あんたはいい父親だ。子どもたちをどんなに大切に思ってるか、わしはよーく知ってる。子どもが大切なのは、わしだって同じだよ、わかるだろ。だから、お願いだ――わしの可愛い息子をこれ以上ひどい目にあわせるのはやめてくれ」

　モンティは耳を疑った。どうやらアーサーは、自分に都合のいいたわごとばかりを父親に語って聞かせたに違いない。アーサーが正義の味方で、モンティは悪漢というわけか。

　ここは、慎重にかからねばならない。レニーとローダにとって、アーサーは空に輝く太陽であり月であり、星なのだ。そのイメージを汚してはいけない――レニーを味方につけて、欲しい情報を手に入れたいのなら。

「レニー、おれはあんたを心から尊敬してる。男としても、父親としてもな。そんなあんたを悲しませたくない。だけどはっきり言って、なんの話やらさっぱりわからないんだ。おれが息子さんに、いったいどんなひどいことをしたっていうんだね？」

「家庭、仕事――アーサーの大事にしてるものすべてを脅かしてるじゃないか。ろくに知りもしない誰かの言い分ばかり鵜呑みにして、あいつの心をずたずたに傷つけて。今夜、電話をかけてきたときの声を聞かせたかったよ。まるで溺れかけてるみたいだった。モンティ、誓ってもいいよ。あんなに苦しそうなアーサーの声を、わしは今まで一度だって聞いたことがない。カーリーとかいう女がどうやってあんたを捜しだしたか、何を吹きこんだか、あんたがなんでかかわるようになったのかは知らん。だがアーサーに対するあんたの態度は、あんまりじゃないかね。あいつは、自分の息子に対する責任を果たそうとしているんだ。今の今まで、いることとすら想像してなかった息子だよ。親として、やるべきことをやってるじゃないか。血液のサンプルを提出して、検査の結果を待ってる。医学的に問題ないとわかれば、ジョナの輸血のために献血をするはずだ。だから、これ以上苦しめないでくれ」

なるほど、これがアーサー・ショア流のゲームのやり方か。父親には、カーリーが妊娠したことすら知らなかった、と言い訳したんだろう。ただでさえ大変な状況なのに、カーリーがいきなり現れて理不尽なことを言いだしただの、モンティがカーリーのたくらみに加担して自分を窮地に陥らせただの、口から出まかせを並べたてたに違いない。

「レニー、おれのやり方はよく知ってるだろう。性的スキャンダルにはいっさい興味がないんだ。存在を知らなかった隠し子が突然現れたからって、おれは息子さんの政治生命や家庭を脅かしたりはしないよ」レニーに反感を抱かせて、そっぽを向かれてはかなわない。モンティは細心の注意を払って言葉を選びながら言った。「息子さんの、ジョナの親として責任を果たそうという態度には、もちろんおれだって敬服してるさ。それはそれとして、おれはそんな圧力をかけたおぼえはないよ。そんなことより、おれはウィンター夫妻殺害事件を解決しようと必死なんだ。だから今夜、ここへ来たんだよ。ジョナの話じゃなく、ジョージ・ヘイエックについて話を聞くために」

「ジョージ・ヘイエックだって？」レニーは不意をつかれたようだ。「ジョージについてなら、知ってることはすべて話したつもりだがな。どうしてやつの名前が、今になってまた出てくるんだ？」

「やつについて、おれが最初に訊いたときと同じ理由だよ。謎がまだ解けてない部分の後追い調査をしていて、疑問をひとつひとつ、つぶしていってるんだ。たとえば、ヘイエックがどうやって銃を手に入れたか？」

レニーは今度はびくりとした。「銃……だって？」

「ああ。拳銃とか、リボルバーとか」

「そうか」レニーは指輪をいじっていた手をとめると、濡らした台ぶきんでカウンターの上を拭きはじめた。「そういえば、思い出した。ずいぶん昔の話だからすっかり忘れてたよ。

確かにジョージは、わしに銃をくれたことがあった。あのころ、近所で続けざまに泥棒が入ってね。ローダは怖がって神経過敏になってたし、わしは毒づいたり嘆いたりしてた。ジョージは心配になったんだな。それで用心のためにと、拳銃をくれたのさ。違法に手に入れたやばい銃かどうか知りたいのかい？　わしにはわからん。ジョージは――」

「やばい銃かどうかには、おれは興味がない」モンティはさえぎった。「知りたいのはどんな型式の銃だったかだ。憶えてるか？」

「もちろん」レニーはまだ台ぶきんを持った手を動かしつづけている。目はカウンターに注がれたままだ。「ワルサーPPKだ。ジョージは、わしがジェームズ・ボンドの大ファンだってことを知ってたから、わざわざあの銃を選んだんだ。いい子だったんだよ、モンティ。ジョージが殺人なんて大それたことにかかわるなんて、ありえないよ……」

「問題の殺人が起きたのは、ジョージがあんたの店で働いてたころから二〇年以上経ってからだよ。それだけの長い年月のあいだにやつがどういう人間に育ったか、何をしでかす輩《やから》に変わったか、わかったもんじゃない。ところで、その銃はどうした？」

「えっ？」

「ワルサーPPKだ。そのあと、どうしたんだい？」

「あれは……実を言うと、盗まれたんだ。いつごろだったか、よく憶えてない。ジョージがあれをくれた日に、店の引き出しにしまって、それっきり忘れちまってた。ある日捜してみたら、いつのまにかなくなってたんだ」

「引き出し――どの引き出しだ？　鍵はかけてあったのか？　銃がそこに入れてあったことを知ってた者は、ほかに誰がいる？」

　速射砲のようなモンティの質問は、もくろみどおりの効果を表した。レニーは明らかに狼狽して、目は泳いでいる。必死になって答を探そうとしているのだ。

「レジの下の引き出しだ」ようやくレニーは言い、その方向を指さした。「一〇〇ドル札みたいな額面の大きい紙幣と一緒に、あそこに入れておいた。普段は鍵をかけていたんだが、たまに忘れることもあった気がする。カウンターの奥にいた者なら誰でも、銃があるのに気づいてもおかしくなかったと思う」

「家族の人たちはどうだろう――ローダや息子さんは？　二人の前で銃について話したことがあるか？」

「二人は知ってたよ。どうして銃なんか、といやがってた」

「そりゃそうだろう。銃を持ってると危険なことになりかねないからな。で、その銃だが、ある日確かめたら、なくなっていたのに気づいたと言ったね。ほかに何が盗られてた？」

「銃と一緒にしまってあった現金が盗まれていた」

　モンティは口笛を吹いた。「その当時の価値にすれば、そうとうな金額だったんじゃないか。盗難のことは警察に通報したのか？」

「いいや。ジョージがやっかいごとに巻きこまれたら大変だと思って、警察には知らせなかった。銃をくれたのはあいつだったから」

「じゃ、銃が盗まれたとき、ジョージはまだこの店で働いていたんだな?」

「ええと——たぶん、そうだったと思う」

「簡単に確かめる方法がある。アニヤに訊けばいい」

「え?」

「アニヤだよ、ウエイトレスの。ここで働いて二〇年になるんだろ。今さっき、カウンターの奥にいた者なら誰でも、銃があるのに気づいてもおかしくなかった、と言ったね。アニヤなら、この店で起きていることは何もかも把握しているし、何も見逃さない鋭い眼力の持ち主だから、引き出しに銃がしまってあれば、当然目に入っていただろう。銃がなくなっていれば、それにも気づいたはずだ。とは言うものの、もし銃が盗まれたのがヘイエックがまだここで働いていたころだとすれば、だいたい——確か、三八年か、三九年前のことだったよな——アニヤが勤めはじめるずっと前だ。その場合、彼女は何も知らないわけだ。よし、アニヤに電話して訊いてみようじゃないか。そうすれば謎が解ける。銃が盗まれた時期も絞りこめるかもしれない」

「そうかもな。だけどもう夜も遅いし、この件については他人を巻きこみたくないんだよ」

レニーはカウンターを拭く手をとめ、手のひらを台の表面について体を支え、身を乗りだした。「もしかするとあの銃は、ジョージが働いてたころじゃなく、もっとあとになって盗まれたのかもしれん。このごろめっきり記憶力が衰えてね、どうしても思い出せないんだよ。ただ憶えてるのは、自分があの銃の所持許可の手続きをとらなかったってことだ。警察とのあいだに余計なもめごとは起こしたくなかったからね」

「なるほど、よくわかった」モンティはコーヒーを飲み干し、ハニーケーキを食べおえた。

「よし、じゃあこの件はもういいよ」と言って立ちあがる。「ジョナが早くよくなるといいな。何もかもうまくいって、お孫さんとの新しい関係を築けるよう祈ってるよ」

「モンティ」きびすを返して立ち去ろうとするモンティを、レニーが引きとめた。「あんた、ジョージがウィンター夫妻殺しにかかわってたと、本気で思ってるのかね？　やつが舞い戻ってきて、銃を盗んだとでも？」

「この店から五セントだって盗んだことのない、しかもあんたを父親代わりに慕っていた少年が、銃を盗んだっていうのか？」モンティは肩をすくめた。「もしそうだとしたら、ジョージ・ヘイエックは一八〇度の大転換をしたんだな。成長して人が変わったか、でなければ最初からあんたをだましてたかのどっちかだろう。世の中には、そういうやつらがいるもんなんだよ。どんなことでもやってのける、とことん性根の腐ったやつらがね」

34

モンティがミケロブビールを飲みながらバーで一人座っていると、レーンから電話があった。ようやく、来てもいいというお許しが出たようだ。

わずか五分で勘定を支払い、車に飛び乗り、レーンのコンドミニアムのある北に向かった。中に入ったモンティは、ソファに座ってワインを飲んでいるモーガンのようすを一瞬で見てとった。「モーガンお嬢さんは、大丈夫かな？」

思いがけず愛情のこもった問いかけをされて、モーガンはかすかにほほえんだ。「どうかしら。茫然自失の状態から立ち直れたら、もう一度訊いてみて」

「そうするよ。だけど、立ち直るさ。きみは子どものときも強い子だったが、今はさらに強い女性になってるからな。それに、あと少しだ。もうすぐ、謎が解ける」

それだけ言うとモンティは革製の安楽椅子の端に軽く腰かけ、息子に注意を向けた。レーンが話しだすと、ひと言も聞きもらすまいと、いっしんに耳を傾けた。情報提供者から聞きだした、ヘイエックのアリバイ。友人の議員に脅されたヘイエックが、モーガンをねらった威嚇のためのひき逃げ事件と住居侵入事件、そして車へのレンガ投げこみ事件をお膳立てしたこと。さらに〝おまけ〟として、ワルサーPPKが選ばれた理由と、それに気づくヒントとなった会話。

「すごい推理力じゃないか、レーン探偵。さすが、おれの息子だ」モンティは褒めたが、すぐに暗室のほうに気ぜわしげな視線を投げた。「今度は、パーティ中の時間の矛盾を示す画像を見せてくれ」

レーンに続いて暗室の中へ入ったモンティは、コンピュータの前に座った息子の肩ごしに問題の画像をのぞきこみながら説明を聞いた。窓ガラスに映った柱時計の時刻。ショア議員が寒い戸外から戻ってきたばかりであることを示す、赤らんだ肌と風に吹かれた髪。

「これで、アーサー・ショアには殺人を犯す機会があったことがわかった」モンティは断言した。「動機について言えば……」一瞬、ためらった。

「わたし、カーリーさんと話したわ」暗室の戸口までやってきたモーガンが声をかけた。

「母は、カーリーさんを妊娠させたのがアーサーおじであったことを、最初から知っていたんですって。あ、それからカーリーさんが、彼女個人にかかわる情報は必要に応じてモンティから説明してもらうようにって、許可をくれたわ」

「よし」モンティの真剣な表情の中に、ほっとしているようすがうかがえた。

モンティは落ちついた声で、ヘルシー・ヒーリングを訪れて得た情報について、すべてを語りはじめた。その中には、友情をめぐる板ばさみに悩み、苦しんでいたララ・ウィンターがとった行動に関するバーバラの話も含まれていた。

「つまり父も母も、道徳観に照らして、心の葛藤を抱えていたのね」モーガンはつぶやいた。「それで当時、家の中がぎくしゃくしていたんだわ。ケラーマン邸でのパーティで、わたしはジルと遊びたかったのに、両親はそうさせずに急いでその場を離れた。おじと顔を合わせるのが耐えられなかったんでしょうね。それに両親の性格からして、もし見てみぬふりをしていたら、自分で自分が許せなくて、平気で生きていくことなんかできなかったと思う」モーガンはあごを上げた。「それできっと、知っている事実をおじにぶつけたに違いないわ。これで、動機がそろったわね」

「ワルサーPPKは？　レニーは、ヘイエックからもらったものだと認めたか？」

「認めたどころの話じゃない。銃のことを問いつめたら、顔がぴくぴく引きつりはじめたよ。必死で取りつくろおうとしたあげくに、矛盾だらけの説明をしていた」

「つまり、レニーは実は、銃の行方を知っていて隠していた、というわけか。ヘイエックではなく、アーサーをかばっていたと」

「アーサー・ショア議員は人を動かさずにはおかない、魅力にあふれた人物ということさ。妻も両親も、彼のためなら何をすることもいとわない。殺人の隠蔽《いんぺい》工作さえもね。だからエリーゼ夫人は、無言電話やライトバンに関するシナリオをでっちあげたわけだ。おかげさまで、あれにはおれも振り回されたよ。それに、夫人はカーリーさん、つまり夫の昔の浮気相手のキャロル・フェントンが、ニューヨークに戻ってきたことを知っていたのではないかとおれはにらんでいる。ほら、夫人は夫の女性関係を探らせるために、長年のあいだ私立探偵を雇って行動を見張らせていただろう。それに、おれと話したときも、カーリーさんに興味を示していたようだったからね。エリーゼ夫人はたぶん、おれがショア議員との会話でカーリーさんの話を持ち出すのを恐れていたんじゃないか。昔の恋人であるキャロルが舞い戻ってきたことを夫に気づかれてしまうと思ったんだろう」

モーガンは何かに思いあたったかのように、はっと息をのんだ。「まさか、カーリーさんが戻ってきたことをおじが知って、それで彼女を脅そうとひき逃げをたくらんだわけじゃないわよね？」

「いや、知らなかったと思うよ。カーリーさんは実は、ご存知のキャロル・フェントンさんですよ、とおれが告げたときのショア議員は、心底、驚愕していた。あの表情から察するに、彼女がニューヨークに来ていたことは初耳だったに違いない。ひき逃げ事件については、標的はきみだったとおれは思う。きみは約束の時刻より早くあの交差点を通った。レイチェルさんはちょうどその時刻に同じ場所を通った。二人の身体的特徴は文字面だけでは一致するから、レイチェルさんが犠牲になった。カーリーさんは偶然そこにいあわせただけのことだろう。ヘイエックが雇ったチンピラは、まず標的を勘違いし、そのうえ誤って被害者に重傷を負わせてしまった。このふたつの間違いはショア議員も予測できなかっただろうよ」

「これから、どうなるの？」モーガンは腕組みをして訊いた。「逮捕に必要な証拠はそろってるのかしら？」

「いや、まだだ」レーンが口をはさんだ。「すべて状況証拠ばかりだ。ショア議員お抱えの弁護士なら、ひとひねりで粉砕してしまうだろう」

「ただし、ショア議員が犯罪現場にいたことを証明できる人間がいたら話は別だがね」モンティは言った。「あの夜、支援センターの地下で、議員がウィンター夫妻と言い争っていたのを聞いた証人がいれば、議員も一巻の終わりだ」

レーンは驚いて、コンピュータの椅子を回転させて振り向いた。「父さん、いったい全体どこでそんな証人を見つけてきたんだ？」

「見つけてはいないさ。だけど、ショア議員はそれを知らない」モンティは携帯電話を取りだした。

「誰に電話するの？」とモーガン。

「カーリー・フォンティーンさんだ」モンティはにやりとした。「ウィンショア主催の年末パーティは火曜の夜だったよな？　エリーゼ夫人のフィットネスクラブで？」

モーガンはうなずいた。

「了解」モンティはカーリーの番号を押した。「パーティにはショア家の皆さん全員に集まってもらう。レニーとローダを含めてな。もしカーリーが我々に力を貸してくれれば、記念すべき夜になるぞ」


火曜日。冷えこみは厳しかったが、空が澄んだ夜だった。

暗い中に浮かんで見える木々の枝には霜がおりて、きらきら光っている。ウィンショアの年末行事のパーティは、午後七時きっかりに始まった。

エリーゼ・ショアの経営するフィットネスクラブは、めくるめく不思議の国に変貌していた。このために選ばれたさまざまな民族の祝祭の飾りは手づくりで、ジルが自ら飾りつけをすると言い張ったものだが、モーガンは特に反対しなかった。パーティ会場を夢のような世界に演出する作業で、ジルの心が少しは癒されるだろうと思ったからだ。人々のはしゃぐ声を聞いたり、興奮して騒いでいるようすを目にすれば、気晴らしになるに違いない。

出席者は皆、華麗そのものの姿だった。あちこちに固まった少人数のグループのあいだで会話が弾むにつれて笑い声が上がる。正面扉が開くたびにベルがチリリと鳴って、招待客の到着を告げる。トレーニングマシンや器具がすべて取り除かれた会場を、接客係がトレーを掲げて人のあいだを縫うように歩いている。トレーの上には、珍味を取りそろえた贅沢なオードブルや、ラムをきかせたエッグノッグの泡立つグラスがのっている。部屋の奥には弦楽四重奏団が陣取って、年末年始の休暇の雰囲気を盛り上げる音楽を奏でていた。

主催者の二人が当初計画したとおりの、盛大なパーティだ。しかしモーガンは、吐き気をこらえるのがせいいっぱいだった。

この日のためにプラダで買った、セクシーな黒のベルベットのカクテルドレスを身につけたモーガンは、招待客に挨拶し、歓迎の言葉を述べながら会場を歩きまわっていた。何もかも現実のものとは思われず、足元が頼りない。まるで自分の体から抜けだして、外から自分自身の行動を眺めているかのような気さえする。ときに足をとめて顧客と意味のないおしゃべりを交わし、楽しんでくださいね、と言ってはにっこりとほほえむ。主催者としての演技をこなすのに、持てる力をふりしぼらなければならなかった。

ジルもまた、張りつめた表情をしていた。とはいえ、生来の明るさでその緊張を押しかくしている。一九二〇年代の雰囲気を漂わせた刺繍入りの水色のフラッパードレスを着て、動くたびに裾を軽やかに揺らしながら、招待客一人一人に声をかけ、言葉を交わして、皆が楽しんでいるかどうか気を配っていた。

ただジルは、父親の告白を信じきっているだけに、希望があった。ジョナが輸血を受け、快方に向かっていることも気持ちに張りを与えていた。ショア下院議員に実は息子がいた、というニュースが報道されるのを、むしろ期待しているのだ。そうなれば堂々とジョナに連絡をとり、腹違いの弟との新たな関係を始めることができる。

アーサーとエリーゼ。ショア議員夫妻はいつもと変わらず、有力な政治家とその妻のイメージにぴったりの、完璧なカップルに見えた。泣きはらし、眠れない夜を過ごしたあとの目の下のくまをコンシーラーで巧みに隠したエリーゼは、ヴァレンチノのアイボリーのスカートスーツが似合って美しい。夫の腕に手をそえて寄りかかるようにしながら、無意識のうちに愛想よく人々と言葉を交わして回っている。

レニー・ショアとローダ夫人もいた。最愛の家族が誇らしくてたまらない気持ちが表情ににじみ出ている。息子のアーサーは下院でも絶大な人気を誇る議員。孫のジルと、孫同然に可愛がってきたモーガンが経営する会社がこの豪華なパーティの主催者だ。そのうえ、ローダのチョップレバーが、今夜のオードブルとして出された輸入もののパテにまさるとも劣らない味だと、誰もがこぞって太鼓判を押しているのだ。これ以上の喜びがあるだろうか。

モンティはまだ来ていない。カーリーもまだだ。おそらくモンティの指示に従って、現れるタイミングをはかっているに違いない。

エッグノッグのグラスに手をのばしたモーガンは、ふとあたりを見まわした。レーンが早く来てくれるのを願うばかりだった。できるだけ早く行くからと約束してくれはしたが、その前にすませなきゃならないことがある、犯罪現場の写真のうち何枚かを集中的に分析しておきたい、と言っていた。

たぶんレーンは、陰惨な写真はわたしがいないあいだに調べるのが一番だと気をつかってくれたのだろう。確かにいい判断だった。こんな精神状態のときに現場の写真を見せられたら、ますますひどい悪夢に悩まされかねない。

レーン。早く来て。モーガンは祈るような気持ちだった。

レーンが目をこらして見ていたのは、ここ数日ずっと気になってしかたがなかった画像だった。ウィンター夫妻の死体を発見直後に接写したもので、最初は二人の死体の周辺の陰影部分に注目し、何かないかと探っていたのだが、うまくいかなかった。

その代わり、ジャック・ウィンターの死体のまわりに飛びちった血痕に、妙に明るく光る部分があるのに気づいた。初めのうち、撮影を担当した鑑識係の腕が未熟か、不注意だったたかではないかと疑ったが、光る部分は複数の画像に見られ、しかも同じ場所、同じ明度だ。ほかの写真は難しい照明条件にもかかわらず、どれも適正な露出で撮影されている。

この違いはいったいどういうことなのか。〝フォトフレア〟のフィルターをかけてみた。どうやら同じ一枚の写真の中でも、すべての血痕が同じように反射しているわけではなさそうだ。まだ付着したばかりと思われる血液もあり、表面が濡れたように光っている。血痕は死体のまわりだけに固まっているわけではなく、あちこちに、不規則に飛びちっている。

どこかがおかしい。何だろう。

レーンはふと思いついて、受話器を取りあげ、ある人物に電話してみた。留守だった。メッセージを残しおえたとき、モンティが暗室に入ってきた。

「おれはもう出るよ」ぎこちない手つきでネクタイを締めながらモンティは言った。「そろそろカーリーさんが現れるころだ。うまくいくといいが。おまえも行くんだろう？」

「まだだ。折り返しの電話待ちだから」

「なるべく早く来いよ。でないと、せっかくの見ものを逃しちまう」モンティはネクタイに手こずっている。結び直すのはもう三度目だ。「くそ。これだからネクタイは嫌いだよ。前にもそう言ったっけ？」

「もう、七、八回は聞いたよ」レーンはにやりと笑って立ちあがり、父親のもとに歩みよると、慣れた手つきでネクタイを結んでやった。「母さんがぼくに結び方を教えてくれたときに、父さん、ちゃんと見てなかったろう。だからだめなんだよ」

「ああ、そうだな」モンティはコンピュータのモニターに目をとめた。「何をそんなに熱心に見てるんだ？」

「犯罪現場で最初に撮影された写真だよ。ジャック・ウィンターの遺体のまわりに飛びちった血痕の一部が、残りの血痕と比べると、まだ乾いていないように見えるんだ」

「憶えてるよ」モンティは肩をすくめた。「確かに、何カ所か血が乾ききっていないところがあった。だが、被害者は二人とも大量に出血していた。血液というのは空気に触れると固まりはじめる。最初に体外に流れだした血と、あとから出てきた血とで乾き具合に差があるのはよく見られる現象だよ」

「うん、だけど、その差のパターンが気になる。乾いていない血痕の飛びちり方が不規則なんだ。それと、付着している場所も……どうも、納得がいかない。それで今さっき、大学時代の同級生に電話したんだ。血液学の専門家だから、やつの意見を聞きたい」

「ふむ。勘が働いたっていうんなら、とにかく続けて調べてみろ。だがあまり遅くなるなよ。モーガンがおまえを必要としてる。それに……」モンティはかすかに笑った。「あの黒のドレスを着たモーガンの魅力的なこと。ドレスったって、ほとんど布なんか使っとらんな、あれは。背中の布はあってないようなもんだし、肩のストラップはないし、胸のところも大胆に開いてるから、パーティに来た男どもはみんな、まわりに群がるだろうなあ」

　レーンはきっとなって父親をにらんだ。「あと三〇分で向こうに着けるように行くよ。その前に誰かが彼女に近づきでもしたら、父さんのグロックで撃っちまってくれ」

モンティが会場に着いたとき、パーティはまさに宴たけなわといった感じだった。正面扉の係員にコートを預けると、モンティはエッグノッグのグラスを受け取り、お気に入りのオードブル、ソーセージ入りのパイを山盛りにした皿を手に入れた。

「あ、モンゴメリーさん」ジル・ショアが入口のすぐ近くに立っていた。モンティの登場に驚いているようで、やや不安そうな表情だ。「いらっしゃるとは知りませんでした」

モンティはにっこりと笑った。レーンにも受けつがれた、人を魅了する笑顔だ。「モーガンさんの招待なんです。何しろ今週はわたしが残業続きで、妻にも全然会えなかったもんだから、哀れんでくれたんでしょう。それと、レニーズで何回か食べたほかは、缶詰ばっかりの食事でしたからね」

ジルの生来の優しさが頭をもたげた。「まあ、それはかわいそう。大変だったんですね」

「ええ。このソーセージ入りのパイが、まるで五つ星のグルメフードみたいに思えますよ」にわかに真面目な表情になると、モンティは声を落として言った。「心配しないでください。壁に耳ありだってことは承知してますよ。この場にふさわしくふるまうようにします」

ジルの顔に感謝の表情が広がる。「ありがとうございます。ゆっくり楽しんでくださいね」

「ええ、楽しませていただきますよ」モンティは答えたが、年末の祝祭を祝うためだけにここへ来たという誤解を与えるのもまずいと思い直した。ジル・ショアは心優しく、気立てのいい娘だ。こんないい子が、これから起こる予期せぬできごとでまた苦しむのかと思うと哀れでならなかった。正義のためとはいえ、胸が痛む。「今回のことでご家族は皆、動転してらっしゃるでしょうね。すみませんでした」

「お心づかい、ありがとうございます」ジルは手を伸ばしてモンティの腕を握った。「でも、しかたないことですよね。モーガンを助けようとした結果、ああいう事実がわかったわけでしょ。彼女もショア家の一員ですから、わたしたち感謝してるんです。とにかく、ウィンショアのパーティをお楽しみくださいね。もうすぐ今年も終わりですもの、たくさん食べて、飲んで、陽気にやりましょう」

「それなら、まかせてくださいよ」モンティは父性本能を発揮したウィンクをしてみせると、部屋の左側に向かって進んでいった。

モーガンがいた。まわりに人があまりいない場所で、カーリーと話をしている。カーリーの顔は赤らんでいる。今さっき外から入ってきたばかりか、でなければ不安のあまり神経質になっているか。たぶん、その両方だろう。

「やあ、お嬢さんたち」モンティは挨拶した。「二人とも、実にきれいだ」

「そういうモンティだって、すごくすてきよ」モーガンは、視線をモンティの後ろに走らせた。「レーンと一緒に来たの？」

「あいつはまだ、残った宿題をやってるよ。三〇分以内には来るだろう」

「モンゴメリーさん、こんばんは」カーリーはシャネルの黒いシフォンのカクテルドレス姿だ。「お褒めいただいて、嬉しいわ。何度言われてもいいものですね、褒め言葉って」

カーリーを近くで見てみて、モンティは先ほどの推測が当たっていなかったのに気づいた。顔が赤らんでいるのは、実際、戸外の寒さのせいだったのだ。神経質になるどころか、カーリーの顔には決意が表れ、目は輝いている。一七年前の憎むべき行いに対する正義を、自分の協力で実現させたいという思いなのだろう。

「ジョナとの面会はどうでした？」モンティは穏やかに訊いた。

自然に笑みがこぼれた。「すごくいい子ですね。頭がよくて、多才で、将来が楽しみだわ。そういえば、お宅の息子さんのこと、まるで奇跡を起こす人だと信じてるみたいに熱をこめて語ってましたよ。よっぽどすばらしい先生なんでしょうね」

「レーンはジョナが大好きなんですよ。写真に対する感覚のよさだけでなく、取り組む姿勢や意欲も高く評価してます。ここだけの話ですが、息子はジョナが世界でも一流のカメラマンになれると思ってるようですよ」モンティはそう応じると、神経を尖らせて青ざめた顔をしているモーガンを見て、「ほらほら」と注意を引いた。「実を言うとおれ、きみが誰にも口説かれないように見張る役割をおおせつかってるんだ。レーンからの命令でね。そんな男がいたら、まず撃ってから、あとで尋問しろって」

モーガンの唇に笑みが浮かんだ。「モンティったら、わたしを笑顔にするこつを知ってるんだから。冗談がうまいのよね、いつも」

「冗談じゃないんだよ。レーンのやつ、このごろめっきり独占欲が強くなってさ」そのまま表情も態度も変えずに、モンティは訊いた。「ショア議員はどこにいる？　おれが来たってもう気づいてるか？」

「おじとおばは、モンティの斜め右にいるわ。部屋の真ん中に近いところ」モーガンは表情を硬くして答えた。「まだ気づいてないと思う。前にお客さまが何人か集まってるから、こっちは見えないはずよ」

「前にいる客の数は？」

モーガンは数えた。「五人」

「その五人の近くへ行って、会話に加わってくれ。さりげなく彼らを誘導して、位置をずらすんだ。ショア議員のほうから、我々の立っているところが直接見えるように」

「やってみるわ」

「よし、頼んだよ」モンティはカーリーに視線を戻した。「ショア議員がどこにいるか、はっきりと見えますか？」

「ええ」カーリーはその方向に目を走らせて確認してから言った。

「まだ、彼と目を合わせないように。視野の隅に入れておく程度の立ち位置を保って、無駄話でもなんでもいいからわたしと会話を続けていてください。そのうちモーガンがあのグループをどかしてくれます。ショア議員があなたの姿を認めたら、あたりを見まわして、わたしと二人で内密に話し合いたいそぶりをするんです。それから、わたしを引っぱってわきに連れていく。といっても、ショア議員から見える範囲内ですよ。そして、いかにも重要なことを話し合ってる、という演技をするんです。我々二人が白熱した議論を戦わせているみたいにね。そんなに長い時間じゃなくてもいいでしょう。せいぜい、五分から一〇分ぐらい。ある時点でわたしが合図をします。そうしたら会話をやめて、ほかの招待客の中にまぎれて、楽しんでかまいません。ただしある程度は緊張感を保ってね。ショア家の誰かに見られているかもしれませんから。わかってますよね、カーリーさんとショア議員の過去の関係や子どものことは、ショア家の人々にはもう知られているんです。それだけしてくだされば、あとはわたしが引き受けます。何か質問は？」

「ないわ」カーリーはゆっくりと深呼吸した。「準備オーケーよ」

「モーガン？」モンティは片方の眉をつり上げて訊いた。「準備はいいか？」

「いつでも大丈夫よ」

モーガンの顔色はますます青白くなっている。緑の目は、迫りくる決定的瞬間を意識して大きく見開かれている。張りつめた神経の糸がいつ切れてもおかしくない状態だ。

モンティは眉をひそめた。「きみの助けなしでも、やれないことはないよ」

「いいえ、やるわ」モーガンは頭を強く振って勇気を奮い起こした。ありし日の父と母の姿を思い描いていた。両親のために、正義を実現しなければならない。そのための勝負なのよ。それによってこの事件を解決し、自分の気持ちの整理をつけるのだ。「行くわよ」


レーンは、血液学の専門家である友人からの電話を待ちながら、さらに分析を続けていた。コンクリートの床に飛びちった血痕のうち、四つがほかのものより新しく、乾ききっていない状態で撮影されている。どれもジャック・ウィンターの死体の近くにある。興味深いことに、ジャックの顔にも一滴だけ、同じような光り方をする血液が付着している。

レーンは画像を拡大した。ジャックの顔には、コンクリートの破片や砂利でついたと思われる傷、犯人と争ったときにできたとみられる傷がいくつも刻まれていた。切り傷は、浅いものも深いものも顔の右半分に集中しており、これはジャックが顔の右側を下にした形で床に倒れたことを示唆している。銃で殴られた打撲傷は頭の左側だ。

奇妙なのは、顔の左半分、頬骨のすぐ下に、まだ乾いていない血液が付着していることだった。つまり、犯人と格闘中についた血という推測が成り立つ。なぜそれが、床に倒れた衝撃でついた傷からの出血と比べて乾きが遅いのか？　もし犯人がジャックを殴り倒して、そのあと銃を手にとったのなら、ふたたび素手か何かで殴る必要はないだろう。ジャックがまた起き上がって攻撃してくる前に、弾丸を撃ちこめばいいだけだ。処刑を思わせる後頭部への射撃が、その行動を裏づけている。

だとしたらなぜ、血液の乾く速度に差が出たのか？　レーンはさらに画像を拡大し、ジャックの左頬についた血痕に焦点を合わせた。そのまわりにいくつかのあざが見える。鼻孔からは鼻血がひとすじ出て、乾いている――こぶしで殴り合ったしるしだ。

今度は、フォトフレアのフィルターをかけてみた。すると、何滴かの飛沫《ひまつ》血痕と、それまでは気づかなかった傷が皮膚の前面に浮かび上がった。傷はぎざぎざでなくなめらかで、すっと切りこみを入れたような印象を受ける。二本のまっすぐな線からなっていて、片方は長い縦線、もう片方が短い横線。縦線の下端と横線の始点がつながり、横線はそこから左に延びている。何を使えばこんな傷ができるだろう？　ナイフ？　かみそりの刃？　いや、傷の形からしてそんな単純なものじゃない。

レーンは、傷のすぐ下にある、光沢を帯びた血痕に視線を戻した。奇妙な形だ。至近距離で見ると、それは四つ並んだ小さな血のあとの集まりだった。ひとつひとつ大きさは異なるが、どれも楕円形で、二センチ強ほどの間隔をおいてきれいに並んでいる。

指紋だろうか。

違う。これは、指の関節のあとだ。

35

モンティは通りかかった接客係をつかまえて、トレーから自分の皿に料理を取り分けさせてもらった。ベイビーラムチョップを二本、ミント・ジェリーつき。ミニ・キッシュを三切れ。さらに、ソーセージ入りパイを四本追加した。現実的に行動しているだけさ、と心の中でつぶやく。食べ物はどれもうまかったし、空腹で倒れそうでもあった。それに、ショア議員との対決にそなえて、エネルギーを蓄えておかなくてはならない。

アーサー・ショアが身悶えするようすを見守るのは楽しいのひと言につきた。

どうやら、芝居は功を奏したようだ。カーリーは不安そうに体をこわばらせ、モンティに向かって何かを打ち明けているふりをした。モンティは険しい表情で話に耳を傾けては、わざと声を落として、短い質問を投げかけているかのようにふるまった。それを見て以来、ショア議員はびくびくしている。悪事を暴く情報のやりとりが行われていると勘違いしたらしい。その情報の中心人物がショア議員であることを思い知らせるために、モンティはカーリーに指示して、話しているあいだにときおりちらちらと議員のほうを盗み見る演技をさせた。

あとはただ、待つだけだ。長く待てば待つほど、ショア議員のいらだちはつのる。ゆっくくりと時間を稼ぎながらエサをねらうタカの気分だった。

　けっきょくモンティが動いたのは、モーガンと視線を交わしたあとのことだった。彼女は一人で少し離れたところに立ち、接客係の監督をするふりをしていたが、実はもう限界で、今にも倒れんばかりだった。

　そこへモンティは近づき、わきのテーブルに空の皿を置くと、モーガンにだけ聞こえるようにつぶやいた。「さあ、始めるぞ。奥のヨガ専用ルームを使おうと思う。あそこなら内密に話ができる。気をしっかり持つんだぞ。レーンがもうすぐ来るからな」

「わかったわ」モーガンの手は震えていた。何度も横目でジルのようすをうかがっている。

「ある意味、今まで見てきた悪夢よりひどい話よね。父親同然に思って慕ってきた人が両親を殺した犯人かもしれないなんて……犯人がどこの誰かわからないほうがよっぽど楽だった。最悪の事態になった場合、ジルも、おばも、果たして乗り越えていけるかしら。おばがおじをかばっていたのは事実なんでしょうね。ただ、不倫した夫をかばうのは理解できるとしても、殺人となると話は別だわ。おばはきっと、何がなんでも否定しつづけるわね。かわいそうに。そして、ジルは……」モーガンの声がしだいに細くなった。

「彼女たちは一人ぼっちじゃない」モンティはきっぱりと言った。「だが、一七年前のきみはまったくの一人ぼっちだった。ジルさんとエリーゼ夫人はお互い、支え合うこともできるし、きみという家族もいる。だけどきみには誰もいなかった。彼女たちは大人だ。当時のきみは子どもだった。きみは事件のとき、地獄を見せられた。死んでしまった人はもう永遠に帰らない。だが、人は刑務所に入ったからといって、永遠に戻れないわけじゃない」

「モンティの言うとおりね。確かにそうだわ」モーガンはよく冷えたミネラルウォーターのボトルを二本取ると、一本をモンティに渡し、もう一本は自分用にキャップを開けた。

「今の言葉、心に平手打ちって感じ。しゃきっとしたわ、ありがとう。幸運を祈るわ」


レーンがコンピュータのモニター上に映しだされた数滴の血痕をじっと眺めていると、電話が鳴った。

発信者番号通知の表示は〝非通知〟だ。最初の着信音で受話器を取った。「はい?」

「レーンか?　スチュ・マクレガーだ」送話器の向こうからは、病院らしいざわめきや、インターコムを通じた呼び出しの声が聞こえる。「医局から連絡があった。緊急の用事で何か情報が欲しいんだって?」

「スチュ、さっそく折り返してもらって助かった。犯罪捜査関連の仕事で、時間との闘いなんだ。なのに血液の問題でわからないことがあって、行きづまってる。本当に、一刻を争うんだ。せっぱつまって、おまえを急襲することにした」

マクレガーはくっくっと笑った。「おやおや、いつのまにかそんなやっかいな陰謀にかかわるようになってたんだな。よしわかった。ものは何だい?」

レーンは目の前のモニターに映った画像について、できるかぎり詳細に、漏れや落ちのないよう説明した。「ぼくの知識では、どうしても理由がわからない。血液の表面に光沢があって、濃度がほかと違うように見えるんだ。位置も外的条件もほぼ同じで、もっと早く乾いている血痕もあるのにだよ。血液によって乾き方に差が出る原因は、なんなんだろう？」

マクレガーはしばらく考えこんでから口を開いた。「これは、あくまでぼくの推測だよ。事件の関係者の体を直接診たわけでもないし、病歴も知らないからね。でも、その血液が二人の異なる人間から出たものである可能性はどうだろう？　つまり被害者と犯人だ。その線でいくと、二人のうち一人が、抗血液凝固剤の一種を服用していることが考えられる。血栓を防ぐ目的で、特定の疾患を持つ患者に処方される薬だ」

「抗血液凝固剤か。血液を薄めて、さらさらにするわけだな。アスピリンのようなものか」

「少し目的が違う。アスピリンは血液を薄めて、血管の中をスムーズに流れるようにするための薬だ。それに対して、今言ったタイプの抗血液凝固剤は、ワルファリンというんだが、血流循環が悪くなりがちな脚などの部分の血栓を予防する作用がある。アスピリンぐらいでは、おまえが今説明したような光沢がある外観になるとは思えないな。そういう血痕だと、ワルファリンを服用している患者の可能性のほうが高いだろう。ワルファリンが処方されるのは、人工心臓弁を移植した患者か、エコノミークラス症候群ともいわれる深部静脈血栓症、または心房細動の患者か。場合によっては心臓発作や脳梗塞の再発予防などの――」

「ちょっと待った」レーンはさえぎった。マクレガーの説明からある会話を思い出し、体じゅうが急に冷たくなったのだ。

わしは心臓にちょっとした問題があってね。心房細動というんだが、不整脈の一種だ。

……薬を飲んでる。血液を薄めて、凝固しないようにする薬だ。

「今確か、〝心房細動〟って言ったよな？」

「ああ。不整脈と言ったほうが普通の人にはわかりやすいかな。慢性化すると、心臓から送りだされる血液の流れが悪くなって、血栓ができやすくなる。できた血栓が心房から体内のほかの部分、つまり腎臓や腸などに運ばれていくと、大きな問題が起こる可能性がある。最悪の場合、脳に血液が送られる際に一緒に血栓が移動して、脳梗塞を引き起こしてしまう」

「薬の名前はワルファリンって言ったね？」ワルファリン。聞いたことがない。レニーが言っていた薬はそんな名前ではなかった。早合点してとんでもない考えに行きつく前に、確かめなくては。「一般に手に入る抗凝固剤というと、ワルファリンしかないのか？　それ以外の名前で処方されることは？」

「一番よく服用されている商品名は、〝クマディン〟だね」

クマディン。そうだ。レニーが言っていた薬はそれだ。

レーンは急に気分が悪くなってきた。「クマディンが市場に出回りはじめたのはいつごろからだ？」

「確か――アイゼンハウアー大統領が一九五六年ごろに心臓発作を起こしたあと、クマディンを投与されたという記事を読んだことがある。それ以来だろうな、一般によく処方されるようになったのは。この程度で質問の答になってるか？」

「ああ、なってる。信じたくない答だがね。クマディンというのは長期間にわたって処方されるものなのか？　たとえば、一七年間とか？」

「一生飲みつづけなければいけない場合もあるよ。クマディンについては、ひとつ重要な注意事項がある。継続的に服用している患者は、少なくともひと月に一度、血液検査を受けて、血中の薬剤濃度を監視しなくてはならない。この薬は、治療濃度域という、もっともよく効き目が発揮される血中濃度の範囲が狭い。つまり抗凝血作用によって血液の流れる速度を適切に保てる投与量と、血液がさらさらになりすぎて突発性出血を引き起こす投与量のあいだの幅が狭いんだ。だから、注意深く監視して薬剤の投与量を調整する必要がある」

突発性出血。その言葉がきっかけとなって、レーンの中でもうひとつの記憶がよみがえった。先週、レニーズで打ち合わせをしていたときのことだ。レニーの人差し指から血が出ていた。サワーピクルスをスライスしているうちにうっかり切ってしまったと言っていたが、単純な切り傷にしては出血がひどかった。それを見たショア議員が、血液検査を受けたかとレニーを問いつめた。議員はあとで「父は血液の抗凝固薬を飲んでるんだ。血栓防止のためにね」と説明していた。医師の指示でひと月に一度検査を受けなくてはならないと。

なんということだ。

「レーン？」マクレガーがいぶかしんで訊いた。「聞いてるか？」

「ごめん。聞いてるよ。急な頼みごとだったのに快く、しかも詳しく教えてくれて助かった。本当にありがとう。じゃ、楽しい休暇を」

レーンは電話を切り、しばらくそのまま座っていた。今聞いたばかりの情報がどういう意味合いをもたらすか、必死で頭をめぐらせる。

床に付着した、乾ききっていない血痕。ジャック・ウィンターの顔に残された、血のついた指の関節のあと。どちらも表面が光沢を帯びていた——あれがレニーのものだというのか。まさか、あのレニーが。信じられない。心優しく陽気で、誰でも分けへだてなく自分の店に迎え入れる老人。人のために尽くすことを喜びとし、できることはなんでもしてやる老人。では、自分の息子を守るためなら？　もちろん、なんでもするだろう。どんなことでも。

レーンは椅子を後ろに押しやって立ちあがった。今すぐパーティ会場に行かなくては。このパズルの欠けたピースを埋められるのは、ぼくしかいないのだから。

急いでコンピュータの電源を切ろうとしたレーンは、ジャックの頬の拡大画像にふたたび目をとめた。一点でつながった、縦と横のまっすぐな線。怪傑ゾロが剣先で切ってつける文字のように、皮膚に刻みこまれている。

その瞬間、謎が解けた。知らないうちにつけられた線ではあったが、これはゾロの刻む文字と同じように、何かのしるしではないか。そう、頭文字だ。ジャックの顔に誰かのこぶしが当たった結果ついたものだから、鏡文字のようになっているはずだ。

左右反転させてみると——それは、アルファベットの〝L〟の文字だった。

ヨガ専用ルームは薄暗かった。フィットネスクラブの中心部から離れた奥のほうにあり、パーティのにぎわいも届かない。モンティのもくろみにふさわしい場所だった。

モンティは廊下を先に立って歩いてショア議員を案内し、この部屋のドアを開けた。議員のようすに目を配っていると、モンティを通りこしてずんずん中に入っていく。こわばった姿勢。怒りが全身ににじみ出ている。アーサー・ショアは、いわれのないことで告発されようとしている人間の象徴と化していた。

ショア議員は部屋の真ん中で立ちどまり、モンティが照明をつけるまで待った。部屋が明るくなると、ぎらぎらした目をした議員がそこにいた。身構え、威嚇しようとしている。まさに対決姿勢だった。だがその威圧的な外見の下に、恐れと不安が透けて見えた。ショア議員はあせり、おびえている――当然の報いだ。

ショア議員は見るからにいらだたしそうな表情で室内を見まわした。ヨガ専用の部屋なので、いたって簡素だ。床には薄紫色のカーペットが敷かれ、壁には心が癒されるような風景画とラベンダー色のキャンドル。紫色のヨガマットが十数枚。

「おかけになるなら、トレーニングマシンなんかどうです」ドアを後ろ手に閉めたモンティは、壁際に並べられたエアロバイクの一台を指さした。パーティ会場の準備としてスペースを空けるために、一時的にここへ移動させたものだろう。「聞くところによると、その手のマシンの座席はなかなか快適らしいですよ」

「いや、立ったままでいい」ショア議員は腕組みをした。「さてモンゴメリーさん。またわたしと内密の話をなさりたいようだが、今度はいったいなんです？　ジョナの件ですか？」

「いいえ」モンティも座ろうとはしなかったが、エアロバイクの座席にミネラルウォーターのボトルを置き、バイクのハンドルに腕をのせて軽くもたれかかった。「この件に比べると、法定強姦などは大した罪でないようにさえ思える、それほど重大な問題です。だからこの部屋を選んだんです。他人には絶対に聞かれてはなりません。議員のプライバシーというより、ご家族のプライバシーを尊重するためです」

「なるほど。またいやみだのほのめかしだの、お得意の戦術か」

「ほのめかしではありません。真実です。ウィンター夫妻殺害事件に関する事実です。だがあなたはそれが何かもうご存知ですよね。だからこそわざわざ中座して、わたしと一緒にここへ来たわけだ。まあ、それも当然でしょう。わたしがもらう予定の年金を全額賭けたっていい。わたしはその事実に関して確信を持っている」

モンティはあごをぐっと引きしめ、身を乗りだした。手はエアロバイクのハンドルを握っている。「あなたが調査をかく乱させようといろいろな手を打っているあいだに、わたしは着々と事実情報を集めてきました。たとえば、あなたとジョージ・ヘイエックが今にいたるまで親交を結んでいたこと。ヘイエックも哀れなやつですよ。モーガンのためを思ってちょっと脅すだけだとかなんとか、あなたに吹きこまれたたわごとを信じて、言われたとおり威嚇作戦を実行したわけですから。あなたはやつを脅すことまでした。政府高官とのコネを利用して、政府機関の協力者としての地位を剝奪することもできるぞ、と言ってね。確かにやつの協力は得られたが、ライトバンがレイチェル・オグデンさんを撥ねてしまったのは想定外だったでしょう？　本来の目的はモーガンをおびえさせることだったからです。それがうまくいかないとわかると、あなたはまたヘイエックに命じて、モーガンのタウンハウスへの侵入をお膳立てさせ、彼女のベッドの上にぞっとするような〝陳列品〟を残させて、警告のメッセージを送った。偶然にもその夜、モーガンもジルもタウンハウスから避難していましたね、誰かさんの賢明な判断のおかげで。あなたは、わたしに指示して追加のボディガードの手配をさせ、二人を自分のマンションに泊まらせて、そのあいだに汚れ仕事をやらせたわけだ。実に気のきいた作戦です。仕上げもよくできていましたね。これもヘイエックの手引きでやらせた、例の事故です。わたしが運転する車のフロントガラスに、レンガを投げこませて、おかげさまで車は道路から飛びだして木に激突ですよ。わたしなんか、あんなのではびくともしませんが、確かにモーガンは動揺していました」

ショア議員は首まで真っ赤になっていた。「あんたは頭がどうかしている」ジャケットのポケットに手を入れ、携帯電話を捜す。「弁護士を呼んでやる」

「時間の無駄はしないことだ」モンティは手を振っていなした。「本当に必要になるまでお待ちなさい。これは公式の尋問ではありません。わたしはもう警察の人間ではなく、私立探偵ですよ。黙秘権だの、弁護人の立会いを求める権利だのは、へとも思わない。わたしは個人としてあなたを告発しているんです。いざ、わたしが検察局に証拠を提出するときになったら、弁護士をお呼びなさい。そのときこそ、助けが必要になる」

ショア議員は携帯電話を捜すのをやめ、手を元どおり垂らした。「なんの証拠だね?」

「おや、ご興味がおありですか。そうですねえ。柱時計が示す証拠なんかどうでしょう。ケラーマン邸でのパーティから抜けだしていたとあなたが主張する時間と、柱時計が指している時刻が、一時間半ほど食い違っているんですよ。そのうえ、ウィンター夫妻が殺害されたとみられる時間帯と、あなたがいなくなっていた時間帯が、ちょうど一致する。ああ、そういえば以前、事件当夜のアリバイについてお聞きしましたよね？　あれは、もっと徹底的に調査されたほうがよかったですね。〝アーサーズ・エンジェルス〟のプロフィールにぴったりで、すでに亡くなっている女性を探したまではよかったんですよ。でもマーゴ・アダリーさんには、ご遺族が一人おられましてね。お姉さんの居所をつきとめることができました。ここ二五年ずっと、マンハッタンに住んでいらっしゃるそうです。マーゴさんが亡くなられるまでは毎年、クリスマスイブはかならずお姉さんの家で二人一緒に過ごしておられたとか。もちろん一七年前のクリスマスイブもです。ということで、マーゴさんご自身は〝死人に口なし〟ですが、お姉さんがあなたのアリバイを見事に崩してくれたわけです」

ショア議員はこめかみをぴくぴくと震わせている。

「反応なしですか？　ま、かまいません。わたし一人だけでも、言いたいことが二人分たっぷりありますからね」モンティは言葉を切り、ミネラルウォーターをぐいとひと口飲んだ。「ジョージ・ヘイエックの話に戻りましょう。その昔ヘイエックは、あなたのお父さんにワルサーPPKを贈りました。しかしその銃がなぜか、ウィンター事件のあとで都合よくなくなっている。ところでわたしが問いつめたら、レニーはひどくうろたえて、しどろもどろでした。あのぶんだと、いざ裁判の証人台に立ったら、動揺のあまり知っていることを洗いざらいぶちまけてしまうかもしれませんね。エリーゼ夫人については――残念ながら、夫にとって不利な証人として召喚するわけにはいきませんが、つつけばぼろを出すでしょう。ほら、無言電話とか、誰かにあとをつけられているとか、ライトバンを目撃したとかのでっちあげですよ。エリーゼ夫人は、愛するあなたのためなら、高速で走っている列車にだって飛びこむでしょうね。だから、キャロル・フェントンにかかわるあなたの不品行を受け入れたんです――妊娠させたことまでね。もちろんエリーゼ夫人だって、あなた同様、ジョナの存在までは知りませんでした。キャロルが妊娠中絶を受けたと思いこんでいましたからね。ましてや、あなたが自分の秘密を守るために殺人まで犯すとは思いもよらなかったでしょう」

モンティはいっきに息を吐きだし、哀れみをこめて頭を振った。「その事実は、エリーゼ夫人にとってもっとも耐えがたい、つらい部分になるでしょうね。大学時代からの親友であるララを、あなたに殺されるとは。彼女が長年、過去の亡霊に悩まされ、どんなに苦しんできたか、わたしには想像すらできません。どうか、教えてください。ララとジャックの忘れがたみであるモーガンを親代わりとして育てることで、良心の呵責は少しでも軽くなりましたか？　ほんの少しでも罪を償ったと思えましたか？」

「黙れ！」ショア議員はぴしゃりと言った。「エリーゼとわたしは、モーガンを心から愛している。自分たちの子どもとして育てたんだ」

「証拠に関するわたしの弁論は以上です」

「証拠なんか、ひとつもないくせに」ショア議員の目は憎悪で燃えていた。「状況証拠にさえならない、単なるたわごとじゃないか。あんたの話は、わたしが誰々と一緒にいなかった、とか、どこどこにいなかった、程度の情報だろう。事件当夜、わたしがどこにいたか、きちんと証明できなければ立件も何もあったもんじゃない」

「その点も、押さえておきました」モンティは親指をパーティ会場の方向に向かって突き出した。「わたしも仕入れたばかりの事実ですが、ララ・ウィンターが支援センターでのクリスマスパーティに招いていた女性客の一人が、指定の時刻より早めに来たことがわかりました。これはどうです？　彼女が支援センターの地下で、ララとジャックが一人の男と言い争っているのを聞きつけたとしたら？　しかも、その男の声が自分のよーく知っている、ごくごく親しい人物、つまりあなたの声だと証言したとしたら、どうでしょう？」

ショア議員の額に玉のような汗が浮かびはじめた。「嘘だ。それが事実だとしたら、その人はもっと早く名乗り出て証言していたはずだ」

「もし事件について知っていれば、の話です。ところが、彼女は知らなかった。一般社会から隔絶された場所であなたの子どもを産み、飛行機に乗ってニューヨークから逃げだした。あなたの命令に従って以前の知り合いと連絡を絶ち、まったく新しい人生を始めるために。それ以来彼女はずっとロサンゼルスにいた。ウィンター夫妻が殺害されたことや、犯人が大手を振って歩いていることなどつゆ知らずにね。そして数カ月前、転勤でニューヨークへ戻り、ウィンター事件で有罪判決を受けた容疑者が実は無実で、真犯人はほかにいたというニュースを耳にした。そして彼女は、ララにモーガンという女の子がいたことを知った。さまざまな情報をつきあわせて推論して、ひき逃げ事件のあと、わたしのところへ来て知っている事実を話してくれた。これで殺人の動機、手段、機会の三つがそろったわけです」

モンティの唇が薄く横に広がり、冷徹な笑みに変わった。「ゲームセット。勝負あり」

レーンはフィットネスクラブの正面入口から中へ突進した。コートを脱ぐ手間も惜しんで係の前を通りすぎ、パーティ会場に乗りこむ。たちまち、モーガンと目が合った。ほぼ同時にお互いを見つけたのだ。レーンは大またで歩みより、モーガンの肩をつかんだ。

「モンティとショア議員はどこだ？」

「ヨガ専用ルームよ」モーガンは驚きと疑問で目を丸くして奥を指さした。「話し合ってるわ。もう三〇分ぐらいになるかしら」

レーンは部屋を隅々まで見わたし、めざす男性を見つけた。

「モーガン、思い出してほしいことがある。事件当日、きみのお母さんが支援センターで開くことになっていたパーティ用の料理の配達を担当したのは誰か、憶えてるか？」

「考える必要もないわ。レニーにきまってるでしょ。というか当初の予定では、配達してくれるはずだったってことだけど――」モーガンは息をのんだ。ぐいと手をつかまれ、強く引っぱられたからだ。レーンはモーガンの手を握ったまま、ぐんぐん進んでいく。「どうしたの？　いったい何があったのよ？」

「今にわかる」レーンはレニーとローダの前で止まった。夫妻は二、三人の招待客と笑いながら話に打ち興じていた。

「レニー、話があるんだけど、いいかな？　重要なことなんだよ」

レニーの眉は驚きでつり上がった。「もちろん」かすかな不安が顔をよぎる。「なんだね……もしかして、容態が……」

「ジョナなら大丈夫だよ」レーンは静かに答えた。「もうすぐ退院できるそうだ。さあ、こっちへ来てくれ」レーンはローダと客たちにちらりと目をやり、できるだけ自然な笑みを作って申し訳なさそうに言った。「すみません。ほんの数分ばかり、レニーをお借りします」

「どうぞ、どうぞ」ローダは愛情をこめた笑顔で答えた。「この人がいなくなれば、わたしもちょっとはしゃべらせてもらえるから」

レーンは、老人の肩に片手を置き、ヨガ専用ルームのほうへ導いていった。もう一方の手はモーガンの手を握りしめている。

「いったいなんの話だね？」レニーはすっかり混乱していた。そして、少し警戒しているようでもあった。「どこへ行くんだい？」

「うちのおやじと、アーサーさんのところだよ。今、話し合ってるんだ」

三人はめざす部屋の入口のところまで来た。レーンはノブを回し、ドアを押して開けた。ショア議員もモンティも、すごい勢いで振り返った。

レーンは後ろからレニーを押し、中へ入るよううながした。そのあと、一瞬だけドアに背を向け、モーガンに優しく語りかけた。「かわいそうなモーガン」レーンはつぶやいた。「どうしてあげたらいいか、ぼくにはわからない」

　モーガンが答えるより早く、レーンは彼女も部屋の中に引き入れた。ドアがかちりと音を立てて閉まった。

「レーン」モンティがとがめるように言った。「なんで、こんなところに――」

「大切な話の最中だっていうのはわかってるよ。ぼくは、その話の結末のために来たんだ」

レーンはショア議員が顔をそむけるまで、険しい目でにらみつけた。「当ててみましょうか。どうせ、何もかも否定したにきまってる。おやじにいくつ証拠をつきつけられてもね」

　ショア議員は答えた。「まったくそのとおり。否定したよ」モーガンの姿を目にして、苦しみと怒りがないまぜになった表情が顔をよぎる。「モーガンをこんなところに連れてきて。この子に、そんなばかげたことを吹きこんだのか？　なんの権利があってそんな――」

「アーサーさん、言い訳はおやめなさい」レーンは皆まで言わせなかった。「あなたには、愛情たっぷりの育ての親を演じる資格なんかない。さて、ぼくとモーガンの将来のためにも、ぜひうかがいたいですね。ウィンター夫妻殺しはあらかじめ計画していたことですか？　それとも成り行きでそうなってしまった？　あなたは共犯だったんですか？　あるいは、殺人の後始末を引き受けただけか？　あなたとお父さんの、どちらが銃を持ちこんだんです？」

　ショア議員は口をぽかんと開け、あわてて閉じた。

「お父さんって？」モーガンが弱々しい声で訊いた。

　レーンは嫌悪感をこめてショア議員をにらみつけた。「レニーは、息子に対する一途な愛情から、殺人をもいとわなかった――何があってもあなたを守りたいという、悲しい親心のために。どうなんです？　そこまで深く愛されている自分は何をしても許される、力を持った人間なんだと、病んだ自尊心をくすぐられましたか？　あなたが未成年の女の子を妊娠させておいてきちんと責任を取らなかったために、ジャックとララという、二人のすぐれた人間が殺された。どう申し開きするつもりですか？　レニーは、あなたに不行跡の責任を取らせることを拒否したばかりか、ララとジャックの忠告さえはねつけた。それを今、あなたはどう思ってるんです？」

部屋にいた全員が、モンティでさえもが、驚愕のあまり目を見張った。

レニーは目を固くつぶった。苦しげな声が喉の奥からもれる。「レーン、お願いだ。やめてくれ。モーガンの前でだけは、やめてくれ。この子に聞かれるなんて、わしには耐えられん。モーガンは子どもだった……可愛い女の子で……わしは……」

「父さん、何も言うな」ショア議員は強い口調で言った。「こいつらは、証拠も何もなくただ言ってるだけなんだ。全部、でたらめだ」

「でたらめだったらどんなにいいか」レーンはショア議員を叩きのめしてやりたい衝動と闘っていた。「アーサーさん、証拠ならぼくが持ってます。確固たる物的証拠です」レーンは問題の写真のプリントを取りだし、床にひざまずいてヨガマットの上に一枚ずつ並べていった。「これはジャック・ウィンターの顔に、レニーの金の指輪のイニシャル〝L〟の文字が刻まれた画像です。これが、ジャックとの殴り合いの結果、床に飛びちったレニーの血痕。

それから、ジャックの顔に残っていた、レニーの血がついた指関節のあとです。どの血痕も、表面が濡れたように光沢を帯びているのがわかりますか？　理由は、レニーの血液が、普通の人の血液より凝固が遅いからです。クマディンという抗血液凝固剤の作用でね。それから、この丸くきれいに残ったスペース——ほら、ここです」レーンは問題の画像を指さした。「これは補修用穴埋め剤か何かの容器をどけたあとです。ショア議員は、レニーの顔や手を拭き、自分の指紋をすべて拭きとってから、自分が着ていた血染めのシャツを容器に入れて運び去った。こうして議員は、ウィンター事件を窃盗犯による殺人に見せかけるための工作をしたわけです」

レーンは、横にいるモーガンが息をのむ音を聞き、体を激しく震わせているのを感じとっていた。しかし、ここでやめるわけにはいかない。まだだ。ぼくがここへ来たのは、この親子に犯行を自ら認めさせるためだ。それが終わるまでは、あとへは引かない。

レーンはモンティをちらりと見やった。「もうひとつ証拠があります。ぼくはここへ駆けつけるまでのあいだに、アニヤに電話を入れました。アニヤもぼくら同様、レニーの誠実さ、勤勉さをよく知っています。レニーズの店は年中無休です。もちろん、クリスマスの日もね。そんなわけで、二〇年来の従業員であるアニヤは、レニーが気分がすぐれないから休むと言って電話してきた日は、この二〇年間でたった二日しかなかった、と証言してくれました。その日がいつだったと思います？　一九八九年十二月二五日、クリスマスの日と、その翌日だったそうです。アニヤが憶えていた理由は、ウィンター事件でした。レニーの息子の友人、ジャックとララがその前日、クリスマスイブに殺されたので、印象に残っていたんですね。レニーは店に出てきたあとも調子が悪そうだった、とアニヤは言っていました。顔は切り傷やあざだらけで、どうしたのかと訊いたら、転んだと答えたそうです。実際には、ジャックとの殴り合いでついた傷だったんです」

すでにレニーは涙をこぼしていた。恥ずかしさからか、悲しみのあまりか、目を開けていることが耐えられないかのように両手で顔をおおって、さめざめと泣いている。「あんなふうに……なるはずじゃなかった。わしは……そんなつもりはなくて……」

「父さん！」ショア議員がまた怒鳴った。

レーンはショア議員のほうに向き直り、まったく信じがたいとでもいうように頭を振った。

「あんたって人は、後悔も自責の念も、何も感じてないんだな？　もちろん、当時だって感じなかっただろう。ジャックとララの遺体から貴重品を取って、ワルサーPPKをどこかに捨ててから、何食わぬ顔でケラーマン邸のパーティに戻った。主賓として当選祝いの言葉を皆から浴びせられながら、夜を過ごした。よくも平気で、動揺もせずにいられたものだ」

「いや、動揺してたんだよ」レニーが口をはさんだ。最後の最後まで、息子を弁護するつもりらしかった。「あの夜のアーサーを見ていれば、あんただってそんなことは言えんはずだ。わしをかばうために、血のあとを拭いたりして片づけているあいだじゅうずっと、アーサーは赤ん坊みたいにわあわあ泣いていた。それで、警察が現場に来たとき、真っ先に駆けつけたんだ。だけどレーン、信じてくれ。わしら二人とも、モーガンが一階にいるなんて思いもらなかった。まさかこの子が、現場で最初に遺体を発見するはめになるなんて。それを知ったとき、なんてことをしでかしてしまったのかと、アーサーもわしも、胸をかきむしられるようで、苦しくてたまらなかった。わしらはモーガンから両親を奪ってしまったんだ。そのときから、モーガンはショア家の一員になった。今だってわしらはそう思ってる。モーガンはアーサーの娘で、わしの孫なんだ。わしらは誓いを立てた。どんなことがあっても、この子をふたたびひどく傷つけるような目にあわせちゃいかん、そのために守ってやろうってね。それ以来、わしらはずっと約束を守ってきた。起きてしまったことはどうやっても取り返しがつかないとは知ってたが、少しでも償いができたらと、がんばってきたんだ。エリーゼは母親として、本当によくやってくれた。ジルは、血のつながりがないというだけで、どんな姉妹よりもモーガンに親しんで、一緒に大きくなっていった。わしらはみんな、モーガンのことを大切に思い、守り、愛して、そして――」

「やめて！　もう聞きたくない！」それはモーガンの口からほとばしった言葉だった。心の底から、魂の奥からの叫びだった。アーサーとレニー。モーガンは二人を燃えるような目で見つめていた。どうしても許すことができなかった。

「モーガン……」レニーは手を差しのべた。「どうか、お願いだから――」

「いやよ」モーガンは忌まわしい怪物を避けるかのように飛びのいた。「もうこれ以上、言い訳は聞きたくない」その声は震えてかすれ、しわがれて、まるで別人だ。「愛情のこもった言葉も、懇願の言葉も、後悔の言葉も要らない。わたしが聞きたいのは真実だけ。教えてちょうだい。どこまでがレニーで、どこまでがおじさまのしわざ？　どっちがわたしに多く嘘をついていたの？　わたし、真実を知りたいの。あの夜何が起こったのか、ちゃんと教えてちょうだい。わたしへの借りを返すためなら、そのぐらいしてくれてもいいはずよね」

「モーガン」今度はレーンが割って入る番だった。レーンは両手でモーガンの冷たい手を包んだ。「本当にいいのかい、真実って——」

「ええ。いいの」

「好きなようにさせてあげなさい、レーン。モーガンは真相を知りたがっている。どうしても、知る必要があるんだ」モンティが言った。

レーンはうなずいた。だがモーガンの手を離そうとはしない。一人ぼっちでないことを、彼女に示してやるつもりだった。

「うちで雇っている弁護士を呼ぶ」ショア議員はそう言うと、携帯電話を取りだした。

「誰を呼んでもかまわんよ」レニーは悲しそうに言った。「わしはモーガンが知りたがってることを教えてやる。もうおしまいだよ、アーサー。だけど、かえってほっとした。もうこれ以上、秘密を抱えて生きるのに耐えられんよ——たとえおまえのためであってもね」

息子が口を開いて抗議しかけるのを無視して、老人はモーガンのほうを向いた。もう、手を差しのべて彼女に触れようとはしなかった。「ジャックとララを傷つけようなんて、これっぽっちも思ってなかったんだ。あの夜、パーティの料理を届けに支援センターへ行った。これ銃を持っていったのは、何かあったときに身を守るためだ。クリスマスイブで、夜だったし、あそこはブルックリンの中でも特に治安の悪いところだったからな。センターに着いて、地下室の入口から入った。そしたらアーサーと、ジャックとララがいて、言い争っていた。おまえのお母さんはアーサーのことを、卑怯者とか、エリーゼを裏切って一〇代の女の子と浮気してるとか言って責めていた。自分の目で浮気の現場を見たんだというんだ。すべて知ってしまったからには、黙って見過ごすわけにはいかないと言い張っていた。それに対してアーサーは、要らぬ口出しをするな、人を救うとか癒すとか、偉そうなことはやめろと言っていた。口を閉ざしていなければ、名誉毀損で訴えてやると叫んだ」

その夜の記憶がよみがえってきたのだろう。レニーはぶるっと身震いした。「その言葉を聞いて、おまえのお父さんは烈火のごとく怒りだした。アーサーのことを人でなしとか、強姦犯とののしって、絶対に起訴して、法定強姦で有罪にしてやるといきまいた。そうすればアーサーの結婚生活もキャリアも、一巻の終わりだ、覚悟しとけと言ってね」

レニーは手のひらで顔の涙をぬぐった。「信じられなかったよ。わしの大切なアーサーに、そんなひどいことを言うなんて。わしはもう、黙っていられなかった。ジャックに向かって黙れ、と叫んだ。息子とその家族に手出しをするな、とね。アーサーは、二人が告発したことに対して全部否定した。そんなのはでたらめだ、自分はやってないと、何度も何度も否定したのに、二人は信じないんだ。ララはアーサーのことを嘘つき呼ばわり、浮気者呼ばわりして、ジャックはアーサーを起訴してやるといって脅しつづけた。そうこうしているうちに、ジャックは出し抜けに、自分たちの遺言の内容を書きかえると言いだした。ウィンター夫妻に何か起きたときにはアーサーとエリーゼがモーガンの後見人になるという、選定後見人の指定を取りやめるって言うんだ。いくらエリーゼが大切な友人でも、アーサーのことを許すわけにはいかない、小児性愛者と似たりよったりの悪人だからと罵倒して。アーサーは激怒した。そこらじゅうにものを投げつけたり、ジャックとララが自分を陥れて、破滅させようとしてると怒鳴りちらしたり。わしはもう胸が痛くて痛くて、我慢していられなくなった。それで銃を取りだして振り回した。何をどうしようと思ったかは自分でもわからん。ジャックを脅そうとしたのは確かだな。脅して、でっちあげの嘘を取り消させ、アーサーの人生を破滅させるたくらみを阻止しようと思ったのかもしれん。そしたらララは、銃で撃たれるとでも思ったのか、急に木材を振り回してわしに殴りかかってきた。撃つつもりはなかったんだ。引き金を引いたのか、それとも暴発したのかだって憶えちゃいない。何しろ、銃の撃ち方自体を知らんのだからね。だけど、そんなことで、何かが変わるわけじゃない。ララが木材を振り上げて襲いかかってきたと思ったら、その次の瞬間には、床に倒れていたんだ……そこらじゅう、血だらけだった」

レニーの声がしばらく途切れた。むせび泣きを抑えようと、肩を震わせている。「ジャックは、獣みたいにおたけびをあげて、飛びかかってきた。それで殴り合いになった。わしは銃でジャックの頭の横のほうを一回殴ったが、その勢いで銃はどこかへすっ飛んでいった。それでもわしらは戦いつづけた。ジャックの顔にわしのこぶしが入った。かなり強烈な一発だった。そうこうしているうちに、二人の足がバケツに引っかかって、二人とも転んだ。ジャックはうつぶせに倒れた。わしの頭の中には、とにかくやつを止めなきゃいかん、これ以上アーサーを傷つけるようなまねをさせちゃいかんと、そのことばかりがあった。だけど、ジャックよりずっと年取っていたわしは疲れて、もう体力が尽きかけていた。それで、ただその場にがくりと膝をついて、呼吸をととのえていた。自分がしでかしたことの大きさに対する衝撃をなんとか乗り越えようとしていたんだ」

「アーサーは？」モンティが訊いた。「その間、何をしてたんだ？」

「倒れたララのところへ駆けよって、脈をとって、まだ生きてるかどうか確かめていた。だけどもう遅かった。とっくに死んでいたよ。アーサーはしばらく呆然としていた。子どもみたいに、途方にくれていた。そして――」レニーは黙りこんだ。次に自分が言わんとしている事実が、息子を罪に陥れることになると意識したのは明らかだった。

「そしてアーサーは、自分とあんたの身を守るには、いったん始めたことを最後までやりとげる以外にないと気づいた」モンティは推理を述べた。「そこで床に落ちていた銃を見つけて拾うと、うつぶせに倒れてもうろうとしているジャックのところへ行った。あんたがララを殺した罪に問われないようにし、ジャックたちがついている嘘を触れ回らせないためには、彼も殺すしかないと説得したんだろう。あんたはもう、そのころにはぼうっとして何がなんだかわからなくなっていた。だがアーサーは冷静だった。銃口をジャックに向け、二発の弾丸を後頭部に撃ちこんだときも、自分が何をやっているか、ちゃんと承知していた。それからあとは、さっきレーンが推理にもとづいて説明したとおりだろうな。ただあんたの息子は、一人分でなく、二人分の指紋を銃から拭きとらなければならなかったわけだがね」

「神さま、お助けください……」レニーは頭を低く垂れた。

「あなたは平然と、父を殺したのね?」モーガンはレーンに握られていた手を振りほどいた。激しい怒りに身を震わせながら、持てる力すべてをこめてショア議員の頬を平手で叩いた。

その衝撃で、ショア議員の顔は横に張りとばされた。向きを元に戻すと、その頬には手のひらのあとがくっきりと赤くついていた。「モーガン……」

「わたしの名前を呼ばないで。話しかけないで。今も、これからもずっと。レニーは哀れだったと思えるわ。でもあなたは……けだものだわ。卑怯で、偽善的で、非人間的で……」モーガンは息を大きく吸いこみ、ショア議員に憎悪の目を向けた。「ほかに、誰がこのことを知ってるの?」モーガンは冷ややかな声で訊いた。「おばさまは?」

「それについては、答えようがない」ショア議員は抑揚のない声で答えた。

「あなたには、どんな咎もない。何もない」モンティは言った。「あるのは、胸の悪くなるような嘘と、吐き気のするような報いだけだ」

「そういう意味で言ったんじゃない」アーサーのあごはがくがくと揺れている。「言いたかったのは、エリーゼとわたしのあいだではこの件について一度も話したことがない、という意味だ。話さないほうがいいと思ったんだ。エリーゼが感づいたかって? たぶん、なんらかの疑いは持っていただろう。ひとつ確かなのは、あの晩以来、エリーゼは昔の彼女とは違った人間になってしまったことだ」

ただろう」

「母は何も知らない。ジルもだ。もし知っていたら、平気で生きていくことなどできなかっ

「ジル」モーガンが震える声でくり返した。「このことを知ったら、どんなに胸を痛めるかしら。どんなに傷つくかしら」

「傷は癒えるさ」モンティは安心させるように言った。「ジルは強い人間だ。きみはさらに強いけれどね。それに、ジルは一人ぼっちというわけじゃない。それに今度は、きみも一人ぼっちじゃないよ」

モンティが見守っていると、レーンがモーガンの背後から近づいてきた。両手をしっかりと彼女の肩に置き、背中をそろそろと倒すようにして自分の体にもたれかからせた。もう、言葉は要らなかった。

満足したモンティは、携帯電話を取りだした。「おれは警察を呼ぶよ。ああそうだ、アーサー・ショアさん？」議員にちらりと目をやる。「今こそ、弁護士を呼ぶのにふさわしいころあいですよ」

エピローグ

六カ月後……

モーガンはレーンの運転する車の助手席に座り、窓の外から太陽に照らされたイースト・リバーの川面を眺めていた。車はウイリアムズバーグ橋を渡り、ブルックリンに入ろうとしていた。

モーガンは左手の婚約指輪を見おろした――スクエアカットのダイヤをあしらった指輪はシンプルで洗練され、かつ優雅だった。立春の日に、レーンが贈ってくれたものだ。新たな人生の始まりには最高のタイミングじゃないか、と彼は言った。

結婚式の日取りはまだきまっていなかった。モーガンの準備ができていないのだ。感情的にも、法的にも、未解決のことがたくさんあった。

アーサー・ショアはまだ起訴されていなかった。モンティは第二級殺人罪での起訴を要求していたが、その実現には大変な努力が必要だった。アーサーが雇った弁護団は、敏腕法律家の集まりだった。彼らの助言を受けて、アーサーは弁護士たちが次々と動議を提出するあいだ、沈黙を守り通した。告発棄却の動議。裁判地の変更を求める動議。なんでもかんでも動議の理由になり、裁判所は提案理由説明の文書であふれた。

犯罪をもみ消すための証拠隠滅罪以外でアーサーを起訴するのはきわめて難しそうだった。物的証拠はすべて、レニーの関与を示しているからだ。

レニーは過失致死で起訴されようとしていた。年齢の高さや、地域社会での確固たる地位、正当防衛の申し立てといった材料から、弁護団はレニーの刑期を最小限に抑え、懲役を免れるようにできるという自信を持っていた。弁護団の主張は、ジャックがレニーに襲いかかったとき、はからずも暴発した銃によってララが死亡し、そのあとレニーは生命の危険を感じてジャックを撃ったという筋書きだった。

一部は真実で、一部は嘘だった。全体としては、信憑性があるとみなされそうだ。

アーサーが何を主張しようと、どうでもよかった。モーガンは真実を知っている。そして、ショア家の人々も。皆それぞれ、自分なりのやり方で現実に対処し、立ち直ろうとしていた。ただ、レニーは特に精神的にずたずたになり、悲嘆にくれていた。そんな夫を励まし、支えたのがローダだった。彼女はレニーズを自ら中心になって切り盛りした——レニーと自分のために、そして顧客のために。店の営業を続けることによってつねに手を動かし、悩むひまがないほどに立ち働き、顧客を満足させられるからだ。それに、学校が夏休みに入ったジョナが、以前より長時間手伝ってくれる。ローダにとっては、孫と過ごせる貴重なひとときでもあった。

ジョナもまた、新たな人間関係を築くことに価値を見出していた。特に生みの親であるカーリー・フォンティーンとの関係は大切だった。両親もジョナの意思を尊重し、カーリーがジョナの人生で歓迎されていると感じられるよう気を配った。

いろいろなことがあったにもかかわらず、いや、あったからかもしれないが、ウィンショアの事業は好調だった。現在マスコミをにぎわせているショア家のスキャンダルは予想以上に人々の興味を引き、そのせいで新規顧客が大幅に増えたのだ。多忙な生活はモーガンを癒してくれる最高の薬だった。懸命に仕事に取り組んでいるかぎり、余計なことを考えずに集中できるし、生きていてよかったと感じられる。

レーンの存在も、生きる力を与えてくれた。

過去はつねにきみの一部であり続けるだろう。だがきみが許さないかぎり、過去はきみを操ることはできない――レーンはそう言ってモーガンを納得させ、自信をつけさせてくれた。人生というのは芸術のようなものだ、とレーンは言う。いいか悪いか、白黒はっきりつけられることはめったになく、ほとんどはどちらともいえない灰色だと。

「どうしたの、なんかすごく静かだけど」そう言ってレーンはスピードを少し上げ、アトランティック街に入った。

「今日は、何の話になるのかなと思って」モーガンはいぶかしげにレーンを見た。「本当に、バーバラさんはわたしたちに会いたい理由を言わなかったの？」

「ああ。本当さ」レーンの目は道路に向けられている。「なんか、急いでるみたいだった。

モーガンはシャワーを浴びてるところです、とぼくが言ったら、三〇分でもいいから来てくれないか、と訊くんだよ。きみなら絶対にイエスと言うと思ったから、はい行きます、と代わりに答えておいた」

「でも、あなたのご両親に、お昼には牧場にうかがいますって約束してあるじゃないの」

「お昼には間に合うよ。それに、ぼくらがいなくたって大丈夫だよ。デヴォンとブレイクはもうあっちへ着いてるんだし。おやじもおふくろも、救急救命士みたいにデヴォンのそばにつきっきりになるにきまってる。やれちゃんと食べなさいだの、無理しないでのんびりしたほうがいいだの、お定まりの光景が目に見えるようだろ。おやじなんか、赤ん坊が三週間早めに生まれた場合にそなえて、トラックのエンジンをずっとかけっぱなしでいるかもしれないよ。ま、心配しなくたって、忙しくしてるさ」

モーガンはほほえんだ。「もうすぐ、おじさんになるのね。楽しみでしょ」

「うん。待ちどおしくてたまらないよ」レーンはスピードをゆるめて右折し、続けてまた右折して、ウィリアムズ街に入った。

「これ、ヘルシー・ヒーリングへ行く道と違うじゃない」モーガンは硬い口調で言った。

「わかってるよ」レーンが向かっているのは、モーガンが長年恐れ、訪れるのを避けてきた建物だった。

「レーン……」やっと声が出た。

「いいんだよ」レーンは腕を伸ばし、モーガンの手を握った。「ぼくにまかせてくれ」

モーガンは答えようと口を開きかけたが、そのとき車がめざす建物の前に止まった。彼女は唇をきっと結んだ。目は驚きで大きく見開かれている。

レンガ造りの三階建ての建物は完全に補修され、新しく生まれ変わっていた。数多くある大きな窓は白漆喰《しっくい》で縁取りされ、青石《ブルーストーン》の小道からは、両側に手すりがついた階段が伸びている。フェンスで囲まれた裏庭は、小さな遊び場らしい。玄関のドアは無垢の桜材を使ったもので、その上には真鍮《しんちゅう》のプレートが飾られ、〈ララ・ウィンター女性支援センター〉という文字が刻まれている。

「これ、なんのこと。わからないわ」モーガンは驚いてプレートを見つめた。

「今にわかる」レーンは彼女の手に鍵を一本のせた。「これはぼくからきみへの贈り物だ」

モーガンは鍵とレーンをかわるがわる見た。その表情にしだいに理解の色が広がる。「あなた、この建物を買ったの？」

「当たり」レーンは片頬だけで笑った。「すべてうまい具合にことが運んだんだ。以前ここにあったリサイクルショップが引っ越したあと、大家さんに売ってくれないかと持ちかけてみた。そしたら価格がお気に召したらしく、所有権移転の手続きを早めてくれたのさ。ぼくが建設作業員を手配して、バーバラさんがスタッフを集めた。開業は一週間後だ。あと必要なのはきみの最終的な了承だけだ。だから今日、ここに来てもらったというわけ」レーンは車を降りて助手席側に回り、モーガンに手を差しだした。「おいでよ。見てみよう」

モーガンは言われるままに手を預け、玄関へと続く階段を上がった。指がぶるぶる震えて鍵がなかなか開かず、三回目にようやく開いた。

建物の中へ入ったモーガンは息を深々と吸いこみ、寄木張りの床や、心が癒されるアクア色の壁を見わたした。一階は三つのコーナーに分かれていた。ひとつめは椅子が半円状に並べられた女性どうしの憩いとおしゃべりの場。ふたつめは託児施設で、おもちゃや本でいっぱいの小さな部屋。三つめはカードを楽しむコーナーで、カードテーブルの真ん中にはスニッカーズとミルキーウェイのチョコバーが入った広口ビンが置かれている。

玄関のドアを入ったところの壁には、額縁入りの写真がかけられている。モーガンがどんなものよりよく知っている、愛する両親と自分のスナップ。彼らの生前最後に撮られた家族写真だ。日付は一九八九年一一月一六日。下端には〝ジャック、ララ、モーガン〟と、母の美しい手書きの文字で記されている。

もともとの写真とまったく同じ、というよりさらによかった。拡大され、強調処理され、見事にトリミングされているからだ。まるでよみがえったかのように生き生きとした両親の姿。モーガンと一緒に、そして支援と友情を求めてセンターの扉をくぐるすべての女性と一緒に、この部屋にいるかのように見えた。

モーガンの目に涙があふれた。「わたし……なんて言ったらいいいか」

「何も言うな。しばらくご両親とここで一緒に過ごせばいい。ぼくは外で待ってる」レーンはきびすを返した。

「レーン」モーガンは涙声でつぶやいた。「愛してるわ」

「わかってるよ。ぼくも愛してる」レーンは出ていき、かちりという静かな音とともにドアが閉まった。

しばらくのあいだ、モーガンは身じろぎもせずに立っていた。ただ写真を眺め、その影響が自分の中に染みわたるにまかせた。

いつも見てきた写真と大きさなどが異なるだけで、基本的には同じものだった。夜、悪夢を見るたび、冷や汗にまみれて目覚めるたび、くり返し見つめたのと同じ画像だった。ただ、今ここで見たときの感覚はどこか違っていた。戸口の上のほうに、母親を中心にすえる形でかかっているこの写真は、死に向かう前奏曲を思わせる絵ではなくなっていた。生の証拠であり、夢がかなったしるしであり、両親をたたえる賛辞だった。

こうして二人は、永遠の命を得た。

この建物はもう、悪夢の象徴ではなくなった。

希望の象徴であり、未来に向けた約束だった――まさにララ・ウィンターが人生を賭けて、ひたむきにめざしてきたものだった。

こみあげる思いで胸がいっぱいになりながら、モーガンは木製のフレームと、写真をおおうガラスの表面を指先でたどり、なつかしい両親の顔の線をなぞった。

ここは避難所。傷つき、追いつめられた女性が、支援と庇護を求めてやってくる場所だ。でもそれだけではない。わたしにとっても避難所であり、足を運んでは人々に救いの手を差しのべ、両親との絆を確かめることによって、心が癒され、人生に新たな意味を見出すことがかなう聖域なのだ。両親との絆が途絶えたわけではなかった。レーンの贈り物によって、これからもけっして失われることはない。

部屋の中をゆっくりと歩きまわった。一歩足を踏みだすごとに両親の存在を感じ、思い出がよみがえった。カードテーブルの上に手のひらをすべらせ、トランプゲームの賞品となるチョコバーに目をとめてほほえみ、今まで手に入らなかった心の平安を感じていた。

これは、レーンがわたしの人生にもたらしてくれたものだわ。ふたたび愛を受け入れ、与えることの尊さを、彼は教えてくれた。愛し、愛される。その場かぎりのはかないものではなく、全身全霊で伝える感情の大切さを。

レーンが教えてくれたものはほかにもある。人を信じること。愛には、ときに危険や痛みがともなう。でも、愛も危険な賭けもない人生は、生きるに値しない。

今ようやく、モーガンは過去と決別することができた。両親は死んではいない。つねにわたしのそばにいる。そして二人の残した遺産は、ララ・ウィンター女性支援センターで命の炎を燃やしつづけるのだ。

モーガンはきびすを返し、ドアまでの足取りをふたたびたどっていった。入口に掲げられた写真の前で今一度立ちどまり、黙ったまま自分の気持ちを確かめると、〝さようなら〟と心の中でつぶやいた。それが、永遠の別れではなく、新たな始まりを予感させる言葉なのだと全身で感じながら。

ありがとう。静かな笑みをたたえて、モーガンはドアを後ろ手に閉め、立ち去った。

訳者あとがき

クリスマスイブを祝うパーティの夜。暗い地下室で無残に殺された夫妻の遺体を最初に発見したのは、一〇歳の一人娘だった。少女の脳裏には凄惨な光景が焼きついて、以来、毎年一二月が来ると悪夢に悩まされるようになった。

その一七年後――悪夢が現実のものとなってよみがえった。

緊迫感あふれる導入部分から読者をぐいぐい引き込んでいく本書『黒の静寂《しじま》』（原題 Dark Room）は、ロマンチック・サスペンスの実力派として人気急上昇中のアンドレア・ケインの意欲作。二〇〇七年四月に全米で発売後、わずか五日で『ニューヨーク・タイムズ』紙のハードカバー・フィクション部門の第二六位に登場している。

物語の舞台は、殺人事件の一七年後のニューヨーク。両親を一度に失って心に深い傷を負った少女、モーガン・ウィンターは成長して、幼なじみのジル・ショアと共同で、エグゼクティブや富裕層向けの結婚紹介所〈ウィンショア〉を経営していた。

ある日、ウィンショアに一人の中年男性がやってきた。玄関で名乗るその声を聞いただけで、モーガンは思い出した。ピート・モンゴメリー。ニューヨーク市警察七五分署所属の刑事で、モーガンを事件直後のショックから立ち直らせてくれた人物だ。警察を早期退職し、今は私立探偵として活動しているという。

モンゴメリーがもたらしたのは残酷な知らせだった。モーガンの両親を殺したとして有罪判決を受けた容疑者の自供が実は偽りで、無実であることがわかったというのだ。

真犯人がいまだに野放しになっている。探しだして、法の裁きを受けさせたい。そんな強い思いに駆られたモーガンは、モンゴメリーに事件の再調査を依頼する……。

本書には魅力的な人物が次々と登場する。まず、モーガン・ウィンター。一見かよわげに見えるが、鋭い直観力と人助けに対する情熱をそなえた、芯の強い女性だ。悲惨な経験を乗り越え、大学で学んだ心理学の知識と持ち前のセンスを活かして結婚相談に携わる一方で、亡き母ララの意思を継いで、虐待された女性を支援するための部門を立ち上げた。

ピート・モンゴメリー、通称モンティは、前作『白い吐息のむこうに』(ライムブックス)でも活躍した私立探偵。妻サリーと十数年前に離婚したものの、前作の事件をきっかけによりを戻して再婚し、仲間にしょっちゅう冷やかされている。

モンティは、ウィンター夫妻殺害事件に特別な思い入れがあった。犯罪現場に最初に到着した警察官であり、捜査主任をつとめたからというだけではない。ちょうど自分の家庭生活が破綻しかけていたときに遭遇した事件で、一人残された少女モーガンに感情移入せずにはいられなかったからだ。

一七年後、私立探偵という立場で事件の再調査にのぞんだモンティは、警察の組織のしがらみにとらわれることなく、真犯人をつきとめたいという執念に燃えて突き進む。物語の後半、モンティが事件の核心に迫っていくようすは痛快というほかない。読者からも大きな反響があったようで、著者のホームページには「モンティに訊く」なるコーナーが設けられている。

モンティの息子レーンは、前作では妹思いの兄として描かれていたが、今回はすぐれた報道カメラマンとしての一面に焦点が当てられている。デジタル画像強調処理の専門家で、ときには父親の調査活動を手伝う、ハンサムでスポーツ万能の青年だ。ちなみに本書の原題である Dark Room には、文字通り〝暗い部屋〟のほかに〝暗室〟の意味もあり、ストーリーの展開に写真が重要な役割を果たすことがほのめかされている。

サスペンスだけでなくロマンスの要素も見逃せない。過去からの決別と心の安らぎを願うモーガンと、つねに冒険と挑戦に目を向けているレーンは、人生において求めるものがまったく違う。そんな二人の心の動きにも注目したい。

また、ユダヤ料理の描写がニューヨークの食文化の一端を表していて興味深い。モーガンのお気に入りは、燻製肉パストラミのサンドウィッチ。酵母なしで焼いたパン生地の団子入りのマッツォ・ボール・スープは、モンティの大好物だ。そのほか、マッシュポテトや野菜を平たい団子状にまとめて揚げたクニッシュ。鶏レバー、タマネギなどをパテ状にしたチョップレバー。塩味のヌードル入りプディングのクーゲル。どれもニューヨークのユダヤ料理のデリでは定番の惣菜で、人気店のものは非常においしい。現地を訪れる機会がある方にはぜひおすすめしたい。

この小説は会話のテンポが実にいい。場面のあちこちに伏線が張られていて、読み終わったあとでなるほど、こういうことだったのかとうなずかされる。ややサスペンス色の濃い道具立てながら、物語の根底に流れるのは家族愛のあり方や男女の愛の複雑さであり、人と人の絆の尊さをあらためて感じさせてくれる、ケインらしい作品となっている。

二〇〇九年二月

ライムブックス

黒《くろ》の静《し》寂《じま》

著　者　アンドレア・ケイン
訳　者　数佐尚美《かずさなおみ》

2009年3月20日　初版第一刷発行

発行人　成瀬雅人
発行所　株式会社原書房
〒160-0022東京都新宿区新宿1-25-13
電話・代表03-3354-0685　http://www.harashobo.co.jp
振替・00150-6-151594
ブックデザイン　川島進（スタジオ・ギブ）
印刷所　中央精版印刷株式会社

 ISBN978-4-562-04358-3　Printed in Japan